연봉 5억 N잡러가 되기 위한
AI 무자본 창업 50선

초판 인쇄: 2024년 1월 21일
초판 발행: 2024년 1월 21일

출판등록 번호: 제 2015-000001 호
ISBN: 979-11-983257-5-4 (03800)

주소: 강원도 횡성군 횡성읍 송전로 209 (고즈넉한 길)
도서 구입 문의(신한서적) 전화: 031) 942 9851 팩스: 031) 942 9852
도서 내용 문의(책바세) 전화: 010 9691 6025
펴낸곳: 책바세
펴낸이: 이용태

지은이: 이미앙 · 이용태
기획: 책바세
진행 책임: 책바세
편집 디자인: 책바세
표지 디자인: 책바세

인쇄 및 제본: (주)신우인쇄 / 031) 923 7333

Published by chackbase Co. Ltd Printed in Korea

연봉 5억 N잡러가 되기 위한
AI 무자본 창업 50선
챗GPT와 미드저니로 확장성 비즈니스 모델 찾기

이용태·이미앙 지음 ●●●

{ 작가 소개 }

이용태 작가: 활동 연대기

이 책의 메인 작가인 이용태 대표(본 도서의 출판사 대표)는 특이한 경력의 소유자이다. 정규 학력은 초등학교가 전부이고, 중·고·대학(자퇴)은 모두 독학이며, 아래의 작가 연대기에서처럼 지금까지 40가지가 넘는 직업과 70권 정도의 책을 집필하였다.

1972년 **출생** 경기도 가평군 읍내 5리 759번지(계량리)에서 출생

1985년 **가평 초등학교** 72회 졸업, 중학교 진학 포기

1985년 **주식회사 맛샘제과** 군납 빵 제조 공장 첫 취업(철판 닦기), 13세부터 시작한 사회생활

1985년 **윤학병 떡방앗간** 국회의원 윤호중 의원 경기도 가평 본가에서 운영했던 방앗간

1986년 **주식회사 영안모자 상사** 세계 최고 규모의 모자 제조 기업, 프레스 팀 링바리로 근무

1986년 **농부** 마늘, 파, 참외, 수박 등 주말 아르바이트

1986년 **풍국산업 주식회사** 가방 공장 미싱사로 근무

1991년 **병역판정검사** 병역 면제 (당시 국졸은 입영 부적합 대상)

1992년 **미강산업** 핸드백 제조 공장 미싱 및 본드 글루잉으로 근무

1993년 **주식회사 뉴톤** 양복 공장 재단사 보조 및 핀바리로 근무

1993년 **서우산업** 영원무역 하청 다운 의류 공장 미싱 기사 및 출퇴근 N잡러 운전기사로 근무

1993년 **주식회사 에스콰이어** 계열사인 영에이지 구두공으로 근무

1993년 **기초군사훈련** 용인 55사단에서 1주간 병역 면제자 자격으로 1주 훈련 수료

1994년 **주식회사 아비코 전자** 삼성전자 모니터 제조 하청 업체에서 비정기 단기 견습공으로 근무

1995년 **고입 검정고시** 이때부터 독학의 길로 들어 서다

1996년 **경기산업** 근무 가방 제조 공장에서 미싱사로 근무 및 주경야독

1996년 **대입 검정고시** 3전 4기로 합격

1996년 **프리랜서 맥 디자인** 무작정 구입한 컴퓨터로 독학 후 디자이너로 활동

1996년 **휴먼아카데미** 취업 목적 탁상출판 디자인 과정, 6개월 과정 중 2개월 수강

1996년 **대종기획** 어린이 상품 패키지 디자인 3개월 수습, 일러스트레이터로 근무

1996년 **명진 출력소** 출판 인쇄를 위한 필름 출력 보조로 근무

1996년 **휴먼아카데미** 학원생 모집을 위한 텔레마케터로 근무

1997년 **한국방송대학** 국어국문학과 입학 후 1학년 2학기 시험 거부 후 재적

1997년 **엉뚱한 상상** 웨딩 DVD 영상 제작 대행사로 첫 스타트업

1997년 **MP3 제작** 음원 CD를 제작하여 서현역 및 대학로 노점에서 판매

1997년 **명함 디자인** 프리랜서 명함 디자이너로 활동

1997년 **컴퓨터 조립 및 수리공** 강변 테크노마트에서 아르바이트

1998년 **위드기획** 영상 광고 제작사 공동 창업, 기획·촬영·편집 담당

1999년 **광고 프로모션 프리랜서** 1인 광고 콘텐츠 제작 감독으로 활동

1999년 **월간지 칼럼니스트** 비디오플러스, 그래픽스 라이브, 월간 웹 잡지 연재 작가로 활동

2000년 **채널 인** 국내 최초 영상 편집 전문 학원 창업 멤버 및 강사로 근무

2001년 **디모션** 영상 편집 장비 판매 및 편집 교육 학원 공동 창업

2001년 **디캠퍼스 닷컴** 국내 첫 컴퓨터 그래픽 관련 온라인 강의 플랫폼 구축

2001년 **테크라이터** 그래픽 관련 기술 전문 작가 시작, 지금까지 70여 권 집필 및 출간

2004년 **디캠퍼스** 그래픽 관련 전문 도서 출판사 창업

2005년 **에프원북스** 출판사명 변경 후 종합 서적 출판사로 확대

2007년 **모그라프** 건축 3D 시뮬레이션 제작 프로덕션 및 모션 그래픽 월간지 발행사 창업

2007년 **이화여대병설미디어고등학교** 영상 그래픽 과목 산학 겸임 교사로 근무

2009년 **한강미디어고등학교** 영상 그래픽 과목 산학 겸임 교사로 근무

2009년 **힐북** 인문 및 미디어 관련 1인 독립 출판사 창업

2010년 **SONY CERTIFIED VEGAS EDITOR** 소니 베가스 프로 국제공인 에디터 자격증 취득 및 활동

2011년 **광운대학교** 광운대 미디어 센터 출강, 시네마 4D 강의

2011년 **오월애 제조** 숙성 발효 전통주 오월애 개발 및 전승

2012년 **코리엘리베이터** 웹 기획, 홍보, 시뮬레이션 제작 및 독립 이사로 활동

2013년 **한국폴리텍대학** 춘천캠퍼스 미디어콘텐츠과에서 시네마 4D 강의

2015년 **소설가** [하늘에 달린 자몽은 달콤하다] 집필 및 출간하여 등단

2021년 **주식회사 눈누난나** 가족 영화·드라마 콘텐츠 제작, CTO(기술 경영 관리)로 근무

2022년 **스튜디오 네몬** 유튜브 콘텐츠 제작 스튜디오 창업 및 PD로 활동

2023년 **책바세** 종합 출판사로써 세상 모든 사람에게 유익한 책을 출간하는 책바세 창업

본 도서는 지금까지 경험한 작가의 다양한 콘텐츠와 AI의 기술을 융합하여 담은 책이다. 그러므로 다음부터 소개되는 다양한 AI 관련 비즈니스는 작가의 관점을 넘어 자신의 창의적 아이디어와 융합하여 한 단계 더 진화시켜 나가야 할 것이다.

{ 이 책은 }

[연봉 5억 N잡러가 되기 위한 AI 무자본 창업 50선]은 기존의 창업 가이드와는 다르게 아이디어나 전략을 제시하는 것뿐만 아니라 실제로 행동을 취하게 만드는 도구와 그 도구에 대한 설명 그리고 무엇보다 인공지능(AI)의 능력을 실제 비즈니스에 어떻게 적용할 수 있는지에 대한 구체적인 가이드라인까지 설명된 책이다.

PART 01 미술 & 디자인

이 장에서는 AI를 활용한 2D 및 3D 캐릭터 디자인, AI 아트, 다양한 종류의 삽화, 로고 및 브랜드 디자인, 굿즈 디자인, 이모티콘 제작, 표지 및 편집 디자인 등을 다루며, 각 분야에서 창의성을 발휘하고, 수익을 창출하는 방법을 제시한다. 이는 디자인과 기술의 융합을 통해 새로운 창작 가능성을 탐색하고, 다양한 미디어 콘텐츠 분야에서 혁신적인 접근을 통한 수익 창출을 목표로 한다.

PART 02 디자인 & 개발 & 상품 제조

이 장에서는 현대적이고 창의적인 제품 디자인 및 제조에 초점을 맞춘다. 명품 가방, 핸드메이드 지갑, 수제 구두, 혁신적인 유모차 및 쇼핑 카트, 실용적인 타이머, 기술과 과학이 결합된 소파, 채소 재배 키트, 농기구, 베이비 캡슐, 핸드폰 거치대 등 다양한 제품의 디자인과 제조 과정 및 시장 분석, 디자인 전략, 그리고 크라우드 펀딩을 통한 자금 조달과 수익화 전략에 대해 자세히 다룬다.

PART 03 도서 출판 & 문서 작성

이 장에서는 자기계발, 경제, 기술, 교육, 아이디어, 웹소설 및 웹툰, 시나리오 및 콘티, 동화 작가 되기, 1인 출판사 운영, 윤문 작업, 기획서 및 보고서 작성, 상품 리뷰 및 서평 등 다양한 출판 및 문서 작성 분야에 대한 심도 깊은 내용을 다루며 그리고 효과적인 출판 및 판매 전략과 플랫폼을 활용한 수익 창출 방법에 대해 탐구한다.

PART 04 동영상 & 유튜브

이 장에서는 3D 시각화부터 AI를 활용한 영화 및 애니메이션 제작, 독창적인 동영상 강의 개발 그리고 맞춤형 동영상 라이브러리 플랫폼 구축에 이르기까지 다양한 분야를 다룬다. 이 과정에서 이벤트 영상 제작의 수익화 가능성, 유튜브 채널의 성공 전략 그리고 AI를 활용한 음원 제작과 같은 혁신적인 방법들을 탐구하여 경제적으로 성공할 수 있는 경로를 찾는 데 중점을 둔다.

PART 05 기획 & 광고 & 마케팅

이 장에서는 창의적인 아이디어 발굴부터 효과적인 브랜드 스토리텔링, SNS 및 영상 광고를 통한 대중과의 소통 그리고 다양한 온·오프라인 매체를 활용한 마케팅 전략에 이르기까지 현대 마케팅의 핵심 요소들을 깊이 있게 탐구한다. 여기서는 특히, AI와 같은 최신 기술을 활용한 혁신적인 접근 방식을 통해 브랜드 가치를 창출하고, 목표 시장에서 성공적으로 수익을 창출하는 방법을 제시한다.

확장성 비즈니스의 성패는 결국, 확장성이다

AI 비즈니스의 성패는 확장성에 달려있다. 하나의 비즈니스 모델에서 수익을 창출할 수 있는 분야은 다양할 수록 유리하다. 예를 들어, 하나의 [제공 공장 파트너 매칭] 앱을 개발했다고 치자. 기본적으로 개발된 앱 이용자로부터의 1차 수익을 얻을 수 있을 것이다. 이후 이 매칭 앱에 입점한 업체들에게 받는 수수료가 2차 수익이 되는 셈이다. 나아가 각 제조 공장의 기술적 노하루가 담김 책을 출판하게 되면 3차 수익, 웹 매거진을 통해 4차 수익, 관련 산업 분야의 전문화된 강의를 통해 5차 수익 그밖에 광고로 6차 수익을 올릴 수 있다. 그밖에 창의적인 아이디어로 7, 8, 9차 수익까지 가능하다. 그러므로 성공적인 비즈니스는 확장성 넓은 모델을 찾는 것에서부터 시작된다.

{ CONTENTs } N

PART 02 ▶ 디자인 & 개발 & 상품 제조

PART 03 도서 출판 & 문서 작성

PART 04 동영상 & 유튜브

PART 05 ▶ 기획 & 광고 & 마케팅

PART 01 미술&디자인

001. 브랜드를 돋보이게 하는 2D·3D 캐릭터 디자인

브랜드를 돋보이게 하는 것은 시장에서 경쟁력을 갖추기 위한 핵심 요소이다. 특히, 시각적 요소는 고객의 주목을 끌고 브랜드의 정체성을 강화하는 데 중요한 역할을 한다. 이러한 맥락에서의 캐릭터 디자인은 브랜드의 개성을 전달하고, 고객과의 감정적 연결을 구축하는데 있어 강력한 도구가 된다.

▶ AI 캐릭터 디자인의 경제적 가치

인공지능(AI) 기술의 급격한 발전은 다양한 산업 분야에서 혁신을 촉진하고 있으며, 그 중에서도 캐릭터 디자인 분야는 더욱 주목을 받고 있다. AI 캐릭터 디자인은 브랜드 이미지를 강화하고, 고객(대중)과의 관계를 더욱 깊게 할 뿐만 아니라 시간과 비용을 크게 절약할 수 있는 혁신적인 방법을 제공하여 캐릭터 디자인을 필요로 하는 모든 기업과 창업자(디자이너)에게 큰 장점이 된다.

브랜드 가치 향상을 위한 캐릭터 디자인의 중요성

브랜드의 가치와 인지도를 향상시키는 데 있어 캐릭터 디자인은 매우 중요한 역할을 한다. 캐릭터는 다음과 같이 브랜드와 소비자 간의 감정적 연결을 구축하고, 기업의 메시지를 효과적으로 전달한다.

- **캐릭터를 통한 브랜드 인격화와 고객과의 관계 형성** 브랜드(기업)는 자신들의 제품이나 서비스를 시장에 알리기 위해 다양한 마케팅 전략을 사용한다. 그 중에서도 캐릭터는 브랜드의 인격화 도구로 고객과의 감정적 연결을 형성하는 중요한 역할을 하며, 브랜드의 성격, 가치 및 메시지를 시각적으로 전달하여 대중에게 친근감을 주는 요소로 작용한다.

- **캐릭터를 통해 브랜드의 메시지와 가치를 명확하게 전달** 브랜드 캐릭터는 단순한 그림이나 로고를 넘어 브랜드의 핵심 가치와 메시지를 고객(대중)에게 전달하는 중요한 역할을 한다. 예를 들어, 어린이용 상품의 캐릭터는 재미와 상상력을 중심으로 디자인될 수 있으며, 이로 인해 어린이들에게 상품에 대한 긍정적인 인상을 준다.

- **캐릭터 디자인이 소비자의 구매에 미치는 심리** 소비자는 제품을 구매할 때 브랜드의 이미지나 가치 그리고 그와 관련된 감정적인 연결을 중요하게 생각한다. 캐릭터는 이러한 감정적 연결을 강화하는 도구로 소비자의 구매 의사 결정에 큰 영향을 미친다.

- **브랜딩 전략의 일환으로써 캐릭터의 활용** 캐릭터는 브랜딩(인지도) 전략의 중요한 일부이다. 브랜드는 자신의 가치와 메시지를 효과적으로 전달하기 위해 캐릭터를 활용할 수 있다. 이를 위해 브랜드는 자신의 타겟 고객층과 그들의 원하는 것을 정확하게 파악하고, 그에 맞는 캐릭터 디자인을 선정하는 것이 중요하다.

- **성공적인 브랜드 캐릭터의 예와 그 영향력 분석** 세계적으로 유명한 미키 마우스, 헬로 키티, 포켓몬스터 등의 캐릭터는 브랜드의 대표 이미지로써 엄청난 영향력을 가지고 있다. 이러한 캐릭터들은 제품의 품질이나 기능을 넘어 브랜드 자체의 가치와 이미지를 상징하게 된다.

AI를 활용한 캐릭터 디자인의 혁신

인공지능(AI) 기술의 발전은 캐릭터 디자인 분야에서도 혁신을 가져오고 있다. AI로 제작한 캐릭터 디자인 프로세스의 변화는 디자이너와 기업에게 다음과 같은 변화와 이점을 제공한다.

- **AI 기술로 인한 캐릭터 디자인의 발전** 인공지능(AI) 기술이 아주 빠르게 발전하면서 다양한 분야에 적용되고 있다. 그 중 하나가 디자인 분야이며, 캐릭터 디자인에 있어 AI는 디자이너의 조력자로서 큰 가능성을 보이고 있다.

- **AI를 활용한 자동화된 디자인 프로세스와 장점** AI를 활용한 디자인 프로세스는 기존의 수동적인 방법보다 훨씬 빠르고 효율적이다. AI는 대량의 데이터를 분석하여 패턴을 찾아내고, 이것을 바탕으로 캐릭터의 모양, 색상, 스타일 등을 자동으로 생성할 수 있어 디자이너는 더 많은 시간을 다른 창의적인 작업에 집중할 수 있게 되었다.

- **캐릭터 디자인의 창의성과 효율성을 향상시키는 인공지능** AI는 수많은 디자인 옵션 중 최적의 선택을 신속하게 결정할 수 있으며, 사용자의 피드백을 실시간으로 반영하여 디자인을 수정하거나 개선할 수 있다. 이러한 능력 덕분에 디자인 프로세스의 효율성이 크게 향상되었으며, 더불어 다양한 스타일과 패턴을 창출하는 데 도움을 주어 디자이너의 창의성을 더욱 발휘할 수 있게 한다.

- **캐릭터 디자인 작업 시 AI의 한계와 고려할 사항** AI를 활용한 캐릭터 디자인에는 몇 가지 한계와 고려해야 할 것이 있다. AI는 데이터를 기반으로 패턴을 찾아내기 때문에 때로는 인간의 직관이나 감성을 대체할 수 없다. 따라서, 디자이너는 AI의 제안을 받아들이기 전에 자신의 창의력과 판단력을 활용하여 최종적인 결정을 내려야 한다.

- **AI를 활용하여 성공한 캐릭터 디자인 프로젝트 사례** 여러 기업들은 이미 인공지능(AI)을 활용한 캐릭터 디자인 프로젝트에 성공하였다. 일부 애니메이션 스튜디오는 AI를 활용하여 캐릭터의 움직임이나 표정을 자동으로 생성하는 기술을 도입하였으며, 패션 브랜드나 광고 회사들도 AI를 활용하여 캐릭터의 스타일이나 색상을 결정하는 데 큰 기여를 하였다. 이러한 사례들은 AI와 디자인의 결합이 미래의 디자인 트렌드가 될 것임을 보여준다. 다음의 그림들은 AI를 활용한 캐릭터 디자인 프로젝트의 몇 가지 사례들이다.

| DeepDream과 DeepArt 스타일 기반으로 생성된 이미지 예시 |

| GAN 스타일 기반으로 생성된 이미지 예시 |

| AI Dungeon 스타일 기반으로 생성된 이미지 예시 |

다양한 산업에서의 적용 및 성공 사례

인공지능(AI) 캐릭터 디자인은 다양한 분야에서 활용되고 있다. 그 적용 사례와 AI 캐릭터 디자인을 통해 성공을 거둔 기업들은 다음과 같다.

- **광고·엔터테인먼트·교육 등 다양한 산업에서의 캐릭터 디자인** 캐릭터 디자인은 그 중심에 인간의 감정과 연결되는 요소를 갖고 있어, 다양한 산업에서 활용된다. 광고에서는 제품이나 서비스의 특성을 시각적으로 전달하고, 브랜드와 소비자 간의 감정적 관계를 형성하기 위해 캐릭터를 사용한다. 엔터테인먼트 분야에서는 캐릭터가 스토리텔링의 중심 역할을 하며, 교육 분야에서는 학습 자료나 교재를 더 흥미롭고 이해하기 쉽게 만드는 도구로 캐릭터를 활용한다.

- **AI를 통한 캐릭터 디자인의 혁신적 사례** 인공지능(AI)은 데이터 분석과 기계 학습을 통해 디자이너의 아이디어를 보완하고, 새로운 스타일과 패턴을 혁신적으로 제안할 수 있다. AI를 활용하여 과거의 패션 트렌드와 현재의 소비자 선호 패턴을 분석하고, 이를 바탕으로 새로운 캐릭터 디자인을 제안하는 사례가 있다.

- **AI 캐릭터 디자인을 통해 브랜드 가치를 향상시킨 기업들** 이미 여러 기업들은 인공지능(AI)을 활용한 캐릭터 디자인으로 브랜드 가치를 향상시켰으며, AI 기술을 활용하여 캐릭터의 움직임, 표정, 스타일 등을 최적화함으로써 브랜드와 소비자 간의 감정적 관계를 강화한 사례들이 있다.

| Lil Miquela의 컨셉에서 영감을 받은 가상의 인플루언서 예시 |

| Chatbots & Virtual Assistants 컨셉의 사용자 인터페이스에 활용된 가상 캐릭터 예시 |

- **분야별 특성에 맞는 캐릭터 디자인 전략** 각 산업 분야마다 그 특성과 요구 사항이 다르기 때문에 캐릭터 디자인 전략도 달라져야 한다. 교육 분야에서는 학습자의 집중력과 이해도를 높이기 위한 캐릭터 디자인이 필요하며, 엔터테인먼트 분야에서는 스토리텔링과 감정의 표현이 중요하다.

- **미래 산업에서의 캐릭터 디자인의 역할과 가능성** 미래 산업, 특히 가상 현실(VR)이나 증강 현실(AR)과 같은 신기술 분야에서는 캐릭터 디자인의 역할이 더욱 중요해지고 있다. 이러한 기술을 활용하면 캐릭터는 더욱 생동감 있게 움직이고, 사용자와의 상호작용을 통해 더 많은 감정적 관계를 형성할 수 있다.

AI 캐릭터 디자인을 통한 수익 창출 가능성

인공지능(AI)를 활용한 캐릭터 디자인은 단순히 브랜드 이미지를 향상시키는 것을 넘어 직접적인 수익 창출이 가능하다. 캐릭터 디자인을 통해 어떻게 수익을 창출할 수 있는지 그리고 수익 창출을 위해 고려해야 할 사항과 방법은 다음과 같다.

- **캐릭터 디자인을 통한 상품화의 가능성** 캐릭터 디자인은 상품화의 중요한 수단으로 자리 잡았다. 특히, 브랜드와 소비자 간의 감정적 관계를 강화하는 도구로써의 캐릭터는 다양한 상품과 서비스에 활용되고 있다. 대표적으로 디즈니, 마블 등의 대형 브랜드는 캐릭터를

기반으로 한 다양한 상품과 서비스를 선보이며 큰 성공을 거두었다.

| 디즈니와 마블 캐릭터들 |

- **온라인 플랫폼과 소셜 미디어를 이용한 캐릭터 마케팅** 소셜 미디어와 온라인 플랫폼은 캐릭터 마케팅의 주요 매체로 활용된다. 인스타그램, 페이스북, 유튜브 등의 플랫폼에서 캐릭터를 활용한 콘텐츠를 제작하고, 팔로워나 구독자와의 상호작용을 통해 브랜드 인지도와 판매량을 높일 수 있다.

- **프리랜서 또는 디자인 에이전시로서 AI 캐릭터 디자인 서비스 제공** 인공지능(AI) 기술의 발전으로 프리랜서나 디자인 에이선시는 AI를 활용한 캐릭터 디자인 서비스를 제공할 수 있게 되었다. 이를 통해 고객의 요구 사항에 맞는 캐릭터 디자인을 더 빠르고 효율적으로 제공할 수 있다.

- **캐릭터 라이선싱과 판권 관리를 통한 수익** 캐릭터의 라이선싱과 판권 관리는 큰 수익을 창출하는 중요한 방법이다. 브랜드는 자사 캐릭터의 이미지나 로고를 다른 기업이나 제품에 라이선싱하여 추가적인 수익을 얻을 수 있다.

- **성공적인 수익 창출을 위한 전략**
  - 타겟 오디언스를 정확하게 파악하고, 클라이언트들의 구미에 맞는 캐릭터 디자인을 제안한다.
  - 캐릭터의 스토리텔링과 배경 설정을 통해 감정적 관계를 강화한다.
  - 다양한 마케팅 채널과 플랫폼을 활용하여 캐릭터의 노출을 높인다.

– 지속적인 업데이트와 변화를 통해 유행을 선도하는 캐릭터로 인식되도록 한다.

◗ AI 캐릭터 디자인을 통한 수익화

캐릭터 디자인 제작으로 수익을 창출할 수 있는 방법들은 매우 다양하다. 여기에서는 캐릭터 제작 의뢰(주문)를 받기 위한 방법과 플랫폼 소개 그리고 제작 단가와 예상 수익에 대해 알아보기로 한다.

캐릭터 디자인 의뢰 및 수익 창출이 가능한 플랫폼 (국내)

- **크몽 (https://kmong.com)** 국내의 대표적인 업무 파트너 매칭(프리랜서 마켓플레이스) 플랫폼으로 그래픽 디자인, 마케팅, IT & 프로그래밍, 콘텐츠 제작 등 다양한 분야에서 작업 의뢰를 받을 수 있다.

- **숨고 (https://soomgo.com)** 다양한 서비스 제공자와 고객을 연결해 주는 업무 파트너 매칭 플랫폼으로 그래픽 디자인 및 캐릭터 디자인 전문가로 서비스를 등록하면 즉시 고객의 의뢰를 받을 수 있다.

- **재능넷 (https://www.jaenung.net)** 재능넷은 디자인, 음악, 영상, 문서, 번역, 프로그램 개발, 마케팅 등 프리랜서 및 의뢰자들을 위한 온라인 플랫폼으로 다양한 분야의 프로젝트를 등록하고 프리랜서들에게 의뢰할 수 있으며, 반대로 프리랜서로서 자신의 서비스를 제공하여 수익을 창출할 수 있다.

- **아트머그 (https://artmug.kr)** 아트머그에서는 창작자들이 개인적으로 캐릭터 디자인 의뢰 및 수익 창출을 할 수 있게 해주는 업무 파트너 매칭 플랫폼이다.

- **라우드소싱 (https://www.loud.kr)** 디자인이 필요한 의뢰자와 디자이너를 연결해 주는 업무 파트너 매칭 플랫폼이다. 콘테스트와 기업 매칭 지원을 통해 개인 브랜드부터 대기업 파트너 관계를 맺을 수 있으며, 다른 곳보다 높은 수익율을 얻을 수 있다고 알려져 있다.

- **재능마켓 (https://www.saramingig.co.kr)** 재능마켓은 IT 개발, 디자인, 문서, 번역, 프로그램 개발 등 프리랜서 및 의뢰자들을 위한 업무 파트너 매칭 플랫폼으로 다양한 분야의 프로젝트를 등록하고, 작업 의뢰를 주고받을 수 있다.

- **캐릭터 디자이너 협회 (https://www.kocda.org)** 사단법인 캐릭터 디자이너 협회는 캐릭터 콘텐츠 개발과 산업 발전의 방향을 제시하고 계획을 수립하여 국제 포럼과 세미나, 국제 박람회 개최, 국제 작가전, 국제 공모전을 개체하고 있다. 활동은 해당 협회에 디자이너로 등록후 가능하다.

- **텀블벅 (https://tumblbug.com)** 텀블벅은 크리에이티브 프로젝트를 위한 온라인 크라우드 펀딩 플랫폼이다. 캐릭터 디자인 프로젝트를 시작하고자 하는 크리에이터들이 자금을 모집하고 팬들과 소통할 수 있다.

캐릭터 디자인 의뢰 및 수익 창출이 가능한 플랫폼 (국외)

- Behance (https://www.behance.net) 비핸스는 Adobe(어도비)에서 운영하는 크리에이티브 전문가들의 포트폴리오 공유 플랫폼이다.

- Dribbble (https://dribbble.com) 드리블은 디자이너들의 작업을 공유하고, 작업 의뢰를 받을 수 있는 업무 파트너 매칭 플랫폼이다.

- ArtStation (https://www.artstation.com) 아트스테이션은 전세계의 아티스트들이 작업을 전시하고 판매하는 플랫폼이다.

- Fiverr (https://www.fiverr.com) 파이버는 다양한 분야의 프리랜서 서비스를 제공하고, 수익을 창출할 수 있는 마켓플레이스이다.

- Upwork (https://www.upwork.com) 업워크는 전 세계의 프리랜서들과 클라이언트를 연결해 주는 업무 파트너 매칭 플랫폼이다.

- Freelancer (https://www.freelancer.com) 프리랜서는 다양한 분야의 프로젝트 의뢰를 받을 수 있는 업무 파트너 매칭 플랫폼이다.

- 99designs (https://99designs.com) 99디자인즈는 디자인 경쟁을 통해 최고의 디자인을 선택하고 수익을 창출할 수 있는 업무 파트너 매칭 플랫폼이다.

- DeviantArt (https://www.deviantart.com) 데비언트아트는 세계 최대의 아트 커뮤니티로 작품 판매 및 의뢰도 가능하다.

- Toptal (https://www.toptal.com) 탑탈은 전세계 탑 3%의 디자이너 및 개발자 등의 프리랜서만을 선별하여 클라이언트와 연결하는 업무 파트너 매칭 플랫폼이다.

- Guru (https://www.guru.com) 구루는 프리랜서와 클라이언트를 연결해 주는 업무 파트너 매칭 플랫폼으로 포트폴리오 공유 및 의뢰 받기가 가능하다.

- CGTrader (https://www.cgtrader.com) CG트레이더는 3D 모델링 및 디자인 관련된 작업을 판매하거나 작업 의뢰를 받을 수 있는 업무 파트너 매칭 플랫폼이다.

- DesignCrowd (https://www.designcrowd.com) 디자인크라우드는 다양한 디자인 경쟁을 통해 최적의 디자인을 구입 및 판매할 수 있는 마켓플레이스이다.

- Redbubble (https://www.redbubble.com) 레드버블은 아티스트가 자신의 디자인을 제품에 인쇄하여 판매하는 마켓플레이스이다.

- Society6 (웹사이트: https://society6.com) 소사이어티6은 아티스트들이 자신의 작품을 업로드하고, 다양한 제품에 디자인을 적용하여 판매할 수 있는 마켓플레이스이다.

- Threadless (https://www.threadless.com) 스레드리스는 디자인 경쟁을 통해 선정된 디자인을 티셔츠와 다른 상품에 인쇄하여 판매하는 마켓플레이스이다.

- Minted (https://www.minted.com) 민티드는 독립 아티스트들의 작품과 디자인을 판매하는 마켓플레이스이다.

- Envato Market (https://envato.com) 엔바토 마켓은 디지털 자산 및 디자인 리소스를 판매하는 플랫폼으로 템플릿, 그래픽, 오디오 등 다양한 카테고리의 자산을 판매하거나 구매할 수 있다.

그밖에 자체 포트폴리오 웹사이트(블로그 포함)를 구축하여 자신의 작업물을 전시하는 가장 기본적인 방법이 있으며, 소셜 미디어 활용, 디자인 관련 행사나 워크샵 그리고 세미나 등에 참여하여 직접 클라이언트와의 거래를 할 수 있다.

캐릭터(디자인) 제작 단가와 수익

캐릭터 디자인은 AI 무자본 창업에 적합한 비즈니스 유형의 하나이다. 캐릭터 제작 예상 단가와 수익은 다양한 요인에 따라 큰 편차가 있다. 다음은 일반적인 요인과 관련된 개요이다.

- **디자이너의 경력 및 전문성** 경험이 풍부하고 유명한 디자이너는 초보자나 중급자보다 높은 제작 비용을 책정할 수 있다. 단, 이에 상응하는 폴트폴리오가 필요하다.

- **프로젝트의 복잡성** 단순한 아이콘 스타일의 캐릭터와 상세한 배경과 스토리를 포함한 캐릭터 디자인은 가격 차이가 많이 날 수 있다.

- **용도** 상업적 용도로 사용되는 캐릭터는 개인적 용도나 비영리 목적으로 사용되는 캐릭터보다 더 높은 비용을 책정할 수 있다.

- **라이선스 및 판권** 디자이너가 캐릭터의 모든 권리를 양도하는 경우, 일부 권리만을 양도하는 경우보다 더 높은 가격을 책정할 수 있다.

- **시장 수요와 경쟁** 지역, 시장의 수요 및 경쟁률 그리고 클라이언트의 예산 등도 가격 결정에 영향을 줄 수 있다.

예상 단가 (1건당)

- **초보 디자이너** 5~20만 원

- **중급 디자이너** 20~50만 원

- **전문가 및 유명 디자이너** 50~100만 원 이상

예상 수익

수익은 의뢰받은 프로젝트의 수, 단가 그리고 추가적인 라이선싱이나 판권 관련 수익 등에 따라 결정된다. 예를 들어, 한 달에 중급 디자이너가 10개의 캐릭터 디자인 의뢰를 받고 각각 30만 원의 단가로 작업을 수행한다면 총 수익은 300만 원이 될 것이다. 그러나 이러한 가격은 대략적인 예시에 불과하므로 실제 시장 조사와 여러 요인을 고려하여 정확한 단가와 수익을 책정하는 것이 중요하다. 참고로 아래 그림은 크몽에서 거래되는 캐릭터 디자인의 거래 가격이다.

큰소해
귀엽고 아기자기한 캐릭터 디자인 맡겨
주세요

prime   350,000원~
★ 5.0 15개의 평가

스완
사랑받는 캐릭터 디자인, 캐릭터 제작
합니다

🛒 100,000원~
★ 4.9 37개의 평가

ZEM
브랜드를 완성시키는 캐릭터 디자인해
드립니다.

200,000원~
★ 5.0 42개의 평가

Mr 고릴라
브랜드를 대표하는 캐릭터디자인을 제
공해 드립니다.

100,000원~
★ 5.0 1개의 평가

보리디자이너
본인만의 캐릭터 디자인을 기획 진행해
드리겠습니다

80,000원~
★ 4.9 31개의 평가

dodo디자인
캐릭터디자인 세상을 만들어 드립니다.

100,000원~
★ 4.9 12개의 평가

차버리스스튜디오
디즈니스타일의 캐릭터디자인해 드립
니다.

280,000원~
★ 4.9 32개의 평가

차버리스스튜디오
캐릭터디자인, 카톡 라인SNS스티커
제작해 드립니다.

150,000원~
★ 4.7 28개의 평가

도돌
귀엽고 개성 있는 캐릭터로고 제작해
드립니다.

100,000원~
★ 4.9 63개의 평가

무르업
얼굴걸고 판매합니다 자영업자전문 로
고디자인ㅣ로고제작

39,000원~
★ 4.9 18개의 평가

Level 2 얼디스튜디오
브랜드의 가치를 위트있게 전달하는 얼
디스튜디오 입니다.

🛒 330,000원~
★ 4.9 35개의 평가

Level 2 쥬온♦
깔끔하고 귀여운 SD 캐릭터를 그려 드
립니다.

30,000원
★ 5.0 104개의 평가

| 크몽에서 거래되는 캐릭터 디자인 가격대 |

➤ AI를 활용한 캐릭터(디자인) 제작

인공지능(AI)은 디자인 분야에 큰 변화를 불러오고 있으며, 특히 캐릭터 디자인 분야에서 AI의 가능성은 무한하다. 여기에서는 챗GPT, 미드저니, 스테이블 디퓨전과 같은 이미지 생성 AI를 활용했을 때의 장점과 간략한 활용법에 대해 알아보기로 한다.

캐릭터(디자인) 제작 시 AI의 장점

인공지능(AI)은 캐릭터 디자인 과정을 더욱 효율적이고 창의적으로 만들 수 있으며, 캐릭터 디자인에 활용하면 다음과 같은 장점을 얻을 수 있다.

- **시간 절약** 인공지능(AI)은 빠른 시간 내에 다양한 디자인 옵션을 제안할 수 있다. 시간이 많이 걸리는 전통적이고 수동적인 작업들도 AI를 통해 자동화하면서 작업 시간을 1/10까지 절약할 수 있다.

- **아이디어 확장** AI는 대량의 데이터를 기반으로 패턴을 탐색하고, 새로운 조합을 제안할 수 있기 때문에 디자이너는 AI의 제안을 바탕으로 창의적인 아이디어를 확장하거나 다양한 스타일의 디자인을 탐색할 수 있다.

- **일관성 유지** AI는 일관된 스타일과 품질로 디자인을 생성할 수 있다. 특히, 대규모 프로젝트나 시리즈물 디자인에서 유용하다.

- **개인화** AI는 사용자의 선호나 피드백을 실시간으로 반영하여 개인화된 캐릭터 디자인을 제안할 수 있기 때문에 이를 통해 특정 타겟 그룹이나 개인에게 더욱 맞춤화된 디자인을 제공할 수 있다.

- **비용 절감** 자동화된 디자인 프로세스를 통해 전반적인 디자인 작업 시간이 줄어들면서 제작 비용까지 절감할 수 있다.

AI를 활용한 캐릭터(디자인) 제작 시연

인공지능(AI)을 활용하여 캐릭터 디자인 작업을 시연해 보기로 한다. 여기에서 다루는 내용은 극히 기본적인 것이므로 AI 이미지 생성에 대한 보다 세부적이고, 전문적인 내용은 이미지 생성 AI 관련 도서를 참고한다.

※ 추천 도서 [알아두면 평생 써먹은 인공지능 그림 수업] & [생성형 AI 빅3]

먼저 [챗GPT: DALL-E 3]를 활용하여 캐릭터를 생성해 본다. 필자는 다음과 같이 [파스타 전문점을 오프할 때 필요한 요리사 컨셉의 캐릭터]를 프롬프트에 요청하였다. 그 결과 그림처럼 귀엽고 재미있는 캐릭터가 생성되었다.

| 챗GPT: DALL-E 3에서 생성된 캐릭터의 모습 |

이번엔 [미드저니]에서 [파스타 전문점 오픈, 귀여운 동물을 활용한 파스타 요리사 컨셉의 캐릭터 생성, 요리사 모자 쓰기, 오른손에 도구 들기, 미소 짓기, 일러스트 스타일, 배경 하얀색]이란 키워드를 영문으로 번역하여 프롬프트에 작성해 보았다. 결과는 다음의 그림처럼 챗GPT 스타일과 차이는 있지만 보다 디테일한 캐릭터

가 생성된 것을 알 수 있다. 이렇듯 이미지 생성 AI를 활용하면 캐릭터 디자인 비즈니스 수익 창출에 상당한 기여를 할 것이다. 그림에 관심이 많거나 캐릭터를 좋아한다면 충분히 도전해 볼 가치가 있는 비즈니스 모델이다.

| 미드저니에서 생성된 캐릭터의 모습 |

002. 세련되고 화려한 작품 세계의 AI 아트

창의력의 한계를 초월하고자 하는 예술가들은 다양한 도구와 기술을 활용해 왔다. 최근엔 생성형 인공지능(AI)을 활용한 예술 창작을 통해 자신의 창의력을 극대화하고, 보다 복잡하고 세련된 작품을 창조하려 하고 있다.

▶ 인공지능 활용 AI 아트 종류

인공지능을 활용한 AI 아트는 기술의 발전과 함께 진화하고 있으며, 창조적인 표현의 연구에 기여하고 있다. AI 아트는 딥러닝, 신경망, 알고리즘 등 다양한 기술을 사용하여 상상력을 초월한 작품을 만들어내고 있으며, 종류도 다양하다.

딥드림 (DeepDream)

딥드림은 구글의 이미지 인식 알고리즘 기반의 아트 기술로 기존의 이미지에 꿈결 같은 환상적인 효과를 추가한다. 이 기술은 이미지 속 패턴과 구조를 강조하여 초현실적이고, 화려하고, 기묘한 그림을 표현해 준다.

| 미드저니(좌)와 챗GPT(우)에서 생성된 딥드림 이미지 |

스타일 트랜스퍼 (Style Transfer)

스타일 트랜스퍼는 한 이미지의 스타일을 다른 이미지에 적용하는 기술이다. 예를 들어, 반 고흐의 화풍을 사진에 적용하여 그림처럼 만들 수 있다. 이 기술은 딥러닝 신경망을 사용하여 이미지의 콘텐츠와 스타일을 분리한 후 다시 조합하여 독특하고 창의적인 결과물을 만들어 준다.

| 미드저니(좌)와 챗GPT(우)에서 생성된 스타일 트랜스퍼 이미지 |

GAN(Generative Adversarial Networks) 기반의 아트

갠(GAN)은 서로 대립하는 두 신경망, 즉 생성자와 판별자를 사용하여 창조적인 이미지를 생성한다. 생성자는 새로운 이미지를 만들어내고, 판별자는 이것이 진짜인지 가짜인지 판별한다. 이 과정을 반복하면서 생성자는 점점 더 정교한 이미지를 만들어낼 수 있게 되며, 이를 통해 현실과 구분하기 어려운 고품질의 아트워크를 생성할 수 있다. 미드저니나 DALL-E의 원천 기술도 GAN과 관련이 있다.

프랙탈 아트 (Fractal Art)

프랙탈 아트는 복잡한 기하학적 패턴을 사용하여 만들어진 디지털 아트의 한 형태이다. 이러한 패턴은 자연에서 찾을 수 있는 것과 유사하며, 무한대로 확대하거나 축소해도 동일한 패턴이 반복되는 특징이 있다. 프랙탈 아트는 컴퓨터 알고리즘을 사용하여 생성되며, 화려하고 상세한 작품을 만들어내는데 유용하다.

| 미드저니(좌)와 챗GPT(우)에서 생성된 프랙탈 아트 이미지 |

데이터 비주얼라이제이션 (Data Visualization)

데이터 비주얼라이제이션은 복잡한 데이터를 시각적으로 표현하는 아트의 한 형태로 정보를 보다 이해하기 쉽게 만들어 준다. 이 기술을 통해 그래프, 차트, 지도 등 다양한 형태로 데이터를 표현할 수 있으며, 때로는 예술적 요소를 추가하여 아름답고 창의적인 결과물을 만들어 낼 수 있다.

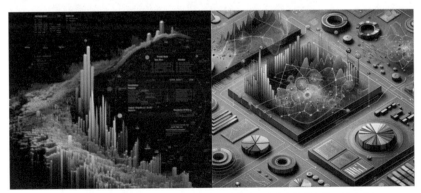

| 미드저니(좌)와 챗GPT(우)에서 생성된 데이터 비주얼라이제이션 아트 이미지 |

NFT(Non-Fungible Token) 기반의 아트

NFT 아트는 블록체인 기술을 사용하여 디지털 작품의 소유권과 진품 여부를 검증할 수 있는 새로운 형태의 아트이다. 각 NFT는 고유한 토큰으로 디지털 작품을 구매하거나 판매할 때 그 거래의 진위와 작품의 소유자를 명확하게 추적할 수 있게 해준다. 이는 디지털 아트 시장에서 작가의 권리를 보호하고, 작품의 가치를 유지하는데 도움이 된다. NFT 기반의 아트는 전통적인 아트 시장과는 다른 방식으로 작동되는데, 구매자는 실제 물리적 작품을 소유하는 대신 디지털 파일과 그 파일에 대한 소유권을 증명하는 NFT를 소유하게 된다. 이러한 방식은 특히 디지털 아티스트들에게 새로운 수익 창출의 기회를 제공하며, 전 세계의 수집가들과 손쉽게 연결할 수 있는 플랫폼을 제공한다.

| 미드저니(좌)와 챗GPT(우)에서 생성된 NFT 아트 이미지 |

▶ AI 아트를 통한 수익화

AI 아트는 예술과 기술의 결합으로 창작자들이 새롭고 혁신적인 방법으로 자신의 작품을 세상에 선보이고, 수익을 창출할 수 있는 기회까지 제공한다. 이러한 디지털 아트는 전통적인 예술 작품과 마찬가지로 가치를 지니며, 다양한 방법으로 수익을 창출할 수 있게 해준다.

디지털 아트 판매

AI로 만든 예술 작품을 디지털 파일 형태로 온라인 갤러리나 아트 마켓플레이스에 업로드하여 판매할 수 있다. 이 공간에서 전 세계의 구매자들이 작품에 접근하여 구매할 수 있으며, 아티스트는 별도의 물류나 인쇄 비용 없이 수익을 창출할 수 있다. 다음은 국내외 인기 있는 디지털 아트 판매 플랫폼들이다.

- DeviantArt (https://www.deviantart.com) 데비언트아트는 세계 최대의 온라인 아트 커뮤니티 중 하나로 수백만 명의 아티스트와 팬들이 모여 작품을 공유한다. 여기에서 아티스트는 자신의 갤러리를 만들고, 디지털 아트 작품을 업로드하여 판매할 수 있다.

- ArtStation (https://www.artstation.com) 아트스테이션은 프로페셔널 아티스트와 디자이너를 위한 플랫폼으로 고품질의 포트폴리오를 만들고 판매할 수 있는 공간을 제공한다. 아티스트는 자신의 작품을 프린트, 다운로드 또는 라이선스로 판매할 수 있다. 이 사이트는 특히, 게임, 영화, 미디어 산업과 관련된 작업자에게 인기가 많다.

- Etsy (https://www.etsy.com) 에츠이는 수공예품과 빈티지 아이템 그리고 예술 작품을 판매하는 글로벌 마켓플레이스이다. 디지털 아트를 포함하여 다양한 종류의 예술 작품을 판매할 수 있으며, 아티스트는 개인 상점을 만들어 자신의 작품을 판매할 수 있다.

- Saatchi Art (https://www.saatchiart.com) 사치 아트는 세계적으로 유명한 온라인 아트 갤러리로 현대 예술 작품을 판매한다. 아티스트는 자신의 작품을 업로드하고, Saatchi Art 팀이 판매와 배송을 관리해 주는 서비스를 제공한다.

- Society6 (https://society6.com) 소사이어티6은 아티스트들이 자신의 작품을 다양한 제품에 인쇄하여 판매할 수 있다. 아티스트는 포스터, 프린트, 폰 케이스, 의류 등 다양한 제품에 자신의 디자인을 적용할 수 있으며, 제품이 판매될 때마다 수익을 받는다.

- 네이버 그라폴리오 (https://grafolio.naver.com) 국내 최대의 온라인 아트 커뮤니티 중 하나로 다양한 예술가들이 자신의 작품을 공유하고 판매할 수 있는 공간이다. 자신의 포트폴리오를 만들고, 작품을 업로드하여 사용자와 소통하며, 작품을 판매할 수도 있다.

- **텀블벅 (https://tumblbug.com)** 크라우드 펀딩 플랫폼으로 아티스트와 크리에이터들이 자신의 프로젝트를 소개하고, 관심있는 사람들로부터 자금을 모집할 수 있다. 디지털 아트, 일러스트레이션, 애니메이션 등 다양한 창작 활동이 이 플랫폼을 통해 지원받고 있다.

- **아트업 (https://www.artup.com)** 국내의 온라인 아트 마켓플레이스로 아티스트 자신의 작품을 판매할 수 있다. 아티스트와 구매자 간의 원활한 거래를 돕기 위해 다양한 서비스를 제공한다.

- **아트스타그램 (https://www.artstagram.com)** 아티스트 자신의 작품을 공유하고 판매할 수 있다. 이 플랫폼은 특히, 젊은 예술가들에게 인기가 있으며, 쉽게 작품을 업로드하고 팔로워들과 소통할 수 있다는 것이 장점이자 특징이다.

라이선스 및 저작권 판매

아티스트는 자신의 작품을 광고, 마케팅, 제품 디자인 등 다양한 목적으로 사용할 수 있는 라이선스를 판매할 수 있다. 이를 통해 자신의 작품이 반복적으로 사용될 때마다 수익을 얻을 수 있으며, 라이선스 계약에 따라 일정 기간 동안 또는 특정 지역에서만 사용할 수 있는 권한을 부여할 수 있다.

프린트 온 디맨드

AI 아트 작품을 T셔츠, 머그컵, 포스터 등 다양한 제품에 인쇄하여 판매할 수 있다. 프린트 온 디맨드 서비스를 이용하면 주문이 들어올 때마다 제품을 제작하고 배송할 수 있어 초기 제작 비용을 절감할 수 있다.

커미션 작업

개인이나 기업을 대상으로 맞춤형 AI 아트 작품을 제작해 주는 서비스로 독특하고 개인화된 작품을 만들어 수익을 창출할 수 있다.

온라인 튜토리얼 및 워크샵

AI 아트 제작 기술과 노하우를 공유하여 수익을 창출할 수 있다. 온라인 플랫폼을 통해 튜토리얼 비디오나 워크샵을 제공하고, 참가자들로부터 수강료를 받을 수 있다. 이러한 방법은 아티스트에게 안정적인 수입원을 제공하며, 지식과 기술을 공유하는 데에도 기여한다.

AI 아트 제작 시 예상 단가와 수익

AI 아트는 무자본 인공지능 창업에 적합한 비즈니스 유형의 하나이며, 제작 시 단가와 수익은 아티스트의 경험과 명성, 작품의 복잡성, 사용된 도구와 소프트웨어, 제작 시간, 시장 수요와 같은 여러 가지 요인들로 인해 크게 달라질 수 있다.

예상 단가 (1건당)

- **단순한 작품** 5~20만 원

- **중급 퀄리티 작품** 20~50만 원

- **고급 퀄리티 작품** 50~200만 원 이상

예상 수익 (월)

- **초보 아티스트** 10~50만 원

- **중견 아티스트** 50~200만 원

- **유명 아티스트** 500~2,000만 원 이상

AI 아트 시장은 아직 새롭고 발전 중인 분야이기 때문에 아티스트는 지속적으로 학습과 네트워킹을 통해 기회를 찾아야 하며, 다양한 수익 창출 방법을 연구하여 안정적인 수익을 얻을 수 있도록 노력해야 한다.

| 네이버 그라폴리오에 등록된 작품_최길수 作 |

🔹 인공지능을 활용한 AI 아트 제작

AI 아트 제작 시 인공지능을 활용하면 시간 절약, 창의력 향상, 개인화, 품질 향상, 비용 절감 등 아티스트들이 더욱 창의적이고 효율적으로 작업을 수행할 수 있도록 해준다. 그밖에 다음과 같은 장점을 가지고 있다.

- **무한한 자원** AI는 온라인에 존재하는 방대한 데이터와 이미지를 활용할 수 있어 아티스트가 참고할 수 있는 자원이 무한하다. 이를 통해 영감을 얻고, 새로운 아이디어를 시도하는 데 도움이 된다.

- **쉬운 수정과 재사용** AI 아트는 디지털 형태로 존재하기 때문에 수정이 용이하며, 다양한 형태로 재사용할 수 있다. 이는 시간과 자원을 절약할 수 있게 해준다.

- **글로벌 시장 접근** AI를 사용한 아트는 온라인 플랫폼을 통해 전 세계의 고객과 쉽게 연결될 수 있어 아티스트의 작품이 더 넓은 시장으로 진출할 수 있는 기회를 제공한다.

인공지능을 활용한 AI 아트 제작 시연

인공지능(AI)을 활용하여 AI 아트 작업을 시연해 보기로 한다. 여기에서 다루는 내용은 극히 기본적인 것이므로 생성형 AI에 대한 보다 세부적이고 전문적인 내용은 이미지 생성 AI 관련 도서를 참고한다.

※ 추천 도서 [알아두면 평생 써먹은 인공지능 그림 수업] & [생성형 AI 빅3]

[챗GPT]와 [미드저니]를 활용하여 AI 아트를 생성해 보기로 한다. 필자는 다음과 같이 [우주의 심장에서 본 사랑과 행복]이란 주제로 [AI 아트 생성하기]를 프롬프트에 요청하였다. 그 결과 아래 그림처럼 몽환적 우주 공간 속에 있는 듯한 신비스러운 AI 아트가 생성된 것을 알 수 있다.

| 챗GPT(좌)와 미드저니(우)에서의 생성된 AI 아트 |

003. 모든 장르의 도서를 책임지는 삽화 (일러스트)

책 속 삽화는 텍스트와 함께 이야기를 생생하게 전달하는 요소이다. 이는 독자가 텍스트를 해석하고 내면화하는 과정에 깊이와 풍부함을 더해 준다. 삽화는 특히 어린이나 젊은 독자들에게 시각적인 매력을 더해 주목을 끌게 하고, 복잡한 개념이나 설정을 쉽게 설명하는데 도움을 준다.

삽화가 필요한 장르

삽화는 단순한 장식 이상의 역할을 하며, 독자들에게 더욱 풍부한 경험을 선사한다. 특히, 삽화는 다음과 같은 도서 장르에서 매우 중요하게 사용된다.

어린이(유아) 책

어린이 도서에서 삽화는 아이들에게 상상의 날개를 달아 준다. 동화책, 학습서, 그림책 등은 어린이들의 호기심을 자극하고, 이야기에 생명을 불어넣는 그림들로 가득 차 있다. 이를 통해 어린 독자들은 꿈을 꾸며, 창의력을 발휘할 수 있게 해준다.

- **동화책 삽화** 동화책에 실린 삽화는 이야기 속 마법 같은 순간들을 시각으로 느끼게 만든다. 토끼가 말을 하고, 별들이 노래를 부르는 장면이 그림을 통해 현실화되면서 어린이들은 동화 속 세계에 더욱 쉽게 빠져들 수 있다.

- **학습서 일러스트레이션** 학습서의 삽화는 교육적 목표를 지닌 그림이다. 알파벳부터 수학 문제까지, 삽화는 학습 내용을 보다 친근하고 이해하기 쉬운 형태로 변환하여 아이들이 즐겁게 학습할 수 있는 환경을 제공한다.

- **그림책의 그림** 그림책은 종종 글보다 그림이 더 많은 비중을 차지하기도 한다. 그림은 이

야기 전체의 흐름과 감정을 전달하는 동시에 시각적 정보를 통해 이야기를 이해하고, 자신만의 해석을 추가하도록 유도한다.

| 챗GPT DALL-E 3에서 생성한 동화 삽화 |

각각의 장르에서 삽화는 어린 독자들이 세상을 바라보는 창이며, 그들의 창의력과 상상력을 자극하는 기초적인 도구이기도 하다. 삽화를 통해 어린이들은 글자로만 표현되는 이야기를 넘어 감각적이고 다채로운 경험을 할 수 있다. 이러한 시각적 요소들은 아이들에게 새로운 관점을 제공하고, 지식을 구축하는 과정에서 중요한 역할을 하기 때문에 이러한 책 속 삽화는 책의 품질을 결정하는 데에도 대단히 큰 역할을 하는 것이다.

판타지 및 과학소설

판타지 및 과학소설 장르에서의 삽화는 작자가 창조한 복잡한 세계관을 시각적 언어로 해석한다. 마법과 기술, 이국적 풍경과 독특한 캐릭터들은 그림을 통해 독자들 앞에 생생히 펼쳐지며, 이러한 삽화는 독자들이 작가의 상상력을 공유하고, 더욱 몰입할 수 있게 만드는 중요한 요소이다.

- **판타지의 삽화** 판타지 장르의 삽화는 독특한 생물체, 마법의 세계 그리고 신화적 요소들을 형상화하며, 드래곤의 비늘 하나하나에 이르기까지 세심한 묘사를 통해 독자들은 글로만

은 경험할 수 없는 환상적인 세계를 체험한다. 또한 마법의 순간들이 펼쳐지는 그림은 독자들의 상상력을 자극하고 이야기에 깊이를 더할 수 있다.

- **과학소설 삽화** 과학소설의 삽화는 미래의 기술, 우주 여행, 외계 생명체 등을 포함한 과학적 개념을 시각화한다. 이들 그림은 현실에서는 볼 수 없는 장면들을 구현함으로써 독자들이 과학적 가능성을 탐구하고 이야기 속으로 빠져들게 한다. 또한, 복잡한 과학 이론을 이해하기 쉽고, 접근하기 편한 형태로 제시하여 이야기의 배경과 분위기를 설정하는 데 핵심적인 역할을 한다.

- **캐릭터 디자인** 판타지와 과학소설에서 캐릭터 삽화는 등장인물의 외모, 복장 그리고 특성을 상세히 표현해 준다. 이는 독자들이 캐릭터와 더 깊은 감정적 관계를 형성하는 데 도움을 준다. 이국적이고 독특한 캐릭터들의 시각적 표현은 독자들에게 강렬한 인상을 남기고, 이야기에 대한 기억을 강화시킨다.

| 챗GPT DALL-E 3(좌)와 미드저니(우)에서 생성한 판타지 및 과학소설 삽화 |

교과서 및 학술 서적

교과서 및 학술 서적에 삽입되는 일러스트는 교육적 가치를 높여준다. 복잡한 과학적 개념이나 역사적 사건들을 이해하기 쉽게 설명해 주며, 추상적인 아이디어를 구체적으로 보여줌으로써 학습자의 이해를 돕는다.

- **과학 일러스트** 복잡한 생물학적 구조, 화학 반응, 물리 법칙 등을 명확하게 시각화한다. 이

러한 그림은 학생들이 실제 실험을 하지 않고도 개념을 이해할 수 있게 해준다. 또한, 미시적 혹은 거시적 현상을 학생들이 눈으로 볼 수 있게 만들어 교육 내용에 대한 깊은 이해를 가능하게 한다.

- **의학 일러스트** 의학 일러스트레이션은 의학 교육의 핵심적인 부분으로 해부학 및 질병 시각화, 수술 절차, 치료법 및 의료기기의 사용법, 환자 교육 목적 등 학생들과 의료 전문가들이 복잡한 의학 정보를 이해하고 의료 지식을 실제로 적용하는 데 필수적이다.

- **역사적 일러스트** 역사적 사건이나 인물, 문화적 장면들을 생동감 있게 재현한다. 이러한 그림은 단순히 날짜와 사건을 암기하는 것을 넘어 학습자가 해당 시대의 분위기와 맥락을 느낄 수 있도록 한다.

- **수학적 일러스트** 추상적인 수학적 아이디어와 공식을 시각적 모델로 표현하여 학습자가 개념을 쉽게 이해하고, 시각적으로 문제를 해결할 수 있게 도와준다. 예를 들어, 기하학적 형태나 그래프는 수학적 원리를 구체적으로 보여주어 학습 효과를 증대시킨다.

- **기술적 일러스트** 기계적인 장치나 건축 구조 등을 상세하게 보여주어 학습자가 작동 원리나 구조를 명확하게 이해할 수 있도록 한다. 이러한 그림은 복잡한 설계나 시스템을 단순화하여 보다 쉽게 접근하고 학습할 수 있도록 만든다.

- **지리적 일러스트** 지도와 지형의 형태를 정확하게 표현하여 학습자가 지리적 위치와 지형적 특성을 이해할 수 있도록 한다. 이는 학생들이 세계관을 넓히고, 다양한 지역의 환경과 그 영향을 배울 수 있게 하는데 중요한 역할을 한다.

| 챗GPT DALL-E 3에서 생성한 교과서 및 학술서적 삽화 |

요리책

요리책에서의 사진과 그림은 맛의 시각적 역할을 대신한다. 재료의 신선함 그리고 색감과 질감은 모두 사진 속에 담겨 독자들이 요리에 대한 열정을 느낄 수 있게 하며, 단순히 요리법 소개를 넘어 요리의 예술적 가치를 전달한다.

- **재료의 신선함 강조** 사진은 재료의 생생한 색상과 질감을 선명하게 포착하여 식재료가 가진 자연스러운 아름다움을 강조한다. 독자는 이를 통해 재료 선택의 중요성을 인지하고, 신선하고 질 좋은 재료를 구입하도록 동기부여를 받는다.

- **조리 과정의 시각적 안내** 단계별 사진이나 삽화는 복잡한 요리 과정을 명확하게 설명해준다. 이는 독자가 요리법을 더 쉽게 이해하고, 각 단계를 정확하게 따를 수 있게 도와준다. 특히, 복잡한 조리법이나 잘 알려지지 않은 요리 기술을 배울 때 유용하다.

- **맛의 시각적 표현** 요리의 완성된 모습을 보여주는 사진은 맛과 풍미를 시각적으로 전달한다. 요리의 색감과 질감은 맛에 대한 기대감을 형성하며, 독자들이 실제로 요리를 시도해보고자 하는 욕구를 자극한다.

- **요리의 예술적 가치 전달** 요리책에 실린 삽화나 고급스러운 사진은 단순한 조리법의 나열을 넘어 요리를 하나의 예술 형태로 승화시킨다. 이는 요리의 창의적인 측면을 강조하고, 독자들이 자신만의 스타일을 요리에 반영하도록 영감을 준다.

| 챗GPT DALL-E 3(좌) 미드저니(우)에서 생성한 요리책 삽화 |

그래픽 노블

만화와 소설의 중간 형식의 장르인 그래픽 노블에서의 삽화는 책의 전부라고 해도 과언이 아니다. 이야기의 진행, 감정의 변화 그리고 동작 하나하나가 그림을 통해 전달되어 독특한 문화적 경험을 제공한다.

- **시각적 서사 구축** 만화와 그래픽 노블에서 삽화는 단순한 배경이 아닌 이야기를 전달하는 주동력 장치이다. 캐릭터의 표정, 배경의 세부사항, 색상의 사용 등 모든 시각적 요소가 이야기의 분위기를 설정하고, 플롯의 전개에 필수적인 정보를 제공한다.

- **감정 표현 강화** 캐릭터들의 감정 변화는 섬세한 얼굴 표정과 몸짓을 통해 효과적으로 표현된다. 이러한 시각적 단서는 글자로 쓰여진 대사만으로는 전달하기 어려운 미묘한 감정의 뉘앙스를 전달하는 데 기여한다.

- **시각적 리듬과 페이스 조절** 페이지 레이아웃과 패널의 크기와 형태는 이야기의 리듬과 페이스를 조절한다. 작은 패널은 빠른 진행을, 큰 패널은 중요한 순간의 여운을 주며, 이러한 변화를 통해 이야기의 흐름을 자연스럽게 만들어 준다.

- **문화적 상징과 은유 전달** 삽화는 때로 상징적이거나 은유적인 요소를 포함하여 깊은 메시지나 사회적 코멘트를 효과적으로 전달한다.

- **유니크한 예술적 스타일 전시** 각 만화가나 일러스트레이터의 독특한 스타일은 그래픽 노블을 통해 선보이는데, 이는 독자에게 시각적 즐거움을 제공한다.

| 챗GPT DALL-E 3에서 생성한 그래픽 노블 삽화 |

그밖에 비즈니스 및 자기계발서에서의 삽화는 복잡한 이론과 전략을 명확하고 간결하게 전달하는 수단으로 활용된다. 그리고 인포그래픽과 같은 시각적 요소는 정보를 빠르고 효과적으로 소화할 수 있게 하며, 독자들이 학습 내용을 더 오래 기억하도록 한다. 이처럼 삽화는 각 장르의 특성을 살리고 독자들에게 메시지를 효과적으로 전달하는 강력한 도구이다.

》 삽화를 통한 수익화

삽화는 단순히 예술적 표현의 한 형태일 뿐만 아니라 창조적 기술을 활용하여 수익을 창출할 수 있는 수단이기도 하다. 예술가로서 자신의 창작물로 경제적인 독립을 이루기 위한 여정은 다양한 형태로 전개될 수 있으며, 다음은 그 몇 가지 방법들에 대한 소개이다.

프리랜서 일러스트레이터로

개인적인 프로젝트나 출판사, 기업과의 계약을 통해 수익을 창출하는 방법이다. 여기에는 책의 삽화, 광고 캠페인, 웹사이트 디자인 등 다양한 형태의 일러스트 작업이 포함될 수 있다. 프리랜서로서의 경력을 쌓는 것은 네트워킹과 지속적인 포트폴리오 업데이트를 통해 이루어진다.

저작권 판매 및 라이선싱

자신의 작품을 보호하고, 저작권을 판매하거나 다른 사람이나 기업이 사용할 수 있도록 라이선스를 부여하는 방법이다. 이는 일회성 수익 뿐만 아니라 장기적인 로열티 수입을 창출할 수 있는 가능성을 가진다.

온라인 플랫폼을 통한 삽화 판매

네이버 스마트스토어, Etsy, Society6, Redbubble과 같은 온라인 마켓플레이스를 활용하여 자신의 삽화를 전 세계의 구매자에게 판매할 수 있다. 이 방법은 개인적인 작업을 계속하면서도 수익을 창출할 수 있는 효과적인 방법이다.

- Etsy (https://www.etsy.com) 에츠이는 수공예품, 빈티지 아이템, 그리고 예술 작품을 판매하기 위한 세계적인 마켓플레이스이다. 일러스트레이터들은 여기에서 자신의 오리지널 작품이나 프린트, 디지털 다운로드 형태로 삽화를 판매할 수 있다.

- Society6 (https://www.society6.com) 소사이어티는 예술가들이 자신의 작품을 업로드하고, 사이트가 이를 다양한 제품에 인쇄하여 판매하는 방식으로 운영된다. 구매자는 삽화가 인쇄된 티셔츠, 폰 케이스 등을 구입할 수 있다.

- Redbubble (https://www.redbubble.com) 레드버블은 일러스트레이터와 디자이너가 자신의 작품을 제품에 적용해 판매할 수 있다. 삽화를 업로드하면 Redbubble이 이를 제품에 인쇄하고, 전 세계적으로 배송하는 서비스를 제공한다.

- Inprnt (https://www.inprnt.com) 인프린트는 예술가들이 자신의 삽화를 고품질의 프린트로 판매할 수 있다. 이 플랫폼은 예술가에게 높은 수익 분배율을 제공하며, 아티스트는 커뮤니티의 투표를 통해 가입할 수 있다.

- 네이버 스마트스토어 (https://smartstore.naver.com) 국내에서는 네이버 스마트스토어가 인기 있는 판매 플랫폼 중 하나이다. 일러스트레이터들은 자신의 스토어를 개설하여 직접 삽화를 판매할 수 있다. 네이버의 방대한 사용자 기반은 국내 시장에 효과적으로 접근하는 데 도움을 준다.

인쇄 및 머천다이징

자신의 삽화를 티셔츠, 머그컵, 포스터, 인사 카드 등 다양한 상품에 인쇄하여 판매하는 방법이다. 이는 예술 작품을 더 넓은 대중에게 접근 가능하게 하고, 물리적 상품을 통해 수익을 창출할 수 있는 기회를 제공한다.

삽화 제작 시 예상 단가와 수익

삽화 제작 시 단가와 수익은 여러 요인에 의해 달라질 수 있으며, 해당 일러스트레이터의 경험, 포트폴리오, 명성, 작업의 복잡성, 클라이언트의 유형, 사용 권리의 범위 등에 따라 크게 변동된다. 다음의 예상 단가와 수익은 일반적인 기준이며, 실제 시장 상황과 차이가 날 수 있다.

예상 단가 (1건당)

- **단순한 작품** 5~20만 원

- **중급 퀄리티 작품** 20~50만 원

- **고급 퀄리티 작품** 50~200만 원 이상

예상 수익 (월)

- **초보 일러스트레이터** 50~300만 원

- **중견 아티스트** 500~900만 원

- **유명 아티스트** 1,000만 원 이상

위 데이터는 광범위한 시장 조사와 업계 평균을 바탕으로 한 추정치이며, 실제 수익은 각각의 일러스트레이터의 능력과 시장 상황에 따라 달라질 수 있다. 또한, 삽화를 온라인 플랫폼에서 판매하는 경우, 수익은 판매량과 판매 제품의 종류에 따라 크게 달라질 수 있다.

004. 기업의 정체성을 창조하는 로고(브랜드) 디자인

기업의 상징인 로고와 브랜드 아이덴티티는 비즈니스 세계에서 중추적인 역할을 한다. 이는 기업의 전체적인 이미지와 메시지를 형성하는 데 중대한 영향을 끼치는 요소이다. 인공지능(AI)는 이러한 작업 환경에 더욱 창의적인 결과를 창조한다.

🔹 로고 및 브랜드 디자인의 중요성

로고는 기업의 철학과 목적을 집약하여 표현한 그래픽 마크이며, 브랜드 인지도를 높이고 기업 이미지를 강화하는 핵심적인 수단이다. 잘 디자인된 로고와 브랜드 아이덴티티는 시장에서의 경쟁력을 갖추고, 명확한 메시지 전달을 통해 고객의 충성도를 확보하는 데 기여한다.

로고의 상징성

로고는 기업이나 브랜드 철학, 가치 및 개성을 상징하는 시각적 표현이다. 로고의 색상, 형태 그리고 타이포그래피는 브랜드 스토리를 전달하고 고객에게 기업의 정체성을 인식시키는 중요한 역할을 한다.

• **색상 (Color)** 색상은 강력한 심리학적인 감정 반응을 유발하며, 브랜드의 성격을 반영한다.

예를 들어, 빨간색은 열정과 활력을, 파란색은 신뢰와 진정성을 나타낼 수 있다. 일관된 색상 사용은 브랜드 인식을 강화하며, 글로벌 브랜드는 문화적 의미를 둔다.

- **형태 (Shape)** 기하학적 형태나 자연에서 영감을 받은 심볼리즘은 브랜드의 기본 가치를 상징하며, 로고의 형태는 브랜드의 기원이나 창립자의 브랜드 스토리를 담을 수 있어 고객과의 감정적 관계를 촉진한다. 또한 독창적이고 기억에 남는 모양은 시각적 인식을 높이고 브랜드의 독특한 이미지를 구축하는 데 도움이 된다.

- **타이포그래피 (Typography)** 글꼴은 고전적일 수도, 현대적일 수도 있어 브랜드의 성격을 전달하며, 로고를 쉽게 읽을 수 있도록 가독성을 강조해야 한다. 그리고 강조하고 싶은 단어나 메시지를 통해 브랜드의 메시지를 강화한다.

브랜드 인지도 구축

로고는 브랜드를 식별하는 기본적인 요소로 작용한다. 잘 디자인된 로고는 사람들이 브랜드를 쉽게 기억하게 만들고, 다른 브랜드와 차별화하여 시장에서 돋보이도록 한다.

- **기업 이미지 강화** 로고는 기업의 전문성과 신뢰성을 나타낸다. 전문적으로 잘 설계된 로고는 고객에게 긍정적인 첫인상을 제공하며, 기업의 전반적인 이미지를 강화하는 데 기여한다.

- **시각적 일관성과 브랜드 아이덴티티** 로고와 함께 사용되는 색상 팔레트, 폰트, 그래픽 요소는 브랜드 아이덴티티를 구축하는 데 필수적이다. 이러한 요소들이 일관성 있게 사용되면 고객이 다양한 맥락에서 브랜드를 인식하고 연결 지을 수 있다.

- **고객 인지도 및 관계 형성** 감정적으로 고객과 연결될 수 있는 로고와 브랜드 디자인은 고객의 인지도를 높인다. 소비자가 브랜드에 대한 개인적인 관계를 느낀다면 반복 구매를 하고, 해당 브랜드를 주변에 추천할 가능성이 높아진다.

마케팅 및 광고의 효율성

로고와 브랜드 요소들은 광고 캠페인과 마케팅 자료에서 중심적인 역할을 하며, 효과적인 브랜드 커뮤니케이션을 가능하게 한다. 브랜드가 일관된 메시지와 시각적 언어를 사용하면 마케팅 캠페인의 인지도(충성도)와 효과가 높아진다.

- **브랜드 식별성 구축** 브랜드 식별성 구축은 로고를 통해 브랜드의 존재감을 알리고, 고유한 이미지를 소비자의 마음에 각인시킨다.

- **메시지 전달 및 커뮤니케이션 강화** 메시지 전달 및 커뮤니케이션 강화는 로고와 브랜드 요소들을 사용하여 브랜드의 스토리와 가치를 일관되고 명확하게 전달하며, 소비자와의 강한 감정적 관계를 구축한다.

- **브랜드 충성도 및 인지도 상승** 브랜드 충성도 및 인지도 상승은 지속적인 브랜드 요소의 노출을 통해 소비자의 인지도를 향상시키고, 일관된 메시지로 신뢰를 구축하여 소비자의 충성도를 높인다.

▶ AI를 활용한 로고 및 브랜드 디자인 제작

인공지능(AI)의 등장은 로고 및 브랜드 디자인의 제작 과정을 근본적으로 변화시켰다. AI 기술을 활용하면 무한한 창의성과 데이터 기반의 분석을 결합하여 브랜드의 정체성과 시장의 요구를 정확하게 반영하는 로고를 간편하게 제작할 수 있다. 이 과정에서 AI는 다양한 데이터 입력을 기반으로 유의미한 패턴을 인식하고, 그것을 바탕으로 새롭고 혁신적인 디자인 아이디어를 생성해 준다. 브랜드의 특성, 타켓 오디언스의 선호도, 경쟁 브랜드의 특징 등을 분석하여 디자인에 반영함으로써 더욱 개인화되고 맞춤화된 로고 디자인이 가능하다. AI의 또 다른 장점은 속도이다. 수많은 디자인 옵션을 신속하게 생성하고 수정하여 디자인 프로세스를 크게 가속화할 수 있으며, 클라이언트는 짧은 시간 내에 다양한 디자인을 비교 분석하고, 선호도에 맞는 최적의 선택을 할 수 있다.

브리핑과 리서치

브랜드 디자인 제작의 첫 걸음은 이해와 분석에서 시작한다. 이 단계에서는 다음과 같은 활동이 포함된다.

- **기업의 가치 파악** 기업의 핵심 가치와 철학을 이해하고, 이를 시각적 언어로 전환할 방법을 모색한다.

- **타겟 오디언스 분석** 누구에게 말을 걸고 있는지 알아내기 위해 타겟 오디언스를 정의하고 그들의 선호와 행동 패턴을 조사한다.

- **경쟁사 분석** 시장 내에서 기업의 위치를 파악하기 위해 경쟁사의 브랜딩 전략을 분석하고 차별화할 수 있는 요소를 찾는다.

개념 개발

조사와 분석을 통해 얻은 인사이트를 바탕으로 창의적인 과정이 진행된다.

- **아이디어 발전** 다양한 아이디어와 컨셉을 생각하고, 브랜드의 메시지를 효과적으로 진달할 수 있는 방안을 고안한다.

- **스케치** 잠재적인 디자인 컨셉을 스케치로 표현하여 다양한 방향성을 탐색한다.

디자인 실행

인공지능(AI)은 로고 및 브랜드 디자인을 현실로 전환하는 단계에서 핵심적인 역할을 한다. AI를 활용한 디자인 실행 과정은 다음과 같은 단계로 이루어진다.

- **디지털 변환과 최적화** 채택된 아이디어와 초기 스케치는 AI 도구(소프트웨어)를 통해 디지털 형태로 변환된다. AI는 이 과정에서 디자인의 정밀한 조정뿐만 아니라 구성 요소들의 최적화를 자동화하여 효율성을 높인다. 텍스처, 그림자, 그라데이션 등의 복잡한 그래픽

요소도 AI를 통해 정교하게 조정될 수 있다.

- **색상 및 서체 선택의 자동화** AI는 브랜드의 코어 가치와 타겟 마켓 데이터를 분석하여 가장 적합한 색상 팔레트와 서체를 제안한다. 브랜드 아이덴티티에 부합하는 색상 조합과 타이포그래피를 자동으로 추천함으로써 디자인의 시각적 호소력을 강화한다. 이는 사용자 경험과 상호작용 데이터에 기반하여 지속적으로 학습하고 개선되는 과정이다.

피드백과 수정

제작된 디자인은 다음과 같은 고객과의 상호작용을 통해 완성된다.

- **피드백 수집** 클라이언트로부터의 피드백을 받아 디자인의 방향을 검토한다.
- **디자인 조정** 피드백을 바탕으로 필요한 조정을 거쳐 디자인을 세밀하게 다듬는다.

브랜드 가이드라인 제작

디자인의 일관성을 유지하기 위한 마지막 단계이며, 내용은 다음과 같다.

- **가이드라인 문서화** 로고 사용법, 색상 팔레트, 타이포그래피 그리고 기타 브랜드 요소들의 사용 지침을 명시한 문서를 작성한다.
- **브랜드 적용** 로고와 브랜드 요소들이 모든 매체와 자료에서 일관되게 사용될 수 있도록 가이드라인을 제공한다.

▶ 로고 및 브랜드 디자인을 통한 수익화

로고와 브랜드 디자인은 단순한 시각적 요소를 넘어 기업의 정체성을 담는 중요한 자산이다. 이러한 디자인 작업을 통해 수익을 창출하는 방법은 다양하며, 창의력과 전략적 사고를 요구한다. 여기에는 디자인 서비스의 제공, 저작권 판매, 제휴 마케팅, 브랜드 컨설팅 그리고 온라인 플랫폼을 활용한 제작 및 판매가 포함된다.

디자인 서비스 제공

디자이너로서 기업이나 개인 고객에게 맞춤형 로고 및 브랜드 아이덴티티 디자인 서비스를 제공하는 것은 수익을 창출을 위한 가장 직접적인 방법이다. 이 과정에는 클라이언트의 비전과 요구를 이해하는 것부터, 개념화, 디자인 실행, 수정 및 최종 인도에 이르기까지의 전체 디자인 프로세스가 포함된다. 고유한 디자인을 제공함으로써 디자이너는 창의력에 대한 대가를 받을 수 있으며, 성공적인 프로젝트는 추후 추가적인 업무 기회를 창출할 수 있다.

라이선싱 및 저작권 판매

디자인한 로고를 포함한 지적 재산권의 라이선싱은 상당한 수익을 가져올 수 있다. 이는 기업들이 특정 용도로 로고를 사용하고자 할 때 라이선스를 구매하는 방식으로 이루어진다. 저작권을 완전히 양도하는 것은 일시적인 대규모 수익을 창출할 수 있지만, 장기적인 수익 흐름은 제공하지 않는다. 저작권 판매는 디자인의 독창성, 인지도 및 적용 범위에 따라 가치가 달라질 수 있다.

제휴 마케팅

디자이너가 자신의 로고를 다양한 디자인 거래 플랫폼에 등록하여 다른 사람들이 사용할 수 있도록 하고, 해당 판매에 대한 수수료를 받는 방식이다. 이는 정기적으로 수익이 발생되는 패시브 인컴(Passive Income) **직접적인 활동이나 노동 없이도 지속적으로 발생하는 수입** 을 생성하는 방법으로 디자이너가 적극적으로 관여하지 않아도 수익이 발생할 수 있다.

브랜드 컨설팅

브랜드 전략을 수립하고 아이덴티티를 구축하는 데 도움을 주는 컨설팅 서비스를 제공함으로써 기업들이 시장에서 독특한 위치를 차지할 수 있도록 지원한다. 이러한 서비스는 로고 디자인뿐만 아니라 전체 브랜드 커뮤니케이션 전략에 걸쳐 제공될 수 있다.

온라인 플랫폼을 통한 제작 및 판매

온라인 디자인 거래 플랫폼을 활용하여 로고 디자인 서비스를 제공하거나 미리 제작된 로고 템플릿을 판매할 수 있다. 이러한 플랫폼은 광범위한 고객 접근성과 손쉬운 거래 방식을 제공하므로 디자이너에게 편리한 판매 채널을 마련해 준다.

- **디자인나스 (https://designnas.com)** 다양한 디자인 의뢰를 온라인으로 접수하고, 디자이너와 클라이언트를 연결해 주는 업무 파트너 매칭 플랫폼이다.

- **위시켓 (https://www.wishket.com)** 프리랜서 디자이너와 IT 프로젝트를 위한 클라이언트를 연결해 주는 서비스 플랫폼이며, 로고 및 브랜딩 프로젝트도 찾을 수 있다.

- **크몽 (https://kmong.com)** 국내 최대의 프리랜스 서비스 마켓플레이스 중 하나로, 로고 디자인뿐만 아니라 웹 개발, 마케팅, 번역 등 다양한 서비스를 제공한다.

- **숨고 (https://soomgo.com)** 숨고는 다양한 분야의 전문가들을 연결해 주는 업무 파트너 매칭 플랫폼으로 디자인, 컨설팅, 교육, 라이프스타일 서비스 등을 제공한다.

- **이랜서 (https://www.elancer.co.kr)** 이랜서는 IT, 디자인, 마케팅, 번역 등 다양한 프로젝트를 프리랜서에게 제공하는 업무 파트너 매칭 플랫폼이다. 로고 디자인 의뢰도 이곳에서 찾아볼 수 있다.

- **99designs (https://99designs.com)** 99디자인즈는 전 세계 디자이너들과 고객을 연결해 주며, 로고 디자인 콘테스트를 통해 다양한 디자인 옵션을 받을 수 있다.

- Fiverr (https://www.fiverr.com) 파이버는 디자인, 마케팅, 기술 작업 등 다양한 프리랜스 서비스를 제공하는 대표적인 마켓플레이스로, 로고 제작 서비스도 인기 거래 종목이다.
- Upwork (https://www.upwork.com) 업워크는 프리랜서가 다양한 프로젝트에 입찰할 수 있으며, 로고 및 브랜딩 프로젝트도 많이 포함되어 있다.

삽화 제작 시 예상 단가와 수익

일반적인 로고 제작의 단가와 수익은 디자이너의 경험, 로고의 복잡성, 클라이언트의 요구사항 그리고 프로젝트 제작 시간에 따라 다양하다. 다음은 일반적인 로고 디자인 프로젝트의 단가와 수익에 대한 대략적인 가이드라인이다.

예상 단가 (1건당)

- **초보 프리랜서** 5~20만 원
- **중급 프리랜서** 20~0만 원
- **전문 프리랜서** 80~200만 원 이상
- **중소 디자인 제작사** 100~500만 원 이상
- **대형 에이전시 또는 유명 디자이너** 500~2,000만 원 이상

예상 수익 (연)

- **초보 프리랜서** 수백만 원
- **중급 프리랜서** 1,000~5,000만 원
- **전문 프리랜서** 5,000~10,000만 원 이상
- **중소 디자인 제작사** 10,000~50,000만원 이상
- **대형 에이전시 또는 유명 디자이너** 50,000~100,000만 원 이상

로고 디자인에 대한 비용은 퍼블릭 도메인에 공개되지 않는 경우가 많아 정확한 정보를 얻기 어렵다. 하지만 과거에 공개된 자료를 기반으로 일부 기업 로고들은 상상을 초월하는 제작비를 지출하는 것으로 유명하다. 다음은 공개된 정보 중 기업 로고 제작 비용을 가장 많이 쓴 기업 베스트 5이다.

- **Symantec Brand & Acquisition** Symantec이 VeriSign의 보안 사업부를 인수했을 때 로고 포함 브랜드 아이덴티티 업데이트 비용은 약 11억 5천만 달러(원화: 1조 3,800억 원)로 추정된다. 이 비용에는 로고 디자인뿐만 아니라 브랜드 통합과 관련된 전체 비용도 포함되어 있다.

- **British Petroleum (BP)** 2008년에 BP는 그들의 [헬리오스] 로고 디자인과 브랜딩 전략에 약 2억 1천만 달러(원화: 2,520억 원)를 지출했다. 이는 로고 디자인, 마케팅 캠페인, 리브랜딩 비용을 전부 포함한 금액이다.

- **Accenture** 컨설팅 회사인 Accenture는 이름 변경(앤더슨 컨설팅에서 변경)과 로고 디자인에 약 1억 달러(원화: 1,200억 원)를 지출했다고 알려져 있다.

- **Posten Norge** 노르웨이의 우정사업본부는 새 로고와 아이덴티티에 5천 5백만 달러(원화: 660억 원)를 투자했다고 알려져 있다.

- **ANZ** 호주와 뉴질랜드 은행 그룹은 로고 리브랜딩에 약 1천 5백만 달러(원화: 180억 원)를 지출했다.

최근 국내 자동차 기업인 기아는 27년간 사용했던 로고를 교체하였는데, 새로운 로고 제작 비용 이외에 자동차, 사옥 간판, 모든 기아 제품의 기존 로고를 교체하는 데 총 8천억 원 정도 들어갔다고 한다. 어떻듯 한 기업이 로고 제작에 천문학적인 비용을 투자하는 것은 로고가 브랜드의 정체성을 형성하고, 고객과의 첫인상을 결정짓는 중요한 요소이기 때문이다. 강력한 로고는 브랜드를 돋보이게 하고 시장에서의 경쟁력을 강화하며, 장기적인 투자로써 브랜드 가치를 상승시키는 효과가 있다.

⏵ AI를 활용한 로고 제작

인공지능(AI) 기술을 활용한 로고 제작은 기업과 개인에게 신속하고, 효율적이며, 비용 효과적인 디자인 솔루션을 제공한다. AI 디자인 플랫폼은 사용자가 입력한 기본 정보와 선호도에 기반하여 다양한 로고 옵션을 생성하며, 그 과정에서 무한한 창의성과 빠른 반복 수정의 이점을 누릴 수 있다.

인공지능 로고 제작의 장점

인공지능(AI)를 활용한 로고 제작은 빠른 속도로 맞춤형 로고를 생성하고, 브랜드 가치와 개성을 반영하는 동시에 시간과 비용을 절감하는 혁신적인 솔루션이다.

- **속도와 효율성** AI는 수 분 내에 수백 개의 로고 디자인을 생성할 수 있어 전통적인 디자인 프로세스보다 훨씬 빠른 결과물을 생산할 수 있다.

- **비용 절감** AI는 자동화된 프로세스를 통해 디자인 비용을 대폭 줄여준다.

- **개인화** 사용자의 입력을 기반으로 개인화된 디자인 옵션을 제공한다.

- **쉬운 수정과 반복** AI 플랫폼을 사용하면 클릭과 조정으로 간단하게 수정이 가능하다.

- **데이터 기반 디자인** AI는 대규모 데이터 분석을 통해 트렌드를 반영하여 최적화된 디자인 결정을 내릴 수 있다.

로고 제작 전문 AI

미드저니나 DALL-E 3와 같은 생성형 AI가 아니더라도 로고 제작을 위한 AI 플랫폼을 이용하여 로고를 제작할 수도 있다. 다음은 로고 제작을 위한 대표적인 플랫폼들이다. 사용법이 간단하기 때문에 누구나 쉽게 로고 제작을 할 수 있다.

- **Logojoy/ Looka (https://looka.com)** 로고조이는 사용자의 선호와 산업 트렌드에 맞는 맞춤형 로고를 제안한다.

- **Tailor Brands (https://tailorbrands.com)** 테일러 브랜즈에서는 간단한 질문에 답하는 것으로 AI가 회사의 브랜딩에 맞는 로고를 생성해 준다.

- **Logomaster.ai (https://logomaster.ai)** 로고마스터는 AI를 사용하여 사용자가 직접 로고 요소를 선택하고 조정할 수 있는 기능을 제공한다.

이미지 생성 AI를 활용한 로고 제작

미드저니나 DALL-E 3와 같은 생성형 AI를 사용하면 사용자가 입력한 텍스트나 간단한 스케치를 바탕으로 독창적인 로고 이미지를 생성할 수 있다. 다음은 챗GPG의 DALL-E 3에서 제작한 로고이다. 간단한 프롬프트만으로도 멋진 로고를 제작할 수 있다는 것을 알 수 있다. 참고로 AI 이미지 생성에 대한 보다 세부적이고 전문적인 학습은 이미지 생성 AI 관련 도서를 참고한다.

| 챗GPT DALL-E 3에서 생성한 로고 |

005. 모든 것이 상품으로 변신하는 굿즈 디자인

오늘날의 소비 문화에서 [굿즈(Goods)]는 단순한 상품을 넘어 팬덤 문화의 아이콘이며, 브랜드 전략의 핵심 요소이다. 굿즈 디자인은 팬들이 사랑하는 캐릭터, 브랜드, 또는 이념을 다양한 형태의 제품화함으로써 그들의 열정을 하나의 컬렉션으로 구체화시키는 것이다. 따라서 굿즈는 단순한 상품을 넘어 개인의 정체성과 취향을 표현하는 매개체로 작용한다.

➲ 굿즈의 종류

굿즈는 대중문화, 캐릭터, 아티스트, 브랜드 등과 관련하여 제작되는 다양한 상품의 총칭이다. 이러한 굿즈는 팬덤 문화를 중심으로 확산되었으며, 특정 대상의 인지(인기)도를 상업적으로 활용하기 위해 만들어지는 제품이다.

캐릭터 굿즈

캐릭터 굿즈는 대중문화의 인기 요소를 반영한다. 만화, 애니메이션, 영화 등의 캐릭터를 기반으로 한 상품은 대체로 수집 가치가 높고 팬덤 경제의 핵심을 이룬다. 예를 들어, 애니메이션 캐릭터가 새겨진 인형은 팬들에게 감정적 가치를 전달하며, 피규어나 키링 등은 소비자의 일상에 녹아들어 감정적 관계를 형성한다.

의류 및 패션 액세서리

패션 아이템은 개인의 취향과 성격을 표현하는 수단으로 캐릭터나 로고가 새겨진 의류는 팬들이 소속감을 표현한다. 티셔츠, 후드, 모자는 일상복으로 손쉽게 착용 가능하며, 배지나 버튼 같은 소품들은 개인의 액세서리나 가방 등에 부착하여 자신 만의 스타일을 만들어갈 수 있다.

문구류

문구류 굿즈는 실용성과 개성을 모두 갖춘 굿즈이다. 학교나 사무실에서 매일 사용 하는 노트, 펜, 마우스 패드는 사용자가 자신의 취향을 표현하며, 특히 캐릭터가 그 려진 다이어리나 책갈피 등은 자신의 감성을 더욱 특별하게 만들어 준다.

가정용품

가정용품 굿즈는 생활 속에서 즐거움을 제공한다. 머그컵이나 식기류는 일상적인 식사를 더욱 즐겁게 만들어 주며, 베개나 침구류 같은 굿즈는 침실을 개성 있게 꾸미는데 사용된다. 장식 아이템은 집안의 분위기를 바꾸는 데 중요한 역할을 하며, 취향에 맞게 공간을 꾸밀 수 있도록 도와준다.

전자 제품

전자 제품 굿즈는 일상 속 기술적 요소에 개성을 더해준다. 휴대폰 케이스, 헤드폰, USB 드라이브 등은 사용자의 기술적 필요를 충족시키는 동시에 자신만의 스타일을 반영할 수 있다.

개인화 제품

개인화 제품 굿즈는 선물 시장에서 큰 비중을 차지한다. 이름, 사진, 메시지를 새긴 상품들은 개인에게 특별한 의미를 가지며, 특히 기념일이나 생일과 같은 특별한 날에 주문 제작을 통해 마음을 전달하는 매개체로 활용된다.

음악 및 엔터테인먼트

음악 및 엔터테인먼트 굿즈는 아티스트나 공연과의 연결고리를 형성한다. 앨범, 포스터, 싸인 CD, 콘서트 DVD 등은 팬들이 좋아하는 아티스트와 더 깊은 감정을 경험하도록 해주며, 소장 가치가 높은 아이템으로 여겨지도록 만든다.

디지털 굿즈

디지털 굿즈는 물리적 공간을 차지하지 않고, 다운로드하거나 온라인에서 접근할 수 있는 상품이다. 온라인 게임 아이템, 가상현실 아바타, e북, 디지털 아트워크 등은 새로운 소비 방식을 제시하며, 특히 젊은 세대에게 인기가 높다.

생활 용품

일상에서 자주 사용되는 생활 용품 굿즈는 실용적인 동시에 즐거움을 선사한다. 우산, 수건, 빗, 거울과 같은 아이템은 일상생활에서 자주 접하는 물건으로 특정 캐릭터나 브랜드와의 연결을 통해 일상에 소소한 즐거움을 더해준다.

스포츠 굿즈

스포츠 굿즈는 팀이나 선수에 대한 팬덤을 형성하는 데 큰 역할을 한다. 응원용품, 유니폼, 공 등은 경기 관람의 즐거움을 더하고, 팬들이 자신들의 팀에 대한 열정을 표현할 수 있는 방법을 제시한다.

콜라보레이션 굿즈

브랜드 간 콜라보레이션은 독특한 아이템을 창출한다. 두 개 이상의 브랜드나 아티스트가 협력하여 만든 한정판 상품들은 종종 희소성을 바탕으로 높은 수집 가치를 가지며, 다양한 팬덤을 아우르는 특별한 상품으로 여겨지도록 한다.

굿즈의 성장 가능성

굿즈 시장은 단순한 상품 판매를 넘어서 문화적 가치를 상품화하는 놀라운 가능성을 지니고 있다. 이는 개인의 정체성, 소속감, 취향을 반영하는 것에서 비롯되며, 특히 미디어, 엔터테인먼트, 예술 등 다양한 산업에서 활발히 확장되고 있다.

기술의 융합

디지털 프린팅, 3D 프린팅, 인공지능 기반의 커스터마이징 기술 등의 발달로 인해 굿즈 제작은 더욱 접근하기 쉬워졌다. 이는 소규모 아티스트부터 대형 브랜드에 이르기까지 다양한 규모의 창작자들이 개인화된 굿즈를 제작하고 판매할 수 있는 가능성을 열어주었다.

글로벌 시장과의 연결

인터넷과 소셜 미디어의 보급으로 굿즈는 지역적 한계를 넘어 전 세계적으로 팬덤을 확장할 수 있게 되었다. 이는 특정 지역의 소규모 브랜드가 글로벌 마켓에서도 경쟁할 수 있는 기회를 제공하는 것이다.

콜라보레이션의 증가

브랜드와 아티스트, 다양한 분야의 크리에이터들 간의 콜라보레이션은 굿즈의 창의성을 높이고, 새로운 소비자 층을 끌어들이는 전략으로 자리잡고 있다. 이러한 협업은 기존의 제품에 새로운 이야기와 가치를 더해 소비자들에게 독특한 경험을 제공한다.

환경적 지속 가능성

소비자들의 환경에 대한 인식이 높아짐에 따라 지속 가능한 소재와 생산 방식을 사용하는 친환경 굿즈가 인기를 끌고 있다. 이는 굿즈 시장이 지속 가능성을 고려한 방향으로 진화할 것임을 시사한다.

디지털 굿즈의 부상

가상현실, 증강현실 그리고 게임 내 아이템 등 디지털 굿즈 시장도 급성장하고 있다. 이는 실물 굿즈만큼이나 큰 경제적 잠재력을 지니고 있으며, 특히 메타버스와 같은 새로운 플랫폼에서 그 가치가 더욱 확대될 것으로 예상된다.

이처럼 굿즈 시장은 다양한 혁신적 접근과 기술의 발전으로 그 가능성의 영역을 넓혀가고 있다. 앞으로도 창작자와 소비자 간의 상호작용을 극대화하며, 새로운 형태의 경제적 가치를 창출할 것이다.

❯ AI를 활용한 굿즈의 장점

생성형 인공지능(AI)을 활용한 굿즈의 제작은 다음과 같은 다양한 장점을 가지고 있다.

개인화와 맞춤 제작

인공지능(AI)을 사용하여 개별 고객의 취향과 선호도를 분석하고, 이를 바탕으로 개인에게 맞춤화된 굿즈를 제작할 수 있다. 이로써 고객 만족도를 높이고, 확고한 고객층을 형성할 수 있다.

창의적 디자인 생성

생성형 AI 기반의 디자인 도구를 활용하면 기존에는 상상할 수 없었던 새롭고 창의적인 굿즈 디자인을 생성할 수 있다. 이는 브랜드의 독창성을 강조하고 시장에서의 경쟁력을 높이는 데 기여한다.

빠른 시장 반응

AI를 기술을 통해 트렌드를 신속하게 분석하고 예측하여 빠르게 변화하는 시장 수요에 신속하게 대응할 수 있으며, 새로운 트렌드에 맞춘 굿즈를 신속하게 개발하고 제공할 수 있다.

고객 참여 증진

AI를 통해 고객의 참여를 유도하는 인터랙티브한 굿즈를 제작할 수 있다. 예를 들어, 사용자의 소셜 미디어 활동을 바탕으로 개인화된 메시지나 디자인을 제공하는 등의 방법이 있다.

시장 확대

AI를 사용하여 다양한 언어와 문화에 맞게 굿즈를 로컬라이즈하여 전 세계의 다양한 시장에 접근하고 새로운 고객층을 확보할 수 있다.

비용 절감

디자인 및 개발 단계에서 AI를 활용하면 디자이너가 수행해야 할 작업 시간을 줄이고, 인건비도 절약할 수 있다. 또한 AI를 통한 판매 예측 및 온디맨드 프린팅 기술과 결합하여 주문이 들어온 후에 제품을 제작하는 방식으로 전환할 수 있어 재고 비용을 대폭 줄일 수 있다.

▶ 굿즈 디자인을 통한 수익화

굿즈 디자인으로 수익을 창출하는 방법은 아주 다양하다. 여기서는 몇 가지 주요 전략에 대해 알아보기로 한다.

타겟 시장 및 맞춤형 굿즈 개발

맞춤형 굿즈 개발은 시장의 이해를 바탕으로 소비자의 개성과 취향을 제품에 반영한다. AI의 활용으로 고객 데이터 분석과 예측이 가능해져 개인화된 경험을 제공하여 굿즈의 디자인 혁신과 소비자와의 감정적 연결에 기여한다.

온라인 플랫폼을 통한 판매

온라인 플랫폼을 통한 판매는 자체 웹사이트나 Etsy, 아마존, 쿠팡 같은 쇼핑 플랫폼에서 상점을 개설하는 것으로 시작된다. 이러한 플랫폼들은 전 세계 소비자들에게 자신의 굿즈를 노출시키고, 소셜 미디어와 결합된 온라인 마케팅 전략을 통해 제품을 적극적으로 홍보하여 판매를 증진시키는 방법을 제공한다.

- **네이버 스마트스토어** (https://sell.smartstore.naver.com) 네이버에서 제공하는 온라인 쇼핑몰을 쉽게 만들고 운영할 수 있도록 해주는 플랫폼이다.

- **쿠팡** (https://www.coupang.com) 초대형 마켓플레이스로 다양한 카테고리의 상품을 판매할 수 있다.

- **텐바이텐** (https://www.10x10.co.kr) 디자인 굿즈와 창작물을 중심으로 한 온라인 셀렉

트숍이다.

- **아이디어스 (https://www.idus.com)** 국내 수공예품 및 핸드메이드 제품을 위한 마켓플레이스이다.

- **크몽 (https://kmong.com)** 전문가와 고객을 연결하는 플랫폼이며, 로고 디자인, 굿즈 디자인, 그래픽 디자인 등 다양한 카테고리의 프리랜서 서비스를 제공한다.

- **숨고 (https://soomgo.com)** 교육, 디자인, 컨설팅, 생활 서비스 등 다양한 분야의 전문가를 찾을 수 있는 플랫폼으로 굿즈 디자인과 관련된 의뢰를 받을 수 있다.

- **Etsy (https://www.etsy.com)** 에츠이는 핸드메이드, 빈티지 아이템, 고유한 수공예품 등을 판매하는 글로벌 마켓플레이스이다.

- **Amazon (https://www.amazon.com)** 아마존은 세계 최대 규모의 온라인 쇼핑 플랫폼으로 다양한 카테고리의 제품을 판매할 수 있다.

- **eBay (https://www.ebay.com)** 이베이는 경매 방식뿐만 아니라 즉시 구매가 가능한 다양한 상품들을 제공한다.

- **Redbubble (https://www.redbubble.com)** 레드버블은 예술가들이 디자인한 제품을 판매하는 글로벌 마켓플레이스이다.

- **Society6 (https://www.society6.com)** 소사이어티6은 아티스트들에 의해 디자인된 아트워크를 다양한 제품으로 제작하여 판매하는 플랫폼이다.

크라우드 펀딩 플랫폼 활용

크라우드 펀딩 플랫폼은 개인 및 스타트업 제품이나 프로젝트에 대한 자금을 대중으로부터 모집하는 혁신적인 방법을 제공한다. 특히 굿즈 디자인과 관련한 프로젝트에 있어 이러한 플랫폼들은 아이디어를 시장에 검증하고, 초기 생산 비용을 마련하는 데 도움을 준다.

- **와디즈 (https://www.wadiz.kr)** 국내의 대표적인 크라우드 펀딩 플랫폼 중 하나로 스타트업이나 개인이 자신의 아이디어를 소개하고 자금을 모집할 수 있는 공간을 제공한다. 프로젝트 제안자는 자신의 아이디어나 제품을 플랫폼에 소개하고, 사람들이 그 아이디어에 투자하도록 유도한다.

- **텀블벅 (https://www.tumblbug.com)** 문화, 예술, 디자인 관련 프로젝트에 특화된 크라우드 펀딩 서비스를 제공한다. 다양한 창작자들이 음악, 영화, 공연, 게임, 출판 등의 프로젝트를 위해 자금을 모금할 수 있다.

- **Kickstarter (https://www.kickstarter.com)** 킥스타터는 해외에서 가장 유명한 크라우드 펀딩 플랫폼 중 하나로 주로 창의적인 프로젝트를 위한 자금을 모금한다. 영화, 음악, 게임, 기술, 디자인 등 다양한 분야의 프로젝트가 이 플랫폼을 통해 자금을 조달할 수 있다.

- **Indiegogo (https://www.indiegogo.com)** 인디고고는 킥스타터와 유사하게 다양한 카테고리의 프로젝트에 크라우드 펀딩 기회를 제공한다. 이 플랫폼은 유연한 자금 모금 옵션(Fixed and Flexible funding)을 제공하여 프로젝트 목표 달성 여부에 관계없이 자금을 사용할 수 있도록 한다.

커뮤니티 구축 및 참여 유도

커뮤니티 구축은 브랜드와 소비자 간의 지속적인 소통과 교류의 장을 마련하는 전략이다. 팬덤이나 특정 주제에 관심이 있는 그룹을 형성하여 제품 개발에 있어 실시간 피드백을 얻고, 한정판 굿즈, 사인회, 온라인 이벤트 등을 통해 소비자들의 참여를 유도한다. 이는 브랜드 충성도를 높이고, 제품에 대한 관심을 지속적으로 유지하는데 기여한다.

협업 및 라이선싱

협업과 라이선싱은 브랜드의 제품 라인을 다양화하고 새로운 시장을 창출하는 강력한 방법으로 인기 있는 캐릭터나 유명 IP(Intellectual Property)와의 협업을 통해 소비자들에게 친숙하고 매력적인 라이선스 굿즈를 제공한다. 또한, 다른 아티스트나 브랜드와의 창의적인 협업을 통해 신선하고 독특한 제품을 선보여 시장에서 차별화된 경쟁력을 갖추게 된다.

B2B 시장 진출

B2B(Business to Business) 시장 진출은 기업 대상의 상품 판매를 의미하며, 대규모 주문 확보와 안정적인 수익 창출의 기회를 제공한다. 이는 기업이나 이벤트 주최자를 대상으로 한 맞춤형 굿즈 제작 서비스를 포함하며, 기업 홍보용 아이템 제작 등 다양한 비즈니스 기회를 제공한다.

구독 모델 도입

구독 모델은 고객에게 정기적으로 새로운 굿즈를 제공하는 서비스로 고객에게 매달 새롭고 흥미로운 제품을 배송하여 지속적인 수입을 확보하고 고객 참여를 높일 수 있다. 컬렉터 아이템이나 한정판 굿즈를 포함하여 구독 서비스의 가치를 증대시키는 방법을 활용한다.

오프라인 판매 확대

오프라인 판매 확대는 팝업 스토어, 플리마켓, 전시회 등 오프라인 이벤트를 통해 브랜드 굿즈를 소비자에게 직접 선보이는 전략이다. 이를 통해 브랜드는 소비자와의 직접적인 접점을 형성하고, 도소매 유통망과의 협력을 통해 제품의 시장 접근성을 향상시키며, 새로운 소비자 층을 탐색한다.

굿즈 제작 시 예상 단가와 수익

굿즈 디자인과 제작에 관한 예상 단가와 수익은 굿즈의 종류, 제작 비용, 판매 가격,

수량 등 다양한 요소에 따라 달라질 수 있다. 다음은 굿즈 제작 시 수익에 대한 기본적인 가이드라인이다.

제작 단가 (1건당 제작비)

- **재료비** 사용된 원재료의 가격

- **제작비** 굿즈를 만드는 데 드는 제조 비용

- **포장비** 포장 재료와 포장 작업 비용

- **물류비** 배송 및 운송 비용

- **기타비** 마케팅, 플랫폼 수수료, 임대료, 운영비 등

예상 수익

- **판매 가격** 시장 조사와 경쟁 분석을 통해 설정

- **수량** 판매될 제품의 수량

- **총 수익** 판매 가격 x 판매된 수량

- **순수익** 총 수익 – (제작 비용 x 수량 + 기타 비용)

- **예시**

  제작 단가: 10,000원

  판매 가격: 20,000원

  판매 수량: 1,000개일 경우

  총 수익: 20,000원 x 1,000개 = 20,000,000원

  총 제작 비용: 10,000원 x 1,000개 = 10,000,000원

  기타 비용: 2,000,000원

  순수익: 20,000,000원 – (10,000,000원 + 2,000,000원) = 8,000,000원이다.

이와 같은 계산은 매우 단순화된 예시이기 때문에 실제 비즈니스에서는 더 복잡한 요소들이 고려되어야 한다. 또한, 대량 구매 및 생산 시 단가 절감 효과를 볼 수 있으며, 이는 수익 증대에 직접적인 영향을 준다. 따라서, 실제 비용과 수익은 시장 조사, 비용 분석 및 전략적 가격 책정을 통해 정교하게 산출되어야 한다.

▶ AI를 활용한 굿즈 제작

인공지능(AI)을 활용한 굿즈 제작은 제품 개발 과정에 혁신을 가져오고 있다. AI 기술을 사용하여 시장과 소비자의 데이터를 심층 분석하면 기업들은 맞춤형 제품을 더욱 빠르고 정확하게 디자인할 수 있다. 이러한 접근법은 소비자의 개인적인 취향과 선호를 반영한 제품을 창출하며, 생산 과정을 최적화하고, 재고 관리 및 공급망 효율성을 극대화할 수 있다.

이미지 생성 AI를 활용한 굿즈 제작

미드저니(MJ)와 같은 이미지 생성 AI 기술을 활용한 굿즈 제작은 전통적인 디자인 프로세스를 혁신적으로 변화시키고 있다. 이러한 AI 도구들은 텍스트 기반 프롬프트를 사용하여 복잡하고 상세한 이미지를 생성할 수 있으며, 디자이너들이 창의적 아이디어를 시각화하는 데 도움을 준다.

| 미드저니에서 생성한 굿즈 디자인 예시 |

006. 저작권으로 돈 버는 이모티콘 디자인

카카오톡과 LINE(라인)은 각각 한국과 일본에서 시작되어 전 세계인들이 사용하는 메시징 앱으로 대화 중 감정이나 반응을 표현할 수 있는 다양한 이모티콘과 스티커를 제공한다. 이러한 이모티콘과 스티커는 소통의 재미를 더할 뿐만 아니라 창작자에게는 수익 창출의 기회를 제공한다.

▶ 승인되는 카카오톡과 라인의 주요 디자인 요소

카카오톡과 라인의 이모티콘 및 스티커는 각각의 플랫폼 문화와 사용자 취향을 반영하고 있어 다음과 같은 몇 가지 디자인 요소의 차이점이 있다.

카카오톡 이모지 디자인

카카오톡 이모티콘(이모지)은 한국 문화에 깊이 뿌리내린 친숙한 캐릭터와 밝은 컬러 팔레트를 특징으로 하여 간결하면서도 친근한 분위기를 전달하는 디자인 요소에 중점을 두고 있다.

- **친근감** 카카오톡 이모티콘은 사용자에게 친근감을 주는 디자인이 중요하다. 카카오프렌즈와 같은 캐릭터들은 친숙한 이미지를 활용해 인기를 끌고 있다는 것을 참고한다.

- **색상 사용** 밝고 명확한 색상 사용으로 시각적 매력을 높이며, 캐릭터나 이모티콘의 느낌을 강조한다.

- **다양한 감정 표현** 기쁨, 슬픔, 화남 등의 감정을 다양하게 표현할 수 있는 이모티콘 디자인을 선호한다. 사용자들이 상황에 맞게 다양한 감정을 표현할 수 있도록 한다.

- **간결성** 이모티콘은 메시지와 함께 빠르게 인식되어야 하므로 디자인은 단순하고 인식하기 쉽게 제작해야 한다.

- **세련된 표현** 카카오톡 사용자들은 세련되고 모던한 감각을 선호하므로 이모티콘 디자인도 이런 경향을 반영한다.

- **문화적 연관성** 특정 명절이나 이벤트와 관련된 이모티콘을 포함하여 사용자들이 문화적인 상황에 맞는 이모티콘을 사용할 수 있도록 한다.

- **유머** 일상적 상황에서 유머를 추가하여 이모티콘 사용의 재미를 증가시킨다.

- **품질과 해상도** 다양한 디바이스와 환경에서도 뛰어난 품질과 해상도를 유지해야 하며, 손실 없이 명확하게 표현될 수 있어야 한다.

- **통일성과 일관성** 이모티콘 세트 내에서 통일성을 유지하여 사용자가 특정 세트를 쉽게 인식하고, 세트 전체의 디자인 언어를 이해할 수 있도록 한다.

라인 이모티콘 디자인

라인 이모티콘은 다채로운 캐릭터와 부드러운 색감, 국제적인 감성을 반영하여 각양각색의 생동감 넘치는 표정과 동작으로 글로벌 사용자들의 다양한 감정을 효과적으로 전달하는 디자인을 특징으로 한다.

- **감정 표현** 라인 이모티콘은 다양한 감정과 반응을 세밀하게 표현해야 한다. 사용자가 대화 중에 느끼는 감정의 미묘한 차이를 전달할 수 있어야 한다.

- **문화적 맥락** 라인 이모티콘은 특정 문화나 이벤트를 반영할 수 있으며, 각국의 사용자들이 자신의 문화와 관련된 이모티콘을 사용할 수 있도록 한다.

- **유머와 유니크함** 재미있고 기억에 남을 수 있는 유머 요소가 종종 포함된다. 독특하고 개

성 있는 캐릭터 디자인이 사용자의 주목을 끌고, 이모티콘을 사용할 동기를 제공한다.

- **일관성** 하나의 이모티콘 세트 안에서 캐릭터나 디자인 스타일이 일관성을 유지해야 한다. 이는 사용자가 해당 이모티콘 세트를 쉽게 인식하고 기억하는 데 도움을 준다.

- **시각적 명확성** 이모티콘은 작은 화면에서도 명확하게 인식될 수 있도록 설계되어야 한다. 복잡하지 않으면서도 뚜렷한 컬러와 형태가 중요하다.

- **확장성** 새로운 이모티콘을 추가할 때 기존 세트와 자연스럽게 어울려야 하므로 디자인 컨셉이 확장 가능해야 한다.

- **브랜딩** 라인 자체 브랜드 캐릭터나 인기 IP를 활용하여 이모티콘을 만들 때는 브랜드 이미지를 적절히 반영하면서도 독창성을 유지해야 한다.

▶ 이모티콘의 시장성

이모티콘의 시장성은 최근 몇 년 동안 크게 성장하였다. 이는 소셜 미디어와 모바일 커뮤니케이션의 발달과 직접적으로 관련이 있다. 다음은 이모티콘 시장성에 대한 주요 요소이다.

디지털 커뮤니케이션의 증가

디지털 커뮤니케이션은 현대 사회에서 중요한 커뮤니케이션 변화 중 하나이다. 스마트폰, 태블릿, 컴퓨터와 같은 디지털 기기가 일상적인 의사소통의 수단이 되면서 글자만으로는 표현하기 어려운 감정이나 뉘앙스를 전달할 수 있는 비언어적 표현 수단인 이모티콘이 필수적인 요소가 되었다. 예를 들어, 문자 메시지나 이메일에서 감정을 잘못 해석하는 일을 줄이기 위해 사람들은 웃음, 슬픔, 화남 등의 감정을 나타내는 이모티콘을 사용하는데, 이는 직접 대면하지 않고 소통하는 원격 근무 환경에서 더욱 중요해지는 추세이다.

표현의 다양화

사용자들이 더 섬세하고 다양한 감정과 아이디어를 전달하길 원함에 따라 이모티콘의 종류와 스타일이 확장되고 있음을 의미한다. 기존의 단순한 웃는 얼굴, 슬픈 얼굴 이모티콘에서 벗어나 사용자들은 특정 상황이나 감정을 더 정확하게 표현할 수 있는 이모티콘을 찾는 경향이 있다. 이는 디자이너들에게 새로운 도전과 기회 제공 및 이모티콘 시장이 끊임없이 확장하고 있음을 반증한다.

브랜드 마케팅 도구로서의 활용

브랜드 마케팅에서 이모티콘의 활용은 기업이 고객과의 상호작용을 강화하고 브랜드의 친근감을 높이는 효과적인 방법이다. 예를 들어, 기업은 자사의 마스코트를 이모티콘으로 제작한 후 소비자들이 일상적인 커뮤니케이션에서 사용하도록 하여 브랜드 인지도를 높일 수 있다. 또한, 특정 캠페인이나 이벤트와 연계된 이모티콘을 출시함으로써 마케팅 메시지의 확산을 도모할 수 있다.

수익 창출

이모티콘 시장은 개발자와 디자이너에게 직접적인 수익 창출 기회를 제공한다. 예를 들어, 사용자가 유료로 구매할 수 있는 독창적인 이모티콘 패키지를 제작하거나 기업과 협력하여 스폰서 이모티콘을 개발함으로써 수익을 얻을 수 있다. 또한, 소셜 미디어 플랫폼이나 메시징 앱은 자체 이모티콘 스토어를 운영하여 추가적인 수익원을 창출할 수 있다.

글로벌 시장

이모티콘의 글로벌 인기는 지역적 경계를 초월하여 다양한 문화에 널리 사용되고 있음을 의미하는 것이다. 특히 아시아 국가들에서는 자체적인 이모티콘 문화가 발달해 있으며, 카카오톡이나 라인과 같은 메시징 앱들이 이를 적극적으로 활용하고 있다. 이러한 이모티콘은 전 세계 사용자들에게 해당 문화의 매력을 전달하는 동시에 글로벌 시장에서의 경쟁력을 강화한다.

문화적 콘텐츠의 확산

문화적 콘텐츠의 확산은 이모티콘을 통해 전 세계 사용자들이 특정 문화의 아이콘, 트렌드, 슬랭을 경험하고 즐길 수 있도록 함으로써 글로벌 커뮤니티를 형성하고 있다. 이를 통해 사용자들은 다양한 문화적 배경을 가진 사람들과 소통하고 이해할 수 있는 폭넓은 방법을 갖게 된다.

개인 맞춤형 이모티콘

개인 맞춤형 이모티콘 서비스의 등장은 사용자들이 자신의 외모, 스타일, 선호도를 반영하는 이모티콘을 만들 수 있게 하여 개인의 독특함과 창의성을 존중하는 문화를 촉진한다. 이는 사용자 경험을 더욱 개인화하고, 이모티콘 사용을 더욱 재미있고 의미 있는 활동으로 만든다.

기술 발전

인공지능(AI)과 같은 기술의 발전은 이모티콘의 생성 및 배포 방식을 혁신하고 있다. 생성형 AI 도구를 활용하면 사용자의 텍스트 입력을 분석하여 적절한 이모티콘을 추천하거나 사용자의 사진을 기반으로 개인화된 이모티콘을 자동으로 생성할 수 있다. 이러한 기술은 이모티콘의 접근성과 다양성을 크게 향상시키며, 사용자 경험을 더욱 풍부하게 만들고 있다.

▶ 이모티콘 제작을 통한 수익화

이모티콘은 디지털 상품으로서의 특성상 높은 마진과 광범위한 시장 접근성을 가지고 있다. 이것은 이모티콘이 여러 경로를 통해 수익을 창출할 수 있다는 것을 의미한다. 다음은 이모티콘의 주요 수익 창출 방법이다.

직접 판매

개인이나 회사는 자체적으로 이모티콘을 디자인하고, 이를 메시징 플랫폼 내에서 직접 사용자에게 판매할 수 있다. 카카오톡이나 라인 같은 플랫폼에서는 이모티콘 스토어를 통해 유료 이모티콘 팩을 판매하며, 각 판매 건수에서 수익의 일정 비율을 취득한다.

라이선스 및 로열티

디자이너나 브랜드는 자신들의 이모티콘을 라이선스하고, 다른 회사나 플랫폼이 사용할 때마다 로열티를 받을 수 있다.

스폰서십 및 브랜드 파트너십

기업들은 자신들의 제품이나 서비스를 홍보하기 위해 특별한 이모티콘을 제작하고, 이를 사용자들에게 무료로 제공하거나 유료로 판매할 수 있다. 이러한 경우 이모티콘은 브랜드 인지도를 높이는 마케팅 도구로 활용된다.

크로스 프로모션

이모티콘은 다른 디지털 콘텐츠나 상품과 결합하여 판매할 수 있다. 이는 패키지 상품의 가치를 높이고, 다양한 소비자 기반을 대상으로 한 크로스 프로모션의 기회를 제공받는다.

개인 맞춤형 이모티콘 제공

사용자가 자신의 얼굴이나 개성을 반영하는 맞춤형 이모티콘을 주문 제작할 수 있는 서비스를 통해 디자이너들은 개별적인 주문에 대해 수익을 얻을 수 있다.

데이터 및 인사이트 판매

이모티콘 사용 데이터는 소비자 행동에 대한 귀중한 인사이트를 제공할 수 있다. 회사들은 이러한 데이터를 분석하여 광고주나 비즈니스 파트너에게 판매하거나 마케팅 전략의 개선에 활용할 수 있다.

커뮤니티와의 상호작용

이모티콘은 커뮤니티 구축에 기여할 수 있으며, 참여율이 높은 사용자 기반을 형성할 수 있다. 이러한 사용자들은 더 많은 이모티콘 구매로 이어질 수 있는 잠재적 소비자가 된다.

▶ 메시징 플랫폼을 위한 이모티콘 제작

카카오톡이나 라인과 같은 메시징 플랫폼을 위한 이모티콘 제작 과정은 여러 단계로 구성된다. 다음은 이모티콘 기획, 디자인, 개발, 배포 및 판매를 위한 일반적인 과정들에 대한 소개이다.

시장 조사 및 기획

시장 조사 및 기획 단계에서는 현재 트렌드를 분석하고, 주요 사용자층을 정의하며, 경쟁 이모티콘을 분석하여 창의적인 이모티콘 콘셉트를 개발한다.

• **트렌드 분석** 현재 가장 인기 있는 이모티콘의 종류와 스타일을 조사한다.

- **타겟 오디언스** 이모티콘을 사용할 주요 소비자층을 식별한다.

- **경쟁자 분석** 비슷한 이모티콘을 제공하는 경쟁자와 그들의 제품을 분석한다.

- **콘셉 개발** 창의적이고 독특한 이모티콘의 아이디어를 개발한다.

디자인

디자인 단계에서는 초기 스케치를 디지털화하고, 색상과 스타일을 결정하며, 필요한 경우 애니메이션 프레임까지 디자인하는 과정을 포함한다. 미드저니나 DALL-E 3 등의 이미지 생성 AI를 활용하면 이와 같은 과정을 단 번에 수행할 수 있다.

- **스케치** 초기 아이디어를 바탕으로 기본적인 스케치를 작성한다.

- **디지털화** 스케치를 디지털 아트워크로 변환한다. (예: Adobe Illustrator, Photoshop)

- **색상 및 스타일** 이모티콘에 적용될 색상 팔레트와 스타일을 결정한다.

- **애니메이션** 움직이는 이모티콘을 제작할 경우 애니메이션될 각 프레임을 디자인한다.

프로토타입 및 피드백

프로토타입 및 피드백 단계에서는 선택된 이모티콘 샘플을 제작하고, 내부 리뷰와 사용자 테스트를 통해 제품의 개선점을 도출한다.

- **샘플 제작** 몇 개의 이모티콘을 선택하여 실제 적용 가능한 샘플을 제작한다.

- **내부 리뷰** 팀 내부에서 리뷰를 진행하여 개선점을 찾는다.

- **사용자 테스트** 타겟 오디언스들 대상으로 피드백을 얻는다.

개발 및 최적화

개발 및 최적화 과정에서는 이모티콘의 파일 형식과 크기를 각 메시징 플랫폼의 요구 사항에 맞추어 조정하고, 사용자 경험을 위해 로딩 시간과 호환성을 최적화한다.

- **파일 형식 및 크기** 카카오톡이나 라인 등의 메시징 플랫폼의 요구 사항에 맞추어 파일 형식과 크기를 조정한다.

- **성능 최적화** 메시징 플랫폼에서 문제 없이 작동되도록 로딩 시간과 호환성을 고려한 최적화된 파일로 만든다.

플랫폼 승인 및 배포

이모티콘의 플랫폼 승인 및 배포 단계에서는 메시징 플랫폼의 가이드라인을 준수하여 제작한 이모티콘을 제출하면 플랫폼의 검토와 승인 과정을 거쳐 사용자들에게 제공된다.

- **가이드라인 준수** 해당 플랫폼의 이모티콘 가이드라인을 철저히 검토하고 준수한다.

- **제출** 제작한 이모티콘을 원하는 메시징 플랫폼에 제출한다.

- **승인 과정** 플랫폼의 검토 및 승인을 기다린다.

카카오톡이나 라인과 같은 메지징 플랫폼에서 이모티콘이 승인되는 것은 쉬운 일은 아니다. 특히, 카카오톡의 진입 장벽은 매우 높기 때문에 창의성, 디자인의 품질 그리고 콘텐츠의 독창성에 특별한 주의를 기울여야 한다. 승인 과정은 카카오톡이 설정한 엄격한 기준을 기반으로 하며, 이는 사용자 경험을 최우선으로 고려한 결과이다. 따라서, 제작자는 이러한 기준을 면밀히 연구하고 이해함으로써 승인 가능성을 높일 수 있다. 제출한 이모티콘이 해당 플랫폼의 문화와 정서에 부합하면서도 새롭고 신선한 경험을 느끼도록 해야 하기 때문에 많은 시간과 노력이 필요하다.

▶ 카카오톡 수익 구조

카카오톡에서 이모티콘 작가로 활동하는 것은 다른 메시징 플랫폼보다 어려운 만큼 일단 이모티콘이 승인되면 그만큼 수익성은 보장된다. 카카오톡 이모티콘 작가의 수익 구조는 주로 다음과 같은 방식으로 구성된다.

이모티콘 판매 수익 분배

- 작가는 자신이 제작한 이모티콘을 카카오톡 이모티콘 샵에 등록하여 판매할 수 있다.
- 판매된 이모티콘의 수익은 카카오와 작가 간의 계약에 따라 일정 비율로 배분된다. 이 비율은 계약 조건에 따라 다르지만, 일반적으로 판매 수익의 50~70% 정도를 작가에게 지불하는 것으로 알려져 있다.

시즌별(기간) 한정 이벤트

- 특별 행사나 계절에 맞추어 한정판 이모티콘을 제작하여 추가 수익을 창출할 수 있다.

맞춤형 이모티콘 제작

- 기업이나 브랜드로부터 맞춤형 이모티콘 제작 요청을 받을 수 있으며, 이 경우 별도의 제작비용과 수익을 얻을 수 있다.

2차 저작물 판매

- 이모티콘을 활용한 다양한 굿즈(키링, 스티커, 의류 등)를 제작 및 판매하여 추가 수익을 창출할 수 있다.

카카오톡 이모티콘 디자이너의 수익

카카오톡 이모티콘 디자이너의 수익은 다양한 요소에 따라 달라질 수 있다. 수익은 주로 이모티콘의 판매량과 가격, 판매 수수료율 그리고 이모티콘의 인기도에 기반한다. 디자이너는 자신이 만든 이모티콘 패키지당 정해진 가격으로 판매하며, 카카오톡 플랫폼을 통한 판매에서 발생하는 수익의 일정 비율을 얻는다.

일부 인기 높은 이모티콘 디자이너는 월 기준 수백만 원에서 수천만 원까지 수익을 올릴 수 있으나 이것은 상위 몇 퍼센트의 이모티콘 작가에게 해당되는 경우이며, 중간 수준의 이모티콘 작가의 경우 수십에서 수백만 원 사이의 수익을 보는 것으로 나타났지만, 이와 같은 수치는 정확하지 않으며, 평균적으로 볼 때 출시된 이모티콘 1팩 당 수백만 원(월 기준) 정도의 수익을 기대할 수 있다고 알려져 있다.

▶ AI를 활용한 이모티콘 제작

인공지능(AI)을 활용한 이모티콘 제작은 창의성과 기술을 결합하여 유니크하고 매력적인 디자인을 생성하는 데 도움을 받을 수 있다.

이미지 생성 AI를 활용한 이모티콘 제작

미드저니나 DALL-E 3와 같은 이미지 생성 AI 기술을 활용한 이모티콘 제작은 디자이너가 요청하는 텍스트만으로 고품질의 이미지를 생성할 수 있게 해주며, 개인 맞춤형 이모티콘, 저작권 문제 최소화 그리고 디자인 속도와 양성에 영향을 준다. 다음의 두 그림은 [2d style, illustration with very simple outlines, cute cat, right hand raised, white background]라는 프롬프트를 미드저니(좌)와 DALL-E 3(우)에 사용하여 얻은 이모티콘이다. 결과물을 보면 알 수 있듯 생성형 AI에 따라 스타일도 다르기 때문에 자신이 원하는 이모티콘 스타일과 가장 가까운 결과물을 얻을 수 있는 AI의 선택이 중요하다.

| 미드저니(좌)와 챗GPT DALL-E 3(우)에서 생성한 이모티콘 예시 |

AI를 통해 생성된 이모티콘에 말풍선을 달거나 동작 등을 수정하기 위해서는 포토
샵, 일러스트레이터, 클립 스튜디오나 무료 편집 툴인 픽슬러, 김프, icons8.com 등
을 활용할 수 있다. 이와 같은 과정은 완전한 이모티콘을 제작하기 위해 반드시 알
아두어야 한다. 아래 그림은 icons8.com에서 글자만 입력한 모습이다.

움직이는 이모티콘 제작을 위한 AI 도구

움직이는 애니메이션 이모티콘을 제작하기 위해서는 각 프레임(장면)별로 작업을
하거나 처음부터 움직이는 그림을 그릴 수 있는 프로그램을 사용해야 한다. 다음의
두 프로그램은 대표적인 AI 애니메이션 제작 도구이다. 두 AI 프로그램을 학습하여
움직이는 이모티콘을 제작해 본다.

- **스크루블리 (https://www.scroobly.com)** 구글에서 배포하는 스크루블리는 웹캠을 통해 사용자의 움직임을 인식하고 매핑(한 물체의 표면에 색과 패턴을 부여하는 것)하여 움직이는 애니메이션을 만들어 주는 프로그램으로 전문적인 지식이나 코딩 없이 카메라 만으로 재밌는 애니메이션을 만들 수 있다. 자세한 사용법은 https://www.askedtech.com 웹사이트를 참고한다.

- **애니메이트 드로잉 (https://sketch.metademolab.com)** 애니메이트 드로잉은 하나의 기본적인 이미지를 움직이는 애니메이션으로 바꿔주는 인공지능(AI) 도구이다. 이 서비스는 페이스북으로 알려진 메타(Meta)에서 개발하여 무료로 배포하고 있다. 사용법은 [알아두면 평생 써먹는 인공지능(AI) 그림 수업] 도서를 참고한다.

이 두 AI 툴뿐만 아니라 포토샵이나 픽슬러와 같은 이미지 편집 툴에서도 캐릭터의 움직임에 변형을 주어 애니메이션 이모티콘을 제작할 수 있다. 이렇듯 원하는 이모티콘 제작을 위해 별도의 이미지 편집 툴을 익혀두길 필요가 있다.

007. 책의 가치와 품격을 높여주는 표지 디자인

표지는 책을 처음 접하는 순간 강렬한 첫인상을 남겨야 한다. 매력적인 표지는 내용과 상관없이 독자의 관심을 끌고, 책의 내용을 전달하며, 구매를 유도하는 강력한 마케팅 도구이다.

시선을 사로잡는 표지 디자인 요소

시선을 사로잡는 표지 디자인은 색상, 독창성, 명확한 타이포그래피, 간결한 메시지, 배경과의 대비 그리고 조화로운 배치와 구성으로 이루어진다.

대상 독자

대상 독자를 이해하는 것은 표지가 전달하고자 하는 메시지를 결정하는 데 중요하며, 특히 연령, 성별, 관심사 등을 고려해야 한다.

- **연령대** 표지 디자인은 독자의 연령대를 고려하며, 각 연령층이 선호하는 시각적 요소를 반영해야 한다.

- **관심사** 독자의 관심사를 반영한 타겟 디자인은 찾고자 하는 도서의 관련성을 높여 책에 대한 관심을 증폭시킨다.

콘텐츠 반영

표지는 책의 내용을 상징적으로 표현해야 하며, 책의 주제나 톤을 시각적으로 전달해야 한다.

- **주제와 톤** 주제에 맞는 이미지와 색상을 사용하여 책의 분위기와 내용을 반영한다.
- **상징적 요소** 스토리의 중요한 요소를 상징하는 이미지를 포함시켜 호기심을 자극한다.

시각적 매력

강렬하고 기억에 남는 시각적 매력은 책을 더 끌리도록 만든다. 이는 독자의 선택에 큰 영향을 미친다.

- **색상과 디자인** 눈길을 끄는 색상과 디자인으로 독자의 시선을 사로잡는다.
- **타이포그래피** 제목과 부제목은 독특하고 읽기 쉬운 글꼴로 표시해야 한다.
- **이미지 선택** 책의 내용을 간접적으로 반영하거나 상징적으로 표현할 수 있어야 하며, 표지 전체의 메시지를 강화하고, 독자의 호기심을 유발하는 시각적 스토리텔링을 제공해야 한다. 표지에 사용될 이미지는 생성형 AI를 적극 활용할 수 있다.

제목과 부제목

제목과 부제목은 책의 핵심 내용을 함축하며, 적합한 키워드를 사용하여 검색되도록 해야 한다. 그리고 카피라이팅은 강렬한 첫인상을 남겨 독자의 호기심과 책을 읽고 싶은 욕구가 생기도록 표지의 시각적 요소와 조화를 이루어야 한다.

- **폰트 선택** 제목과 부제목에 사용되는 폰트는 책의 전체 분위기를 반영해야 하며, 쉽게 읽히는 동시에 고유의 스타일을 가져야 한다.
- **크기 강조** 제목은 표지에서 가장 눈에 띄어야 하므로 크기를 크게 하여 중요성을 강조하

며, 부제목은 메인 제목보다는 작지만 분명하게 볼 수 있도록 한다.

- **위치 선정** 제목과 부제목은 표지의 중앙이나 상단에 위치하는 것이 일반적이지만, 디자인의 전체적인 균형을 고려하여 적당한 곳에 배치한다.

- **레이아웃 조화** 제목과 부제목 그리고 필요한 카피라이팅은 전체적인 표지 디자인과 조화를 이루며, 각 요소 간에 충분한 공간을 두어 시각적으로 혼란을 주지 않도록 한다.

브랜딩 일관성

책의 브랜드가 일관된 이미지로 유지할 수 있도록 하는 것은 시리즈의 인식도를 높이고, 참여도가 높은 독자를 확보하는 데 중요하다.

- **로고와 시리즈 디자인** 일관된 로고 사용과 시리즈 디자인은 인식 확률을 높인다.

- **저자의 브랜드** 저자의 이름과 스타일을 일관되게 표시하여 브랜드 가치를 높인다.

차별화

차별화된 표지는 경쟁이 치열한 서점에서 책을 돋보이게 하고, 독자에게 새로운 경험을 제공한다.

- **개성 넘치는 디자인** 표지 디자인에 개성을 더하여 독자의 호기심을 자극하고, 책의 내용을 상징적으로 표현할 수 있는 독특한 요소를 포함한다.

- **디자인 혁신** 기존의 틀을 벗어나는 혁신적인 디자인은 책을 독특하게 만들고, 오래 기억되도록 한다.

- **트렌드 이해** 출판 트렌드를 이해하고, 이를 차별화의 기회로 활용하여 시장에서 책의 위치를 강화한다. 유사한 주제나 장르의 책들과 비교하여 자신이 디자인하는 표지가 어떻게 돋보일 수 있을지 조사한다. 이는 디자인의 차별화 포인트를 발견하는 중요한 요소이다.

▶ 표지 디자인을 위한 도구

표지 디자인을 위해 사용되는 인공지능(AI)과 편집 도구는 다양하며, 이들은 각각
의 사용자 인터페이스, 기능성, 전문성 수준에 따라 구분된다.

AI 디자인 툴

인공지능(AI) 디자인 툴은 사용자의 디자인 과정을 간소화하고 창의성을 자극하는
혁신적인 기능을 제공하여 초보자부터 전문가까지 모두에게 적합한 맞춤형 템플
릿과 자동화된 디자인 솔루션을 통해 신속한 작업을 가능하게 한다.

- **Canva (캔바)** AI 기반의 그래픽 디자인 툴로, 다양한 템플릿과 디자인 요소를 제공하여 소
  설, 비소설, 아동 도서 등 다양한 장르에 적합한 표지를 쉽게 디자인할 수 있도록 해준다.

- **Book Brush (북 브러시)** 출판 및 표지 디자인에 초점을 맞춘 도구로써 사용자가 템플릿
  을 사용하여 표지를 디자인할 수 있으며, 마케팅 자료도 생성할 수 있다.

- **Adobe Spark (어도비 스파크)** AI 기술을 활용하여 다양한 디자인을 자동으로 생성해 주
  며, 표지 디자인뿐만 아니라 소셜 미디어, 웹 페이지 등의 디자인도 가능하다.

- **DeepArt (딥아트)** AI를 활용하여 사진이나 이미지를 예술 작품처럼 변환해 주는 도구이
  다. 독특하고 예술적인 표지 디자인을 생성하고자 할 때 유용하다.

수동적 디자인 편집 툴

전통적인 디자인 편집 프로그램은 AI 도구에 비해 신속성은 떨어질 수 있지만, 세
밀한 디자인 조정이 가능하고, 디자인 작업에 필요한 고급 기능들을 제공한다. 그
러므로 수동적 디자인 툴의 결과물의 품질은 디자이너의 능력에 달려있다.

- **Adobe Photoshop** 포토샵은 가장 널리 사용되는 이미지 편집 소프트웨어로 표지 디자인
  에 필요한 이미지, 타이포그래피 그리고 복잡한 합성 작업 등을 수행할 수 있다.

- **Adobe InDesign** 인디자인은 출판 작업에서 가장 많이 사용되는 레이아웃 및 페이지 디자인 소프트웨어이다. 텍스트와 그래픽 요소를 정교하게 배열할 수 있어 전문적인 표지 및 편집 디자인 작업에 적합하다.

- **Affinity Publisher** 어피니티 퍼블리셔는 새롭게 떠오르는 출판 전문 편집 툴이다. 저렴한 가격에 강력한 기능을 제공하여 표지 디자인에 효과적이다.

- **GIMP (GNU Image Manipulation Program)** 김프는 강력한 오픈소스 이미지 편집 툴로, 포토샵을 대신할 정도로 다양한 플러그인과 확장 기능을 제공하여 표지 디자인 작업을 수행할 수 있다.

- **CorelDRAW** 코렐드로우는 벡터 기반의 그래픽 디자인 소프트웨어로 전문 일러스트레이션, 레이아웃, 사진 편집 등의 기능을 제공한다. 사용자 친화적인 인터페이스와 강력한 도구 세트를 갖추고 있으며, 로고, 브로셔, 웹 그래픽, 광고 등 다양한 디자인 작업에 사용된다. 창의력을 표현하고자 하는 개인 및 기업에게 이상적인 솔루션을 제공하고 있어 [책바세] 출판사에서는 이 툴을 통해 모든 편집 작업을 수행하고 있다.

살펴본 각 도구는 사용자의 요구, 기술 수준, 예산에 따라 선택되어야 하며, 여러 툴을 활용할 수 있는 능력은 더욱 완성도 높은 결과물을 만들낼 가능성을 높게 한다.

▶ 표지 디자인을 통한 수익화

표지 디자인으로 수익을 창출하는 방법에는 여러 접근 방식이 있으며, 특히 인공지능(AI) 기술의 발전은 이 분야에서 새로운 가능성을 열어주고 있다. 다음은 AI를 활용한 표지 디자인으로 수익을 창출하는 몇 가지 방법과 장점에 대한 소개이다.

생성형 AI 활용의 장점
인공지능(AI)을 활용한 디자인은 창의적 과정을 강화하고, 디자이너들이 맞춤형 표지를 신속하게 생성할 수 있는 혁신적인 방법을 제공한다.

- **맞춤형 디자인 서비스 제공** AI 기술을 활용하여 고객의 요구 사항에 맞는 표지 디자인을 빠르고 효율적으로 제작할 수 있다. 예를 들어, 고객이 원하는 주제, 색상, 스타일을 입력하면 AI가 이를 기반으로 초기 표지 디자인을 생성할 수 있다.
- **디자인 시간 단축** AI 도구를 활용하여 반복적인 디자인 작업을 자동화하고, 이를 통해 더 많은 프로젝트를 짧은 시간에 완료할 수 있어 수익성을 높일 수 있다.

이미지 생성

이미지 생성 AI는 사용자의 지시를 기반으로 사실적이거나 추상적인 이미지를 창조하여 예술과 디자인 영역에서 무한한 가능성을 열어준다.

- **독창적인 이미지 제작** AI 이미지 생성 도구(예: DALL-E 3, 미드저니 등)를 사용하여 유니크한 표지용 이미지를 생성할 수 있으며, 이러한 이미지는 표지 디자인의 차별화 요소가 될 수 있다.
- **저작권 문제 해결** AI를 통해 생성된 이미지는 저작권 문제에 자유롭기 때문에 비용 절감을 가능하게 한다.

온라인 플랫폼 활용

온라인 플랫폼은 전세계적으로 접근성을 높이고 사용자와 직접적으로 소통할 수 있는 공간을 제공하여 디자이너와 창작자들에게 무한한 기회를 열어준다.

- **크몽 (https://www.kmong.com)** 국내의 대표적인 업무 파트너 매칭 플랫폼으로 디자인, 마케팅, 비즈니스, IT 개발, 컨설팅 등 다양한 카테고리에서 개인이나 기업 고객에게 서비스를 제공할 수 있는 기회를 제공한다. 특히, 표지 디자인과 같은 그래픽 디자인 서비스에 특화되어 고객과 디자이너 간의 원활한 작업 진행을 돕는 시스템을 제공한다.

- **숨고 (https://soomgo.com)** 교육, 공예, 디자인, 비즈니스 서비스 등을 포함한 광범위한 분야에서 전문가와 고객을 매칭시켜주는 플랫폼이다. 사용자는 간편하게 자신의 요구 사항을 게시하고, 해당 분야의 전문가들로부터 견적을 받아 볼 수 있다.

- **Creative Market (https://creativemarket.com)** 크리에이티브 마켓은 그래픽 디자인, 폰트, 테마, 사진 등 다양한 디지털 디자인 자산을 판매하는 온라인 스토어이다. 표지 디자이너들은 자신의 작업물을 업로드하여 전 세계 디자이너 및 출판사들과 연결될 수 있다.

- **Shutterstock (https://www.shutterstock.com)** 셔터스톡은 고품질의 사진, 벡터, 일러스트레이션, 비디오 클립 등을 판매하는 대형 스톡 이미지 플랫폼이다. 표지 디자이너들은 자신의 작품을 제공하고, 다운로드 수에 따라 로열티를 받을 수 있다.

- **Pinterest (https://www.pinterest.com)** 핀터레스트는 이미지 중심의 소셜 네트워크 서비스로 디자인된 이미지를 개인 컬렉션에 저장하며, 자신만의 취향과 관심사를 공유할 수 있게 해주는 플랫폼이다. 디자인, 패션, 레시피, 인테리어 등 다양한 주제에 대한 영감을 얻을 수 있으며, 이를 통해 자신의 작품이나 디자인을 선보이고 홍보할 수 있다. 핀터레스트는 직접적인 판매보다는 자신의 브랜딩과 마케팅에 더 초점을 두는 것이 좋다.

출판사 및 기업과의 협업

출판사와 협업하여 책의 내용과 톤을 완벽하게 반영하는 맞춤형 표지를 제작한다. 국내에 등록된 출판사는 대부분이 소규모이며, 1인 독립 출판사들이 지속적으로 증가하고 있어 표지 디자이너들에게 지속적인 기회가 제공된다.

- **직접 계약** 개인적으로 작가나 출판사와 직접 계약을 맺어 표지 디자인을 제공하는 방법으로 수익을 올릴 수 있다.

- **프로젝트 기반 작업** 특정 프로젝트나 시리즈의 표지를 담당하여 장기적인 수익을 확보할 수 있다.

- **브랜드 스폰서 디자인** 기업이나 브랜드의 스폰서를 통해 그들의 제품이나 서비스를 반영

하는 표지 디자인을 제작하여 수익을 창출할 수 있다.

표지 디자인 작업 단가와 수익

표지 디자인 작업 시 단가와 수익은 여러 상황에 따라 달라질 수 있다. 다음은 일반적인 표지 디자인에 대한 제작 단가와 예상 수익에 대한 가이드라인이다.

제작 단가 (1건당)

- **단행본 표지** 소설 및 수필 등의 단순한 표지. 10~20만 원

- **기술서적 표지** IT 및 그밖에 기술 전문 서적 표지. 20~50만 원

- **월간지 표지** 크기 및 복잡한 텍스트가 들어간 표지. 50~70만 원

- **디자인 서적** 독특하고 창의적인 디자인 표지. 70~100만원 이상

예상 수익 (월)

인공지능(AI)을 활용한 표지 디자인은 일반적으로 10~12시간 정도면 완성할 수 있다. 그러므로 평균적으로 한 달에 몇 개의 표지 디자인을 의뢰를 받을 수 있을 것인지가 중요하다. 또한, 디자이너는 표지 디자인뿐만 아니라 편집 디자인도 함께 의뢰 받는 경우가 많기 때문에 디자이너의 수익은 단순히 표지 디자인 작업만 할 때보다 훨씬 높아지게 된다. 편집 디자인은 책 내부의 레이아웃, 글꼴 선택, 이미지 배치 등 전반적인 시각적 표현을 하는 작업으로 편집 디자인에 대한 내용은 다음 학습에서 자세히 다루기로 한다.

008. 가독성을 높이는 깔끔하고 세련된 편집 디자인

편집 디자인은 책의 내용을 효과적으로 전달하기 위해 시각적 요소와 레이아웃을 조화롭게 구성하는 과정이다. 이 작업은 단순히 글자를 배열하는 것을 넘어서, 가독성을 높이고 책의 내용을 더욱 잘 이해할 수 있도록 하는 중요한 역할을 한다.

▶ 편집 디자인 구성 요소

편집 디자인의 구성 요소는 레이아웃, 타이포그래피, 여백, 이미지 및 색상 사용 그리고 시각적 계층화로 구성되어 내용을 명확하게 전달하는 것에 중점을 둔다.

레이아웃

페이지의 텍스트, 이미지, 여백 배치를 결정하여 내용 전달의 명확성과 시각적 매력을 극대화하는 작업이다.

• **구조화와 균형** 레이아웃의 구조화는 페이지 내의 여백, 칼럼 수, 텍스트 블록의 크기와 위치를 고려하여 정보를 직관적이고 조화롭게 배열한다. 이는 독자가 콘텐츠를 논리적 순서대로 따라가도록 유도하며, 콘텐츠 사이에 적절한 여백을 두어 시각적 피로를 줄이고, 중요한 정보에 대한 집중을 할 수 있도록 한다.

- **동선과 강조** 페이지의 동선은 독자의 눈이 페이지를 따라가는 경로를 의미한다. 강조하고자 하는 요소는 대체적으로 눈에 잘 띄는 위치에 배치하여 독자의 주의를 해당 요소로 유도할 수 있다. 헤드라인, 이미지, 콜아웃 박스 등은 독자가 페이지를 읽을 때 첫눈에 들어오게 만들어 정보의 전달력을 높인다.

타이포그래피

적절한 글꼴, 크기, 간격을 통해 가독성과 내용의 이해도를 높이는 타이포그래피는 시각적 커뮤니케이션의 핵심이다.

- **글꼴 선택과 조화** 글꼴은 텍스트의 성격과 독자의 감정 반응에 큰 영향을 미친다. 편집 디자인에서는 콘텐츠의 맥락에 맞는 글꼴을 선택하고, 제목, 부제목, 본문 등의 요소 간에 조화를 이루도록 해야 한다.

- **레이아웃과의 상호작용** 글꼴 크기, 줄 간격, 문자 간격은 읽기의 편안함과 페이지 레이아웃의 전체적인 미적 감각에 기여한다. 너무 밀집되거나 지나치게 곧은 텍스트는 가독성에 방해가 될 수 있으므로 타이포그래피는 페이지의 다른 시각적 요소와 조화를 이루며, 정보의 계층을 명확히 하고, 가독성을 최적화하기 위해 세심하게 조정되어야 한다.

그래픽과 이미지

텍스트를 보완하고 풍부한 시각적 공간을 제공하기 위해 적절히 배치된 그래픽과 이미지는 책 내용을 전달하는 데 도움을 준다.

- **내용 강조 및 보조** 그래픽과 이미지는 복잡한 정보를 단순화하고, 텍스트의 의미를 강조하는 데 사용된다. 적절한 이미지는 독자가 텍스트를 더 쉽게 이해하고, 중요한 포인트를 시각적으로 돋보이게 만들어 준다. 예를 들어, 데이터를 시각화한 인포그래픽은 통계나 프로세스를 명확하게 전달하는 데 매우 효과이다.

- **미적 매력과 독자 경험** 이미지와 그래픽은 책이나 문서의 미적 가치를 높여준다. 아름답

게 디자인된 그래픽은 독자의 시선을 끌고, 책의 전반적인 느낌을 향상시킨다. 또한, 디자인의 통일성과 페이지 레이아웃에 조화롭게 통합된 이미지의 사용은 전문성을 높이는 동시에 독자의 관심을 유지하는 데 중요한 역할을 한다.

색상 사용

색상은 독자의 주의를 끌고, 분위기를 조성하며, 정보의 계층 구조를 나타내는데 사용된다.

- **감정과 분위기 조성** 색상은 감정적 반응을 유발하고, 책의 톤이나 문서의 주제에 맞는 분위기를 조성하는 데 사용된다. 예를 들어, 따뜻한 색상은 열정과 활동성을 나타내는 반면, 차가운 색상은 진지하고 전문적인 느낌을 준다. 색상의 심리학적 효과를 이해하고 이를 적절히 활용하면, 독자가 콘텐츠에 더 깊이 몰입할 수 있게 할 수 있다.

- **정보의 조직화 및 계층화** 다양한 색상을 사용하여 정보의 중요도를 구분하고, 독자가 콘텐츠를 쉽게 탐색할 수 있도록 한다. 색상 대비를 통해 헤드라인, 대제목과 소제목, 키워드 등을 강조하여 독자의 이해를 돕고, 정보를 빠르게 스캔하는 것을 가능하게 하며, 또한 색상 코드를 사용하면 관련 정보를 그룹화하거나 특정 섹션을 구분하는 데에도 유용하다. 이는 책이나 문서의 전체적인 구성을 명확하게 하고, 시각적으로 직관적인 가이드를 제공하여 가독성을 높일 수 있다.

그리드 시스템

그리드 시스템을 활용하면 페이지를 균등하게 나누어 일관된 레이아웃을 생성할 수 있으며, 디자인의 조화와 균형을 유지하는 데 도움을 준다.

- **일관성과 질서의 창출** 그리드는 페이지 내에서 요소들을 조직적으로 배치하는 틀을 제공한다. 이를 통해 페이지 간과 전체 문서를 일관된 레이아웃을 유지할 수 있다. 일관된 격자는 독자가 내용을 예측 가능하고 이해하기 쉽게 하며, 전문적이고 정돈된 인상을 준다.

- **시각적 조화와 균형 제공** 그리드는 텍스트, 이미지, 그래픽 등 다양한 요소들 사이의 관계를 정의하여 시각적 조화와 균형을 이루게 한다. 이러한 그리드 시스템을 사용하여 디자이너는 요소들을 서로 연관시키고, 독자의 눈을 자연스럽게 주요 정보로 이끌 수 있다. 또한, 그리드 시스템은 복잡한 정보를 효율적으로 정리하고 표현하는 데에도 유용하여 복잡한 데이터를 쉽게 소화할 수 있도록 한다.

여백

적절한 여백은 내용을 강조하고 눈의 피로를 줄이는 데 매우 중요하다.

- **내용 강조 및 독서 환경 개선** 여백은 텍스트와 이미지 주변에 공간을 두어 독자의 주의를 집중시키고 중요한 내용을 강조한다. 또한, 너무 많은 정보로 인해 발생할 수 있는 혼란이나 시각적 소음을 줄임으로써 독서 환경을 향상시킨다. 적절한 여백은 페이지의 내용을 숨 쉬게 하여 눈의 피로를 줄이고 읽는 것을 더 즐겁게 만든다.

- **디자인의 미적 품질 향상** 여백은 디자인의 미적 품질을 높이는 데 중요한 역할을 한다. 충분한 여백은 전체 레이아웃에 공간감을 부여하고, 각 디자인 요소가 충분한 공간을 갖도록 함으로써 전체적인 디자인의 균형과 조화를 이루게 한다. 또한 여백은 독자가 내용을 소화하고 이해하는 데 필요한 정신적 휴식 공간을 제공함으로써 정보의 전달 효율을 높인다.

❯ 편집 디자인을 위한 도구

편집 디자인 또한 표지 디자인과 마찬가지로 인공지능(AI)과 편집 도구를 활용한다. 세부 내용은 [007. 책의 가치와 품격을 높여주는 표지 디자인]을 참고한다.

❯ 편집 디자인을 통한 수익화

편집 디자인에 대한 수익 창출도 앞서 살펴본 표지 디자인의 수익을 창출법과 유사하다. 여기에서는 편집 디자인에 대한 내용만 살펴보기로 한다.

편집 디자인 작업(제작) 단가와 수익

편집 디자인 작업 시 단가와 수익은 여러 상황에 따라 달라질 수 있다. 다음은 일반적인 편집 디자인에 대한 제작 단가와 예상 수익에 대한 가이드라인이다.

제작 단가 (1페이지당)

- **단행본 페이지** 소설 및 수필 등의 단순한 페이지. 1~2천 원

- **기술서적 페이지** IT 및 그밖에 기술 전문 서적 페이지. 0.5~1만 원

- **월간지 페이지** 크기 및 복잡한 텍스트가 들어간 페이지. 1~20만 원

- **디자인 페이지** 독특하고 창의적인 디자인 페이지. 2~5만 원

예상 수익

편집 디자인의 예상 수익을 산출하기 위해서는 작업의 복잡성, 페이지 수, 클라이언트의 예산, 시장 가격 등 여러 요소를 고려해야 한다. AI를 활용한 편집 디자인의 경우 비용과 시간이 절감될 수 있으며, 일부 기본적인 편집 작업은 효율성을 극대화할 수 있어 더 낮은 단가로 제공될 수 있지만, 특별한 레이아웃이나 복잡한 디자인 요소가 필요한 도서의 경우에는 여전히 디자이너의 손길이 필요하여 비용이 더 높아질 수 있다. 예를 들어, 단순한 레이아웃을 가진 소설이나 수필집의 경우 페이지당 비용이 상대적으로 낮을 수 있지만(예: 페이지 당 5,000원), 기술 서적이나 복잡한 그래픽이 필요한 서적의 경우 페이지당 비용(예: 페이지 당 10,000원 이상)이 훨씬 높아질 수 있다. 기술 서적 기준의 예상 수익을 계산해 보면 다음과 같다.

- **페이지 수** 300페이지

- **페이지 당 가격** 10,000원

- **총 디자인 비용** 300페이지 × 10,000원 = 3,000,000원

  위의 조건에서 AI를 활용하면 한 달에 평균 3~4권의 편집 디자인이 가능하다.

➤ AI를 활용한 편집 디자인 작업

인공지능(AI)을 활용한 편집 디자인은 전통적인 수동적 방식을 혁신적으로 개선한다. AI 기술을 통해 반복적이고 시간이 많이 소모되는 레이아웃 작업을 자동화하고 최적화하여 디자이너는 복잡한 디자인 요소와 창의적인 콘텐츠 개발에 더 많은 시간을 할애할 수 있다. 이러한 AI 도구들은 일관된 품질과 정확도를 유지하면서 작업 프로세스를 가속화하는 동시에 텍스트와 이미지 배치의 정밀함을 개선하여 전문적이고 매력적인 페이지를 생성한다. AI 편집 디자인은 출판 산업의 미래를 재정립하며, 빠르게 변화하는 시장에 적응해야 하는 출판사와 프리랜서 디자이너 모두에게 가치를 제공한다. 참고로 아래 그림들은 미드저니와 DALL-E 3에서 생성한 표지 및 편집 디자인의 예이다.

| 챗GPT DALL-E 3(첫 번째와 두 번째 줄)과 미드저니(세 번째 줄)에서 생성한 편집 디자인 예시 |

009. 세상에 둘도 없는 아주 특별한 명함 디자인

명함은 개인이나 기업의 비즈니스 정보를 간략하게 소개하여 브랜드를 효과적으로 홍보하는 수단이다. 인공지능(AI)를 활용하면 세상에 하나밖에 없는 특별한 명함을 만들 수 있으며, 이렇게 제작된 명함은 개인이나 기업의 아이덴티티를 표현하는 독창적인 예술 작품이며, 강렬한 인상과 네트워킹의 효과를 극대화할 수 있다.

▶ 명함 디자인(제작)에 필요한 요소

명함 디자인 시 AI 기술은 맞춤형 레이아웃, 로고, 색상 선택 그리고 타이포그래피를 신속하게 제안해 준다. 이 과정은 사용자의 선호와 피드백을 반영하여 독창적이면서도 전문적인 명함을 효율적으로 제작하는 데 필수적이다.

정보의 명확성

명함은 연락처, 직함, 회사명, 웹사이트, 소셜 미디어 등 필수적인 정보가 명확하고 정확하게 제시되어야 한다.

- **연락처 정보의 정확성** 명함에는 전화번호, 이메일 및 웹사이트 주소, 필요하다면 SNS나 팩스 번호까지 명확하게 기재해야 하며, 오류 없는 정확한 정보를 제공하는 것이 중요하다.

- **직함과 회사명의 명시** 명함을 받는 사람이 누구에게 연락을 취하고 있는지 알 수 있도록 명함에는 직함과 회사명을 명확히 새겨야 한다. 이는 브랜드와 개인의 전문성을 강조하는 중요한 역할을 한다.

브랜드 일관성

브랜드 일관성은 명함 디자인에서 기업의 정체성과 가치를 일관되게 전달하는 핵심 요소로, 로고, 색상 팔레트 그리고 타이포그래피를 통해 기업의 전문성과 신뢰성을 반영한다.

- **로고와 색상** 로고는 브랜드를 대표하는 중요한 요소로 명함에서 가장 눈에 띄는 부분에 위치하며, 브랜드 색상은 일관성 있게 사용한다. 로고 디자인은 AI를 적극 활용한다.
- **타이포그래피** 브랜드가 사용하는 글꼴과 스타일을 명함에 적용하여 브랜드의 전문성과 통일감을 유지한다. Calligrapher AI(이미지 참고)를 활용하면 타이포그래피를 캘리그래피 느낌으로 만들어 줄 수 있다. 구글 검색 또는 깃허브를 통해 무료로 사용할 수 있다.

디자인 및 레이아웃

디자인 및 레이아웃은 명함의 첫인상을 결정짓는 중요한 요소로 전문성과 개성을 동시에 전달하는 깔끔하고 조화로운 구성을 필요로 한다.

- **레이아웃 구성** 레이아웃은 깔끔하고 조직적이어야 하며, 텍스트와 그래픽 요소 간의 균형을 맞춰야 한다.

- **개성 표현** 독창적인 디자인 요소는 개인 또는 회사의 개성을 반영하여 명함을 독특하게 만든다.

색상과 그래픽

색상과 그래픽은 명함에 생동감을 불어넣고 브랜드 메시지를 강조하는 시각적 도구로써 이를 전략적으로 사용될 때 비즈니스의 개성과 전문성을 돋보이게 한다.

- **색상 선택** 색상은 전문성을 손상시키지 않는 범위 내에서 브랜드 아이덴티티와 조화를 이룰 수 있는 선택이 필요하다.

- **그래픽 활용** 그래픽은 명함의 메시지를 지원하고 강화하는 요소로써 의미 있게 사용된다.

재질 선택

명함의 재질 선택은 텍스처, 무게감 그리고 내구성을 통해 촉각적인 인상을 제공하며, 고급스러움이나 실용성을 전달하는 데 중요한 역할을 한다.

- **재질의 질감** 질감은 명함의 촉감과 무게감에 영향을 미치며, 고급스러움을 더할 수 있다.

- **특수 마감** UV 코팅이나 엠보싱 등의 특수 마감은 명함의 시각적 매력을 높이고 내구성을 강화한다.

크기와 모양

명함의 크기와 모양은 편의성과 함께 브랜드의 독특한 특성을 표현할 기회를 제공하며, 창의적인 디자인은 개인 또는 기업의 이미지를 구축하는 데 기여한다.

- **표준 대 비표준 크기** 표준 크기는 보관의 용이함을 제공하지만, 비표준 크기나 모양은 독창성을 부여할 수 있다.

- **모양의 실용성** 모양으로 매우 특별한 이미지를 줄 수 있다. 과거에는 명함 홀더나 지갑에 쉽게 보관할 수 있는 크기를 권장했지만, 최근에는 명함을 스마트폰으로 촬영하여 관련 앱으로 관리하기 때문에 모양은 그렇게 중요하지 않게 되었다.

가독성

가독성은 명함의 정보를 명확하고 신속하게 전달하는 핵심적인 요소로 적절한 글꼴 크기와 여백의 활용은 정보의 이해도와 전체적인 디자인 효과를 강화한다.

- **글꼴의 선택** 글꼴은 명확하고 가독성이 높아야 하며, 디자인에 적합해야 한다.

- **여백의 활용** 여백은 정보를 강조하고, 시각적으로 편안한 공간을 제공하여 전체적인 가독성을 향상시킨다.

연락 방식의 우선 순위

연락 방식의 우선 순위 설정은 명함에서 중요한 연락처 정보를 강조하고, 불필요한 사항을 배제하여 목적에 집중된 디자인을 제공한다.

- **연락 수단 강조** 가장 중요하게 사용되는 연락 수단은 더 크고, 명확하게 하여 눈에 띄게 표시한다.

- **불필요한 정보 제거** 적절하지 않거나 사용 빈도가 낮은 연락처 정보는 제거하여 디자인을 간결하게 한다.

<u>인쇄 품질</u>

인쇄 품질은 명함의 전문성과 브랜드 이미지를 결정짓는 중요한 요소로 선명한 해상도와 정확한 색상으로 디자인의 진정한 가치를 반영한다.

- **고해상도 인쇄** 명함에 적용되는 모든 요소가 선명하게 표현되도록 고해상도 인쇄를 사용한다. 명함 이미지는 기본적으로 300DPI 해상도로 사용한다.

- **색상 재현** 실제 인쇄 시 디자인의 색상이 정확하게 재현될 수 있도록 인쇄 업체 선택에 신중을 기한다.

▶ 명함 디자인(제작)을 위한 도구

명함 디자인과 제작에 사용되는 툴은 표지 및 편집 디자인에 사용되는 툴과 유사한 기능성을 갖추고 있다. 이러한 툴들은 고해상도의 이미지 작업, 복잡한 벡터 그래픽 처리, 정밀한 타이포그래피 조정 등을 가능하게 하며, 디자이너가 전문적인 결과물을 만들 수 있도록 한다. 또한 AI 디자인 도구는 디자이너에게 적절한 디자인 옵션을 제안하여 디자인 창의성을 강화할 수 있다. 다음은 명함 디자인 작업에 일반적으로 사용되는 도구에 대한 소개이다.

AI 디자인 도구

- **캔바 (https://www.canva.com)** 캔바는 사용자 친화적인 인터페이스를 통해 다양한 명함 템플릿과 디자인 요소를 제공하며, AI 기능을 사용하여 사용자의 입력에 기반한 맞춤형 디자인을 생성할 수 있다.

- **미드저니 (https://www.midjourney.com)** 미드저니를 활용하면 몇 초 내에 다양한 로고 디자인 컨셉을 생성할 수 있어 디자이너에게 창의적인 영감을 제공한다. 이를 통해 최종 디자인에 대한 방향을 설정하는 데 유용하다.

- **미리캔버스 (https://www.miricanvas.com)** 국내에서 캔바와 더불어 가장 많은 사용을 하는 인공지능 디자인 작업에 특화된 플랫폼이다.

수동적 도구

- **Adobe Illustrator** 벡터 기반의 그래픽 디자인 소프트웨어로 정밀한 그래픽 작업과 타이포 그래피 조절에 이상적이다.

- **Adobe Photoshop** 전 세계적으로 가장 많이 사용되는 이미지 편집 및 조작에 강력한 도구를 제공하며, 복잡한 그래픽과 텍스처 작업에 적합하다.

- **CorelDRAW** 전문적인 벡터 기반 디자인과 레이아웃 도구를 제공하는 출판, 광고, 간판, 명함 등 다목적 그래픽 디자인 소프트웨어이다.

≫ 명함 디자인(제작)을 통한 수익화

명함 디자인(제작)으로 수익을 창출하는 방법에는 여러 가지가 있다. 이것은 개인의 기술, 창의력, 마케팅 능력 그리고 비즈니스 운영 방식에 따라 달라진다. 다음은 명함 디자인으로 수익 창출을 하는 몇 가지 주요 방법 및 전략들이다.

프리랜싱

개인 또는 기업 고객에게 직접 프리랜스 서비스를 제공한다. 온라인 프리랜서 마켓 플레이스(예: 크몽, Upwork, Fiverr, 프리랜서 등)에 프로필을 만들고 서비스를 홍보할 수 있다.

- **Upwork (https://www.upwork.com)** 업워크는 전문 프리랜서와 기업을 연결해 주는 세계적으로 유명한 업무 파트너 매칭 플랫폼이다.

- **Fiverr (https://www.fiverr.com)** 파이버는 유명한 프리랜서 마켓플레이스로 디자인부터 마케팅, 프로그래밍까지 광범위한 서비스가 제공된다.

- **Freelancer (https://www.freelancer.com)** 프리랜서는 다양한 프로젝트를 위한 입찰 시스템을 갖춘 국제적인 프리랜서 마켓플레이스로 프리랜서들이 전 세계의 다양한 작업에 입찰할 수 있다.

- **99designs (https://99designs.com)** 99디자인즈는 크리에이티브 작업에 특화된 플랫폼으로 디자인 경연을 통해 기업들이 필요한 디자인을 찾을 수 있게 서비스를 제공한다.

- **크몽 (https://www.kmong.com)** 다양한 프리랜스 서비스를 제공하는 국내의 대표적인 온라인 마켓플레이스로 디자인, 마케팅, 비즈니스 컨설팅, IT, 프로그래밍 등 다양한 분야의 전문가들이 참여할 수 있다.

- **숨고 (https://soomgo.com)** 사용자와 전문를 매칭시켜 주는 플랫폼으로 디자인, 교육, 건강, 법률 등 다양한 분야의 개인이나 비즈니스를 위한 서비스를 활용할 수 있다.

그밖에 네이버에서는 계열사 중 하나인 [디자인 플랫폼]이라는 서비스를 통해 프리랜서 디자이너들과 클라이언트를 연결하는 비슷한 기능을 제공하며, [스마트스토어]와 같은 플랫폼을 통해 소상공인 및 개인 사업자가 온라인상에서 상품과 서비스(상품)를 판매할 수 있도록 지원하고 있어 디자이너들은 자신의 명함 디자인 서비스를 스마트스토어를 통해 판매할 수도 있다.

디자인 에이전시

자체적으로 디자인 스튜디오나 에이전시를 설립하여 더 큰 프로젝트와 장기 계약을 추구할 수 있다. 대표적인 에이전시로는 [오 프린트 미]와 [킹콩 디자인]이 있다.

- **비즈니스 개발** 다양한 채널을 통해 브랜딩, 마케팅 그리고 네트워킹 활동을 진행하여 대규모의 프로젝트와 장기 계약을 확보한다. 이를 통해 안정적인 수익원을 창출하고 지속적

인 비즈니스 성장을 추구할 수 있다.

- **팀 관리와 운영** 에이전시의 성공은 전문 디자이너 팀의 관리와 효과적인 프로젝트 실행에 달려 있다. 팀 구성원들의 전문성을 활용하여 고객의 다양한 요구에 부응하는 동시에 에이전시의 운영 효율성을 최적화한다.

제품화

고유한 디자인 명함(견본)을 미리 제작하여 패키지로 판매한다. 제품화 전략은 명함 디자인 서비스를 표준화하고, 대량 판매를 통해 수익을 창출하는 세 가지 접근 방식으로 나눌 수 있다.

- **표준화된 디자인 패키지** 다양한 업종과 스타일에 맞춘 미리 디자인된 명함 템플릿을 개발하여 고객이 쉽게 선택하고 사용할 수 있는 패키지 형태로 제공한다. 이는 개별 맞춤 디자인보다 생산 비용을 절감하고, 고객에게 빠른 서비스 제공이 가능하게 한다.
- **온라인 판매 및 배포** 온라인 플랫폼이나 자체 웹사이트를 통해 패키지를 판매한다. 고객은 원하는 디자인을 선택하고, 필요한 개인 정보만 입력하여 주문할 수 있으며, 디자이너는 이를 인쇄하여 배송하는 방식으로 서비스를 완성한다.
- **맞춤형 서비스** 고급스러운 맞춤형 디자인, 브랜드 컨설팅, 로고 디자인과 같은 추가적인 디자인 서비스를 제공하여 추가 수익을 창출한다.

파트너십

인쇄 업체, 마케팅 에이전시와 파트너십을 맺고 그들의 클라이언트에게 서비스를 제공한다.

- **확장된 클라이언트 기반** 인쇄 업체와 마케팅 에이전시와의 협력을 통해 그들의 기존 고객을 자신의 서비스에 노출시키고, 이를 통해 새로운 클라이언트 기반에 접근한다. 파트너의

고객 네트워크를 활용하여 직접 마케팅과 광고 비용을 절감할 수 있다.

- **상호 이익의 비즈니스 관계** 파트너십은 서로의 비즈니스를 강화하는 상호 이득의 관계를 만들어 준다. 디자인 서비스를 제공하여 인쇄 업체의 제품 범위를 확장하고, 마케팅 에이전시의 고객에게 추가적인 가치를 제공함으로써 통합된 서비스 솔루션을 클라이언트에게 제공할 수 있다.

명함 디자인(제작) 단가와 수익

명함 디자인 및 제작은 명함의 종류에 따라 큰 차이가 있다. 명함 디자인 및 제작 시 단가와 수익을 계산할 때 고려해야 할 사항은 다음과 같다.

제작 단가 (1개당)

- **디자인 단가** 디자이너의 시간, 노력, 사용된 소프트웨어 라이선스 비용 등을 고려하여 정해진다. 보통 한 개당 50,000원에서 150,000원 정도(로고 디자인비 별도)이다.

- **인쇄 단가** 인쇄 비용은 종이의 품질, 인쇄 방법, 마감 처리 그리고 주문량에 따라 다르다. 대량 주문 시 단가는 감소할 수 있으며, 장당 500원에서 2,000원 사이가 일반적이다.

예상 수익

- **디자인만 할 경우** 정해진 디자인 비용을 받는다. 예를 들어, 한 번의 디자인에 100,000원의 단가를 책정했다면 하루에 10개의 디자인을 완료했을 때 1,000,000원의 수익이 가능하다. AI를 활용하면 하루 10개 이상의 디자인도 가능하다.

- **디자인부터 인쇄까지 제작할 경우** 디자인과 인쇄 서비스를 모두 제공할 경우 인쇄 비용과 추가 마진을 포함한 총액을 받는다. 예를 들어, 디자인 비용이 100,000원이고 인쇄 비용이 명함 한 장당 500원이라고 가정할 때, 500장을 주문하면 총 비용은 350,000원이 된다. 여기에 마진을 더하면 총 수익은 보다 더 높아진다. 물론 위의 비용은 중고급 명함일 때 가능하기 때문에 AI를 활용한 고급화 전략이 필요하다.

AI를 활용한 명함 디자인 작업

인공지능(AI)을 활용한 명함 디자인은 신속한 창의성과 효율성을 모두 가지고 있으며, 다양한 디자인 옵션을 생성하여 디자이너의 작업 부담을 줄여준다. 또한, 고객의 요구에 맞는 맞춤형 명함을 쉽게 제작할 수 있게 해준다. AI 도구는 뛰어난 시각적 매력과 브랜드 정체성을 반영한 명함 디자인을 거의 실시간으로 제공하여 디자인 프로세스를 간소화하고, 비용을 절감하는 동시에 고유한 개성을 표현할 수 있는 기회를 제공한다. 다음의 그림들은 미드저니나 DALL-E 3와 같은 이미지 생성 AI 기술을 활용한 명함 디자인의 예시이다.

| 챗GPT DALL-E 3(윗줄)와 미드저니(아랫줄)에서 생성한 명함 디자인 예시 |

클립아트는 다양한 분야에서 쉽게 사용할 수 있도록 사전에 디자인된 그래픽 이미지 파일을 말한다. 클립아트는 주로 간단하고 명확한 메시지 전달이 필요할 때 사용되며, 인공지능(AI)로 쉽게 제작할 수 있어 비즈니스 모델로도 적합하다.

▶ 클립아트가 사용되는 분야

클립아트는 종종 사용에 제한이 없는 로열티 프리(Royalty-Free) 소스로 제공되기 때문에 저작권 걱정 없이 다양한 프로젝트에 사용할 수 있지만, 상업적으로 사용할 경우 라이선스 조건을 확인하는 것이 중요하다.

- **문서 작성** 보고서, 프레젠테이션, 뉴스레터와 같은 문서에 시각적 요소를 추가하여 내용을 강조하고 흥미롭게 만드는 데 사용된다.

- **교육 자료** 수업 자료나 학습지를 만들 때 클립아트를 사용하여 학생들의 관심을 끌고 개념을 설명하는 데 도움을 준다.

- **웹 디자인** 웹사이트나 소셜 미디어 포스트에 시각적 매력을 더하기 위해 사용된다.

- **광고 및 마케팅** 브로슈어, 팜플릿, 카드 뉴스, 광고 배너 등 다양한 마케팅 자료에 클립아트를 삽입하여 제품이나 서비스를 돋보이게 만든다.

- **개인 프로젝트** 초대장, 인사말 카드, 스크랩북 등 개인적인 용도로도 널리 활용된다.

- **T-셔츠 및 기념품 디자인** T-셔츠, 머그컵, 키 체인(키링) 등 다양한 기념품 및 제품에 인쇄 목적으로 사용된다.

- **유튜브 동영상** 썸네일이나 정보 전달, 비주얼 강화 등의 목적으로 유튜브 동영상의 제작에 사용된다.

- **각종 도서 자료** 책에 사용되는 클립아트는 복잡한 주제를 쉽고 재미있게 풀어내는 시각적 도구로써 이해를 돕고 독자의 관심을 끄는 효과적인 방법이다.

🔊 클립아트를 통한 수익화

기존에는 프리피크(Freepik)와 같은 이미지 마켓플레이스를 통해 클립아트 자료를 구매하여 사용했을 것이다. 하지만 지금은 생성형 AI를 통해 직접 원하는 이미지를 생성하여 사용할 수 있다. 여기서 잠시, AI를 사용하면 누구나 쉽게 클립아트를 생성할 수 있는 이러한 환경에서 클립아트가 과연 적당한 비즈니스 모델이 될 수 있지에 대한 의문이 들 수 있을 것이다.

| 디지털 마켓플레이스 프리피크 웹사이트 메인화면 |

하지만 대부분 유료로 사용해야 하는 생성형 AI를 모든 사람들이 사용료를 내면서까지 사용하지는 않으며, AI 프롬프트 언어를 제대로 사용하지 못하면 자신이 원하는 이미지 생성이 어렵기 때문에 클립아트는 앞으로도 충분히 좋은 비즈니스 모델이 될 수 있다. 다음은 클립아트로 수익을 창출하는 주요 방법들에 대한 설명이다.

디지털 마켓플레이스

디지털 마켓플레이스는 독창적인 클립아트를 찾는 전 세계의 구매자들에게 다양한 작품을 소개 및 구매할 수 있는 플랫폼을 제공한다. 대표적으로 Etsy, Freepik, Creative Market, Shutterstock 등이 있으며, 이 공간에서 자신만의 온라인 스토어를 개설하고, 전 세계 디자이너, 마케터, 교육자들이 사용할 수 있는 고품질의 클립아트 컬렉션을 판매하여 디지털 아트 비즈니스를 성공적으로 성장시킬 수 있다.

- **Etsy (https://www.etsy.com)** 에츠이는 개인적이고 독특한 아이템을 위한 글로벌 마켓 플레이스이다.

- **Creative Market (https://creativemarket.com)** 크리에이티브 마켓은 디자이너들을 위한 프리미엄 디자인 콘텐츠를 제공하는 마켓플레이스이다.

- **Shutterstock (https://www.shutterstock.com)** 셔터스톡은 고품질 이미지, 벡터, 일러스트레이션 및 비디오를 판매하는 글로벌 마켓플레이스이다.

- **Freepik (https://www.freepik.com)** 프리피크는 다양한 벡터, PSD, 아이콘 및 스톡 사진 등을 제공하는 대형 리소스 플랫폼이다.

- **Adobe Stock (https://stock.adobe.com)** 어도비 스톡은 강력한 검색 기능을 통해 창의적인 프로젝트를 위한 이미지 및 아트워크를 판매할 수 있다.

- **유토이미지 (https://www.utoimage.com)** 사진, 일러스트, 아이콘, 그래픽, 웹 모바일, PPT 콘텐츠를 판매하는 국내 웹사이트이다. 폰트, 캘리그래피, 인쇄 편집 소스, 3D 소스 또한 판매할 수 있다. 입점 절차에 따라 CP 입점 신청 후 판매를 시작하면 된다.

- **클립아트코리아, 통로 이미지 (https://cp.tongro.com/)** 국내에서는 가장 오래된 이미지 웹사이트이다. 일러스트, 아이콘, 국내 작가 포토, 해외 작가 포토, 합성, 편집, 웹 모바일, PPT, 폰트, 사운드, 모션 그래픽 등을 통로 이미지 작가 사이트를 통해 등록할 수 있다.

- **크라우드 픽 (https://www.crowdpic.net/)** 국내 이미지 판매 사이트로 규모가 좀 작은

신생 사이트이지만 등록 접근성은 가장 간편하다. 또한, 대형 플랫폼에 비해 이미지 개별 단가는 저렴하지만, 타 사이트의 경우 대부분 멤버십 구매로 높은 수수료가 붙는 것을 감안하면 개당 수익이 괜찮은 편이다.

웹사이트(플랫폼) 개설

자체 웹사이트를 구축하여 AI로 제작한 클립아트 컬렉션을 직접 판매한다. 이 방법은 전체 판매 매출 수익이 모두 자신에게 귀속된다는 장점이 있다.

- **고유한 클립아트 컬렉션** 사용자가 검색하고 구매할 수 있는 다양한 테마와 스타일의 클립아트를 소개한다.

- **맞춤형 디자인 서비스** 고객의 특별한 요구에 맞춘 맞춤형 클립아트를 제공한다.

- **라이선싱 옵션** 다양한 라이선싱 선택권을 통해 고객이 프로젝트에 맞는 사용권을 선택할 수 있게 한다.

- **다운로드 패키지** 고객이 원하는 소스를 다운로드하여 사용할 수 있는 클립아트 패키지를 제공한다.

- **직접적인 고객 관계** 고객과의 직접적인 소통을 통해 보다 개인화된 서비스를 제공하고 충성도 높은 고객 기반을 구축할 수 있다.

- **완벽한 브랜드 제어** 웹사이트 디자인에서 마케팅 전략에 이르기까지 브랜드의 모든 측면을 자유롭게 제어할 수 있다.

- **시장 동향에 대한 신속한 대응** 시장의 변화나 고객의 피드백에 기반하여 신속하게 새로운 컨텐츠를 제작하고 업데이트할 수 있다.

- **구독 서비스** 새로운 클립아트를 제공하는 구독 기반의 서비스를 제공한다. 구독자들은 정기적으로 새로운 콘텐츠를 받을 수 있고, 창작자는 안정적인 수익을 확보할 수 있다.

- **커스텀 디자인 서비스** 고객의 요청에 맞춰 맞춤형 클립아트를 디자인하고, 이를 통해 프

리미엄 가격을 책정할 수 있다.

라이선스 계약

자신의 클립아트를 라이선스 계약을 통한 클립아트 수익화는 창작자 자신의 작품을 기업이나 출판사에 사용할 권리를 부여하고, 그 대가로 로열티를 받는 방식이다. 이 접근 방식은 지속적인 수입원을 창출할 수 있는 장점을 가지고 있다.

- **일회성 라이선스** 구매자가 일정 금액을 지불하고 클립아트를 한 번 사용할 수 있는 권한을 부여한다. 이 경우 라이센스는 보통 특정 용도에 한정되어 있다.

- **로열티 기반 라이선스** 구매자가 클립아트를 사용할 때마다 창작자에게 수익의 일부를 지불한다. 이 방식은 클립아트가 더 많이 사용될수록 창작자가 더 많은 로열티를 받을 수 있게 해준다.

인쇄 제품 (POD)

POD(Print on Demand)는 제품이 주문되는 즉시 인쇄 및 제작되는 비즈니스 모델이다. 이 방식은 재고를 미리 만들어 두지 않고, 고객이 주문할 때마다 해당 제품을 개별적으로 인쇄하여 배송한다. POD 서비스는 의류, 스티커, 머그컵, 액세서리, 가정용품 등 다양한 인쇄 가능한 상품에 사용된다.

- **Merch by Amazon (https://merch.amazon.com)** 아마존이 운영하는 POD 서비스로 디자이너는 자신의 클립아트를 T-셔츠 등에 인쇄하여 아마존을 통해 판매할 수 있다.

- **Redbubble (https://www.redbubble.com)** 레드버블은 아티스트 커뮤니티 기반의 글로벌 POD 마켓플레이스로 독창적인 아트워크를 의류, 스티커, 장식 용품 등에 인쇄하여 판매할 수 있다.

- **Teespring (https://teespring.com)** 티스프링은 사용자가 자신의 브랜드를 만들고 판매

할 수 있는 POD 서비스로 주로 의류와 액세서리에 초점을 맞추고 있다.

- Printify (https://www.printify.com) 프린티파이는 인쇄 업체와 연결하여 제품을 제작하고 판매할 수 있는 플랫폼으로 사용자 자신의 디자인을 적용된 다양한 상품을 제공한다.

- Printful (https://www.printful.com) 프린트풀은 대부분의 인쇄와 배송 서비스를 제공한다. 아티스트는 여기에서 자신의 디자인을 업로드하고 판매할 수 있다.

- Zazzle (https://www.zazzle.com) 재즐은 맞춤형 제품을 위한 POD 서비스를 제공하며, 사용자는 자신의 디자인을 다양한 상품에 적용하여 판매할 수 있다.

- Society6 (https://society6.com) 소사이어티6은 아티스트가 자신의 작품을 인쇄하여 판매할 수 있는 플랫폼으로 아트 프린트, 가구, 장식품 등 다양한 제품을 포함한다.

- 쿠팡 마켓플레이스 (https://www.coupang.com) 국내 최대의 이커머스 플랫폼 중 하나로 다양한 판매자가 자신의 디자인 상품을 판매할 수 있는 기회를 제공한다.

- 네이버 스마트스토어 (https://smartstore.naver.com) 개인 판매자 또는 스타트업이 자신의 디자인 상품을 쉽게 판매할 수 있도록 지원하는 네이버의 온라인 쇼핑 플랫폼이다.

| T-셔츠에 사용된 POD 예시 |

클립아트 제작 단가와 수익

클립아트 제작으로 발생할 수 있는 수익은 여러 요인에 따라 크게 달라질 수 있다.

이는 디자인의 품질, 마케팅 능력, 판매 플랫폼, 타겟 시장의 크기, 경쟁 상황 그리고 판매 전략에 따라 결정된다. 다음은 클립아트 제작으로 예상할 수 있는 몇 가지 수익화 방법들이다.

- **일회성 판매** 개별 클립아트 또는 패키지를 일회성으로 판매할 경우 가격은 몇백 원에서 몇만 원까지 다양할 수 있다. 예를 들어, 한 개의 클립아트가 1,000원에 판매되고 한 달에 100개가 판매된다면 월 수익은 100,000원이 된다.

- **라이선스 계약** 클립아트를 라이선싱하는 경우 로열티 수익은 판매된 각 제품에 대한 소액의 비율로 지급받게 된다. 예를 들어, 한 개의 클립아트에 대해 10%의 로열티를 설정하고, 해당 클립아트가 50,000원짜리 제품에 사용되어 월 200회 판매된다면 월 로열티 수익은 1,000,000원이 된다.

- **구독 서비스** 클립아트 구독 서비스를 제공하는 경우 고정된 월 구독료를 받게 되며, 이는 안정적인 월별 수입을 의미한다. 예를 들어, 월 구독료가 10,000원이고, 100명의 구독자가 이용한다면 월 수익은 1,000,000원이 된다.

- **파트너십 및 제휴 마케팅** 특정 제품이나 서비스에 클립아트를 제공하고, 그 판매로부터 수익을 분배받는 제휴 마케팅을 할 수도 있다.

- **맞춤형 서비스** 개별 고객이나 기업에 맞춤형 클립아트 디자인 서비스를 제공하고, 이를 통해 높은 마진을 얻을 수 있다.

- **인쇄(POD) 제품 판매** 클립아트를 사용한 인쇄 제품(예: T-셔츠, 머그컵 등)을 판매할 경우, 제품 한 개당 마진을 설정할 수 있으며, 이는 판매량에 따라 수익이 결정된다.

실제 수익은 판매량, 제품 가격 그리고 운영 비용에 따라 달라지므로 정확한 수익 예측을 하기 위해서는 시장 조사와 비즈니스 계획 수립이 필요하다.

011. 일러스트레이터: 메디컬 일러스트레이터

일러스트레이터는 그림, 그래픽 또는 이미지를 통해 아이디어나 메시지를 시각적으로 표현하는 전문가이다. 일러스트레이터는 다양한 매체와 산업 분야에서 활동하며, 창의적인 시각 예술을 통해 이야기 및 정보를 전달하며, 단순히 그림을 그리는 것을 넘어 문화적, 교육적, 상업적 가치를 창출한다.

수년 전 뇌과학 연구 중 뉴런의 확장에 대한 논문에 들어갈 그림을 의뢰받았다. 평소 뇌과학에 관심이 있던 터라 3D 제작 툴(시네마 4D)을 활용하여 그림(아래 그림 중 네 번째 그림)을 만들어주었다. 이때 처음으로 메디컬 일러스트레이터라는 직업이 있다는 것을 알게 되었다. 메디컬 일러스트레이터는 의학 및 생물학 분야의 개념과 정보를 시각적으로 표현하는 전문가로 복잡한 의학적 정보를 명확하고 이해하기 쉬운 시각적 형태로 표현하는 역할을 한다. 이러한 메디컬 일러스트레이터는 인식 부족과 교육 및 훈련 기회의 부족, 시장 규모 그리고 제도적 지원 부족으로 국내에서는 아직 전문직으로서 체계가 정립되지 않은 상태이다.

▶ 메디컬 일러스트레이터가 되기 위한 요건

메디컬 일러스트레이터가 되기 위해서는 기초 의학 지식과 미술 및 디자인 기술(AI 활용 포함), 주의력과 세부적인 감각, 효과적인 커뮤니케이션 능력, 최신 디지털 도구에 대한 숙련도, 지속적인 학습과 창의력이 필수적이다. 메디컬 일러스트레이터가 되기 위한 요건은 다음과 같다.

- **의학 및 생물학 지식** 해부학, 생리학, 병리학 등 기초 의학 지식이 필수적이다. 이는 정확하고 신뢰할 수 있는 의학적 일러스트를 표현하는 데 기반이 된다.

- **미술 및 디자인 기술** 높은 수준의 드로잉 및 디자인 능력이 요구된다. 전통적인 미술 기법과 디지털 일러스트레이션 도구에 모두 능숙해야 하지만 최근에는 DALL-E 3, 미드저니, 스테이블 디퓨전, 컴피UI와 같은 생성형 AI 기술의 등장으로 메디컬 일러스트레이터의 업무 방식에도 큰 변화를 불러오고 있다.

- **주의력과 세부적인 감각** 의학적 정확성과 세부적인 묘사는 메디컬 일러스트레이션의 핵심이다. 따라서, 세심한 주의력과 세부 사항에 대한 높은 감각이 필요하다.

- **커뮤니케이션 능력** 의사, 연구원, 교육자 등 다양한 전문가들과 효과적으로 소통할 수 있어야 한다. 이는 프로젝트의 요구 사항을 정확히 파악하고, 효과적인 시각적 해결책을 제시하는 데 중요하다.

- **기술적 능력** 최신 디지털 일러스트레이션 소프트웨어와 기술에 능숙해야 한다. 이는 작업의 효율성과 다양성을 높이는 데 중요하다.

- **지속적인 학습과 발전** 의학과 기술은 끊임없이 발전하므로 최신 지식과 기술을 지속적으로 습득하고 익히는 것이 중요하다.

- **창의력과 문제 해결 능력** 복잡하고 어려운 의학적 개념을 시각적으로 전달할 수 있는 창의적인 접근 방식이 필요하다.

🔵 메디컬 일러스트레이터의 활동 분야

메디컬 일러스트레이터는 의학 교육 자료, 과학 출판, 환자 교육, 의료 기기 및 약품 설명서, 수술 및 의료 절차 시각화, 법의학, 애니메이션 및 3D 모델링, 마케팅 및 광고 등 다양한 분야에서 복잡한 의료 정보를 정확하고 시각적으로 이해하기 쉽게 전달하는 중요한 역할을 수행한다. 주요 활동 분야는 다음과 같다.

- **의학 교육 자료** 의대생, 간호사, 다른 의료 전문가들을 위한 교재, 강의 자료, 온라인 교육 코스 등에 사용되는 일러스트를 제작한다.

- **의과학 출판** 의학 및 생물학 관련 도서, 학술지, 연구 논문에 수록되는 일러스트를 제작하여 복잡한 과학적 개념과 연구 결과를 명확하게 전달한다.

- **환자 교육 자료** 환자들에게 질병, 치료 절차, 건강 관리 방법 등을 설명하는 데 사용되는 일러스트와 인포그래픽을 제작한다.

- **의료 기기 및 약품 설명서** 의료 기기, 약품의 사용법, 작동 원리 등을 설명하는 매뉴얼이나 사용 설명서에 사용되는 일러스트를 제작한다.

- **수술 및 의료 절차 시각화** 수술 절차, 의료 기술, 해부학적 위치 등을 시각화하여 의료 전문가들이 복잡한 절차를 이해하고 계획하는 데 도움을 준다.

- **법의학 일러스트** 법적 문제와 관련된 의학적 사례를 시각적으로 표현하여 재판이나 법적 절차에서 사용된다.

- **애니메이션 및 3D 모델링** 의학적 개념을 설명하는 애니메이션, 3D 모델 및 가상현실(VR) 콘텐츠를 제작하여 복잡한 구조와 절차를 시각적으로 표현한다.

- **마케팅 및 광고** 의료 기기, 약품, 건강 관련 제품의 마케팅과 광고를 위한 시각적 자료를 제작한다.

- **교육 기관 강의** 의학, 간호, 생물학 등의 학생들 대상으로 메디컬 일러스트레이션의 기초, 응용 기법, 디지털 도구 활용법 등에 대한 강의를 한다.

- **전문 워크숍 및 세미나** 의료 전문가, 일러스트레이터, 학생들을 위한 워크숍이나 세미나를 개최하여 메디컬 일러스트레이션의 특정 주제나 최신 트렌드에 대한 교육을 한다.

- **온라인 교육 코스** 웹 기반 플랫폼을 통해 메디컬 일러스트레이션에 관한 온라인 코스를

제공하며, 더 넓은 청중에게 접근할 수 있도록 한다.

그밖에 메디컬 일러스트레이션은 영화나 드라마에서도 사용된다. 의학적 정확성을 바탕으로 한 시각적 요소를 제공하여 영화나 드라마의 스토리텔링을 풍부하게 하고, 현실감을 더 해 준다. 예를 들어, 의학 드라마나 과학 영화에서 실제와 같은 해부학적 장면, 복잡한 의료 절차, 신체 내부의 생리학적 과정 등을 현실적으로 묘사하는 데 메디컬 일러스트레이션을 활용할 수 있다. 이러한 시각적 요소는 관객에게 보다 실감나는 경험을 제공하며, 의학적인 사실과 개념을 명확하고 이해하기 쉽게 전달하는 데 기여한다. 따라서, 메디컬 일러스트레이터는 엔터테인먼트 산업 내에서도 중요한 역할을 하며, 영화나 드라마의 질을 향상시키는 데 중요한 기여를 한다.

| KBS 의학드라마 [브레인]에 사용된 메디컬 일러스트_장동수 MID 대표 제공 |

메디컬(MID) 일러스트레이터 수익 및 전망

메디컬 일러스트레이터의 수익과 전망은 여러 요인에 따라 달라질 수 있으며, 해당 분야의 수요, 개인의 경험 및 전문성 그리고 근무 형태(프리랜서 대 비정규직)에 따라 크게 영향을 받는다.

수익

메디컬 일러스트레이터의 수입은 경력, 전문성, 근무 형태에 따라 다양하다. 프리랜서로 활동하는 경우 프로젝트나 작업물에 따라 수익이 달라지며, 일부 경험 많은 메디컬 일러스트레이터는 상당히 높은 수익을 올리는 것으로 알려져 있다.

- **연봉** 정규직으로 취업하는 경우 초봉이 2천 5백만 원 정도이며, 경력이 쌓이면 5천 이상의 연봉을 받는다. 참고로 미국에서는 평균 연봉이 6~10만 달러(원화: 7천~1억 2천만 원) 정도로 알려져 있다.

- **프리랜서** 프리랜서로 활동하는 경우에는 작업 단위로 가격을 책정할 수 있으며, 보통 시간당 5~10만 원 정도의 수준으로 작업 비용을 책정한다.

전망

메디컬 일러스트레이션 분야는 의학 및 생물학 연구의 지속적인 발전, 디지털 미디어와 교육 기술의 진화 그리고 복잡한 의학적 정보를 효과적으로 전달할 필요성이 증가함에 따라 이 분야에 대한 수요가 지속해서 성장할 것으로 예상된다.

▶ AI를 활용한 메디컬 일러스트 작업

인공지능(AI)을 활용한 메디컬 일러스트 작업은 사용자 맞춤형 시각화 등을 통해 의료 시각화의 품질과 범위를 확장하여 의료 시각화 분야에서 효율성과 창의성을 크게 향상시킬 수 있다. 다음은 DALL-E 3와 스테이블 디퓨전에서 제작한 메디컬 일러스트의 예시이다.

챗GPT (DALL-E 3)

챗GPT의 DALL-E 3를 통해 다음과 같이 음식이 소화되는 모습을 3D 형태의 사실적인 그림으로 표현해 달라고 요청하였다. 결과는 필자가 원하는 느낌은 아니다. 질문이 너무 단순했기 때문에 더욱 상세한 설명과 주문이 필요하다. 그러기 위해서는 의학에 대한 지식이 더욱 필요하다. 이렇듯 메디컬 일러스트레이터는 의학적 지식이 반드시 필요한 분야인 것을 알 수 있다.

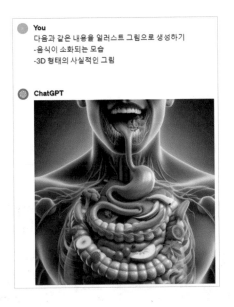

스테이블 디퓨전(Stable Diffusion)

이번엔 오픈소스 인공지능(AI) 그림 생성 도구인 스테이블 디퓨전에서 사전에 스케치한 그림을 가져와 이미지로 생성해 보았다. 결과는 스케치된 모습과 유사한 그림이 생성되었다. 다양한 모델과 자세한 프롬프트를 작성한다면 지금보다 더 사실적인 결과물을 얻을 수 있다.

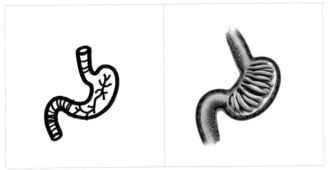

| 스케치(좌) 파일을 스테이블 디퓨전으로 가져와 이미지로 생성한 모습(우) |

012. 시공을 초월하는 건축 및 인테리어 시각화

인공지능(AI)은 건축 및 인테리어 디자인 분야에도 혁신을 가져오고 있다. AI 기반의 알고리즘은 복잡한 설계 과제를 단순화하고, 데이터 주도 설계를 가능하게 하여 디자인의 품질과 효율성을 향상시킨다. 이러한 기술은 건축과 같은 3D 시각화를 통해 디자인 과정을 더욱 직관적으로 만들어 준다.

건축 분야에서 인공지능의 영향과 기회

인공지능(AI) 기술의 발전은 건축 및 인테리어 디자인 업계에 혁신적인 변화를 가져오고 있다. AI 기술은 건축가들이 기존의 제약을 뛰어넘어 더욱 효율적이며, 혁신적인 디자인 방식을 추구할 수 있도록 해준다. 이러한 발전은 건축 및 인테리어 디자인 분야에 급속한 변화를 촉진하고, 새롭고 다양한 비즈니스 모델의 발전을 가능하게 한다.

AI 기술의 발전과 건축 및 인테리어 디자인

인공지능(AI) 기술의 발전이 건축 및 인테리어 디자인을 새롭게 정의하고 있다. 데이터 분석과 고급 시각화 기능을 활용하여 더욱 혁신적이고 개인화된 디자인을 창출하여 건축가와 디자이너들에게 전례 없던 창의적 가능성을 제공한다.

- **AI와 빅데이터의 통합** 인공지능(AI)과 빅데이터의 통합은 현대 기술 분야의 중대한 발전이다. AI는 방대한 양의 데이터를 분석하고, 그 안에서 패턴과 인사이트를 발견하는 데 사용되며, 이를 통해 더 정확한 예측, 개인화된 서비스 제공, 고객 행동 이해 및 효율적인 의사결정이 가능하다.

- **건축 분야에서의 AI 활용** 건축 분야에서의 인공지능(AI) 활용은 상상을 초월하는 혁신적인 변화를 가져오고 있다. AI 기반 설계 소프트웨어는 건축가들에게 최적화된 설계안을 제시하며, 가상현실(VR)과 증강현실(AR) 기술은 실제 건축물이 완성되기 전에 사실적인 시뮬레이션을 가능하게 해준다.

AI가 개선하는 디자인 프로세스

인공지능(AI)은 건축 및 인테리어 디자인 프로세스를 근본적으로 개선하고 있으며, 복잡한 데이터 분석과 창의적 문제 해결을 통해 디자인의 정확성과 효율성을 높이고 있다. 이를 통해 디자이너들은 시간과 비용을 절약하며, 동시에 더 혁신적이고 사용자 중심의 디자인을 창출할 수 있다.

- **시간과 비용 절약** 인공지능(AI)은 건축 및 인테리어 디자인에서 시간과 비용을 절약하는 중요한 역할을 한다. AI의 자동화 기능은 반복적이고 시간이 많이 소요되는 작업들을 신속하게 처리할 수 있게 해주며, 고급 알고리즘을 통해 최적화된 설계 솔루션을 빠르게 도출하여 전체 프로젝트의 완성 시간을 단축한다.

- **복잡한 설계 문제의 해결** AI는 고급 알고리즘과 머신러닝 기술을 활용하여 다양한 디자인 변수와 제약 조건을 분석하여 최적의 솔루션을 도출해 준다. 이를 통해 디자이너들은 공간 제약, 구조적 안정성, 에너지 효율성과 같은 복잡한 요소들을 효과적으로 균형 잡힌 방식으로 처리할 수 있으며, 디자인의 품질을 높이면서도 예상치 못한 문제에 대한 창의적이고 실용적인 해결책을 제공한다.

➤ 건축 및 인테리어 디자인을 통한 수익화

인공지능(AI) 기술을 활용하면 건축 및 인테리어 분야에서 맞춤형 디자인, 고급 시각화 서비스, 데이터 분석을 통한 비용 및 에너지 효율성 증대, 온라인 플랫폼 개발, 교육 및 컨설팅 서비스 제공 등을 통해 다양한 수익 창출 기회를 제공할 수 있다.

맞춤형 디자인 서비스 제공

맞춤형 디자인 서비스는 고객의 개별적인 요구와 스타일을 섬세하게 반영하여 제공되며, 이를 통해 건축 및 인테리어 분야에서 차별화된 가치와 높은 고객 만족도를 달성할 수 있다.

- **개별 상담을 통한 요구사항 파악** 고객과의 일대일 상담을 통해 그들의 생활 스타일, 선호도 및 필요성을 정확히 이해한다.

- **맞춤형 솔루션 제공** 고객의 요구에 부합하는 독특하고 개인화된 디자인 솔루션을 제공한다. 이는 공간의 기능성과 미학적 아름다움을 모두 고려한 결과물이다.

- **차별화된 경험 제공** 맞춤형 디자인 서비스는 고객에게 개인적으로 특별하게 맞춰진 경험을 제공한다. 이로 인해 표준화된 솔루션으로는 얻을 수 없는 개별적인 만족감을 부여한다.

- **고객의 라이프스타일과 가치 반영** 각 고객의 라이프스타일, 취향, 가치관을 반영한 디자인은 고객의 공감을 이끌어내며, 이로 인해 장기적인 고객 관계로 이어진다.

디지털 시각화 및 모델링 서비스

디지털 시각화 및 모델링 서비스는 최신 3D 기술을 활용하여 고객에게 디자인의 사실적인 시각화를 제공하여 실시간 피드백과 빠른 프로젝트 승인을 가능하게 한다.

- **3D 모델링의 활용** 건축 및 인테리어 디자인을 위한 현실감 넘치는 3D 모델을 생성하고, 고객에게 제공한다. 이를 통해 고객은 디자인의 모든 측면을 미리 볼 수 있다.

- **즉각적인 피드백과 조정** 고객은 시각화된 디자인을 보고 즉시 피드백을 제공할 수 있으며, 디자이너는 이러한 피드백을 바탕으로 실시간으로 디자인을 조정할 수 있다.

- **결정 과정의 간소화** 고객이 디자인을 보다 명확하게 이해하여 곧바로 결정을 내릴 수 있어 프로젝트 승인 과정이 빨라진다.

- **고객 신뢰 구축** 디지털 시각화는 고객에게 디자인이 현실에서 어떻게 구현될지에 대한 확신을 준다. 이는 고객의 신뢰를 쌓고, 결국 빠른 프로젝트 승인으로 이어진다.

온라인 플랫폼 및 앱 개발

온라인 플랫폼 및 앱 개발을 통해 DIY 건축가 및 인테리어 디자이너들에게 필수적인 도구를 제공하여 더 넓은 시장에 도달하고 추가적인 수익을 창출할 수 있는 기회를 마련한다.

- **사용자 친화적인 인터페이스** 사용자가 쉽게 접근하고 사용할 수 있는 직관적인 디자인 인터페이스를 개발한다. 이는 DIY 사용자들이 자신의 건축 및 인테리어 프로젝트를 쉽게 계획하고 구현할 수 있도록 돕는다.

- **다양한 기능 제공** 디자인 템플릿, 색상 및 재료 선택 도구, 비용 계산기 등 다양한 기능을 제공하여 사용자의 프로젝트 계획과 실행을 지원한다.

- **온라인 접근성 확대** 웹 및 모바일 애플리케이션을 통해 전 세계의 사용자들에게 서비스를 제공함으로써 지역적 한계를 넘어서는 시장 접근성을 확보한다.

- **수익화 모델 개발** 구독 서비스, 프리미엄 기능, 인앱 구매, 광고 등 다양한 수익화 전략을 적용하여 지속적인 수익원을 창출한다.

교육 및 워크숍 운영

건축 및 인테리어 디자인에 관심 있는 사람들을 대상으로 교육 및 워크숍 운영을 통해 건축 및 인테리어 디자인에 관심 있는 사람들에게 전문 지식을 전달하고, 이를 통해 수익을 창출할 수 있다.

- **다양한 교육 과정 설계** 초보자부터 전문가 수준까지 다양한 수준의 참가자들을 위한 맞춤형 교육 과정을 개발한다. 이는 기본 디자인 원리부터 고급 소프트웨어 활용 기술까지 다양한 주제를 포함할 수 있다.

- **온라인 및 오프라인 포맷 제공** 디지털 플랫폼을 활용한 온라인 교육과 전통적인 교실 수업을 병행하여 더 넓은 대상을 포괄할 수 있다.

- **실습 중심의 워크숍** 참가자들이 실제 프로젝트를 수행하며 배운 내용을 실습할 수 있는 워크숍을 개최하여 참가자들에게 실질적인 경험을 제공하고, 학습 효과를 극대화한다.

- **전문가 세미나 운영** 업계 전문가들을 초청하여 최신 트렌드, 기술, 케이스 스터디에 대해 공유하는 세미나를 개최함으로써 참가자들에게 심도 있는 지식을 제공한다.

에코-디자인 및 지속 가능성 컨설팅

지속 가능한 건축 및 인테리어 디자인에 대한 수요가 증가함에 따라 에코-디자인 및 지속 가능성 컨설팅 서비스는 환경 친화적인 건축 및 인테리어 디자인의 수요 증가에 부응하여 디자인 솔루션을 제공함으로써 새로운 수익원을 창출한다.

- **환경 친화적인 소재 및 기술 선택** 클라이언트에게 지속 가능한 소재, 에너지 효율적인 설계 및 건축 기술을 제안하여 환경에 미치는 영향을 최소화한다.

- **에코 프렌들리 디자인 전략 개발** 환경을 고려한 디자인 전략을 개발하여 클라이언트의 건축 및 인테리어 프로젝트가 지속 가능성 기준을 충족하도록 지원한다.

- **에너지 및 자원 관리 계획 수립** 건물의 에너지 소비 패턴을 분석하고, 에너지 및 자원을 효율적으로 사용하는 방안을 제공한다.

건축 및 인테리어 디자인 수익

건축 및 인테리어 디자인의 단가와 수익은 프로젝트의 복잡성, 규모, 위치, 디자인의 특수성 그리고 제공되는 서비스의 범위에 따라 크게 달라진다. 일반적으로 다음과 같은 요소들이 단가와 수익에 영향을 미친다.

- **디자인의 복잡성과 규모** 더 복잡하고 규모가 큰 프로젝트는 더 높은 단가를 요구한다. 예를 들어, 단순한 리모델링 작업은 새로운 건축 프로젝트보다 단가가 낮을 수 있다.

- **위치와 시장** 프로젝트의 지리적 위치와 해당 지역의 시장 상황도 단가에 영향을 미친다. 예를 들어, 대도시의 고급 주거 지역에서의 작업은 지방의 작은 타운하우스 프로젝트보다 높은 단가를 가질 수 있다.

- **맞춤형 디자인 요구** 고객의 특별한 요구사항이나 맞춤형 디자인은 추가적인 시간과 노력을 요구하므로 일반적인 디자인보다 높은 단가를 설정할 수 있다.

- **제공 서비스 범위** 전체적인 프로젝트 관리, 디자인만 제공, 또는 시공 관리까지 포함하는지에 따라 단가가 달라질 수 있다.

- **추가 서비스와 상품** 가구, 장식품, 맞춤형 소품 등 추가적인 상품이나 서비스를 제공하는 경우 이러한 요소들은 수익을 증대시킬 수 있다.

- **경험과 명성** 경험 많고 명성이 있는 디자이너나 건축가는 더 높은 단가를 요구할 수 있는 것이 업계의 보편적 관행이다.

일반적으로 건축 및 인테리어 디자인 프로젝트의 수익은 프로젝트 단가와 직접적으로 연결되며, 디자이너나 회사의 효율성, 프로젝트 관리 능력, 그리고 추가 서비스의 제공 여부에 따라 달라질 수 있다.

🔆 건축 및 인테리어 디자인에 유용한 도구

건축 및 인테리어에 인공지능(AI) 및 프로그램을 활용하면 창의적이고 혁신적인 디자인 솔루션을 보다 효율적으로 개발할 수 있다. AI는 대량의 데이터를 분석하여 설계 최적화, 공간 활용 및 에너지 효율성 향상에 기여하며, 이를 통해 사용자 중심의 디자인을 실현할 수 있다. 또한, AI를 활용한 3D 모델링과 시각화 도구는 프로젝트의 시각적 표현을 개선하고, 클라이언트와의 의사소통을 강화하여, 최종 디자인에 대한 이해도와 만족도를 높일 수 있다.

디자인 컨셉 및 아이디어를 얻는 도구

인공지능(AI) 도구는 건축 및 인테리어에 창의적인 디자인 아이디어를 얻기 위한 영감을 주고, 독특한 디자인을 생성하는 데에도 도움이 된다. 다음은 몇 가지 주요 AI 도구들이다.

- **미드저니 (https://www.midjourney.com)** 미드저니는 텍스트 입력에 기반하여 독창적인 이미지와 시각적 이이디어를 생성하는 AI 도구이다. 특정 스타일, 색상, 또는 컨셉을 기반으로 한 시각적 인풋을 제공하면 이를 분석하여 창의적이고 독특한 디자인 아이디어를 제시해 준다.

- **스테이블 디퓨전 (Stable Diffusion)** 스테이블 디퓨전은 텍스트 또는 이미지를 분석하여 고품질 이미지를 생성하는 AI 도구이다. 단순 스케치 이미지를 가져와 건축 및 인테리어 디자인에 대한 새로운 아이디어를 시각화하는데 도움을 받을 수 있다.

- **DALL-E 3 (https://openai.com)** 쳇GPT와 통합된 DALL-E 3은 텍스트 설명을 기반으로 이미지를 생성하는 AI 도구로 입력된 설명을 바탕으로 상상력이 풍부한 시각적 콘텐츠를 만들어 낸다. 진화된 DALL-E 3은 기존에 존재하지 않는 독특한 디자인 아이디어를 탐색하는데 유용하다.

건축 제작에 사용되는 도구

건축 및 인테리어 디자인 분야에서 활용되는 인공지능(AI) 프로그램과 플랫폼은 디자인 프로세스를 혁신하고, 효율성을 높이며, 창의적인 결과물을 생성하는데 기여한다. 다음은 몇 가지 주요 AI 프로그램과 플랫폼이다.

- **Autodesk Revit (https://www.autodesk.com)** 건축, 엔지니어링, 건설을 위한 강력한 BIM(Building Information Modeling) 소프트웨어이다. AI와 머신 러닝 기능을 통해 건축가와 디자이너들은 더 효율적으로 건물 모델을 생성하고, 에너지 효율성과 구조적 통합성을 분석할 수 있다.

- **ArchiCAD (https://graphisoft.com)** 건축 디자인과 문서 작업을 위한 BIM 소프트웨어로 AI를 활용해 디자인 프로세스를 최적화하고, 오류를 감소시키며, 디자인 결정을 자동화하는데 도움을 준다.

- **SketchUp with V-Ray (https://www.sketchup.com)** 3D 모델링 소프트웨어로, V-Ray와 함께 사용될 때 AI 기반의 렌더링 옵션을 제공한다. 이를 통해 사용자는 더 사실적이고 정교한 시각화를 생성할 수 있다.

- **HomeByMe (https://home.by.me)** AI를 기반으로 한 무료 인테리어 디자인 및 공간 계획 플랫폼이다. 사용자는 자신의 공간을 3D로 시각화하고, 가구 배치 및 장식 옵션을 실험할 수 있다.

- **Planner 5D (https://planner5d.com)** AI를 활용하여 사용자가 집이나 사무실의 인테리어 및 익스테리어를 쉽게 디자인하고 시각화할 수 있는 도구로 공간 최적화와 스타일링 제안을 제공한다.

- **Houzz Pro (https://www.houzz.com)** AI를 활용한 인테리어 디자인 플랫폼으로 디자인 아이디어, 상품 추천 및 프로젝트 관리 도구를 제공한다.

013. 모든 디자인 공모전에서 통하는 생성형 AI

생성형 인공지능(AI)의 디자인 및 문장을 만들어 주는 특별한 능력은 다양한 공모 전에서 빛을 발휘할 수 있다. 예를 들어, 디자인 관련 공모전에서는 창의적인 아이 디어, 독특한 디자인을 창조할 수 있으며, 수필, 시나리오, 소설 등의 문학 분야에서 는 탁월한 글짓기 능력을 발휘하는 강력한 도구로 활용될 수 있어 더 혁신적이고 경쟁력 있는 작품을 만들어 공모전에서 두각을 나타낼 수 있다.

▶ AI 활용 시 유리한 공모전 분야

인공지능(AI)의 활용은 특히 그래픽 디자인, 건축, 인테리어, 광고, 영화 및 애니메 이션, 패션 그리고 제품 디자인 등 다양한 분야의 공모전에서 더욱 독창적이고 혁 신적인 작품을 창출할 수 있다. AI는 빠른 시간 내에 복잡한 디자인 과제를 해결하 고, 트렌드를 분석하며, 시각적으로 매력적인 아이디어를 구현할 수 있게 해준다.

그래픽 디자인 및 시각 예술

AI는 독특한 그래픽 디자인, 일러스트레이션, 디지털 아트 등을 생성하는데 유용하 여 창의적인 이미지와 시각적 구성을 요구하는 분야에서 더욱 유용하다.

- **창의적인 이미지 생성** 창의적인 아이디어 발상과 시각적 다양성의 결합으로 사용자의 지시에 따라 다양한 스타일과 테마를 가진 독특한 이미지를 생성한다. 이는 기존의 틀을 벗어난 새롭고 창의적인 디자인 아이디어를 쉽게 탐색할 수 있게 하며, 무한한 시각적 조합을 통해 그래픽 디자인 프로젝트에 독특한 신선함과 참신함을 더해 준다.
- **고급 시각화 기능** AI 기반 시각화는 디자인의 품질을 향상시키고, 제작 시간을 단축시키며, 디자이너가 보다 창의적이고 혁신적인 작업에 집중할 수 있게 해준다. 이를 통해, 디자인 프로젝트는 보다 심미적이고 전문적인 결과를 도출할 수 있다.

건축 및 인테리어 디자인

공간 계획, 3D 모델링, 실내 디자인 컨셉 개발 등에 AI를 활용할 수 있다. AI는 혁신적인 건축 아이디어와 실용적인 인테리어 솔루션을 제공하는 데 도움을 준다.

- **창의적 아이디어 생성** 건축 및 인테리어 디자인 공모전에서는 독특하고 창의적인 디자인 컨셉이 중요하다. 참가자들은 혁신적인 아이디어와 신선한 접근 방식을 통해 심사위원과 관객의 주목을 받을 수 있다.
- **트렌드 및 지속 가능성** 최신 디자인 트렌드와 지속 가능한 건축 솔루션을 반영하는 컨셉은 특히 공모전에서 강조되며, 이러한 요소들은 작품이 시대의 요구와 환경적 책임을 반영하고 있음을 보여준다.

광고 및 마케팅

창의적인 광고 콘텐츠, 마케팅 자료, 소셜 미디어 포스트 디자인 등에 AI를 활용해 독창적이고 주목을 끄는 콘텐츠를 생성할 수 있다.

- **타겟 오디언스와의 강력한 연결** 공모전에서 성공하기 위해선 타겟 오디언스와 감정의 연결을 만드는 독창적이고 매력적인 광고 컨셉이 필요하다. 이는 고객의 관심을 끌고, 브랜드 메시지를 효과적으로 전달하는데 중요한 요소이다.

- **혁신적인 마케팅 전략** 혁신적인 전략과 창의적인 캠페인 아이디어는 공모전에서 차별화된 요소로 작용할 수 있어 브랜드의 독특한 가치와 스토리를 강조하는데 유용하다.

- **통합된 멀티미디어 요소** 멀티미디어 요소를 효과적으로 통합하면 메시지 전달력을 극대화하고 다양한 채널을 통해 오디언스와의 상호작용을 증진시킬 수 있다.

영화 및 애니메이션

AI를 활용하면 시간과 노력을 절약하고, 혁신적인 시각적 표현을 탐색할 수 있어 영화, 드라마, 유튜브(숏폼) 등의 다양한 미디어 공모전에서 효과를 볼 수 있다.

- **독창적인 스토리텔링** 강력하고 창의적인 내러티브는 관객의 관심과 감정을 끌어 낼 수 있어 영화나 애니메이션 뿐만 아니라 유튜브 콘텐츠에서도 중요하다.

- **개성 있는 캐릭터 및 주제** 독특한 캐릭터 개발과 관심을 끄는 주제는 콘텐츠의 매력을 높이고, 시청자의 기억에 깊은 인상을 남긴다.

- **시각적 임팩트** 고품질의 시각적 효과, 섬세한 애니메이션 그리고 아름답고 독창적인 시각석 구성은 작품의 전반적인 품질을 높이고, 시청자의 시선을 사로잡는다.

패션 디자인

AI는 패션 트렌드 분석, 신상품 디자인, 패턴 및 텍스처 생성 등에 활용될 수 있으며, 패션 디자이너가 창의적인 아이디어를 실현하는데 많은 영향을 준다.

- **독특한 스타일과 컨셉 개발** 패션 디자인 공모전에서는 독창적이고 혁신적인 스타일과 컨셉이 중요하기 때문에 새로운 아이디어와 디자인을 통해 주목받을 수 있다.

- **트렌드와 지속 가능성의 조화** 최신 패션 트렌드를 반영하는 동시에 지속 가능한 디자인 접근은 공모전에서 두각을 나타내는 중요한 요소이다.

- **프레젠테이션과 스타일링** 패션 디자인은 단순히 옷을 만드는 것을 넘어 어떻게 프레젠트하고 스타일링하는지에 대해서도 중요하다. 모델 선택, 촬영, 룩북 제작 등은 디자인을 강조하고 그 가치를 전달하는 데 큰 역할을 한다.

제품 및 산업 디자인

AI는 그밖에 자동차, 가전 용품, 생활 용품, 스포츠 용품 등 다양한 산업 디자인 분야에서 효율성을 높일 수 있다.

문예 창작

인공지능(AI)는 문예 창작에도 특별한 능력을 가지고 있어 소설(신춘문예), 수필, 시나리오, 생활문 등 글짓기 관련 분야의 공모전에서도 아주 유용하다.

- **매력적인 서사 구조** 소설이나 시나리오에서는 강렬하고 매력적인 서사 구조가 필수적이라고 할 수 있다. AI는 이야기의 시작, 중간, 결말이 명확하고, 독자 혹은 관객의 관심을 지속적으로 끌 수 있는 요소를 찾아 표현해 준다.

- **독창적이고 창의적인 주제** 공모전에서 두각을 나타내기 위해서는 흔히 볼 수 있는 클리셰를 피하고, 독창적인 아이디어나 새로운 시각을 제시하는 것이 중요하다. 독특한 캐릭터 개발, 신선한 주제, 혹은 참신한 관점이 이야기를 더욱 풍부하게 만들어 준다.

- **문체와 어휘 선택의 중요성** 각 작품의 독특한 분위기와 캐릭터의 성격을 반영하는 문체와 어휘 선택은 글의 품질을 높이는 중요한 요소이다. 능숙한 언어 사용은 작품의 질감을 살리고, 독자에게 깊은 인상을 남긴다.

- **감정적 표현과 시각적 묘사** 감정을 섬세하게 표현하고, 시각적으로 생동감 있는 묘사를 통해 독자가 이야기 속으로 빠져들게 하는 것도 중요하다. 이는 독자의 몰입을 증가시키고, 작품에 대한 기억을 강화시켜 준다.

🔥 공모전을 통한 수익화

공모전 응모는 개인이나 팀의 창의성과 기술을 시험하는 기회이며, 성공적인 결과는 더 큰 수익 창출 기회로 이어질 수 있다. AI을 활용하여 공모전에 응모 및 수익을 창출하기 위해서는 다음과 같은 몇 가지 전략적 계획이 필요하다.

공모전 선택과 준비

공모전 선택과 준비는 자신의 재능과 열정을 공유하고, 동시에 수익 창출의 기회를 얻을 수 있는 중요한 단계이다. 따라서 이 과정은 자신의 전문성과 관심사에 가장 잘 맞는 공모전을 식별하고, 그에 따른 요구사항을 면밀히 이해하는 것에서 시작된다. 온라인 플랫폼, 업계 소식, 전문가 네트워크를 통해 다양한 공모전을 탐색하며, 각 공모전의 주제, 규정, 제출 마감일 등을 정확히 파악하는 것이 중요하다.

- **올콘 (https://www.all-con.co.kr)** 다양한 분야의 국내 공모전 정보를 제공하는 종합 공모전 정보 포털이다. 디자인, 영상, 문학, 마케팅 등 다양한 카테고리의 공모전을 한눈에 볼 수 있다.

- **씽굿 (https://www.thinkcontest.com)** 다양한 분야의 공모전 정보를 제공하는 웹사이트로 사용자가 관심 있는 분야의 공모전을 쉽게 찾고 정보를 얻을 수 있다.

- **위비티 (https://www.wevity.com)** 청소년, 대학생, 일반인을 대상으로 하는 다양한 공모전 정보를 제공한다. 특히 창업, 아이디어, 디자인 분야의 공모전에 강점을 가지고 있다.

- **배짱 콘테스트 (http://baejjang.com)** 공모전과 대외활동을 소개하고 있으며, 특이하게 주목, 도전, 전체로 분류되어 있어서 다른 공모 정보 웹사이트와 차별화되어 있다.

- **요즘것들 (https://www.allforyoung.com)** 공모전과 대외활동을 소개하고 있으며, 분야별로만 공모전을 분류하고 있다.

- **콘테스트코리아 (https://www.contestkorea.com)** 대회, 콘테스트, 공모전, 서포터즈,

기자단, 체험 등 분야별로 공모전과 대외활동이 소개되고 있고 지역별로 분류도 있다. 장점은 공모전 TIP 이나 공모전 후기나 정보가 있어 도움이 될 수 있다.

- **라운드소싱 (https://www.loud.kr)** 21만명의 크리에이터를 위한 국내 최대 규모의 디자인 및 아이디어 기획, 영상 관련 공모전 웹사이트이다.

- **대티즌 (https://www.detizen.com)** 분야별로 공모전과 대외활동을 찾아볼 수 있다. 그 외에도 콘텐츠도 거의 매주 한번씩 발행하고 있으며, 연극이나 영화 시사회 이벤트도 하고 있다.

- **ArtCall (https://artcall.org)** 예술과 디자인 분야의 국제 공모전 정보를 제공한다. 회화, 조각, 디지털 아트 등 다양한 예술 분야의 공모전을 찾을 수 있다.

- **Designboom (https://www.designboom.com)** 디자인, 건축, 예술 분야의 국제 공모전 정보를 제공하는 대표적인 디자인 웹사이트이다. 혁신적인 디자인 아이디어와 창의적인 프로젝트를 위한 공모전이 많다.

- **World Architecture Community (https://worldarchitecture.org)** 건축 분야의 국제 공모전 및 경연 대회 정보를 제공한다. 최신 건축 트렌드와 혁신적인 아이디어를 보여주는 공모전들을 찾을 수 있다.

- **FilmFreeway (https://filmfreeway.com)** 영화제 및 영화 관련 공모전 정보를 제공한다. 단편, 장편, 독립 영화, 학생 영화제 등 다양한 카테고리의 영화 공모전을 찾을 수 있다.

공모전 수익

공모전의 상금은 몇 만 원부터 몇 억까지 다양하다. 또한 공모전 수상을 통한 직접적인 수익 창출 외에도 공모전 참여는 단순히 상금을 넘어서 개인의 전문성을 입증하고, 창작 활동을 넓은 관객에게 소개하는 플랫폼 역할을 한다.

- **상금 및 혜택** 많은 공모전들이 상금을 제공한다. 이는 공모전에서 우승하거나 상위 입상을 할 경우 직접적인 금전적 보상을 의미한다. 또한, 일부 공모전에서는 상금 외에도 인턴

십, 작품 전시 기회, 전문가 멘토링, 출판 기회 등 다양한 혜택을 제공하기도 한다.

• **포트폴리오 구축** 공모전에 참여한 작품은 개인의 포트폴리오를 강화하는데 활용할 수 있어 향후 취업, 프리랜싱 기회 확대, 또는 개인적인 창작 활동에 유용한 자산이 된다.

• **네트워킹 및 인지도 증가** 공모전은 업계 전문가, 동료 창작자와의 네트워킹 기회를 제공한다. 이러한 네트워크는 향후 프로젝트, 취업, 협업 기회로 이어질 수 있으며, 수상 경험은 창작자의 인지도를 높이고, 전문성을 인정받는데 도움이 된다.

• **추가적인 수익 창출 기회** 수상 작품을 기반으로 한 상품 개발, 예를 들어 아트워크 판매, 책 출판, 온라인 콘텐츠 제작 등을 통해 추가 수익을 창출할 수 있으며, 공모전 참가 경험을 활용하여 워크숍이나 강연을 진행하며 수익을 얻을 수도 있다.

▶ 공모전을 위한 디자인 작업

공모전을 위한 디자인 작업은 창의력과 기술적 능력을 결합하여 독특하고 혁신적인 작품을 만드는 과정입니다. 이 과정은 공모전의 주제와 요구 사항을 깊이 이해하고, 그에 맞는 창의적인 아이디어를 발전시키는 것에서 시작된다. 다음은 [환경 보호]에 관한 컨셉의 캐릭터 공모를 예시로 하여 미드저니와 챗GPT에서 생성한 결과물이다.

| 미드저니에서 생성한 환경 보호에 관한 캐릭터 |

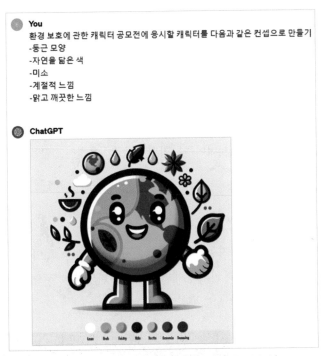

| 챗GPT DALL-E 3에서 생성한 환경 보호에 관한 캐릭터 |

미드저니와 챗GPT DALL-E 3에서 생성한 환경 보호에 관한 캐릭터는 서로 다른 스타일로 생성된 것을 알 수 있다. 이렇듯 AI를 활용하면 다양한 스타일과 표현 방식으로 캐릭터와 환경을 창조할 수 있으며, 미드저니, 챗GPT DALL-E 3과 같은 AI 도구들은 각기 다른 알고리즘과 학습 데이터를 사용하여 사용자의 요구 사항에 따라 독특한 시각적 결과물을 생성할 수 있다.

지금까지 그림과 디자인에 대한 인공지능 비즈니스에 대해 살펴보았다. 살펴본 것처럼 인공지능은 다양한 비즈니스 모델에 활용될 수 있다. 물론 인공지능 창업은 여기서 끝나는 것이 아니며, 더욱 다양한 비즈니스 모델들을 확장해 나갈 수 있다. 그 부분에 대해서는 여러분 스스로 찾아 가야할 과제이다.

확장성. 그밖에 미술 및 디자인 분야에서 할 수 있는 것

AI 기술의 활용은 미술 및 디자인 분야에서 수익을 창출할 수 있는 방법이 아주 다양하다. 다음에 설명하는 아이디어들은 창의적이고 실용적인 접근을 제시한다.

포스터 디자인

AI를 활용하여 맞춤형 또는 자동화된 포스터 디자인을 생성하고, 이를 온라인으로 판매할 수 있다. 이는 예술적 가치와 개인의 취향을 반영하는 독특한 포스터를 제공할 수 있다. 다음의 그림은 AI로 제작한 포스터 예시이다.

캘리그래피 서비스

디지털 캘리그래피를 통해 글자의 품격을 높이는 서비스를 제공한다. 초대장, 명함, 로고 디자인 등 다양한 분야에 적용할 수 있다.

▶ 구독형 디자인 관련 콘텐츠 플랫폼

디자인 교육, 튜토리얼, 리소스, 도구 등을 제공하는 온라인 플랫폼을 구축하여 사용자는 정기적인 구독을 통해 디자인 관련 콘텐츠에 접근할 수 있습니다.

▶ AI 기반 인테리어 디자인 서비스

AI 알고리즘을 사용하여 공간의 사진을 분석하고, 사용자의 취향과 필요에 맞춘 인테리어 디자인을 제안할 수 있다. 이 서비스는 가구 배치, 색상 조합, 조명 디자인 등을 포함할 수 있다.

▶ AI 활용 웹사이트 디자인

사용자 경험(UI/UX)을 최적화하기 위해 AI를 이용하여 웹사이트 디자인을 자동으로 생성할 수 있다. 이는 특히 UX/UI 디자이너들에게 유용할 수 있다.

▶ 프롬프트 제작 및 판매

AI 기반의 그래픽 디자인, 아트워크 생성 등에 사용되는 창의적인 프롬프트를 개발하고 판매한다. 이는 AI 아트 커뮤니티에서 유용하게 사용될 수 있다. 실제로 프롬프트 패키지를 판매하거나 프롬프트 전문 도서도 출시되고 있다.

그밖에 다양한 아이디어를 창출할 수 있으며, 살펴본 방법들은 AI 기술과 미술 및 디자인의 결합을 통해 혁신적이고 창의적인 비즈니스 기회를 창출할 수 있으며, 이를 통해 다양한 분야의 전문가들에게 새로운 수익원을 제공해 준다.

PART **02** 디자인 & 개발
&상품 제조

014. 유니크한 디자인으로 승부하는 명품 가방

인공지능(AI)은 최신 패션 트렌드, 소비자 선호도, 지속 가능성 등 다양한 요소를 분석하여, 이를 바탕으로 유니크하고 혁신적인 가방 디자인을 위해 사용될 수 있다. 여기서 탄생하는 가방 디자인들은 단순한 패션 아이템을 넘어 예술 작품으로서의 가치를 지니며, 기존의 명품 브랜드와 차별화된 아이덴티티를 구축할 수 있으며, 실물로 제작 및 판매 그리고 크라우드 펀딩을 통해 무자본 창업도 가능하다.

▶ 가방 시장 분석

최근 가방 시장의 지각 변동이 매우 거세다. 20~30대를 겨냥한 캐주얼 가방 브랜드들이 잇달아 초대박을 터트리며 흥행 주인공으로 부상하고 있다. 합리적인 가격과 실용도가 높은 패브릭 가방 비중이 높고, 온라인 중심인 경우가 대부분이다. 때문에 타깃의 확장성도 크다.

내수 가방 시장과 수출 시장의 규모를 분석할 때 정확한 수치는 최신 시장 조사 보고서와 정부 통계 자료에 의존한다. 하지만 일반적인 추세와 예상 범위 내에서 분석을 제공할 수 있다. 다음은 [어패럴 뉴스]가 예측한 2023년 이후 예상되는 내수 가방 시장 규모를 그래프로 작성한 것이다. 2018년부터 꾸준한 상승세를 타고 있는 것을 알 수 있으며, 2023년에는 1조 원 규모로 급상승한 것을 알 수 있다.

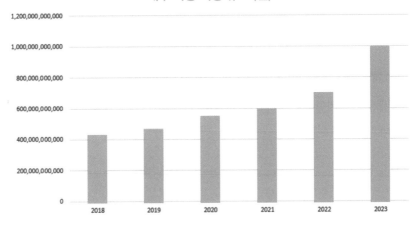

● 내수 가방 시장 규모 (원) ●

시장은 크게 디자이너, 캐주얼, 라이프스타일 3개 그룹으로 나뉜다. 처음에는 플리츠마마, 마르헨제이, 조셉앤스테이시, 마이쉘 등 비가죽을 표방한 2030캐주얼 가방이 등장, 빠르게 연 200억~500억 규모로 성장했다. 그 사이 신예 브랜드들이 속속 가세했고, 여성복, 캐주얼 업체들이 가방 라인을 확대하면서 신 장르를 구축하고 있는 상황이다. 상당수 브랜드가 빠르게 수백억대 외형에 진입, 백화점 진입도 그 어느 품목보다 빠르게 진행되고 있다. 우선 온라인 플랫폼에서는 캐주얼 가방 브랜드의 약진이 두드러진다. 기존에는 가죽 가방이나 전문 브랜드들이 매출 상위 그룹(10위 권)의 70~80%를 차지했지만 트렌드 변화, 세대교체로 전세가 역전됐다.

무신사에서 13만 원대의 줄리백이 1만2,000개를 완판했고, 에코백은 3만5,000개나 팔아치웠다. 현재 서울 중곡동 쇼룸 이외 부산 MOW 편집숍, 광주 GROUND4, 제주 HAN 컬렉션과 플레이스, 아난티(가평, 부산, 남해점)에 입점 돼 있다. 하반기에는 백화점 팝업 스토어를 통해 마켓 테스트를 진행하고, 내년 오프라인 출점을 본격화한다. 연내 맨즈 가방 라인을 리런칭, 무브먼트랩과 라이프 홈 컬렉션 협업을 진행할 예정이다. 이렇듯 가방 시장은 더욱 본격화된 스토브 리브가 되고 있다.

⬤ AI를 활용한 가방 제작(제조) 과정

인공지능(AI)을 활용한 가방 제작 과정은 기존의 제조 방식에 비해 혁신적이고 효율적인 접근 방식을 제공한다. 제작 과정은 크게 아이디어 생성, 디자인, 프로토타이핑, 제조, 그리고 마케팅과 판매로 나눌 수 있으며, 특히 아이디어와 디자인 생성 과정에서 AI의 역할이 두드러진다. 다음은 AI를 활용한 가방 제작의 일반적인 과정이다.

아이디어 생성 및 시장 분석

아이디어 생성 및 시장 분석 단계에서 인공지능(AI)은 최신 패션 트렌드, 소비자 선호도 및 경쟁사 데이터를 분석하여 시장 동향을 파악할 수 있다. 이를 통해 AI는 다양한 디자인 요소를 통합하고, 혁신적인 맞춤형 가방 디자인 아이디어를 생성한다.

- **트렌드 분석** AI는 최신 패션 트렌드, 소비자 선호도, 경쟁사 분석 등을 통해 시장 분석을 수행한다.

- **창의적 아이디어 생성** AI는 다양한 디자인 요소를 결합하여 독창적인 가방 디자인 아이디어를 제안한다.

디자인 및 개발

디자인 및 개발 단계에서 인공지능(AI)은 창의적인 가방 디자인을 자동으로 생성하고 맞춤형 솔루션을 제공하며, 색상, 형태, 재질(재료)를 조합하여 개인화된 상품을 제안한다.

- **AI 기반 디자인 도구** AI는 색상, 형태, 재료 등을 고려한 디자인을 자동으로 생성하거나 디자이너의 아이디어를 구체화하는데 도움을 준다.

- **맞춤형 디자인** AI는 개별 고객의 선호와 이전 구매 기록을 분석하여 맞춤형 가방 디자인을

제안할 수 있다.

제작 (제조)

제조를 위한 업체 선정은 상품의 품질, 비용 효율성 그리고 시장 출시 시간에 결정적인 영향을 미치는 중요한 과정이다. 여기에서는 의뢰한 디자인 및 제작 요소를 충분히 반영할 수 있는 적당한 제조 업체의 선택이 중요하다. 적합한 제조 업체를 선정하는 것은 상품의 성공을 위한 핵심적인 단계이다.

- **품질 기준 및 일관성** 제조 업체가 엄격한 품질 관리 기준을 가지고 있는지 평가하며, 상품의 일관된 품질 유지 능력을 확인한다.

- **생산 능력 및 유연성** 대량 생산이 필요한 경우, 업체의 생산 용량과 능력을 확인하며, 시장 수요 변화에 따른 빠른 대응 및 유연성을 평가한다.

- **비용 효율성** 비용 대비 상품의 품질과 서비스가 타당한지 평가하며, 장기적인 파트너십을 통한 비용 절감 가능성을 고려한다.

- **기술적 능력** 최신 기술 및 자동화 시스템을 적용하는 업체인지와 특정 상품 요구 사항에 맞춘 맞춤형 제작 능력을 평가한다.

- **지속 가능성 및 윤리적 관행** 지속 가능한 제조 방식과 환경 보호 기준을 따르는지 확인하며, 공정 무역 및 윤리적 노동 기준을 준수하는지 평가한다.

- **소통 및 서비스** 투명하고 효율적인 의사소통 능력을 가진 업체인지와 문제 해결 능력과 고객 지원 서비스의 품질을 고려한다.

마케팅 및 판매

마케팅 및 판매 단계에서는 상품을 시장에 성공적으로 출시하고 판매를 증대시키는 전략을 실행한다. 이 과정에서는 타깃 고객을 파악하고, 효과적인 마케팅 캠페인을 구성하며, 다양한 판매 채널을 통해 상품을 홍보한다. 또한, 고객 피드백을 수집하고 제품과 서비스를 지속적으로 개선하는데 중점을 둔다.

- G마켓 (http://www.gmarket.co.kr) 국내 최대 온라인 쇼핑몰 중 하나로 다양한 카테고리의 상품을 판매한다.

- 옥션 (http://www.auction.co.kr) 다양한 상품을 취급하는 국내 주요 쇼핑몰로 경쟁력 있는 가격과 상품의 다양성을 제공한다.

- 11번가 (http://www.11st.co.kr) 다양한 브랜드의 상품을 쉽게 찾고 비교할 수 있는 플랫폼이다.

- 쿠팡 (http://www.coupang.com) 빠른 배송과 다양한 상품을 제공하는 인기 있는 온라인 마켓플레이스이다.

- 아이디어스 (https://www.idus.com) 국내 주요 온라인 핸드메이드 마켓플레이스로 독립적인 아티스트와 공예가들이 직접 만든 수공예품을 판매하는 플랫폼이다.

- 무신사 (https://www.musinsa.com) 한국의 대표적인 온라인 패션 스토어로 스트리트 패션과 개주얼 웨어를 중심으로 한 다양한 의류, 가방, 액세서리를 판매한다.

- Amazon (http://www.amazon.com) 아마존은 세계 최대의 온라인 쇼핑 스토어로 광범위한 글로벌 고객층에게 접근할 수 있다.

- eBay (http://www.ebay.com) 이베이는 전 세계 다양한 상품이 거래되는 글로벌 온라인 경매 및 쇼핑 플랫폼이다.

- Etsy (http://www.etsy.com) 에츠시는 수공예품, 빈티지 아이템, 독특한 수제품을 중심으로 한 글로벌 온라인 마켓플레이스이다.

- AliExpress (http://www.aliexpress.com) 알리익스프레스는 중국의 대형 온라인 쇼핑 플랫폼으로 전 세계로 제품을 배송한다.

▶ 가방 제작비 모금을 위한 크라우드 펀딩

본 도서의 취지가 무자본 AI 창업이기 때문에 가방을 제조하기 위해서는 크라우드 펀딩을 받아야 한다. 가방 제조 비용을 마련하기 위한 크라우드 펀딩은 창의적인 프로젝트에 필요한 자금을 모으는 효과적인 방법이다. 크라우드 펀딩 캠페인을 성공적으로 운영하기 위한 주요 단계는 다음과 같다.

목표 설정 및 계획 수립

목표 설정 및 계획 수립은 크라우드 펀딩 캠페인의 성공을 위한 첫걸음이다. 이 단계에서는 가방 제작을 위한 명확한 자금 목표를 설정하고, 캠페인 실행을 위한 구체적인 계획을 수립해야 한다. 자금 목표는 상품 개발, 제조, 마케팅, 배송 등 모든 비용을 고려하여 산정하며, 적합한 크라우드 펀딩 플랫폼을 선택한다. 다음은 국내외 주요 크라우드 펀딩에 대한 소개이다.

- **와디즈 (https://www.wadiz.kr)** 국내의 대표적인 크라우드 펀딩 플랫폼으로 다양한 스타트업 및 창작자들이 자금을 모으고 시장 반응을 테스트하는 데 사용된다. 특히 한국 시장을 대상으로 하는 프로젝트에 적합하다.

- **텀블벅 (https://www.tumblbug.com)** 예술, 문화, 창작 활동을 위한 크라우드 펀딩을 지원하는 한국의 플랫폼이다. 다양한 예술 및 디자인 프로젝트들이 이곳에서 지원을 받으며, 창작자와 예술가에게 인기가 높다.

- **오마이컴퍼니 (https://www.ohmycompany.com)** 사회적 기업 창업팀으로 시작해 인증 사회적 기업으로 성장한 대표적인 사회적 기업으로 사회 혁신 크라우드 펀딩 플랫폼을 지향하며, 세상의 다양한 이야기와 사업을 소개하고 자금 조달 및 판로 개척을 도와준다.

- **Kickstarter (https://www.kickstarter.com)** 킥스타터는 세계에서 가장 크고 인지도가 높은 크라우드 펀딩 플랫폼 중 하나이다. 다양한 카테고리의 창의적인 프로젝트들이 이곳에서 자금을 모으며, 특히 예술, 음악, 영화, 기술 등 다양한 분야에서 인기가 높다.

• **Indiegogo (https://www.indiegogo.com)** 인디고고는 혁신적인 상품과 아이디어에 자금을 조달하는 데 초점을 맞춘 플랫폼이다. Kickstarter와 마찬가지로 국제적인 범위를 가지며, 특히 기술 및 디자인 관련 프로젝트에 강점이 있다.

캠페인 제작

캠페인 제작은 크라우드 펀딩 성공의 핵심 전략으로 이 과정에서는 가방 프로젝트의 아이디어와 독특한 가치를 명확하게 전달하고, 잠재적 후원자들의 관심과 지지를 끌어내기 위한 전략을 구성한다. 캠페인은 강렬하고 설득력 있는 스토리텔링, 고품질의 시각적 자료(사진, 비디오) 그리고 프로젝트의 목표와 기대 결과를 명확히 하는 내용으로 구성한다.

• **프로젝트 설명** 가방의 디자인, 제작 과정, 차별점 등을 상세히 설명한다.

• **시각적 자료 준비** 상세 이미지에 사용할 고품질의 이미지, 프로토타입 사진, 제작 과정의 비디오 등을 제공하여 프로젝트를 시각적으로 소개한다. 참고로 [책바세.com] – [도서목록] – [연봉 5억 N잡러...]을 통해 [학습자료]를 다운로드 받은 후 열어 보면 [성공적인 와디즈 메이커 워크시트 #1 아이템] 정보를 살펴볼 수 있다.

리워드 설정

크라우드 펀딩 캠페인에서 리워드 설정은 후원자들에게 감사의 표시를 전달하고, 프로젝트에 대한 참여와 투자를 유도하는 중요한 부분이다. 효과적인 리워드 설정은 다음과 같은 요소를 고려해야 한다.

• **다양한 수준의 리워드** 후원자들에게 제공할 리워드를 계획한다. 예를 들어, 가방 제작을 위한 크라우드 펀딩일 경우에는 제작된 가방을 한정판으로 후원자들에게 제공하거나 판매 수익에 대한 수익 배분들을 할 수 있다.

• **창의적이고 매력적인 리워드** 후원자들에게 매력적으로 다가갈 수 있는 독특하고 창의적

인 리워드를 고려하며, 브랜드의 정체성과 일치하는 리워드를 선택한다.

- **실용성과 가치** 리워드는 후원자들에게 실질적인 가치를 제공해야 하며, 상품이나 서비스의 실용성, 품질, 독특함 등을 고려한다.

- **후원자 참여 유도** 리워드를 통해 후원자들이 프로젝트에 적극 참여하도록 유도한다.

- **배송 및 제작 가능성** 리워드는 제작과 배송이 실현 가능해야 하며, 프로젝트 예산 내에서 처리될 수 있어야 하며, 리워드 제공 시기를 명확히 하고, 이행 가능한 약속을 해야 한다.

리워드 설정은 후원자들과의 약속이므로 신중하게 계획하고 약속한 리워드를 정해진 시간 안에 제공하는 것이 중요하다. 이러한 리워드는 캠페인의 성공을 촉진하고, 후원자들과의 장기적인 관계 구축에 기여한다.

마케팅 및 홍보

크라우드 펀딩 캠페인의 마케팅 및 홍보 단계는 프로젝트에 대한 인식을 높이고, 잠재적 후원자들의 관심을 유도하는데 중요하다. 이 과정에서는 소셜 미디어, 이메일 마케팅, 온라인 광고, PR 활동 등 다양한 채널을 활용하여 캠페인을 알린다. 목표는 적절한 타깃 오디언스에게 도달하여 프로젝트의 메시지를 전파하고, 후원을 유도하게 하는 것이다.

- **소셜 미디어 활용** 페이스북, 인스타그램, 트위터 등의 SNS에서 캠페인을 홍보한다.

- **이메일 및 메신저 마케팅** 기존 고객 또는 잠재 고객 목록에 캠페인 정보를 전달한다.

- **PR 및 미디어 아웃리치** 블로그, 온라인 매체, 관련 커뮤니티에 캠페인 정보를 전파한다.

캠페인 관리 및 커뮤니케이션

크라우드 펀딩 캠페인의 관리 및 커뮤니케이션은 후원자들과의 지속적인 소통과 관계 구축에 중점을 두어야 한다. 성공적인 캠페인 관리를 위해서는 다음과 같은 요소들이 필요하다.

- **지속적인 업데이트** 프로젝트 진행 상황에 대해 후원자들에게 정기적으로 투명성 있게 업데이트한다.

- **후원자와의 소통** 후원자들의 질문에 신속하고 성실하게 응답하며, 그들의 의견과 제안을 존중한다. 또한 가능하면 후원자들이 프로젝트에 대해 토론하고 의견을 나눌 수 있는 공간을 마련한다.

- **후속 조치 계획** 약속한 리워드를 정해진 시간 안에 제공하며, 이에 대한 업데이트 및 캠페인 종료 후에도 후원자들과의 관계를 유지하고, 향후 프로젝트나 이벤트에 대한 정보를 공유한다.

크라우드 펀딩은 단순히 자금 조달을 넘어서 상품에 대한 시장의 반응을 사전에 파악하고, 초기 고객 기반을 구축하는 기회를 제공한다. 성공적인 캠페인은 제품 출시에 필요한 자금뿐만 아니라 브랜드 인지도를 높이는 데에도 중요한 역할을 한다.

🔘 가방 제작을 위한 디자인 작업

가방 제작을 위한 디자인 작업에 인공지능(AI) 도구들을 활용하는 것은 창의적이고 혁신적인 접근 방식을 제공한다. 대표적으로 미드저니(MJ), DALL-E 3, 스테이블 디퓨전(SD)과 같은 AI 도구들을 활용하면 디자인 프로세스를 강화할 수 있다.

챗GPT (DALL-E 3)

구글에서 개발한 인공지능(AI) 그림 생성 도구로, 통합된 챗GPT 프롬프트에서 텍스트 입력만으로 그림을 그릴 수 있다. 또한, 이미지 수정 및 편집 기능도 지원하여 완성된 가방 디자인을 다듬거나 보완할 때 유용하다. 다음은 챗GPT에서 [20대 여성용 COS 코스 퀼티드 미니백 디자인 의뢰]란 프롬프트를 통해 생성된 가방 디자인 예시이다. 요청한 프롬프트의 내용처럼 디자인, 색상, 사이즈 등이 제법 구체적으로 표현된 것을 알 수 있다.

미드저니 (Midjourney)

미드저니는 텍스트 입력만으로 그림을 그려주는 인공지능 그림 생성 도구로 사용자가 원하는 키워드나 문장을 입력하면 이에 맞는 그림을 자동으로 그려주며, 이를 통해 가방 디자인 아이디어를 얻을 수 있다. 다음의 이미지는 앞서 챗GPT(DALL-E 3)에서 사용한 프롬프트를 미드저니에서 사용한 결과이다. 결과물의 모습은 다르지만, 디자인 면에서는 더욱 다양한 스타일로 표현된 것을 알 수 있다. 여기서 중요한 것은 얼마나 자세한 정보를 프롬프트를 통해 설명하느냐이다.

스테이블 디퓨전(Stable Diffusion)

오픈소스 인공지능 그림 생성 도구로, 미드저니, DALL-E 3과 유사한 기능을 제공한다. 하지만 스테이블 디퓨전은 스케치한 그림을 딥러닝하여 디자인을 해주기 때문에 디자이너가 원하는 디자인을 보다 자연스럽게 완성할 수 있다. 다음은 스케치된 이미지를 실제 디자인 예시로 생성된 스테이블 디퓨전에서의 결과물이다.

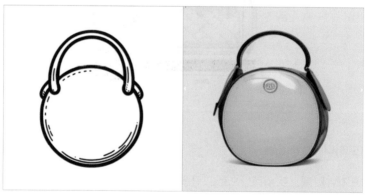

| 스테이블 디퓨전에서 스케치(좌) 파일을 가져와 실제 디자인 이미지로 생성한 모습(우) |

결과물을 놓고 보면 스테이블 디퓨전이 디자이너가 원하는 결과물에 가장 가깝다는 것을 알 수 있다. 물론 여기에서는 여러 AI 도구들의 장점을 살리는 것을 권장한다. 다음의 이미지는 챗GPT에서 가방 내부 디자인을 설계한 모습이다. 이처럼 AI를 활용하면 디자이너가 상상하지 못한 창의적인 디자인 소스를 얻을 수 있다.

참고로 AI를 활용하여 자신이 원하는 다양한 디자인 소스를 생성하기 위해서는 관련 AI 도구를 다룰 줄 알아야 한다. 학습이 필요할 경우 [책바세]에서 출간된 [생성형 AI 빅3]나 [인공지능 그림 수업] 도서를 추천한다.

가방 제조 업체 리스트

다음은 샘플 및 대량 생산이 가능한 가방 제조 업체에 대한 정보이다. 여기에서 소개된 업체는 2023년 11월까지의 정보이므로 이후 폐업을 한 곳이 있을 것임을 참고 바라며, 그밖에 업체들은 검색을 통해 알아보기 바란다. ***문의처가 개인 번호일 경우는 사생활 보호 차원에서 초기 문의는 SMS(문자 메시지)로 접근한다.**

- **데르마 (일반 가방 제조)** 경기 성남시 중원구 상대원동 513-12 (010-4740-4708)

- **동원산업 (일반 가방 제조)** 서울특별시 강동구 천중로51길 20 (010-2482-7417)

- **에코모아 (일반 가방 제조)** 서울 동대문구 왕산로 21 (02-2038-3510)

- **일성교역 (일반 가방 제조)** 부산광역시 남구 대연4동 1164-7 (051-627-6987)

- **신우가방 (일반 가방 제조)** 서울특별시 강서구 화곡3동 1036-21 (0506-910-2066)

- **아엠백 (핸드백 전문 제조)** 서울특별시 중랑구 봉우재로 51 (02-434-7445)

▶ 가방 디자인 및 제조를 통한 수익화

디자인이 결정되었다면 크라우드 펀딩을 통해 자금을 마련하고, 제조 업체와 계약을 하여 진행을 하면 된다. 완성된 제품은 G마켓, 쿠팡, Amazon 등의 오픈 쇼핑몰이나 자체 쇼핑몰을 구축하여 판매할 수 있다. 다음은 일반적으로 거래되는 가방 제조 단가에 대한 내용이다. 가방 제조 시 비용은 일반 가방과 핸드백(가죽) 그리고 주문 개수에 따라 편차가 날 수 있으며, 실제 수익률은 다양한 비용(재료, 노동, 운송, 마케팅, 관리 등)과 시장 상황에 따라 달라질 수 있다. 또한 판매 가격 설정 시, 시장 경쟁력, 브랜드 포지셔닝, 고객의 지불 의사 등을 고려해야 한다.

일반 가방 제조 단가와 수익

- **제조 단가** 100개 주문 시 개당 3,000~40,000원

- **판매 가격** 개당 6,000원에서 80,000원 (제조 단가의 약 2배로 가정)

- **수익률**

  낮은 단가 예시: (6,000원 − 3,000원) / 6,000원 * 100 = 50% 수익률

  높은 단가 예시: (80,000원 − 40,000원) / 80,000원 * 100 = 50% 수익률

핸드백(가죽) 제조 단가와 수익

- **제조 단가** 100개 주문 시 개당 10,000~60,000원

- **판매 가격** 개당 20,000원에서 120,000원 (제조 단가의 약 2배로 가정)

- **수익률**

  낮은 단가 예시: (20,000원 − 10,000원) / 20,000원 * 100 = 50% 수익률

  높은 단가 예시: (120,000원 − 60,000원) / 120,000원 * 100 = 50% 수익률

015. 혼자 몰래 간직하고 싶은 핸드메이드 지갑

지갑 디자인 및 제작도 가방과 유사한 작업 과정을 거치며 인공지능(AI)를 활용한 디자인을 통해 수익 창출을 할 수 있는 비즈니스 모델이다. 특히, 수작업으로 제작한 핸드메이드 지갑은 그 자체로 예술적 가치를 동시에 충족시키는 독특한 경험을 제공한다.

▶ AI를 활용한 핸드메이드 지갑 디자인

인공지능(AI)을 활용한 핸드메이드 지갑의 가장 큰 매력은 디자인에 대한 한계가 없다는 점이다. AI는 무한한 창의성과 능력을 제공하여 전통적인 디자인의 경계를 넘어 새로운 가능성을 제공하며, 고객의 취향과 필요에 맞춘 맞춤형 디자인을 디자인을 생성할 수 있다.

▶ 핸드메이드 지갑의 매력

각각의 지갑은 섬세한 수작업으로 만들어 표준화된 대량 생산 제품과는 다른 독특한 품질과 매력을 가진다. 소재는 최고급 가죽, 독특한 천 또는 지속 가능한 소재의 사용으로 고객의 개성을 반영한 맞춤형 상품으로 일반적인 시장 제품과 차별화된다.

➤ AI를 활용한 핸드메이드 지갑 제작

라인화된 대량 생산이 아니라면 핸드메이드 지갑은 셀프 제작이 가능하다. 핸드메이드 지갑을 만들기 위해서는 수제 바늘을 사용해도 되지만, 보다 빠르고 편리하게 작업을 하기 위해서는 미싱(재봉틀) 사용법을 익히는 것을 권장한다. 미싱은 공업용과 가정용 미싱으로 나뉘며, 작업 환경에 맞게 선택하면 된다. 다음은 핸드메이드 지갑 제작에 대한 과정이다.

미싱 사용법 익히기

미싱의 사용법은 생각보다 어렵지 않다. 특히 수제 지갑 정도의 난이도는 가방이나 핸드백보다 훨씬 심플하기 때문에 며칠만 연습한다면 기본적인 직선 스티치 작업은 가능하다.

- **기본 이해** 미싱의 기본 작동 원리와 기능을 이해한다.

- **실습** 간단한 재봉 프로젝트를 통해 미싱 사용하는 방법을 익힌다.

- **가정용 vs 공업용** 가정용 미싱은 일반적인 재봉에 적합하고 사용이 쉽지만, 두꺼운 소재나 복잡한 디자인에는 공업용 미싱이 더 효과적이다. 참고로 공업용 미싱은 두꺼운 원단 작업에 적합한 후물용과 얇은 천에 적합한 박물용이 있으며, 요즘은 자동화된 컴퓨터 미싱이 주류를 이루고 있어 사용하기 더욱 편리하다.

디자인 및 패턴 준비

핸드메이드 지갑 제작의 첫 번째 단계인 디자인 및 패턴 준비 과정에서는 지갑의 개별적인 특성을 정의한다. 여기서는 지갑의 크기, 모양, 필요한 포켓 수 그리고 잠금 방식과 같은 핵심 요소들을 결정하게 되며, 이후 선정된 디자인에 기반하여 개별 패턴을 직접 그리거나 이미 준비된 패턴을 활용하여 지갑의 각 부분을 형성한다.

재료 선택 및 준비

디자인 및 패턴 준비가 끝난 후 재료 선택 및 준비 과정에서는 지갑의 외관과 내구성을 좌우할 소재를 선택한다. 고급 가죽, 내구성 있는 캔버스, 가벼운 나일론 중에서 선택하여 지갑의 목적과 스타일에 맞는 재료를 결정한다. 또한, 제작 과정을 원활하게 진행하기 위해 필요한 도구들을 준비한다. 여기에는 재봉틀, 가위, 정밀한 커팅을 위한 칼, 다양한 두께의 실, 바늘, 접착제 등이 포함되며, 이러한 도구들은 정교하고 좋은 품질의 지갑을 만드는데 필수적이다.

재단 및 재봉

핸드메이드 지갑 제작의 핵심 단계인 재단 및 재봉 과정에서는 기술적으로 정밀함과 주의가 요구된다. 먼저, 정확한 패턴에 따라 소재를 꼼꼼히 재단하여 지갑의 각 부분을 형성하며, 이어지는 재봉 과정에서는 각 부품을 정해진 순서에 따라 조심스럽게 재봉한다. 필요한 경우, 더 섬세한 마무리를 위해 손바느질을 추가함으로써 지갑이 독특한 매력과 튼튼한 구조를 갖출 수 있도록 한다.

| 수제 지갑 제작하는 모습 |

마무리 작업

마지막 단계인 마무리 작업에서는 모서리를 깔끔하게 다듬고, 필요한 경우 지퍼나 버튼과 같은 잠금장치를 섬세하게 장착할 수 있으며, 지갑의 내구성을 높이고 완성도를 향상시키는 중요한 과정이다. 또한, 필요에 따라 로고(고객 이니셜) 부착, 장식 요소 추가, 개인화된 각인을 통해 지갑의 독특한 개성과 매력을 부여한다. 이러한 디테일 작업은 지갑을 단순한 사용품에서 예술적 가치를 지닌 개인화된 액세서리로 탈바꿈시켜준다.

품질 검사 및 개선

지갑 제작이 끝난 후 품질 검사 및 개선 과정은 제품의 완성도를 보장하고, 지속적인 개선을 하는데 중요하다. 완성된 지갑에 대한 철저한 검사를 통해 재봉 품질, 마감 처리, 재료의 견고함 등을 면밀히 확인하고, 문제가 발견될 경우 즉시 수정한다. 또한, 제작 과정에서 얻은 경험과 고객 피드백을 바탕으로 향후 프로젝트에서 디자인의 정교함, 제작 방법의 효율성, 사용 재료의 품질 등을 지속적으로 개선하여 제품의 전반적인 수준을 높여간다. 이렇듯 핸드메이드 지갑은 시간과 인내가 필요하지만, 완성된 제품은 개인의 스타일과 노력이 반영된 하나의 예술 작품이 된다.

⫸ 수제 지갑 제작비 모금을 위한 크라우드 펀딩

수제 지갑 제조 비용을 마련하기 위한 크라우드 펀딩은 특히 무자본 AI 창업의 맥락에서 매우 유용한 전략이다. 크라우드 펀딩을 통해 필요한 자금을 모으고, 동시에 참여자의 지지를 얻을 수 있다. 이러한 접근 방식은 창의적이고 혁신적인 수제 지갑 프로젝트에 필수적인 요소이다. 크라우드 펀딩 캠페인의 성공적인 실행을 위한 주요 전략은 앞서 살펴본 [가방 제작] 편을 참고한다.

⫸ 핸드메이드 지갑 제조를 통한 수익화

핸드메이드 지갑 제조의 수익 창출은 디자인, 고품질 재료의 선택 그리고 효과적인 마케팅 및 판매 전략이 결합된 과정이다. 이 과정은 독특한 디자인 개발로 시작하여, 섬세한 제작 과정을 거치며, 온라인 마켓플레이스와 소셜 미디어를 활용한 홍보에 이르기까지 다양한 단계를 포함한다. 핸드메이드 지갑은 고객의 개성을 반영하도록 맞춤 제작되어 프리미엄 가격으로 판매할 수 있다. 초기 제조 비용을 크라우드 펀딩을 통해 충당할 수 있으며, 고객과의 지속적인 소통을 통해 브랜드 충성도를 높이고 지속 가능한 성장을 도모할 수 있다. 이러한 접근 방식은 핸드메이드 지갑 사업을 단순한 상품 판매에서 예술적 가치와 개인화 서비스를 제공하는 차별화할 수 있으며, 나아가 라인 생산(대량화)을 할 수 있는 기반이 될 수 있다. 핸드메이드 지갑의 제조 단가와 수익을 계산할 때 고려해야 할 주요 요소는 재료 비용, 제작 시간, 인건비, 마케팅 비용 등이다. 이들 요소를 기반으로 제조 단가를 추정하고, 적절한 판매 가격을 설정하여 다음과 같은 수익을 예측할 수 있다.

제조 단가

- **재료 비용** 가죽, 캔버스, 나일론 등 선택한 재료의 종류와 품질에 따라 변동된다.

- **인건비** 기술 수준 및 제작에 소요되는 시간을 기준으로 계산한다.

- **기타 비용** 도구, 장비 유지, 작업공간 임대료 등 추가 비용을 고려한다.

판매 가격 및 수익

- **가격 설정** 핸드메이드 제품의 독특함과 품질을 고려하여 프리미엄 가격을 책정한다.

- **수익 계산** 판매 가격에서 제조 단가를 뺀 금액이 순수익이다.

- **마케팅 비용** 온라인 광고, 소셜 미디어 캠페인 등의 비용도 수익에서 차감한다.

- **예시** 제조 단가(재료 + 인건비 + 기타 비용) 20,000원, 판매 가격: 60,000원일 경우 수익 계산은 60,000원(판매 가격) – 20,000원(제조 단가) = 40,000원(순수익)이다. 물론 핸드메이드 지갑은 기술 난이도와 제작자의 명성에 따라 훨씬 높은 가격을 책정할 수 있다.

016. 멋을 아는 그대에게 선물하고 싶은 수제 구두

2023년 기준으로 구두 시장은 지속적인 성장세를 보이고 있다. 특히, 고급 수제 구두 시장은 더욱 빠르게 성장하고 있다. 수제 구두 시장은 소비자의 다양한 요구에 맞춰 개별 맞춤형 서비스를 제공하는 것이 중요하다. 이러한 맞춤형 서비스 제공을 위해 인공지능(AI)의 활용은 매우 흥미로운 비즈니스 모델이 될 수 있다.

AI 기술을 활용하여 개인의 발 형태와 특성을 분석하고, 이를 바탕으로 맞춤형 수제 구두를 디자인하는 서비스가 등장하고 있다. 이러한 서비스는 기존의 수제 구두 제작 과정에서 발생하던 시간과 비용을 절감하면서도 보다 정확하고 편안한 구두를 제공할 수 있어 인기를 끌고 있으며, 또한 AI를 활용하여 구두 디자인을 자동으로 생성하고, 이를 바탕으로 빠르고 저렴한 수제 구두 제작이 가능해지고 있기 때문에 AI 기술은 수제 구두 시장의 대중화와 생산성 향상에 큰 역할을 할 것이다.

🔵 수제 구두 제작(디자인) 및 비즈니스 전략

인공지능(AI)을 활용한 맞춤형 수제 구두 제작은 고객의 발에 완벽하게 맞는 개성 있는 구두를 제공하는 혁신적인 접근법이다. 이 과정은 고객의 발을 정밀하게 측정하고, AI를 통해 개인화된 디자인을 제안한다. 숙련된 장인이 이 디자인을 바탕으로 구두를 제작하며, 최종적으로 고객의 발에 완벽히 맞는 맞춤형 구두가 완성된다. 물론 잘 된 수제 구두의 디자인 샘플은 대량 생산을 유도할 수도 있는 비즈니스 모델이 될 수 있다.

제작 과정

인공지능(AI)을 활용한 구두 제작 과정은 가방과 크게 다를 게 없다. 다만 제조 과정에서의 차이가 있을 뿐이다. 수제 구두는 고객의 발 크기와 스타일을 완벽하게 반영한 맞춤형 수제 구두를 제작해야 하므로 특별한 과정이 필요하다.

- **고객 데이터 수집 및 분석** 고객의 발 크기와 형태에 대한 정밀한 데이터를 [닥솔]과 같은 AI 3D 스캐닝 앱을 통해 분석한다. 그다음 개인의 선호도, 스타일, 워킹 패턴 등을 분석하여 맞춤형 디자인을 제공한다.

- **AI 기반 디자인 생성** 이미지 생성 AI 도구를 활용하여 고객의 요구와 선호에 맞는 독특한 구두 디자인을 생성한다. 그다음 다양한 스타일, 색상, 소재 옵션을 제공하여 고객이 원하는 맞춤형 구두를 디자인할 수 있도록 한다.

- **수제 공정** 전통적인 수제 구두 제작 방식과 AI 기술을 결합하여 고품질의 맞춤형 구두를 제작한다. 이때 선행되어야 할 것은 고객의 발 모양과 같은 구두골(Last)의 제작이다. 구두골은 구두의 모양을 잡는 일종의 틀로써 실제로 구두골의 모양에 따라 구두의 모양이 완성된다.

크라우드 펀딩

맞춤형 수제 구두 프로젝트를 위한 크라우드 펀딩 전략은 적합한 플랫폼 선정부터 매력적인 캠페인 기획, 그리고 효과적인 홍보 및 마케팅에 이르기까지 후원자들의 마음을 사로잡는 독창적인 접근을 중심으로 진행되어야 한다. 이 과정은 앞서 살펴본 [유니크한 디자인으로 명품 가방 브랜드 만들기] 편과 유사하다. 또한 수제 구두 제작 시 사전에 대량 생산을 위한 사전 준비를 하는 것도 필요하다.

- **플랫폼 선택** 와디즈, 텀블벅, Kickstarter, Indiegogo 등의 플랫폼 중 비즈니스 모델과 타깃 시장에 적합한 플랫폼을 선택한다. 자세한 내용은 앞서 살펴본 [가방 제작] 편을 참고한다.

- **캠페인 기획** 프로젝트의 비전, 목표, 독특한 판매 포인트를 강조하는 캠페인을 기획하여 매력적인 리워드 체계를 구성하여 후원자들의 참여를 유도한다.

- **홍보 및 마케팅** 소셜 미디어, 블로그, 프레스 릴리스 등을 통해 캠페인을 홍보하여 적극적 인 커뮤니케이션과 마케팅을 통해 대중의 관심을 유도한다.

비즈니스 전략

고객 중심의 맞춤형 경험 제공, 강력한 브랜드 포지셔닝, 다양한 판매 채널의 활용 그리고 지속 가능한 성장을 목표로 유니크한 수제 구두 시장에서의 독보적인 위치 를 확립하는데 집중한다.

- **고객 경험 중심** 고객 맞춤형 서비스를 제공하여 우수 고객의 경험과 피드백을 적극적으로 수집하고 제품 개선에 반영한다.

- **브랜드 포지셔닝** 유니크한 맞춤형 구두를 통해 프리미엄 브랜드 이미지를 구축하여 지속 가능하고 윤리적인 제조 과정을 강조하여 브랜드 가치를 높인다.

- **온라인 및 오프라인 판매 채널 개발** 온라인 플랫폼을 통해 전 세계 고객에게 접근할 수 있 도록 하며, 오프라인 매장, 팝업 스토어 등을 통해 체험 마케팅을 실시한다.

- **지속 가능한 성장 전략** 신제품 개발 및 시장 확장 전략을 수립하고, 단골 고객 관계를 유지 하고 강화하기 위한 프로그램과 이니셔티브 전략을 개발한다.

🔊 구두 제작을 위한 디자인 작업

구두 또한 앞서 살펴본 [가방 제조] 편에서와 마찬가지로 DALL-E 3, 미드저니, 스테이블 디퓨전 등의 AI 도구들을 활용하여 디자인 프로세스를 강화할 수 있다.

챗GPT (DALL-E 3)

아래 이미지는 챗GPT(DALL-E3)에서 [40대 남성 수제 구두 디자인 컨셉 잡기]라는 프롬프트를 입력하여 얻는 결과물이다. 프롬프트로 주문한 것과 유사한 결과물이 생성되었다. 물론 반복 요청하면 새로운 디자인 컨셉이 생성되므로 가장 마음에 드는 컨셉을 선택하면 된다.

미드저니 (Midjourney)

다음의 이미지는 앞서 챗GPT에서 사용한 프롬프트를 미드저니에서 사용한 결과이다. 결과물의 모습은 다르지만, 디자인 면에서는 챗GPT보다 다양한 스타일로 표현된 것을 알 수 있다.

스테이블 디퓨전(Stable Diffusion)

아래 이미지는 스테이블 디퓨전에서 스케치된 이미지를 가져와 실제 디자인 예시로 생성된 결과물이다.

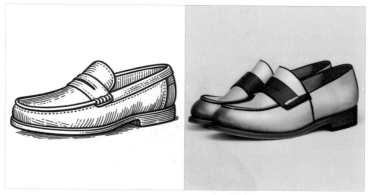

| 스테이블 디퓨전에서 스케치(좌) 파일을 가져와 실제 디자인 이미지로 생성한 모습(우) |

수제 구두 및 라인 생산 구두 제조 업체 리스트

다음은 수제 구두 및 대량 생산이 가능한 기성화(구두) 업체에 대한 정보이다. 수제화 제조 1번지로 국내 수제화 제조 업체의 70%가 밀집해 있는 곳은 성수동이며, 그밖에 전국적으로 분포되어 있다. 참고로 여기에서 소개된 업체는 2023년10월까지의 정보이므로 이후 폐업을 한 곳이 있을 것임을 참고 바라며, 그밖에 업체들은 검색을 통해 알아보기 바란다.

- **바이네르 (구두류 제조업)** 경기도 고양시 일산동구 은마길 63번길 2 (031-910-5000)

- **에스라힐 (구두류 제조업)** 경기도 고양시 일산동구 일산로 142 7층 725호 (031-907-5230)

- **금화실업 (구두류 제조업)** 경기도 광주시 회덕길 53-23 총 2 필지 (031-763-8634)

- **희성 (구두류 제조업)** 경기도 광주시 고불로 211번길 7 (031-758-3548)

- **에치앤에스 (구두류 제조업)** 경기도 광주시 이배재로 327 (031-763-9401)

- **세일제화 (구두류 제조업)** 경기도 김포시 풍무로 8 (031-982-1901)

- **신현패션 (구두류 제조업)** 경기도 광주시 벼루개길 42번길 3-17 (031-768-8302)

- **레파드 (구두류 제조업)** 경기도 김포시 풍무로 8 (031-982-1901)

- **성우산업 (구두류 제조업)** 경기도 성남시 중원구 둔촌대로 157 (031-754-2290)

- **세일제화 (구두류 제조업)** 경기도 성남시 중원구 박석로 25번길 22 지층 (031-746-1489)

- **도영제화 (구두류 제조업)** 경기도 성남시 중원구 금상로 15 (031-743-9860)

- **뉴-영제화 (구두류 제조업)** 경기도 성남시 중원구 둔촌대로 401번길 1 (031-744-6557)

- **스포텍코리아 (구두류 제조업)** 경기도 성남시 분당구 미금일로 86번길 14 (031-711-1170)

- **대신제화 (구두류 제조업)** 경기도 성남시 중원구 금상로 92번길 10 (031-745-9102)

- **영월드제화 (구두류 제조업)** 경기도 양주시 평화로 1667번길 42 (031-858-4446)

- **디자인프리마 (구두류 제조업)** 경기도 의정부시 산단로 152번길 (031-874-0805)

- **대진미화 (구두류 제조업)** 경기도 부천시 부일로 815번길 94 (02-2683-6864)

- **서정 (구두류 제조업)** 경기도 군포시 당정로 28번길 52 (031-427-6777)

▶ 구두 제조을 통한 수익화

디자인이 결정되었다면 크라우드 펀딩을 통해 자금을 마련하고, 제조 업체와 계약을 하여 진행을 하면 된다. 라인 생산된 제품은 G마켓, 쿠팡, Amazon 등의 오픈 쇼핑몰이나 자체 쇼핑몰을 구축하여 판매할 수 있다. 다음은 일반적으로 거래되는 수제 구두와 기성화(구두) 단가에 대한 내용이다. 수제 구두와 기성화 그리고 주문 개수에 따라 편차가 날 수 있으며, 실제 수익률은 다양한 비용(재료, 노동, 운송, 마케팅, 관리 등)과 시장 상황에 따라 달라질 수 있다. 또한, 판매 가격 설정 시, 시장 경쟁력, 브랜드 포지셔닝, 고객의 지불 의사 등을 고려해야 한다.

수제 구두 제조 단가와 수익

* **제조 단가** 100개 주문 시 개당 60,000~250,000원

* **판매 가격** 개당 120,000원에서 500,000원 (제조 단가의 약 2배로 가정)

* **수익률**

  낮은 단가 예시: (120,000원 − 60,000원) /120,000원 * 100 = 50% 수익률

  높은 단가 예시: (500,000원 − 250,000원) / 500,000원 * 100 = 50% 수익률

라인 생산 구두 제조 단가와 수익

* **제조 단가** 100개 주문 시 개당 10,000 ~ 50,000원

* **판매 가격** 개당 20,000원에서 100,000원 (제조 단가의 약 2배로 가정)

* **수익률**

  낮은 단가 예시: (20,000원 − 10,000원) / 20,000원 * 100 = 50% 수익률

  높은 단가 예시: (100,000원 − 50,000원) / 100,000원 * 100 = 50% 수익률

017. 아이디어가 넘치는 유모차 및 개인용 쇼핑 카트

저출산 시대임에도 유아용품 시장 규모는 매년 증가하고 있다. 하나뿐인 자녀에게 아낌없이 투자하는 [골드 키즈(Gold Kids)] 트렌드가 확산하면서다. 통계청에 따르면 국내 유아용품 시장 규모는 2015년 2조4000억 원, 2020년 4조 원, 2022년엔 6조 원 이상으로 8년 만에 세 배 가까이 성장했다고 한다. 이에 유모차 시장도 소비 심리가 반영되면서 매출이 급성장하고 있다.

인공지능(AI)을 활용한 유모차(개인용 쇼핑 카트 포함) 디자인 및 제조는 사용자 중심의 접근을 통해 혁신적인 디자인과 편의성을 장착할 수 있다. 유모차와 쇼핑 카트는 수제 생산이 불가능하기 때문에 업체 선정이 중요하며, 두 제품 모두 제조 과정이 같아 한 업체를 통한 의뢰가 가능하다. 제조 비용은 크라우드 펀딩을 이용해야 하기 때문에 참여자(구매자)를 유도를 위해 매력적인 디자인 요소와 혁신적인 제품의 기능 및 장점, 가치와 혜택을 명확히 소개해야 한다.

🔵 유모차와 개인용 쇼핑 카트 제조

인공지능(AI)을 활용한 유모차와 개인용 쇼핑 카트의 제조 과정은 혁신적인 기능과 사용자 중심의 설계를 통합하는 복잡한 과정이 필요하며, 다음과 같은 주요 단계를 거치게 된다.

시장 조사 및 사용자 분석

시장 조사 및 사용자 요구 분석 단계에서는 판다랭크나 리스닝마인드, 구글 트렌드, 썸트렌드 등의 AI 데이터 분석 도구의 활용이 중요하다. 이 도구들을 통해 현재 시장 트렌드를 파악하고, 고객의 선호도와 행동 패턴을 심층적으로 분석한다. 또한, 경쟁사의 제품과 전략도 면밀히 조사하여 시장 내 자사 제품의 위치를 정확히 이해한다. 이러한 분석을 통해 얻은 통찰력은 제품 디자인과 기능 개발을 위한 중요한 근거 자료가 되며, 더불어 직접적인 고객 피드백과 시장 반응도 수집하여 실제 사용자의 필요와 의견을 제품 개발 과정에 적극적으로 반영함으로써 고객 만족도를 높이고, 시장에서의 성공 가능성을 극대화할 수 있다.

AI 기반 디자인 및 개발

디자인 및 개발 과정에서는 AI를 활용하여 제품의 디자인을 다양화하고 최적화한다. 이 과정에서 AI는 사용자의 요구와 안전을 고려한 맞춤형 디자인 옵션을 제공한다. 예를 들어, 안정성을 높이기 위한 구조적 요소, 사용자 편의를 위한 접이식 메커니즘 등이 개발하며, 또한 혁신적인 기능들을 통합하여 제품을 차별화하고 기능성을 향상시킨다. 여기에는 GPS(Global Positioning System: 위치 추적 시스템), 자동 브레이킹 시스템, 온도 조절 기능, 유모차와 카트가 동시에 가능한 기능 등이 포함될 수 있다. 이러한 AI 기반의 접근 방식은 제품을 사용자 중심적으로 만들고, 시장에서의 경쟁력을 강화하는데 핵심적인 역할을 한다.

프로토타입 제작 및 테스트

프로토타입 제작 및 테스트 단계는 제품 개발 과정에서 중요한 역할을 한다. 이 단계에서는 초기 디자인을 기반으로 실제로 작동하는 모델, 즉 프로토타입을 제작한다. 이 프로토타입은 제품의 실제 모습과 기능을 나타내는 최초의 실물 모델로써 이를 통해 제품의 실제 성능과 사용자 경험을 평가할 수 있다. 프로토타입이 제작되면 다음 단계는 사용자 테스트를 실시하는 것이다. 이 테스트는 제품의 안전성, 내구성, 사용 편의성 등을 평가하는데 중점을 두며, 실제 사용 조건을 모방하여 다양한 시나리오에서의 제품 성능을 검증하고, 사용자로부터 직접 피드백을 수집할 수 있다.

테스트 결과는 제품 개선에 필수적인 정보를 제공하며, 테스트를 통해 발견된 문제점이나 개선 사항은 즉시 디자인과 기능에 반영되어야 한다. 이는 제품의 최종 디자인과 기능을 결정짓는 결정적인 과정이며, 이를 통해 시장 출시 전에 제품의 품질을 최대한으로 향상시킬 수 있다. 결과적으로 프로토타입 제작 및 테스트 단계는 제품이 시장에서 성공을 거두기 위한 핵심 요소인 안정성, 신뢰성, 그리고 사용자 만족도를 보장하는데 중요한 역할을 한다.

유모차 및 카트 제조 업체 리스트

제품의 디자인이 확정되면 필요한 재료와 부품을 조달하고, 생산 라인을 설정한다. 이때, 품질 관리 기준을 엄격히 적용하여, 모든 제품이 일관된 품질과 성능을 유지하도록 한다. 제조 과정에서의 효율성과 비용 관리도 중요한 요소로 적절한 제조 파트너의 선정은 생산 비용을 최적화하고 전체 프로젝트의 수익성을 높이는 데 기여한다. 최종적으로 제조된 제품은 엄격한 품질 검사를 거쳐 시장에 출시되며, 이 과정은 제품의 성공적인 시장 진입을 위한 중요한 기반을 마련한다. 다음은 국내 유모차 및 쇼핑 카트 제조 업체에 대한 정보이다. 2000년 이전까지는 대부분 국내에서 제조하였지만 지금은 대부분 중국 및 베트남 등에서 OEM 방식으로 제조한다.

*문의처가 개인 번호일 경우는 사생활 보호 차원에서 초기 문의는 SMS(문자 메시지)로 접근한다.

- **에스앤디컴퍼니 (영유아용품 제조_OEM)** 서울시 송파구 성내천로 12길 5 (02-3012-9556)

- **산동자인 (영유아용품 제조)** 중국 산동성 칭다오 (https://ko.jiayincommodity.com)

- **웰칙코리아 (영유아용품 제조_OEM ODM 대행)** (010-2206-0138)

마케팅 및 유통

마케팅 및 유통은 제품의 시장 성공을 위한 필수적인 단계이다. 이 과정에서는 다양한 마케팅 전략을 통해 제품 인지도를 높이고, 적절한 유통 채널을 통해 제품을 시장에 출시해야 한다.

- **디지털 마케팅과 소셜 미디어 활용** 제품의 특징과 혜택을 소비자에게 전달하기 위해 웹사이트, SNS(소셜 미디어 서비스), 이메일 캠페인 등 다양한 디지털 마케팅 도구를 활용한다. 또한, 인플루언서 마케팅을 통해 제품에 대한 인지도와 신뢰를 빠르게 구축할 수 있다.

- **온라인 및 오프라인 유통 채널 개발** 제품은 온라인 쇼핑몰, 전자상거래 플랫폼, 브랜드 공식 웹사이트를 통해 판매될 수 있으며, 전통적인 오프라인 매장, 전문 소매점, 대형 유통 체인 등에서도 유통될 수 있다. 각 유통 채널의 특성에 맞는 전략을 수립하여 제품의 접근성을 높인다.

- **고객 피드백 수집 및 데이터 분석** 시장 출시 후 고객 피드백과 사용 데이터를 지속적으로 수집하고 분석하여 제품 개선에 활용한다. 고객의 의견을 반영한 지속적인 제품 개선은 고객 만족도를 높이고, 장기적인 브랜드 충성도를 구축하는데 중요하다.

[외출시 따뜻하고 포근해-] 내가찾던! 프리미엄 유모차 장갑 핸드머프
주식회사 토비애모리
12/10(일) 11시30분 오픈예정

[360도 회전] 디럭스 유모차 스핀로얄 | 휴대용 유모차, 아기띠 증정
주)에이원
11/26(일) 14시00분 오픈예정

[5in1]방풍/레인/모기장 4계절 전환형 카멜레온 유모차 커버!
주식회사 수리유
11/22(수) 11시00분 오픈예정

셔틀독 x 퓨어팩 | 유모차용 환기형 공기청정기로 진정한 안심외출
솔라리티
11/30(목) 16시00분 오픈예정

4kg 원터치 폴딩! 기내반입 유모차 헤라시스 이지23년형
리빙 베이퍼 | 실버팍스
350,000원 ★ 5.0

미세먼지 걱정없는 숨쉬는 유모차가드2 (선물박스 포장)
리빙 베이퍼 | 한스컴퍼니 주식회사
159,000원 ★ 4.6

| 와디즈에서 유모차 크라우드 펀딩 참여를 기다리고 있는 제품들 |

⚫ 유모차 및 개인용 쇼핑 카트 제작을 위한 디자인 작업

DALL-E 3, 미드저니, 스테이블 디퓨전과 같은 인공지능(AI) 기반의 이미지 생성 도구를 활용하여 유모차 및 개인용 쇼핑 카트의 디자인 작업을 수행하는 것은 혁신적인 디자인 개발의 전환점을 제시한다. 사용자는 특정 스타일, 색상 팔레트, 기능적 요소를 입력하여 다양한 디자인 옵션을 생성할 수 있다. 이러한 방식으로 제작된 유모차 및 쇼핑 카트는 사용자의 특정 요구에 맞춰진 맞춤형 디자인을 제공하고, 동시에 시장에서 차별화된 제품으로 잠재력을 가질 수 있다.

챗GPT (DALL-E 3)

아래 이미지는 챗GPT(DALL-E3)에서 [혁신적인 유모차 디자인하기]라는 프롬프트를 입력하여 얻은 결과물이다. 프롬프트 주문 내용처럼 혁신적인 기능 탑재와 디자인 컨셉이 탄생된 것을 알 수 있다.

미드저니 (Midjourney)

아래 이미지는 앞서 챗GPT에서 사용한 프롬프트를 미드저니에서 사용한 결과물이다. 구체적이지는 않지만 매우 세련된 모습의 유모차가 탄생되었다.

스테이블 디퓨전(Stable Diffusion)

다음 이미지는 스테이블 디퓨전에서 스케치된 유모차 이미지를 가져와 실제 디자인 예시로 생성된 결과물이다.

| 스테이블 디퓨전에서 스케치(좌) 파일을 가져와 디자인 이미지로 생성한 모습(우) |

인공지능(AI) 도구의 각각의 특성을 살려 다양하고 혁신적인 결과물을 생성할 수 있다. AI 도구마다 갖고 있는 고유의 알고리즘과 처리 방식이 있으며, 이러한 특성을 이해하고 적절히 활용하면 각기 다른 스타일과 세부사항을 가진 독특한 디자인

을 만들어낼 수 있다. 참고로 아래 이미지는 [혁신적인 개인용 쇼핑 카트 디자인하기]에 대한 DALL-E 3, 미드저니, 스테이블 디퓨전에서 생성한 결과물이다.

| DALL-E 3(좌), 미드저니(중), 스테이블 디퓨전(우)에서 생성한 쇼핑 카트 |

📎 유모차와 카트 제조비 모듬을 위한 크라우드 펀딩

유모차와 개인용 쇼핑 카트 제조 비용을 마련하기 위한 크라우드 펀딩은 창의적인 아이디어와 제품 개발에 필요한 자금을 모으기 위해 매우 효과적인 방법이다. 크라우드 펀딩 플랫폼들은 다양한 프로젝트에 자금을 지원하는 대중으로부터의 투자를 가능하게 한다. 와디즈와 텀블벅이 대표적이며, 사회적 후원 및 스타트업과 중소 벤처기업들을 지원하기 위해 설립된 크라우드펀딩 플랫폼인 [펀딩포유 (https://www.funding4u.co.kr)]는 B2B 기반으로 와디즈와 텀블벅보다 많은 투자금을 마련할 수 있다.

📎 유모차와 쇼핑 카트 제조를 통한 수익화

유모차와 쇼핑 카트는 타깃 시장의 다양한 요구를 충족시키는 맞춤형 디자인에 초점을 맞추고, 환경 친화적인 제조 과정을 통해 현대 소비자의 가치관에 부합하는 상품을 제공하며, 혁신적인 기능과 우수한 품질을 바탕으로 고부가가치를 창출할 수 있는 비즈니스 모델이다.

제조 비용

• **유모차 제조 비용** 고급 소재와 첨단 기술을 사용하는 경우, 유모차 당 제조 비용은 대략 100,000원에서 300,000원 정도이다. 이것은 사용되는 재료, 기술, 디자인 복잡성에 따라 달라진다.

• **쇼핑 카트 제조 비용** 쇼핑 카트는 유모차보다 제조 비용이 낮으며, 단가는 50,000원에서 150,000원 정도이다. 이것은 사용되는 재료와 기능의 복잡성에 따라 달라진다.

예상 수익

• **유모차 예상 판매가** 혁신적인 기능과 디자인을 갖춘 고급 유모차의 경우 소비자 가격은 300,000원에서 1,000,000원 이상이 가능하다.

• **쇼핑 카트 예상 판매가** 개인용 쇼핑 카트는 100,000원에서 300,000원 사이의 가격대에서 판매할 수 있다.

• **수익률** 적절한 마케팅 전략과 효율적인 제조 과정을 통해, 두 제품의 일반적인 수익률을 제품 당 50% 이상으로 예상할 수 있다. 그러나 이는 시장의 수용도, 경쟁 상황, 생산 효율성 등에 따라 달라질 수 있다.

디자인 컨펌 후 이를 제품화하기 위해서는 많은 단계를 거쳐야 한다. 그중 제조 공장 섭외는 매우 중요한 부분이다. 본 도서는 제조 공장 섭외가 필요한 독자들을 위해 국내 및 해외 공장 파트너 섭외 과정과 방법들이 소개된 [국내외 제조 파트너 섭외 방법] 도서(PDF)를 부록으로 제공하고 있다. 다음의 과정을 통해 요청할 수 있다.

박스 안에 이름과 직업을 쓴(싸인펜) 후 위 책 표지와 함께 보이도록 촬영하여 QR 코드를 통해 카카오 톡으로 요청한다.

018. 세상의 모든 시간을 지배하는 타이머

주방 용품 키워드 중 가장 상위에 랭크된 것은 의외로 월간 142,800회의 [타이머]로 나타났다. 타이머는 운동할 때, 수면 및 일어날 때, 일정 관리를 할 때, 게임을 할 때 그리고 요리를 할 때에도 사용된다. 이러한 타이머는 스마트폰에도 탑재되었지만 타이머 목적으로 개발된 단일 상품으로도 인기를 끌고 있다.

인공지능(AI)을 활용한 혁신적인 타이머는 생산성 향상과 시간 관리를 목적으로 하는 현대인을 위한 혁신적인 솔루션으로 사용자의 일상 활동과 시간 관리 습관을 분석하고, 개인 맞춤형 시간 관리 전략을 제공한다. 또한, 스마트 연결 기능을 통해 다양한 디지털 기기와 동기화되며, 사용자의 생산성을 극대화하기 위한 인사이트와 알림을 제공한다. 이렇듯 타이머는 사용자의 작업 효율성을 높이고, 일과 생활의 균형을 위한 필수 도구로 비즈니스 모델의 역량을 확대하는 데 잠재력을 가지고 있다.

▶ 타이머의 용도와 종류

인공지능(AI)을 활용한 타이머는 다양한 형태와 기능을 가지고 있으며, 사용자의 일상 생활과 효율적인 업무 환경 등 다양한 방식으로 활용될 수 있다. 이러한 타이머들의 활용도와 종류를 분석해 보면 다음과 같다.

활용도

- **생산성 향상** AI 타이머는 개인의 작업 패턴을 분석하여 최적의 작업 및 휴식 시간을 제안합니다. 예를 들어, 집중과 휴식 시간을 분할하는 포모도로 기법(Pomodoro Technique)과 같은 시간 관리 전략을 자동으로 조정하여 생산성을 극대화할 수 있다.

- **습관 형성 및 목표 달성** AI 타이머는 사용자의 장기 목표와 연관된 일상 습관을 추적하고, 꾸준한 습관 형성을 독려한다. 예를 들어, 운동, 학습, 명상과 같은 활동을 정기적으로 수행하는데 도움을 준다.

- **스트레스 관리** 작업 강도와 시간 압박을 분석하여 사용자에게 적절한 휴식 시간을 알려줌으로써 스트레스를 감소하는데 기여한다.

- **사용자 맞춤형 알림 및 알림 조정** AI 타이머는 사용자의 반응과 피드백을 학습하여, 알림의 타이밍과 빈도를 개인의 선호에 맞게 조정한다.

종류

- **데스크탑 타이머** 컴퓨터 또는 데스크탑 환경에 통합되어 작업 중에 효과적인 시간 관리를 지원한다.

- **모바일 앱 타이머** 스마트폰 사용자를 위한 앱 형태의 타이머로 이동 중에도 시간 관리를 가능하게 한다.

- **웨어러블 타이머** 스마트 워치나 기타 웨어러블 기기에 통합된 타이머로 실시간으로 사용자의 활동을 추적하고 피드백을 제공한다.

- **스마트 홈 통합 타이머** 스마트 홈 기기와 통합되어 가정 내에서의 다양한 활동과 스케줄 관리를 지원한다.

- **기계식 타이머** 전통적인 방식의 타이머로, 주방에서 요리(달걀 삶기 등) 시간을 재는 데 주

로 사용되며, 설정된 시간이 완료되면 벨 소리로 알림을 준다.

- **디지털 타이머** LCD 화면을 통해 시간을 표시하는 타이머이다. 주방용, 운동용, 학습용 등 다양한 목적으로 사용되며, 정확한 시간 측정이 가능하다.

- **온라인 타이머** 웹사이트를 통해 접근 가능한 디지털 타이머이다. 인터넷 연결이 가능한 모든 장치에서 사용할 수 있으며, 종종 작업 관리와 시간 추적 기능이 포함되어 있다.

- **포모도로 타이머** 포모도로 기법을 사용하는 사람들을 위한 특별한 타이머로 일반적으로 25분 작업 후 5분 휴식을 취하는 방식으로 시간을 관리할 수 있다.

- **가스 타이머** 가스 누출 사고를 예방하고, 가스 사용을 보다 안전하게 관리하기 위한 타이머이다.

- **콘센트 타이머** 전기 사용을 관리하고 에너지를 절약하기 위해 설계된 타이머로 특정 기기나 조명의 전원을 자동으로 제어한다.

타이머 디자인 및 제조

타이머의 디자인과 제조는 기술적 능력과 창의성을 요구하는 과정으로 이를 위해 제품 제조 업체와의 협력이 중요하다. 다음은 타이머 디자인 및 제조 과정과 제품 제조 업체 정보에 대한 개요이다.

타이머 디자인 및 제조 과정

- **컨셉 및 디자인 개발** 타이머의 사용 목적과 타깃 오디언스를 고려하여 초기 디자인 컨셉을 개발한다. 이 단계에서는 형태, 크기, 기능, 사용자 인터페이스 등에 대한 결정이 이루어진다.

- **기술적 사양 설정** 타이머의 정확성, 배터리 수명, 연결성(스마트 기능이 있는 경우)과 같은 기술적 사양을 확정한다.

- **프로토타입 제작** 디자인과 사양이 확정되면 프로토타입(실물 샘플)을 제작하여 디자인과 기능을 검증한다.

- **제조 업체와의 협력** 대량 생산을 위해 신뢰할 수 있는 제조 업체와 협력한다. 제조 업체는 제품의 품질, 비용, 생산 일정을 관리한다.

- **품질 관리 및 테스트** 제조 과정에서 지속적인 품질 관리와 테스트를 실시하여 최종 제품이 모든 표준과 요구 사항을 충족하는지 확인한다.

타이머 제조 업체 리스트

제품 제조 업체를 선택할 때는 경험, 생산 능력, 품질 관리 시스템, 비용 효율성 등을 고려해야 한다. 다음은 타이머(기계식과 전자식) 제조를 할 수 있는 국내외 업체이다. 과거 40여 곳이었던 제조 업체가 현재는 거의 폐업을 하거나 중국에서 OEM 방식으로 제작되고 있기 때문에 제조 비용을 생각하면 중국 OEM을 권장한다. 또한, 중국에서 OEM 제작을 한다면 [메이드 인 차이나]나 [알리바바]에서 적합한 업체를 찾아 의뢰할 수 있다.

- **손오공 (완구 제조)** 경기도 부천시 안곡로 266 (1577-4316)

- **아카데이과학 (완구 제조)** 경기도 의정부시 산단로 98번길 11 (1588-2406)

- **도너랜드 (완구 제조 OEM)** 경기도 안양시 동안구 엘에스로 136 (031-465-2511)

- **동관 전자 (전자 기기 제조 OEM)** 중국 광둥성 둥관시 (http://handian.korb2b.com)

- **Pegatron (전자 기기 제조 OEM)** 대만 타이베이시 (https://www.pegatroncorp.com)

- **메이드 인 차이나** 중국 상품 제조 대행 (https://kr.made-in-china.com)

- **알리바바** 중국 상품 제조 및 판매 대행 (https://korean.alibaba.com)

  보다 다양한 업체 정보를 얻고자 한다면 [알리바바]를 통한 접근법을 권장한다. 실제로 알리바바를 초기 거래 통로로 활용하는 국내 업체들도 증가하고 있다.

▶ 타이머 제작을 위한 디자인 작업

타이머 디자인 작업 또한 DALL-E 3, 미드저니, 스테이블 디퓨전과 같은 인공지능 기반의 이미지 생성 도구를 활용하면 혁신적인 디자인 개발에 전환점이 될 수 있다. 다음은 DALL-E 3, 미드저니, 스테이블 디퓨전 인공지능 빅3에서 생성한 타이머 디자인에 대한 예시이다.

챗GPT (DALL-E 3)

아래 이미지는 챗GPT(DALL-E3)에서 [주방(요리)용 타이머 디자인]이라는 프롬프트를 입력하여 얻은 결과물이다.

미드저니 (Midjourney)

다음의 이미지는 앞서 챗GPT에서 사용한 프롬프트를 미드저니에서 사용한 결과

물이다. 확인해 보면 챗GPT 결과물 보다 세련되고 다양한 디자인 컨셉의 결과물이
생성된 것을 알 수 있다.

스테이블 디퓨전(Stable Diffusion)

다음 이미지는 스테이블 디퓨전에서 스케치된 타이머 이미지를 가져와 실제 디자
인 예시로 생성된 결과물이다.

| 스케치(좌) 파일을 가져와 디자인 이미지로 생성한 모습(중·우) |

▶ 타이머 제조비 모금을 위한 크라우드 펀딩

타이머(기계식과 전자식) 제조 비용을 마련하기 위한 크라우드 펀딩은 창의적인 아
이디어와 제품 개발에 필요한 자금을 모으기 위해 매우 효과적인 방법이다. 국내
크라우드 펀딩은 와디즈와 텀블벅 그리고 펀딩포유가 대표적이다.

🔸 타이머 제조를 통한 수익화

타이머 제작 비용 및 예상 수익을 계산할 때는 디자인, 제조, 마케팅, 유통 그리고 잠재적인 판매 가격이 포함된다. 다음은 각 요소를 기반으로 한 타이머의 제작 비용과 예상 수익에 대한 설명이다.

제작 비용

- **디자인 및 개발 비용** 디자인과 프로토타입 개발에 필요한 비용이다. 소프트웨어 라이선스 비용, 프로토타입 제작 비용 등을 포함된다.

- **제조 비용** 단위당 제조 비용은 대량 생산 시 감소할 수 있다. 재료, 조립, 품질 검사 등이 포함된다.

- **마케팅 및 광고 비용** 제품을 시장에 알리기 위한 마케팅 및 광고 비용이다. 온라인 광고, 프로모션 활동, 브랜딩 자료 제작 비용 등이 포함된다.

- **유통 및 물류 비용** 제품을 소매점이나 소비자에게 배송하는데 드는 비용이다.

예상 수익

- **판매 가격 설정** 타이머의 판매 가격은 제작 비용, 경쟁 제품 가격, 타겟 시장, 브랜드 가치 등을 고려하여 결정된다.

- **마진율 계산** 총 수익은 판매 가격에서 제작 비용을 뺀 금액으로 계산한다. 예를 들어, 타이머 한 개당 제작 비용이 10,000원이고, 판매 가격이 20,000원이라면, 마진율은 50%이다.

  대량 판매, 고급 마케팅 전략, 온라인 판매, B2B 판매 등 다양한 전략을 통해 수익을 극대화할 수 있다. 예상 수치는 시장 조사, 제품의 품질 및 기능, 경쟁 환경 등 다양한 요인에 따라 달라질 수 있기 때문에 실제 사업 계획을 수립하기 전에 자세한 시장 분석과 비용 계산이 필요하다.

019. 가구가 아닌 기술과 과학이 스며든 소파

소파는 가정에서 가장 많이 사용되는 가구 중 하나이다. 현대의 소파는 편안함을 넘어 디자인과 기능성도 매우 중요하게 생각한다. 쇼파에서 앉거나 누워 잠을 자기도 하고, 아이들의 놀이 도구로도 활용된다. 그리고 한국에서만 볼 수 있는 풍경으로 소파는 등받이 역할도 톡톡히 해낸다. 이러한 소파는 단순이 원초적인 역할만이 아닌 주변의 분위기를 좌우하는 인테리어 효과까지 누릴 수 있는 패션의 아이콘이 되었다. 신혼부부들이 소파에 투자하는 비용이 다른 혼수보다 높게 책정하는 것도 이와 같은 이유이다. 이러한 소파에 인공지능(AI) 기술을 활용하여 보다 스마트하고 혁신적인 소파를 생산한다면 어떨까?

AI를 탑재한 스마트 소파는 다양한 기능을 가지고 있다. 대표적인 예로는 음성 인식 및 제어 기능, 온도 조절 기능, 조명 제어 기능, 음악 재생 기능 등이 있으며, 일부 스마트 소파는 건강 관리 기능도 지원하는데, 이를 통해 사용자는 자신의 건강 상태를 모니터링하고, 적절한 조치를 취할 수 있다. 이러한 기능들은 사용자의 편의성과 만족도를 높여주며, 일상생활에서의 삶의 질을 향상시켜 준다.

이렇듯 소파는 이제 단순히 가구가 아닌 과학이다. AI 기술을 비롯한 최신 기술을 적용하여 보다 스마트하고 혁신적인 제품들이 계속해서 등장할 것으로 기대되며, 이로 인해 우리의 생활 방식에도 큰 변화가 생길 것이다.

▶ 소파 디자인 및 제조

인공지능(AI)을 활용한 소파 제조는 창의적인 디자인 개발과 고객 맞춤형 솔루션 제공에 큰 잠재력을 가지며, 전통적인 제작 방식에 AI 기술을 결합하여 혁신적인 제품을 생산할 수 있다. 특히, 조명, 온도 및 높이 조절과 같은 전자 기능을 포함하는 것은 사용자의 편의성과 안락함을 극대화하는 새로운 차원의 제품을 탄생시키는 중요한 요소이다. 소파 디자인 및 제조 과정은 다음과 같다.

디자인 및 개발

AI는 트렌드 분석, 인체 공학적 데이터 활용, 재료 최적화를 통해 사용자의 편안함과 소파의 내구성을 극대화하는 동시에 시장에서 돋보일 수 있는 독창적인 맞춤형 디자인 컨셉을 제안한다.

- **시장 조사 및 분석** 트렌드, 소비자 선호, 경쟁사 제품을 분석하며, 사용자 피드백 및 온라인 리뷰 분석을 통해 소비자의 요구 사항을 파악한다.

- **컨셉 디자인** AI를 활용하여 다양한 디자인 컨셉과 스타일을 탐색하며, 사용자의 선호도와 요구 사항에 맞춰 맞춤형 디자인을 제시한다.

- **기능성 및 편안함 개선** 인체 공학적 데이터를 활용하여 최적의 편안함을 제공하는 디자인을 개발하며, AI를 활용하여 소파의 내구성과 재료 최적화를 분석한다.

제조 과정

소파 제조 과정에서 인공지능(AI)은 재료 선정부터 프로토타입, 생산 최적화 그리고 스마트 기능 통합까지 전 과정에 걸쳐 핵심적인 역할을 하며, AI는 재료의 비용 효율성과 지속 가능성을 분석하고, 프로토타입의 편안함과 기능성을 사용자 테스트를 통해 평가하여 개선한다.

- **재료 선택 및 최적화** 재료 비용, 내구성 및 지속 가능성을 분석하며, 환경 친화적이고 지속 가능한 재료 선택한다.

- **프로토타입 제작 및 테스트** AI를 통해 개발된 디자인에 따라 프로토타입을 제작하며, 사용자 테스트와 분석을 통해 프로토타입의 편안함과 기능성을 평가하고 개선한다.

- **생산 과정 최적화** AI를 활용하여 제조 과정에서의 비용 효율성 및 생산 속도를 최적화하며, 품질 관리 과정에서도 일관된 제품 품질을 유지한다.

- **전자 기능 통합** 조명 및 온도 조절과 같은 스마트 기능 등의 혁신적 기술 개발하고 통합하며, 사용자가 쉽게 조작할 수 있는 인터페이스를 설계한다.

소파 제조 업체

소파 제조 업체의 선정은 소파의 품질, 생산 효율성 및 최종 제품의 시장 경쟁력에 결정적인 영향을 미칩니다. 이를 위해서는 제조 능력과 전문성, 품질 관리 기준, 생산 비용과 효율성, 지속 가능성과 환경 기준, 유연성과 협력 가능성, 후속 서비스와 지원 등이 충족되는 최적의 파트너를 찾아야 한다. 생산 라인의 축소로 인해 어려움을 겪고 있는 지금, 다행히 국내 소파와 같은 가구 제조 업체들은 제2의 전성기를 누리고 있으며, 최신 기술들을 접목한 새로운 형태의 제품들을 출시하고 있다. 다음은 국내 주요 소파(가구) 제조 업체와 중국 업체 정보이다. *문의처가 개인 번호일 경우는 사생활 보호 차원에서 초기 문의는 SMS(문자 메시지)로 접근한다.

- **소파1975 (맞춤형 소파 제조)** 경기도 용인시 모현읍 초부로 84-3 (1577-0966)

- **대성 소파 (맞춤형 소파 제조)** 충남 천안시 동남구 목천읍 교천2길 30-18 (1644-2898)

- **아쿠아 100 (맞춤형 소파 제조)** 경기도 용인시 곡현로 195번길 41-6 (031-334-8818)

- **아르푸 가구 (맞춤형 소파 제조)** 경기도 남양주시 화도읍 녹촌로106번길 53 (1577-6190)

- **수앤디 (맞춤형 소파 제조)** 용인시 처인구 모현면 문현로 357번길 137 (010-5432-8358)

- **비바스 가구 (맞춤형 소파 제조)** 충교천2길 30-18 (010-4972-2190)

- **제천 소파 (맞춤형 소파 제조)** 충청북도 제천시 내토로 16길 10 (043-646-7823)

- **카바사 (가죽 소파 제조)** 중국 포산시 순덕시 (https://www.kabasafurniture.com)

참고로 소파 제작 시 전자(전기) 기능을 포함하는 소파를 제작할 경우 소파에 통합될 전자 기능(예: 조명, 온도 조절, 높이 조절 등)을 설계하고 제조할 수 있는 전문성과 경험을 갖춘 업체의 선정이 중요하다. 이와 같은 업체는 소파 제조 업체에게 소개를 받을 수도 있으며, 앞서 살펴본 [타이머 제조] 편에서 소개한 업체들과의 협업도 가능하다.

소파 제조비 모금을 위한 크라우드 펀딩

소파 제작, 특히 전자 기능을 탑재한 혁신적인 모델의 경우, 초기 제조 비용이 상당히 높아질 수 있다. 이러한 고비용 프로젝트의 자금을 마련하기 위한 효과적인 방법 중 하나가 크라우드 펀딩이며, 크라우드 펀딩을 통해 창의적이고 혁신적인 디자인 컨셉의 소파에 대한 고객의 관심과 수요를 확인한다면 필요한 자금 확보는 어렵지 않다. 다음은 몇 가지 국내외 주요 크라우드 펀딩 플랫폼에 대한 정보이다.

- **와디즈 (https://www.wadiz.kr)** 국내에서 가장 유명한 크라우드 펀딩 플랫폼으로 다양한 혁신적인 제품과 스타트업 프로젝트에 대한 투자를 중개한다.

- **텀블벅** (https://www.tumblbug.com) 또 다른 한국의 크라우드 펀딩 플랫폼으로 주로 창작자와 예술가들이 자금을 모집하는 데 사용된다.

- **펀딩포유 (https://www.funding4u.co.kr)** 창의적인 프로젝트와 비즈니스 아이디어에 자금을 조달하기 위한 한국의 크라우드 펀딩 플랫폼으로 스타트업, 중소기업, 개인 창작자들이 그들의 아이디어를 실현할 수 있도록 지원하는 데 중점을 두고 있다.

- 크라우디 (https://www.ycrowdy.com) 문화예술, 콘텐츠, 식품, 뷰티, 테크 등 다양한 분야의 프로젝트를 진행하고 있는 국내의 크라우드 펀딩 플랫폼이다. 200억 원 이상의 투자 중개를 진행한 경험이 있으며, 아티스트 전문 에이전시인 아트블렌딩과 함께 아트페어 프로젝트를 진행하기도 하였다.

- Kickstarter (https://www.kickstarter.com) 킥스타터는 해외에서 인지도가 높은 크라우드 펀딩 플랫폼 중 하나로 주로 창의적인 프로젝트를 위한 자금을 모집하는 데 사용된다.

- Indiegogo (https://www.indiegogo.com) 인디고고는 Kickstarter와 유사하며, 더 유연한 자금 조달 옵션을 제공하는 것이 특징이다.

이외에도 다양한 크라우드 펀딩 플랫폼이 존재하므로 프로젝트의 특성과 목표에 맞게 적절한 플랫폼을 선택하여 활용하기 바라며, 각각의 플랫폼은 고유의 장점과 특성을 가지고 있어 자신에게 맞는 옵션을 고려한다면 프로젝트의 성공 가능성을 최대화할 수 있다.

소파 제작을 위한 디자인 작업

DALL-E 3, 미드저니, 스테이블 디퓨전과 같은 인공지능(AI) 기술을 활용한 소파 제작을 위한 디자인은 창의성과 혁신을 강화하는 방법이다. 이와 같은 AI 도구를 사용함으로써 소파 제작 프로세스는 더욱 빠르고, 효율적이며, 혁신적인 방향으로 진행될 수 있다. 다음은 DALL-E 3, 미드저니, 스테이블 디퓨전 인공지능 빅3에서 생성한 소파 디자인에 대한 예시이다.

챗GPT (DALL-E 3)

여기에서는 먼저 소파 제작에 대한 혁신적인 기능과 제품의 형태, 스타일 그리고 사용자 경험을 정의하는 기본적인 디자인 컨셉 아이디어를 챗GPT에게 요청한 후 얻은 내용을 참고하여 DALL-E3에게 이미지 생성을 요청하였더니 다음과 같은 소파 디자인 컨셉을 제시하였다.

미드저니 (Midjourney)

챗GPT에서 사용한 프롬프트를 미드저니에서 그대로 사용해 보았더니 다음과 같은 소파 디자인 컨셉이 생성된다. 디자인 측면에서의 특징은 강조되지 않았지만 기능 면에서는 매우 테크놀러지적인 세련된 모습의 소파가 표현되었다.

앞선 프롬프트에 [창의적이고 혁신적인 디자인 강조]를 추가하였더니 다음과 같이 디자인 측면이 강조된 것을 알 수 있다. 이렇듯 미드저니에서는 디자인적인 측면을 더욱 다양한 컨셉으로 표현할 수 있다.

스테이블 디퓨전(Stable Diffusion)

다음은 스테이블 디퓨전에서 5살 정도의 수준으로 그린 스케치된 소파 이미지를 가져와 실제 디자인 예시로 생성된 결과물이다. 원본 스케치 모습과는 또 다른 느낌의 다양한 디자인 컨셉의 소파가 탄생하였다.

▶ 소파 제조를 통한 수익화

소파 제조 사업의 성공은 정확한 비용 계산, 시장 조사, 적절한 가격 설정, 효과적인 마케팅 전략에 달려 있으며, 혁신적인 기능과 사용자 중심의 디자인이 가치를 높이고, 이를 통해 시장에서 차별화된 경쟁 우위를 확보할 수 있다. 소파를 제조하여 수익을 창출하는 비즈니스에 대해 고려해야 할 주요 경제적 요소는 다음과 같다.

제작 비용

- **재료 비용** 사용될 재료의 종류와 품질에 따라 달라진다. 고급 가죽, 지속 가능한 소재, 전자 부품 등 특정 재료는 비용을 증가시킬 수 있다.

- **제조 비용** 대량 생산과 수제 제작 간에 비용 차이가 있다. 대량 생산은 단가를 낮추지만 초기 투자가 필요할 수 있다.

- **디자인 및 개발 비용** AI 기반에 따른 디자인 비용은 없을 수 있지만 프로토타입 제작, 테스트 등에 따른 비용이 포함된다.

- **마케팅 및 유통 비용** 제품을 시장에 알리고 유통하는데 드는 비용도 고려해야 한다.

예상 수익

- **판매 가격 설정** 제작 비용, 시장 조사, 경쟁사 가격 분석을 바탕으로 적절한 판매 가격을 설정한다.

- **수익률** 제작 비용 대비 판매 가격에서 얻는 수익률을 예측하며, 고급 또는 특수 기능을 갖춘 소파는 더 높은 가격대를 설정할 수 있다.

- **판매 전략** 온라인 판매, 소매점, 전시회 참가 등 다양한 판매 채널을 통한 수익화 전략을 수립한다.

- **장기적 성장 전략** 브랜드 인지도 구축, 지속 가능한 성장, 신제품 개발 등 장기적인 수익 창출 전략을 고려한다.

020. 디자인과 실용성 모두 충족하는 주방용품

얼마 전 주방 싱크대에 필요한 물건(간이 도마와 김발 건조기)을 만들면서 왜 이런 물건이 없는지 의아해했다. 아마 독자 중에서도 필요한 용품을 구하지 못하거나 너무 비싸서 직접 만들어 사용한 적이 있을 것이다. 이렇듯 우리 실생활에 필요한 주방용품 중 아직 출시되지 않는 것들이 더 많다. 이것으로 이 분야의 비즈니스 영역에 대한 잠재력이 무한하다는 것을 의미한다.

현대의 주방은 단순히 요리를 하는 공간을 넘어 집의 중심이자 가족의 삶이 어우러지는 공간이다. 이러한 변화 속에서 디자인과 실용성 모두 충족하는 주방용품은 주방을 더욱 아름답고 기능적으로 만들어주는 필수 요소가 되었다. 이러한 주제를 통해 혁신적인 디자인과 뛰어난 사용성이 결합된 다양한 주방용품을 탐구하고 수익형 비즈니스 모델을 찾는 데 영감을 얻을 수 있을 것이다.

- **조리 도구** 냄비, 프라이팬, 그릴팬, 칼 세트, 도마, 국자, 주걱, 집게, 믹서기, 블렌더, 음식물 처리기 등

- **보관 및 정리 도구** 식품 보관 용기, 통조림 병, 스파이스 재배기, 주방 서랍 정리함, 선반, 걸이 등의 주방 조직화 도구, 냉장고 및 팬트리 보관 용품 등

- **서빙 및 테이블웨어** 접시, 컵, 그릇, 샐러드 보울, 커트러리 세트, 와인 글라스, 머그컵, 테이블 매트, 냅킨, 테이블 데코레이션 등

- **전자 주방 기기** 전자레인지, 오븐, 인덕션, 전기 주전자, 커피 메이커, 전기 믹서, 식품 건조기, 스마트 주방 기기 등

- **청소 및 유지보수 도구** 식기세척기, 쓰레기 처리기, 청소용 브러시, 주방용 세제, 걸레 및 행주, 주방용 소독제 및 청결 유지 도구 등

- **특수 주방용품** 베이킹 용품(믹싱 볼, 계량 도구, 오븐 팬 등), 특수 조리 도구(스시 롤러, 파스타 메이커 등), 건강 및 다이어트 관련 주방용품(저지방 그릴, 샐러드 메이커 등)

주방용품 제조 및 판매를 위한 과정

주방용품 제조 및 판매 사업을 시작하는 과정은 여러 단계로 나눌 수 있으며, 각 단계는 비즈니스의 성공에 중요한 역할을 한다. 다음은 주방용품 제조 및 판매 사업을 위한 과정에 대한 소개이다.

시장 조사 및 분석

- **경쟁사 분석** 현재 시장에서 활동 중인 경쟁 업체 및 그들의 제품을 분석한다.
- **소비자 트렌드 파악** 소비자의 구매 패턴, 선호도 및 최신 트렌드를 연구한다.
- **니즈 식별** 시장의 미충족 수요 및 잠재적 기회를 식별한다.

상품 개발

- **상품 컨셉 및 디자인** 시장 조사를 바탕으로 상품 아이디어를 개발하고 디자인한다.
- **프로토타입 제작** 초기 디자인을 바탕으로 실제 사용 가능한 프로토타입을 제작한다.
- **제품 테스트** 프로토타입의 기능성, 안전성 및 사용자 경험을 테스트한다.

공급망 및 제조

- **제조업체 선정** 품질, 비용 효율성, 신뢰성을 고려하여 제조업체를 선정한다.
- **공급망 관리** 원자재 조달부터 제품 생산까지의 공급망을 관리한다.

- **품질 관리** 제조 과정에서의 품질 관리 기준을 수립하고 유지한다.

브랜딩 및 마케팅

- **브랜드 아이덴티티 구축** 로고, 브랜드 스토리, 디자인 언어 등을 개발한다.

- **마케팅 전략 수립** 타깃 시장에 맞는 마케팅 전략을 수립한다.

- **디지털 마케팅** 웹사이트, 소셜 미디어, 온라인 광고 등을 통해 제품을 홍보한다.

판매 및 유통

- **온라인 판매 자체** 웹사이트 또는 전자상거래 플랫폼을 통한 온라인 판매 채널을 구축한다.

- **오프라인 유통** 소매점, 백화점, 전문 매장 등과 파트너십을 맺어 유통망을 확장한다.

- **재고 관리** 판매 및 재고 관리 시스템을 구축하여 효율적인 재고 관리를 한다.

주방용품 제조 업체

주방용품 제조 업체의 선정은 주방용품의 품질, 생산 효율성 및 최종 제품의 시장 경쟁력에 결정적인 영향을 미친다. 이를 위해서는 제조 능력과 전문성, 품질 관리 기준, 생산 비용과 효율성, 지속 가능성과 환경 기준, 유연성과 협력 가능성, 후속 서비스와 지원 등이 충족되는 최적의 파트너를 찾아야 한다. 최근 주방용품 시장의 성장과 혁신적인 아이디어와 세련된 디자인과 기술을 접목한 다양한 주방용품들을 출시되고 있다. 다음은 국내 주요 주방용품 제조 업체와 해외 업체 정보이다. 이 외에도 다양한 제조사가 존재하므로 구글이나 LinkedIn, Alibaba, Made-in-China 그리고 관련 세미나 및 상공회의소 등을 통하여 찾아 자신의 프로젝트의 특성과 목표에 맞게 적절한 제조 업체를 선택하기 바란다.

- **신성실리콘 (주방용품 제조 OEM)** 인천광역시 부평구 백범로 593 (032-575-2707)

- **신영스텐 (스텐레스 용품 제조 OEM)** 인천광역시 서구 검단천로 356번길 (032-564-5756)

- **동남코리아 (주방용품 제조 OEM)** 서울시 강남구 논현로 167길 17 (02-3474-6393)

- **선일주방산업 (주방용품 제조 OEM)** 대전광역시 물류로 14번길 73-16(042-272-8000)

- **주방뱅크 (주방용품 제조 OEM)** 서울 중구 퇴계로 83길 10-25 (1544-1336)

- **리코빌 (주방용품 제조 OEM)** 경기도 양주시 남면 휴암로 284번길 403-33 (031-847-5407)

- **시노쿡 (주방용품 제조 OEM)** 경기도 수원시 영통구 매탄동 (http://sinoqook.com)

▶ 주방용품 제조비 모금을 위한 크라우드 펀딩

주방용품 제조를 위한 크라우드 펀딩은 창의적인 아이디어와 제품을 시장에 선보이고자 하는 창업자들에게 필수적인 자금을 모으는 효과적인 방법이다. 이 방식은 초기 투자 비용 구축 및 동시에 시장 반응을 사전에 파악할 수 있는 기회를 제공한다. 다음은 주방용품 제조 비용 마련을 위한 국내 크라우드 펀딩 플랫폼 정보이다.

- **와디즈 (https://www.wadiz.kr)** 국내에서 가장 유명한 크라우드 펀딩 플랫폼으로 창의적인 프로젝트를 위한 자금 조달에 적합하며, 주방용품과 같은 생활용품 분야에서도 활발히 이용되고 있다.

- **텀블벅 (https://www.tumblbug.com)** 또 다른 국내의 크라우드 펀딩 플랫폼으로 다양한 창작자와 스타트업이 이용하며, 주방용품을 포함한 다양한 제품들의 크라우드 펀딩 캠페인을 진행할 수 있다.

- **펀딩포유 (https://www.funding4u.co.kr)** 창의적인 프로젝트와 비즈니스 아이디어에 자금을 조달하기 위한 국내의 크라우드 펀딩 플랫폼으로 스타트업, 중소기업, 개인 창작자들이 그들의 아이디어를 실현할 수 있도록 지원하는 데 중점을 두고 있다.

⟫ 주방용품 제작을 위한 디자인 작업

DALL-E 3, 미드저니, 스테이블 디퓨전과 같은 인공지능(AI) 기반의 이미지 생성 도구를 활용한 주방용품 제작을 위한 디자인 작업은 기존의 디자인 접근 방식에 혁신을 가져올 수 있다. 이러한 도구들은 창의적인 아이디어와 시각적인 개념을 신속하게 시각화하는 데 특히 유용하다.

챗GPT (DALL-E 3)

다양한 주방용품 중 여기에서는 필자가 가장 필요로 했던 냉장고(냉동실) 정리 트레이에 대한 디자인을 해 볼 것이다. 먼저 냉동실 정리 트레이에 대한 혁신적인 기능과 제품의 형태, 스타일 그리고 사용자 경험을 정의하는 기본적인 디자인 컨셉 아이디어를 챗GPT에게 요청한 후 얻은 내용을 참고하여 DALL-E3에게 이미지 생성을 요청하였다. 결과는 다음과 같은 냉동실 정리 트레이 디자인 컨셉을 제시하였다.

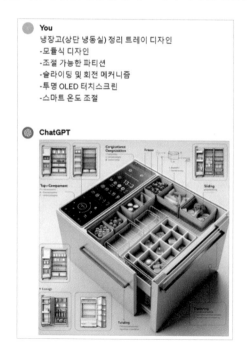

생각했던 것보다 훨씬 특별한 냉동실 정리 트레이가 탄생되었다. 하지만 중요한 것은 제품화할 수 있느냐이다. AI를 통해 생성된 디자인을 현실화할 수 있는 것이 가장 중요하기 때문에 이를 어떻게 제품으로 발전시킬 것인가에 대한 연구가 필요하다.

미드저니 (Midjourney)

다음의 이미지는 앞서 챗GPT에서 사용한 프롬프트를 미드저니에 그대로 사용한 결과물이다. 디자인 측면에서는 더 세련된 느낌이다. 하지만 질문 의도에서 다소 벗어난 것들이 눈에 띈다. 주제에서는 벗어났지만 냉동 트레이에 대한 새로운 컨셉 아이디어는 충분히 새로운 제품으로 확장할 수 있을 정도로 꽤 괜찮은 컨셉이다.

계속해서 미드저니를 통해 설거지 후 식기 및 채소를 건조할 수 있는 기구에 대한 디자인 컨셉을 요청하였다. 본 결과물처럼 AI가 제시한 디자인 컨셉은 생각보다 획기적이기 때문에 제품 현실화까지 많은 고려와 노력이 필요하다.

⟫ 주방용품 제조를 통한 수익화

주방용품 제조하여 수익을 창출하는 것은 제품의 종류, 제조 공정의 복잡성, 사용되는 재료, 생산 규모 등에 따라 다양하다. 다음은 몇 가지 일반적인 고려 사항과 제작 비용 및 예상 수익에 대해 대략적인 개요이다.

제작 비용

- **재료비** 스테인리스 스틸, 실리콘, 플라스틱 등 사용되는 재료의 종류와 품질에 따라 달라진다.

- **제조 공정비** 제품 디자인의 복잡성과 제조 방법(수작업, 기계화)에 따라 비용이 달라진다.

- **디자인 및 개발비** 제품 디자인, 프로토타입 제작, 테스트 등 초기 개발 단계에서 발생하는 비용이다.

- **포장 및 물류비** 제품 포장, 창고 보관, 배송 등 물류와 관련된 비용이다.

- **마케팅 및 판매비** 제품의 홍보, 광고, 유통 채널 관리에 필요한 비용이다.

예상 수익

- **단가 및 판매 가격** 제작 단가에 마진을 더하여 최종 소비자 가격을 결정한다. 가격 책정 시 시장 경쟁력과 타깃 고객층을 고려해야 한다.

- **판매량** 상품의 수요, 시장 점유율, 판매 채널의 효율성 등에 따라 판매량이 달라진다.

- **수익률** 제작 단가와 최종 판매 가격의 차이에서 수익률을 계산한다.

- **추가 수익원** 온라인 판매, 도매, 리테일, 커스텀 주문 등 다양한 판매 채널을 통한 추가 수익원 확보 가능성이 있다.

021. 스마트한 가정용 채소 재배 키트 솔루션

150세 시대, 건강을 챙기는 이들을 위한 좋은 먹거리를 이젠 가정에서 직접 재배한다. 식물(채소) 재배 키트 시장은 지속적으로 성장하는 추세에 있다. 도시농업, 집에서의 취미 활동 증가 및 코로나19 팬데믹 기간 동안 집에서 보내는 시간이 늘어나면서 집안에서 쉽게 식물을 키울 수 있는 키트에 대한 관심이 높아졌기 때문이다.

글로벌 시장 조사 업체인 [데이터브리지마켓리서치]에 따르면 국내 식물 재배기 시장은 2020년 기준, 600억 원 정도의 규모였지만 2021~2028년 8년간 4.37%의 성장률이 될 것이라고 예상하였다. 이러한 트렌드에 부응하여 인공지능(AI)을 활용한 사용자 친화적 인터페이스와 혁신적인 디자인의 가정용 채소 재배 키트를 선보인다면 건강에 관심이 많은 모든 사람들이 집에서도 간편하게 채소를 키워 먹을 수 있는 기회가 제공될 것이며, 재배 과정에서의 팁과 정보는 어린 자녀들에도 교육적 가치를 제공해 줄 것이다.

〉〉 수동 채소 재배 키트와 자동 채소 재배 키트의 장단점

수동 채소 재배 키트와 자동 채소 재배 키트는 사용자의 생활 방식, 취미, 시간, 예산 등에 따라 각각의 장단점을 가지고 있다. 다음의 내용을 참고하여 수동과 자동 중 어떤 방식을 비즈니스 모델로 채택할 것인지 살펴본다.

수동 채소 재배 키트

장점

- **저렴한 비용** 자동 시스템에 비해 일반적으로 비용이 저렴하다.

- **학습 경험** 식물의 성장 과정을 직접 관찰하고 관리함으로써 학습 경험이 풍부해 진다.

- **간단한 구조** 복잡한 기술이나 전원이 필요 없기 때문에 설치 및 유지보수가 간편하다.

- **직접적인 관여** 사용자가 직접 물주기, 비료주기 등을 관리함으로써 원예 활동의 만족감을 느낄 수 있다.

단점

- **시간 및 노력 소모** 정기적인 관리가 필요하며, 이는 시간과 노력이 요구된다.

- **환경 변화에 취약** 실내 환경 변화에 대한 수동 조절이 필요하며, 이를 간과하면 식물의 성장에 부정적 영향을 미칠 수 있다.

- **제한된 기능** 자동 시스템에 비해 환경 조건을 정밀하게 조절하기 어렵다.

자동(전자식) 채소 재배 키트

장점

- **편의성** 자동화된 시스템으로 물주기, 조명 조절 등이 자동으로 이루어져 관리가 편리하다.

- **최적의 성장 조건** 자동 센서와 조절 시스템으로 식물에 필요한 최적의 환경을 제공한다.

- **시간 절약** 사용자의 관리 부담을 줄여주기 때문에 바쁜 생활을 하는 사람들에게 적합하다.

- **효율적인 성장** 정밀한 환경 제어로 식물의 성장이 더욱 효율적일 수 있다.

단점

- **높은 비용** 수동 시스템에 비해 가격이 높다.

- **기술적 복잡성** 개발 과정부터 설치 및 유지보수가 복잡할 수 있으며, 기술적인 문제가 발생할 가능성이 있다.

- **전력 의존성** 전기에 의존하므로 정전 등의 상황에서는 작동하지 않을 수 있다.

- **개인 참여도 감소** 자동 시스템으로 인해 원예 활동의 개인적인 만족감이 감소할 수 있다.

채소 재배 키트 제조

재배 키트 제조 과정은 수동과 자동이 기술적인 부분에 차이가 있지만, 두 방식 모두에서 품질 관리, 환경 친화적인 접근 그리고 사용자 경험에 중점을 두어야 한다. 자동 채소 재배 키트는 특히 기술적인 측면과 사용자 인터페이스에 더 많은 주의가 필요하며, 이를 통해 사용자에게 더욱 편리한 재배 경험을 제공할 수 있다.

수동 채소 재배 키트

- **디자인 및 개발** 사용자 친화적이고 직관적인 디자인 개발하기

- **재료 선택** 내구성이 높고 안전한 재료 선정하기

- **생산 및 품질 관리** 업체 선정 및 키트 구성품(화분, 토양, 씨앗 등)의 간단한 조립과 포장 그리고 모든 구성품의 품질을 확인하기

자동(전자식) 채소 재배 키트

- **디자인 및 개발** 사용자 친화적이고 직관적인 디자인 개발하기

- **기술 통합 설계** 센서, 자동 급수 시스템, 조명 등의 통합 설계하기

- **전자 부품 제작 및 조립** 업체 선정 및 필요한 전자 부품의 제작 및 조립하기

- **소프트웨어 개발** 사용자 인터페이스 및 제어 소프트웨어 개발하기

- **시스템 통합 및 테스트** 모든 부품 및 시스템의 통합과 기능 테스트하기

- **품질 검사 및 최종 조립** 최종 제품의 품질 검사와 조립하기

식물 재배 키트 제조 업체

재배 키트 제조 시 수동은 사출 업체를 통해 어렵지 않게 제조할 수 있으며, 자동일 경우에는 센서, 타이머, 조명 시스템 등과 같은 정교한 전자 부품이 필요하며, 이들을 효과적으로 통합하는 것은 상당한 엔지니어링 전문성을 필요로 한다. 따라서, 이러한 전자 기기 제조 업체와의 긴밀한 협력은 제품의 성공적인 제조와 시장 출시에 있어 핵심적인 역할을 한다. 다음은 수동 재배 키트 제조를 위한 국내 사출 업체에 대한 정보이다. 참고로 전자 기기 관련 업체는 앞서 살펴 보았던 [타이머] 및 [소파] 제작 편을 참고한다.

- **아성 프라텍 (사출 금형)** 경기 화성시 우정읍 한말길 38-6 (031-831-1500)

- **에이테크솔루션 (사출 금형)** 경기도 화성시 정남면 가장로 277 (031-350-8169)

- **박사 (사출 금형)** 안산시 단원구 성곡동 731-3 (031-497-3669)

- **창성정공 (사출 금형)** 대구광역시 달서구 장동 333-79 (053-587-0062)

- **엔디케이 (사출 금형)** 경상북도 칠곡군 가산면 경북대로 1533 (054-975-5100)

- **엠이티 (사출 금형)** 경기도 안양시 동안구 학의로 268 (031-689-5780)

- **성도테크_맘젬 (사출 금형)** 경기도 파주시 파평면 파산서원길 94 (031-958-5740)

▶ 식물 재배 키트 제조비 모금을 위한 크라우드 펀딩

식물 재배 키트 제조를 위한 크라우드 펀딩은 혁신적인 제품을 시장에 선보이고자 하는 창업자들을 위한 자금 마련에 매우 효과적인 방법이다. 이 방식은 초기 제조 및 개발 비용을 충당하는 동시에, 시장의 반응을 미리 파악할 수 있는 기회를 제공한다. 다음은 식물 재배 키트 제조 비용 마련을 위한 국내 크라우드 펀딩 플랫폼에 대한 정보이다.

- **와디즈 (https://www.wadiz.kr)** 국내에서 가장 유명한 크라우드 펀딩 플랫폼으로 창의적인 프로젝트를 위한 자금 조달에 적합하며, 주방용품과 같은 생활용품 분야에서도 활발히 이용되고 있다.

- **텀블벅 (https://www.tumblbug.com)** 또 다른 한국의 크라우드 펀딩 플랫폼으로 다양한 창작자와 스타트업이 이용하며, 주방용품을 포함한 다양한 제품들의 크라우드 펀딩 캠페인을 진행할 수 있다.

- **펀딩포유 (https://www.funding4u.co.kr)** 창의적인 프로젝트와 비즈니스 아이디어에 자금을 조달하기 위한 한국의 크라우드 펀딩 플랫폼으로 스타트업, 중소기업, 개인 창작자들이 그들의 아이디어를 실현할 수 있도록 지원하는데 중점을 두고 있다.

- **크라우디 (https://www.ycrowdy.com)** 혁신적인 아이디어와 제품을 가진 스타트업 및 개인 창업자를 위한 자금을 지원한다. 문화예술, 콘텐츠, 식품, 뷰티, 테크 등 다양한 분야의 프로젝트를 진행한다.

▶ 식물 재배 키트 제조를 위한 디자인 작업

DALL-E 3, 미드저니, 스테이블 디퓨전과 같은 인공지능(AI) 기반의 이미지 생성 도구를 활용한 식물 재배 키트의 디자인 작업은 혁신적인 접근을 가능하게 한다. 이러한 도구들은 식물 재배에 필요한 다양한 기능과 사용자의 편의성을 고려한 디자인을 빠르고 효과적으로 시각화하는 데 매우 효과적이며, 실용성과 미적 요소를 모두 갖춘 식물 재배 키트 디자인의 새로운 가능성과 제품의 시장 경쟁력을 크게 향상시킬 수 있다.

챗GPT (DALL-E 3)

여기에서는 수동식 반자동 가정용 채소 재배기 컨셉으로 다음과 같은 내용으로 DALL-E3에게 이미지 생성을 요청하였다. 결과는 다음과 같이 공기 정화 기능이 포함된 획기적인 식물 재배 키트 디자인 컨셉을 제시하였다. 디자인 및 기능이 생각보다 훨씬 창의적이고 세련된 느낌이며, 지금의 디자인 컨셉은 곧바로 제품화할 수 있을 정도로 만족스러운 것을 알 수 있다.

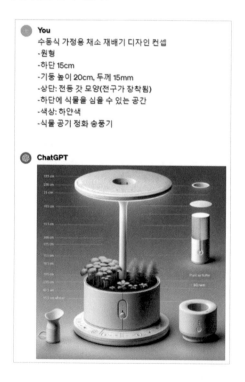

미드저니 (Midjourney)

앞서 챗GPT에서 사용한 프롬프트를 미드저니에서 똑같이 사용하였다. 그 결과 다음과 같이 더욱 세련된 모습의 식물 재배 키트가 탄생되었다. 해당 결과물을 도식화한다면 소비자에게 관심을 끌 수 있는 최고의 제품으로 느낄 정도로 완벽한 디자인 컨셉인 것을 알 수 있다.

▶ 식물 재배 키트를 통한 수익화

수동 및 자동 식물 재배 키트 사업을 통한 수익 창출에는 다양한 요소가 관련되어 있으며, 제작 비용과 예상 수익은 키트의 유형, 사용되는 재료, 생산 규모 그리고 판매 전략에 따라 많은 차이가 있다.

수동 식물 재배 키트

제작 비용

- **재료 비용** 사출, 화분, 토양, 씨앗 및 간단한 도구로 구성된 수동 키트의 경우, 대량 구매와 간소화된 구성으로 인해 개당 비용이 약 3,000원에서 10,000원 정도이다.

- **포장 및 물류 비용** 키트의 크기와 배송 방식에 따라 다르지만 추가적으로 개당 수백 원에서 수천 원이 소요될 수 있다.

예상 수익

- **판매 가격** 시장 조사와 경쟁자 분석을 통해 설정한 판매 가격에 따라 다르지만 개당 5,000원에서 70,000원 정도까지 책정될 수 있다.

- **이익 마진** 제작 비용과 판매 가격 차이를 고려할 때, 적절한 마진 설정으로 키트 당 3,000원에서 45,000원의 이익을 기대할 수 있다.

자동 식물 재배 키트

제작 비용

- **기술 및 재료 비용** 센서, 자동 급수 시스템, LED 조명 등을 포함한 자동 키트는 훨씬 높은 제작 비용이 발생하며, 개당 15,000원에서 40,000원 이상 될 수 있다.

- **개발 및 소프트웨어 비용** 인터페이스 개발 및 소프트웨어 통합에 추가 비용이 발생한다.

예상 수익

- **판매 가격** 고급화 전략 및 기술적 특징을 고려하여 개당 30,000원에서 150,000원 이상 판매될 수 있다.

- **이익 마진** 높은 제작 비용에도 불구하고, 더 높은 판매 가격으로 인해 키트 당 15,000원에서 110,000원의 이익을 기대할 수 있다.

  두 유형의 키트 모두에서 마케팅 전략, 대량 생산 및 유통 채널 최적화가 중요한 역할을 하며, 또한 고객의 니즈와 시장 동향을 정확하게 파악하는 것이 성공적인 비즈니스 운영의 핵심이다.

022. 농작업 능률을 극대화하는 혁신적인 농기구

전원 생활에 관심이 높아지면서 도시에서 시골로 이주하는 인구가 많아지고 있다. 전원 생활에서의 로망은 텃밭에 상추, 고추, 가지, 감자 등 다양한 친환경 채소를 심어 자급자족하는 것이다. 필자 또한 16년 전(2008년)에 횡성에 자리를 잡고 있는 터라 전원 생활을 누구보다 잘 알고 있다.

여기에서 전원주택 증가와 함께 지속적으로 증가하는 것이 무엇일까에 대한 고민해 보면 텃밭을 가꿀 때 가장 필요한 삽, 호미, 낫과 같은 농기구라는 것을 알 수 있을 것이다. 아무리 손바닥만 한 작은 텃밭이라도 농기구는 필요하기 때문이다. 전원 생활이나 농업을 직업으로 가지고 있는 사람들은 농기구의 역할과 필요성이 오래전부터 사용하고 있는 전통적인 농기구들에 머물러 있지 않고, 이미 각 농작업에 특화된 도구들을 사용하거나 그 이상의 효율성을 가진 농기구들을 원하고 있다. 그렇기에 농기구 시장은 앞으로도 지속적인 성장세를 보일 것으로 예측된다.

▷ 농기구 창업 아이디어: 혁신적인 농기구 디자인 및 제조

이 분야의 창업은 전통적인 농기구인 호미, 낫, 갈퀴 등을 현대적인 디자인과 기술로 재해석하여 농작업의 효율성과 편리성을 대폭 향상시키는 데 집중한다. 이들 농기구는 인체 공학적 디자인, 내구성 있는 소재, 다기능성을 갖춰 농작업을 하는 사람들의 작업 부담을 줄이고 생산성을 증가시키는 것이 목적이다.

혁신적인 농기구의 특징

- **인체 공학적 디자인** 사용자의 편의와 안전을 고려한 인체 공학적 디자인이어야 한다.

- **고성능 소재** 내구성이 뛰어나고 가벼운 첨단 소재를 사용하여 장기간 사용 가능해야 한다.

- **멀티 기능성** 하나의 도구로 다양한 작업이 가능한 다기능성을 갖춘 디자인이어야 한다.

- **사용 편의성** 쉽게 조작할 수 있고, 휴대가 간편한 디자인이어야 한다.

- **환경 친화적** 지속 가능한 소재 사용 및 생산 과정을 통한 환경 영향 최소화해야 한다.

창업 과정 및 전략

- **제품 개발 및 디자인** 혁신적이고 실용적인 농기구 디자인 개발하기

- **프로토타입 제작 및 시험** 실제 농작업 환경에서의 프로토타입 테스트하기

- **소재 및 제조 방법 결정** 최적의 소재와 비용 효율적인 제조 방법 선택하기

- **시장 조사 및 분석** 타깃 시장의 요구 사항과 경쟁 상황 분석하기

- **마케팅 전략 수립** 디지털 마케팅, 농업 박람회, 협력사와의 파트너십 구축하기

- **생산 및 유통** 효율적인 생산 체계와 유통 네트워크 구축하기

농기구 제작 아이디어

혁신적인 농기구 제작을 위해서는 우선 농작업을 이해해야 하며, 농작업의 효율성과 사용자 편의성을 중심으로 접근해야 한다. 다음은 혁신적인 농기구 제작을 위한 몇 가지 아이디어이다.

- **멀티 툴 농기구** 하나의 도구로 여러 가지 기능을 수행할 수 있는 멀티 툴 농기구. 예를 들어, 호미, 낫, 갈퀴 등의 기능을 하나의 도구에 통합하여 농부들이 여러 도구를 들고 다닐 필요가 없게 한다.

- **조절 가능한 길이의 도구** 사용자의 키와 작업 유형에 따라 길이를 조절할 수 있는 농기구. 이것은 허리를 구부리는 등의 무리한 자세를 취하지 않아도 되기 때문에 작업 효율성을 높이고 부상 위험을 줄일 수 있다.

- **경량화된 고성능 재료** 탄소 섬유나 경량 합금 같은 현대적인 재료를 사용하여 농기구를 가볍고 튼튼하게 만든다. 이것으로 장시간 작업 시 피로도를 줄이고 작업 속도를 높일 수 있다.

- **인체 공학적 핸들 디자인** 손에 잡기 편한 인체 공학적 핸들을 갖춘 농기구. 이는 사용자가 더 편안한 자세로 작업할 수 있도록 하여 효율성을 높이고 손목이나 팔의 부상 위험을 감소시킨다.

- **스마트 농기구** 센서와 IoT 기술을 활용해 작물의 상태나 토양의 수분 수준 등을 감지할 수 있는 농기구. 이를 통해 농부들은 보다 정밀한 농작업을 수행할 수 있다.

- **접이식/분해 가능한 농기구** 보관 및 운반의 편의성을 위해 접이식이나 분해가 가능한 농기구 디자인. 이는 특히 공간이 제한적인 소규모 농가에 유용하다.

- **태양열 충전 기능** 농기구에 태양열 패널을 장착하여 태양 에너지를 활용해 배터리를 충전하는 기능을 탑재한다. 이러한 혁신적인 아이디어들은 농업 작업의 효율성과 안전성을 향상시키고, 농민들의 노동 부담을 줄이는 데 큰 도움이 된다.

수익성 및 지속 가능성

농기구 창업은 농업의 현대화에 기여하며, 농민들에게 실질적인 도움을 주는 제품을 통해 안정적인 수익이 창출 가능하다. 지속적인 소재와 제조 과정을 통해 환경 친화적인 비즈니스 모델을 구축 및 더 나은 작업 환경을 만드는 데 기여할 것이다.

➢ 농기구 제조 과정

농기구 제조 과정은 혁신적인 농작업 도구의 개발에서부터 최종 제품의 생산에 이르기까지 여러 단계를 포함한다. 이 과정은 시장 요구 사항의 분석, 제품 설계, 프로토타입 제작, 테스트, 최종 제품 생산 및 유통에 이르는 일련의 단계로 구성된다.

- **시장 조사 및 요구 사항 분석** 타깃 시장과 잠재 고객의 필요를 파악하며, 경쟁사 제품 분석과 현 농업 트렌드를 조사한다.

- **제품 설계 및 개발** 혁신적이고 실용적인 농기구 디자인을 개발한다. 인체 공학적 디자인과 고성능 소재 선택에 중점을 둔다. 멀티 기능성 및 조절 가능한 기능을 고려한 설계를 진행한다.

- **프로토타입 제작** 초기 설계에 따른 프로토타입을 제작한다. 3D 프린팅, CNC 가공 등 현대적인 제조 기술을 활용한다.

- **실제 테스트 및 피드백 수집** 실제 농업 환경에서 프로토타입의 성능을 테스트한다. 사용자로부터 피드백을 받아 제품을 개선한다.

- **최종 제품 생산** 테스트와 피드백을 반영한 최종 제품을 생산한다. 대량 생산을 위한 제조 공정과 품질 관리 기준을 확립한다.

- **브랜딩** 브랜드 인지도를 높이기 위한 마케팅 자료와 브랜딩을 적용한다.

- **유통 및 마케팅** 아이디어스나 쿠팡, 아마존 같은 온라인 및 오프라인 유통 채널을 통해 제품을 시장에 출시한다. 효과적인 마케팅 전략을 실행하여 제품 인지도를 높인다.

이러한 과정을 통해 혁신적인 농기구는 농업 시장에 성공적으로 진입하고, 농민들의 작업 효율성과 안전을 향상시킬 수 있다.

농기구 제조 업체

농기구 제조는 전통 방식을 고수하는 대장간과 플라스틱 사출 금형 업체를 통해 제작할 수 있다. 다음은 농기구 제조가 가능한 국내 유명 대장간과 사출 금형 업체 리스트로 자신에게 맞는 적합한 제조 업체를 선택한다.

- **영주 대장간 (수제 제조)** 경상북도 영주시 구성로 199 (054-632-5754)

- **늘봄 대장간 (수제 제조)** 강원도 홍천군 홍천읍 희망리 370-61 (033-342-1263)

- **신흥 대장간 (수제 제조)** 강원도 횡성군 둔내면 둔방내리 586-7 (033-434-4107)

- **동명 대장간 (수제 제조)** 서울특별시 강동구 천호제3동 진황도로 19 586-7 (02-487-3559)

- **한국몰드 (플라스틱 사출)** 전라북도 김제시 백산면 대동공단 2길 38 (052-282-3737)

- **덕성엠앤피 (플라스틱 사출)** 경기도 군포시 군포첨단산업 1로 41 (02-818-3721)

- **엔디케이 (사출 금형)** 경상북도 칠곡군 가산면 경북대로 1533 (054-975-5100)

➲ 농기구 제조비 모금을 위한 크라우드 펀딩

농기구 제조를 위한 초기 비용 마련에 크라우드 펀딩은 효과적인 방법이다. 크라우드 펀딩을 통해 필요 자금을 조달하고, 동시에 시장의 관심과 수요를 사전에 파악할 수 있다. 크라우드 펀딩 캠페인은 제품의 컨셉, 특징, 잠재적 이점을 공유하고, 투자자 및 잠재 고객과의 직접적인 소통 채널을 마련한다.

- **플랫폼 선택** 와디즈, 텀블벅, 펀딩포유, 크라우디 등과 같은 주요 크라우드 펀딩 플랫폼 중에서, 타깃 시장과 프로젝트 특성에 맞는 플랫폼을 선택한다.

- **캠페인 기획** 혁신적인 농기구의 아이디어와 디자인, 제작 과정, 잠재적 이점 등을 명확하고 설득력 있게 소개한다. 여기에서는 농업 혁신에 대한 비전과 농기구의 독특한 특징을 강조하는 감동적인 이야기가 전달되어야 한다. 특히 제품에 대한 프로토타입 이미지, 동영상, 사용 시나리오 등을 제공하여 투자자의 관심을 유도하는 것이 중요하다.

- **리워드 계획** 펀딩 참여자에게 제공할 리워드를 계획한다. 예를 들어, 초기 제품 할인, 한정

판 농기구, 브랜드 상품 등이 있을 수 있다.

- **홍보 및 마케팅** 소셜 미디어, 이메일 마케팅, 블로그, 언론 매체 등을 활용하여 캠페인을 적극적으로 홍보한다. 관련 온라인 커뮤니티, 농업 관련 행사 및 박람회에서 캠페인을 소개하여 잠재 고객 및 투자자와의 지속적인 소통과 참여를 통해 커뮤니티를 구축한다.

- **캠페인 운영 및 관리** 캠페인 기간 동안 지속적으로 업데이트를 제공하고, 참여자들의 질문에 신속하게 응답한다. 목표 달성을 위해 캠페인 진행 상황을 모니터링하고 필요에 따라 전략을 조정한다.

- **투명성** 상품 개발 과정, 자금 사용 계획 등을 투명하게 공유하여 신뢰를 구축한다.

  크라우드 펀딩은 단순히 자금 조달을 넘어 상품에 대한 시장 반응을 사전에 평가하고, 초기 고객 기반을 확보하는 기회를 제공한다.

▶ 농기구 제조를 위한 디자인 작업

DALL-E 3, 미드저니, 스테이블 디퓨전과 같은 인공지능(AI) 기반의 이미지 생성 도구를 활용한 농기구의 디자인 작업은 혁신적이고 실용적인 솔루션을 제공한다. 이러한 AI 도구들은 농기구 제조에 필요한 다양한 기능과 사용자의 편의성을 고려하여 농작업의 효율성을 극대화하는 디자인을 신속하고 효과적으로 시각화할 수 있으며, 실용성과 미적 요소를 모두 고려한 사용자 중심의 디자인을 가능하게 한다.

챗GPT (DALL-E 3)

혁신적인 농기구 제작에 대한 컨셉은 앞서 살펴본 [농기구 창업 아이디어]를 참고하여 다음과 같이 말도 안 되는 다기능 농기구 컨셉을 챗GPT의 DALL-E3에게 요청하였다. 결과는 다음과 같은 엄청난? 멀티 툴 농기구가 탄생되었다. 결과물에서의 농기구는 실제 제작될 수 없는 것임을 굳이 설명하지 않아도 되지만, 이러한 아이디어를 통해 현실적인 아이디어가 탄생될 수 있기 때문에 보다 다양한 접근을 통해 현실 가능한 농기구 디자인 컨셉을 잡아보도록 한다.

스테이블 디퓨전(Stable Diffusion)

다음 이미지는 스테이블 디퓨전에서 귀엽게 스케치된 미니 삽 이미지를 가져와 실제 디자인 예시로 생성된 결과물이다.

| 스케치(좌) 파일을 가져와 디자인 컨셉 이미지로 생성한 모습(중·우) |

▶ 농기구 제작을 통한 수화

K-농기구의 가능성은 해외에서도 이미 검증된지 오래되었으며, Amazon 같은 글로벌 쇼핑 플랫폼에서도 상당한 반향을 일으키고 있다. 이러한 시장에서 인공지능 (AI)을 활용한 농기구는 농기구 시장에서 혁신적인 접근을 제공하며, 이를 통한 수익 창출은 농업의 현대화와 농민들의 작업 효율성 증대에 기여한다. AI 기술을 통해 개선된 농기구는 농작업의 간소화, 시간 절약, 노동 강도 감소 등을 가능하게 하여 농업 생산성을 향상시킬 수 있다.

제작 비용

- **개발 비용** AI 기술 통합, 제품 디자인, 프로토타입 개발 등에 드는 비용이다.

- **재료 비용** 고품질 및 지속 가능한 재료 사용에 따른 비용이다.

- **생산 비용** 대량 생산을 위한 제조 설비, 노동, 운영 비용이다.

- **품질 관리 및 테스트 비용** 제품 안전성 및 성능 테스트 비용이다.

- **허가 및 인증 비용** 필요한 산업 표준 및 규정 준수 비용이다.

- **마케팅 및 유통 비용** 제품 홍보, 배송 및 유통 채널 구축 비용이다.

예상 수익

예상 수익은 제조 비용, 경쟁사 가격, 시장 수요, 타깃 시장 가치 인식 및 추가 서비스 제공 능력에 의해 크게 영향을 받는다. 이러한 요소들을 잘 고려하면 AI를 활용한 혁신적인 농기구 제조는 투자에 대한 높은 수익률을 기대할 수 있으며, 해외 시장 확장 및 지속적인 혁신으로 인한 수익 증가를 기대할 수 있다.

023. 건강과 감성 개발을 모두 담은 베이비 캡슐

아기를 키우다 보면 모든 생활 패턴이 아기에게 집중있어 자신의 아이를 누군가가 대신 키워주었으면 하는 생각까지 하게 한다. 그렇다면 진짜 아기를 대신 키워줄 수 있는 제품을 개발하면 어떨까? 다소 생뚱맞을지 모르겠지만 이번에는 AI를 통해 아이디어를 얻은 [베이비 캡슐]에 대해 알아보기로 한다.

베이비 캡슐은 세상엔 존재하지 않는 컨셉 제품이다. 이 책을 쓰면서 여러 생각을 하다보니 베이비 캡슐이란 아이디어까지 생각하게 되었다. 만약 다음과 같은 공간에 자신의 아이가 호흡을 하고, 잠을 자고, 음악을 듣고, VR을 통해 다양한 체험을 한다면 부모의 자리를 어느 정도 채우지 않을까? 아래 그림들이 바로 필자가 생각한 베이비 캡슐의 모습이다. 비즈니스 아이템은 이렇게 시작되는 것이다.

📦 제품 컨셉 및 디자인

아이의 건강한 잠과 감성 개발을 모두 담은 베이비 캡슐은 현대 부모들에게 필요한 혁신적인 아이디어 제품이다. 이 캡슐은 아이의 수면 품질을 개선한 동시에 감성 지능 발달을 촉진하는 다기능 제품이다. 아이가 안전하고 편안한 수면 환경 제공과 함께 아이의 두뇌 발달을 지원하는 감각적 자극을 제공하는 것이 핵심 목표이다.

상품 특징

베이비 캡슐은 아기의 수면과 발달을 동시에 지원하는 차세대 육아 제품으로 아기의 건강한 수면을 촉진하고, 동시에 다양한 감각적 자극을 통해 지능 및 감성 발달을 적극적으로 지원한다. 고급스러운 디자인과 사용자 친화적인 인터페이스로 현대 부모의 라이프스타일에 완벽하게 통합한다. 이 제품은 아기의 초기 성장 단계에서 중요한 역할을 하며, 부모에게는 안심과 편안함을 제공하는 동시에 아기에게는 최상의 성장 환경을 제공한다.

- **수면 품질 향상** 최적의 온도 조절, 소음 감소 기능을 통해 건강한 수면 환경을 조성한다.

- **감각적 자극 제공** 시각적, 청각적 자극을 통해 아기의 인지 및 감각 발달 지원한다.

- **스마트 모니터링** 아기의 수면 패턴, 호흡, 심박수 등을 모니터링하는 첨단 센서 포함 및 모바일 앱을 통해 부모에게 실시간 정보 제공 및 경보 시스템으로 항시 부모와의 소통이 가능하다.

- **무균 환경** 인큐베이터와 같은 고급 HEPA 필터 시스템을 통해 캡슐 내부의 공기를 정화하고 먼지나 알러지 유발 요소를 제거하며, UV 살균 램프를 사용히여 주기적인 무균 상태 유지한다.

- **온도 조절 기능** 내장된 온도 센서와 자동 온도 조절 시스템으로 아기에게 이상적인 수면 환경 제공하며, 계절이나 실내 환경에 맞춰 자동으로 온도 조정한다.

- **감성지능(EQ) 개발** 부드러운 색상 변화와 순한 조명으로 아기의 감성 발달을 돕는 환경을 조성하며, 아기의 반응에 따라 조명 및 환경을 조절하는 인터랙티브 시스템을 조성한다.

- **내장 스피커** 자장가, 자연 소리 등 아기의 휴식을 돕는 다양한 소리 제공한다. 특히 부모의 목소리 녹음 및 재생 기능으로 안정감 제공한다.

- **가상현실 기능** 아기의 시각적 자극과 인지 발달을 위한 간단한 가상현실 콘텐츠를 제공하여, 부모가 선택한 이미지나 패턴을 캡슐 내부에 투영할 수 있으며, 모빌로 시각적 흥미 유

발 및 다양한 색상과 패턴을 통해 아기의 시각적 탐색 촉진한다. 또한 아기의 움직임에 반응을 하는 인터랙티브 게임 기능을 탑재한다.

- **음악 및 소리 효과** 아기의 선호와 반응에 맞춰 선택 가능한 음악과 소리를 통해 인지 발달을 지원한다. 인지 발달을 돕는 클래식 음악, 자연 소리 등을 제공하며, 소리의 크기는 앱으로도 조절이 가능하다.

디자인 컨셉

베이비 캡슐의 디자인은 현대적이며, 부드러운 곡선 형태로써 아기의 안전 및 발달을 최우선으로 고려한다. 이 디자인은 첨단 기술과 자연스러운 아기 친화적 요소를 조화롭게 결합하여 아기에게는 안전하고 즐거운 성장 환경을, 부모에게는 심미적 만족감과 신뢰감을 제공한다.

- **자연스러운 곡선과 부드러운 형태** 아기의 안전을 고려한 부드러운 곡선 형태이며, 자연과 조화를 이루는 디자인 요소를 사용하여 편안함과 친근감을 조성한다.

- **직관적이고 사용자 친화적인 인터페이스** 부모가 쉽게 조작할 수 있는 단순하고 직관적인 디자인으로 아이콘과 색상을 활용하여 사용자 경험(UX)을 간소화한다.

- **맞춤형 개인화 옵션** 다양한 색상, 패턴, 소재 선택으로 개인화가 가능하며, 가정의 인테리어와 조화를 이루는 맞춤형 디자인을 제공한다.

- **지능적 조명과 시각적 요소** 아기의 정서 발달을 지원하는 다채로운 조명 효과와 시각적으로 매력적인 요소를 통해 아기의 호기심과 탐구심을 자극한다.

- **친환경적이고 지속 가능한 소재 사용** 환경 영향을 최소화하는 친환경 소재로 지속 가능성을 고려한 재활용 가능한 소재를 사용한다.

- **공간 효율성 및 편리성** 공간 절약을 위한 컴팩트한 디자인으로 간편하게 조립 및 분해가 가능하여 보관 및 이동 편리성을 강조한다.

⫸ 베이비 캡슐 제조 및 판매

베이비 캡슐은 혁신적인 기능과 디자인으로 급성장하는 육아 제품 시장에서 두각을 나타낼 잠재력을 가지고 있다. 신세대 부모의 요구를 충족시키고, 건강과 발달에 중점을 두는 가정에 이상적인 솔루션을 제공하여 강력한 시장 입지를 구축할 수 있을 것이다.

제조 과정

고급 기능과 혁신적인 디자인을 갖춘 베이비 캡슐은 현대 부모의 요구를 충족시키는 동시에 아기의 건강한 발달을 지원하는 이상적인 제품으로 다음과 같은 제조 과정이 필요하다.

- **디자인 및 개발** 최첨단 기능을 통합하는 혁신적인 디자인 개발을 한다.

- **프로토타이핑** 3D 프린팅 및 가상 시뮬레이션을 통한 프로토타입 제작 및 테스트를 한다.

- **제품 테스트** 안전성 및 효과성 검증을 위한 철저한 테스트를 진행한다.

- **소재 및 제조 파트너 선정** 고품질 및 지속 가능한 소재 사용, 신뢰할 수 있는 제조 파트너와 협력한다.

비즈니스 전략

이 베이비 캡슐 창업은 기술 혁신과 부모들의 니즈를 접목하여 아이의 건강한 성장과 부모의 편안함을 동시에 추구하는 비즈니스 모델을 제시한다. 비즈니스 모델은 제품 판매, 부가 서비스 제공, 그리고 기술 협력 및 라이선싱을 포함한다. 이 모델은 다각적 수익 창출과 고객 가치 제공에 중점을 두고 있으며, 지속적인 혁신과 고객 중심의 서비스 제공을 통해 장기적인 사업 성장을 목표로 한다.

- **직접 판매** 공식 웹사이트 및 브랜드 스토어를 통한 직접 판매하며, 온라인 쇼핑 플랫폼을

활용한 제품 판매 및 마케팅 전략을 세운다.

- **유통 파트너를 통한 판매** 국내외 유명 육아 제품 소매업체와의 유통 파트너십 구축하며, 특화된 육아 제품 매장 및 대형 유통 채널을 통한 접근성을 증대한다.

- **사용자 맞춤형 콘텐츠 제공** 베이비 캡슐 사용자를 위한 맞춤형 교육 콘텐츠 및 인터랙티브 게임을 제공하며, 아기의 발달 단계에 맞는 맞춤형 조명과 음악을 제공한다.

- **부모 교육 프로그램** 온라인 워크숍 및 세미나를 통한 부모 교육 프로그램을 제공하며, 육아 전문가와의 상담 서비스 및 커뮤니티 활동을 지원한다.

- **정기적인 업데이트 서비스** 소프트웨어 업데이트 및 새로운 기능 추가 서비스를 제공하며, 사용자 피드백을 바탕으로 한 지속적인 제품 개선 및 업데이트를 한다.

- **다른 육아 제품 제조사와의 기술 협력** 혁신적인 육아 기술 공유 및 공동 개발을 위한 다른 제조사와의 협업을 모색한다.

- **라이선싱 계약** 베이비 캡슐의 독점 기술을 다른 회사에 라이선싱하여 글로벌 시장에서 브랜드 가치와 기술력을 확산한다.

마케팅 전략

마케팅 전략은 디지털 마케팅, 체험 마케팅 그리고 고객 참여에 중점을 둔다. 이 전략을 통해 브랜드 인지도를 높이고, 타깃 시장과의 강력한 연결을 구축하여 제품에 대한 수요를 창출할 수 있다.

- **소셜 미디어 활용** 인스타그램, 페이스북, 유튜브 등 다양한 소셜 미디어 채널을 통한 제품 이미지, 사용자 후기, 교육적 콘텐츠 게시하기

- **온라인 커뮤니티와의 협업** 육아 관련 온라인 커뮤니티 및 포럼에서 제품 관련 토론, Q&A 세션을 통한 고객 참여 유도하기

- **인플루언서 마케팅** 육아 분야 인플루언서와 협업하여 제품 리뷰 및 홍보를 위한 타깃 고객

에게 신뢰를 구축할 수 있는 인플루언서를 선택한다.

- **육아 박람회 참여** 국내외 주요 육아 박람회에 참가하여 제품 전시. 실제 제품 체험 및 라이브 데모 세션 진행한다.

- **대형 유통망에서의 데모 세션** 대형 유통 채널과 협력하여 매장 내 데모 세션 제공. 고객이 직접 제품을 체험하고 피드백을 제공할 수 있는 기회 마련한다.

- **사용자 피드백 수집** 온라인 설문조사, 인터뷰를 통한 정기적인 고객 피드백 수집. 제품 개선 및 신제품 개발에 고객 의견 반영한다.

▶ 베이비 캡슐 제조비 모금을 위한 크라우드 펀딩 전략

크라우드 펀딩은 베이비 캡슐의 제조 비용을 마련하고 제품 개발을 가속화하여 타깃 시장과 초기 투자자들에게 제품 아이디어를 검증하고, 잠재 고객 기반을 구축하는 기회를 제공한다. 베이비 캡슐 프로젝트의 크라우드 펀딩 성공은 적합한 플랫폼 선택에서 시작된다. 이를 위해 글로벌 시장과 지역 시장의 특성을 모두 고려한 플랫폼을 고려해야 한다.

세계 시장을 겨냥한 글로벌 플랫폼 활용

Kickstarter와 Indiegogo는 광범위한 글로벌 관중에 접근할 수 있는 기회를 제공 받을 수 있다. 이 플랫폼들은 다양한 나라와 문화권의 후원자들을 유치할 수 있어 국제적 인지도를 높일 수 있다.

지역 특성을 고려한 국내 플랫폼 활용

와디즈, 텀블벅, 펀딩포유, 크라우디와 같은 국내 플랫폼은 한국 시장의 특수성과 문화를 잘 반영한다. 이러한 플랫폼은 지역적 특성과 소비자 선호를 반영하여 맞춤형 캠페인을 구성할 수 있게 해준다.

024. 자동차 용품: 핸드폰 다용도 거치대

얼마전 자동차에 장착된 기본 내비게이션이 고장나 새로 장만하려다 오래 전부터 사용하지 않는 스마트폰을 내비게이션으로 사용하기 위해 자석식 스마트폰 거치대를 구입하여 내비게이션 대용으로 사용하고 있다. 해당 제품은 생각보다 꽤 만족하면서 사용하고 있다.

최근에는 핸드폰 거치대도 단순히 휴대폰을 고정시키는 역할 뿐만 아니라 무선 충전 기능이나 AI 기술 등을 탑재하는 등 더욱 다양해지고 있다. 휴대폰 액세서리 세계 시장 규모는 2021년 782억 5,824만 달러에서 2028년까지 1,075억 9,896만 달러(원화: 139조 1,254억 6천만 원)에 이를 전망이며, 2022년 기준 국내 핸드폰 거치대 시장 규모는 약 4,000억 원으로 추정되며, 꾸준한 성장세를 보이고 있다.

시상 규모가 커지면서 다양한 기업들이 핸드폰 거치대 시장에 진출하고 있으며, 경쟁이 치열해지고 있다. 따라서, 차별화 된 기술력과 디자인은 마케팅 전략에도 영향을 주고 있다. 이렇듯 지속적인 성장세를 보이는 핸드폰 거치대 시장은 생성형 인공지능(AI) 사용자들에게 고부가가치의 비즈니스 모델로 잠재력을 키워 나가고 있다.

⟫ AI를 활용한 핸드폰 거치대의 장점

인공지능(AI)을 활용한 핸드폰 거치대는 단순한 기능을 넘어 사용자의 AI 분석을 통해 사용자의 습관과 선호를 파악하고, 이에 맞춘 맞춤형 설정을 제공하며, 사용자의 운전 스타일과 스마트폰 사용 패턴에 기반한 개인화된 인터페이스 구축이 가능하다. 특히, 디자인 측면에서는 혁신적인 아이디어를 얻을 수 있다.

- **향상된 편의성과 안전성** 음성 명령 및 제스처 인식 기능을 통한 손쉬운 조작이 가능하며, 주행 중 스마트폰 사용으로 인한 위험 감소 및 안전 운전 지원한다.

- **스마트 기능 통합** 무선 충전, 자동 조정, 위치 추적 등 다양한 스마트 기능 탑재를 통해 AI 기반의 실시간 정보 업데이트와 상황 인식이 기능하다.

- **혁신적인 디자인** 미학적으로 매우 매력적이며, 차량 인테리어와 조화를 이루는 세련된 디자인 그리고 모듈식 설계로 다양한 차량 및 스마트폰 모델에 적용 가능하다.

- **지속 가능한 사용** 지속적인 소프트웨어 업데이트와 기능 개선을 통한 장기적 사용 지원 및 친환경 재료 사용과 에너지 효율적인 설계가 가능하다.

⟫ 혁신적인 핸드폰 거치대 제작 아이디어

스마트폰의 사용 환경이 점점 다양해지면서 차량과 일상에서의 유연한 사용을 가능하게 하는 혁신적인 착탈식 스마트폰 컨셉이 필요하다. 이 컨셉은 기술과 디자인의 경계를 허물며 사용자 경험을 극대화하는 것을 목표로 한다.

기능(기술)적 아이디어

차량과 일상에서의 사용을 동시에 고려한 착탈식 스마트폰은 사용자의 삶을 더욱 편리하고 연결된 경험으로 전환시키며, 이러한 혁신적인 아이디어는 기술의 진보뿐만 아니라 사용자 중심의 제품 디자인 방향을 제시하는 중요한 변화를 의미한다.

- **차량 통합 인터페이스** 차량과 연결 시 자동차의 기능을 제어하고 정보를 표시하는 전용 인터페이스로 전환하며, 운전 중 안전한 사용을 위한 음성 명령과 간편한 터치 제스처를 지원한다.

- **무선 충전 및 데이터 동기화** 차량에 부착하면 자동으로 무선 충전 및 데이터 동기화 시작하며, 차량에서의 주행 데이터, 음악, 네비게이션 설정을 스마트폰과 동기화할 수 있다.

- **고속 데이터 전송 기능** 차량 내부 Wi-Fi 또는 5G 네트워크를 통한 고속 데이터 전송 및 차량 내 엔터테인먼트 시스템과의 끊김 없는 연결성을 제공한다.

- **고도화된 내구성 및 보안** 차량과의 연동 시 충격이나 진동에 강한 내구성 확보 및 차량과 연결된 상태에서는 보안 기능 강화로 개인 정보를 보호한다.

디자인 아이디어

핸드폰 거치대의 디자인은 기능성, 유연성, 그리고 사용자 경험의 최적화에 중점을 두고 있다. 빠르게 변화하는 생활 방식에 적응할 수 있는 다기능적이고 창의적인 디자인 컨셉은 사용자의 편의를 극대화하고 일상의 다양한 상황에서 핸드폰 사용을 더욱 효과적으로 만든다.

- **모듈식 디자인** 차량용 대시보드에 쉽게 부착 및 탈착이 가능한 모듈식 핸드폰으로 필요에 따라 카메라, 배터리, 스피커 등의 모듈을 추가하거나 제거가 가능하다.

- **유연한 조절 메커니즘** 다양한 각도와 높이 조절이 가능한 유연한 암(arm) 구조로 사용자의 시야와 편의에 맞춰 쉽게 조절이 가능하다.

- **친환경 소재 사용** 생분해성 또는 재활용 가능한 소재 사용 및 지속 가능한 디자인을 위한 환경 친화적으로 접근한다.

- **미니멀리즘 디자인** 세련되고 심플한 미니멀리즘 디자인으로 모던한 생활 공간에 자연스럽게 어우러질 수 있도록 한다.

➤ 핸드폰 제조

핸드폰 제조 과정은 정교한 기술과 복잡한(전자 기능 포함 시) 제조 과정의 조합으로 이루어진다. 이 과정은 디자인, 원재료의 선택, 부품의 조립, 소프트웨어의 통합 그리고 최종 품질 검사에 이르기까지 여러 단계를 포함되며, 고품질의 핸드폰을 생산하기 위해서는 섬세한 사출 기술과 전자 기기의 정밀한 제조가 필요하다.

• **디자인 및 개발** 사용자의 요구와 시장의 트렌드를 기반으로 한 핸드폰 디자인으로 기능적 요구사항과 미적 요소의 균형을 고려한 설계를 한다.

• **원재료 및 부품 조달** 고품질의 플라스틱, 금속, 유리 등의 원재료 조달 및 프로세서, 메모리 칩, 디스플레이, 카메라 모듈 등의 전자 부품을 선택한다.

• **사출 및 조립 과정** 정밀한 사출 기술을 사용하여 핸드폰 케이스와 기타 플라스틱 부품 제작한다. 사출 업체 및 전자 기기 제조 업체는 앞서 살펴본 [채소 재배 키트]와 [타이머] 제조 편의 정보를 참고한다.

• **소프트웨어 통합 및 테스트** 운영 체제 및 필요한 소프트웨어의 설치와 최적화, 기능적 검사, 사용자 테스트를 통한 품질를 관리한다.

핸드폰 제조 과정은 첨단 기술과 정밀 제조의 결합을 통해 세련된 통신 기기를 생산할 수 있다. 이 과정에서는 디자인의 창의성, 고품질의 원재료 선택, 정교한 사출 및 조립 기술 그리고 철저한 품질 관리가 중요하다. 성공적인 핸드폰 제조를 위해선 뛰어난 기술력을 갖춘 제조 업체와의 협력이 필수적이다.

➤ 휴대폰 거치대 제조비를 위한 크라우드 펀딩 전략

크라우드 펀딩은 혁신적인 기능과 디자인의 핸드폰 거치대의 제조 비용을 마련하는데 효과적인 방법이다. 이 전략은 제품의 아이디어와 잠재력을 대중에게 소개하고, 초기 자본을 확보하여 제품 개발 및 생산을 가속화하는 데 중점을 두어야 하며,

와디즈, 텀블벅, 펀딩포유, 크라우디와 같은 플랫폼 선택은 지역적 특성과 소비자 선호를 반영하여 맞춤형 캠페인을 구성할 수 있게 해준다.

핸드폰 거치대 제조를 위한 디자인 작업

DALL-E 3, 미드저니, 스테이블 디퓨전과 같은 인공지능(AI) 기반의 이미지 생성 도구를 활용한 핸드폰 거치대 디자인 작업은 기능성과 미적 감각을 극대화한다. 이 AI 도구들은 사용자의 편의성과 요구를 분석하여 효율적이고 독창적인 디자인을 제시하며, 실용성과 미적 요소를 결합한 사용자 중심의 디자인을 실현한다.

챗GPT (DALL-E 3)

챗GPT의 DALL-E3에게 다음과 같이 [여성이 선호하는 핸드폰 거치대 디자인 컨셉]을 실사 느낌 이미지로 요청하였다. 결과는 심플하면서도 세련된 느낌의 핸드폰 거치대가 탄생되었다.

미드저니 (Midjourney)

다음은 앞서 챗GPT에서 사용한 프롬프트를 미드저니에서 사용한 결과물이다. 여성이 선호할 만한 색상과 유연한 곡선형이 눈에 띄며, 마치 화장품 세트처럼 매우 수려한 모습의 핸드폰 거치대가 탄생하였다.

스테이블 디퓨전 (Stable Diffusion)

다음은 스케치된 핸드폰 거치대 이미지를 스테이블 디퓨전으로 가져와 실제 디자인 예시로 생성된 결과물이다. 몇 번의 수정을 거치면 현실적으로 상품화할 수 있을 듯한 깔끔한 모습이다.

| 스케치(좌) 파일을 가져와 디자인 컨셉 이미지로 생성한 모습(중·우) |

▶ 핸드폰 거치대 제조를 통한 수익화

핸드폰 거치대 제작 사업은 다양한 수익원과 초기 투자비용이 관련되어 있다. 효과적인 생산 계획, 창의적인 마케팅 전략 그리고 효율적인 유통 관리가 이 사업의 성공을 좌우하며, 제품의 기능과 디자인의 혁신성이 시장에서의 경쟁력을 결정하는 중요한 요소이다.

제작 비용

- **원재료 및 제조비** 핸드폰 거치대의 소재와 디자인 복잡성에 따라 변동되며, 대량 생산 시 단가 절감 가능하다.

- **연구개발비** 혁신적인 디자인과 기능 개발을 위한 초기 연구 개발 비용이다.

- **디자인 툴 비용** AI를 제외한 디자인 도구 사용에 따른 비용이다.

- **마케팅 및 홍보비** 제품 출시와 관련된 광고, 홍보 자료 제작 및 배포 비용이다.

- **물류 및 배송비** 상품 포장, 보관, 배송 관련 비용이다.

예상 수익

- **소매 판매** 직접 소비자에게 판매하여 얻는 수익이다.

- **온라인 판매** 자체 웹사이트나 전자상거래 플랫폼을 통한 판매 수익이다.

- **도매 및 B2B 판매** 기업 고객이나 대량 구매자를 대상으로 한 판매 수익이다.

- **라이선싱 수익** 혁신적인 디자인이나 특허에 대한 라이선싱을 통한 수익이다.

- **부가 서비스 수익** 사용자 맞춤형 디자인, 프리미엄 기능 추가 등을 통한 추가 수익이다.

확장성. 그밖에 디자인 및 제조 분야에서 할 수 있는 것

AI 기술의 활용은 디자인, 개발, 제조 분야에서 수익을 창출할 수 있는 방법이 아주 다양하다. 다음에 설명하는 아이디어들은 창의적이고 실용적인 접근을 제시한다.

아기띠 제조

AI의 활용은 안전하고 편안함을 제공하는 동시에 스타일리시한 아기띠를 디자인하여 부모들에게 매력적인 선택을 할 수 있도록 한다.

머그컵 디자인: 캐릭터가 담긴 술잔

개성있고 창의적인 머그컵 디자인을 통해 일상용품에 예술적 가치를 더한다. 머그컵은 선물용 시장을 대상으로 할 수 있으며, 캐릭터나 테마가 잔 속에 담긴 술잔 같은 독특한 디자인으로 수집가나 특정 팬덤을 형성할 수 있다.

인형 및 장난감

아이들과 어른들을 대상으로 하는 다양한 인형 및 장난감을 디자인하여 교육적 가치와 놀이의 즐거움을 결합할 수 있다.

필통 문구 팬시

학생 및 사무용품 시장을 대상으로 하여 독특하고 매력적인 디자인의 문구와 팬시 제품을 제작할 수 있다. 예를 들어, 뚜껑을 열면 스마트폰 거치대, 충전, 연필깎기 기능까지 포함된 필통이 있다.

게임 제작

비디오 게임, 모바일 게임 또는 보드 게임을 개발하여 다양한 연령대와 취향을 가진 사람들을 대상으로 한 엔터테인먼트 제품을 시장에 출시한다.

앱 개발: 제조 공장 파트너 매칭 앱 개발

본 파트에서 살펴본 내용의 아이디어를 차용한 공장 파트너 매칭 앱 개발은 디자이너와 제조 공장 간의 협업을 용이하게 하고, 제품 제작 과정을 혁신하는 효과적인 방법이다.

의류 디자인 및 제조

AI를 활용하여 개인 맞춤형 의류 디자인을 제공하거나 최신 패션 트렌드를 분석하여 새로운 디자인 아이디어를 생성한다.

액세서리 디자인 및 제조

액세서리 디자인 및 제조에서의 수익 창출은 시장 조사, 독특한 디자인 개발, 고품질 제작, 강력한 브랜딩, 다양한 판매 채널 활용, 맞춤형 서비스 제공, 협업 및 고객 피드백에 초점을 맞춘 창의적이고 전략적인 접근을 통해 성공적인 비즈니스 모델을 구축할 수 있다.

PART 03

도서 출판 &
문서 작성

025. 최고의 자아를 만들기 위한 자기계발 도서

자기계발 도서란 개인의 역량 강화와 성장을 돕기 위한 목적으로 쓰인 책들을 말한다. 주로 습관 개선, 심리학, 경영학, 경제학 등 다양한 분야에서 다루어지며, 독자들에게 자기계발에 대한 동기 부여와 방법론을 제시한다. 대표적인 자기 계발 도서로는 [미라클 모닝], [원씽], [그릿], [세이노의 가르침] 등이 있으며, 이러한 책들은 대부분 실용적인 내용과 구체적인 방법론을 담고 있어 독자들이 쉽게 실천할 수 있다는 장점이 있다.

자기계발 도서의 독자층은 경제 분야와 더불어 가장 상위에 링크되어 있다. 일반적으로 이 분야의 베스트셀러는 10만~50만 부 이상일 때를 말하며, 한 번 흐름을 타면 읽지 않아도 대부분의 사람들이 알 정도로 유명세를 탄다. 만약 자신이 책을 쓰고, 출간까지 원한다면 자기계발도서를 권장한다. 여기에서 중요한 것은 자신의 경험과 전문성을 바탕으로 정의된 내용일 때 독자들이 공감한다는 것이다. 이를 위해서는 사례를 포함하는 깊은 조사와 연구가 필요하며, 구조화되고 명확한 내용과 독창적인 접근을 통해 기존의 자기계발서와 차별화를 두고 지속적인 학습과 성장을 통해 최신 트렌드와 이론을 반영해야 한다.

▶ 자기계발 도서의 종류

자기계발 도서는 개인의 성장과 발전을 목표로 다양한 주제와 접근 방식을 다룬다. 주요 종류와 각각의 개요는 다음과 같다.

- **성공과 동기부여** 개인의 성공을 위한 전략과 동기부여 방법을 제공하며, 성공적인 인물들의 사례 연구, 목표 설정, 시간 관리 기술 등을 포함한다.

- **인간 관계 및 커뮤니케이션** 사람들과의 관계를 개선하고 효과적인 의사소통 기술을 배우는 데 초점을 두고, 대인 관계, 협상 기술, 공감 능력 개발 등을 다룬다.

- **경력 개발 및 비즈니스** 경력 발전, 리더십, 창업, 재정 관리 등 직업적 성장에 중점을 두고, 비즈니스 세계에서 성공하기 위한 전략과 기술을 제공한다.

- **정신적·감정적 웰빙** 스트레스 관리, 마음가짐 개선, 긍정적 사고, 명상(마인드풀니스) 등 정신적 건강과 감정적 균형에 초점을 둔다.

- **건강 (웰니스)** 신체적 건강, 운동, 영양, 건강한 생활 습관 등 건강한 생활 방식을 촉진하는 내용을 담는다.

- **자기 인식 및 자아 개발** 자기 발견, 자아 실현, 자기 분석 등을 통해 내면의 자신과 더 깊이 연결되고 성장하도록 돕는 내용을 담는다.

- **창의성 및 예술** 창의력을 키우고 예술적 표현을 개발하는 데 초점을 두고 개인의 창의적 잠재력을 탐색하고 발전시키는 방법을 제공한다.

- **재정 및 부의 관리** 재정 계획, 투자, 부의 관리 등 재정적 자유와 안정을 추구하는 방법을 다룬다.

- **생산성 및 효율성** 시간 관리, 생산성 향상, 효율적인 업무 방식 등을 다루어 일상 및 직업 생활에서 더 많은 것을 이루고자 하는 사람들에게 도움을 준다.

- **목표 설정 및 달성** 목표를 설정하고 그것들을 달성하기 위한 전략과 기술을 제공하여 자신의 꿈을 실현하기 위한 구체적인 계획과 실행 방법을 소개한다.

- **자기 극복 및 변화 관리** 개인적인 한계를 극복하고 변화를 관리하는 방법을 다루며, 변화에 적응하고, 장애물을 극복하며, 새로운 기회를 포용하는 방법을 탐구한다.

- **정신 충전과 영감** 영감을 주고, 정신적인 힘을 강화하며, 삶의 의미와 목적을 찾는 데 도움을 주는 내용으로 독자들에게 새로운 관점을 제공하고, 삶을 더욱 풍부하게 만드는 데 기여한다.

- **호기심과 지식 확장** 새로운 지식을 탐구하고, 호기심을 채우며, 지식의 범위를 넓히는 데 초점을 맞춘 내용으로 다양한 주제에 대한 심도 깊은 탐구를 제공하며, 지적 호기심을 만족시키는 데 도움을 준다.

- **취미 및 여가 활동 개발** 취미와 여가 활동을 통해 삶의 질을 높이는 방법을 소개하는 내용으로 새로운 취미를 찾고, 여가 시간을 더욱 의미 있고 즐겁게 보낼 수 있는 아이디어를 제공한다.

- **스트레스 관리 및 마음의 평화** 스트레스를 관리하고 마음의 평화를 찾는 방법을 제공하는 내용으로 긴장 완화와 마음의 안정을 찾으며, 정신적 웰빙을 증진하는 데 도움을 준다.

그밖에 다양한 자기계발 분야가 있으며, 자신이 쓰고자 하는 필요와 목표에 맞게 선택하여 내용을 구성할 수 있다. 본 도서 또한 개인 발전을 위한 내용이므로 큰 틀에서 보면 자기계발 도서로 분류할 수 있다.

》 자기계발 도서를 쓰기 위한 전략

자기계발 도서를 집필하기 위한 전략을 구상할 때 다음과 같은 주요 요소를 고려하면 독자들에게 좀 더 많은 공감대를 형성할 수 있다.

주제 선정과 연구

- **개요** 자신의 전문성과 관심사에 기반하여 독자들에게 가치를 제공할 수 있는 주제를 선정

한다.

- **심층 연구** 주제에 대한 충분한 지식과 최신 정보를 얻기 위해 심층적인 연구를 수행한다.

독창적인 내용과 접근 방식

- **개요** 독자들에게 새롭고 신선한 관점을 제공할 수 있는 독창적인 내용과 접근 방식을 개발한다.

- **독자 중심** 독자들의 필요와 관심을 반영하여 그들이 실제로 활용할 수 있는 실용적인 조언을 제공한다.

체계적인 구성과 명확한 메시지

- **개요** 책의 구성은 체계적이고 명확해야 하며, 각 장과 절은 중요한 메시지와 학습 목표를 명확하게 전달해야 한다.

- **연속성 유지** 책 전체에 걸쳐 일관된 흐름과 연속성을 유지하여 독자가 쉽게 이해하고 따라갈 수 있도록 한다.

실제 사례와 예시 활용

- **개요** 이론적인 내용과 병행하여 실제 사례와 예시를 통해 독자들이 쉽게 이해하고 관련성을 느낄 수 있도록 한다.

- **실생활 연결** 독자들이 자신의 삶에 적용할 수 있도록 구체적이고 실용적인 예시를 제공한다.

독자 참여 및 인터랙티브 요소

- **개요** 독자가 적극적으로 참여하고 상호작용할 수 있는 요소들(예: 연습 문제, 체크리스트, 반성 질문)을 포함한다.

- **실천 계획 제공** 독자가 배운 내용을 실생활에 적용할 수 있도록 구체적인 실천 계획과 가이드라인을 제공한다.

피드백과 개선

- **개요** 초안 완성 후 피드백을 받아 콘텐츠(원고)를 개선하고, 전문가의 조언을 구하여 내용의 질을 높인다.

- **지속적인 개선** 책 출간 후에도 독자의 피드백을 수집하여 개정판이나 후속 작업에 반영한다.

  이러한 전략들은 책이 독자들에게 진정한 가치를 제공하고, 그들의 삶에 긍정적인 변화를 가져오는 데 중요한 역할을 한다.

▶ 자기계발 도서 작가의 요건

자기계발 도서 작가의 요건은 특별히 정해놓은 것은 없지만 다음과 같은 요소 몇 가지는 아주 중요하다. 이러한 요소들은 작가가 자신의 메시지를 효과적으로 전달하고, 독자들에게 영감을 주는데 도움이 된다.

- **전문성과 경험** 실제 경험과 전문 지식을 바탕으로 신뢰성 있는 정보와 조언을 제공할 수 있어야 하며, 관련 분야에서의 실무 경험, 연구 또는 학습을 통해 쌓은 전문성이 필요하다.

- **통찰력과 창의성** 새로운 관점, 독창적인 아이디어 그리고 현명한 통찰력으로 독자에게 신선한 내용을 제공할 수 있어야 하며, 문제 해결과 창의적 사고 능력이 중요하다.

- **명확한 메시지와 커뮤니케이션 능력** 자신의 메시지를 명확하고 이해하기 쉬운 방식으로 전달할 수 있는 강력한 커뮤니케이션 능력과 복잡한 개념을 간결하고 명확하게 전달하는 능력이 필요하다.

- **독자와의 공감 능력** 독자의 필요와 고민을 이해하고, 그들의 관점에서 생각할 수 있는 공감 능력이 중요하며, 독자의 입장에서 공감할 수 있는 내용과 해결책을 제시할 수 있어야 한다.

- **지속적인 학습과 성장 의지** 지속적으로 새로운 지식을 습득하고, 최신 트렌드와 연구 결과에 대해 업데이트하는 자세가 필요하며, 개인적인 성장과 발전을 위한 지속적인 학습과 반성이 중요하다.

- **열정과 동기부여** 자신이 전하는 메시지와 주제에 대한 진정한 열정이 있어야 하며, 독자를 동기부여하고 영감을 주는 콘텐츠를 창출할 수 있는 열정이 필요하다.

- **인내심과 집중력** 모든 책 집필은 시간이 많이 소요되는 과정으로 장기간에 걸친 집중력과 인내심이 필요하며, 초안 작성, 편집, 개선(교정) 과정에서 꾸준히 노력할 수 있는 인내력이 필요하다.

▶ 자기계발 도서로 베스트셀러 되기

"잘 만들어진 책은 로또 당첨보다 더 많은 명예와 부"를 안겨준다. 실제 1인 출판사(독립 출판)로 시작하여 단 한 권의 책으로 성공을 거둔 사례들을 많이 보았다. 베스트셀러가 되는 자기계발 도서를 기획하고 제작하는 것은 글을 쓰는 것 이상의 과정을 필요로 한다. 이는 시장의 요구를 파악하고, 독자들의 마음을 사로잡는 유니크한 콘텐츠를 제공하기 위한 중요한 요소이다. 참고로 필자가 대표로 있는 [책바세] 또한 1인 출판사로 시작하여 2024년에는 15~20억 매출을 목표로 하는 출판사로 성장하였다. 그 과정에는 다음과 같은 중요한 요소들을 실천했기 때문이다. 이 요소들을 통해 베스트셀러가 되기 위한 목표를 세워본다.

시장과 독자 분석

- **트렌드 파악** 현재 시장에서 인기 있는 주제와 트렌드를 파악한다. 이는 주제 선정에 가장 중요한 요소이다.

- **타겟 독자 연구** 책이 도달하고자 하는 목표 독자층의 관심사, 필요 그리고 독서 습관을 이해한다.

독창적인 콘텐츠 개발

- **유니크한 관점** 시장에서 독보적인 위치를 점유하려면 참신하고 독특한 관점을 제공해야 한다.

- **실용적 가치** 독자들이 실제로 적용할 수 있는 구체적이고 실용적인 조언을 담는다.

강력한 메시지와 스토리텔링

- **감동적인 스토리** 독자의 감정을 움직이고 기억에 남는 스토리를 구성한다.

- **명확한 메시지** 책 전체를 관통하는 강력하고 명확한 메시지를 전달한다.

제목과 책 소개 (부제목)

- **제목의 중요성** 제목은 도서의 첫인상을 결정한다. 강력하고 매력적인 제목은 독자의 관심을 즉각적으로 끌어내어 책을 선택하게 하므로 제목만으로도 책의 주요 메시지와 독자가 얻을 수 있는 가치를 암시해야 한다.

- **부제목(책 소개)의 중요성** 부제목은 제목의 메시지를 확장하고 구체화한다. 이는 책의 내용에 대한 추가적인 정보를 제공하며, 독자가 책에서 어떤 내용을 기대할 수 있는지 명확

하게 해준다. 효과적인 부제목은 책의 독특한 접근 방식, 주요 주제, 대상 독자 등을 간략하게 소개하며, 독자가 해당 책을 읽어야 하는 이유를 설득력 있게 전달한다.

- **마케팅 효과** 제목과 부제목은 책을 홍보하고 판매할 때 사용되는 중요한 요소이며, 온라인 검색 결과, 소셜 미디어, 서점의 책장 등 다양한 매체에서 책을 돋보이게 한다.

- **독자의 기대 설정** 제목과 부제목은 독자에게 책을 통해 어떤 경험과 학습에 대한 기대치를 설정하는 데 도움을 주며, 책의 내용이 독자의 필요 및 관심사에 얼마나 일치하는지를 평가하는 기준이 된다.

품질과 디자인

- **전문적인 편집과 디자인** 책의 품질을 높이기 위한 전문적인 편집과 디자인을 한다.
- **매력적인 표지** 독자의 주목을 끌 수 있는 매력적이고 전문적인 표지 디자인을 활용한다.

마케팅과 홍보

- **전략적 마케팅** 적극적인 마케팅과 홍보 활동을 통해 책의 가시성을 높여준다.
- **소셜 미디어와 네트워크 활용** 다양한 온라인 플랫폼과 네트워크를 활용하여 독자와의 접점을 늘린다.

지속적인 관리와 개선

- **피드백 수집** 독자들로부터의 피드백을 적극적으로 수집하고, 필요한 경우 개정판을 고려한다.
- **시장 변화에 대응** 시장 변화와 독자의 요구에 맞춰 콘텐츠를 지속적으로 업데이트하고 개선한다.

⨠ 전자책과 종이책 출판 (공통)

원고 및 디자인 작업이 모두 끝나면 어떤 방식으로 출판을 할 것인지 결정한다. 출판 방식은 전자책(eBook)과 실물화된 종이책으로 나뉜다. 두 출판 방식은 각각 독특한 특성과 장단점을 가지고 있다. 출판 형식을 결정할 때에는 다음과 같은 요소들을 고려하여 최종 결정을 한다.

전자책(eBook) 출판

전자책은 디지털 형식으로 발행되어 인터넷을 통해 유통된다. 소량의 제작 비용으로도 출판이 가능하며, 빠른 시간 내에 배포가 가능하다. 또한 수정 사항이 발생했을 시 빠르게 반영할 수 있으며, 공간 제약 없이 어디서든 볼 수 있다.

전자책 종류 (파일 형식)

- **PDF** 어도비(Adobe) 사에서 개발한 전자 문서 형식으로 백터 이미지 형태로 저장되기 때문에 확대 시 화질이 깨지지 않는 장점이 있다.

- **ePub** 국제디지털출판포럼(IDPF)에서 제정한 전자책 표준 규격으로 PDF와는 달리 텍스트 형태로 저장되기 때문에 모바일 기기에서도 쉽게 열람할 수 있다.

- **Kindle** 아마존에서 제조한 킨들 모바일 기기에서 볼 수 있는 파일 형식이다.

- **오디오북** 음성으로 녹음된 책으로 시각 장애인이나 운전 중에도 간편하게 독서를 즐길 수 있다.

장점

- **저비용 및 빠른 출판** 전자책은 인쇄, 배송, 보관(관리) 비용이 들지 않기 때문에 종이책에 비해 저렴하고, 출판 과정도 빠르다.

- **접근성** 전 세계 어디서나 다운로드 받아 읽을 수 있어 접근성이 높다.

- **다양한 형식** 텍스트뿐만 아니라 오디오, 비디오, 인터랙티브(링크) 요소를 포함할 수 있다.

- **환경 친화** 종이를 사용하지 않기 때문에 환경 친화적이다.

단점

- **독자의 선호도** 많은 독자들이 여전히 종이책의 물리적인 느낌을 선호한다.

- **기술적 장벽** 전자책을 읽기 위해서는 전자기기가 필요하며, 일부 독자는 이에 익숙하지 않을 수 있다.

- **디지털 저작권 관리(DRM) 문제** 복사(텍스트 캡처) 및 공유 제한으로 인해 일부 독자와 출판사 사이에 갈등이 생길 수 있다.

- **시력 저하** 전자책은 화면의 빛을 통해 읽게 되므로 특히 눈 건강에 좋지 않다.

종이책 출판

종이책은 인쇄 및 제본 등의 물리적인 형태로 발행되어 서점 등을 통해 유통된다. 전자책과는 다른 질감과 실물로 소장이 가능하지만 물리적인 과정이 필요하기 때문에 시간과 비용이 많이 소요된다.

장점

- **독자의 선호도** 많은 사람들이 종이책을 읽는 물리적인 경험을 선호한다.

- **재판매 가능** 읽은 후 중고 시장에서 재판매가 가능하다. 이것은 출판사 입장에서는 단점이 될 수 있다.

- **선물용으로 적합** 물리적인 실물 책은 선물용으로 인기가 있다.

- **소장(장식) 가치** 책장에 꽂혀 있는 책들은 소장 및 장식적인 가치를 가질 수 있다.

- **판매율** 전자책에 비해 독자층(수요)이 많기 때문에 판매되는 수치도 매우 높은 편이다.

  가능하면 전자책보다는 고급화된 종이책을 출간하여 퍼스널 브랜드 구축, 강연, 워크숍, 컨설팅 등 다양한 방향으로 활동의 영역을 확장할 수 있는 기회를 창출하는 것을 권장한다.

▶ 디자인, 인쇄, 유통 및 관리 (공통)

전자책 혹은 종이책에 따라 디자인부터 유통 및 관리 과정에 차이가 있다. 기본적으로 디자인 부분은 동일하지만, 일반적으로 전자책은 디자인 부분에 신경을 덜 쓰는 것이 사실이다. 이러한 부분은 전자책에 대한 평가도 전체적으로 떨어지기 때문에 개선할 필요가 있다. 다음은 책 제작 과정 중 디자인, 인쇄, 유통 및 관리를 어떻게 할 것인지에 대한 설명으로 1인 출판사 혹은 작가 입작에서는 반드시 알아두어야 할 내용이므로 숙지하도록 한다.

표지 및 내지 디자인

표지 디자인과 내지 디자인은 다음과 같은 요소를 충족해야 하며, 1인 출판사일 경우 디자인 영역이 취약할 수 있기 때문에 아웃소싱을 통해 해결해야 하지만, 작업 비용에 대한 부담이 있다면 직접 디자인 작업까지 해야 한다.

- **표지 디자인** 책의 주제와 톤을 반영하는 매력적인 표지 디자인이 중요하며, 독자의 관심을 끌고 책의 내용을 상징적으로 표현해야 한다.

- **내지 레이아웃 디자인** 적절한 폰트와 글자 크기를 선택해야 하며, 마진, 줄 간격, 문단 구분 등을 적절히 설정하여 가독성을 높인다. 또한 페이지 번호, 헤더, 푸터(꼬리말) 등의 추가적인 디자인 요소를 고려한다.

- **그래픽 및 삽화** 책의 내용을 보충하고 풍부하게 만들어주는 그래픽이나 삽화를 포함할 수

있으며, 그래픽은 전문적이고 적절한 해상도(300DPI 이상)를 가져야 한다.

인쇄 및 제본

인쇄 및 제본은 보통 인쇄소에서 모두 담당한다. 이를 원스톱 솔루션이라고 하며, 텍스트 인쇄, 그래픽 인쇄, 컬러 관리, 용지 선택, 제본 방식 결정 등 출판 과정의 다양한 요소를 관리한다. 여기에서 중요한 것은 어떤 용지를 어떤 규격으로 할 것인지, 인쇄는 1도(흑백) 혹은 4도(컬러)로 할 것인지에 따라 인쇄 비용에 차이가 나며, 인쇄 부수에 따라서도 제작 비용이 달라지기 때문에 초판 인쇄 시 신경을 써야 한다.

용지 종류

- **무광지** 특정 용지 명칭은 아니며, 빛의 반사를 최소화한 용지로 사진이나 그래픽이 많지 않은 텍스트 중심의 책에 적합하다.

- **유광지** 특정 용지 명칭은 아니며, 높은 광택과 선명한 색상 표현이 가능하여 사진집, 잡지, 아트북 등 고화질 이미지를 강조할 필요가 있는 출판물에 주로 사용한다.

- **아르떼지** 고품질의 인쇄를 위한 코팅지의 일종으로 주로 고급 인쇄물에 사용된다. 유광과 무광 두 가지 유형이 있으며, 빛 반사 정도에 따라 선택할 수 있다. 보통 고급 잡지, 카탈로그, 아트북, 사진집 등 이미지의 품질을 중요시하는 출판물과 표지에 사용되는 종류이다. 참고로 책 표지는 230~250g(그램)의 두께, 내지는 80~100g 정도의 두께를 사용한다.

- **백색 모조지** 일반적인 문서용 인쇄에 널리 사용되는 용지이다. 비교적 부드러운 표면을 가지고 있으며, 적당한 무게감과 두께, 잉크 흡수율이 좋아 인쇄 품질이 깨끗하고 선명하여 텍스트와 이미지가 뚜렷하게 보인다. 학술지, 교재 등 다양한 문서 인쇄물에 사용되며, 기본적인 도서에도 적합하다. 대량 인쇄 시 비용이 효율적이다.

- **아트지** 고급 인쇄 용지로 양면에 코팅 처리가 되어 있다. 매끄럽고 광택이 있는 표면을 가지고 있어 이미지와 색상이 선명하게 표현된다. 유광과 무광 타입이 있으며, 이미지의 세

부적인 부분까지 잘 나타낼 수 있다. 고급 잡지, 광고 브로셔, 카탈로그, 포스터, 아트북 등에서 선명한 이미지와 색상을 표현하기 위해 사용된다.

- **스노우지** 아트지와 유사하나 보다 고급스러운 느낌을 주는 용지이다. 아트지보다 더 높은 백색도와 광택을 가지고 있어 풍부하고 생생한 색상 표현이 가능하고, 표면이 매우 매끄럽고 섬세한 디테일 표현이 용이하다. 고급스러운 질감으로 고급 프로모션 물품, 고급 카탈로그, 포토북, 아트워크에 적합하다.

그밖에 책에 사용되는 인쇄 용지는 다양한 종류가 있으며, 각각의 용지는 그 특성에 따라 다른 목적으로 사용되기 때문에 자신에게 맞는 적당한 용지를 선택하면 된다.

판형 (용지 규격)

- **국전지** A전지라고도 하며, 문예물, 교과서, 단행본 규격인 국판형(148mm x 210mm, A5)과 일반적인 디자인 계통의 잡지, 전문 분야 잡지 규격인 국배판(210mm x 297mm, A4)의 책을 만들 수 있다. 국전지 규격은 939mm x 636mm이다.

- **대국전지 (46전지)** B전지라고 하며, 학술서, 소설, 규격인 46판형(128mm x 188mm, B6)과 대학교재, 참고서, 문제집, 주간지 규격인 46배판(188mm x 257mm, B5)의 책을 만들 수 있다. 대국전지 규격은 788mm x 1091mm이다.

국내에서는 주로 위 두 규격을 사용하며, 실제 책 크기에 따라 가장 효율적인 규격을 선택하면 된다. 또한 용지 비용 절감 및 특별한 모습을 연출하기 위해 변형된 책 크기를 사용하는 경우도 있다.

인쇄

- **1도 인쇄** 하나의 색상을 사용하는 인쇄 방식으로 주로 흑백 인쇄에 사용된다. 가장 기본적이고 비용 효율적인 인쇄 방법이며, 일반 서적, 신문, 흑백 교재 등에 주로 사용된다.

- **2도 인쇄** 디자인에 사용된 두 가지 색상을 사용하는 인쇄 방식으로 일반적으로 흑색과 다

른 하나의 색(예: 빨강, 파랑)을 사용해 시각적 효과를 높인다. 로고, 헤더, 강조 텍스트 등에 색상을 추가하여 디자인적 요소를 강화하는 데 적합하며, 컬러 인쇄에 드는 비용을 절감하고자 할 때에 유용하다.

- **4도 인쇄 (CMYK)** 사이언(Cyan), 마젠타(Magenta), 노랑(Yellow), 검정(Black)의 네 가지 색상을 사용하는 인쇄 방식으로 CMYK 인쇄라고도 불리며, 풀 컬러 인쇄 방식이다. 사진, 일러스트, 컬러 텍스트가 포함된 디자인적인 느낌의 서적에 주로 사용된다.

- **후가공** 인쇄 후 책의 외관과 내구성을 높이기 위해 수행하는 추가 작업으로 코팅(에폭시), 엠보싱, 호일 스탬핑, UV 광택 처리 등이 포함된다. 책의 표지나 중요한 페이지에 시각적 효과를 더하거나 내구성을 강화하기 위해 사용된다.

- **제본** 인쇄된 책장들을 하나의 완성된 책 형태로 결합하는 과정으로 제본 방식에는 스테이플 제본, 완전히 접착된 제본(유무선 완제본), 스프링 제본 등이 있다. 제본 방식은 책의 크기, 페이지 수, 용도 및 예산에 따라 결정된다.

과거에는 [분판 출력]이라는 CMYK 각 색상에 대해 별도의 투명 필름을 제작하는 과정이 포함되어 각 필름은 인쇄 과정에서 사용되며, 이는 색상을 정확하게 오버레이하고 인쇄물의 최종 색상을 형성하는 복잡한 방식을 사용하였다. 하지만 지금은 CTP(Computer to Plate) 인쇄 방식을 사용한다. CTP 방식은 디지털 데이터를 곧바로 인쇄판으로 전송하는 방식으로 별도의 필름 제작 과정 없이 더 빠르고 정확하게 인쇄판을 제작할 수 있다. 이 기술은 인쇄 과정을 크게 간소화하고, 인쇄 품질을 향상시키면서 시간과 비용을 절약해 준다.

인쇄소 리스트

2023년 기준 국내 인쇄소는 약 1만 개 이상의 인쇄소가 존재하는 것으로 추정된다. 여기에서 도서 중심으로 인쇄하는 업체는 1% 정도밖에 되지 않는다. 인쇄소 선택은 책의 품질과 서비스 그리고 제작 비용과 직결되기 때문에 최종적인 결과물을 얻어야 하는 과정에서 가장 중요한 부분이다. 다음은 필자가 추천하는 인쇄소 리스트이다. 물론 추천한 인쇄소라도 상황에 따라 비용(견적)과 품질 그리고 서비스가 다르기 때문에 여러 업체에게 문의 및 견적을 받은 후 최종 선택을 해야 한다.

- **신우인쇄** 경기도 파주시 지목로 145 (031-923-7333)

- **현대문예** 경기도 파주시 문발로 453-2 (02-464-1313)

- **송현문화사** 경기도 파주시 장면산길 (pg1gh@hanmail.net)

위 세 곳에서 비교 견적을 받은 후 가장 적당한 곳에 인쇄를 맡기면 되며, 만약 [책바세]를 통해 디자인 및 인쇄를 의뢰한다면 보다 효율적인 비용으로 제작할 수도 있다. 1인 출판일 경우 출간 부수와 종류가 많지 않기 때문에 인쇄 비용이 상대적으로 높아질 수 있기 때문이다. 일반적인 인쇄 비용은 4도(컬러) 단행본, 300페이지, 2천 부 기준으로 5백~7백(부과세 별도) 정도이며, 용지와 후가공 및 인쇄소에 따라 차이가 있다.

▷ 온·오프라인 서점의 판매(거래)를 위한 전략 (공통)

1인 출판사도 교보, 예스24, 알라딘 등의 서점과 거래를 트는 것은 어렵지 않다. 하지만 먼저 물류 및 배송에 대한 효율적인 방법을 해결해야 한다. 이 부분에 대해서는 다음 섹션에서 알아보기로 하고, 여기에서는 먼저 1인 출판사가 온·오프라인 서점과 거래(계약)를 진행하는 과정에 대해 알아보기로 한다.

준비 및 접촉

- **자료 준비** 책 소개 자료, 샘플, 판매 예상치, 타겟 독자 분석 등을 준비하며, 대상 서점의 속성, 주요 독자층, 유통 경로 등을 조사한다.

- **접촉 단계** 거래하고자 하는 서점(이메일, 전화, 직접 방문 등)의 담당자나 관리자와 연락을

취한 후 상품(도서) 소개와 제안서(소규모 서점은 불필요), 거래 명세서 등을 준비한다.

제안 및 협상

- **제안서 제출** 책의 소개와 함께 판매 조건, 가격, 배송, 반품 정책 등의 상세한 제안서를 제출한다. 온라인 서점일 경우 이러한 과정을 각 서점에서 제공하는 온라인 파트너 시스템을 통해 직접 작성한다.

- **협상** 가격, 할인율, 배송 및 반품 조건 등에 대한 협상을 진행한다. 온라인 서점일 경우 온라인 파트너 시스템을 통해 직접 작성한다.

계약 체결

- **계약 조건 동의** 양측이 합의한 조건에 대한 계약서 작성 및 서명을 진행한다. 온라인 서점일 경우 온라인 파트너 시스템을 통해 작성한다.

- **계약서 검토** 법적인 부분을 꼼꼼히 검토한다. 온라인 서점일 경우 온라인 파트너 시스템을 통해 작성한다.

유통 및 판매

- **책 배송** 계약에 따라 책을 서점에 배송한다. 일일이 배송 처리를 하기 어려운 경우 총판을 통해 서점과의 유통을 관리할 수 있다. 총판사와의 계약은 일반적인 방식이다.

- **판매 추적 및 관리** 판매 현황을 주기적으로 확인하고 재고 관리를 한다.

  1인 출판사의 경우 유통과 마케팅에 어려움을 겪을 수 있지만 차별화된 콘텐츠와 전략적인 접근을 통해 성공적인 유통 네트워크를 구축할 수 있다.

온라인 서점 전략

- **검색 엔진 최적화(SEO)** 온라인 서점에서 책이 독자들에게 잘 검색될 수 있도록 적절한 키워드를 사용하고, 상세한 책 소개(상세 페이지, 카드 뉴스 등) 데이터를 포함한다.

- **리뷰 및 평점 관리** 독자들의 긍정적인 리뷰와 높은 평점은 판매에 큰 영향을 미친다. 독자들이 리뷰를 남길 수 있도록 장려하고, 필요한 경우 독자들과의 상호작용을 통해 리뷰를 얻는다.

- **온라인 마케팅 캠페인** 이메일 마케팅, 소셜 미디어 광고, 블로거 및 인플루언서와의 협업을 통해 온라인에서 책을 홍보한다.

오프라인 서점 전략

- **유통망 확장** 교보와 같은 대형 체인점 뿐만 아니라 소규모 독립 서점과도 관계를 맺어 유통망을 넓혀 나간다.

- **서점 이벤트 참여** 서점에서 주최하는 독서회, 작가 사인회, 북 토크 등의 이벤트에 참여하여 책의 인지도를 높이고 직접 판매를 촉진한다.

- **매장 내 노출 위치** 서점 내에서 책의 노출 위치를 협상하여 좋은 자리에 배치되도록 한다. 예를 들어, 신간 코너나 베스트셀러 구역 등이 좋은 옵션이다.

공동 전략

- **마케팅과 프로모션 협력** 서점과 협력하여 공동 마케팅 노력을 기울인다. 예를 들어, 특정 기간 동안 할인 행사를 진행하거나 구매자에게 추가 혜택을 제공할 수 있다.

- **데이터 분석 활용** 판매 데이터와 고객 피드백을 분석하여 마케팅 전략과 재고 관리를 최적화한다.

- **독자 커뮤니티 구축** 온·오프라인에서 독자들과의 강력한 관계를 구축하고, 지속적인 커뮤니케이션을 통해 헌신적인 독자층을 만든다.

이러한 전략들은 책의 장르, 타겟 독자층, 출판사의 규모 및 예산에 따라 조정될 수 있으며, 시장 상황과 경쟁 환경에 따라 유연하게 적용되어야 한다.

▶ 총판사를 통한 유통, 관리 솔루션 (공통)

1인 출판사도 교보나 예스24, 알라딘 같은 대형 서점에 입점하는 것은 어렵지 않지만, 책이 소량으로 주문이 왔을 때마다 일일이 배송을 해주어야 하는 번거로움이 생기게 된다. 1인 출판사에서 주문 처리 및 배송의 효율성을 높이는 방법 중 하나는 총판사와의 협력이다. 이러한 접근 방식의 주요 장점은 다음과 같다.

- **시간과 자원 절약** 총판사가 주문 처리와 배송을 관리함으로써 출판사는 마케팅과 콘텐츠 제작에 더 많은 집중을 할 수 있다.

- **전문적인 서비스 활용** 총판사는 대량의 주문 처리 경험이 있으며, 효율적인 배송 및 재고 관리 시스템을 갖추고 있기 때문에 개별적으로 관리하는 것보다 훨씬 더 전문적이고 신뢰성이 높을 수 있다.

- **넓은 유통망 접근** 총판사는 보통 다양한 온·오프라인 서점과의 네트워크를 가지고 있어 책의 유통 범위를 확장할 수 있다.

- **재고 관리 효율화** 총판사를 통해 책의 재고를 관리하면 재고 부족이나 과잉 재고 문제를 최소화할 수 있다.

- **비용 절감** 대량의 주문 처리 능력으로 인해 총판사는 배송 비용을 절감할 수 있으며, 이는 장기적으로 출판사에게 비용 절감 효과를 가져올 수 있다.

- **고객 서비스 개선** 빠르고 정확한 배송은 고객 만족도를 높이는 중요한 요소이며, 전문 총판사와의 협력은 이를 달성하는 데 도움이 된다.

총판사 위탁 조건

1인 출판사가 총판사와 협력할 때는 계약 조건, 수수료, 배송 정책, 재고 관리, 고객 서비스 기준 등을 명확히 정의하고 협의하는 것이 중요하다. 일반적으로 총판사는 유통 및 관리에 대한 수수료로 책 정가의 약 10%~20%(서점 마진율 30~35% 미포함) 정도를 받는다. 이 비율은 총판사의 정책과 제공하는 서비스의 범위 그리고 책의 가격 및 판매량 등에 따라 달라질 수 있다. 또한 총판사는 책의 보유 가능 부수를 제한할 수 있으며, 이는 일반적으로 수백 부에서 수천 부 사이에서 설정된다.

총판사 수수료 및 보유 부수

- **수수료율** 10%~20% (책 종류와 판매 조건에 따라 달라짐)

- **보유(보관) 부수 제한** 일반적으로 수백 부에서 수천 부(총판사의 운영 정책 및 저장 공간에 따라 달라질 수 있음) 정도로 제한하고 있어 나머지 책들은 1인 출판사에서 관리하거나 별도의 비용을 지불하여 위탁을 해야 한다.

유의사항

- **계약 조건 확인** 총판사와의 계약 시 수수료율, 보유 부수 제한, 배송 조건, 반품 정책 등을 명확히 확인해야 한다.

- **마케팅 및 프로모션** 총판사를 통한 유통 외에도 독자와의 직접적인 마케팅 및 프로모션 활동이 중요하다.

- **예산 계획** 수수료율을 고려하여 책의 가격을 책정하고, 마케팅 및 프로모션 비용을 포함한 예산 계획을 세워야 한다.

  총판사를 통한 유통은 1인 출판사에게 효율적인 유통 채널을 제공하지만, 수익률과 유통 조건을 신중히 고려해야 한다.

- **신한전문서적** 총판사는 1인 출판사에게 효율적인 유통 채널을 제공하지만 수익률과 유통 조건을 신중히 고려해야 한다. 필자는 그동안 출판사(디캠퍼스, 에프원북스, 힐북, 네몬북, 책바세)를 운영하며 여러 총판사와 거래하면서 최종적으로 [신한전문서적]과 20년 동안 함께 하고 있다. 이 총판사와 오랜 시간을 함께 하는 이유는 다른 총판사에 비해 합리적으로 유통 및 관리를 하며, 보유 부수의 제한을 두지 않아 별도의 수수료를 지불하지 않아도 된다는 특장점이 있으며, 또한, 교보, 예스24, 알라딘, 영풍문고 등 국내 유명 온·오프라인 서점에 등록될 책 소개 정보 관리 및 전달 그리고 문제가 되는 부분을 수정해 주는 효율적인 서비스를 제공하고, 판매된 책에 대해서는 월 단위로 정산(현금)해 주기 때문에 혹여 발생될 수도 있는 문제(서점 부도, 어음 등)를 걱정하지 않아도 된다. 이러한 이유로 지금까지 신한전문서적 총판사와 함께하고 있다.

  만약 1인(개인) 출판을 시작한 후 총판사에게 유통 및 관리를 맡기고자 한다면 필자(책바세)가 추천하는 신한전문서적과 함께 하길 권장한다. 이는 복잡한 출판 관련 업무 및 비용 절약에 많은 도움이 될 것이다. 신한전문서적과 거래를 하거나 궁금한 내용이 있다면 031-942-9851로 문의해 본다. 담당 직원 및 대표가 친절하게 상담해 줄 것이다.

인터넷(온라인) 서점에서 제공하는 판매 지표 (공통)

교보, 예스24, 알라딘 같은 인터넷 서점에서는 각각 다른 방식과 기준으로 책 판매 지수를 공개한다. 출판사나 작가(저자)는 이 지수를 통해 자신의 책이 얼마나 판매되고 호응도가 있는지 확인할 수 있다. 인터넷 서점의 판매 지수를 분석할 때 고려해야 할 주요 요소들은 다음과 같다.

- **판매 순위 및 지수** 각 서점마다 판매 순위 및 지수를 제공한다. 이 지표는 특정 기간(주간 판매량) 동안의 판매량을 기반으로 하며, 해당 도서의 인기와 시장 수요를 반영한다.
- **고객 리뷰 및 평점** 고객들의 리뷰와 평점은 도서의 품질과 독자 만족도를 나타내는 중요

한 지표이다. 높은 평점과 긍정적인 리뷰는 더 많은 독자들의 관심을 끌 수 있다.

- **카테고리(도서 장르)별 순위** 대부분의 서점은 도서를 다양한 카테고리로 분류하며, 카테고리별 순위는 특정 장르나 주제의 도서가 얼마나 잘 팔리는지를 나타낸다.

- **검색 순위** 어떤 도서가 자주 검색되는지 나타내는 검색 순위도 중요하다. 이는 도서에 대한 관심도와 잠재적인 수요를 파악할 수 있다.

- **판매 추세** 시간이 지남에 따라 변화하는 판매 추이를 분석하는 것이 중요하다. 이를 통해 책의 인기가 증가하고 있는지, 아니면 감소하고 있는지를 파악할 수 있다.

- **관련 상품 및 추천** 서점에서 해당 도서와 함께 추천되는 상품이나 비슷한 도서와의 연관성도 분석할 수 있다. 이는 도서의 타겟 독자층과 관심사를 이해하는 데 도움이 된다.

- **이 책을 구입한 독자들이 함께 구매한 다른 책** 여기에 포함된 책들에 대한 분석은 신간 출간 전략을 세우는 데 매우 유용하다. 이러한 분석을 통해 독자들의 관심사, 선호하는 주제, 독서 트렌드 등을 파악하고 이를 바탕으로 신간 출판 계획을 수립할 수 있다.

이와 같은 지표들을 종합적으로 분석함으로써, 특정 도서의 시장 성공 가능성, 타겟 독자층 그리고 마케팅 전략을 개선하는 데 유용한 정보를 얻을 수 있다.

도서 출간(제작)에 AI 활용하기 (공통)

자기계발 도서에 인공지능(AI)을 활용하면 창의적이고 효율적인 작업을 할 수 있는 방법들을 제공한다. 특히, 챗GPT나 미드저니와 같은 AI 도구들은 다양한 정보와 책에 필요한 삽화 및 그래픽 이미지 소스들을 저작권 없이 간편하게 만들어 사용할 수 있기 때문에 도서의 집필과 제작 과정에 도움을 받을 수 있다.

챗GPT의 활용

- **아이디어 생성 및 구조화** 챗GPT를 활용하여 책의 주제, 구조, 목차 등에 대한 아이디어를

생성하고 구조화할 수 있다.

- **콘텐츠 개발** 특정 주제에 대한 정보를 요약하거나 관련 사례 연구, 실용적인 팁을 제공하는 데 활용할 수 있다.

- **글쓰기 보조** 문장 구성, 편집, 윤문 등 글쓰기 과정에서 어려움을 겪을 때 도움을 받을 수 있다.

- **FAQ 및 인터뷰 생성** 자주 묻는 질문(FAQ)이나 가상 인터뷰를 생성하여 독자들의 질문에 대답하는 형식으로 콘텐츠를 확장할 수 있다.

미드저니의 활용 (이미지 생성 AI 활용)

- **표지 및 삽화 디자인** 미드저니와 같은 이미지 생성 AI를 사용하면 독창적이고 매력적인 책 표지나 삽화를 생성할 수 있다.

- **비주얼 콘텐츠** 책의 주제와 관련된 시각적인 콘텐츠를 만들어 독자의 이해를 돕고, 책의 시각적 퍼포먼스를 높일 수 있다.

- **컨셉 아트** 책의 핵심 메시지나 주제를 시각화하는 컨셉 아트를 생성할 수 있다.

- **마케팅 자료** 책의 홍보를 위한 상세 페이지, 카드 뉴스, 포스터, 배너, 소셜 미디어 이미지 등 다양한 마케팅 자료를 제작할 수 있다.

AI 도구들은 자기계발 도서의 기획부터 제작, 마케팅에 이르기까지 전 과정에 걸쳐 유용하게 활용될 수 있으며, 작가의 창의력과 효율성을 극대화하는 데 기여한다.

| 미드저니에서 생성한 이미지로 제작한 표지들 |

챗GPT를 활용한 목차 만들기

"목차의 완성은 책의 반은 쓴 것이다." 처음 책을 쓰는 작가나 책을 쓰기 어렵다고 생각하는 사람들에게 필자가 항상 하는 말이다. 그만큼 목차는 글쓰기 과정에서 중요한 부분이며, 단순한 책의 구성 요소를 넘어, 원고의 방향성과 품질을 결정짓는 중요한 역할을 하기 때문이다. 이렇게 어렵게 느껴지는 목차도 챗GPT를 활용하면 저자의 생각과 의도를 명확하게 구조화할 수 있기 때문에 어렵지 않게 목차를 완성할 수 있다. 여기에서는 경제 관련 도서를 집필한다고 가정하여 목차를 잡는 방법에 대해 간단하게 살펴보기로 한다.

먼저 주제를 잡기 위해 챗GPT에게 [경제 관련 도서를 출간하려고 한다. 특히 IT 기술을 활용하여 돈을 벌 수 있는 방법에 대한 내용을 담고 싶다. 이 내용에 가장 알맞은 목차를 구성해 줘]라고 요청하였다.

📎	경제 관련 도서를 출간하려고 한다. 특히 IT 기술을 활용하여 돈을 벌 수 있는 방법에 대한 내용을 담고 싶다. 이 내용에 가장 알맞은 목차를 구성해 줘 ⬆️

방금 작성한 주제에 맞게 목차가 생성되었을 것이다. 이제 보다 세부적인 목차와 주제를 작성하기 위해 생성된 목차 중 [제1장]에 해당되는 섹션을 복사한 후 다시 프롬프트에 [위 주제와 챕터를 보다 상세하게 나눠서 설명해 줘]라고 요청한다.

제1장: 디지털 경제의 기본 이해
1.1 디지털 경제란 무엇인가?
1.2 기술 혁신과 경제 변화
1.3 디지털 경제의 현재와 미래
📎 위 주제와 챕터를 보다 상세하게 나눠서 설명해 줘 ⬆️

그러면 다음과 같이 해당 섹션에 대한 세부 목차(내용)가 생성될 것이다. 이렇듯 처

음엔 대략적인 목차를 얻은 후 원하는 섹션을 세부적으로 나뉘어 보다 구체적인 목차를 작성할 수 있다. 만약 더 세부적인 목차를 잡고 싶다면 원하는 섹션을 쪼개면 된다. 이렇듯 챗GPT는 쪼개면 쪼갤수록 새로운 정보를 얻을 수 있기 때문에 목차뿐만 아니라 해당 목차에 대한 내용(원고)까지 생성할 수 있다.

⊛ ChatGPT
제1장: 디지털 경제의 기본 이해

1.1 디지털 경제란 무엇인가?

- 디지털 경제의 정의: 전통적인 경제와의 차이점과 디지털 경제의 개념을 명확히 설명합니다.
- 기술 발전의 역할: 인터넷, 모바일 기술, 클라우드 컴퓨팅 등이 경제에 어떻게 영향을 미치는지 탐구합니다.

1.2 기술 혁신과 경제 변화

- 혁신적 기술의 등장: 인공지능, 빅데이터, IoT(사물인터넷) 등 최신 기술이 경제에 가져온 변화를 분석합니다.
- 산업별 영향: 다양한 산업 분야에서 기술 혁신이 어떻게 적용되고 있는지 사례를 통해 설명합니다.
- 노동 시장의 변화: 디지털화가 노동 시장과 직업의 미래에 미치는 영향을 조명합니다.

1.3 디지털 경제의 현재와 미래

- 현재 디지털 경제의 현황: 전 세계적인 디지털 경제의 규모와 현황에 대해 자세히 알아봅니다.
- 미래 전망: 디지털 경제가 향후 어떤 방향으로 발전할 것인지 예측하고 분석합니다.
- 디지털 격차와 정책 과제: 디지털 격차의 문제점을 지적하고, 정부와 기업의 정책적 대응 방안을 논의합니다.

여기에서는 간략하게 설명했지만, 실제 작업에서는 더욱 구체화하여 원하는 결과물이 나올 수 있도록 반복해야 한다. 다양한 시도는 고퀄리티의 목차 및 원고를 위한 정보를 얻을 수 있기 때문에 다소 시간이 걸리더라도 이 과정을 간과해서는 안 될 것이다.

▶ 출판 비용을 마련하기 위한 크라우드 펀딩 (공통)

전자책은 자신이 직접 집필한 후 PDF나 ePub 디지털 문서 파일로 만드는 것만으로 출간이 가능하지만, 종이책으로 출간하기 위해서는 수백에서 수천만 원까지의 제작 비용(디자인 및 인쇄)이 든다. 그러므로 실물형 종이책을 출간하고 할 때의 비용은 부담이 되기 마련이다. 이럴 때 크라우드 펀딩 플랫폼을 활용하면 창의적인 도서 출간 프로젝트에 필요한 자금을 마련할 수 있다. 도서 출판을 위한 크라우드 펀딩은 자금 마련뿐만 아니라 독자 커뮤니티를 구축하고, 시장의 관심을 끌 수 있는 효과적인 방법이다. 이를 위한 몇 가지 주요 단계는 다음과 같다.

크라우드 펀딩 전략

도서 출판을 위한 크라우드 펀딩은 적절한 준비와 전략이 필요하며, 캠페인의 성공 여부는 책의 내용, 저자의 열정 그리고 독자들과의 소통 능력에 크게 좌우된다.

- **플랫폼 선택** 국내 대표적인 크라우드 펀딩 플랫폼인 와디즈, 텀블벅, 크라우디 등에서 각 플랫폼의 특성과 타겟층에 맞는 전략을 수립한다.

- **캠페인 기획** 출판 비용, 마케팅, 배송 등을 고려하여 총 필요 목표 금액을 설정하며, 책의 내용, 저자의 비전, 독자에게 제공하는 가치 등을 캠페인 스토리텔링을 명확하게 전달한다.

- **리워드 체계** 사인본, 한정판 커버, 저자와의 만남, 출판 기념 이벤트 초대권 등 후원자에게 제공할 리워드 설정과 다양한 가격대의 리워드를 설정하여 폭넓은 참여를 유도한다.

- **홍보 및 마케팅** 소셜 미디어, 블로그, 이메일 뉴스레터 등을 통한 홍보 활동 및 관련 커뮤니티, 독서 클럽, 온라인 포럼 등에서 캠페인을 소개한다.

- **캠페인 관리** 캠페인 기간 동안 지속적인 업데이트와 커뮤니케이션 유지 및 후원자의 질문과 피드백에 신속하고 적극적으로 대응한다.

- **후속 조치** 목표 달성 후 후원자들에게 감사 메시지와 리워드 배송 일정 공지 및 목표 미달

성 시 대안 계획을 수립하고 후원자들에게 투명하게 전달한다.

크라우드 펀딩은 적절한 준비와 전략이 필요하며, 캠페인의 성공 여부는 책의 내용, 저자의 열정 그리고 독자들과의 소통 능력에 좌우된다. 참고로 크라우드 펀딩에 대한 부담감이 있을 경우에는 출판사(책바세)를 통해 출간 의뢰를 요청할 수 있다. 출판사 입장에서도 좋은 원고일 경우 출판사에서 모든 비용을 투자하여 출간을 해 주기 때문이다.

성공적인 크라우드 펀딩을 위한 워크시트

각 크라우드 펀딩 플랫폼에서는 성공적인 크라우드 펀딩을 위한 워크시트를 구성하는 방법을 제시해 준다. 워크시트는 체계적인 계획과 실행에 필수적인 요소로 본 도서에서는 독자들을 위해 국내에서 가장 활성화되어 있는 와디즈의 [메이커 워크시트 #1 아이템]를 다음과 같은 학습자료를 통해 받아 볼 수 있다.

[책바세 웹사이트 접속] – **[도서목록]** –**[해당 도서의 학습자료 받기]**를 통해 다운로드 받는다.

▶ 전자책 판매를 위한 플랫폼 (공통)

전자책 판매를 위한 플랫폼은 여러 가지가 있으며, 각 플랫폼은 각자 독특한 특징과 장점을 가지고 있다. 다음은 전자책을 출판하고, 판매할 수 있는 국내외 주요 플랫폼들이며, 각 플랫폼에서의 거래 조항은 해당 플랫폼에 문의하면 된다.

국내 전자책 판매 플랫폼

- **크몽** (https://www.kmong.com) 다양한 프리랜서 서비스를 제공하는 플랫폼으로 전자책을 포함한 다양한 디지털 콘텐츠 제작 및 판매를 할 수 있다.

- **와디즈 (https://www.wadiz.kr)** 국내 대표 크라우드 펀딩 플랫폼으로 창작자들이 자신의 전자책 프로젝트를 소개하고 펀딩(판매)을 받을 수 있다.

- **리디북스 (https://ridibooks.com)** 국내 대표적인 전자책 전문 플랫폼으로 광범위한 독자층 접근, 사용자 친화적인 독서 환경을 제공한다.

- **유북 (https://youbook.biz)** 전자 미니북을 누구나 쉽게 만들어 출판하고 판매할 수 있는 플랫폼이다.

- **예스24 셀프퍼블리싱 (https://yes24.com)** 예스24에서 제공하는 자가 출판 서비스로 예스24의 광범위한 독자 네트워크 접근이 가능하다.

- **교보문고 (https://kyobobook.co.kr)** 국내 최고의 서점 네트워크 체인이 운영하는 전자책 플랫폼으로 광범위한 독자층과 안정적인 플랫폼을 제공한다.

- **알라딘 (https://www.aladin.co.kr)** 도서 판매 및 중고 서적 거래를 포함한 종합 서점으로 다양한 종류의 책과 전자책을 제공한다.

- **아라북 (https://araebook.com)** 출판과 판매를 동시에 할 수 있는 전자책 플랫폼이다. 이 플랫폼에서는 전자책을 무료로 제작해 주는 것이 특징이다.

각 플랫폼은 서비스, 사용자 인터페이스, 판매 전략 등에 차이가 있으며, 자신의 출판 목적과 콘텐츠 유형에 맞는 플랫폼을 선택하는 것이 중요하다.

해외 전자책 판매 플랫폼

- **Amazon Kindle Direct Publishing (https://kdp.amazon.com)** 아마존은 세계 최대의 전자책 플랫폼으로 높은 가시성, Kindle Unlimited 및 Kindle Owners' Lending Library 프로그램 참여가 가능하다. 국내 작가들도 영문으로 제작된 전자책으로 거래하고 있다.

- **Apple Books (https://authors.apple.com)** 애플 사용자에게 인기이며, iOS 사용자에게 쉽게 접근이 가능하다. iBooks Author를 통한 고품질 전자책 제작이 가능하다.

- **Google Play Books (https://play.google.com/books/publish)** 구글의 광범위한 네트워크와 통합하며, 안드로이드 사용자와의 연결 및 구글 검색 통합이 가능하다.

도서 출간 및 판매 수익 구조 (공통)

도서 출간 및 판매 수익 구조는 출판 형태와 제작 비용에 따라 달라지며, 책 판매 부수에 대한 인세(수익)를 받는 경우와 원고료(매절)만 받는 경우 그리고 출간된 책이 모두 소진되었을 때 받는 후 인세 등이 있다. 다음은 일반적인 책 판매 시 수익 구조에 대한 내용으로 자신의 작업 환경에 맞는 방식을 선택하는 것이 중요하다.

모든 제작을 자가로 할 경우 (인쇄와 총판 및 관리만 외주)

모든 제작을 자가로 제작할 경우에는 가장 높은 인세(수익)을 얻을 수 있다. 하지만 디자인 및 윤문(교열, 교정 등의 작업) 그리고 인세 비용에 대한 제작 비 부담이 있다.

- **35~40% 수익률** 일반적으로 책 정가 기준 인쇄비는 15~20%이며, 총판(관리)비는 10~20%, 서점 마진은 30~35%이므로 출판사는 대략 35~40% 정도의 수익률을 가진다. 물론 여기에서 디자인, 윤문, 마케팅 비용은 별도로 책정해야 한다. 만약 디자인과 윤문 작업을 자체적으로 진행한다면 이 방식은 상당히 높은 수익률을 얻을 수 있다.

모든 제작을 출판사가 대행할 경우

원고 작업 후 디자인, 윤문, 인쇄, 총판 관리 등을 모두 외주에 맡긴다면 상대적으로 작가(저자)의 수익률은 낮아진다. 하지만 제작 비용 및 작업에 대한 부담은 줄어든다.

- **8~12% 수익률** 일반적으로 책 정가 대비 디자인비 5~10%, 윤문비 5~10%, 인쇄비 15~20%, 총판비 10~20%, 서점 마진 30~35%에 대한 비용을 뺀 나머지 10~15% 정도의 수익률(인세)을 받을 수 있다. [책바세]는 국내 최고의 인세(10~20%)를 책정하고 있다.

온라인 서점의 판매 지수를 통한 매출 분석

이번에는 실제로 판매되고 있는 책에 대한 매출을 분석하여 책이 얼마나 매력적인 비즈니스 모델인지에 대해 검증해 보기로 한다. 여기에서는 [책바세]에서 출간된 신간 세 가지를 대표 온라인 서점인 예스24의 판매 지수를 통해 살펴볼 것이다. 물론 예스24 판매 지수가 전체 판단 기준이 될 수는 없지만, 교보 다음으로 많은 거래가 이루어지는 서점이기 때문에 어느 정도는 신뢰할 수 있다.

먼저 2023년 10월 25일에 출간된 [챗GPT 교사 마스터 플랜] 도서이다. 이 도서는 2023년 12월 1일 현재 판매지수가 [18,486]이다. 예스24에서의 판매지수가 이 정도였을 때 총 판매 부수는 어떻게 될까? 결과적으로 11월 1일~30일(1개월) 기준 총 950부가 판매되었다. 전문 서적 치고는 상당히 높은 수치이며, 이 책이 신간이기 때문에 앞으로 더 상승할 것이다. 다음의 설명을 통해 월간, 연간 그리고 절판까지 얼마나 많은 부수가 판매되고, 수익(인세)이 발생될 것인지 파악할 수 있다.

월간 수익(인세) 책 정가 24,000원 X 950부 X 수익 40%(0.4) = 9,120,000원

년간 수익 (판매지수가 25,000 정도일 때) 책 정가 24,000원 X 17,000부 X 인세 40%(0.4) = 163,200,000원

총 수익(절판까지 기간이 2년 정도일 때) 책 정가 24,000원 X 34,000부 X 인세 40%(0.4) = 326,400,000원

계속해서 이번엔 [생성형 빅3]에 대한 도서이다. 이 도서는 2023년 09월 12일에 출간되었으며, 2023년 12월 1일 현재 판매지수는 [3,666]이다. 출간된지 3개월 정도 되었으며, 판매지수가 3천 중후반대로 유지되고 있다. 즉, 이 수치는 제법 선전하고 있다고 보면 되고, 앞으로 수치의 변화는 많지 않을 것이다. 11월 1일~30일까 판매 부수는 [403]이며, 이 책에 대한 수익은 다음의 설명을 통해 파악할 수 있다.

월간 수익(인세) 책 정가 32,000원 X 403부 X 인세 40%(0.4) = 5,158,400원

년간 수익(판매지수가 3,700 정도일 때) 책 정가 32,000원 X 5,000부 X 인세 40%(0.4) = 64,000,000원

총 수익(절판까지 기간이 2년 정도일 때) 책 정가 32,000원 X 34,000부 X 인세 40%(0.4) = 128,000,000원

마지막 세 번째 책은 [인공지능 그림 수업]이다. 이 도서는 가장 늦은 2023년 11월 13일에 출간되었으며, 현재 판매지수가 [5,706]이다. 출간된지 1개월 정도밖에 되지 않아 판매지수에 부침이 있지만 현재 상승 추이를 보이고 있기 때문에 앞으로 5~6천 대의 지수를 유지할 것으로 예측된다. 11월 13일~30일까지의 판매 부수는 [334]이며, 이 책에 대한 수익은 다음의 설명을 통해 파악할 수 있다.

월간 수익(인세) 책 정가 17,000원 X 334부 X 인세 40%(0.4) = 2,271,200원

년간 수익(판매지수가 6,000 정도일 때) 책 정가 17,000원 X 6,000부 X 인세 40%(0.4) = 40,800,000원

총 수익(절판까지 기간이 2년 정도일 때) 책 정가 17,000원 X 12,000부 X 인세 40%(0.4) = 81,600,000원

살펴본 세 권의 책을 분석한 결과 세 권의 책으로 연 2억 6천만 원 정도 수익(인세)을 올릴 수 있다는 것을 알 수 있다. 만약 이와 비슷한 판매지수의 책을 2~3권 더 소유한다면 1인 출판으로도 5억 이상의 수익(인세)를 얻을 수 있다는 결론이 나온다. 다만, 높은 수익률을 얻는 대신 제작 비용과 업무에 대한 리스크가 있기 때문에 이러한 잠재적 위험을 최소화하기 위해 신간 기획 과정에 신중을 기해야 한다.

➤ 진짜 작가로 먹고 사는 법 (공통)

작가로서 삶을 꾸려 나가는 것은 많은 이들에게 꿈 같은 일이지만, 이 길은 매우 도전적이고 경쟁도 치열하다. 많은 사람들이 작가가 되고자 한다. 하지만 모두가 성공하는 것은 아니다. 작가로서 성공하기 위해서는 독자의 마음을 사로잡고 출판사나 에이전트의 관심을 끌어야 한다. 이것은 결코 쉬운 일이 아니다.

첫째로, 작가로 활동하는 것은 시간과 노력이 많이 들어가는 작업이다. 좋은 작품을 만들기 위해서는 꾸준한 연습과 끊임없는 수정이 필요하다. 이 과정에서 많은 사람들이 지치거나 포기하게 된다.

둘째로, 작가로서 안정적인 수입을 창출하는 것은 쉽지 않다. 수필가, 소설가, 시인, 테크라이터(기술 전문 작가) 등 다양한 분야에서 활동하는 작가들의 수입은 자신의 작품과 활동 범위에 따라 크게 다르다. 예를 들어, 수필가의 경우 신문이나 월간지에 연재하거나 특정 매체의 부록에 참가할 수 있지만, 대부분의 초기 수익은 지인들로부터 발생하므로 이것만으로는 생계를 유지하기 어렵다. 소설가의 경우도 마찬가지로 초기에는 지인들이 구매해 준 수입이 대부분이다. 시인은 더 말할 것도 없다. 시(詩)는 현대인의 정서와 점점 멀어지고 있기 때문이다.

그나마 희망적인 것은 테크라이터로, 전문 분야에 대한 정보를 제공하는 전문 서적이 자기계발 측면에서 꾸준한 관심을 받고 있기 때문이다. 자신이 가지고 있는 전문 지식과 경험을 책으로 잘 담아낼 수만 있다면 작가로서 성공할 가능성이 상당히 높다. 그러나 초기에는 다른 직업과 병행하는 것이 일반적이며, 프리랜서로 활동을 병행하면서 꾸준한 출간을 통해 자리잡아야 한다.

셋째로, 작가의 작품이 대중에게 알려지기 위해서는 꾸준한 마케팅과 홍보가 필요하다. 이는 작가 본인이 직접 하거나 출판사와 에이전트의 도움을 받아야 하며, 이 과정에서 상당한 비용이 발생될 수 있다.

넷째로, 작가로서의 성공은 대체로 장기적인 시간을 요구한다. 출간 즉시 베스트셀러를 기대하기 매우 어렵기 때문에 좋은 작품을 지속적으로 창작하고, 대중과의 소통을 통해 인지도를 쌓아가야 한다. 필자도 초기에는 강의와 월간지 연재를 병행하며, 여러 권의 책을 출간한 후에야 본격적인 작가로서 자리를 잡을 수 있었다. 처음에는 소설가의 꿈을 가졌지만, 가장으로서의 책임감 때문에 테크라이터의 길을 선택해야만 했었다. 하지만 이 일을 하면서 전문 분야에 대한 지식을 제공하는 테크라이터는 정말 매력적인 직업 작가라는 것을 알게 되었다.

작가로서의 길은 쉽지 않다. 하지만 이 모든 도전과 역경을 극복하고 최선을 다한다면 성공이란 길에서 달콤한 휴식을 취할 수 있는 순간을 경험하게 될 것이다. 어려움 속에서 이루어낸 성공이야 말로 그만큼 더 큰 보람과 만족을 느끼게 되는 것이므로 작가의 길이 더 아름답고 가치 있는 여정인 것이다.

▶ 강의로 이어지는 출간 작가의 확장성 (공통)

책을 출간함으로써 작가는 단순한 저술 활동을 넘어 퍼스널 브랜드 구축, 강연, 워크숍, 컨설팅 등 다양한 방향으로 활동 영역을 확장할 수 있는 기회를 갖게 된다. 이는 작가로서의 영향력을 넓히고, 여러 방면에서 수익을 창출하는 데 기여한다. 성공한 유튜버가 마지막엔 책을 출간하는 것도 바로 이런 이유에서이다.

필자 또한 최근에 출간된 [생성형 AI]와 [인공지능 그림 수업]이란 책으로 인해 여러 단체 및 학교에서 강의 요청이 들어오고 있다. 강의 요청은 사회기관(훈련원, 교육센터 등), 학교, 기업 등으로 구분할 수 있는데, 사회기관과 학교에 비해 기업 강의료가 월등하게 많기 때문에 수익 창출 및 잠재적 비즈니스 기회에 목적을 둔다면 기업 강의 위주로 하며, 후학 양성하거나 커리어를 쌓고자 한다면 기관 및 학교 강의를 권장한다. 물론 여건이 된다면 모든 강의 유형에 참여함으로써 더 넓은 독자층과 접촉할 수 있으며, 다양한 경험을 통해 전문성을 더욱 강화할 수 있다.

기업과 교육기관의 강의료 차이는 분야와 위치, 강사의 경력, 명성, 강의 내용과 구성, 참석 대상자의 수 그리고 강의 목적에 따라 달라질 수 있다. 일반적으로 기업 강의는 전문성이 높고 구체적인 비즈니스 목표에 집중하는 경향이 있어 더 높은 강의료를 받는 경우가 많다. 다음은 기업과 교육기관의 강의료를 비교한 것이다. 이 정보를 통해 자신에게 가장 적합한 강의 유형을 결정한다.

- **기업 강의(강연)** 일반적으로 시간당 약 30만원에서 50만원 정도이다. 기업 강의는 대체로 비즈니스 목표나 직원 교육에 초점을 맞추고 있다. 이것은 강사에게 더 높은 수준의 전문성과 준비를 요구한다. 따라서 더 높은 강의료(법적 기준 인 100만 원)를 기대할 수 있다.
- **교육기관 강의** 시간당 약 5만원에서 10만원 정도이다. 교육기관 강의는 학생들이나 일반 대중을 대상으로 하는 경우가 많으며, 교육적 목적이 강조된다. 강의료는 일반적으로 기업 강의에 비해 낮은 편이지만, 강사의 경험을 쌓고 네트워크를 확장하는 데 도움이 된다.

살펴본 것처럼 각각의 강의료는 해당 기관의 예산, 강사의 명성 및 경력 그리고 강의의 세부 사항에 따라 변동될 수 있다. 따라서, 강의를 계획할 때에는 강의의 목적, 대상, 내용 등을 고려하여 적절한 강의료를 책정하는 것이 중요하다.

▶ 자신만의 콘텐츠의 필요성 (공통)

자신만의 콘텐츠가 있는가? 책을 출간하거나 강의를 진행하는 데 있어 가장 중요한 요소가 바로 [경쟁력있는 독창적인 콘텐츠]이다. 이것은 자신만이 가질 수 있는 독특한 시각과 전문성이 반영된 콘텐츠를 의미한다. 다른 책이나 강의(강연)의 비교에서 경쟁력을 잃지 않기 위해서는 그만큼 자신의 능력을 입증할 수 있는 수준의 콘텐츠가 필요하기 때문이다. 이러한 자신만의 콘텐츠는 다음과 같은 방식으로 창출된다.

- **개인 경험과 전문 지식의 결합** 자신의 경험과 전문 지식을 결합하여 독자 또는 청중에게 공감과 가치를 제공한다. 이는 단순한 정보 전달이 아닌 실제 경험에 기반한 심도 깊은 통찰력을 제공함으로써 독창성을 보장받을 수 있다.

- **독특한 접근 방식** 기존에 다루어진 주제라 할지라도 자신만의 독특한 시각과 해석을 통해 새로운 관점을 제공한다. 이는 주제에 대한 새로운 논의를 유도하고, 기존의 사고방식을 전환시키는 데 기여한다.

- **지속적인 학습과 성장** 자신의 분야에서 최신 트렌드와 발전을 지속적으로 학습하고, 이를 자신의 콘텐츠에 반영한다. 이러한 지속적인 업데이트는 콘텐츠의 신선함을 유지하고, 독자 및 청중에게 지속적인 가치를 제공한다.

결국, 유니크한 콘텐츠는 단순한 정보 전달을 넘어 독자 및 청중에게 영감을 주고, 동기를 부여하며, 궁극적으로는 삶의 변화를 가져오는 강력한 수단이 된다.

➤ 블로그에 머물지 말고 책으로 승부하기

최근 SNS, 크라우드 펀딩 플랫폼, 인터넷을 탐색하다 보면 [블로그 자동 수익화]라는 광고가 자주 눈에 띈다. 이것은 필자에 눈에만 들어오는 것을 아닐 것이다. 이들은 별다른 노력 없이도 수익이 자동으로 발생한다고 주장한다. 이러한 광고들을 보며, 때론 따끔하게 일괄하고 싶지만 그냥 참고 넘어간다. 따지고 보면 그런 광고들이 완전한 사기는 아니며, 이런 사소한? 일로 수명이 줄어들게 하기 싫기 때문이다. 결국, 이런 터무니 없는 광고들은 무시하는 게 상책이다.

블로그를 통한 수익 창출 방식은 다양하지만 대부분의 블로그 운영자들은 자신이 투자한 시간과 노력에 비해 상대적으로 적은 수익을 얻게 된다. 블로그에서 광고를 클릭할 때마다 일정 수익이 발생하는 방식은 광고의 클릭률과 노출 빈도에 따라 수익이 달라지는데, 다양한 콘텐츠를 제공하고 활발한 활동을 하는 블로거들은 광고 수익, 제휴 마케팅, 스폰서십 및 협찬, 콘텐츠 판매, 개인 후원 및 구독을 통해 상당한 수익을 얻을 수 있다. 하지만 이렇게 되기 위해서는 높은 트래픽과 지속적인 콘텐츠 업데이트 그리고 효과적인 수익화 전략이 필요하여 대다수 블로거에게는 쉽지 않은 목표이다. 이렇게 해서 한푼이라도 더 벌어야 하는 우리 N잡러들의 마음은 백번 이해하지만, 이것이 현실이고, 현타를 실감하는 순간이 된다.

다시 한 번 강조하지만 블로그는 일시적이고 변덕스러운 수익원일 수 있지만, 사회적으로도 훨씬 가치 있는 책을 쓴다면 지속적인 수익과 함께 퍼스널 브랜드와 전문성을 구축하는 데 도움을 줄 것이다. 특히, 책은 단순한 수익 창출 수단을 넘어 개인의 전문성과 식견을 널리 알릴 수 있는 강력한 도구이다. 잘 만들어진 책은 오랜 시간 동안 독자들에게 영향을 미치며, 저자의 명성을 구축하고, 강연, 컨설팅, 워크숍 등 다양한 부가적인 기회를 창출할 수 있다. 이처럼 책을 통한 지적 자산의 축적과 브랜드 구축은 장기적인 관점에서 볼 때 훨씬 큰 가치와 수익을 가져다 줄 것이다. 이제 돈 벌기 위해 블로그에 시간 투자하지 말고 여러모로 가치가 있는 책으로 승부를 걸어보자.

블로그에 글을 쓸 정도면 무조건 책도 쓸 수 있다

많은 사람들이 블러그에는 포스팅하여 수익을 내고 싶어 하면서 책을 쓰자 그러면 자신이 어떻게 책을 쓰냐고 반문한다. 이게 무슨 궤변인가? 블러그 글은 글이 아닌가? 브로그 글은 부담이 없고 책은 있다는 건가? 아니면 자신이 책을 쓰기엔 부족한 사람이라고 생각하는 건가? 항상 말하지만 책은 자신이 가지고 있는 신념과 철학 그리고 목표가 있다면 누구나 쓸 수 있다고 생각한다. 사실 필자 또한 그동안 쓴 책이 필자의 전공 분야도 아니고, 엄청난 문장력을 가지고 있어 책을 쓴 것도 아니다. 단지 쓰고 싶었고, 나도 쓸 수 있지 않을까라는 무모함으로 시작하여 지금은 자연스럽게 책을 쓰는 작가의 삶으로 이어지고 있고, 또 출판사(책바세)를 운영하는 대표가 되지 않았는가.

블로그 글쓰기 경험거나 블로그 수준의 글쓰기 준비가 되었다면, 이미 책을 쓸 수 있는 튼튼한 기반을 마련한 것이다. 블로그를 통해 꾸준히 글을 하고, 글쓰기 기술을 연마하다 보면 다양한 주제에 대한 깊이 있는 이해를 얻을 수 있다. 이러한 경험은 책을 쓰는 데 있어서도 큰 도움이 되며, 블로그를 통해 얻은 독자들의 반응과 피드백은 소중한 자료가 되어 책 내용을 보다 풍요롭게 만들어 줄 것이다. 또한, 블로그를 통해 자신의 생각과 지식을 분명하고 효과적으로 전달하는 능력을 키울 수 있다. 이는 책 집필에도 매우 중요한 요소이다. 따라서, 블로그에서의 글 작성 경험은 책을 집필하기 위한 훌륭한 출발점이 될 수 있으므로 이제부터는 블로그와 책을 글쓰기의 다른 형태로 보지 말고, 단지 서로 다른 플랫폼에서 이어지는 하나의 큰 이야기라고 생각해 보자.

블로그에서 시작한 글쓰기 여정을 책 출간으로 확장하면 더 큰 목표를 향해 나아갈 수 있다. 블로그는 단순한 글쓰기의 연습장이 아니라 책을 써나가는 과정에서 중요한 초석이 되는 것이다. 이제 자신만의 독특한 이야기와 지식을 담아 책을 통해 더 넓은 세상과 소통하는 것을 목표로 정해 보자. 글도 쓸 수록 느는 것이며, 우리에겐 챗GPT와 같은 엄청난 능력을 가진 조력자가 항상 옆에 있다는 것을 잊지 말자.

026. 진짜 누구나 돈 벌게 해주는 경제 관련 도서

경제 관련 도서는 경제학, 경영학, 금융, 투자 등 경제 분야와 관련된 이론과 실무 지식을 다루는 책이다. 대표적으로 [넛지], [비트코인], [월가의 영웅], [돈의 속성] 등이 있다. 여기에서는 재테크, 투자, 창업, 기업경영, 경제사, 경제정책 등 다양한 주제를 다루고 있다. 만약 경제 분야에 관심이 많거나 해당 분야의 전문 지식이 많다면 베스트셀러 가능성이 높은 경제 분야의 책에 투자할 가치는 충분하다.

경제 서적은 자기계발 영역과 밀접하게 얽혀 있다. 이 분야의 베스트셀러는 종종 수십에서 수백만 부 이상의 판매고를 올리며 대중적인 인식을 획득한다. 이러한 책들은 그 명성만으로도 널리 알려지는 경향이 있다. 따라서, 경제 서적을 집필하고자 하는 사람에게는 충분히 매력적인 분야이다. 하지만 모든 경제 서적이 독자들에게 큰 반향을 일으킬 것이라는 보장은 없다. 핵심은 저자의 경험과 전문성을 바탕으로 한, 독자들이 공감할 수 있는 내용을 담아야 한다는 것이다. 그러기 위해서는 심층적인 연구와 사례 분석이 필요하며, 독자들의 참여를 유도하는 상호작용 요소와 함께 명확하고 잘 구조화된 내용이 필수적이다. 또한, 기존의 경제 서적과의 차별화를 위한 독창적인 접근 방식과 최신 트렌드 및 이론을 반영할 수 있어야 한다.

⟫ 경제 관련 도서의 종류

경제 관련 도서는 다양한 하위 주제와 접근 방식을 취할 수 있다. 여기에서는 다음 과 같은 몇 가지 주요 유형을 소개해 본다.

- **기초 경제 이론 도서** 경제학의 기본 원리와 개념을 설명하며, 경제 시스템의 작동 방식을 초보자에게 소개한다.

- **개인 재정 관리 및 재테크 도서** 개인의 재정 관리, 예산 작성, 저축, 투자 등에 초점을 맞춘 도서로 개인이 자산을 효과적으로 관리하고 증식하는 방법을 제공한다.

- **투자 및 주식 시장 도서** 주식, 채권, 상호 기금, 부동산 투자 등 다양한 투자 옵션에 대한 정보를 제공하며, 시장 분석과 투자 전략에 대해 설명한다.

- **경제 전망 및 분석 도서** 현재와 미래의 경제 상황에 대한 분석, 경제 예측, 경제 정책의 영향 등을 탐구한다.

- **비즈니스 및 경제 발전 도서** 기업 경영, 기업가 정신, 비즈니스 전략, 경제 발전의 역사 및 이론에 관한 도서이다.

- **경제 사회학 도서** 경제 활동이 사회, 문화, 정치에 미치는 영향을 탐구하며, 경제적 현상을 사회적 관점에서 분석한다.

- **글로벌 경제 도서** 세계 경제, 국제 무역, 글로벌 금융 시장 등에 대한 분석을 제공한다. 최근 가장 많은 관심을 끄는 분야이다.

- **경제 정책 및 역사 도서** 경제 정책의 역사, 이론, 현재의 경제 정책에 대한 분석을 다룬다.

- **금융 위기 및 경제 붕괴 도서** 역사적 금융 위기의 원인과 결과 그리고 이로부터 얻을 수 있는 교훈을 탐구한다.

- **디지털 경제** 디지털 경제의 성장, 암호화폐, 블록체인 기술 등 경제의 새로운 현상을 다룬다.

- **경제 교육과 자기계발** 개인이 경제 지식을 키우고 재정적 자율성을 개발하는 데 도움이 되는 교육적인 내용을 포함한다.

🔈 경제 관련 도서를 쓰기 위한 전략

경제 관련 도서 집필을 위한 전략은 명확하고 구체적인 접근 방식이 필요하다. 이러한 도서는 독자들에게 귀중한 지식을 제공하며, 저자의 전문성을 보여주는 데 중요한 역할을 한다. 다음의 요소들을 고려한다.

- **시장과 독자 분석** 경제 서적의 독자들이 어떤 주제에 관심을 가지고 있는지 파악해야 하며, 개인 재정, 투자 전략, 경제 이론 등 특정 분야에 초점을 맞추어 타겟 독자층을 정의하는 것이 중요하다.

- **전문성과 신뢰성 강화** 경제 분야의 전문 지식을 바탕으로 독자들에게 신뢰를 줄 수 있는 내용을 제공해야 하며, 이를 위해 해당 분야에 대한 깊이 있는 지식과 실제 경험을 반영하는 것이 중요하다.

- **실제 사례 및 데이터 활용** 경제 이론과 개념을 실제 사례, 통계 데이터, 연구 결과 등과 결합하여 독자들이 실질적으로 이해하고 공감할 수 있는 내용으로 구성한다.

- **접근성 있는 콘텐츠 제공** 경제 서적은 복잡하고 전문적일 수 있으므로 독자들이 쉽게 이해하고 접근할 수 있는 방식으로 내용을 전달해야 한다. 복잡한 경제 개념을 간단하고 명확하게 설명하는 것이 중요하다.

- **독자 참여 유도** 인터랙티브 요소, 실습, 토론, 질문 등을 포함하여 독자들이 책의 내용을 적극적으로 활용하도록 유도하여 도서의 가치를 증대한다.

- **마케팅 및 홍보 계획 수립** 출판 시장 내 입지를 확립하기 위해 사전에 마케팅 및 홍보 계획을 세운다. 페이스북이나 인스트그램과 같은 소셜 미디어, 블로그, 온라인 커뮤니티, 인플루언서와의 협업 등 다양한 채널을 활용하여 도서의 인지도를 높일 수 있다.

- **지속적인 업데이트와 개선** 경제는 끊임없이 변화하는 분야이므로 도서 내용을 최신 상태로 유지하고, 필요에 따라 개정판을 출간하는 것도 중요하다. 이를 통해 독자들에게 지속적인 가치를 제공한다.

➤ 경제 관련 도서 작가의 요건

경제 관련 도서를 쓰는 작가는 경제학의 기본 원리와 현대 경제의 동향에 대한 깊은 이해가 필요하다. 작가는 복잡한 경제 이론을 쉽고 명확하게 전달할 수 있는 능력과 함께 현실 세계의 경제 사례를 분석하고 설명할 수 있는 실무적인 지식을 갖추어야 한다.

- **경제학에 대한 전문적인 지식** 작가는 경제학의 기본적인 이론, 원칙 및 모델을 이해하고 있어야 하며, 현재의 경제 상황과 역사적인 경제 사건에 대해 통찰력을 가져야 한다.

- **복잡한 개념의 단순화** 경제학은 복잡한 개념과 이론으로 가득 차 있다. 그러므로 작가는 이러한 복잡한 개념을 일반 독자가 이해하기 쉬운 언어로 전환하는 능력이 필요하다.

- **현재 경제 이슈에 대한 이해** 글로벌 경제, 국내 경제의 동향, 정책 변화 등 현재의 경제 이슈에 대한 깊은 이해가 필요하다. 이를 통해 작가는 독자들에게 가치 있는 통찰력과 정보를 제공할 수 있다.

- **실제 사례와 데이터 사용** 경제 이론을 실제 사례와 데이터에 적용하여 설명함으로써 이론을 현실 상황에 연결하는 것이 중요하다.

- **지속적인 학습 및 업데이트** 경제학은 끊임없이 변화하는 분야로써 작가는 항상 최신 경제 이론, 연구 결과, 정책 변경 사항 등을 지속적으로 학습하고 자신의 지식을 최신 상태로 유지해야 한다.

➤ 경제 관련 도서로 베스트셀러 되기

경제 관련 도서의 베스트셀러는 단순히 정보를 전달하는 것 이상으로 독자의 관심을 끌고, 시장에서 돋보일 수 있는 매력적인 콘텐츠와 혁신적인 접근 방식이 필요하다. 기획과 제작 과정에서는 시장 동향을 파악하고, 독자의 요구에 맞는 내용을 구성하여 우수한 가독성과 흥미로운 내용으로 구성하는 것이 중요하다.

- **시장 분석 및 타겟 독자층 파악** 현재 시장에서 인기 있는 경제 주제들과 트렌드를 조사하며, 경제학의 다양한 분야 중 하나에 집중하여 타겟 독자층을 명확하게 정의한다.

- **전문성과 신뢰성 구축** 복잡한 경제 개념을 명확하고 이해하기 쉽게 풀어낸다면 전폭적으로 독자들의 신뢰를 얻을 수 있으며, 최신 경제 데이터와 실제 사례를 활용하여 내용의 신뢰성을 높인다.

- **독창적이고 접근 가능한 내용** 경제 이론을 창의적이고 신선한 방식으로 제시해야 하며, 이야기 형식, 인포그래픽, 시각적 요소를 활용하여 독자의 이해를 돕는다.

- **마케팅 및 홍보** 출간 전과 후에 적극적인 마케팅 및 홍보 활동을 계획해야 하며, 소셜 미디어, 블로그, 웹 세미나 등 다양한 채널을 활용한다.

- **지속적인 업데이트 및 개선** 경제는 지속적으로 변화하는 분야이므로 책의 내용을 정기적으로 업데이트하고 필요에 따라 개정판을 발행한다.

이러한 전략들을 통합하고 체계적으로 실행함으로써 경제 관련 도서를 베스트셀러로 만드는 데 강력한 기반을 마련할 수 있다.

027. 세상을 바꾸는 기술(컴퓨터·IT) 전문 도서

기술(컴퓨터·IT) 전문 도서는 컴퓨터 과학, 정보 기술, 인공지능, 디자인, 멀티미디어, 모바일 등의 분야에서 기술적인 내용을 다루는 책을 말한다. 대표적으로 [프리미어 프로], [챗GPT 교사], [블렌더 3D], [유튜브] 등이 있다. 기술 전문 도서는 기술이 세상을 어떻게 변화시키고 있는지에 대한 이해를 할 수 있게 한다. 이는 IT 전문가뿐만 아니라 기술에 관심 있는 모든 이들에게 유익한 정보가 된다.

기술의 발전과 함께 IT 전문 지식에 대한 수요가 증가하고 있는 때에 기술 전문 도서의 출간은 출판 비즈니스의 기회를 제공하며, 1인 출판사도 기술(컴퓨터·IT) 전문 분야에서 성공할 수 있는 최적의 가능성을 보여준다. 디지털 시대에 발맞춰 IT와 컴퓨터 과학의 최신 트렌드를 심도 있게 다루는 도서는 지속적인 수요가 있으며, 특히 새롭게 부상하는 기술 분야(예: 인공지능, 사물인터넷, 블록체인 등)에 대한 심층적인 분석과 실용적인 지식을 제공하는 도서는 모두에게 매력적으로 다가온다. 이 분야에 대한 유연성과 시장의 변화에 빠르게 대응하고, 독자층의 니즈에 맞춘 콘텐츠 제공한다면, 이를 통해 1인 출판사는 자신만의 독특한 브랜드를 구축하고, 도서 시장에서 성공할 수 있는 강력한 비전을 제공한다.

➤ 기술(컴퓨터·IT) 관련 도서의 종류

기술(컴퓨터·IT) 관련 도서는 디자인 분야부터 프로그래밍과 개발, 소프트웨어 엔지니어링, 인공지능 및 머신러닝, 네트워크와 보안, 데이터 과학, 클라우드 컴퓨팅, 운영체제 그리고 최신 기술 트렌드와 미래 전망을 다루며, 초보자부터 전문가까지 다양한 독자들에게 실용적인 지식과 최신 정보를 제공한다.

* **프로그래밍 및 개발** 특정 프로그래밍(예: Python, Java, C++ 등의 언어)나 웹 개발, 모바일 앱 개발에 관한 실용적인 지식과 예제를 다룬다.

* **소프트웨어 엔지니어링** 소프트웨어 개발 방법론, 시스템 설계, 테스트, 유지 보수 등 소프트웨어 개발의 전체 과정에 대해 설명한다.

* **인공지능과 머신러닝** AI 기초, 생성형 AI 활용, 알고리즘, 딥러닝, 머신러닝 모델, 응용 사례 등을 다룬다.

* **네트워크 및 보안** 컴퓨터 네트워킹의 기본 원리, 보안 프로토콜, 사이버 보안 위협과 방어 전략에 대해 설명한다.

* **데이터 과학 및 분석** 데이터 처리, 분석, 시각화, 빅데이터 기술, 데이터 마이닝 등 데이터 과학의 다양한 내용을 다룬다.

* **클라우드 컴퓨팅 및 서버 관리** 클라우드 서비스 모델, 클라우드 기반 애플리케이션 개발, 서버 관리 및 운영에 대한 내용을 포함한다.

* **운영체제 및 시스템 프로그래밍** 다양한 운영체제의 구조와 원리, 시스템 수준 프로그래밍에 대해 다룬다.

* **기술 트렌드 및 미래 전망** 인공지능, 사물인터넷(IoT), 블록체인, 가상현실(VR) 및 증강현실(AR) 등 최신 기술 트렌드와 미래의 IT 전망을 제시한다.

* **디자인 및 멀티미디어** 그래픽 디자인, UX/UI 디자인, 3D 모델링, 편집 디자인, 비디오 편집, 애니메이션 등 창의적인 디자인 및 멀티미디어 제작에 대한 내용을 다룬다.

▶ 기술(컴퓨터·IT) 관련 도서를 쓰기 위한 전략

기술(컴퓨터·IT) 관련 도서를 쓰기 위한 전략에서 중요한 것은 시장과 독자층을 정확히 파악하고, 최신 트렌드와 기술 발전에 발맞추어 실용적인 내용을 제공하는 것이며, 복잡한 기술 개념을 단순화하여 이해하기 쉽게 설명하는 동시에 책의 독창성과 차별화를 위해 저자만의 독특한 시각과 경험을 반영해야 한다.

• **시장과 독자층 분석** IT와 컴퓨터 기술 분야는 매우 넓고 다양하기 때문에 자신이 쓰고자 하는 주제가 타겟 독자층에게 어떤 가치를 제공할 수 있는지 분석하는 것이 중요하다. 예를 들어, 초보자를 위한 기초 프로그래밍 책과 전문 개발자를 위한 고급 시스템 아키텍처 책은 전혀 다른 독자층을 목표로 한다. 일반적으로 초보자를 위한 책을 선호한다.

• **최신 트렌드 및 기술 업데이트** 기술 분야는 빠르게 변화하기 때문에 최신 트렌드, 기술 발전, 업계 뉴스에 대한 지속적인 업데이트가 필요하다. 예를 들어, 인공지능(생성형 AI), 머신러닝, 클라우드 컴퓨팅, 사이버 보안 등은 매우 관심을 끌 수 있는 주제이다.

• **실용성과 실제 사례** 이론적인 설명과 함께 실제 사례를 제공하는 것은 독자들의 이해를 돕고 실질적인 지식을 제공하는 데 중요하다. 실제 프로젝트, 사례 연구, 실습 예제 등을 포함하여 독자들이 이론을 실제 상황에 적용할 수 있도록 한다.

• **접근성과 이해하기 쉬운 설명** 기술 관련 내용은 복잡하고 전문적일 수 있기 때문에 독자가 쉽게 이해할 수 있도록 내용을 간결하고 명확하게 전달하는 것이 중요하며, 복잡한 기술 용어는 단순화하고, 개념을 명확하게 설명하는 것이 필요하다.

• **독창성과 차별화** 시중에는 대형 출판사들에서 출간된 수많은 기술 관련 도서가 존재한다. 따라서, 자신의 책에는 독특하고 차별화된 가치를 제공해야 하며, 이를 위해 특정 기술에 대한 새로운 관점을 제시하거나 저자의 특별한 경험을 바탕으로 한 독창적인 내용을 포함시킬 수 있어야 한다.

• **마케팅 및 홍보** 책 출간 후에는 적극적인 마케팅과 홍보가 필요하다. 페이스북이나 인스타그램 같은 소셜 미디어, 블로그, 온라인 커뮤니티 참여, 도서 관련 이벤트 및 박람회 참가

등을 통해 독자와의 접점을 만들고 자신이 출간한 책의 가치를 알린다.

- **지속적인 업데이트 및 개정** 기술의 빠른 발전으로 인해 도서 내용이 전혀 쓸모없는 내용이 될 수 있다. 그러므로 정기적인 업데이트 및 개정판 출간을 통해 책의 내용을 최신 상태로 유지하는 것이 중요하다.

기술(컴퓨터·IT) 관련 도서 작가의 요건

기술(컴퓨터·IT) 관련 작가는 컴퓨터와 IT 분야에 대한 전문 지식과 최신 트렌드에 대한 끊임없는 학습을 필요로 한다. 또한, 복잡한 기술적 개념을 명확하고 이해하기 쉬운 방식으로 전달(표현)하는 능력이 중요하다.

- **전문적인 기술과 지식** 컴퓨터와 IT 분야에 대한 깊은 이해와 전문 지식이 필요하다. 이는 독자들에게 신뢰성 있는 정보를 제공하는 기반이 된다.

- **복잡한 개념의 단순화** 기술적 내용을 일반 독자도 쉽게 이해할 수 있도록 명확하고 간결하게 전달하는 능력이 필요하다.

- **최신 트렌드 파악** 컴퓨터와 IT 분야는 빠르게 변화한다. 따라서, 최신 기술 동향, 소프트웨어 업데이트, 새로운 프로그래밍 언어 등 최신 트렌드에 대한 지식이 필요하다.

- **실용적인 접근** 이론뿐만 아니라 실제 적용 사례, 실습 예제, 실무 팁 등을 제공하여 독자들이 실제로 활용할 수 있는 내용을 포함하는 것이 중요하다.

- **창의적인 내용 구성** 기존 도서와 차별화된 접근 방식과 독창적인 내용 구성으로 독자의 관심을 끌어야 한다.

- **지속적인 학습과 업데이트** 기술의 변화와 발전에 맞춰 지속적으로 학습하고, 필요한 경우 책 내용을 업데이트하는 것도 중요하다.

위에서 설명한 내용에 대한 기술적 능력을 가지고 있거나 관심이 있다면 기술 전문 도서 출판에 도전을 해보길 권장한다.

🔹 기술(컴퓨터·IT) 관련 도서로 베스트셀러 되기

기술(컴퓨터·IT) 관련 도서의 베스트셀러 전략은 독자의 니즈와 현재 기술 트렌드를 정확히 파악하고, 복잡한 기술 내용을 쉽고 접근 가능한 언어로 전달하는 데 중점을 두어야 한다. 이를 위해 전문적이고 실용적인 예제, 지속적인 콘텐츠 업데이트와 함께 효과적인 마케팅 전략이 필요하다.

- **시장과 독자 분석** 최신 기술 트렌드와 관련된 주제를 선정하고, 대상 독자층의 관심사와 니즈를 파악한다. 예를 들어, 인공지능(생성형 AI 실무 활용), 빅데이터, 클라우드 컴퓨팅 등이 인기 주제가 될 수 있다.

- **실용적 가치 제공** 독자들에게 실질적인 학습 가치와 적용 가능한 지식을 제공한다. 예를 들어, 프로그래밍 튜토리얼, 최신 기술 도구 사용법, 산업 사례 연구 등을 포함한다.

- **접근성 있는 콘텐츠** 복잡한 기술적 내용을 쉽고 명확한 언어로 설명하여 비전문가도 이해할 수 있도록 한 시각적 도표, 그래픽, 실습 예제를 포함하여 내용을 더욱 풍부하게 만든다.

- **현장 전문가의 기고** 해당 분야의 전문가나 업계 리더와의 인터뷰, 칼럼 기고를 통해 신뢰성을 높이고 독자들에게 실질적인 통찰력을 제공한다.

- **지속적인 업데이트** 기술은 빠르게 변화하기 때문에 최신 트렌드 정보를 SNS와 같은 공간에서 지속적으로 독자에게 전달한다. 필요한 경우 부록이나 개정판을 출간하여 독자들에게 계속해서 가치를 제공한다.

- **마케팅 및 프로모션** 소셜 미디어, SNS, 온라인 커뮤니티, 기술 컨퍼런스 등을 활용하여 책을 홍보한다. 또한, 독자 대상의 무료 워크숍이나 세미나를 개최하여 관심을 유도할 수도 있다.

028. 창의적이고 혁신적인 교육 및 학습 위한 도서

교육 및 학습을 위한 도서는 교육학개론, 교육심리학, 교육행정학 등의 이론서와 교육실습매뉴얼, 교육과정론, 교육평가 등의 실습서 그리고 초중고 등 교육기관에서 사용되는 교재나 워크북, 영어(어학), 수학 등이 교육 관련 도서로 분류될 수 있다. 이러한 도서들은 교육 분야 전문가나 학생들뿐만 아니라 학부모와 일반인들도 관심을 가지는 경우가 많다. 대표적으로 [완자 고등], [토익 시험], [개념원리], [영어회화] 등의 도서가 있으며, 전체 도서의 상위 5%에 해당하는 가장 큰 출판 시장을 구축하고 있는 매력적인 시장이다.

창의적이고 혁신적인 학습을 위한 교육 관련 도서는 변화하는 기술 환경, 학습 방식의 진화 그리고 지속 가능한 교육 모델에 대한 통찰을 제공한다. 여기에는 디지털 기술의 활용, 창의적 사고를 촉진하는 교육 기법 그리고 미래 세대를 위한 지속적이고 포괄적인 학습 환경 구축에 대한 아이디어와 실질적인 실행 전략이 포함된다. 만약 교육(수학이나 영어 등의 학습)에 대한 혁신적인 접근법을 가지고 있거나 해당 분야의 전문성을 보유하고 있다면, 해당 교육 관련 도서를 성공적으로 출간할 수 있는 확실한 기반이 된다.

교육 및 학습 관련 도서의 종류

교육 및 학습을 위한 도서는 교육 이론, 교수법, 학습 전략, 특수 교육, 교과목별 지침 그리고 자기 주도 학습 가이드 등을 포함하여 교육의 다양한 측면을 아우르며, 교사, 학생, 학부모 및 교육 전문가에게는 혁신적인 교육안을 제공하고, 일반 독자들에게는 지식 확장과 자기계발에 기여한다.

- **교육 이론 도서** 이론적 배경과 교육 철학을 다루며, 교육의 역사적 발전과 현대 교육 방법론에 대한 분석을 제공한다.

- **교수법 및 교육 방법론** 다양한 교수법, 학습 활동, 교육 전략에 대해 다루며, 효과적인 수업 기술과 학습자 참여 방법을 제시한다.

- **학습 전략 및 기술** 학생들이 자신의 학습 능력을 향상시킬 수 있는 구체적인 전략과 기술을 소개한다. 학습 방법, 메모리 기술, 시험 준비 방법 등이 포함된다.

- **특수 교육** 특수한 교육적 요구를 가진 학생들을 위한 교육 방법과 자원을 다루는 도서로써 주로 장애 학생, 영재 학생 등 다양한 학습 요구를 가진 대상에 초점을 둔다.

- **교과목별 지침 도서** 수학, 과학, 사회, 언어 예술 등 특정 교과목에 초점을 맞춘 교육 지침서로써 교사들이 교과 내용을 효과적으로 가르치기 위한 자료와 기술을 제공한다.

- **자기 주도 학습 가이드** 학습자가 자신의 학습 과정을 스스로 관리하고 주도하는 데 필요한 기술과 전략을 제공하여 독립적인 학습 능력과 평생 학습 기술을 강조한다.

- **학부모 교육 가이드** 자녀 교육에 대한 조언과 전략을 제공하는 도서로써 학부모가 자녀의 학습과 성장을 지원하는 데 도움을 주는 내용을 담는다.

- **부모 및 가정 교육** 부모와 가정에서의 아동 교육에 관한 도서로써 부모가 자녀의 학습 발달을 위해 할 수 있는 방법에 대한 조언을 제공한다.

- **외국어 시험** 토익(TOEIC)과 같은 외국어 시험을 준비하는 학습자들에게 필요한 어휘, 문법, 독해, 청해 등의 핵심 내용을 다루며, 실제 시험 유형과 유사한 연습 문제, 모의 시험,

전략 및 팁을 제공하여 토익 점수를 향상시키는 데 도움을 준다.

- **외국어 회화** 영어, 중국어, 일본어 등 다양한 외국어 학습자들을 위한 실용적인 회화 가이드를 제공한다. 일상적인 대화 상황, 여행, 비즈니스 회화 등 특정 상황에 맞춘 유용한 표현과 문화적 맥락을 다룬다.

- **수능 준비** 대학 수학능력시험(수능)을 준비하는 학생들을 위한 도서로 국어, 수학, 영어, 과학, 사회 등 다양한 과목에 대한 학습 내용과 전략을 제공한다. 기출 문제 분석, 개념 정리, 문제 풀이 전략 등을 포함한다.

- **자격증 및 전문 시험 준비** 특정 자격증이나 전문 분야 시험(예: 공인중개사, 회계사, IT 인증, 운전면허 시험 등)을 준비하는 이들을 위한 도서로 시험에 필요한 전문 지식과 실전 문제, 학습 전략을 제공한다.

- **어린이 및 청소년 교육** 어린이와 청소년을 대상으로 한 교육 도서로 과학, 수학, 역사, 문학 등 다양한 주제를 재미있고 이해하기 쉽게 설명한다. 창의력과 호기심을 자극하는 내용과 활동들이 포함된다.

- **어린이 및 청소년을 위한 위인전** 역사적 인물들의 삶과 업적을 통해 어린이들에게 영감을 주고, 도덕적 가치와 성공의 교훈을 전달하며, 어린이들이 이해하기 쉽도록 간단하고 명료한 언어와 흥미로운 스토리텔링을 사용한다.

- **어린이 및 청소년을 위한 과학** 어린이들에게 자연 세계와 과학적 원리에 대한 호기심과 지식을 심어주며, 생물학, 물리학, 화학, 지구과학 등 다양한 과학 분야를 쉽고 재미있게 설명한다. 또한, 실제로 실험해 볼 수 있는 간단한 과학 실험과 활동을 포함하여 이론적 지식을 실제 경험으로 연결한다.

▶ 교육 및 학습 관련 도서를 쓰기 위한 전략

교육 및 학습 관련 도서를 쓰기 위한 전략은 최신 교육 이론과 실용적 사례를 접목하여 독자에게 실질적 가치를 제공하는 동시에 쉽고 친근한 글쓰기 스타일로 광범위한 독자층의 이해와 참여를 유도하는 데 집중한다.

- **목표 독자층 파악** 학생, 교사, 학부모 또는 자기계발을 추구하는 성인 등 타겟 독자층을 명확히 정의하며, 각 독자층의 필요와 관심사에 맞춰 내용을 조정한다.

- **교육 내용의 전문성 및 정확성** 주제에 대한 깊은 이해와 전문 지식은 필수적이며, 최신 교육 이론, 연구 결과, 현장 경험을 반영하여 독자들이 신뢰할 수 있는 정보를 제공한다.

- **실용적이고 적용 가능한 내용 제공** 이론뿐만 아니라 실제 상황에 적용할 수 있는 실용적인 팁, 전략, 활동 등을 포함시켜 독자들이 쉽게 활용할 수 있도록 한다.

- **창의적이고 흥미로운 접근** 전통적인 교육 방식을 넘어서는 창의적이고 혁신적인 접근을 통해 독자들의 흥미를 유발하는 연구 사례, 이야기, 인터랙티브 요소 등을 포함하여 독자의 참여를 유도한다.

- **독자 참여와 상호작용 증진** 질문, 연습 문제, 토론 주제 등을 통해 독자가 적극적으로 내용을 소화하고 참여하도록 유도한다. 유튜브 채널을 통한 참여는 책과 함께 발전할 수 있는 기회를 제공한다.

- **피드백과 지속적인 개선** 독자들의 피드백을 수집하고 이를 바탕으로 책 내용을 지속적으로 개선한다. 이는 부록이나 개정판에 반영될 수 있다.

- **마케팅 및 홍보 전략** 대상 독자층에 도달할 수 있는 효과적인 마케팅 및 홍보 전략을 소셜 미디어, 유튜브, 블로그, 교육 박람회 등 다양한 채널을 활용한다.

▶ 교육 및 학습 관련 도서 작가의 요건

교육 및 학습 관련 도서 작가는 해당 분야에 대한 심층적 지식과 실제 교육 경험을 보유해야 하며, 이론과 실제 사례를 효과적으로 결합하여 독자에게 유용한 학습 자원을 제공할 수 있는 능력이 필요하다.

- **전문 지식과 경험** 작가는 교육 이론, 학습 방법론, 교수법, 교육 심리학 등에 대한 심층적인 지식을 보유해야 하며, 실제 교육 현장에서의 경험 또는 해당 분야에 대한 연구 경험이 있어야 한다.

- **교육적 통찰력과 감수성** 독자들, 특히 교사, 학생, 학부모들의 필요와 관심사에 대한 이해가 필요하며, 교육의 변화와 동향을 파악하고 이를 도서에 반영할 수 있어야 한다.

- **명확하고 접근 가능한 글쓰기** 복잡한 교육 이론과 개념을 쉽고 명료하게 설명할 수 있는 글쓰기 능력이 중요하며, 독자가 이해하기 쉽고 실용적인 정보를 제공하는 것이 중요하다.

- **창의성과 혁신** 전통적인 교육 방법과는 다른 새로운 접근 방식을 제시할 수 있는 창의적인 사고가 필요하며, 교육의 미래와 관련된 혁신적인 아이디어를 제공할 수 있어야 한다.

- **독자와의 소통 능력** 독자의 질문과 피드백에 적극적으로 응답하고 그들의 학습 과정을 지원할 수 있는 능력이 필요하며, 책을 통해 교육 커뮤니티와의 지속적인 소통과 교류를 유지하는 것이 중요하다.

교육 및 학습 관련 도서로 베스트셀러 되기

교육 및 학습 관련 도서의 베스트셀러 전략은 혁신적인 교육 방법론과 실제 적용 사례를 중심으로 내용을 구성하며, 타겟 독자층과의 강력한 관계를 위해 최신 교육 트렌드와 연구 결과를 반영하는 것이 핵심이다. 교육 및 학습 관련 도서로 베스트셀러가 되기 위한 전략을 다음과 같이 구체화할 수 있다.

- **타겟 독자층 명확히 정의하기** 독서 대상이 되는 연령대, 관심 분야, 학습 수준 등을 정확히 파악하여 콘텐츠를 맞춤화한다.

- **최신 교육 트렌드 반영하기** 디지털 학습, 게이미피케이션, 대화형 학습 등 현대 교육의 최신 트렌드를 적극적으로 도서에 반영한다.

- **실용적이고 구체적인 내용 제공하기** 단순한 이론 설명을 넘어 실질적인 학습 방법, 실제

사례, 활용 가능한 학습 팁 등을 제공한다.

- **매력적인 책 디자인과 레이아웃 구성** 시각적으로 매력적이고, 내용을 이해하기 쉽게 구성된 디자인과 레이아웃으로 독자의 관심을 끈다.

- **강력한 마케팅 및 홍보 전략** 페이스북이나 인스타그램 등의 SNS, 교육 관련 커뮤니티, 세미나 및 워크숍 등을 통해 책과 관련된 활동을 적극적으로 홍보한다.

- **독자 참여와 피드백 적극 활용** 독자의 의견을 적극적으로 수렴하고, 책 개정이나 신작 기획에 반영한다.

- **온·오프라인 판매 채널 다각화** 전자책, 종이책 등 다양한 형태로 출간하고, 온라인 서점, 교육 기관, 도서관 등 다양한 판매 채널을 활용한다.

- **연속적인 콘텐츠 개발 및 업데이트** 교육 및 학습 분야의 지속적인 변화에 맞춰 콘텐츠를 업데이트하고, 관련 시리즈나 신간 출간을 통해 교육의 미래와 관련된 혁신적인 아이디어를 제공할 수 있어야 한다.

이와 같은 전략을 구체화한다면 교육 및 학습 관련 도서를 베스트셀러로 만들어 교육 분야에서의 영향력을 확대할 수 있다.

029. 창의적인 영감을 되찾는 아이디어 관련 도서

아이디어 관련 도서라는 분야는 특정 장르로 명확하게 분류되지는 않지만 창업, 상품 개발, 디자인, 교육, 게임 및 프로그램 개발 등 다양한 분야에서 성공하기 위해서는 아이디어가 필수적이다. 아이디어 관련 도서는 특정한 주제를 넘어 현대 사회에서 필요한 다양한 영역을 아우르고, 독자들에게 새로운 관점과 영감을 제공하는 중요한 분야로 자리 잡고 있다. 대표적으로 [아이디어 1퍼센트의 법칙], [평면기하의 아이디어], [아디어 불패의 법칙], [60분 만에 생기는 아이디어 생산법] 등이 있다. 이러한 아이디어 관련 책들은 독자들이 자신만의 독창적인 생각을 발전시키고, 혁신적인 아이디어를 실현하는 데 필요한 지식과 기술을 제공한 귀중한 가이드가 된다.

아이디어가 넘치는 사람은 지속적으로 새로운 생각을 발굴하고, 메모 습관이 있는 사람은 그 아이디어들을 체계적으로 정리하여 실현 가능성을 높으며, 새로운 것에 흥미를 느끼는 사람은 발전하는 시대의 흐름에 맞춰 자신을 갱신하고, 창업 관련 일을 하는 사람은 이러한 아이디어를 실제 비즈니스 모델로 전환하는 데 필요한 실질적인 조언이 담길 책을 출간할 수 있다. 만약 이러한 도서가 출간된다면 아이디어가 고갈된 모든 이들에게 오아시스 같은 존재가 될 것이다.

▶ 아이디어 관련 도서의 종류

아이디어 관련 도서는 창의력 증진, 발상 전환, 혁신적 사고법 등을 중점적으로 다루며, 다양한 분야에서의 실용적인 아이디어 발전을 위한 방법과 전략을 제시한다. 이러한 도서들은 창업가, 디자이너, 교육자, 프로그래머 등 다양한 전문가들에게 영감을 제공하고, 새로운 관점을 탐구할 수 있게 해준다.

- **창의적 문제 해결** 일상과 직장에서의 문제들을 창의적으로 해결하는 기법을 소개한다.

- **혁신적 사고** 전통적인 사고의 틀에서 벗어나 혁신적인 아이디어를 발전시키는 방법을 탐구한다.

- **발상의 전환** 일상적인 상황에서 새로운 관점을 발견하고 아이디어를 창출하는 전략을 제공한다.

- **아이디어 스케치** 아이디어를 시각화하여 구체화하는 과정과 기법을 다룬다.

- **창업 아이디어 개발** 사업 아이디어를 발전시키고 실현 가능한 비즈니스 모델로 전환하는 방법을 안내한다.

- **디자인 사고** 디자인적 관점에서 문제에 접근하고 해결하는 창의적 프로세스를 소개한다.

- **기술 혁신** 최신 기술 트렌드와 이를 활용한 창의적 아이디어 개발에 대한 지침을 제공한다.

- **교육 및 학습 혁신** 교육 현장에서 창의적인 학습 방법과 교육 전략을 탐색한다.

- **코딩과 프로그래밍** 프로그래밍과 도구를 활용하여 창의적인 솔루션과 애플리케이션을 개발하는 방법을 소개한다.

- **게임 디자인** 게임 개발 과정에서의 창의적인 스토리텔링, 캐릭터 디자인, 게임 메커니즘 개발 방법을 탐구한다.

- **창의적 글쓰기** 소설, 시나리오, 블로그 콘텐츠 등 다양한 글쓰기 형식에서 창의적인 내용을 구성하는 방법을 안내한다.

- **마케팅 혁신** 창의적인 마케팅 전략과 캠페인 아이디어를 개발하여 브랜드와 제품의 가치를 효과적으로 전달하는 방법을 제시한다.

- **예술 (아티스트)** 미술, 음악, 연극 등 다양한 예술 분야에서의 창의적 표현과 아이디어 개발을 탐색한다.

- **생활 속 창의력 증진** 일상 생활에서 창의적 사고를 적용하고 향상시키는 실용적인 팁과 기법을 소개한다.

- **창의적 리더십** 조직과 팀에서 혁신을 주도하고 창의적인 문화를 조성하는 리더십 기법을 탐구한다.

그밖에 더욱 다양한 분야에 대한 아이디어 관련 도서를 출간할 수 있을 것이다. 아마도 아이디어 관련 책의 끝은 아이디어를 위한 아이디어 책이 되지 않을까?

▶ 아이디어 관련 도서를 쓰기 위한 전략

아이디어 관련 도서를 쓰기 위한 전략은 독자들이 일상과 업무에서 창의적인 사고를 적용할 수 있는 구체적인 방법과 전략을 제공하며, 기술, 예술, 비즈니스 등 다양한 분야에서의 혁신적 아이디어 적용 사례를 통해 독자들에게 영감을 제공해야 한다. 이러한 요소들을 충족하기 위해서는 챗GPT, 미드저니와 같은 생성형 AI는 최고의 조력자가 되어 줄 것이다.

- **혁신적 사고 방법론** 창의적인 사고를 위한 방법론 및 기법을 소개하여 독자들이 자신만의 창의적 사고를 발전시킬 수 있도록 한다.

- **실제 사례 연구** 성공적인 아이디어 구현 사례를 분석하여 독자들에게 구체적인 영감과 학습 기회를 제공한다.

- **아이디어 개발 과정** 아이디어를 실제로 구현하기까지의 과정과 단계를 상세하게 설명하여 독자들이 자신의 프로젝트에 적용할 수 있도록 한다.

- **창의력 향상 기술** 창의력을 향상시키기 위한 실용적인 팁과 튜토리얼을 제공하여 독자들이 일상에서 창의적 사고를 적극적으로 활용하도록 격려한다.

- **분야별 아이디어 적용** 다양한 분야(예: 비즈니스, 예술, 과학)에서 창의적인 아이디어를 어떻게 적용할 수 있는지 구체적인 방법을 제시한다.

- **독자 참여 및 실습** 독자들이 직접 아이디어를 생성하고 실험할 수 있는 실습과 활동을 포함하여 책의 내용을 실천에 옮길 수 있도록 한다.

▶ 아이디어 관련 도서 작가의 요건

아이디어 관련 도서 작가의 요건은 다양한 분야에서 창의적 아이디어를 생성하고 발전시킬 수 있는 능력을 가져야 하며, 다양한 분야의 경험과 지식을 바탕으로 독자들에게 새로운 관점과 영감을 제공할 수 있어야 한다.

- **실제 경험과 사례 연구** 작가는 자신의 경험과 다른 사람들의 사례를 연구하여 실질적이고 실용적인 아이디어 제공의 근거를 마련한다.

- **연구 및 분석 능력** 새로운 아이디어와 혁신에 대한 포괄적인 연구와 분석을 통해 독자에게 신뢰할 수 있는 정보를 제공한다.

- **커뮤니케이션 능력** 복잡하고 추상적인 아이디어를 명확하고 이해하기 쉬운 언어로 전달할 수 있는 강력한 커뮤니케이션 능력이 필요하다.

- **창의적 사고 기술** 다양한 창의적 사고 기술과 방법을 이해하고, 이를 독자들에게 적용 가능한 방식으로 안내해야 한다.

- **독자와의 상호작용** 독자들의 피드백을 수집하고, 이를 바탕으로 콘텐츠를 개선하며, 독자 참여를 유도할 수 있는 방법을 모색한다.

- **지속적인 학습** 아이디어 생성 및 창의력과 관련된 최신 연구, 트렌드, 기술 등에 대해 지속적으로 학습하고 이를 도서에 반영한다.

➤ 아이디어 관련 도서도 베스트셀러되기

아이디어 관련 도서가 베스트셀러가 되기 위해서는 혁신적인 아이디어와 창의적인 접근 방식을 제시하면서 독자들에게 실질적인 가치를 제공해야 한다. 다음과 같이 독자들이 쉽게 접근하고 활용할 수 있는 내용 구성이 중요하다.

• **독특하고 신선한 내용** 아이디어 창출과 창의성에 대한 새롭고 독특한 관점을 제공하여 독자들의 호기심을 자극한다.

• **실용적인 가이드 제공** 단순한 이론 설명을 넘어서 실질적인 아이디어 생성 기법과 창의력 증진 방법을 구체적으로 안내한다.

• **인터랙티브 요소 포함** 독자들이 책 내용을 직접 실습해 볼 수 있는 인터랙티브 요소나 실습 과제를 포함한다.

• **사례 연구 및 인터뷰** 성공적인 아이디어 창출 사례나 혁신가들의 인터뷰를 포함하여 실제 사례를 통한 학습을 강조한다.

• **독자 참여 촉진** 소셜 미디어, 웹사이트, 온라인 커뮤니티 등을 통해 독자들과 소통하고 피드백을 수집한다.

• **시각적 요소** 다이어그램, 일러스트레이션, 인포그래픽 등을 활용해 복잡한 개념을 시각적으로 이해하기 쉽게 전달한다.

• **마케팅 전략** 타겟 독자층을 명확히 정의하고, SNS 등 적절한 채널을 통해 도서를 홍보한다. 인플루언서, 북 투어, 워크숍 개최 등 다양한 방식으로 도서의 인지도를 높인다.

030. 상상력만으로도 가능한 웹소설과 웹툰 작가

웹소설과 웹툰은 각각 인터넷을 통해 서비스되는 소설과 만화로 일반적으로 스마트폰, 컴퓨터 등을 통해 볼 수 있다. 웹툰은 여러 장르와 스타일의 만화가 제공되는데, 특히 인기가 많은 웹툰은 영화나 드라마로 제작되고 있어 웹툰(웹소설) 작가에게 새로운 수익의 창출 기회와 함께 인공지능(AI)의 경험을 확장할 수 있는 가능성을 제공하고 있다. 이렇듯 웹툰(웹소설) 작가들은 그 어느 때보다 가장 큰 주목을 받는 시대인 것은 확실하다. 다음은 웹소설과 웹툰이 영화와 드라마로 제작된 대표적인 예시이다.

신과 함께 (웹툰에서 영화로 제작)

주호민 작가의 웹툰 [신과 함께]는 사후 세계와 재판 과정을 다루며 큰 인기를 끌었다. 이 웹툰은 한국에서 두 편의 영화로 제작되었으며, 역대 10위권에 들 정도로 국내외에서 상당한 성공을 거두었다.

| 웹툰(좌)과 영화로 제작된 신과 함께(우)_구글 이미지 캡처 |

이태원 클라쓰 (웹툰에서 드라마로 제작)

조광진 작가의 웹툰 [이태원 클라쓰]는 이태원에서 식당을 운영하며 꿈을 키워가는 젊은이들의 이야기를 그린 작품으로 이 웹툰은 박서준과 김다미가 출연한 동명의 드라마로 제작되어 많은 사랑을 받았다.

| 웹툰(좌)과 드라마로 제작된 이태원 클라쓰(우)_구글 이미지 캡처 |

완벽한 타인 (웹소설에서 영화로 제작)

미정 작가(필명: 플라워)의 웹소설 [완벽한 타인]은 한 저녁 식사 자리에서 벌어지는 일련의 사건들을 그린 내용으로 국내 영화로 제작되어 흥행에 크게 성공한 후 해외 21개국에서 리메이크 영화로 제작되었다.

| 웹툰(첫 번째)과 영화로 제작된 완벽한 타인(한국, 이탈리아, 중국 순)_구글 이미지 캡처 |

내 ID는 강남미인 (웹툰에서 드라마로 제작)

기맹기 작가의 웹툰 [내 ID는 강남미인]은 외모 콤플렉스를 가진 여성 주인공의 이야기를 다루며, 차은우와 임수향이 출연한 동명의 드라마로 인기를 끌었다.

| 웹툰(좌)과 드라마로 제작된 내 ID는 강남미인(우)_구글 이미지 캡처 |

올드보이 (만화에서 영화로 제작)

박찬욱 감독의 영화 [올드보이]는 원작이 일본 만화이다. 복수를 주제로 한 독특한 스토리와 연출로 큰 호평을 받았다. 원작 만화와는 다른 결말을 가지고 있으며, 세계적으로도 많은 관심을 끌었다.

| 만화(좌)가 영화로 제작된 올드보이(우)_구글 이미지 캡처 |

그밖에 많은 작품들이 웹소설과 웹툰을 바탕으로 영화와 드라마로 제작되었거나 제작되고 있다. 웹소설이나 웹툰의 독특한 스토리와 캐릭터는 기존의 제작 과정에 새로운 방향성을 제시하며, 창의적인 콘텐츠 생산에 기여하고 있다. 웹소설과 웹툰은 다음과 같은 방식으로 영상 콘텐츠의 성공에 영향을 미치고 있다.

- **독창적인 내러티브** 웹소설과 웹툰은 흥미로운 스토리라인과 독특한 세계관을 제공한다. 이는 영화와 드라마 제작자들에게 신선하고 창의적인 아이디어를 제공하며, 관객에게 새로운 시청 경험을 선사한다. 또한, 웹소설과 웹툰은 전통적인 서사 구조에서 벗어나 복잡하고 다층적인 스토리라인을 제공하는데, 이러한 구조는 영화나 드라마에 새로운 서사적 접근을 가능하게 한다.

- **다양한 캐릭터와 테마** 웹툰과 웹소설은 다양한 캐릭터와 테마를 탐구한다. 이는 영화나 드라마에서도 다양한 인물과 배경을 탐구할 수 있는 기회를 제공한다.

- **다양한 장르의 접근성** 웹툰과 웹소설은 로맨스, 판타지, 미스터리, 액션 등 다양한 장르를 아우른다. 이는 영화나 드라마 제작에 다채로운 소재를 제공한다.

- **팬덤과의 연결** 웹소설과 웹투은 강력한 팬덤을 보유하고 있다. 이러한 팬덤은 영화나 드라마의 성공적인 마케팅 및 관객 동원에 큰 역할을 한다.

- **시각적 영감** 특히, 웹툰은 독특한 시각적 스타일을 가지고 있어, 영화와 드라마의 시각적 구성에 큰 영감을 준다. 색채 사용, 캐릭터 디자인, 배경 설정 등은 영상화 과정에서 중요한 참고 자료가 된다.

- **현대적 트렌드 반영** 웹소설과 웹툰은 현대 사회의 다양한 이슈와 트렌드를 반영하는데, 이는 영화와 드라마가 현대 관객의 관심사와 연결되는 중요한 역할을 한다.

  웹소설과 웹툰은 단순한 스토리의 원천이 아닌, 영화와 드라마 제작 과정에서 중요한 역할을 하는 창의적 자산으로 인식되고 있다.

➤ 웹소설 작가가 되기 위한 요건

웹소설을 잘 쓰기 위해서는 매력적인 네러티브와 생생한 캐릭터 구축이 핵심이다. 이는 독자들의 감정적 몰입을 유도하고, 연재 형태의 웹소설에서 지속적인 관심을 끌기 위한 필수 요소로 풍부한 상상력과 일관된 스토리 전개가 결합되어야 한다.

- **매력적인 스토리라인** 웹소설의 성공은 매력적이고 흥미로운 스토리에 달려 있다. 독자들을 끌어들일 수 있는 독창적이고 강력한 줄거리가 필요하다.

- **생생한 캐릭터 구축** 독자들이 공감하고 연결될 수 있는 생생한 캐릭터를 만드는 것이 중요하다. 각 캐릭터에 독특한 성격, 배경, 동기를 부여하여 생동감 있게 만들어야 한다.

- **독자 참여 유도** 웹소설은 연재 형태로 진행되므로 독자들의 참여와 피드백을 적극적으로 유도해야 한다. 독자들의 반응을 바탕으로 스토리를 조정하고, 소통하며 그들의 기대에 부응해야 한다.

- **적절한 장면 전환과 페이스 조절** 웹소설은 짧고 강렬한 장면과 빠른 스토리 전개가 특징으로 페이스를 적절히 조절하여 독자들의 관심을 지속적으로 유지하는 것이 중요하다.

- **시각적 묘사와 상상력** 웹소설은 시각적 요소가 강조되는 웹툰과 달리 상세한 묘사와 풍부한 상상력으로 독자들의 마음속에 생생한 이미지를 그려야 한다.

- **지속적인 업데이트와 일관성** 정기적인 업데이트는 독자들이 스토리에 몰입하도록 돕는다. 또한, 스토리의 일관성과 품질 유지가 중요하다.

➤ 웹툰 작가가 되기 위한 요건

웹툰은 이야기뿐만 아니라 그림까지 그려야 하므로 독창적인 스토리텔링 능력과 시각적 표현력 두 가지 요소가 필수적이다. 강렬한 그래픽 스타일과 매력적인 캐릭터 디자인은 독자들의 시선을 사로잡으며, 일관된 스토리 전개와 창의적인 시각적 구성은 웹툰의 성공을 좌우하는 중요한 요소가 된다.

- **창의력과 스토리텔링** 웹툰은 독창적인 스토리와 매력적인 캐릭터가 중요하다. 창의적인 아이디어와 이야기를 구상하고, 이를 흥미진진하게 전달할 수 있는 스토리텔링 능력이 필수적이다.

- **그림 기술** 웹툰은 시각적인 매체이므로 인물, 배경, 액션 장면 등을 효과적으로 그릴 수 있는 미술적 기술이 요구된다. 독특한 그림체가 작가의 개성을 드러내는 중요한 요소가 될 수 있다. 이러한 그림을 그리는 기술은 미드저니, DALL-E 3, ComfyUI(컴피UI), 스테이블 디퓨전 등의 생성형 AI로 대체하거나 협업이 가능하다.

- **연속성과 일관성** 웹툰은 주로 연재 형태로 발표되므로 정기적으로 콘텐츠를 제작하고 일관된 퀄리티를 유지하는 능력이 중요하다.

- **시장과 독자 이해** 대상 독자층의 취향과 최신 트렌드를 이해하고, 이에 맞춘 콘텐츠를 제작하는 것이 중요하다. 독자의 반응을 분석하고 피드백을 반영하는 능력도 필요하다.

- **디지털 도구 활용 능력** 기존의 웹툰은 페인터나 포토샵, 클립 스튜디오와 같은 디지털 도구를 사용하여 제작하였다. 그러므로 디지털 드로잉 소프트웨어 및 태블릿 사용에 능숙해야 한다. 하지만 최근엔 강력한 생성형 AI의 등장으로 이와 같은 과정이 축소되거나 대체되고 있다.

- **자기 관리 및 마케팅** 자신의 작업을 효과적으로 관리하고, 소셜 미디어나 다른 플랫폼을 통해 자신의 작품을 홍보할 수 있는 능력도 중요하다.

  성공적인 웹툰 작가가 되기 위해서는 이러한 요소들을 갖추고 지속적으로 발전시켜 나가는 것이 중요하다.

웹소설 및 웹툰 작가로 데뷔하기

웹소설 및 웹툰 작가는 일반적으로 해당 콘텐츠 서비스 제공 플랫폼과 계약을 맺고 데뷔 및 작품을 연재하는 경우가 많으며, 공모전이나 출판사를 통해 데뷔를 하는 경우도 있다. 다음은 웹소설 및 웹툰 작가로 데뷔할 수 있는 국내의 플랫폼들이다.

계약 방법 및 조건 그리고 업로드 방법에 대해서는 해당 플랫폼에서 확인한다.

웹소설 플랫폼

- **문피아 (https://www.munpia.com)** 판타지, 무협, 현판 등 남성향 소설을 다루는 웹소설 플랫폼으로 신인 작가들이 블록을 작동시키고 독자들과 소통할 수 있는 환경을 제공한다.

- **조아라 (https://www.joara.com)** 로맨스, 로맨스 판타지, BL, 성인물 등 여성향 or 19금 글을 다루는 플랫폼이다.

- **카카오페이지 (https://page.kakao.com)** 다양한 장르의 웹소설을 다루는 국내의 대표적인 플랫폼 중 하나이다.

- **네이버 시리즈 (https://series.naver.com)** 네이버에서 운영하는 웹소설 플랫폼으로 다양한 장르의 작품을 제공한다.

웹툰 플랫폼

- **네이버 웹툰 (https://comic.naver.com)** 네이버 웹툰은 국내에서 가장 큰 웹툰 플랫폼 중 하나로 새로운 웹툰 작가들이 등용할 수 있는 기회를 제공한다.

- **다음 웹툰 (https://webtoon.kakao.com)** 다양한 장르의 웹툰을 제공하며, 신인 작가들에게 작품을 선보일 수 있는 기회와 작가들의 성장을 지원하고 보호하는 데 중점을 둔다.

- **레진코믹스 (https://www.lezhin.com)** 레진코믹스는 위젯 웹툰 플랫폼으로 작가들에게 수익 배분 모델을 제공하여 수익 창출이 가능하다.

- **탑툰 (https://toptoon.com)** 탑툰은 다양한 웹툰을 제공하며, 신인 작가들에게 위치를 찾을 수 있는 플랫폼을 제공한다.

- **미스터블루 (https://www.mrblue.com)** 미스터블루는 한국에서 가장 많은 만화 저작권

을 보유하고 있으며, 해당 플랫폼의 작품들을 네이버, 카카오 등의 포털에 제공하고 있다.

- **버프툰 (https://bufftoon.plaync.com)** 버프툰은 3천여 종의 작품을 보유하고 있으며, 매일 인기 웹툰이 게시되어 새로운 이야기를 즐길 수 있다.

- **케이툰 (https://www.myktoon.com)** KT에서 제공하는 웹툰 서비스이다. 올레마켓 웹툰으로 서비스를 시작했으며, 현재는 PC에서도 볼 수 있다.

- **Tapas(https://tapas.io)** 타파스는 영어권 독자를 대상으로 하는 플랫폼으로 다양한 장르의 웹소설 및 웹툰을 제공한다.

웹소설 및 웹툰 작가의 수익 구조

웹소설 작가는 플랫폼과 계약을 맺고 작품을 연재하며, 계약 조건에 따라 수익 분배 비율이 달라진다. 일반적으로는 작가와 플랫폼이 7:3의 비율로 수익을 나누는 경우가 많다고 알려져 있으며, 작품의 인기가 올라갈 수록 유료 결제율이 높아지기 때문에 작가의 수입도 증가한다. 또한, 인기 있는 작품은 출판사와 계약을 맺어 실물 종이책으로 출간되거나 드라마, 영화 등의 원작 소스로 활용될 가능성이 높아 추가적인 수익을 기대할 수 있다.

- **페이지 뷰 및 구독 기반 수익** 많은 웹소설 및 웹툰 플랫폼들은 작가에게 페이지 뷰 수나 구독자 수에 따른 수익을 분배하며, 독자들이 작품을 읽거나 구독하는 것에 따라 작가는 일정 비율의 수익을 얻게 된다.

- **광고 수익** 일부 플랫폼들은 작가의 작품 페이지에 광고를 게재하고, 광고로부터 발생하는 수익을 작가와 공유한다. 광고 수익은 작품의 인기도와 독자의 참여도에 따라 달라질 수 있다.

- **유료 콘텐츠 판매** 작가는 자신의 작품을 유료로 판매할 수도 있다. 이는 독자들이 일정 금액을 지불하고 작품의 일부나 전체를 읽을 수 있는 방식이다.

- **상품 판매 및 라이선싱** 인기 있는 웹소설이나 웹툰은 종종 책, 피규어, 의류 등 다양한 상

품으로 제작되어 판매된다. 이러한 상품 판매나 라이선싱을 통해서도 추가 수익을 얻을 수 있다.

- **세컨더리 콘텐츠** 웹소설이나 웹툰이 영화, 드라마, 게임 등 다른 형태의 미디어로 제작될 때 작가는 저작권 사용료나 로열티를 받을 수 있다.

- **팬덤 기반 수익 창출** 크라우드 펀딩, 팬 아트 판매, 팬 미팅 등을 통해 수익을 창출할 수도 있다. 팬덤 활동은 작가와 독자 간의 긴밀한 관계를 형성하는 데 도움이 된다.

이렇듯 웹소설 및 웹툰 작가들은 다양한 방식으로 수익을 창출할 수 있으며, 작품의 인기와 독자층에 따라 수익은 크게 달라질 수 있다.

〉〉 웹툰 제작을 위한 도구 (생성형 AI 포함)

웹툰 제작을 위한 그래픽 디자인 및 드로잉 도구는 매우 다양하다. 최근에는 생성형 인공지능(AI) 기술이 웹툰 제작 과정에 활용되고 있다. 다음은 웹툰 제작을 위한 주요 도구들이다. 자신에게 맞는 도구를 선택하면 된다.

- **어도비 포토샵** 이미지 편집 및 그래픽 디자인에 널리 사용되는 소프트웨어로 다양한 브러시와 편집 도구를 제공하여 세밀한 그림 작업을 할 수 있다.

- **클립 스튜디오** 만화 및 일러스트레이션 제작에 특화된 무료 소프트웨어로 다양한 브러시 옵션과 강력한 드로잉 도구를 제공한다.

- **코렐 페인터 (Corel Painter)** 벡터 기반의 디지털 아트 작업을 하는 전문적인 그래픽 소프트웨어로 다양한 브러시와 색상 팔레트를 제공한다.

- **어도비 일러스트레이터** 벡터 기반의 그래픽 디자인 소프트웨어로 깨끗하고 세밀한 라인 작업에 적합하다.

- **프로크리에이트** iPad(아이패드)용으로 개발된 드로잉 앱으로 사용자 친화적인 인터페이스와 다양한 브러시를 제공한다.

- **미드저니 (MJ)** 이미지 생성 AI 도구로 사용자가 입력한 텍스트를 통해 독창적인 이미지와 시각적 아이디어를 생성한다.

- **DALL-E 3** 텍스트 설명을 기반으로 이미지를 생성하는 AI 도구로 사용자가 입력한 설명에 따라 상상력이 풍부한 시각적 콘텐츠를 만들어 주며, 웹툰 캐릭터 디자인이나 배경 생성에 유용하다.

- **스테이블 디퓨전 (SD)** Stability AI에서 오픈소스로 배포한 text-to-image AI 도구로 다양한 모델을 통한 고품질 이미지를 생성할 수 있다.

- **컴피UI (ComfyUI)** SD web UI와 같이 인공지능(AI) 모델들을 사용하여 이미지를 생성해 주는 AI 도구이다. 컴피 유아이는 노드(Node) 기반의 작업 환경으로 되어 있어 직관적인 SD web UI보다 디테일한 설정이 가능하다.

- **쇼트브레드 (Shortbread.AI)** 웹툰 작가였던 Fengjiao Peng이라는 엔지니어가 창업한 회사에서 GPT 3.5 Turbo 엔진을 통해 코믹 스크립트 생성, 레이아웃, 캐릭터, 장면, SD 프롬프트, 대사 등의 작업을 쉽게 할 수 있도록 해주는 AI 웹툰(만화) 전용 제작 도구이다.

- **젠버스 (Genvas)** 라이언로켓의 젠버스는 웹툰 AI 생성형 도구이다. 라이언로켓은 현재 이미지 생성형 AI 기술력으로 한국과 일본에서 15개 이상의 콘텐츠 업체와 구체적인 협업을 진행하고 있다. 이미 지난 5월 웹툰 제작 지원 솔루션 최적화 사업을 위한 업무 협약을 체결했으며, 그동안 [이현세] 작가의 만화를 AI에 학습시켜왔으며, 2024년 초에 [카론의 새벽]을 AI로 공개할 예정이다. 기존의 이미지 생성형 AI 기술을 대표하는 스테이블 디퓨전, 미드저니 등의 이미지 모델들은 단발성 이미지 제작에는 유리했지만, 웹툰에 사용되는 연속되고 일관적인 캐릭터를 구현하는 것이 어려웠던 것을 보안하였다. 젠버스는 라이언로켓만의 학습 알고리즘을 활용해 단 10장의 학습용 이미지만으로 고퀄리티의 캐릭터를 고정 및 구현한다. 아울러 캐릭터 고정과 포즈 제어 기술로 웹툰 생산성을 90%이상 향상할 수 있다.

031. 글로벌 시장의 문을 두드리는 시나리오 작가

시나리오 작가는 영화, 텔레비전 드라마, 연극, 비디오 게임 등 다양한 미디어를 위한 시나리오 또는 각본을 작성하는 작가이다. 넷플릭스나 디즈니 플러스, 웨이브 등의 OTT(Over The Top) 플랫폼에서 해마다 수천 편이 넘는 작품이 쏟아지고 있다. 이것은 즉, 더 차별화된 스토리가 필요하다는 것이며, 이러한 작품을 쓰기 위한 시나리오 작가의 영역이 넓어졌다는 것을 의미한다.

시대가 변함에 따라 네러티브 콘텐츠의 가치가 중요해 지고 있다. 시나리오 작가는 단순히 이야기를 전달하는 것을 넘어, 감성을 자극하고, 사회적 메시지를 전달하는 핵심적인 역할을 수행하고 있으며, 다양한 문화적 배경을 가진 시청자들을 매료시킬 수 있는 글로벌 콘텐츠를 제작 능력이 필수 요소가 되었다.

연간 제작되는 내러티브 영상 콘텐츠 작품

연간 제작되는 영화와 드라마의 수는 여러 요인에 따라 달라질 수 있으며, 지역, 시장 규모, 산업 동향, 예산 그리고 특히 최근에는 COVID-19 팬데믹과 같은 글로벌 이슈가 제작 수에 영향을 미쳤다.

영화 제작

대형 스튜디오와 독립 제작사를 포함해 전 세계적으로 연간 수천 편의 영화가 제작된다. 예를 들어, 할리우드는 매년 약 700편의 영화를 제작하는 것으로 알려져 있으며, 인도의 발리우드와 같은 대형 영화 산업도 이와 유사하거나 더 많은 수의 영화를 제작한다. [박스오피스]에 의하면 2023년 기준으로는 전 세계적으로 457편의 실사 영화, 25편의 디지털 애니메이션, 10편의 애니메이션·실사 혼합 작품, 2편의 스톱모션 애니메이션, 1편의 핸드 애니메이션 그리고 2편의 그밖에 제작 방식을 사용한 영화가 제작되었다고 한다.

드라마 제작

TV 드라마와 웹 시리즈를 포함한 드라마 제작 수는 매년 계속 증가하는 추세이다. 미국에서만 해도 스트리밍(OTT) 서비스, 케이블 채널, 네트워크 TV를 통해 매년 수백 편의 드라마가 제작된다. 넷플릭스와 같은 OTT 글로벌 스트리밍 서비스의 확장은 더 많은 오리지널 드라마 제작을 촉진하고 있다. OTT 플랫폼의 경우, 넷플릭스, 웨이브, 왓차, 아마존 프라임 비디오, 디즈니+(플러스) 등이 자체적으로 많은 오리지널 시리즈를 제작하고 있지만, 이들 각각의 플랫폼에서 매년 제작하는 드라마의 정확한 수치는 공개되지 않았다. 하지만 드라마 제작 또한 매년 증가하고 있는 것은 수치(통계)를 통해 알 수 있다.

▶ 시나리오 작가의 활동 영역

시나리오 작가의 활동 영역은 흔히 영화나 드라마의 이야기를 만드는 직업으로만 생각하는 경우가 많은데, 실제로는 게임 및 교육용 콘텐츠를 비롯하여 훨씬 더 다양한 분야에서 활동을 한다. 예를 들어, 게임 분야에서는 플레이어의 선택과 상호작용에 따라 스토리가 변화하는 복잡한 내러티브를 구성해야 하며, 교육용 콘텐츠에서는 교육적 가치를 전달하면서도 시청자의 흥미를 끌 수 있는 이야기를 창조해야 한다.

영화 및 드라마 장르

시나리오 작가는 다양한 장르와 분야에서 활동할 수 있으며, 각각의 장르는 고유한 스타일과 요소를 요구한다. 주요 장르와 분야는 다음과 같다.

- **드라마** 인간의 감정과 관계를 깊이 있게 탐구하는 장르로 복잡한 캐릭터 개발과 갈등 해결에 중점을 둔다.

- **코미디** 유머와 웃음을 통해 관객을 즐겁게 하는 장르로 풍자, 이중적 의미, 오해 등 다양한 방식으로 웃음을 유발한다. 어두운 주제나 비관적인 요소를 유머러스하게 다루는 블랙 코미디도 있다.

- **액션 및 어드벤처** 빠른 속도의 스토리 전개와 흥미진진한 액션 장면이 특징인 장르로 관객에게 긴장감과 흥분을 제공한다.

- **스릴러 및 미스터리** 긴장감과 미스터리 요소를 강조하며, 관객이 스토리를 끝까지 추측하며 몰입하게 만드는 장르이다.

- **로맨스** 인물 간의 사랑과 관계를 중심으로 한 스토리를 다루며, 감정적인 몰입을 유발하는 장르이다. 로맨스와 코미디를 합친 로코도 있다.

- **공포** 두려움과 공포를 주제로 하며, 긴장감과 서스펜스를 조성하여 관객에게 강한 감정적 반응을 이끌어낸다.

- **판타지 및 과학** 상상력과 창의성이 중심이 되는 장르로, 마법, 초자연적인 요소, 미래 기술 등을 포함한다.

- **역사 및 전기** 역사적 사건이나 인물을 바탕으로 한 스토리를 다루며, 사실적이면서도 드라마틱한 스토리텔링이 중요한 장르이다.

- **다큐멘터리** 실제 사건이나 이슈를 기반으로 한 스토리를 다루며, 정보 전달과 사회적 메시지가 강조되는 장르이다.

- **애니메이션** 만화나 컴퓨터 그래픽으로 제작된 영상 콘텐츠로 모든 연령층을 대상으로 할 수 있는 다양한 스토리를 포함한다.

시나리오 작가가 할 수 있는 그밖에 영역

시나리오 작가가 활동할 수 영역은 영화, 드라마뿐만 아니라 게임 및 광고, 교육용 콘텐츠, 뮤직 비디오 등 다양한 확장성을 가지고 있다. 시나리오 작가들이 참여할 수 있는 영역은 다음과 같다.

• **게임** 스토리텔링이 중요한 요소로 작용하며, 플레이어의 선택과 상호작용을 통해 이야기가 전개되는 방식으로 작성된다.

• **웹 시리즈 (웹툰)** 온라인 플랫폼을 통해 배포되는 짧은 형태의 시리즈로 주로 MZ 세대 그룹을 대상으로 다양한 장르와 스토리를 다룬다.

• **인터랙티브 미디어** 시청자의 선택에 따라 스토리가 달라지는 콘텐츠로 다양한 결말과 스토리 경로를 제공한다.

• **광고 및 마케팅 캠페인** 상품이나 서비스를 홍보하는 데 목적을 둔 스토리텔링으로 짧지만 강력한 메시지를 전달한다.

• **라디오 드라마 및 팟캐스트** 청각적 요소에 중점을 두고 이야기를 전달하는 방식으로 상상력을 자극하는 스토리텔링이 필요하다.

• **VR 및 AR 콘텐츠** 가상현실 및 증강현실 기술을 활용한 콘텐츠로 실제와 가상이 결합된 독특한 스토리텔링을 요구하다.

• **교육용 콘텐츠** 교육 목적으로 제작되는 스토리로 교육적 가치와 함께 흥미로운 이야기를 제공한다.

• **뮤직 비디오** 음악과 함께 이야기를 전달하는 짧은 형식의 비디오로 시각적으로 매력적인 스토리텔링이 필요하다.

시나리오 작가는 다양한 매체와 형식을 통해 창의적인 스토리텔링을 구현할 수 있는 폭넓은 역량을 갖추고 있다.

➤ 시나리오 작가가 되기 위한 요건

시나리오 작가가 되기 위한 명확한 필수 요건은 없지만, 교육적인 측면에서 일부 시나리오 작가들은 창작 글쓰기, 영화학, 문학, 연극 등 관련 분야에서 학위를 취득하기도 하는데, 학위가 반드시 필요한 것은 아니다. 대부분의 시나리오 작가들은 실제 작업을 통해 경험을 쌓고 기술을 발전시키고 있다. 또한, 작가 워크숍, 세미나, 온라인 코스 등을 통해 기술을 향상시키는 것도 유용한 방법이다. 시나리오 작가에게 필요한 일반적인 요건은 다음과 같다.

- **창의력과 상상력** 독창적이고 매력적인 이야기와 캐릭터를 창조할 수 있는 능력은 필수적이다.

- **스토리텔링 능력** 구조화된 스토리를 개발하고, 긴장감과 감정을 효과적으로 전달할 수 있는 스토리텔링 기술이 필요하다.

- **문학적 지식과 언어 능력** 효과적인 대화와 서술을 작성하기 위한 언어 사용 능력과 문학적 이해가 필요하다.

- **업계 지식** 영화, TV 또는 게임 산업의 작동 방식을 이해하는 것이 중요하다. 시장의 트렌드와 장르에 대한 지식도 도움이 된다.

- **인내심과 집중력** 장시간 동안 한 프로젝트에 몰두할 수 있는 인내심과 집중력이 필요하다.

- **협업 능력** 감독, 프로듀서, 편집자 등 다른 영화 제작진과의 원활한 소통과 협업이 가능해야 한다.

- **비판적 사고와 분석 능력** 스토리의 문제점을 인식하고 개선할 수 있는 비판적 사고 능력이 필요하다.

- **지속적인 학습과 개발 의지** 새로운 기술, 스토리텔링 방식, 장르 등을 지속적으로 배우고 연구하는 열린 마음가짐이 중요하다.

창작자에게 있어 상상력은 핵심 요소이다. 시나리오(웹툰 및 웹소설 작가 포함) 작가가 되기 위한 필수 조건도 바로 풍부한 상상력이다. 글쓰기 능력이나 그림 실력이 초보적이라도 창의적인 아이디어와 이야기가 있다면 이것만으로도 시나리오 작가는 현실화될 수 있다.

》 시나리오 작가로 데뷔하기

생성형 AI의 발전은 시나리오 작가가 되기 위한 장벽 또한 낮춰주었으며, 누구나 AI 도구를 활용하여 웹소설이나 웹툰의 기본 구조를 생성하고, 개별적인 스토리라인을 개발할 수 있게 되었다. AI의 특별한 상상력과 아이디어는 글쓰기에 자신이 없는 사람들에게도 매우 특별한 기회를 제공한다. 다음은 영화 및 드라마 작가가 되기 위한 과정에 대한 설명이다.

- **기술과 지식 습득** 글쓰기, 영화 제작, 연극, 문학 등과 같은 분야에서 교육을 받거나 자체적으로 관련 지식을 습득한다. 이 과정에서 스토리텔링, 캐릭터 개발, 대본 형식, 대화 쓰기 등의 기술을 익힌다.

- **포트폴리오 구축** 자신만의 스크립트나 시나리오 작업을 통해 포트폴리오를 구축한다. 초기 단계에서는 나양한 장르와 스타일을 시도해보는 것이 좋다.

- **네트워킹과 관계 구축** 영화제, 워크숍, 세미나, 영화·드라마 산업 이벤트 등에 참여하여 업계 전문가들과 네트워크를 형성한다. 관계 구축은 기회를 얻는 데 매우 중요하다.

- **작품 발표 및 공모전 참가** 자신의 작품을 영화제나 스크립트 공모전에 제출하여 평가받고 인지도를 높일 수 있다. 좋은 평가를 받는 것은 경력에 큰 도움이 된다.

- **에이전트나 매니저 구하기** 시나리오 작가로서의 경력을 발전시키기 위해 에이전트나 매니저를 구하는 것도 중요할 수 있다. 이들을 통해 작업을 산업에 연결하고, 계약 협상에서 도움을 줄 수 있다.

- **스튜디오나 프로덕션 회사와 협력** 자신의 시나리오가 관심을 받게 되면 스튜디오나 프로덕션 회사와 협력하여 프로젝트를 진행할 수 있다. 이 단계에서는 협상 능력과 업계 지식

이 중요하다.

- **지속적인 작업과 발전** 첫 작품 이후에도 계속해서 새로운 시나리오를 창작하고, 다양한 프로젝트에 참여하여 경험을 쌓고 기술을 발전시키는 것이 중요하다.

시나리오 작가로 데뷔하는 과정은 때로는 긴 터널을 지나는 길고 어려운 과정일 수 있으며, 많은 노력과 인내가 필요하다. 가끔은 생각지도 않은 인연으로 자신의 시나리오가 특정 제작사에서 채택되는 경우도 있지만, 이건 아주 드문 특별한 경우이다. 또한 넷플릭스와 같은 OTT에 직접 시나리오를 제출할 수 있다고 이야기하는 사람도 있다. 극히 드문 경우지만 실제로 OTT에 전화를 해서 안내받은 후 메일 또는 우편으로 전달할 수 있다. 하지만 넷플릭스와 같은 경우에는 넷플릭스에서 특별히 요청하지 않은 자료, 즉 원고, 대본, 시나리오 등을 수령하거나 검토하는 경우는 극히 드물다고 봐야 한다. 따라서, 넷플릭스와 같은 OTT 플랫폼에 시나리오를 제출하고자 하는 경우에는 다음과 같은 방법을 고려해 본다.

- **해당 OTT 에이전트 활용** 관련 업체 대리인이나 에이전트를 통해 시나리오를 넷플릭스와 같은 OTT에 소개할 수 있다. 이들은 업계 내의 연결고리와 경험을 활용하여 작가의 작품을 적절한 채널에 제안할 수 있다.

- **프로덕션 회사와의 협력** 넷플릭스와 같은 OTT와 관계를 맺고 해당 OTT에서 작품을 진행했던 제작사와 공동제작 등에 대한 내용을 제작사(프로덕션)에 제안할 수 있다.

- **주변 라인 활용** 주변 라인을 동원하여 담당 심의관을 소개 받고, 통화하고(스케줄이 바빠서 만나기 힘든 경우가 많음), 메일로 전달한다.

- **공모전 및 네트워킹 활용** 시나리오 공모전에 참여하거나 업계 네트워킹 이벤트에 참석하여 자신의 작업을 소개하는 것으로 업계 전문가들과 인연을 맺을 수 있다.

넷플릭스에 직접적으로 시나리오를 제출하는 것은 불가능하지만, 이와 같은 간접적인 방법을 통해 시나리오를 OTT 플랫폼에 소개할 수 있는 기회를 얻을 수도 있다.

영화 및 드라마 작가 공모전

영화 및 드라마 작가 공모전은 창의적이고 독창적인 스토리텔링 능력을 가진 작가들을 대상으로 하는 경연으로 재능을 가진 신인 작가를 발굴하고, 우수한 작품을 선별하여 영화 및 드라마 산업에 신선한 아이디어를 공급하기 위해 마련되었다. 다음은 국내 주요 영화 및 드라마 작가 공모전에 대한 소개이다.

• **CJ ENM 드라마·영화 오펜(O'PEN) 스토리텔러 공모전** 국내의 재능 있는 작가를 발굴하고 대한민국을 대표하는 IP를 육성하기 위해 마련된 공모전이다. 드라마, 영화, 다큐멘터리, 웹툰 등 4개 부문으로 진행되며, 대한민국 국민 누구나 참여 가능하다. 공모 분야에 상관 없이 1인당 3편까지 출품할 수 있다.

• **롯데 크리에이티브 공모전** 국내의 재능 있는 작가를 발굴하고 콘텐츠 제작 및 지원을 하는 국내 최대 규모의 공모전으로 롯데컬처웍스가 주최한다. 영화와 드라마 총 2가지 부문으로 진행되며, 장르 불문의 작품을 제출할 수 있다. 영화 부문에서는 상영시간 100분 내외의 순수 창작의 상업영화 장편 시나리오와 기획안을, 드라마 부문에서는 미니시리즈 대본 2회분과 기획안을 제출해야 한다.

• **카카오엔터테인먼트 드라마·영화 공모전** 영화와 드라마 부문으로 나뉘어 진행되며, 장르나 소재의 제한은 없다. 응모자는 기획의도, 시놉시스, 인물 소개 등을 포함한 기획안과 시나리오를 제출해야 하며, 수상작은 카카오엔터테인먼트에서 제작 및 유명 감독, 작가, 드라마 영화 제작자 등 톱 크리에이터들의 강의와 개별 멘토링을 받을 수 있다.

• **왓챠 시리즈 각본 공모전** OTT 플랫폼 왓챠에서 개최하는 오리지널 콘텐츠 개발을 위해 실시하는 각본 공모전이다. 모집 분야는 에피소드별 런타임 20분 기준 에피소드 6개 이상으로 구성된 이야기이며, 신인, 기성작가 제한이 없지만, 출품 수는 1인당 1편으로 제한하였으며, 공동집필도 불가하다.

• **한국영화 시나리오 공모전** 영화진흥위원회에서 개최하는 공모전으로 영화화 가능성이 높고 작품성 및 독창성이 있는 시나리오와 작가를 발굴하여 창작 인력의 저변 확대하는 것을 목적으로 한다.

- **JTBC X SLL 드라마 공모전** JTBC와 SLL이 공동으로 주최하는 공모전으로 단막극과 미니시리즈 부문으로 나뉘어 진행되며, 신인 작가들의 참신한 아이디어와 스토리를 발굴하기 위해 개최된다. 응모작(수상작)에 대한 저작권은 당선 후 5년간 주최측에 귀속되며, 응모작은 타 공모전에 출품되지 않은 순수 창작물이어야 한다.

- **KBS 드라마 극본 공모전** 단막극(70분의 1부 또는 2부)과 장막극(12~16부의 미니시리즈)에 대한 극본 공모전으로 신인 및 기성 작가에게 오픈되어 있으며, 공모 일정은 매년 달라지므로 당사 웹사이트에서 확인한다.

- **MBC 드라마 극본 공모전** MBC 드라마 극본 공모전은 매년 개최되며, 공모 부문은 장편시리즈와 단편시리즈로 나누어진다. 공모 일정은 매년 달라질 수 있으며, MBC 홈페이지를 통해 확인하실 수 있다. 일반적으로 MBC의 공모전은 단편시리즈(2부작)와 장편시리즈(8~16부작) 부문으로 나뉜다.

| 좌측부터 CJ 오펜(O'PEN), 카카오 엔터테인먼트, 롯데, MBC 영화·드라마 공모전 포스터 |

그밖에 다양한 공모전이 개최되며, 이러한 공모전은 신인 작가들에게 자신의 작품을 선보이고, 영화사 및 방송사, 관련 단체와 협력할 수 있는 기회를 제공 받을 수 있다. 공모전은 영화 및 드라마 산업에 신선한 재능을 공급하는 동시에 작가들에게는 자신의 작품을 발전시킬 수 있는 중요한 기회가 된다.

시나리오 작가의 수익 및 구조

시나리오 작가의 계약금은 작가의 경험과 명성에 따라 크게 다를 수 있으며, 지역과 프로젝트 유형에 따라서도 변동된다. 일반적으로 신예 작가와 유명 작가의 시나리오 계약금 차이는 다음과 같다.

- **신예 작가** 신예 작가들은 일반적으로 시나리오 1편당 500만 원에서 1,000만 원 정도의 계약금을 받을 수 있다. 이는 해당 시장의 시작 급여와 비슷하며, 작가의 경험, 프로젝트의 규모, 제작사의 예산 등에 따라 달라질 수 있다.

- **유명 작가** 유명 작가의 경우 시나리오당 수억 원까지 받을 수 있다. 유명 작가들은 이미 시장에서 검증된 재능과 성공적인 트랙 레코드를 가지고 있으며, 그들의 이름만으로도 투자자와 관객을 끌어들일 수 있는 능력을 가지고 있다. 따라서, 유명 작가들은 신예 작가들보다 훨씬 높은 계약금을 협상할 수 있다.

이와 같은 수치는 대략적인 추정치이며, 구체적인 계약 조건은 개별 작가의 상황, 작품의 특성 그리고 협상 과정에 따라 달라질 수 있다. 또한, 시나리오 작가의 수입은 계약금 외에도 로열티, 보너스, 추가 판매 등 다양한 형태로 구성될 수 있다.

032. 그림으로 생생한 장면을 표현하는 콘티 작가

콘티 작가는 영화, TV 드라마, 광고 등을 제작하기 전에 시나리오(각본)에 기술된 장면들을 시각적으로 표현하는 스토리보드를 제작하는 작가이다. 콘티 작가는 각본의 내용을 기반으로 카메라 앵글, 인물 위치, 움직임 등을 그림으로 묘사하여 장면을 구체화하고, 제작진과 배우들 사이의 커뮤니케이션을 도우며, 제작 과정에서의 효율성과 창의성을 높이는 데 중요한 역할을 한다.

▶ 콘티 작가가 되기 위한 요건

콘티(스토리보드) 작가가 되기 위해서는 강력한 시각적 스토리텔링 능력, 드로잉 및 디자인 기술, 연출과 카메라 앵글에 대한 이해가 필요하며, 또한 효과적인 커뮤니케이션 및 협업 능력과 창의성 그리고 강력한 포트폴리오를 가지고 있어야 한다.

- **강력한 시각적 스토리텔링 능력** 콘티 작가는 스토리의 시각적 전달을 위해 구성, 연속성, 시각적 표현력을 갖추어야 한다.

- **드로잉 및 디자인 기술** 기본적인 드로잉 능력과 함께 인물, 배경, 동작을 효과적으로 표현할 수 있는 능력이 필요하다. 하지만 최근엔 생성형 AI를 활용하여 드로잉 및 디자인 기술

이 없어도 충분히 가능한 분야가 되었다.

- **연출 및 카메라 앵글에 대한 이해** 씬(장면)의 구성, 카메라 앵글, 동작의 흐름을 이해하고 이를 효과적으로 사용하는 능력이 중요하다.

- **커뮤니케이션 및 협업 능력** 감독, 작가, 프로듀서 등 다른 팀원들과의 효과적인 의사소통과 협업이 필수적이다.

- **기술적 능력 및 적응력** 디지털 드로잉 도구 및 스토리보드 소프트웨어에 익숙하며, 새로운 기술과 트렌드에 빠르게 적응하는 능력이 필요하다.

- **창의성과 상상력** 새롭고 독창적인 아이디어를 시각화하고, 스토리에 생명을 불어넣는 창의적인 상상력이 필요하다.

- **프로젝트 관리 능력** 여러 프로젝트를 동시에 관리하고, 마감 기한을 준수하는 능력이 필요하다.

- **포트폴리오 구축** 다양한 스타일과 장르를 보여줄 수 있는 포트폴리오를 구축하여 자신의 작업을 효과적으로 전시하는 것이 중요하다.

▶ 콘티 작가로 데뷔하기

콘티(스토리보드) 작가로 데뷔하기 위해서는 기본적인 드로잉과 시각적 스토리텔링 기술을 습득하고, 다양한 스타일의 작업으로 포트폴리오를 구축하는 것이 중요하며, 이와 함께 업계 네트워킹, 인턴십 및 프리랜서 작업을 통한 경험 쌓기, 지속적인 학습 및 개발 그리고 적극적인 자기 홍보를 통해 기회를 탐색하고 첫 프로젝트를 성공적으로 완수하는 것이 필요하다.

- **기술 및 지식 습득** 기본 드로잉 및 시각적 스토리텔링 기술을 익힌다. 영화 제작, 애니메이션, 그래픽 디자인 등 관련 분야의 교육을 받을 수 있으며, 그림에 소질이 없거나 배우기 힘든 환경이라면 생성형 AI 기술을 반드시 익힌다.

- **실력 향상 및 포트폴리오 구축** 다양한 스타일과 주제의 스토리보드 작업을 통해 실력을 향상시키며, 포트폴리오를 전시하여 자신의 작업을 볼 수 있도록 한다.

- **네트워킹 및 경험 쌓기** 업계 행사, 워크숍, 세미나 등에 참여하여 네트워킹을 한다. 인턴십, 프리랜서 작업, 작은 프로젝트 등을 통해 경험을 쌓는다.

- **시장 조사 및 기회 탐색** 영화 스튜디오, 애니메이션 회사, 광고 대행사 등 콘티 작가로 일할 수 있는 곳을 조사하거나 직업 공고를 통해 자신의 포트폴리오와 이력서를 제출한다.

- **적극적인 자기 홍보** 온라인 포트폴리오, 소셜 미디어, 전문 네트워킹 사이트 등을 활용하여 작업 샘플을 공유하고, 자신의 재능과 능력을 적극적으로 홍보한다.

- **지속적인 학습과 개발** 새로운 기술과 트렌드를 지속적으로 학습하고, 기술을 발전시킨다. 업계 동향을 파악하고, 자신의 스킬셋을 계속 갱신하는 것이 중요하다.

- **첫 프로젝트 및 성공적인 완수** 비용이 적더라고 가능하면 첫 프로젝트를 수행하는 것을 목표로 하고, 이를 성공적으로 완수하는 것이 중요하다. 첫 프로젝트를 통해 얻은 경험과 피드백을 바탕으로 계속 성장한다.

콘티 작가 구인 구직 정보

콘티(스토리보드) 작가를 구하는 구인 정보는 주로 영화, TV, 애니메이션, 광고 등의 엔터테인먼트 산업과 관련된 웹사이트와 포럼에서 찾을 수 있다. 이러한 웹사이트는 종종 스토리보드 작가에게 필요한 기술, 업계 동향 그리고 다양한 직업 기회를 제공한다. 다음은 국내외 유명한 영화 및 드라마 제작 관련 커뮤니티로 콘티 작가 모집 공고도 많기 때문이 이 곳에서 적절한 기회를 얻을 수 있다.

- **필름 메이커스 (https://www.filmmakers.co.kr)** 필름 메이커스는 국내의 영화 및 방송 산업에 특화된 온라인 커뮤니티 플랫폼으로 영화 제작자, 감독, 작가, 배우 등 다양한 전문가들을 위한 커뮤니티 공간과 영화 제작 관련 다양한 정보, 뉴스, 인터뷰 그리고 채용 공고를 포함한 업계의 최신 동향과 기회(정보)를 제공한다. 사용자들은 이 플랫폼을 통해 네트

워킹, 프로젝트 협력 기회를 찾고, 자신의 작업을 홍보할 수 있다.

- **Indeed (https://www.indeed.com)** 인디드는 전 세계적으로 널리 이용되는 대표적인 채용 정보 검색 플랫폼이다. Indeed를 통해 다양한 산업 분야의 일자리를 찾을 수 있으며, 특히 콘티(스토리보드) 작가, 애니메이터, 그래픽 디자이너 등 창의적인 역할을 포함한 다양한 직업의 채용 공고를 볼 수 있다. Indeed는 직업 검색, 이력서 업로드, 직무 알림 설정과 같은 기능을 제공하여 구직자들이 자신에게 맞는 직업을 더 쉽고 효과적으로 찾을 수 있게 도와준다.

콘티 작가의 수익 및 구조

콘티(스토리보드) 작가의 수익과 구조는 여러 요인에 따라 달라질 수 있다. 이러한 요인에는 근무 지역, 경험 수준, 고용 형태(프리랜서 또는 정규직), 작업하는 산업 분야(영화, TV, 광고, 게임 등) 그리고 개별 프로젝트의 규모와 예산 등이 포함된다.

수익

- **프리랜서** 많은 콘티 작가들이 프리랜서로 활동한다. 프리랜서 수입은 프로젝트 계약, 작업량, 협상된 금액에 따라 다르다. 평균적으로 90분에서 120분 사이의 영화일 경우 40에서 60개의 씬(장면)을 가지게 되는데, 이때의 콘티 제작 비용은 8백~2천만 원 정도이다. 하지만 영화의 장르, 콘티의 복잡성, 씬의 수, 작가의 경험 및 명성 그리고 프로젝트의 예산에 따라 다르기 때문에 최종적으로 제작자와 콘티 작가 간의 상의를 통해 결정한다.

- **정규직** 정규직 콘티 작가는 일반적으로 연봉 3~5천만 원 정도의 고정된 연봉을 받지만, 연봉은 콘티 작가의 경험과 실력, 업체 규정에 따라 크게 차이가 날 수 있다.

구조

- **계약 및 작업 조건** 콘티 작가들은 프로젝트 계약을 통해 작업 조건, 기한, 지불 방식 등을

명시하며, 프로젝트의 요구사항과 복잡성에 따라 작업량과 기간이 달라질 수 있다.

- **작업 환경** 콘티 작가들은 스튜디오, 프로덕션 회사, 광고 대행사 또는 홈 오피스에서 작업할 수 있으며, 이는 종종 개인의 선호나 고용 형태에 따라 결정된다.

그밖에 일부 콘티 작가들은 강의, 워크숍 진행, 관련 책이나 교육 콘텐츠 제작 등을 통해 추가 수입을 창출하기도 한다. 콘티 작가는 영화, TV, 비디오 게임, 광고 등의 디지털 미디어와 엔터테인먼트 산업의 성장으로 수요가 늘어나고 있다.

❱ AI를 활용한 콘티 제작

인공지능(AI)을 활용한 콘티(스토리보드) 제작은 최근 몇 년 동안 지속적으로 발전하고 있으며, 영화와 드라마 제작 과정을 혁신적으로 변화시킬 잠재력을 가지고 있다. 다음은 DALL-E 3와 미드저니를 활용한 콘티 제작의 예시이다.

| 챗GPT DALL-E 3(좌)과 미드저니(우)에서 생성한 콘티 예시 |

033. 제2의 생텍쥐페리를 꿈꾸는 동화 작가

동화 작가는 주로 어린이를 대상으로 한 작품을 창작하는 작가로 풍부한 상상력과 창의적인 스토리텔링을 바탕으로 이야기를 만든다. 동화 작가는 어린이들의 인지적, 정서적 발달 단계를 고려하여 쉽고 명확한 언어와 스타일을 사용하며, 교육적 가치와 도덕적 교훈을 전달한다. 동화는 종이책뿐만 아니라 전자책, 오디오북, 애니메이션 등 다양한 형태로 확장되고 있으며, 대표적으로 [어린 왕자], [마당을 나온 암탉], [수상한 고물상], [서찰을 전하는 아이]] 등이 있다.

때론 동화는 어린이 대상의 범위를 넘어 어른들을 위해 창작되기도 한다. 이러한 성인 대상 동화는 깊이 있는 주제, 다층적인 내러티브, 인생의 교훈과 성찰을 제공하며, 어린 시절의 순수함과 상상력을 재현한다. 성인을 위한 동화는 삶, 사랑, 인간관계와 같은 복잡한 주제를 다루며, 예술적이고 서정적인 언어로 감성적인 경험을 제공한다. 또한, 우화나 메타포를 통해 인생의 근본적인 질문들을 탐구하고, 독자에게 삶에 대한 새로운 시각을 제공하며, 자신의 경험과 감정에 대해 성찰할 수 있는 기회를 제공하는 동시에 어린 시절의 마법 같은 세계로의 회귀를 가능하게 한다. 이렇듯 어른들을 위한 동화는 단순한 오락을 넘어 감성적이고 사유적인 차원에

서 독자들과 교감하도록 한다. 대표적으로 [파페포포], [나의 아버지], [인생은 지금], [오버소울] 등이 있다. 물론 어른을 위한 동화는 어린이 동화에 비해 관심도나 판매량이 떨어질 수 있지만 독창적인 내용과 주제, 감성적이고 서사적인 스토리텔링, 예술적 표현과 아름다운 일러스트레이션 등의 기획과 구성이 조화롭게 이루어진다면 어른을 위한 동화는 그 자체로 독특하고 매력적인 문학 장르로 자리 잡을 수 있으며, 특정 독자층에게 강한 영향력을 발휘할 수 있다.

📖 동화 작가가 되기 위한 요건

동화 작가가 되기 위한 요건은 창의성, 상상력, 교육적 가치에 대한 이해 그리고 어린이들과의 소통 능력과 그들의 마음에 긍정적인 영향을 끼칠 수 있는 능력이 필요하다. 구체적으로 다음과 같은 요소가 필요하다.

- **창의성과 상상력** 어린이들을 매혹시킬 수 있는 창의적이고 상상력 풍부한 이야기를 구상하는 능력이 필요하다.

- **어린이들의 인지적, 정서적 발달 이해** 어린이들의 발달 단계와 관심사를 이해하고, 그에 맞는 콘텐츠를 창작할 수 있어야 한다.

- **단순하고 명확한 언어 사용** 어린이들이 이해할 수 있는 간결하고 명확한 언어와 문체로 이야기를 전달할 수 있어야 한다.

- **교육적 가치와 도덕적 메시지** 동화는 종종 교육적 가치나 도덕적 메시지를 담고 있으므로 이를 효과적으로 전달할 수 있는 능력이 필요하다.

- **일관된 스토리텔링** 명확한 플롯과 일관된 스토리텔링으로 어린이들의 주의를 끌고 유지할 수 있어야 한다.

- **문학적, 문화적 감각** 다양한 문학적 기법과 문화적 요소를 이해하고, 이를 창작에 활용할 수 있어야 한다.

- **인내심과 헌신** 동화 작가로 성공하기 위해서는 인내심과 헌신이 필요하며, 지속적인 개선과 학습에 전념해야 한다.

- **포트폴리오 구축** 자신의 작품을 보여줄 수 있는 포트폴리오를 구축하는 것이 중요하다. 이는 출판사나 에이전트에게 자신의 능력을 보여주는 수단이 된다.

▶ 동화 작가로 데뷔하기

동화 작가로 데뷔하는 가장 일반적인 방법은 출판사를 통한 계약, 자가 전자책 출판 그리고 아동도서전에 출품하는 방법 등이 있다. 이러한 방법들은 각각 장단점을 가지고 있으며, 작가의 목표와 상황에 따라 적합한 경로를 선택할 수 있다.

출판사와 계약

가장 전통적이고 보편적인 방법은 자신의 동화 원고를 출판사에 제출하여 출판 계약을 체결하는 것이다. 이 과정에는 작품의 투고, 출판사의 검토 및 승인, 계약 조건 협상 등이 포함되는데, 출판사와의 계약이 성사되면 작가에게 마케팅 및 배포에 대한 지원을 제공받으며, 작가의 작품을 더 넓은 독자층에게 소개할 수 있는 기회를 부여 받게 된다. 출판사와 계약을 체결하는 과정은 여러 단계로 구성되며, 다음과 같이 전문성과 세심한 주의를 요구한다.

- **원고 준비 및 투고** 작가는 완성된 동화 원고를 준비한다. 원고는 대상 연령층과 장르에 맞게 잘 다듬어져야 한다. 작가는 원고를 투고하기 전에 시장 조사를 실시하여 자신의 작품과 일치하는 출판사 스타일과 카탈로그를 파악해야 하며, 원고 투고 시 작가는 간략한 쿼리 레터(제안서), 작품의 개요, 완성된 원고 또는 샘플 챕터를 함께 제출한다.

- **출판사의 검토 및 승인** 출판사의 편집자는 제출된 원고를 검토하여 작품의 품질, 시장 가능성, 출판사의 라인업과의 적합성 등을 평가한다. 검토 과정은 수주에서 수개월까지 소요될 수 있으며, 이 기간 동안 작가는 다른 출판사에도 원고를 제출할 수 있다.

- **계약 조건 협상** 출판사가 원고를 승인하면 본격적으로 계약 조건에 대한 협상이 이루어진다. 이 과정에는 인세율(로열티), 저작권, 출판 일정, 마케팅 및 배포 계획 등이 포함되며, 작가는 계약 조건을 이해하고, 필요한 경우 법적 조언을 받아야 한다.

- **마케팅 및 배포 지원** 출판사는 작가의 동화 책 마케팅 및 배포를 담당한다. 이는 도서 박람회 참여, 서점 및 온라인 마케팅, 언론 홍보 등이 포함될 수 있다. 작가는 출판사의 마케팅 노력에 적극적으로 참여하고, 개인 네트워크와 소셜 미디어를 활용하여 작품을 홍보할 수 있다.

전통적인 출판을 통해 작가는 전문적인 편집, 디자인, 마케팅 및 배포 지원을 받으며, 이를 통해 자신의 작품이 더 넓은 독자층에게 도달할 수 있는 기회를 얻을 수 있다. 그러나 이 과정은 경쟁이 치열하고 시간이 소요될 수 있으므로 인내심을 가지고 체계적으로 접근해야 한다.

전자책 출판

전자책 출판은 출판사를 거치지 않고도 작가가 직접 자신의 작품을 출간할 수 있는 방법으로 자신의 작품을 빠르게 출시하고, 전 세계 독자들에게 접할 수 있는 기회를 제공한다. 이 방법은 출판사를 통한 계약이 어려운 신인 작가들에게 유용한 대안이 될 수 있으며, 다음과 같은 과정으로 전문적이고 구체적으로 진행할 수 있다.

- **원고 완성 및 편집** 첫 번째 단계는 완성된 원고를 준비하는 것이다. 원고는 대상 독자층과 장르에 적합해야 하며, 명확하고 오류가 없는 상태여야 한다. 전문적인 편집과 교정은 작품의 질을 높이는 데 중요하며, 때에 따라 외부의 편집자나 교정가의 도움을 받을 수 있다.

- **디자인 및 전자책 포맷 변환** 동화책에 들어가는 그림(삽화)과 표지 디자인은 동화책의 매력을 높이는 중요한 요소이다. 전문적인 디자인을 고려하거나 디자인 툴을 사용하여 직접 제작할 수도 있으며, 생성형 AI를 활용하면 그림을 못 그려도 전문가 수준의 그림을 얻을 수 있다. 모든 작업이 끝나면 전자책 형식(PDF, ePUB 등)으로 변환해야 한다. 이는 전자책 리더기와 호환되도록 하는 중요한 과정이다.

- **전자책 출판 플랫폼 선택** 전 세계적으로 가장 유명한 아마존 킨들 다이렉트 퍼블리싱 (KDP)을 통해 출간을 하거나 국내의 크몽, 와디즈, 리디북스, 예스24 셀프퍼블리싱, 교보문고, 알라딘, 아라북, 유북 등의 다양한 전자 출판 플랫폼을 활용할 수 있다.

- **출판 및 가격 설정** 선택한 플랫폼을 통해 원고를 업로드하고, 필요한 정보(책 제목, 저자, 설명, 키워드 등)를 입력한다. 이때 책의 가격을 설정해야 하는데, 경쟁 작품의 가격과 플랫폼의 인세율을 고려하여 책정하면 된다.

- **마케팅 및 홍보** 자신의 책을 홍보하기 위해 페이스북이나 인스타그램과 같은 소셜 미디어, 블로그, 이메일 뉴스레터 등을 활용한다. 독자 리뷰를 적극적으로 수집하고, 온라인 이벤트나 프로모션을 통해 작품에 대한 관심도를 높일 수 있다.

어린이(아동) 공모전 출품

동화 작가가 되기 위한 방법 중에는 창작 동화나 그림책을 작성하여 관련 공모전에 출품하는 방법도 있다. 공모전 출품을 통해 자신의 작품이 수상되거나 주목을 받게 되면 이는 작가로서의 경력을 시작하는 발판이 될 수 있으며, 또한 출판사와 인연이 생기거나 문학적 네트워크를 확장할 수 있는 기회가 될 수 있다. 다음은 국내외 유명 아동(동화) 도서 관련 공모전 정보이다. 소개된 공모전을 통해 동화 작가가 되기 위한 커리어를 만들어 갈 수 있다.

- **창비그림책상 (https://www.changbi.com)** 그림책에 새로운 활기를 불어넣고, 그림책 작가의 창작 의욕을 북돋우기 위해 창비에서 개최하는 공모전이다.

- **책읽는샤미 장르동화 (https://blog.naver.com/ezbook_)** 이지북에서 개최하며, 모험, 판타지, SF, 호러, 추리 등과 같은 다양한 장르 동화책을 공모할 수 있다.

- **MBC창작동화대상 (https://www.kscf.co.kr)** 책 읽는 대한민국을 만들고 동화 작가들을 지원하기 위해 MBC와 금성문화재단이 공동으로 제정하고, 금성출판사가 후원하는 문학 공모전이다.

- **웅진주니어 문학상 (https://www.wjjunior.co.kr)** 웅진주니어 문학상은 한국 아동 문학 계를 이끌어갈 우수 문학 작품과 역량 있는 작가 발굴을 위한 공모전이다.

- **문학동네 어린이문학상 (https://www.munhak.com)** 문학동네 어린이문학상은 10~13세 어린이를 위한 동화를 대상으로 하는 공모전이다.

- **위즈덤하우스 판타지문학상 (https://www.wisdomhouse.co.kr)** 위즈덤하우스가 어린 이(청소년)에게 환상적인 서사적 쾌감을 건넬 판타지 작품을 발굴하기 위한 공모전이다.

- **Astra (https://www.readinglife.com/writingcontest)** 아스트라 도서 공모전은 출판 및 미출판 아동 도서 작가를 대상으로 하는 국제 공모전으로 전 세계의 재능 있는 작가를 발 굴하고 문학적 우수성을 장려하며, 국제적 이해를 증진시키는 것을 목표로 한다. 3~8세 아 동을 위한 원고로 영어, 스페인어, 독일어, 프랑스어, 일본어 또는 중국어로 작성해야 하 며, 독창적이고 미출판 작품이어야 한다.

- **Bologna Children's Book Fair (https://www.bolognachildrensbookfair.com)** 이탈 리아 볼로냐 아동 도서전은 세계 최대 규모의 아동도서 전문 박람회 중 하나이다. 아동도 서 출판계의 주요 이벤트로 전 세계의 출판사, 작가, 일러스트레이터, 문학 에이전트, 번역 가 및 도서관 관계자들이 참여 및 작품을 출품할 수 있다.

그밖에 시공주니어 스토리 상, 스토리킹, 사계절 어린이문학상 등 다양한 동화책 관련 공 모전을 활용하여 동화 작가로서의 경력을 시작하는 것도 좋은 방법이 될 것이다.

동화 작가의 수익 및 구조

동화 작가의 수익과 구조는 여러 요소에 따라 달라질 수 있다. 주요 수익원은 책 판매, 저작권료 그리고 각종 공모전 상금 등이 있으며, 작가의 명성, 출판 계약의 세부 사항, 작품의 인기도에 따라 변동될 수 있다.

• **책 판매로 인한 수익(인세)** 대부분의 동화 작가는 책이 판매될 때마다 일정 비율의 로열티 (인세)를 받는다. 인세는 출판사와의 계약에 따라 다르지만, 일반적으로 도서 정가의 7~10% 사이로 형성되어 있다.

• **저작권료** 작가가 창작한 이야기나 캐릭터가 다른 형태의 미디어(예: 영화, TV 프로그램, 머천다이징)에 사용될 경우 작가는 저작권료를 받을 수 있다. 이 경우 수익은 사용 범위, 지속 기간, 미디어의 종류 등에 따라 상당히 달라진다.

• **공모전 상금과 보조금** 동화 작가들은 공모전에 참여하여 상금을 획득할 수 있으며, 때로는 예술 창작을 위한 정부 또는 민간 기관(콘텐츠진흥원 등)의 보조금을 받을 수도 있다. 이러한 보조금은 프로젝트의 초기 비용을 충당하는 데 도움이 된다.

• **강연 및 워크숍** 유명한 작가들은 강연이나 워크숍을 통해 추가 수익을 얻을 수 있다. 이러한 활동은 작가의 명성과 전문성을 더욱 확장하는 데 도움이 된다.

• **출판 계약** 출판 계약의 세부 사항에 따라서도 수익이 달라질 수 있다. 유명 작가들은 출판사로부터 선금을 받기도 한다. 이는 책이 출간되기 전에 작업을 계속할 수 있게 해준다.

▶ AI를 활용한 동화책 제작

인공지능(AI)을 활용하면 더욱 창의적이고 혁신적인 접근으로 동화책을 만들 수 있다. AI는 스토리 생성부터 캐릭터 및 세계관 구축, 시각적 요소의 디자인, 언어 스타일 조정 그리고 다양한 언어로의 번역에 이르기까지 동화책의 여러 측면에서 도움을 받을 수 있다. 이러한 접근은 작가의 창의성을 증진시키고, 제작 과정의 효율성을 높이며, 다양한 스타일과 문화적 맥락에 맞는 콘텐츠를 제공함으로써 글로벌한 접근성을 강화한다. 다음의 그림은 DALL-E 3와 미드저니에서 [도시로 날아간 단풍잎: 필자가 써놓았던 동화]이란 주제로 생성한 동화책에 들어갈 그림의 예시이다. 이처럼 생성형 AI를 활용하면 자신이 원하는 삽화를 쉽게 생성할 수 있기 때문에 그림에 대한 부담을 없애준다.

| 챗GPT DALL-E 3(좌)과 미드저니(우)에서 생성한 동화 삽화 예시 |

캔바(Canva)에서 동화책 완성하기

생성형 AI는 단순히 그림(삽화)을 생성하는 목적이기 때문에 최종적으로 동화책을 완성하기 위해서는 디자인 툴을 사용해야 한다. 캔바(Canva)는 무료로 다양한 디자인 자료를 쉽게 제작할 수 있는 플랫폼으로 완성된 이야기와 생성된 그림을 가져온후 다양한 템플릿을 사용하여 동화책을 완성할 수 있다. 캔바의 활용은 관련 도서및 강의를 참고하기 바라며, [챗GPT 교사 마스터 플랜] 도서에서도 캔바에 대한 내용을 자세하게 다루고 있다.

034. 연 매출 5억이 가능한 1인 출판사 만들기

작가로서의 삶은 로맨틱할 수 있지만 결국 현실이라는 가혹함을 마주하게 된다. 그렇다면 어떻게 해야 작가로서 안정적인 수입을 창출하고, 나아가 연 매출 5억을 달성할 수 있을까? 이번에는 이러한 목표를 가진 이들을 위해 1인 출판사를 설립하는 방법에 대해 알아 본다. 다음은 1인 출판사 창업을 위한 몇 가지 과정이다.

▶ 시장 조사하기

시장 조사는 1인 출판사를 성공적으로 운영하기 위한 첫 번째 단계이다. 이 단계에서는 단순히 좋은 책을 만들자는 모호한 목표를 넘어, 구체적이고 실행 가능한 전략을 수립해야 한다. 그러기 위해선 목표 독자층과 경쟁 분석 두 가지 핵심 요소를 제대로 이해해야 한다.

목표 독자층 분석

어떤 종류의 책을 출판할 것인지, 그 책이 어떤 독자층에게 필요한지 파악하는 과정으로 목표 독자층 파악은 출판할 책의 주제와 형식 그리고 그 책이 어떤 독자층에게 필요한지를 명확히 해야 한다.

- **독자 프로파일링** 출판할 책의 주제와 형식에 가장 관심을 보일 가능성이 높은 독자층을 프로파일링한다. 이는 연령, 성별, 지역, 직업, 취미 등 다양한 요소를 포함할 수 있다.

- **니즈와 원하는 것 파악** 목표 독자층이 어떤 정보나 경험을 원하는지 그리고 그것을 어떤 형태로 선호하는지 파악한다. 이를 위해 설문조사, 인터뷰, 소셜 미디어 분석 등 다양한 방법을 사용할 수 있다.

- **가격과 판매 채널** 목표 독자층의 구매력과 선호하는 판매 채널도 고려해야 한다. 이는 책의 가격을 책정하고, 어디에서 판매할지 결정하는 데 도움이 된다.

타 도서와의 경쟁력 분석

이미 시장에 있는 유사한 책이나 타 출판사와 어떻게 경쟁할 것인지 분석하는 과정이다. 경쟁 분석은 이미 시장에 존재하는 유사한 책이나 출판사와 어떻게 경쟁할 것인지에 대한 분석이다. 이를 통해 자신의 책이 시장에서 어떤 위치를 차지할 수 있는지, 어떤 부분에서 차별화를 둘 수 있는지를 파악할 수 있다.

- **시장 조사** 이미 출판된 유사한 책이나 출판사들을 조사하여 그들이 어떤 전략으로 성공하고 있는지를 분석한다. 이 조사를 통해 현재 시장의 트렌드, 독자의 선호, 가격대, 마케팅 전략 등을 이해할 수 있다.

- **차별화 전략** 자신의 책이 경쟁 도서들과 어떻게 차별화될 수 있는지에 대해 생각한다. 이는 책의 내용, 주제, 접근 방식, 디자인, 판매 전략, 타겟 독자층 등 다양한 측면에서 이루어질 수 있다.

- **SWOT 분석** 자신의 강점(Strengths), 약점(Weaknesses), 기회(Opportunities), 위협(Threats)을 정확히 파악한다. 이를 통해 어떤 부분을 강화하고, 어떤 부분을 보완해야 할지 전략을 세울 수 있다.

▶ 비즈니스 계획하기

비즈니스 계획은 1인 출판사의 성공을 위한 핵심 요소이다. 좋은 책을 만드는 것도 중요하지만 그 책이 어떻게 시장에 나가고 독자에게 도달할 것인지를 결정하는 것이 비즈니스 계획의 역할이다. 계획은 크게 자금 조달과 마케팅 전략 두 가지 주요 부분으로 나눌 수 있다.

초기 제작 및 운영비

자금 조달은 1인 출판사를 설립하고 성공적으로 운영하기 위한 가장 기본적이면서도 중요한 단계 중 하나이다. 출판은 단순히 좋은 책을 만드는 것 이상의 복잡한 과정을 포함하며, 아무리 돈이 안 드는 전자 출판(PDF)이라 할지라도 이러한 모든 활동은 자본이 필요하다. 그러므로 초기 투자 비용은 물론, 출판사의 지속 가능한 운영을 위해서도 안정적인 자금 확보가 필수적이다.

- **초기 투자 비용** 출판사를 설립하고 첫 번째 책을 출판하기까지 필요한 모든 비용을 산출한다. 여기에는 원고료, 작업에 사용되는 프로그램 구입 비용, 편집 및 디자인 비용, 인쇄 비용, 등록 및 라이선스 비용 등이 포함되어야 한다.

- **운영 자금** 일정 기간 동안 출판사를 운영할 수 있을 만큼의 자금을 확보해야 한다. 이는 책 판매로부터 얻는 수익 외에도 다양한 수입원을 고려할 필요가 있다.

- **자금 조달 방법** 개인 자금, 대출, 투자자, 크라우드 펀딩 등 다양한 자금 조달 방법을 고려한다. 각 방법의 장단점을 충분히 파악하고, 출판사의 비즈니스 모델과 가장 잘 맞는 방법을 선택해야 한다. 이 단계에서는 철저한 계획과 실행 능력이 요구된다. 자금 조달은 단순히 자본을 확보하는 것 이상으로 그 자금을 어떻게 효율적으로 사용할 것인지, 어떻게 리스크를 관리할 것인지에 대한 전략적인 생각이 필요하다. 이는 출판사의 장기적인 성공을 위한 기초를 다지는 작업이기도 하다.

마케팅 전략 (성공 전략)

마케팅 전략은 출판사의 성공 여부를 결정짓는 중요한 요소 중 하나이다. 물론 기본적으로 좋은 책을 만드는 것은 중요하다. 그렇지만 그 책이 어떻게 시장에 나가고 독자에게 어떻게 다가갈 것인지를 결정하는 것이 마케팅 전략의 역할이다. 이는 단순히 책을 판매하기 위한 수단이 아니라 출판사의 브랜드를 구축하고 지속 가능한 성장을 위한 기반을 마련하는 과정이므로 가장 많이 신경을 써야 한다. 마케팅 전략의 주요 구성 요소는 다음과 같다.

- **타겟 마케팅** 시장 조사를 통해 파악한 목표 독자층에 대한 이해와 그들의 니즈에 맞는 전략을 세우고, 이를 통해 효율적인 마케팅 활동을 계획하고 실행할 수 있다.

- **홍보 채널** 다양한 홍보 채널을 통해 책과 출판사의 브랜드를 알린다. 소셜 미디어, 블로그, 이메일 뉴스레터, 전통적인 매체 등을 적절히 활용하여 최대한 많은 독자에게 다가갈 수 있어야 한다.

- **판매 전략** 어디에서, 어떻게, 얼마에 책을 판매할 것인지에 대한 전략으로 온라인과 오프라인 판매 채널, 가격 전략, 프로모션 등을 종합적으로 계획한다.

- **독창적인 프로모션** 독특한 프로모션과 이벤트를 통해 책에 대한 관심을 유도한다. 예를 들어, 출시 전 사전 주문 할인, 사인회, 작가와의 대화, 온라인 이벤트 등을 통해 독자들과의 접점을 만드는 것이 중요하다.

마케팅 전략을 세울 때는 현실적인 목표 설정, 자원의 효율적인 배분 그리고 지속적인 모니터링과 개선을 필요로 한다. 출판사의 비즈니스 모델, 자금 상태, 시장 조건 등을 고려하여 유연하게 전략을 수정하고 실행해야 하며, 이러한 과정을 통해 출판사는 시장에서의 경쟁력을 높이고 지속 가능한 성장을 추구할 수 있다.

➤ 제작하기 (출판 제작 과정)

제작 단계는 출판사의 핵심 업무 중 하나이다. 이 과정에서 책이라는 물리적 또는 디지털 콘텐츠(전자책)가 만들어지며, 이 단계는 단순히 만드는 과정을 넘어 작가와 기획자의 원래 의도와 독자의 기대를 최대한 충족시키기 위한 다양한 전문가들의 협력이 필요한 과정이다.

책 제작하기

책의 제작은 아이디어에서 물리적 현실화하는 과정이다. 이것은 단순히 글을 인쇄하여 제본하는 것을 넘어, 작가의 원래 의도를 최대한 살리면서도 독자가 읽기 편하고 이해하기 쉬운 형태로 정보나 이야기를 전달해야 한다. 그러므로 작가와의 계약부터 시작하여, 편집, 디자인 그리고 인쇄까지 책을 만드는 전 과정을 철저하게 관리해야 하며, 최고의 결과물을 얻기 위해 작가, 편집자, 디자이너, 인쇄소 등 다양한 협력사와 함께하는 작업 환경이 필요하다. 다음은 책 제작의 주요 단계이다.

- **작가와의 계약** 출판 계약을 체결하면서 작품의 저작권, 로열티(인세), 출판 일정 등을 명확히 한다. 이 단계에서는 작가의 비전과 출판사의 전략이 조화를 이루어야 한다.

- **원고 검토 및 편집** 작가가 제출한 원고는 편집자에 의해 여러 차례 검토한다. 이 과정에서 문장 구조, 맞춤법, 내용의 논리성 등이 철저히 점검된다.

- **디자인과 레이아웃** 완성된 원고는 디자이너의 손을 거쳐 레이아웃이 결정되고, 삽화나 그래프 등이 추가된다. 이 단계에서는 책의 표지 디자인도 함께 진행된다.

- **인쇄와 제본** 디자인과 레이아웃이 완료된 원고는 인쇄소로 전달되어 인쇄되고 제본되며, 이 과정에서는 용지의 종류, 인쇄 품질, 제본 방식 등 여러 요소를 고려한다.

- **품질 검사** 최종 제품이 나오기 전에는 가제본 등을 통해 몇 차례의 품질 검사가 이루어진다. 이를 통해 오류나 누락, 인쇄 결함 등을 사전에 찾아 수정한다.

이 모든 과정은 출판사와 작가 그리고 독자 간의 다리 역할을 하며, 책이라는 예술 작품이 시장에서 성공할 수 있는 기반을 마련하게 된다. 이처럼 출판 업계에서는 각 단계가 작가의 창의적인 비전과 독자의 기대를 충족시키는 완성된 작품으로 이어지는 중요한 연결 고리가 된다.

품질 관리

품질 관리는 출판 과정에서 가장 후반에 이루어지지만, 그 중요성은 결코 무시할 수 없는 과정이다. 이 단계에서는 작가의 노력과 편집자의 세심한 검토, 디자이너의 창의적인 레이아웃이 모두 결합하여 완성된 책이 독자에게 어떤 인상을 줄지를 결정짓는다. 품질 관리의 주요 활동은 다음과 같다.

- **전문가의 검토** 책의 내용이 전문적인 지식을 요구할 경우, 해당 분야의 전문가에게 원고를 검토받을 수 있다. 이를 통해 내용의 정확성과 신뢰성을 높일 수 있다.

- **수정과 교정** 원고가 최종 인쇄되기 전에는 여러 차례의 교정이 이루어진다. 이 과정에서 문법 오류, 맞춤법(오타), 레이아웃 문제 등을 찾아 수정해야 한다.

- **인쇄 품질 검사** 인쇄된 책의 샘플(가제본)을 통해 인쇄 품질을 검사한다. 여기에는 용지 품질, 색상의 정확성, 제본의 안정성 등이 포함된다. 전자출판에는 해당되지 않는다.

- **독자 피드백** 초기 출간된 책을 통해 독자로부터의 피드백을 수집할 수 있다. 이 피드백은 다음 판이나 다른 책을 출판할 때 참고할 수 있는 중요한 자료가 된다.

제작 단계는 출판사의 브랜드 가치를 결정짓는 중요한 과정이다. 따라서, 이 단계에서의 성공은 출판사가 시장에서 얼마나 인정받을 것인지 그리고 얼마나 많은 독자층을 얻을 수 있을지를 결정짓게 된다. 품질 좋은 책을 만들기 위해서는 각 단계에서의 전문성과 세심한 관리가 필요하며, 이를 통해 출판사는 독자와의 신뢰를 쌓고 지속적인 성공을 이룰 수 있다.

필자가 출간한 책 소개

여기에서는 22년 동안 필자가 집필하거나 제작(기획)한 도서의 일부를 살펴보기로 한다. 참고로 필자가 제작한 책 대부분은 전문 서적이며, 그중 가장 관심이 많았던 컴퓨터 그래픽과 음악, 유튜브 관련된 책들이다.

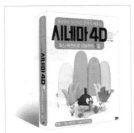

이 책들 중에는 성공한 것도 있고, 실패한 것도 있다. 중요한 것은 꾸준하게 출간을 해야 한다는 것이다. 꾸준하게 출간을 하다보면 생각지도 않았던 책이 베스트셀러가 되고, 이런 경험을 통해 책의 가능성 여부를 자연스럽게 터득하게 된다.

➡ 판매 및 배포

출판 과정의 마지막 단계는 배포 및 판매이다. 이 단계에서는 책이 얼마나 많은 독자들에게 도달할 수 있을지 결정되며, 출판사의 수익성과 브랜드 가치에도 큰 영향을 미치게 된다. 주요 활동은 다음과 같다.

온·오프라인 채널 활용

최근의 출판 시장은 다양한 판매 채널을 통해 책을 판매할 수 있다. 온라인 쇼핑몰, 전자책, 오디오북 등 다양한 형태로 책을 판매할 수 있으며, 일반적인 서점 뿐만 아니라 관련 세미나 및 전시회의 부스를 이용하는 등 다양한 오프라인 매장에서도 판매가 가능하다.

- **온라인 채널 활용하기** 온라인 채널은 접근성이 뛰어나다. 특히, 코로나19 같은 팬데믹 상황에서는 더욱 중요해졌다. 온라인 채널은 전자책, 오디오북, 온라인 서점, 소셜 미디어 광고 등 다양한 형태를 포함한다. 이를 통해 지리적, 시간적 제약 없이 넓은 독자층에게 책을 소개할 수 있다.

- **오프라인 채널 활용하기** 서점 판매 방식은 여전히 많은 독자들에게 중요한 채널이다. 또한, 대형 서점, 독립 서점, 공항, 기차역 등 다양한 장소에서의 판매는 책에 대한 노출을 높이고 다양한 독자층을 만날 수 있는 기회를 제공한다.

재고 관리

출판사의 성공에 있어 재고 관리 또한 빼놓을 수 없는 중요한 요소이다. 책의 재고를 효율적으로 관리하면 불필요한 비용을 줄이고, 동시에 독자들이 원할 때 책을 쉽게 구할 수 있도록 할 수 있다.

- **과다한 재고의 위험** 책의 과다한 재고는 저장 공간, 보관 비용, 자금 유동성 등 여러 문제를 일으킬 수 있다. 또한, 시간이 지나면서 책이 훼손될 위험도 있으며, 판매되지 않는 재고는 결국 폐기해야 할 수도 있다.

- **재고 부족의 문제** 반면, 재고가 부족하면 독자들이 원하는 시점에 책을 구할 수 없게 되어, 판매 기회를 놓칠 수 있다. 이는 출판사의 브랜드 가치에도 부정적인 영향을 미칠 수 있다.

- **적정 재고의 중요성** 이러한 문제들을 피하기 위해 적정한 수준의 재고를 유지하는 것이 중요하다. 이를 위해 판매 데이터, 시즌별 수요 변화, 특별 이벤트 등 다양한 변수를 고려하여 재고를 관리해야 한다.

- **데이터 분석의 활용** 최근에는 데이터 분석 도구를 활용하여 더욱 정확한 재고 예측과 관리가 가능하다. 이를 통해 불필요한 비용을 줄이고, 독자들에게 지속적으로 좋은 서비스를 제공할 수 있다.

판매 및 배포 단계에서는 출판사의 전략적인 능력이 크게 요구된다. 어떻게 하면 더 많은 독자에게 책을 판매할 수 있을지, 어떻게 하면 더 효율적으로 재고를 관리할 수 있을지에 대한 전략과 실행 능력이 필요하며, 이를 통해 출판사는 지속적인 성장과 브랜드 가치를 높일 수 있다.

마케팅 및 홍보

출판사의 성공에 있어 마케팅과 홍보는 가장 중요한 요소이다. 책이 아무리 훌륭해도 그 책을 알리지 못한다면 판매는 기대 이하로 나타나게 된다. 그러므로 출판사는 다양한 마케팅 전략과 홍보 채널을 활용하여 브랜드와 제품을 알려야 한다.

SNS, 블로그, 웹사이트 활용

현대의 디지털 시대에는 온라인 플랫폼이 매우 중요하다. 특히 SNS는 신속하고 효과적인 홍보 수단으로 활용할 수 있다. 블로그와 웹사이트를 통해 깊이 있는 내용을 공유하면 독자와의 연결을 더욱 강화할 수 있다.

- **SNS (소셜 네트워크 서비스) 활용** SNS는 신속하고 직접적인 소통 수단으로 신작 출시나 이벤트 정보를 즉각적으로 공유할 수 있다. 또한, 독자와의 상호작용을 통해 브랜드 충성도를 높일 수 있으며, 해시태그나 캠페인을 통해 더 넓은 독자층에게 노출될 기회를 얻을 수 있다.

- **블로그 활용하기** 블로그는 책이나 출판사, 작가에 대한 깊이 있는 정보와 이야기를 공유할 수 있는 플랫폼이다. 예를 들어, 작가 인터뷰, 책의 배경 이야기, 독자 리뷰 등 다양한 콘텐츠를 제공하여 독자와의 감정적 연결을 강화할 수 있다.

- **웹사이트 활용하기** 웹사이트는 출판사의 얼굴이자 중심이 되는 플랫폼이다. 여기에서는 책 목록, 작가 소개, 뉴스레터 구독 등 다양한 정보와 서비스를 제공하며, 독자가 원하는 정보를 쉽고 빠르게 얻을 수 있도록 구성한다. 또한, 웹사이트는 SEO(검색 엔진 최적화) 전략을 통해 더 많은 사람들이 접근할 수 있도록 해야 한다.

리뷰(서평) 및 인터뷰 활용

책에 대한 긍정적인 리뷰와 인터뷰는 책의 신뢰성을 높이고, 출판사 브랜드 이미지를 강화하는 데 큰 도움이 된다. 이를 위해 작가나 전문가, 인플루언서와 협업할 수 있다.

- **리뷰(서평) 작성** 책에 대한 리뷰는 독자나 전문가, 비평가로부터의 직접적인 피드백을 제공한다. 이는 책의 품질과 내용에 대한 신뢰성을 높이는 데 큰 도움이 된다. 특히, 유명한 리뷰 사이트나 매체에서의 긍정적인 리뷰는 책의 판매량에 직접적인 영향을 미칠 수 있다.

- **인터뷰** 작가나 출판사 관계자의 인터뷰는 책과 그 배경, 작가의 철학 등을 깊이 있게 이해할 수 있는 기회를 제공한다. 이는 독자가 책에 더 큰 관심을 가질 수 있게 만들고, 책의 내용을 더 깊게 이해하는 데 도움을 준다.

타겟 마케팅

타겟 마케팅은 특정 독자층에게 책을 효과적으로 알리고 판매하기 위한 중요한 전략이다. 이는 출판사와 작가가 자원을 효율적으로 사용하면서 동시에 높은 판매량과 독자의 만족을 달성할 수 있게 도와준다. 타겟 마케팅의 중요성은 다음과 같다.

- **효율적인 자원 활용** 명확한 타겟 마케팅 전략을 통해 마케팅 예산과 자원을 효율적으로 사용할 수 있다. 무작정 생각나는 대로 마케팅을 진행하는 것보다 훨씬 높은 ROI(Return on Investment: 투자 수익률)를 기대할 수 있다.

- **메시지의 명확성** 특정 독자층을 목표로 할 경우 그들의 관심사와 필요에 맞는 메시지를 전달할 수 있다. 이는 독자가 책에 대해 더 쉽게 이해하고 관심을 가질 수 있게 만들어 준다.

- **독자와의 연결** 타겟 마케팅은 단순히 판매를 증기시키는 것 이상의 가치가 있다. 목표 독자층과 깊은 관계를 형성하여 장기적인 충성도를 높일 수 있다.

- **경쟁력 강화** 명확한 타겟 마케팅 전략은 타 출판사나 책과 구분될 수 있는 독특한 가치를 제공한다. 이를 통해 경쟁에서 우위를 점할 수 있다.

다양한 홍보 채널 활용

홍보는 책이나 출판사의 브랜드를 알리고 판매를 촉진하는 데 있어 중요한 역할을 한다. 책은 책 자체에 대한 평가뿐만 아니라 출판사 브랜드 가치에 따라 성공 여부가 결정날 때도 있기 때문에 다양한 홍보 채널을 통해 다양한 독자층과의 접점을 만드는 것이 중요하다. 다음은 주요 홍보 채널과 특징이다.

- **소셜 미디어 활용** 페이스북, 인스타그램, 트위터 등의 소셜 미디어는 신속하고 직접적으로 독자와의 소통이 가능하다. 특히, 콘텐츠가 바이럴하게 퍼질 가능성이 있어 큰 영향력을 발휘할 수 있다.

- **블로그와 웹사이트** 자체 블로그나 웹사이트를 통해 콘텐츠를 제공할 수 있다. SEO 전략을 활용하면 관련 검색어로부터 트래픽을 끌어들일 수 있다.

- **이메일 뉴스레터** 구독자 목록을 통해 정기적이거나 중요한 소식을 직접 전달할 수 있다. 이는 독자와의 장기적인 관계를 유지하는 데 효과적이다.

- **전통적인 매체** 신문, 잡지, 라디오, 텔레비전 등 전통적인 매체도 여전히 유효한 홍보 채널이다. 특히, 타겟 독자층이 전통적인 매체를 주로 이용할 경우 매우 효과적이다.

- **행사와 책박람회** 오프라인 행사나 책박람회는 실제 독자들과 만나고, 책을 직접 소개할 수 있는 기회를 제공한다.

- **인플루언서 마케팅** 유명 인플루언서나 블로거가 책을 리뷰하거나 추천해 주면 그들의 팔로워를 통해 책에 대한 인지도를 높일 수 있다.

살펴본 것처럼 마케팅과 홍보는 출판사의 브랜드를 구축하고, 책의 판매를 촉진하는 데 있어 결정적인 역할을 한다. 따라서, 체계적이고 전략적인 접근이 필요하며, 지속적인 노력과 투자가 필수적이다.

그밖에 재무 관리도 중요하다. 예산 설정 및 관리를 통해 수입과 지출을 철저히 관리해야 하며, 성과 분석을 통해 정기적으로 매출, 이익, ROI(투자 수익률) 등을 분석하여 비즈니스 전략을 수정해야 한다.

035. 완벽한 문장을 위한 윤문(교정·교열) 작업

작성된 원고에 대하여 오타 수정 및 맞춤법 교정 그리고 교열까지 해주는 것을 [윤문]이라고 한다. 이러한 작업을 대행해 주는 윤문가(업체)는 인공지능(AI)이 대세인 지금도 여전히 중요한 임무를 수행하고 있다. 챗GPT와 같은 AI를 통해 효과적으로 문장을 구성하고 맞춤법까지 교정할 수 있지만, 그 내용의 진위 여부, 미묘한 뉘앙스, 문화적 민감성 그리고 창의적인 표현의 적절성은 인간 윤문가에 의해 더욱 섬세하게 다뤄질 필요가 있기 때문이다.

인공지능은 각 글의 특수한 맥락과 작가의 의도를 완전히 이해하고 반영하는 것은 아직 인간의 직관과 경험에 의존하는 부분이 크기 때문에 AI와 인간 윤문가의 협력을 통해 더욱 정교한 고품질의 문장을 얻을 수 있도록 하는 것이 중요하다.

》 윤문 전문가가 되기 위한 요건

윤문 전문가에게는 수준 높은 언어 능력, 세심한 주의력과 문장에 대한 세부적인 대한 감각, 문맥에 대한 깊은 이해, 창의성과 유연성, 효과적인 커뮤니케이션 등 다양한 능력이 필요하다. 하지만 챗GPT와 같은 AI와 협업하면 보다 신속하고 효율적으로 윤문 작업을 수행할 수 있다. 다음은 완벽한 문장을 만드는 윤문가에게 필요한 요건들이다.

- **탁월한 언어 능력** 윤문가는 문법, 맞춤법, 문장 구조, 어휘 사용 등에 대한 깊은 이해와 탁월한 지식을 가져야 한다. 이는 정확하고 명확한 커뮤니케이션을 보장하는 데 필수적이다.

- **세심한 주의력과 세부에 대한 감각** 작은 오타나 문법적 오류를 놓치지 않고 찾아내는 세심한 주의력이 필요하다. 또한, 문장의 흐름과 일관성을 유지하는 데 필요한 세부 사항에

대한 감각도 매우 중요하다.

- **문맥 이해력** 글의 전체적인 맥락과 의도를 파악하여 그에 맞게 문장을 조정할 수 있어야 한다. 이것은 단순한 언어 교정을 넘어 문장의 톤, 스타일, 목적에 부합하게 만드는 데 중요하다.

- **창의성과 유연성** 때로는 표현을 더욱 효과적으로 만들기 위해 창의적인 문장 재구성이 필요할 수 있다. 이를 위해서는 언어에 대한 유연한 사고와 창의적인 접근이 필요하다.

- **커뮤니케이션 능력** 윤문가는 작가나 클라이언트와 효과적으로 소통할 수 있어야 한다. 이는 작업의 요구 사항을 정확히 파악하고, 필요한 변경 사항을 명확하게 전달하는 데 필요하다.

- **광범위한 정보와 지식** 다양한 주제와 분야에 대한 정보와 지식이 있으면 특정 분야의 글을 더 잘 이해하고 교정할 수 있다. 또한, 문화적 민감성과 다양성에 대한 이해도 중요하다.

- **시간 관리 능력** 효율적으로 작업을 관리하고 마감 기한을 지키는 능력은 프리랜서나 대행 업체에서 근무하는 윤문가에게 특히 중요하다.

- **지속적인 학습 태도** 언어는 지속적으로 변화하므로 최신 언어(유행어 등) 사용 동향, 문법 규칙, 어휘에 대해 항상 업데이트하고 배우는 자세가 필요하다.

🔊 윤문 작업을 통한 수익화

윤문 전문가로 수익을 창출하는 방법은 프리랜스 플랫폼을 통한 서비스 제공, 개인 네트워크 및 입소문을 활용한 마케팅, 출판사와의 협력, 기업 및 학술 기관을 대상으로 한 윤문 서비스, 윤문 관련 워크숍 및 세미나 개최, 온라인 콘텐츠 제작을 통한 광고 수익과 후원 그리고 정기적인 윤문 계약 체결 등이 포함된다. 이러한 다각도의 접근은 윤문 전문가에게 안정적이고 지속 가능한 수익원을 제공하며, 동시에 전문성을 널리 알릴 수 있는 기회를 마련해 준다. 다음은 윤문 전문가로 수익을 창출하는 주요 방법들이다.

- **프리랜스 플랫폼 활용** 크몽, 숨고, 업워크, 프리랜서닷컴과 같은 업무 파트너 매칭 플랫폼에 가입하여 윤문 서비스를 제공한다. 이러한 플랫폼은 다양한 클라이언트와의 연결을 용이하게 하고, 다양한 윤문 작업을 찾을 수 있는 기회를 제공한다.

- **개인 네트워크 및 입소문 마케팅** 개인적인 네트워크를 활용하여 윤문 서비스를 홍보하고, 만족한 고객의 추천을 통해 새로운 고객을 확보한다. 효과적인 입소문 마케팅은 지속적인 클라이언트 유입을 가져올 수 있다.

- **출판사와 협력** 출판사와 협력하여 일반 도서, 학술지, 논문 등의 윤문 작업을 수행할 수 있다. 이는 정기적인 수입원이 될 수 있으며, 전문성을 쌓는 데도 도움이 된다.

- **기업 및 학술 기관 대상 서비스** 보고서, 기획서, 학술 논문, 기업 문서 등의 윤문 서비스를 제공한다. 기업이나 대학, 연구소 등과 장기적인 관계를 구축하여 안정적인 수입원을 확보할 수 있다.

- **워크숍이나 세미나 개최** 윤문 기술과 관련된 워크숍이나 세미나를 개최하여 참가비를 통한 수익을 얻을 수 있다. 이는 또한 전문성을 널리 알리는 수단이 될 수 있다.

- **온라인 콘텐츠 제작** 윤문에 관련된 블로그, 유튜브 채널, 팟캐스트 등을 운영하여 광고 수익이나 후원을 받을 수 있다.

- **정기적인 윤문 계약** 출판사, 기업, 학술 기관과 정기적인 윤문 계약을 체결하여 안정적인 수익을 확보한다.

윤문 작업 단가 (예상 수익)

윤문 작업의 단가는 기업이나 프리랜서의 경력과 전문성 그리고 작업의 복잡성과 분량에 따라 달라질 수 있다. 경험이 풍부하고 특정 분야에 전문성을 가진 윤문가일수록 더 높은 단가를 요구할 수 있으며, 복잡한 문서나 긴 분량의 작업은 그에 상응하는 높은 단가로 책정할 수 있다. 또한, 긴급성이나 특별한 요구 사항이 있는 작업일 경우에도 단가가 상승할 수 있으며, 일부 윤문 서비스는 업체는 작업 완료에 필요한 시간에 따라 다른 단가를 적용하기도 한다. 예를 들어, 72시간, 48시간, 24시간, 12시간, 6시간, 3시간 등 긴급한 작업 요청에 대해 서비스의 속도가 빠를수록 높은 단가를 요구하고, 작업의 범위에 따라 단어 수나 페이지(A4 용지 기준) 수로 단가를 책정하는 경우도 흔하다. 이러한 방식은 작업의 복잡성, 긴급성 그리고 분량을 고려하여 윤문 전문가의 시간과 노력에 상응하는 적절한 대가를 받을 수 있게 해 준다. 따라서, 윤문가는 이러한 다양한 요인을 고려하여 공정하고 합리적인 단가를 책정해야 한다.

다음은 A4 한 장(200~300단어) 기준, 교정 및 교열과 윤문 작업의 일반적인 단가이다. 단가는 여러 요인에 따라 달라질 수 있으며, 지역, 시장 상황, 윤문가의 경력과 전문성, 작업의 복잡성(전문성) 등에 따라 달라질 수 있다.

교정 및 교열 시 단가

- **교정 및 교열 단가** A4 한 장 기준으로 일반적인 교정 및 교열 서비스의 단가는 대략 5천 원에서 2만 원 정도이다. 이는 기본적인 맞춤법, 문법, 구두점 검사를 포함하며, 문서의 어려움(전문성) 정도나 요구되는 작업 속도에 따라 달라질 수 있다.

- **윤문 단가** 윤문 서비스는 교정 및 교열보다 더 전문화된 작업을 포함하므로 단가가 더 높게 책정된다. 일반적으로 윤문은 A4 한 장 기준으로 1만 원에서 5만 원까지 받는다. 윤문은 문장의 흐름, 구조, 명확성 개선뿐만 아니라 스타일과 톤의 조정까지 신경써야 하므로 더 많은 시간과 전문성이 요구되기 때문이다.

이러한 단가는 지역, 경제 상황, 작업의 전문 분야 그리고 클라이언트의 특별한 요구 사항에 따라 변동될 수 있다. AI 시대의 윤문 작업은 반복적이고 기본적인 맞춤법, 문법 검사와 같은 작업을 자동화함으로써 보다 복잡하고 창의적인 작업에 집중할 수 있게 해준다. 또한, AI 기반 도구는 대량의 문서를 빠르게 처리할 수 있어 시간과 비용 효율성을 향상시킨다.

036. 30분 만에 끝내는 기획서, 보고서, 논문 작업

현대인들은 대부분 전문적으로 글 쓰는 것에 두려움을 가지고 있다. 글쓰기에 두려워 하는 이유는 디지털 커뮤니케이션의 증가, 바쁜 생활, 교육 시스템의 변화 등 다양한 요인에서 찾을 수 있다. 이것을 극복하기 위해서는 정기적인 글쓰기 연습, 다양한 장르의 독서, 글쓰기 교육 및 워크숍 참여 등 글쓰기 목표 설정을 통해 지속적인 학습과 개발에 집중하는 것이 중요하다.

글을 잘 쓴다는 것은 쉬운 일은 아니다. 심지어 베스트셀러 작가조차도 자신의 문장에 대한 컴플렉스가 있으며, 숙련된 작가들조차 완벽한 문장을 만드는 데는 한계를 보인다. 이러한 상황에서 챗GPT와 같은 AI 기술을 활용하면 더욱 정교하고 완벽한 문장을 만들 수 있다.

숨고나 크몽과 같은 업무 대행 플랫폼을 통해 소설, 수필, 전문 서적, 보고서, 기획서 등 다양한 글쓰기 의뢰가 많은 것은 현대 사회에서 글쓰기에 대한 수요가 여전히 높고, 전문적인 글쓰기 능력을 가진 인력에 대한 필요성이 커졌기 때문이다. 이러한 플랫폼들은 다양한 분야의 전문가들과 클라이언트를 연결해 주는 역할을 하며, 특히 글쓰기와 같이 특정 기술이 필요한 작업에 있어서는 더욱 중요한 역할을 하게 된다. 이러한 추세는 전문 글쓰기 서비스에 대한 지속적인 수요를 통한 수익 창출이 가능하며, 프리랜서들에게는 다양한 작업의 기회를 제공한다.

▶ 기획서 잘 쓰는 방법

기획서는 특정 프로젝트나 사업 계획에 대한 제안을 하고 설명하는 문서이다. 이는 주로 신제품 개발, 마케팅 캠페인, 사업 확장 등의 계획을 구체적으로 기술한다. 기획서는 프로젝트의 목표, 실행 계획, 필요 자원, 예상되는 결과 및 위험 요소 등을 포함하며, 효과적인 설득력을 가지고 이해 관계자를 설득하기 위한 중요한 역할을 한다.

AI를 활용한 기획서 작성

인공지능(AI)을 활용하여 기획서를 쓴다는 것은 작업 효율성과 정확성을 높이는 데 있어 매우 중요하다. 다음은 AI를 활용한 기획서 작성 방법에 대한 몇 가지 팁이다.

- **주제 및 목표 명확화** 챗GPT와 같은 AI 기반의 도구를 사용하여 기획서의 주제와 목표를 명확하게 설정한다. 예를 들어, 키워드 생성 도구를 사용하여 관련 주제를 탐색하거나 목표 설정에 도움을 주는 AI 어시스턴트를 활용할 수 있다.

- **콘텐츠 구조화** 챗GPT와 같은 AI 기반의 아웃라인 생성 도구를 사용하여 기획서의 구조를 설계한다. 이를 통해 문서의 흐름을 계획하고, 각 섹션의 주요 내용을 정리할 수 있다.

- **데이터 분석과 시각화** 챗GPT와 같은 AI 분석 도구를 사용하여 관련 데이터를 분석하고, 이를 기반으로 정보를 정리한다. 또한, AI 기반의 시각화 도구를 사용하여 데이터를 그래프나 차트로 표현하여 기획서에 포함시킬 수 있다.

- **문장 생성 및 윤문** 챗GPT와 같은 AI 기반 문장 생성 도구를 사용하여 기획서의 초안을 작성한 후 AI 윤문 도구를 활용하여 문법, 맞춤법, 문장 구조 등을 교정하고 개선할 수 있다.

- **스타일과 톤 조정** 챗GPT와 같은 AI를 사용하여 기획서의 스타일과 톤을 일관되게 유지한다. 예를 들어, 특정 대상 독자에게 맞는 언어 스타일을 설정하고, AI가 이를 일관되게 유지하도록 한다.

- **피드백 및 개선** 챗GPT와 같은 AI 기반 텍스트 분석 도구를 사용하여 기획서의 품질을 평가하고 개선 사항을 찾아낸다. 이는 글의 설득력과 명확성을 높이는 데 도움이 된다.

이렇듯 AI 기술을 활용하면 기획서 작성 과정을 자동화하고, 시간을 절약하며, 높은 품질의 문서를 생성할 수 있다. 그러나 최종적으로는 인간의 창의성과 전문적인 판단이 중요한 역할을 하기 때문에 AI 도구는 기획서 작성을 돕는 보조 수단으로 활용하는 것이 가장 효과적이다.

▶ 보고서 잘 쓰는 방법

보고서는 특정 주제나 활동에 대한 정보를 정리하고 분석한 문서이다. 이는 연구 결과, 프로젝트 진행 상황, 시장 분석, 회계 감사 등 다양한 목적으로 작성된다. 보고서는 체계적이고 명확한 구조를 가지며, 데이터와 사실에 기반한 객관적인 정보를 제공하는 것이 중요하다.

AI를 활용한 보고서 작성

인공지능(AI)을 활용한 보고서 작성은 데이터 수집 및 분석, 주제별 콘텐츠 생성, 구조화, 윤문 및 문체 조정, 시각적 요소 추가 그리고 최종 검토 및 피드백에 이르기까지의 과정을 자동화하고 효율화하며, 최종적으로 사람의 검토와 수정을 통해 최종 품질을 보장한다. AI를 활용한 효과적인 보고서 작성법은 다음과 같다.

- **데이터 수집과 분석** 챗GPT와 같은 AI 기반 도구를 사용하여 관련 데이터를 수집하고 분석하며, 대규모 데이터 세트에서 유용한 정보를 식별하고, 통계적 분석을 제공할 수 있다. 이는 보고서의 근거를 마련하고, 보다 정확한 결론을 도출하는 데 도움이 된다.

- **주제별 콘텐츠 생성** 챗GPT와 같은 AI 문장 생성 도구를 활용하여 보고서의 특정 섹션을 위한 초안을 작성할 수 있다. 이러한 도구는 기초적인 문장 구성과 아이디어 생성에 유용하다.

- **구조화 및 아웃라인 작성** 챗GPT와 같은 AI를 사용하여 보고서의 구조를 계획하고 아웃라인을 생성한다. 이는 보고서가 논리적이고 체계적인 흐름을 갖도록 도와준다.

- **윤문 및 문체 조정** 챗GPT와 같은 AI 윤문 도구를 사용하여 문법, 맞춤법, 문장 구조 등을

교정하고, 일관된 문체와 톤을 유지한다. 이는 보고서의 전문성과 가독성을 높이는 데 중요하다.

- **시각적 요소 추가** AI 기반 시각화 도구를 활용하여 데이터를 그래프, 차트, 인포그래픽으로 변환한다. 시각적 요소는 복잡한 데이터를 보다 이해하기 쉽게 만들고, 보고서의 전달력을 강화한다.

- **최종 검토 및 피드백** AI 분석 도구를 사용하여 보고서의 전체적인 품질을 검토하고, 필요한 개선 사항을 확인한다. 이는 최종적인 정확성과 완성도를 높이는 데 도움이 된다.

논문 잘 쓰는 방법

논문은 학술적인 연구 결과를 기술하는 문서로 대학원 학위 취득이나 학술적 발표를 위해 작성된다. 논문은 철저한 연구와 데이터 분석을 바탕으로 하며, 연구 방법론, 결과 그리고 결론을 자세히 기술한다. 논문은 특정 학문 분야에 대한 새로운 지식이나 이해를 제공하는 데 목적이 있다.

AI를 활용한 보고서 작성

인공지능(AI)을 활용한 논문 작성은 문헌 조사 자동화, 주제 및 키워드 추출, 데이터 분석, 초안 작성, 윤문 및 언어 교정, 인용 및 참고문헌 관리 그리고 시각적 요소 생성 등을 통해 연구 과정을 효율화하고, 정확하고 신뢰할 수 있는 학술 결과를 도출하는 데 도움을 준다. AI를 활용한 효과적인 논문 작성법은 다음과 같다.

- **문헌 조사 자동화** 챗GPT와 같은 AI 기반 검색 도구를 활용하여 관련 문헌과 연구 자료를 빠르고 효율적으로 찾아볼 수 있다. 이는 연구 분야의 최신 동향과 중요한 연구들을 파악하는 데 유용하다.

- **주제 선정 및 키워드 추출** 챗GPT와 같은 AI 알고리즘을 사용하여 연구 주제와 관련된 핵

심 키워드와 트렌드를 식별할 수 있다. 이는 연구의 방향을 설정하고 초점을 맞추는 데 도움이 된다.

- **데이터 분석** 챗GPT와 같은 통계 분석, 데이터 마이닝, 머신러닝 기술을 활용하여 대량의 데이터를 분석하고, 복잡한 패턴과 상관관계를 식별할 수 있다. 이는 연구 결과의 정확성과 심층성을 높인다.

- **초안 작성** 챗GPT와 같은 AI 기반 글쓰기 도구를 사용하여 논문의 초안을 작성하는 데 도움을 받을 수 있다. AI 도구는 구조적인 글쓰기와 아이디어 표현을 보조한다.

- **윤문 및 언어 교정** 챗GPT와 같은 AI 교정 도구를 활용하여 문법, 맞춤법, 문장 구조를 개선하고, 학술적 언어를 강화할 수 있다.

- **인용 및 참고문헌 관리** 챗GPT와 같은 AI 기반 참고문헌 관리 도구를 사용하여 인용을 정확하게 관리하고, 참고문헌 목록을 쉽게 생성할 수 있다.

- **시각적 요소 생성** 챗GPT와 같은 AI 시각화 도구를 활용하여 데이터를 그래픽, 차트, 인포그래픽으로 전환하여 복잡한 정보를 시각적으로 표현할 수 있다.

▶ 기획서, 보고서, 논문 대행을 통한 수익화

기획서, 보고서, 논문 대행 서비스와 함께 사전 제작된 템플릿 및 자료를 온라인 마켓플레이스를 통해 판매하고, 디지털 마케팅, 고객 피드백 활용, 지속적인 업데이트를 통해 전문 지식을 활용한 안정적이고 지속 가능한 수익 창출이 가능하다. 이러한 접근 방법은 다음과 같은 전략을 포함한다.

- **대행 서비스 제공** 클라이언트의 개별 요구에 맞춰 맞춤형 기획서, 보고서, 논문을 제작 및 제공하는 서비스이다. 이를 통해 고객의 특정 요구를 충족시키며 전문성을 활용할 수 있다.

- **템플릿 및 사전 제작 자료 판매** 기획서, 보고서, 논문에 대한 일반적인 템플릿이나 샘플을 제작하여 온라인으로 판매한다. 이는 더 넓은 고객층에게 서비스를 제공할 수 있게 하며,

- 반복적인 수익 창출을 기대할 수 있게 하는 방법이다.

- **온라인 마켓플레이스 활용** 크몽이나 숨고, Gumroad(검로드) 또는 자체 웹사이트와 같은 온라인 플랫폼에서 자료를 판매한다.

- **피드백 및 사용자 리뷰 활용** 기존 고객의 피드백과 리뷰를 수집하고 활용하여 서비스와 제품의 신뢰성을 높인다. 이는 잠재 고객의 구매 결정에 긍정적인 영향을 미친다.

- **지속적인 업데이트 및 개선** 시장의 변화와 고객의 요구에 맞춰 자료를 지속적으로 업데이트하고 개선하여 고객 만족도를 유지하고, 장기적인 고객 관계 시스템을 구축한다.

레포트 월드나 글로벌리서치 & 데이터와 같은 문서 대행 웹사이트에서 다양한 분야의 기획서, 보고서, 논문을 판매하고 있다. 특히 보고서 같은 경우 수백만 원에서 수천만 원까지 상당히 높은 가격으로 거래되고 있다.

세계의 경추 베개 시장 (2023-2030) : 유형별 (표준, 롤형, 워터 기반), 기능별 (변위, 지원), 지역별

■ 영문 제목 : Cervical Pillows Market Size, Share & Trends Analysis Report By Type (Standard, Roll, Water-based), By Function (Displacement, Support), By Region, And Segment Forecasts, 2023 - 2030

■ 상품코드 : GRV23NOV071
■ 조사/발행회사 : Grand View Research
■ 발행일 : 2023년 9월
■ 페이지수 : 70
■ 작성언어 : 영어
■ 보고서 형태 : PDF
■ 납품 방식 : E메일 (납기:3일)
■ 조사대상 지역 : 세계
■ 산업 분야 : 소비재

■ 판매가격 / 옵션 (부가세 10% 별도)

Single User (1인 열람용)	USD5,950 ⇒환산₩7,735,000	견적의뢰/주문/질문
Multi User (5인 열람용)	USD6,950 ⇒환산₩9,035,000	견적의뢰/주문/질문
Global/corporate License (기업 열람용)	USD8,950 ⇒환산₩11,635,000	견적의뢰/구입/질문

| 글로벌리서치 & 데이터에서 고가로 판매되는 보고서 |

시장 분석 정보를 얻기 위한 플랫폼

기획서, 보고서, 논문 작성을 위한 정확한 정보 수집은 중요한 과정이다. 특히, 시작할 때의 분석을 위한 정보는 복잡하고, 전문적인 내용을 포함할 수 있기 때문에 일반적인 검색 엔진을 통해 얻기 어려울 수 있다. 이러한 경우 다음과 같은 전문화된 분석 플랫폼을 이용하는 것이 효과적이다.

- **학술 데이터베이스** JSTOR, PubMed, Google Scholar 등의 학술 데이터베이스는 다양한 학술 논문, 연구 보고서, 학술지 기사를 제공한다. 이러한 자료는 과학적 연구나 전문적인 분석에 필수적이다.

- **산업 보고서 및 시장 조사** 비즈니스 관련 기획서나 보고서를 작성할 때 매우 중요한 자원으로 Euromonitor, IBISWorld, Gartner와 같은 국제적인 플랫폼뿐만 아니라 국내의 데이터랩, 썸트렌드, 리스닝마인드, 판다랭크와 같은 지역 특화 분석 플랫폼들은 특정 산업이나 시장에 대한 심층적인 보고서와 분석을 제공한다.

- **전문 도서관 및 아카이브** 대학 도서관, 공공 도서관, 특수 아카이브 등은 광범위한 자료를 보유하고 있으며, 종종 특정 주제에 대한 심층적인 자료를 제공한다.

- **전문가 인터뷰 및 컨설팅** 특정 분야의 전문가와의 인터뷰나 컨설팅은 심층적이고 신뢰할 수 있는 정보를 제공할 수 있다.

- **정부 및 기관 보고서** 정부, 비영리 기관, 국제 기구가 발행한 보고서와 통계는 정책 관련 보고서나 사회과학 연구에 필요한 데이터를 제공한다.

이러한 전문화된 분석 플랫폼과 자원을 활용하면, 기획서, 보고서, 논문을 위한 정확하고 심층적인 정보를 효과적으로 수집할 수 있다. 이는 연구의 질을 높이고, 보다 신뢰성 있는 결과를 도출하는 데 중요한 역할을 한다.

037. 고객의 마음을 움직이는 상품 리뷰 및 서평

상품 리뷰 및 서평은 소비자들이 특정 상품(도서)이나 서비스를 이용한 후 그들의 경험, 의견, 평가를 공유하는 것을 말한다. 상품 리뷰는 온라인 쇼핑몰, 리뷰 사이트, 블로그, 소셜 미디어 등 다양한 플랫폼에서 찾아볼 수 있으며, 소비자들에게 구매 결정에 도움을 주는 중요한 정보원으로 활용된다. 또한, 제조사나 판매자에게는 소비자의 피드백을 받고 제품을 개선할 수 있는 기회를 제공한다.

구매 포토리뷰 **챗GPT를 교육으로 활용하기 위한 완벽한 안내서!**
내용 ★★★★★ 편집/디자인 ★★★★★ | 다니 | 2023-10-17

챗GPT를 어느 정도 사용해 보았지만 개념 기반 수업을 설계하는데 사용할 수 있다는 점이 매우 신선하게 다가왔다. 수업을 하면서 왜 수업을 하는지 고민한 적이 많은데 앞으로는 챗GPT를 적극 활용해봐야겠다. 챗GPT를 교육적으로 활용하는 부분에 대해 고민한다면 이 책을 적극 추천한다. 내용이 간단하면서도 단순한 방법만 나열한 것이 아니라 이론적 내용도 담... 더보기 ∨

4명이 이 리뷰를 추천합니다. ♡ **4** 댓글 **0** >

★★★★★ **5**
배송 빨라요 | 성능 성능이 뛰어나요

매번 걱정이었던 눈물로 인한 꼬린내가 이 삼푸사용 한번에 해결되었어요!! 제품 원료가 식물성기반이어서 얼굴 닦을 때도 덜 예민하게 받아드린 것 같고 (순해서 그런가봐요) 저도 안심하고 눈 주위를 벅벅 닦을 수 있었네요. 산책을 많이 시켜서 발이 까끌까끌했는데 이 삼푸쓰고 맨들해진 느낌도 났어요. 삼푸가 정말 순하고 부드러워요! 산뜻한 레몬향이 오래 유지되서 한 삼일정도는 갓 삼푸한 것처럼 보송보송합니다. 털결도 윤기가 좌르르해서 사료 바꾼 것처럼 효과가 좋았어요. 전문 탈취제제품인거 인정합니다!! 강아지 노린내, 눈물냄새 이 삼푸로 한번에 해결하세요!

💬 꿀 **0** 이 리뷰가 도움이 되었다면 **꿀**!

기업들이 상품 서평 및 리뷰를 중요시하는 이유는 우선, 리뷰는 고객의 신뢰를 쌓고 구매 결정에 영향을 미치는 중요한 요소이기 때문이다. 고객의 진솔한 피드백은 제품 개선 및 서비스 향상에 필수적인 인사이트를 제공하며, 자연스럽게 검색 엔진 최적화(SEO)에도 기여한다. 긍정적인 리뷰는 다른 소비자들에게 상품이나 서비스의 가치를 인증하고, 경쟁 제품과의 차별화를 통해 브랜드 명성을 강화하는 데 도움이 된다.

➤ 리뷰 및 서평을 잘 쓴 방법

잘 쓴 리뷰와 서평이란, 서평을 작성을 할 때 정직하고 상세한 개인적 경험과 평가를 바탕으로 각각의 대상과 목적에 맞는 명확하고 객관적인 분석 및 평가를 제공하는 것이다.

서평과 리뷰의 차이

서평은 책이나 문학 작품을 대상으로 내용, 스타일, 주제 등을 분석하는 반면, 리뷰는 다양한 상품과 서비스에 대해 사용자 경험과 제품 기능에 초점을 맞춘다. 이렇듯 서평과 리뷰는 비슷해 보이지만 다음과 같은 몇 가지 중요한 차이점이 있다.

대상

- **서평** 주로 책이나 문학 작품에 대한 평가로 작품의 내용, 스타일, 주제 등을 깊이 있게 분석하고 평가한다.

- **리뷰** 다양한 상품이나 서비스(영화, 음식, 전자 제품, 서적 등)에 대한 평가로 사용자의 경험, 제품의 기능, 성능 등에 초점을 맞춘다.

목적과 깊이

- **서평** 문학적 가치나 작가의 의도에 대해 심도 있는 분석을 제공하는 것을 목표로 하며, 종종 학술적이거나 비평적인 접근에도 사용한다.

- **리뷰** 제품이나 서비스의 실용성과 사용자 경험에 중점을 두며, 일반적으로 더 간결하고 실용적인 정보를 제공한다.

스타일과 형식

- **서평** 체계적인 작문 스타일을 갖추며, 품의 배경, 주제, 문체 등을 포괄적으로 다룬다.

- **리뷰** 대중적이고 접근하기 쉬운 언어와 형식을 사용하며, 간단하고 직접적인 정보 제공에 초점을 맞춘다.

고객의 마음을 움직이는 리뷰(서평)의 법칙

고객의 마음을 사로잡는 리뷰(서평)는 진정성, 구체성, 균형 잡힌 평가, 독자와의 공감대 형성, 문제 해결 방안 제시, 시각적 요소의 포함, 개인적 경험의 공유, 명료한 언어 사용 그리고 독자 중심의 정보 제공을 핵심 원칙으로 한다.

- **진정성과 솔직함** 고객들은 진실된 리뷰를 선호한다. 그러므로 자신의 진정한 경험과 솔직한 의견을 공유하는 것이 중요하다.

- **상세성과 구체성** 리뷰에는 상품이나 서비스에 대한 구체적인 세부 사항을 포함하여 고객 (독자)이 실제로 어떤 경험을 할지 예상할 수 있도록 해야 한다.

- **밸런스 유지** 긍정적인 측면과 개선이 필요한 부분을 모두 언급하여 균형 잡힌 평가를 제공하는 것을 권장한다.

- **고객(독자)과의 공감대 형성** 리뷰 대상에 대한 고객(독자)의 필요와 관심사를 이해하고, 그들과 공감대를 형성할 수 있는 방식으로 리뷰를 작성한다.

- **문제 해결 방안 제시** 제품이나 서비스가 어떻게 특정 문제를 해결하고, 필요를 충족시키는지 명확하게 설명한다.

- **시각적 요소 포함** 해당 상품(도서)를 촬영하여 리뷰의 포함하면 가독성과 흥미를 더 높일 수 있다.

- **개인적인 이야기나 경험 공유** 개인적인 에피소드나 경험을 공유하여 리뷰에 더 신뢰가 갈 수 있도록 한다.

- **간결하고 명료한 언어 사용** 복잡하거나 전문적인 언어 대신 간결하고 명료한 언어를 사용하여 모든 고객(독자)이 쉽게 이해할 수 있도록 한다.

- **고객(독자)의 관점을 우선시** 리뷰(서평)는 고객(독자)이 정보를 얻기 위한 수단이므로 고객의 관점에서 가장 유용하고 중요한 정보를 제공하는 데 집중한다.

▶ 리뷰(서평) 작성을 통한 수익화

리뷰(서평)로 수익을 창출하는 방법에는 블로그나 웹사이트 운영, 제휴 마케팅, 유튜브 채널, 소셜 미디어, 인플루언서 활동, 온라인 출판, 프리랜서 글쓰기, 크라우드 펀딩 및 구독 모델 그리고 컨설팅 서비스 제공 등이 포함되며, 다음의 방법을 통해 수익 창출을 구체화할 수 있다.

블로그나 웹사이트 운영

개인 블로그나 웹사이트를 만든 후 제품이나 서비스에 대한 리뷰를 게시하여 독자층을 구축히고, 방문자 수를 증가시킬 수 있다.

- **수익 창출** 구글 애드센스(Google AdSense)와 같은 광고 네트워크를 통해 사이트에 광고를 게재하고 페이지 뷰와 클릭 수에 따라 수익을 얻을 수 있다.

- **전략** SEO(검색 엔진 최적화)를 통해 검색 엔진에서 더 높은 순위를 얻고, 고품질의 콘텐츠로 독자의 관심을 유발한다.

제휴 마케팅

리뷰(서평)에 제휴 링크를 포함시켜 독자가 링크를 통해 상품(도서)을 구매할 경우 수수료를 받는다.

- **수익 창출** 아마존 어소시에이트(Amazon Associates)이나 커미션 정션(Commission

Junction)과 같은 제휴 프로그램을 통해 수수료를 받는다.

- **전략** 고객(독자)이 관심을 가질만한 상품을 선택하고, 상품의 장점과 사용 경험을 상세히 설명한다.

유튜브 채널

리뷰(서평)를 동영상으로 제작하여 유튜브에 업로드한다. 이를 통해 구독자 및 조회수를 늘릴 수 있다.

- **수익 창출** 유튜브 파트너 프로그램을 통해 광고 수익을 창출하며, 높은 조회수와 구독자 수에 따라 수익이 증가한다.
- **전략** 창의적이고 흥미로운 콘텐츠를 제작하여 시청자의 참여를 유도한다.

소셜 미디어 인플루언서

인스타그램, 틱톡 등의 플랫폼에서 제품 리뷰를 공유한다. 팔로워 수가 늘어나면 브랜드와의 협업 기회가 생긴다.

- **수익 창출** 스폰서십, 제품 제공, 브랜드 홍보 게시물을 통해 수익을 창출한다.
- **전략** 독특하고 매력적인 콘텐츠로 팔로워를 늘리고, 브랜드와의 협업을 통해 수익을 창출한다.

프리랜서 리뷰어

각종 온라인 플랫폼이나 도서에 리뷰(서평)를 제공하는 프리랜서 작가로 활동한다.

- **수익 창출** 작성한 리뷰(서평)에 대한 대가를 받고, 글쓰기 서비스를 제공한다.
- **전략** 글쓰기 능력과 전문적인 지식을 바탕으로 다양한 플랫폼과 협업한다.

출판사와 계약

서평 작가로서의 전문성과 명성을 바탕으로 출판사와 계약을 맺고, 정기적으로 책이나 다른 출판물에 대한 리뷰를 제공한다.

- **수익 창출** 출판사로부터 리뷰 작성에 대한 정해진 금액 또는 로열티를 받는다. 이는 출판사와의 계약 조건에 따라 달라질 수 있다.

- **전략** 자신만의 독특한 리뷰 스타일과 깊이 있는 분석을 통해 독자들에게 가치를 제공하고, 출판사와의 장기적인 관계를 구축한다. 다양한 장르의 책에 대한 폭넓은 지식과 이해도가 필요하다.

상품 제조사와 계약

상품 리뷰어로서의 경험과 영향력을 바탕으로 특정 제품의 제조사와 직접 계약을 맺고, 그들의 제품에 대한 리뷰를 제공한다.

- **수익 창출** 상품 제조사로부터 제품 리뷰 작성에 대한 대가로 일정 금액을 받거나 제품의 판매에 따른 로열티나 수수료를 얻을 수 있다.

- **전략** 제조사의 제품을 이해하고, 타겟 고객층에게 어필할 수 있는 매력적인 리뷰를 작성한다. 이를 통해 제품의 가치와 장점을 고객에게 전달하며, 제조사의 브랜드 인지도와 판매 증대에 기여한다.

리뷰(서평)를 통한 수익화는 지속적인 콘텐츠 제작과 마케팅 노력이 필요하며, 대상 고객(독자)에게 가치를 제공하는 것이 중요하다. 또한, 리뷰의 진정성과 신뢰성을 유지하는 것은 장기적인 성공을 위한 필수적인 요소이다.

⟫ AI를 활용한 리뷰(서평) 작성

챗GPT와 같은 인공지능(AI)을 활용한 리뷰(서평) 작성은 제품 정보 제공, 기존 리뷰 분석, 구조 및 스타일 조언 요청, 초안 작성 지원, 언어 정확성 검토, 개인적 경험의 통합을 통해 효율적이고 정확한 리뷰를 생성할 수 있다.

- **시간 절약과 효율성** 챗GPT와 같은 AI는 빠르게 대량의 데이터를 처리하고, 이를 바탕으로 초안을 작성할 수 있어, 리뷰 작성 과정을 신속하고 효율적으로 만들 수 있다.

- **구조화된 내용 제공** 챗GPT와 같은 AI는 리뷰의 구조를 잘 짜고, 중요한 포인트를 명확하게 전달하는 데 도움을 줄 수 있다.

- **데이터 기반 인사이트 제공** 챗GPT와 같은 AI는 다양한 출처에서 정보를 수집하고, 대량의 데이터를 분석하여 트렌드, 키워드, 사용자 선호도 등에 대한 깊은 인사이트를 제공할 수 있다.

- **창의적인 아이디어 생성** 챗GPT와 같은 AI는 새로운 관점이나 독특한 아이디어를 제시하며, 리뷰에 창의성을 더할 수 있게 해준다.

- **개인화된 콘텐츠 제작** 챗GPT와 같은 AI는 사용자의 스타일과 요구 사항에 맞춰 맞춤형 콘텐츠를 생성할 수 있다.

- **다국어 지원** 챗GPT와 같은 AI는 다양한 언어로 리뷰를 작성하는 데 도움을 주어 글로벌 독자층에게 접근할 수 있다.

- **일관성 유지** 챗GPT와 같은 AI는 여러 리뷰를 통해 일관된 톤과 스타일을 유지하는 데 도움을 준다.

AI는 이와 같은 장점들이 있지만, 개인의 경험과 감정을 전달하는 데 한계가 있을 수 있으므로 최종적으로는 사람의 감성과 개인적인 터치를 더하는 것이 중요하다.

확장성. 그밖에 출판 및 문서 분야에서 할 수 있는 것

AI 기술의 활용은 건강 도서의 정보 분석, 용어사전 업데이트, 맞춤형 생활 정보 제공, 사무 자동화 방법 소개, 정확한 외국어 번역 그리고 매력적인 PPT 디자인 생성 등 출판 및 문서 분야에서 다양하고 혁신적인 방식으로 확장될 수 있다.

▶ 건강 관련 도서

건강 관련 도서 분야에서 AI는 최신 의료 연구와 데이터를 분석하여 건강 및 웰빙에 관한 정확하고 신뢰할 수 있는 정보를 제공하는 데 사용된다. 또한, 빅데이터를 활용하여 개인의 건강 상태와 필요에 맞춘 맞춤형 건강 가이드를 제작하는 데에도 기여할 수 있다.

▶ 용어사전: 사용자 사전

용어사전 제작에 있어 AI는 언어 처리 기술을 활용하여 다양한 분야의 전문 용어를 지속적으로 업데이트하고 정확한 정의를 제공한다. 이를 통해 사용자들에게 최신 정보를 제공하며, 상호작용이 가능한 디지털 용어사전 개발을 통해 더 효과적인 학습과 정보 접근을 가능하게 한다.

▶ 생활 정보 관련 도서

생활 정보 관련 도서에서 AI는 사용자의 행동과 선호를 분석하여 개인 맞춤형 생활 정보와 실용적인 팁을 제공한다. 또한, AI를 활용해 독창적이고 혁신적인 생활 해결책을 연구하고, 이를 도서 내에서 소개함으로써 독자들에게 새로운 관점과 아이디어를 제공한다.

사무 관련 도서

사무 관련 도서에 있어 AI는 엑셀, 파워포인트 등 비즈니스 및 사무 관리 도구에 적용되는 최신 트렌드와 기법을 소개한 하며, 또한 AI가 어떻게 사무 업무를 혁신할 수 있는지 이해하고, AI를 활용한 효율적인 사무 자동화 방법을 배울 수 있다. 이러한 정보는 업무의 효율성을 높이고 시간을 절약하는 데 도움이 된다.

외국어 문서 번역

외국어 문서 번역 분야에서는 고급 AI 번역 도구를 활용하여 다양한 언어 간의 문서 번역 서비스를 제공한다. 이 AI 도구들은 문화적 맥락과 언어의 뉘앙스를 고려하여 보다 정확하고 자연스러운 번역을 가능하게 한다.

PPT 제작

PPT 제작에서 AI의 활용은 사용자의 내용과 요구 사항에 맞춰 매력적인 PPT 디자인을 자동으로 생성할 수 있다. AI는 데이터 시각화를 통해 복잡한 정보를 쉽게 이해할 수 있는 형태로 변환하며, 프레젠테이션 자료의 효과적인 구성을 지원한다. 이를 통해 사용자는 시간을 절약하면서 전문적이고 인상적인 프레젠테이션을 준비할 수 있다.

PART 04

동영상 & 유튜브

038. 3D 영상 제작: 3D 건축 시뮬레이션

3D 영상는 보통 게임 및 애니메이션 분야를 생각하게 될 것이다. 하지만 3D 영상은 건축 분야에서도 그 중요성이 점점 높아지고 있다. 특히, 3D 건축 시뮬레이션은 건축 설계 과정과 완공된 모습을 사전에 시뮬레이션할 수 있는 핵심적인 역할을 하며, 건축가와 디자이너들이 건물의 구조, 형태, 기능을 보다 직관적이고 시각화할 수 있도록 한다. 또한, 3D 시뮬레이션을 통해 다양한 설계 옵션을 신속하게 탐색하고, 구조적 무결성, 에너지 효율성 그리고 환경적 영향을 사전에 평가할 수 있다. 이러한 특징으로 인해 3D 건축 시뮬레이션은 건축 설계와 건설 과정에서 효율성과 정확성을 높이는 데 결정적인 역할을 하고 있다.

지금으로부터 17년 전(2007년) 아파트로 유명한 건축 기업(풍림)과 건축 시뮬레이션 제작을 할 때의 기억을 되살려 보자. 그때 고성능 렌더 팜 **많은 컴퓨터(CPU)가 네트워크로 연결되어 복잡한 3D 렌더링 작업을 빠르게 처리하는 시스템** 을 사용해도 한 프레임 렌더링하는 데 5~7(720x480)분이 소요되었다. 하지만 지금은 고성능 개인용 PC 한 대로도 왠만한 3D 작업과 건축 시뮬레이션 작업이 가능해졌다. 이러한 기술적 발전과 시장 수요의 증가, 기술의 접근성 향상, 창의성과 혁신의 기회, 다양한 응용 분야 그리고 최신 기술과의 통합은 개인이나 소규모 팀에게 건축 3D 시뮬레이션 제작으로 수익 창출을 할 수 있는 유망한 비즈니스 모델로 만들어 주었다.

⟫ 3D 건축 시뮬레이션 활용 분야

3D 건축 시뮬레이션 분야는 디지털 기술을 활용하여 건축 설계와 시각화 과정을 혁신적으로 개선하는 영역이다. 이 분야는 복잡한 건축 프로젝트의 모습과 기능을 3차원 디지털 환경에서 사실적으로 모델링하고 시뮬레이션하는 작업을 포함한다. 주요 특징과 응용 분야는 다음과 같다.

- **시각화** 건축 설계 아이디어를 현실적인 3D 이미지나 애니메이션으로 전환하여 클라이언트나 다른 이해 관계자들에게 구체적인 모습을 보여줄 수 있다. 일반적으로 아파트, 상업 건축물, 공업 건축물, 공공 건축물, 문화 및 레저 시설, 종교 건축물에서 활용된다.

- **디자인 검증 및 분석** 건축물의 구조적 안정성, 에너지 효율성, 환경적 영향 등을 사전에 분석하고 검증할 수 있어, 설계 수정과 최적화에 도움이 된다.

- **상호작용 및 협업** 다양한 전문가들이 3D 모델을 공유하고, 실시간으로 피드백을 주고받으며 협업할 수 있다.

- **고객 참여** 3D 건축 시뮬레이션은 클라이언트가 건축물을 더 잘 이해하고, 자신의 요구사항을 명확히 전달하는 데 도움이 된다.

- **기술 통합** 가상현실(VR), 증강현실(AR), 인공지능(AI) 등 최신 기술과의 통합으로 더욱 향상된 시뮬레이션 경험을 제공할 수 있다.

- **효율성 및 비용 절감** 실제 시공 전에 디지털 환경에서 시험해볼 수 있어 시간과 비용을 절감하고, 잠재적인 문제를 사전에 해결할 수 있다.

3D 건축 시뮬레이션이 필요한 이유

3D 건축 시뮬레이션은 건축물 인허가 과정을 정확한 시각화, 규제 준수 검증, 환경적 영향 평가 등을 통해 효율적이고 투명하게 만들어 준다. 이러한 건축 시뮬레이션은 다음과 같은 방식으로 인허가 과정을 지원하고 향상시킨다.

- **정확한 시각화 제공** 3D 시뮬레이션은 건축물의 디자인과 구조를 사실적으로 보여준다. 이는 인허가 당국에 건축물의 최종 모습과 크기, 배치 등을 명확하게 이해시키는 데 결정적(시각적) 요인이 된다.

- **규제 준수 검증** 건축물의 설계가 지역의 건축 규정 및 표준을 준수하는지 시각적으로 보여주어 규제 기관의 검토와 승인 과정을 간소화한다.

- **환경적 영향 평가** 3D 시뮬레이션은 건축물이 주변 환경에 미칠 영향을 시각화하고 분석하는 데 사용될 수 있다. 이는 환경 영향 평가 과정에서 중요한 자료로 활용된다.

- **공공의 참여 및 투명성 증진** 3D 시뮬레이션은 공공의 이해와 참여를 촉진한다. 시민들은 시뮬레이션을 통해 제안된 건축 프로젝트를 쉽게 이해하고, 의견을 제시할 수 있다.

- **오류 및 문제점 조기 발견** 3D 모델링을 통해 설계 오류나 잠재적 문제를 사전에 발견하고 수정할 수 있어 인허가 과정 중 발생할 수 있는 지연을 줄일 수 있다.

- **상세한 프레젠테이션** 3D 시뮬레이션은 인허가 심사 과정에서 프로젝트의 특징과 이점을 효과적으로 전달하는 데 사용될 수 있다.

▶ 3D 건축 시뮬레이션 제작 도구

3D 건축 시뮬레이션 제작에 사용되는 도구(프로그램)은 아주 다양하다. 일반적인 3D 모델링 및 렌더링 소프트웨어부터 생성형 AI 기술까지 포함되며, 이러한 도구들은 건축가와 디자이너가 복잡한 건축 프로젝트를 시각화하고, 세부 사항을 정교하게 다듬는 데 도움을 준다. 주요 프로그램은 다음과 같다.

수동적 3D 제작 도구 (소프트웨어)

- **3ds Max (3D 맥스)** 고급 3D 모델링, 애니메이션, 렌더링이 가능하며, 게임 개발, 영화 및 비디오 제작, 건축 시각화에 사용된다. 사용자 친화적인 인터페이스와 다양한 플러그인 지

원한다는 것이 가장 큰 장점이다.

- **SketchUp (스케치업)** 3D 모델링이 가능하며, 건축, 인테리어 디자인, 도시 계획에 사용된다. 직관적인 사용자 인터페이스, 빠른 학습 곡선 작업이 가능하다.

- **Revit (레빗)** 건축 정보 모델링(BIM)이 가능하며, 건축 설계, 문서화, 협업에 사용된다. 통합된 설계 및 문서화 도구, 협업 및 정보 공유가 가능하다.

- **Rhinoceros 3D (라이노서스 3D 또는 라이노)** 자유형 서피스 모델링이 가능하다. 산업 디자인, 건축, 해양 디자인 등에 사용된다. 정밀한 모델링이 가능하며, 다양한 플러그인 및 스크립팅이 지원된다.

- **Autocad (오토캐드)** 건축 정보 모델링(BIM)이 가능하다. 건축 설계 및 문서화 작업에 가장 많이 사용되는 소프트웨어이며, 사용자 친화적인 BIM 소프트웨어로 다양한 협업이 가능하다. 유사 툴로는 ArchiCAD(아키캐드)가 있다.

- **Blender 3D (블렌더 3D)** 3D 모델링, 애니메이션, 렌더링, 시뮬레이션이 가능하다. 애니메이션 제작, 게임 개발, 3D 아트, 건축 제작에 사용된다. 최근 사용자층이 가장 많이 늘어나고 있는 오프소스(무료) 프로그램이며, 광범위한 기능과 지속적인 업데이트가 특징이다. AI 도구들과 특별한 호환성을 가지고 있다.

- **Lumion (루미온)** 실시간 3D 건축 시각화가 가능하여 건축 및 조경 설계 시각화 작업에 사용된다. 신속한 렌더링과 사용자 친화적인 인터페이스를 제공하여 초보자도 쉽게 사용할 수 있다.

- **CINEMA 4D (시네마 4D)** 3D 모델링, 애니메이션, 렌더링 작업이 가능하다. 모션 그래픽, 비주얼 이펙트, 애니메이션, 건축 제작에 사용된다. 직관적인 인터페이스와 다양한 플러그인 및 툴셋이 제공된다.

3D 건축 시뮬레이션 작업을 수행하기 위해서는 일반적으로 하나 이상의 3D 모델링 및 렌더링 소프트웨어를 사용할 수 있어야 한다. 이러한 도구들은 건축 모델을 정밀하게 구축하고, 사실적인 시각화 생성을 위해 필수적이기 때문이다.

AI 기반 3D 제작 도구

미드저니(MJ), DALL-E 3, 스테이블 디퓨전(SD), ComfyUI 그리고 MeshGPT와 같은 생성형 AI는 3D 건축 제작에 중요한 영향을 준다. 이러한 생성형 AI 기술들은 다음과 같은 방식으로 건축 분야에 혁신을 가져올 수 있다.

- **창의적인 디자인 아이디어 생성** AI 도구들은 사용자가 입력한 프롬프트와 기존 데이터를 기반으로 창의적이고 혁신적인 디자인 아이디어를 생성할 수 있다. 이는 건축가들이 새로운 형태, 패턴, 레이아웃을 잡는데 도움을 준다.

- **빠른 시각적 프로토타이핑** 생성형 AI는 몇 초 내에 고품질의 시각적 이미지를 제작할 수 있어 건축 설계의 초기 단계에서 빠른 프로토타입을 가능하게 한다.

- **디자인 프로세스 자동화** AI는 반복적이고 시간이 많이 소요되는 디자인 작업을 자동화할 수 있다. 예를 들어, 기본 레이아웃 생성, 재료 선택, 색상 조합 등의 작업을 AI가 처리할 수 있도록 해준다.

- **인터랙티브 디자인 경험** 일반적인 3D 도구와 AI가 상호작용하면서 실시간으로 디자인을 수정하고 결과를 확인할 수 있다. 이는 건축 디자인의 반복적인 수정 과정을 효율적으로 만들어 준다.

- **기술 통합 및 적용의 확장** 생성형 AI는 가상현실(VR)의 3D 모델링과 같은 다른 기술과 통합될 수 있어 보다 풍부하고 상호작용적인 건축 시뮬레이션을 제공할 수 있다.

아직은 생성형 AI를 통한 실물 건축물에 대한 시뮬레이션은 불가능하지만, 이러한 AI 기술들은 건축 분야에서 디자인의 효율성과 창의성을 높이는 새로운 가능성을 열고 있으며, 다양한 AI 기술들이 출시 및 진화되고 있기 때문에 향후 건축 디자인 및 시각화 분야에서 더 중요한 역할을 할 것으로 기대된다.

▶ 3D 건축 시뮬레이션 제작을 통한 수익화

3D 건축 시뮬레이션 제작을 통해 수익을 창출하기 위해서는 전문 제작 서비스 제공, 교육 및 컨설팅 서비스, 협업 및 파트너십 그리고 가상 및 증강현실 통합을 통해 다양한 수익을 창출할 수 있다. 특히, 3D 건축물의 제작은 일반적인 3D 영상물에 비해 높은 작업 난이도와 전문성을 요구하기 때문에 고부가가치 비즈니스 모델로 충분한 매력을 가지고 있다.

수익 창출 분야

- **전문 제작 서비스 제공** 고도의 전문성을 요구하는 3D 건축 시뮬레이션 서비스를 제공하여, 건축 기업, 부동산 개발 업체, 도시 계획 기관 등에 고품질의 시뮬레이션 결과물을 제공한다.

- **교육 및 컨설팅 서비스** 건축가, 디자이너, 학생 등을 대상으로 3D 모델링 및 시뮬레이션 기술에 대한 교육과 트레이닝을 할 수 있다. 기술적 컨설팅을 통해 프로젝트의 초기 단계에서부터 참여하여 효율적인 설계와 구현 방안을 제시할 수 있다.

- **협업 및 파트너십** 타 건축 업체, 디자인 스튜디오, 기술 개발 업체와의 협업 또는 파트너십을 통해 더 큰 규모의 프로젝트를 수행하고, 자원 및 기술을 공유할 수 있다. 이러한 협업은 새로운 시장에 진입하거나 기술적 능력을 확장하는 데 도움이 된다.

- **가상 및 증강현실** VR 및 AR 기술을 활용하여 고객에게 보다 몰입감 있는 시각화 경험을 제공한다. 이러한 기술은 클라이언트가 실제와 같은 환경에서 건축물을 미리 경험하게 하여 프로젝트의 설득력을 높일 수 있다.

- **영화 및 광고** 3D 건축 시뮬레이션은 영화 및 광고 산업에서도 활용된다. 이는 영화 제작에서 사실적인 배경이나 세트를 구현하는 데 사용되며, 광고에서도 제품이나 서비스를 홍보하기 위한 혁신적이고 사실적인 환경을 제작하는 데 사용된다.

예상 수익

3D 건축 시뮬레이션 제작 단가(수익)는 수천만 원에서 수억 원 이상이며, 프로젝트의 복잡성, 제작 수준 및 디테일, 사용된 기술, 프로젝트 기간 그리고 클라이언트의 특별 요구 사항에 따라 달라진다. 다음은 주요 제작 기준에 대한 설명이다.

- **시뮬레이션의 길이 및 복잡성** 단순한 내부 시각화보다 복잡한 외부 환경과의 상호작용을 포함하는 프로젝트는 더 높은 비용이 발생된다. 예를 들어, 3~5분 길이의 시뮬레이션은 일반적으로 기본 단가로 시작하지만, 프로젝트의 복잡성이 증가하면 비용도 상승한다. 참고로 이와 같은 조건일 때의 제작 기간은 2~4주 정도이다.

- **제작 수준 및 디테일** 고품질의 렌더링, 정교한 디테일, 사실적인 텍스처 및 조명은 더 높은 단가도 가능하며, 상업적 사용 또는 고급 프리젠테이션을 위한 프로젝트는 일반적인 시뮬레이션보다 더 높은 가격을 책정할 수 있다.

- **사용된 기술 및 소프트웨어** 최신 기술(예: 가상현실, 증강현실)의 통합은 추가 비용을 발생할 수 있다. 고급 소프트웨어 또는 특수 효과 사용은 단가를 증가시킨다.

- **프로젝트의 시간적 요구 사항** 빠른 제작 기간이 요구되는 경우 추가 비용을 청구할 수 있으며, 장기 프로젝트는 지속적인 관리 및 업데이트에 따른 비용도 고려할 수 있다.

- **고객의 특별 요구 사항** 특별한 디자인 요구, 맞춤형 기능 추가 등은 추가 비용을 책정할 수 있다. 클라이언트의 특별 요청에 따른 수정 작업 또한 비용에 영향을 미친다.

이러한 방법들은 고부가가치를 지닌 3D 건축 시뮬레이션 분야에서의 수익을 극대화하는 데 중요한 역할을 하며, 전문성과 창의성을 바탕으로 다양한 서비스를 제공함으로써 이 분야에서 지속 가능한 성공적인 비즈니스를 모델을 구축할 수 있다.

039. 무일푼으로 구축하는 마블 & 스튜디오 지브리

어벤져스, 아이언맨, 하울의 움직이는 성, 센과 치히로의 행방불명과 더불어 제작사인 마블(Marvel Studios), 지브리(Studio Ghibli) 또한 유명하다. 이러한 멋진 작품들을 표현할 수 있었던 것은 뛰어난 상상력과 강렬한 스토리텔링 그리고 매력적인 캐릭터에서부터이지만 결국, CG 및 VFX(시각 효과) 기술이 없었다면 불가능했던 것들이다. 마블과 지브리아 같은 제작사들의 작품은 영화 및 애니메이션 산업에 지대한 영향을 미치고 있으며, 엔터테인먼트를 넘어서 문화적 아이콘으로 자리를 잡고, 많은 예술가와 디자이너들에게 창작의 기준이 되고 있다.

과거 SFX 영화 및 애니메이션 제작에는 막대한 비용과 자원이 필요했다. 하지만 지금은 생성형 AI 기술의 발전으로 인해 성능 좋은 개인용 PC 한 대만으로도 고퀄리티의 영상 콘텐츠 제작이 가능하다. AI는 비용과 시간을 절감하며, 사용자 친화적인 도구를 제공하기 때문에 영화나 애니메이션 제작의 접근성을 크게 향상시키고 있다. 이러한 AI 기술은 창의적인 가능성을 넓히고, 실험적이며 독창적인 작업을 가능하게 하여 새로운 비즈니스 기회를 만들어 주고 있다.

🔵 AI로 제작 가능한 영화 및 애니메이션 장르 및 분야

생성형 AI 기술은 이제 단순히 한 장의 그림을 생성하는 것을 넘어 영화 및 애니메이션 제작 분야에서 다양한 방식으로 표현이 가능하다. 이러한 AI 기술은 제작 과정을 혁신하고, 창의적인 표현을 가능하게 하며, 제작 비용과 시간을 절감한다. 다음은 AI 기술을 활용하여 제작이 가능한 영화 및 애니메이션 장르 및 분야이다.

AI로 제작 가능한 장르

빠른 속도로 발전하고 있는 생성형 AI 기술을 활용한 영화 및 애니메이션 제작에서 특히, 주목할 만한 장르는 판타지 및 공상 과학(Sci-Fi), 어드벤처 및 액션, 아동 및 가족 그리고 실험적 예술 장르가 포함된다.

- **판타지 및 공상 과학 (Sci-Fi)** 이 장르는 마법의 세계, 우주 탐험, 시간 여행, 미래 도시 등 상상력을 자극하는 요소들로 가득 차 있다. AI는 이러한 판타지 및 공상 과학 세계를 더욱 사실적이고 창의적으로 구현하는 데 도움을 준다.

- **어드벤처 및 액션** 모험적 요소와 긴장감 넘치는 액션 장면을 중심으로 한 이 상르는 흥미진진한 스토리와 다이내믹한 시각적 요소를 필요로 한다. AI는 이러한 다양한 액션 시퀀스와 모험적 요소를 혁신적으로 표현하는 데 사용할 수 있다.

- **아동 및 가족** 이 장르는 모든 연령층이 즐길 수 있는 내용으로 교육적이면서도 즐거운 스토리텔링을 제공한다. AI는 아이들과 가족을 대상으로 한 애니메이션에서 창의적이고 상호작용적인 요소를 개발하는 데 기여할 수 있다.

- **실험적 및 예술적** 이 장르는 전통적인 애니메이션의 경계를 넘어 실험적인 스토리텔링과 독창적인 시각적 스타일을 탐구하기 때문에 AI는 새로운 형태의 예술적 표현과 독특한 시각적 경험을 제작하는 데 도움이 될 수 있다.

각 장르에서의 AI 활용은 제작 과정을 효율화하고, 창의적인 가능성을 확장하며,

새로운 시각적 경험을 창출하는 데 기여하며, 이를 통해 소규모 독립 제작자들은 예전 방식에서 탈피한 더욱 혁신적인 방법으로 애니메이션을 제작할 수 있다.

AI로 표현 가능한 분야

생성형 AI 기술은 영화 및 애니메이션 제작 분야에서 다양한 방식으로 표현이 가능하다. 이러한 AI 기술은 제작 과정을 혁신하고, 창의적인 표현을 가능하게 하며, 제작 비용과 시간을 절감하는 데 큰 도움이 된다. 주요 활용 분야는 다음과 같다.

- **캐릭터 디자인 및 애니메이션** AI는 새로운 캐릭터 디자인을 생성하고, 캐릭터의 움직임이나 표정을 자동화하는 데 사용된. 이는 애니메이션 제작 과정을 더욱 효율적이고 창의적으로 만들어 준다.

- **배경 및 환경 제작** AI는 현실적이거나 판타지적인 배경과 환경을 빠르게 생성할 수 있으며, 특히 복잡한 자연 환경이나 상상력을 자극하는 공간을 만드는 데 유용하다.

- **스토리텔링 및 스크립트 작성** AI는 스토리 아이디어를 생성하고, 스크립트 작성을 도와주며, 다양한 플롯 라인이나 대화를 자동 생성하여 스토리텔링 과정을 지원한다.

- **컨셉 아트 및 시각적 스타일 개발** AI는 컨셉 아트를 빠르게 생성하고, 영화나 애니메이션의 시각적 스타일을 실험하는 데 사용되며, 이를 통해 다양한 시각적 효과와 스타일을 탐색할 수 있다.

- **색상 및 조명 효과** AI는 색상 조정, 조명 효과, 그림자 및 하이라이트 처리와 같은 시각적 요소를 최적화하는 데 도움을 준다.

- **포스트 프로덕션 및 편집** 영화나 애니메이션의 후반 작업에서 AI는 장면 편집, 효과 추가, 색보정 등을 자동화하여 작업 효율성을 높여준다.

이러한 방법으로 생성형 AI는 영화 및 애니메이션 제작의 다양한 단계에서 혁신적인 도구로 활용할 수 있으며, 제작자들에게 창의적인 환경을 제공한다.

⫸ AI를 활용한 영화 및 애니메이션 제작

생성형 AI를 활용한 영화 및 애니메이션 제작은 전통적인 방식과는 다른 몇 가지 독특한 제작 방식을 제안한다. 특히, 컨셉 및 스토리, 캐릭터 및 환경 디자인, 애니메이션 및 모션 캡처 과정에서 많은 차이를 보인다.

컨셉 및 스토리

- **순수 창작** 영화 및 애니메이션 작품의 스토리 아이디어를 구상하고, 이를 스토리보드로 전환하는 과정은 일반적으로 작가의 창의력과 상상력이 핵심적인 역할을 한다. 물론 초기 컨셉을 챗GPT와 같은 AI를 활용하면 시간 절약과 더욱 창의적인 아이디어를 얻을 수 있다.

- **AI를 통한 개발** 챗GPT와 같은 AI 도구를 사용하여 스토리 아이디어를 생성하고, 다양한 플롯 옵션을 탐색할 수 있으며, 대본 작성, 스토리 흐름의 개선, 캐릭터들의 대화의 자연스러움을 검토하는 데에도 사용된다.

캐릭터 및 환경 디자인

- **스케치를 애니메이션으로 변환** 몇몇 생성형 AI 기반의 도구를 사용하면 단순한 스케치나 실사 이미지 및 동영상을 영화 및 애니메이션 캐릭터 환경으로 변환할 수 있다. 이는 초안 작업을 거치지 않고 곧바로 완성에 가까운 결과물을 만들어 준다.

- **스타일 변환과 개선** AI는 기존의 장면 디자인을 다양한 스타일로 변환하거나 개선하는 데 사용된다. 예를 들어, 실사(리얼리스틱) 스타일에서 만화 스타일로의 변환이 가능하다.

모션 캡처

모션 캡처(Motion Capture)는 실제 인간의 움직임을 디지털 환경으로 전환하는 기술로 주로 영화, 애니메이션, 게임 분야에서 캐릭터의 자연스러운 움직임을 구현하기 위해 사용되는데, 생성형 AI를 활용했을 때의 모션 캡처는 이미 제작된 콘텐츠(실사 영상이나 3D 오브젝트)의 움직임을 그대로 인식하기 때문에 별도의 모션 캡처 과정이 필요 없다. 다음의 그림들은 생성형 AI 기술(ComfyUI 및 Animatediff)을 활용한 모션 캡처의 예로 첫 번째는 관절 더미를 활용한 2D 애니메이션이고, 두 번째는 실사 영상을 3D 애니메이션 그리고 세 번째는 3D 모델을 2.5D 애니메이션으로 제작한 것이다. 예시에서 볼 수 있듯 별도의 모션 캡처 과정 없이도 완벽에 가까운 애니메이션 작업이 이루어진 것을 알 수 있다.

영화 및 애니메이션 AI 제작 도구

영화 및 애니메이션 제작에 사용되는 다양한 생성형 AI 도구는 창작 과정을 혁신하고, 제작 시간 단축 및 비용 절감을 하는 동시에 창의적인 가능성을 확장한다. 다음은 영화와 애니메이션을 제작할 수 있는 주요 AI 제작 도구들에 대한 소개이다.

- **Stable Diffusion (스테이블 디퓨전)** 텍스트로 이미지의 특징을 설명하여 고품질 이미지를 신속하게 생성하며, 사진 리터칭, 아트워크 생성, 컨셉 아트 제작 등에 사용된다. 최근엔 다양한 애니메이션 모델이 출시되어 영화와 애니메이션 장르에 효과적으로 사용되고 있다.

- **ComfyUI (컴피유아이)** 노드 기반의 AI 도구로 영화나 애니메이션 제작에서 복잡한 UI 요소나 인터랙티브 디자인을 간편하게 구현할 수 있도록 한다. 빠른 기술 반전으로 인해 사용자의 관심이 급증하고 있는 AI 도구이다.

- **LooseControl (루스컨트롤)** 간단한 형태의 박스 모델을 사용하여 실사처럼 보이는 영상을 빠르게 생성하는 AI 도구이다. 복잡한 캐릭터 모델링과 애니메이션 과정을 간소화하고, 시간과 자원이 제한적인 제작 환경에서 유용하게 사용된다.

- **Runway ML Gen-2 (런웨이 젠-2)** 다양한 머신러닝 모델을 활용하여 창의적인 시각적 효과를 제공하는 AI 도구로써 영화나 애니메이션 제작에서 스타일 변환, 이미지 개선, 특수 효과 추가 등에 활용된다.

- **Wonder Studio (원더 스튜디오)** 영화 및 애니메이션 제작에 특화된 AI 기반의 시각 효과 도구이다. 외부에서 실사 영상 및 3D 오브젝트(블렌더에서 제작된 3D 오브젝트 지원)를 가져와 시각 효과를 신속하게 적용 및 생성하고 편집할 수 있는 기능을 제공한다.

AI 기술은 하루게 다르게 발전하고, 새로운 기술이 탑재된 혁신적인 AI 도구들이 출시되면서, 이로 인해 제작 시간과 비용을 절약하면서도 창의적인 가능성을 넓혀주는 데 크게 기여하며, 영화 및 애니메이션 제작 환경에 혁신을 가져오고 있다.

⫸ AI를 활용한 영화 및 애니메이션 수익화

성공한 영화 및 애니메이션은 상상을 초월하는 부가가치를 창출한다. 이것은 단순히 티켓 판매에서 발생하는 직접적인 수익을 넘어 광범위한 문화적 영향력과 경제적 파급 효과를 가져온다. 또한, 상업적 성공은 브랜드 인지도 상승, 머천다이징, 라이선싱, 글로벌 배급 등을 통해 다양한 수익원을 창출할 수 있다. 이러한 어마어마한 시장을 이제 소규모 독립 제작자들에게도 많은 투자 비용 없이 고부가가치를 창출할 수 있는 기회를 제공 받게 되었다. 영화 및 애니메이션 제작을 통한 수익화 전략은 다음과 같다.

- **개인화된 콘텐츠** AI를 사용하여 관객의 취향과 행동을 분석하고, 이를 바탕으로 맞춤형 콘텐츠를 제공한다. 이러한 개인화 전략은 관객의 참여를 높이고, 콘텐츠에 대한 만족도를 증가시켜 수익 증대에 기여할 수 있다.

- **스트리밍 서비스 및 VOD 플랫폼 활용** 제작된 콘텐츠를 스트리밍 서비스나 비디오 온 디맨드(VOD) 플랫폼을 통해 제공하여 구독 기반 모델, 페이-퍼-뷰 또는 광고 지원 모델을 통해 수익을 창출할 수 있다.

- **라이선싱 및 시너지 마케팅** 제작된 콘텐츠의 권리를 다른 회사나 브랜드에 라이선싱하여 추가 수익을 창출한다. 영화나 애니메이션의 캐릭터, 스토리, 세계관 등을 활용한 제품 라인 개발로 시너지 효과를 극대화한다.

- **글로벌 시장 진출** AI 기술을 활용하면 다양한 언어로 콘텐츠를 제작하여 넷플릭스나 디스니 등 국제적인 관객에게 접근할 수 있다. 글로벌 시장에서의 수익화 가능성을 탐색하고, 다국적 배급 네트워크를 활용한다.

- **보조 수익원 개발** 머천다이징, 게임, 모바일 앱 그리고 기존 캐릭터를 통해 새로운 스토리를 만드는 스핀오프 시리즈 등을 통해 콘텐츠 관련 추가 수익원을 개발한다. 예를 들어, 팬덤을 활용한 이벤트, 전시, 워크숍 등을 통해 다양한 경로로 수익을 창출할 수 있다.

040. 경험, 지식, 기술을 수익화하는 동영상 강의

많은 현대인들은 시간을 보내기 위한 가십 거리나 유익한 지식과 정보를 얻기 위해 유튜브를 시청한다. 유튜브가 글로벌 미디어 콘텐츠 시장을 정복하면서 더 많은 이들이 유튜브에 관심을 갖게 되었고, 이를 통해 수익을 창출할 수 있는 기회까지 만들었다. 자신의 경험과 지식 그리고 기술을 동영상 콘텐츠로 제작하여 광범위한 시청자들에게 제공하여 성공한 일들이 늘어나면서 이 분야의 관심도 높아지고 있다. 대표적으로 [최재천의 아마존], [편집하는 여자], [온라인 선생님] 등이 있다. 여기에서 중요한 것은 유명하지 않아도 충분히 성공할 수 있다는 것이다.

지금으로부터 21년 전(2002년) 필자는 [디캠퍼스]라는 강의 사이트를 구축하였다. 동영상 편집과 이미지 편집을 전문적으로 배우는 국내 최초의 온라인 강의 플랫폼이다. 그동안 광고 프로덕션에서 촬영과 편집을 하면서 앞으로 동영상 편집이 대중화될 것이라고 생각하였다. 당시 아날로그 편집에서 디지털(넌리니어 편집) 편집으로 바뀌는 시점이라 더 확신을 했던 것 같다. 2~3년 후 필자의 생각은 현실이 되었고, 온라인 강의 플랫폼인 디캠퍼스는 하루가 다르게 성장해 갔다. 당시 하루 매출이 500만 원까지 치솟았으니 1인 강의 사이트로는 그야말로 엄청난 성공이었다. 다음의 그림들은 그 당시 디캠퍼스의 온라인 동영상 강의들을 CD 타이틀로 제작한 것이다. 지금도 교보나 예스24에서 검색하면 그 흔적이 남아있다.

하지만 그 화려했던 디캠퍼스는 지금은 존재하지 않는다. 개인적인 여러 가지 일들이 있었고, 무엇보다 유튜브라는 글로벌 플랫폼의 등장과 그 공간에서 유사 강의를 무료로 하는 사람들이 늘어났기 때문이다. 가끔 필자에게 유튜브에서 강의를 하면 잘될 거라고 이야기하는 사람들이 있다. 하지만 시간이 흘러 미디어 트렌드가 변한 지금은 더 젊고 감각 있는 MZ 세대들에게 맡기는 것이 정답이라고 생각한다.

잠시 달콤했던 과거의 시간에 잠겨 보았다. 이제 다시 본론으로 돌아가서, 유튜브와 같은 동영상 콘텐츠 서비스 플랫폼이나 강의 콘텐츠 전문 플랫폼에서 강의를 하는 강사들의 수요가 늘어 났다. 패스트 캠퍼스, 클래스 101, 탈잉, 인프런, 씨스꿀, 클리앙, 마소 캠퍼스 등 다양하다. 한동안 볼 수 없었던 온라인 강의 플랫폼이 다시 활성화된 것은 유튜브의 영향이 크다. 같은 강의라고 해도 유튜브와 같은 무료 동영상 콘텐츠 서비스는 광범위한 주제를 다루며 다양한 콘텐츠를 제공하지만, 전문성이나 체계적인 면에서 부족하다는 것을 정확하게 간파하여 대응한 결과이기 때문이다.

강의 콘텐츠가 아직도 유효한지 묻는다면 "그렇다"이다. 그것은 지식 기반 경제에서 지속적인 학습과 자기계발의 필요성, 전문 강의 플랫폼이 제공하는 전문성과 심도 깊은 지식, 언제 어디서나 가능한 편리한 접근성, 개인의 학습 속도와 스타일에 맞춘 맞춤형 학습 그리고 빠르게 변화하는 시장과 기술 트렌드에 대응하는 최신 콘텐츠의 제공으로 인해 지속적인 수요와 중요성이 유지되고 있기 때문이다. 이러한 요소들은 강의 콘텐츠가 앞으로도 교육 및 자기계발 분야에서 핵심적인 역할을 계속할 것임을 보여줄 것이라 판단된다.

▶ 동영상 강의 콘텐츠 제작

동영상 강의 콘텐츠 제작을 위한 준비는 어떤 플랫폼을 선택할 것인지에 따라 달아진다. 여기서는 유튜브, 전문 강의 플랫폼, 개인 채널 세 가지 포맷에 대해 살펴보기로 한다.

유튜브용 동영상 강의 제작

유튜브용 동영상 강의를 제작하기 위해서는 다양한 주제와 대상 구독자를 정의하고, 시각적 요소가 강조된 스크립트(자막: 대본) 작성, 촬영 장비, 효과적인 편집 및 SEO 최적화를 통한 콘텐츠 홍보 그리고 구독자와의 상호작용 및 커뮤니티 구축에 중점을 두어야 한다.

• **콘텐츠 및 대상 구독자 정의** 유튜브는 다양한 주제와 관심사를 가진 광범위한 시청자를 대상으로 하기 때문에 자신이 할 수 있는 명확한 강의 주제를 정하고, 해당 주제에 관심이 있을 만한 구독자를 정의해야 한다.

• **스크립트 작성 및 시각적 요소 계획** 유튜브는 시각적 요소가 중요하다. 강의 스크립트(자막)를 준비하면서 시각적 요소(예: 슬라이드, 그래픽, 실시간 데모 등)도 계획한다.

• **장비 및 촬영** 유튜브용 강의 촬영을 스마트폰에 장착된 카메라로 촬영을 해도 되지만, 향후 자신의 강의가 다른 경로에서 판매될 수 있기 때문에 가능하면 성능이 좋은 촬영 장비와 고급 오디오(마이크) 장비 사용을 권장한다. 유튜브 콘텐츠는 개성과 창의성이 중요하므로 개인적인 스타일을 반영할 수 있다.

• **편집 및 SEO 최적화** 촬영한 비디오를 편집하고, 유튜브 검색 최적화(SEO)를 위해 적절한

키워드, 태그, 썸네일, 동영상 설명을 추가한다.

- **상호작용 및 커뮤니티 구축** 댓글, 좋아요, 구독 요청 등을 통해 청중과의 상호작용을 촉진하고, 커뮤니티를 구축한다.

유튜브 영상 콘텐츠 제작에 대해서는 [백만 구독, 일억 뷰 유튜브·틱톡·쇼츠 동영상 제작 특별반]과 같은 관련 전문 도서를 참고한다.

강의 전문 플랫폼용 동영상 강의 제작

강의 전문 플랫폼용 동영상 강의는 해당 업체에서 기획, 촬영, 편집을 대신해 주는 것이 일반적이다. 그러므로 강사는 자신의 전문 지식과 강의 내용에 집중할 수 있으며, 강의의 전문성과 교육적 가치를 높이는 데 중점을 둔다.

- **주제 선택 및 교육 과정 설계** 강의 전문 플랫폼은 주로 특정 분야에 대한 체계적이고 심도 있는 학습을 제공한다. 그러므로 강사는 강의 주제를 선정하고 전체 교육 과정을 체계적으로 설계해야 한다.

- **전문적인 콘텐츠 준비** 강의 플랫폼에 맞는 고품질 콘텐츠 제작에 중점을 둔다. 그러기 위해서는 심도 있는 연구와 전문 지식이 필요하다.

- **플랫폼 선택** 강의를 제공할 적절한 플랫폼을 선택하는 것은 중요하다. 그러므로 플랫폼의 목표 수강자, 제공하는 기능, 사용자 인터페이스, 수익 모델 등을 고려하여 결정해야 한다. 플랫폼은 강의의 접근성, 마케팅 전략 그리고 수익 창출 기회에 중대한 영향을 미친다.

- **플랫폼 기준에 맞는 최적화** 각 플랫폼의 요구 사항과 기준에 맞춰 강의를 최적화한다.

개인화 플랫폼용 동영상 강의 제작

개인 채널용 동영상 강의 제작은 자체 웹사이트 구축 및 개인 브랜드 마케팅 또는 전문 플랫폼 대행 서비스를 활용하여 고품질 맞춤형 강의 콘텐츠를 제작하고 배포하는 두 가지 주요 방식으로 운영할 수 있다.

개인화 강의 웹사이트 구축

- **웹사이트 구축** 자체 웹사이트를 구축하여 독립적인 온라인 강의 플랫폼을 만든다. 이를 통해 강의, 커리큘럼, 자료 등을 직접 관리하고 제공할 수 있다.

- **브랜드 구축 및 마케팅** 개인 브랜드를 구축하고, 웹사이트와 강의 콘텐츠를 홍보하기 위한 마케팅 전략을 수립한다. 소셜 미디어 마케팅, 이메일 뉴스레터, SEO 최적화 등을 포함할 수 있다.

- **커스터마이징 및 상호작용** 강의와 웹사이트를 개별 학습자의 요구에 맞게 커스터마이즈한다. 또한, 피드백을 수집하고 학습자와 직접 소통할 수 있는 기능을 제공한다.

강의 전문 플랫폼 대행

- **대행 서비스 선택** 강의 제작 및 배포를 도와주는 전문 플랫폼 대행 서비스를 선택한다. 이러한 서비스는 콘텐츠 제작, 플랫폼 관리, 마케팅 등을 지원한다. 대표적으로 [퍼널모아], [리넥스트], [에어클래스], [클래스온], [라이브클래스] 등이 있다.

- **콘텐츠 제작 협력** 대행 서비스와 협력하여 고품질의 강의 콘텐츠를 제작할 수 있다. 이 과정에는 강의 스크립트 작성, 비디오 촬영 및 편집, 자료 제작 등이 포함될 수 있다.

- **플랫폼 관리 및 분석** 대행 서비스는 강의의 온라인 배포, 사용자 관리, 수익 관리 등을 담당하며, 또한 강의 성과를 분석하여 개선점을 찾을 수 있도록 데이터와 통계를 제공한다.

▶ 동영상 강의를 통한 수익화

강의 콘텐츠 제작 시 고려해야 할 수익 구조는 일반적인 방법과 확장성에 의한 수익 구조이다. 다음은 이 두 가지 방법에 대한 개요이다.

일반적인 수익

- **멀티 플랫폼 배포** 같은 강의 콘텐츠를 여러 플랫폼(예: 유튜브, 패스트 캠퍼스, 탈잉, Udemy, Skillshare)에 배포하여 폭넓은 잠재적 시장(시청자)에 도달할 수 있다. 이를 통해 수익원을 다각화할 수 있다.

- **구독 모델 도입** 구독 기반 모델을 도입하여 지속적인 수익을 창출할 수 있다. 예를 들어, 정기적인 강의 업데이트, 추가 자료, 1:1 코칭 세션 등을 제공할 수 있다.

- **기업 및 교육 기관과의 협력** 기업이나 교육 기관과 협력하여 특정 주제에 대한 맞춤형 강의를 제공(제작)할 수 있다.

- **라이선스 및 제휴 마케팅** 강의 내에 관련 제품이나 서비스를 홍보하고, 제휴 마케팅이나 제품 판매 라이선스를 통해 수익을 얻을 수 있다.

- **커뮤니티 구축 및 프리미엄 멤버십** 강의와 관련된 온라인 커뮤니티를 구축하고, 멤버십 프로그램을 통해 추가 서비스를 제공하여 수익을 창출할 수 있다.

확장성 수익

- **관련 도서 출간** 강의 내용을 바탕으로 한 도서(예: 워크북, 가이드북 등)를 출간하여 추가 수익원을 만들 수 있다. 이는 강의 콘텐츠를 확장하고, 학습자에게 더 깊이 있는 정보를 제공한다.

- **오프라인 강의 및 세미나** 온라인 강의와 연계된 오프라인 강의 및 이벤트 그리고 워크샵을 개최하여 참가비를 통해 수익을 얻을 수 있다. 이는 참가자들에게 더 심도 있는 학습 경험을 제공하고, 네트워킹 기회를 제공한다.

- **교육 프로그램 개발 및 TV 방송 참여** 교육적 가치가 높은 강의 콘텐츠를 기반으로 TV 방송을 위한 교육 프로그램을 개발할 수 있다. 이를 통해 더 넓은 대중에게 도달하며, TV 시청자층을 새로운 수강자로 확보할 수 있다.

➤ AI를 활용한 동영상 강의 제작

인공지능(AI)를 활용한 동영상 강의 콘텐츠 제작은 개인화된 학습 경험 제공, 자동 자막 및 번역, 효율적인 편집, 성능 분석 그리고 인터랙티브 요소 통합을 통해 강의 제작의 효율성과 참여도를 혁신적으로 향상시킨다.

AI를 활용한 강의 제작 시 편의성

- **콘텐츠 생성 지원** 챗GPT와 같은 AI는 강의 스크립트 작성, 프레젠테이션 자료 제작 등에서 창의적인 아이디어를 제시하고, 콘텐츠 생성을 돕는다. 이는 강의 준비 과정을 간소화하고 시간을 절약할 수 있게 해준다.

- **개인화 및 맞춤형 학습 경험 제공** 챗GPT와 같은 AI는 학습자의 행동과 선호도를 분석하여 개인화된 학습 경험을 제공할 수 있다. 예를 들어, 학습자의 이해도에 따라 콘텐츠를 조정하거나 추가 자료를 제공할 수 있다.

- **자동 자막 및 번역** 챗GPT와 같은 AI는 강의 내용에 대한 자동 자막 생성 및 다양한 언어로의 번역을 가능하게 한다.

- **강의 자료 생성** 챗GPT 및 미드저니와 같은 AI는 데이터를 기반으로 한 그래프와 차트 그리고 강의 주제에 맞는 맞춤형 이미지 및 동영상 소스를 간편하게 생성할 수 있다.

- **효율적인 편집 및 콘텐츠 관리** AI 기반 편집 도구는 비디오 편집 과정을 자동화하고 최적화하여 강의 제작 시간을 단축시킨다.

AI 강의 제작 도구

- **타입캐스트 (https://typecast.ai)** AI를 활용한 음성 합성 및 문자-음성 변환 기술을 제공하는 플랫폼으로 입력한 텍스트를 자연스럽고 생생한 AI 목소리로 변환할 수 있도록 도와준다.

- **픽토리 (https://pictory.ai)** AI를 활용한 텍스트 기반의 비디오를 자동 생성하는 플랫폼으로 블로그, 백서, 기사, 데모, 웨비나 등의 긴 형식의 콘텐츠를 짧은 형식의 동영상 콘텐츠로 생성한다.

- **슬리드 (https://app.slid.cc)** 온라인 강의(음성)를 텍스트로 변환하는 도구로 사용자가 유튜브 및 다른 온라인 강의를 보면서 중요한 부분을 쉽게 캡처하고, 필기할 수 있는 기능을 제공한다.

- **VIODIO (https://www.viodio.io)** 비오디오는 사용자가 다양한 분위기, 테마, 장르를 선택하여 AI를 통해 생성된 배경 음악(저작권 없음)을 찾을 수 있는 플랫폼이다.

- **비디오스튜 (https://videostew.com)** 사용자가 쉽게 동영상을 자르고, 붙이고, 수정하고, 효과를 추가하고, 자막을 추가하고, 음악을 추가하고, 비디오를 공유할 수 있도록 해주는 AI 편집 플랫폼이다.

그밖에 다양한 AI 도구가 있으며, 보다 전문적인 동영상 편집이 필요하다면 프리미어 프로, 캄타시아 등의 프로그램을 활용해야 한다. 참고로 본 도서를 구입한 독자들에게는 시중에 판매되고 있는 **[백만 구독 일억 뷰 유튜브, 틱톡, 쇼츠 편집을 위한 동영상 제작 특별반 프리미어 프로]** 도서 내용을 함축한 전자책(PDF)을 부록으로 제공하고 있다. 다음의 과정을 통해 요청할 수 있다.

박스 안에 **이름**과 **직업**을 쓴(싸인펜) 후 위 **책 제목**이 함께 보이도록 촬영하여 QR 코드를 통해 카카오 톡으로 요청한다.

041. 동영상 제작을 위한 맞춤형 동영상 라이브러리

지금은 동영상 콘텐츠의 시대이다. 지구촌 대부분의 사람들이 유튜브 콘텐츠를 시청하며 시간을 보내고, 유튜브에서 수익 창출의 기회를 찾고 있으며, 넷플릭스, 디즈니, 웨이브, 왓챠와 같은 OTT 플랫폼에서는 영화와 드라마 선택의 폭을 넓혀주고 있다. 이러한 동영상 콘텐츠가 넘쳐나는 시대에 필요한 것을 생각해 보면 이번 챕터에서 소개할 [동영상 제작을 위한 맞춤형 동영상 라이브러리]의 중요성에 대해 알 수 있을 것이다.

개인 크리에이터부터 대형 제작사까지 새로운 동영상 콘텐츠 제작을 위해 밤낮으로 뛰어다니고 있다. 새로운 컨셉을 고민하고, 적합한 출연진을 선정하며, 어떠한 스타일로 촬영하고 편집할 것인지에 대한 것들이다. 여기에는 동영상 제작에 필요한 서브 콘텐츠 자료들을 어떻게 제작(마련)할 것인지에 대한 것도 포함된다. 이러한 환경을 요약해 보면 다양한 분야(장르)의 동영상 콘텐츠 제작에 필요한 동영상 라이브러리가 괜찮은 비즈니스 모델이라는 것을 알 수 있다.

| 동영상 라이브러 스톡 플랫폼인 Artlist에 진열된 라이브러리들 |

▶ AI를 활용한 동영상 라이브러리 제작

AI를 활용한 동영상 라이브러리 제작은 기술의 발전과 함께 주목받고 있는 분야이다. AI는 데이터 분석, 콘텐츠 생성, 관리 등 여러 방면에서 동영상 라이브러리의 효율성과 창의성을 높일 수 있다. 다음은 동영상 라이브러리 제작에 필요한 몇 가지 주요 방법이다.

- **AI 기반 콘텐츠 분석 및 분류: 자동 태깅 및 분류** AI 알고리즘은 동영상의 내용을 분석하여 자동으로 태그를 생성하고, 콘텐츠를 카테고리별로 분류할 수 있다. 이를 통해 콘텐츠 검색 및 추천 시스템의 정확도와 효율성이 향상된다.

- **AI 기반 콘텐츠 추천: 개인화된 추천 시스템** 사용자의 시청 이력과 선호도를 분석하여 개인에 맞는 동영상을 추천하는 시스템을 구축할 수 있다. 이는 사용자 경험을 개선하고, 보다 관련성 높은 콘텐츠를 제공한다.

- **자동화된 비디오 편집: AI 편집 도구** AI는 비디오 편집 과정을 자동화하여 시간과 비용을 절약할 수 있게 해준다. 예를 들어, 장면 전환, 색 보정, 오디오 믹싱 등의 작업을 AI가 수행할 수 있다.

- **AI 기반 콘텐츠 생성: AI 생성 콘텐츠 (AIGC)** AI는 이미지, 비디오, 음악 등 다양한 미디어를 생성할 수 있다. 이를 활용해 독창적이고 창의적인 콘텐츠를 제작할 수 있다.

- **데이터 주도 의사결정: 분석 및 인사이트 제공** AI 도구를 사용하여 사용자 행동, 콘텐츠 성능 등에 대한 데이터를 분석하고, 이를 통해 더 나은 콘텐츠 전략을 수립할 수 있다.

- **AI 기반 자막 및 번역: 자동 자막 및 번역** AI를 활용하여 동영상 속의 오디오를 텍스트로 변환하고, 여러 언어로 번역하는 작업을 자동화할 수 있다. 이는 글로벌 시청자에게 콘텐츠를 보다 쉽게 접근할 수 있게 해준다.

AI를 활용한 동영상 라이브러리 제작은 기술의 진보와 함께 지속적으로 발전하고 있으며, 이 분야에서의 혁신은 콘텐츠 제작, 관리 및 배포 방식을 근본적으로 변화시키고 있다.

동영상 라이브러리 제작 방법

동영상 라이브러리 제작에는 직접적으로 참여하는 수동적 방법과 AI 기반 도구가 사용된다. 이 두 접근 방식은 각각의 장단점이 있으며, 종종 함께 사용하여 더욱 풍부하고 다채로운 콘텐츠 라이브러리를 구축할 수 있다.

직접 참여 (수동적 방법)

- **직접 촬영한 영상** 고품질 카메라, 삼각대, 마이크 등 전문적인 촬영 장비를 통해 다양한 촬영 기법과 앵글을 활용하여 콘텐츠에 깊이와 다양성을 추가한다.

- **편집된 소스** 전문 편집 소프트웨어(프리미어 프로, 파이널 컷 프로, 히트필름 등)를 사용하여 콘텐츠 편집을 통해 시각적 매력을 높이기 위한 다양한 효과와 전환 기법을 적용한다.

- **드론 촬영** 고유한 시각과 앵글을 제공하는 드론 촬영을 통한 고화질 소스 생성은 더 높은 로열티를 받을 수 있다. 드론 동영상(제주도 주변 바다) 장면을 수천만 원에서 수억 원대의 로열티를 받고 방송국 등의 동영상 콘텐츠 제작사에 판매할 수 있다.

AI 도구 활용

- **AI 기반 비디오 생성 도구** AI를 사용하여 새로운 비디오 콘텐츠 생성 또는 기존 콘텐츠를 변형할 수 있다.

- **자동 편집 및 컬러 그레이딩** AI 도구는 비디오 편집, 컬러 보정, 오디오 조정을 자동으로 수행한다.

- **AI 기반 메타데이터 생성** Video Indexer(비디오 인덱서)와 같은 AI를 이용하면 콘텐츠를 자동으로 태그하고 분류하여 검색 및 접근성을 향상시킬 수 있다.

- **콘텐츠 추천 및 최적화** 사용자의 시청 패턴과 선호도를 기반으로 AI가 맞춤형 콘텐츠를 추천해 준다.

동영상 라이브러리 제작 도구

동영상 라이브러리 제작을 위한 AI 기술은 다양한 형태로 존재하며, 각각의 도구들은 동영상 콘텐츠 생성, 편집, 관리 및 최적화에 탁월한 기능을 제공한다. 다음은 몇 가지 주요 동영상 생성을 위한 AI 도구들이다.

- Lumen5 (https://lumen5.com) 루멘5는 AI 기술을 통해 텍스트 기반의 콘텐츠(블로그 포스트, 기사 등)를 매력적인 동영상으로 변환하는 도구이다. 사용자는 원하는 텍스트를 입력하고, AI가 이를 분석하여 관련 이미지, 비디오 클립, 음악을 제안한다.

- Pictory (https://pictory.ai) 픽토리는 AI를 통해 텍스트 기반의 비디오를 자동 생성하는 온라인 플랫폼으로 블로그, 백서, 기사, 데모, 웨비나 등의 긴 형식 콘텐츠를 짧은 형식의 동영상 콘텐츠로 생성한다.

- Runway ML Gen-2 (https://runwayml.com) 런웨이 젠-2는 사용자가 텍스트를 입력해 영상 합성이나 편집을 간단히 수행할 수 있다. 예를 들어, 도시 거리 불러오기(Import city street)라는 프롬프트를 입력하면 요청한 내용과 일치되는 비디오 클립이 생성된다.

- Deepbrain (https://www.deepbrain.io) 딥브레인은 기본 텍스트를 사용하여 AI로 생성된 동영상을 빠르고 쉽게 생성할 수 있는 기능을 제공한다. AI 아바타 및 텍스트-투-스피치 기술로 맞춤형 비디오와 오디오 콘텐츠를 쉽게 제작할 수 있다.

- InVideo (https://invideo.io) 인비디오는 마케팅 및 설명 동영상을 생성하기 위한 AI 도구이다. 동영상 생성을 위해 텍스트를 입력하고, 최상의 템플릿을 선택하거나 사용자 지정으로 비디오를 생성하고, 다운로드할 수 있다.

- HeyGen (https://app.heygen.com) 헤이젠은 실제 음성을 녹음하고, 업로드하여 개인화된 아바타를 만들거나 원하는 텍스트를 입력하여 매력적인 비즈니스 동영상을 생성할 수 있다.

- VEED (https://www.veed.io) 비드는 텍스트, 글꼴, 색상, 음악 등을 지정하여 소셜 미디어 및 다양한 플랫폼용 동영상을 생성해 준다.

⫸ 동영상 라이브러리를 통한 수익화

동영상 라이브러리 스톡 플랫폼에서 판매되는 동영상들은 고객 유치를 위해 무료로 제공되는 라이브러리도 있지만, 몇천 원에서 수십만 원에 이르기까지 다양한 라이브러리를 제공한다. 동영상 라이브러리를 제작하여 수익화하는 방법은 자체 플랫폼 구축, 기존 스톡 플랫폼을 통한 업로드, 제작사와의 라이선싱 계약 등이 포함된다. 다음은 각 방법의 특징과 장단점에 대한 개요이다.

자체 플랫폼 구축

자체 플랫폼 구축을 통한 동영상 라이브러리 수익화는 웹사이트나 앱을 개발하여 자체적으로 동영상 콘텐츠를 판매하거나 구독 모델을 제공하는 서비스를 의미한다. 이 접근 방식의 방법과 장점은 다음과 같다.

방법

- **웹사이트 및 앱 개발** 사용자 친화적인 인터페이스 설계 기반으로 콘텐츠를 효과적으로 전시하고 판매할 수 있는 시스템을 구축한다.
- **브랜딩 및 마케팅** 강력한 브랜드 아이덴티티 개발 및 SEO, 소셜 미디어 마케팅, 이메일 캠페인 등을 통한 온라인 마케팅 전략을 수립한다.
- **관리 및 업데이트** 정기적으로 새로운 콘텐츠를 업로드하여 고객의 관심을 지속시키며, 사용자 피드백을 기반으로 플랫폼을 개선하다.

장점

- **브랜드 인지도 및 관계 구축** 자체 플랫폼을 통해 특별한 브랜드 이미지와 고객 관계를 구축한다.

- **수익의 전액 보유** 제3자 플랫폼을 사용하지 않으므로 발생하는 수익의 전부를 보유할 수 있다.

- **전략적 자율성** 가격 정책, 콘텐츠 선택, 마케팅 전략 등에 대한 완전한 통제권을 갖는다.

단점

- **높은 초기 투자 비용** 웹사이트 및 앱 개발, 호스팅, 유지 관리 등에 상당한 비용 발생한다.

- **지속적인 유지 관리** 테크놀로지 업데이트, 콘텐츠 갱신, 고객 지원 등 지속적인 관리가 요구된다.

- **고객 기반 및 트래픽 구축** 초기 사용자 확보 및 지속적인 트래픽 유입을 위한 마케팅 노력이 필요하다.

스톡 플랫폼 거래

스톡 플랫폼을 활용한 수익화는 Shutterstock, Artlist, Getty Images, Adobe Stock과 같은 유명 동영상 라이브러리 스톡 플랫폼에 자신이 제작한 동영상을 업로드하여 판매하는 것을 말한다. 이러한 플랫폼은 사용자들에게 높은 접근성과 편의성을 제공하며, 다음과 같은 특징과 장단점을 가지고 있다.

특징

- **동영상 업로드 및 판매** 자신의 동영상을 간편하게 플랫폼에 업로드하고 판매할 수 있다.

- **다양한 카테고리** 여행, 비즈니스, 자연, 도시 등 다양한 카테고리의 동영상을 수용한다.

- **라이선스 판매 모델** 구매자는 일정 금액을 지불하고 해당 동영상을 특정 용도로 사용할 수 있는 라이선스를 획득한다.

장점

- **방대한 고객 기반 및 인지도 활용** 이미 구축된 대규모 고객 기반으로 더 많은 잠재 구매자에게 노출될 수 있다. 평판이 좋은 플랫폼의 인지도를 활용하여 신뢰도를 높일 수 있다.
- **운영 및 마케팅 비용 절감** 별도의 웹사이트 개발 및 운영 비용이 없으며, 플랫폼이 제공하는 마케팅 도구와 시스템을 활용할 수 있다.

단점

- **수익 분배** 판매된 동영상의 수익에서 플랫폼이 일정 비율을 수수료로 가져간다. 이는 순수익이 줄어들 수 있음을 의미한다.
- **치열한 경쟁** 업로드된 수많은 제작자들과 경쟁해야 하며, 자신의 콘텐츠가 눈에 띄기 어려울 수 있다.
- **가격 책정의 제한** 플랫폼의 가격 정책에 따라 자유롭게 가격을 책정할 수 없다.

제작사와의 라이선싱 계약

제작사와의 라이선싱 계약을 통한 동영상 라이브러리 수익화는 영화 제작사, TV 네트워크, 광고 대행사 등과 직접 계약을 맺고 동영상 콘텐츠를 라이선싱하는 방식이다. 이 접근 방식은 특정 산업 분야에 특화된 동영상 제작자들에게 특히 유용할 수 있다.

특징

- **대상** 영화 제작사, TV 네트워크, 광고 대행사 등 다양하다.
- **계약** 콘텐츠 사용에 대한 직접 계약을 통한 라이선싱 계약이다.

- **용도** 광고, 프로모션 비디오, TV 및 영화 제작 등 다양하다.

- **높은 가격 책정** 특정 콘텐츠에 대해 높은 가격을 책정하여 판매할 수 있다.
- **대형 클라이언트와의 협업** 대형 클라이언트와 직접 협업할 수 있는 기회로 네트워크 및 포트폴리오 확장이 용이하다.

- **제한적인 사용 권한** 계약 조건에 따라 콘텐츠 사용이 제한될 수 있다.
- **불규칙한 수익** 정기적인 수익을 얻기 어렵고, 계약 기회가 일정하지 않을 수 있다.

  제작사와의 라이선싱 계약을 통한 수익화 방법은 동영상 콘텐츠의 품질과 독특성이 높을 수록 유리하다. 이 방식은 일반적으로 높은 가치의 단일 계약에 초점을 맞추며, 특정 프로 젝트 또는 캠페인에 적합한 콘텐츠를 필요로 하는 클라이언트와의 협업에 적합하다. 그러 나 계약 조건이나 시장의 수요에 따라 수익이 불규칙하게 발생할 수 있다는 점을 고려해야 한다.

살펴본 각 방법은 동영상 라이브러리의 특성, 목표, 자원 및 능력에 따라 선택할 수 있다. 예를 들어, 독립적인 브랜드 구축과 완전한 수익 통제를 원한다면 자체 플랫 폼 구축이 적합할 수 있으며, 더 넓은 고객 기반에 접근하고 싶다면 기존 스톡 플랫 폼의 이용을 고려해볼 수 있다. 반면, 높은 가치의 단일 계약을 추구한다면 제작사 와의 라이선싱 계약이 유리할 수 있다.

042. 특별한 날을 더욱 특별하게 만드는 이벤트 영상

결혼식, 생일 파티, 돌잔치, 재롱잔치, 졸업식, 워크숍, 베이비 샤워 그리고 각종 축제 및 문화 행사와 연말 행사 등 우리 주변에는 다양한 행사와 모임이 많고, 이 많은 모임과 함께 한다. 요즘은 스마트폰(폰카)을 사용하여 이러한 행사와 모임을 사진이나 동영상으로 촬영하여 SNS나 개인적으로 관리하는 것이 보편화되어 있다. 나아가 평범하게 촬영된 영상을 전문가가 제작(편집)한 영상처럼 보다 특별한 영상으로 만들고 싶은 사람들은 고급 편집을 위해 프리미어 프로나 파이널 컷 프로 또는 누구나 쉽게 접할 수 있는 블로(VLLO)나 비타(VITA) 등의 스마트폰 앱을 사용하여 편집을 한다.

| 다양한 스마트폰용 동영상 편집 앱 |

크몽이나 숨고와 같은 프리랜스 플랫폼에서 많은 사람들이 이벤트 관련 동영상 제작 의뢰가 들어온다. 이것만으로 이벤트 관련 영상 제작은 높은 수요와 함께 수익 창출이 가능한 비즈니스 모델로 잠재력을 가지고 있다는 것을 알 수 있다. 이러한 이벤트 영상 제작 서비스는 각종 개인 행사, 기업 이벤트, 문화 행사 등에서 필수적인 요소로 자리잡고 있으며, 창의적이고 전문적인 콘텐츠 제작을 통해 눈에 띄는 가치를 제공할 수 있다.

❱ 이벤트 영상 제작 비즈니스 분야

이벤트 영상 제작 비즈니스는 다양한 유형의 이벤트와 상황에 따라 여러 종류로 나뉜다. 각각은 특정 대상이나 목적에 맞춘 맞춤형 서비스를 제공하며, 고유한 창의성과 전문성을 요구한다. 다음은 주요 이벤트 영상 제작 분야에 대한 설명이다.

개인 행사

개인 행사 영상은 각각의 이벤트의 특성과 중요성을 포착하여 기억에 남는 순간들을 영상으로 담아내는 서비스이다. 다음은 주요 개인 행사들과 특징에 대한 소개이다.

- **결혼식** 웨딩 영상은 결혼식의 하이라이트, 로맨틱한 순간, 신랑과 신부의 사랑 이야기 등을 아름답게 표현한다. 감동적인 순간과 가족, 친구들의 모습을 포착한다.

- **베이비 샤워** 예비 부모와 가까운 이들의 모임을 담은 영상으로 임신 기간의 소중한 순간들을 기록한다. 선물 개봉, 게임, 활동 등의 장면이 포함될 수 있다.

- **돌잔치** 아이의 첫 번째 생일과 성장 과정을 담은 성장 동영상 형식으로 제작한다. 가족의 사랑과 아이의 중요한 순간들을 기록한다.

- **생일 파티** 파티의 장식, 케이크 커팅, 축하의 순간 등을 담은 영상으로 연인 또는 친구들과의 즐거운 시간, 특별한 활동이나 이벤트를 포착한다.

- **고희연 (회갑연)** 한 개인의 삶을 축하하는 의미 있는 순간들을 포착한다. 가족과 친구들의 축하 메시지, 행사의 하이라이트를 담을 수 있다.

- **각종 기념일** 결혼 기념일, 창립 기념일 등의 특별한 날을 기념하는 영상으로 과거의 추억과 현재의 행복한 순간을 결합한다.

- **졸업식** 학업 성취를 기념하고, 졸업생의 미래에 대한 기대를 담은 영상으로 졸업식의 주요 순간, 졸업생과 가족의 모습을 포착한다.

- **장례식** 고인의 삶을 기리고 추억하는 영상으로 삶의 하이라이트와 가족, 친구들의 추억을 담는다. 고인을 기리는 의미있는 방식으로 제작되며, 감정적 가치가 중요하다.

각 이벤트는 그 자체로 독특하며, 영상 제작 시 이러한 특성을 고려하여 개인화된 접근 방식이 필요하다. 이러한 영상들은 참석자들에게 소중한 추억을 되새기는 동시에 참석하지 못한 이들에게도 그 순간을 공유할 수 있는 기회를 제공한다.

기업 행사

기업 행사 영상은 비즈니스와 관련된 다양한 이벤트를 기록하고, 해당 기업의 브랜드 메시지와 가치를 효과적으로 전달하는 데 중점을 둔다. 여기에는 회사 연례 행사, 제품 출시 이벤트, 팀 빌딩 워크숍, 컨퍼런스 등이 포함될 수 있다.

- **회사 연례 행사** 회사의 주요 성과, 비전, 목표를 강조하는 내용이 포함된다. 직원들의 인터뷰, 행사의 하이라이트, 수상 장면 등을 포착한다.

- **제품 출시 이벤트** 새로운 제품의 특징과 혜택을 소개하는 데 초점을 맞춘다. 제품 데모, 발표, 고객 반응 등을 담아 제품의 매력을 극대화한다.

- **팀 빌딩 워크숍** 팀워크, 협업, 직원들의 참여와 상호작용을 강조하는 내용으로 구성된다. 워크숍 활동, 팀 빌딩 게임, 참여자들의 피드백 및 느낀 점을 포함한다.

- **컨퍼런스** 주요 발표, 강연, 패널 토론 등 컨퍼런스의 핵심 내용을 담는다. 네트워킹 세션, 참가자 인터뷰, 행사의 주요 메시지를 포착한다.

기업 행사 영상은 브랜드 인지도를 높이고, 회사의 문화와 가치를 내외부에 효과적으로 전달하는 중요한 수단이 된다. 전문적인 제작 기술과 창의적인 스토리텔링이 중요하며, 각 행사의 목적과 메시지에 맞는 맞춤형 콘텐츠 제작이 필요하다.

문화·예술 이벤트

문화 및 예술 이벤트 영상은 특별한 경험을 제공하는 이벤트의 분위기와 감성을 포착하여 참가자들이나 관객들이 경험한 순간을 기록한다. 각 이벤트의 특성에 맞게 다양한 스타일과 기법을 사용하여 영상을 제작한다.

- **음악 콘서트** 콘서트의 역동적인 분위기와 아티스트의 공연을 중심으로 제작한다. 관객의 반응, 무대 디자인, 라이브 공연의 에너지를 포착하며, 공연의 하이라이트, 백스테이지 모습, 팬들과의 상호작용 등을 포함할 수 있다.

- **미술 전시회** 전시된 작품과 그 안에서의 관람 경험을 중점적으로 담는다. 작품의 디테일, 전시회의 분위기, 참여 예술가들과의 인터뷰를 포함할 수 있으며, 전시회의 주요 테마나 메시지를 시각적으로 전달한다.

- **축제 및 공연** 축제의 다양한 행사, 공연, 활동들을 담아 축제의 전체적인 분위기를 전달하며, 참가자들의 경험, 축제의 색다른 모습, 특별한 이벤트나 공연을 강조한다. 문화적 특성이나 지역적 특색을 반영하여 축제의 독특함을 강조할 수 있다.

문화 및 예술 이벤트 영상은 이벤트의 예술적 가치와 감동을 시각적으로 전달하는 데 중요한 역할을 한다. 창의적인 시각과 전문적인 제작 기술을 결합하여, 이벤트의 특별한 순간들을 생동감 있게 담아낼 수 있다. 이러한 영상은 이벤트를 경험하지 못한 사람들에게도 감동과 영감을 제공하고, 이벤트의 기억을 오래도록 간직할 수 있도록 한다.

교육 목적 행사

교육적 이벤트 영상은 학습과 지식 전달에 중점을 두는 이벤트의 중요한 내용을 담는 것을 목표로 한다. 이러한 영상은 세미나, 교육 프로그램, 강연회 등 다양한 교육적 상황에서 핵심적인 정보와 경험을 효과적으로 전달하기 위해 제작된다.

- **세미나** 전문가의 발표, 참가자의 질의응답, 핵심 내용 요약 등을 중점적으로 포착한다. 학습 내용의 이해를 돕기 위한 시각적 요소를 활용할 수 있다.

- **워크숍** 참가자들의 실습, 그룹 활동, 워크숍 리더의 지도 과정 등을 담는다. 참여와 상호작용의 과정을 강조하여 학습의 역동성을 보여준다.

- **교육 프로그램** 교육 과정의 개요, 참가자들의 활동, 프로그램의 특별한 순간 등을 기록한다. 교육적 성과와 참가자들의 변화를 강조할 수 있다.

- **강연회** 강연자의 주요 발표, 핵심 메시지, 청중 반응을 중심으로 제작한다. 강연 내용의 핵심을 요약하고, 시청자의 이해를 돕는 시각적 요소를 포함한다.

▶ 효율적인 이벤트 영상 제작 방법

효율적인 이벤트 영상 제작을 위해 AI 도구와 영상(모션) 템플릿을 활용하는 방법은 시간과 비용을 절약하고, 제작 과정을 간소화하는 데 매우 유용하다. 다음은 이 두 가지 방법을 활용한 영상 제작 방법에 대한 설명이다.

AI 도구 활용

- **자동 편집** 필모라(filmora)나 파워디렉터 등의 AI 기반의 편집 도구는 촬영된 영상을 자동으로 분석하고, 중요한 순간을 감지하여 편집에 사용될 수 있다. 이는 편집 과정을 크게 단순화하고 가속화한다.

- **컨텐츠 최적화** AI는 콘텐츠를 특정 관객에게 맞추어 최적화하는 데 도움을 준다. 예를 들어, AI는 시청자의 관심을 끌 수 있는 특정 장면을 추천할 수 있다.

- **색 보정 및 오디오 조절** 일부 AI 도구는 색보정, 오디오 레벨 조절 등의 작업을 자동으로 수행할 수 있어, 전문적인 품질의 영상을 쉽게 제작할 수 있다.

영상(모션) 템플릿 활용

- **시간 절약** 미리 제작된 영상 템플릿을 사용하면 기본적인 구조가 이미 설정되어 있어 편집 시간을 크게 단축할 수 있다.

- **전문적인 디자인** 고품질의 모션 그래픽과 애니메이션을 쉽게 접할 수 있으며, 전문적인 디자인을 영상에 적용할 수 있다.

- **맞춤형 조정** 대부분의 템플릿은 사용자가 필요에 따라 쉽게 조정하고 개인화할 수 있도록 제작되어 있다.

영상(모션) 템플릿 제공 플랫폼

- **Motion Array (https://motionarray.com)** 모션어레이는 비디오 라이브러리 플랫폼으로 프리미어 프로, 애프터 이펙트, 파이널 컷 프로, 다빈치 리졸브 등 대부분의 프로그램에서 활용할 수 있는 모션 템플릿, 프리셋, 음악, 사운드 효과, 동영상 클립 등을 제공한다.

- **Motionist (https://motionist.kr)** 모셔니스트 코리아는 프리미어 프로와 에프터 이펙트 전용 템플릿과 플러그인을 제공하여 멋진 모션 그래픽을 제작할 수 있다.

- **Motion elements (https://www.motionelements.com)** 애플 모션 엘리먼츠는 애플 모션 전용 비디오 템플릿과 모션 템플릿을 제공한다.

본 도서를 구입한 독자들에게는 [책바세.com] - [템플릿·학습자료]에 있는 **[10분 완성 유튜브 타이틀 100선: 프리미어 프로용]**에 있는 [템플릿]과 [비밀번호]를 부록으로 제공하고 있다. 비밀번호는 다음의 과정을 통해 요청할 수 있다.

박스 안에 이름과 직업을 쓴(싸인펜) 후 위 책 제목이 함께 보이도록 촬영하여 QR 코드를 통해 카카오 톡으로 요청한다.

⏩ 이벤트 영상 제작을 통한 수익화

이벤트 영상 제작을 통한 수익화 방법으로 크몽이나 숨고와 같은 프리랜스 플랫폼의 활용과 자체 웹사이트에서 샘플 영상을 보여주는 마케팅 전략이 있다. 이러한 접근 방법들의 장점을 효과적으로 활용될 경우 수익 창출에 도움이 된다.

프리랜스 플랫폼 활용

- **장점** 크몽, 숨고와 같은 플랫폼은 광범위한 클라이언트 기반을 제공하며, 다양한 프로젝트에 대한 접근성을 높인다. 또한, 이 플랫폼들은 사용자의 포트폴리오와 평가를 통해 신뢰를 구축하고, 새로운 고객을 유치하는 데 유리하다.

- **활용법** 자신의 전문성과 이전 프로젝트 사례를 소개하는 포트폴리오를 구축하고, 플랫폼 내에서의 네트워킹과 마케팅에 적극적으로 참여한다.

자체 웹사이트 활용

- **장점** 자체 웹사이트를 통해 독립적인 브랜딩과 마케팅 전략을 구사할 수 있다. 샘플 영상을 통해 잠재 고객에게 서비스에 대한 관심을 끌 수 있다.

- **활용법** 웹사이트를 방문하는 이용자들에게 흥미를 유발할 수 있는 샘플 영상을 제공하고, 이를 통해 이벤트 영상 제작 서비스에 대한 문의를 유도한다.

이벤트 영상 제작 단가 (편집 작업만 했을 경우)

- **결혼식 영상** 10분 기준, 복잡성, 추가 요청, 품질에 따라 다르며, 평균 20~40만 원 선이다.

- **성장 동영상** 5분 기준, 복잡성, 추가 요청, 품질에 따라 다르며, 평균 10~20만 원 선이다.

- **일반적인 행사** 20분 기준, 복잡성, 추가 요청, 품질에 따라 다르며, 평균 20~40만 원이다.

043. 대기업 고연봉자도 부러울 진짜 돈되는 유튜브

인공지능(AI)에 대한 관심이 뜨겁지만, 유튜브에 대한 관심은 여전하다. 유튜브는 이제 보는 것에서 참여하는 것으로 바뀌고, 수익 창출의 중심에 있다. 유튜브는 플랫폼은 다양한 사용자들에게 폭넓은 기회를 제공하며, 누구나 자신의 콘텐츠와 아이디어를 공유할 수 있는 기회를 마련해 준다.

유튜브에서의 수익 창출은 단순히 광고 수익에만 국한되지 않는다. 창의성, 독창성 그리고 전략적인 콘텐츠 기획이 결합되면 다양한 수익화 방법을 모색할 수 있다. 예를 들어, 유튜브 채널을 통해 브랜드 파트너십을 맺거나 제휴 마케팅을 통해 추가 수익이 가능하다. 또한, 멤버십 프로그램, 팬 펀딩, 상품 판매 등 다양한 방식으로 직접적인 수익 창출도 가능하다. 이러한 다양한 수익화 경로는 유튜브를 강력한 비즈니스 모델로 만들었다. 특히, 창작자들은 자신의 열정과 전문성을 살려 독특한 콘텐츠를 제작함으로써, 전 세계적인 관심과 팬층을 구축할 수 있으며, 이를 통해 개인 브랜딩과 시장에서의 입지를 강화하는 데 중요한 역할을 한다.

유튜브의 알고리즘과 콘텐츠 추천 시스템은 적절한 타겟 오디언스에게 자동으로 콘텐츠를 노출시키며, 이를 통해 더욱 많은 시청자와 상호작용을 이끌어낼 수 있다. 이러한 상호작용은 높은 시청 시간과 구독자 증가로 이어진다. 이것은 곧 수익성으로 연결된다.

결론적으로, 유튜브는 창작자에게 다양한 창의적 표현의 기회와 함께 안정적이고 지속 가능한 수익 창출의 기회를 제공한다. 이를 통해 개인 창작자뿐만 아니라 기업, 브랜드 등 다양한 주체들이 자신만의 목소리를 찾고, 영향력 있는 콘텐츠를 통해 새로운 비즈니스의 기회를 모색할 수 있다. 이러한 유튜브에서의 성공에 인공지능(AI)의 활용은 성공의 날개를 달아 줄 것이다.

▶ 시작하면 무조건 성공하는 유튜브 콘텐츠

유튜브에서 성공을 거두는 콘텐츠는 다양한 요소에 의해 영향을 받지만, 특히 시의적인 이슈, 국가적 자긍심(국뽕), 연예 및 스포츠 중심의 가십과 같은 주제들은 대중의 높은 관심을 받는 경향이 있다. 이러한 주제들은 각각의 독특한 타겟 오디언스에게 호소력을 가지며, 창의적이고 전략적인 접근을 통해 유튜브 상에서 성공을 이끌 수 있다. 다음은 성공 확률이 가장 높은 유튜브 콘텐츠 장르이다.

AI 룩북

AI 룩북 콘텐츠는 인공지능(AI)을 활용하여 창조된 가상 모델들을 통해 패션 트렌드를 소개하는 새로운 형태의 콘텐츠이다. AI 기술과 패션의 융합을 통해 전통적인 패션 콘텐츠에 혁신적인 방향을 제시할 수 있다.

- **AI 가상 모델 생성** AI 기술을 사용하여 사실적이면서도 다양한 스타일을 가진 가상 모델들을 생성한다. 이 모델들은 인종, 체형, 스타일 등에서 다양성을 나타낼 수 있으며, 실제 인간 모델과 구분하기 어려울 정도로 사실적일 수 있다.

- **최신 패션 트렌드 소개** AI 모델을 활용하여 최신 패션 트렌드, 의상 스타일, 액세서리 등을 소개한다. 이는 실시간 패션 데이터와 트렌드 분석을 기반으로 할 수 있으며, 다양한 패션 브랜드와의 협업을 통해 이루어질 수 있다.

- **인터랙티브한 콘텐츠 제작** 시청자들이 가상 모델을 통해 다양한 의상을 가상으로 입혀보고, 색상이나 스타일을 변경해볼 수 있는 인터랙티브한 콘텐츠를 제작한다. 이를 통해 시청자는 보다 몰입감 있는 경험을 할 수 있다.

- **시청자 참여 유도** 시청자들이 직접 AI 모델에게 스타일링을 해보거나 자신들의 스타일 아이디어를 공유할 수 있는 기회를 제공한다. 이는 커뮤니티 참여를 촉진하고 콘텐츠의 상호작용성을 높인다.

실제보다 더 실제와 가까운 모습의 AI를 활용한 AI 룩북 콘텐츠는 패션 산업에서의 AI 활용도를 높이는 동시에 유튜브 시청자들에게 새롭고 흥미로운 시각적 경험을 제공한다. 이러한 형태의 콘텐츠는 패션에 관심 있는 구독자뿐만 아니라 기술에 관심 있는 시청자들에게도 매력적이며, 창작자에게는 새로운 창의적 영역을 탐색할 기회를 제공한다.

| 스테이블 디뷰전과 ComfyUI로 제작된 AI 모델과 룩북 |

경제 분야

경제 관련 콘텐츠는 금융, 주식, 경제 트렌드 등에 대한 깊이 있는 정보를 제공하며, 투자자와 경제에 관심 있는 시청자들을 주 대상으로 한다. 이 것은 즉, 거의 모든 사람들이 보는 콘텐츠라는 의미이다. 경제 관련 콘텐츠는 복잡하고 동적인 경제의 세계를 이해하기 쉽고 접근 가능한 형태로 전달하는 것을 목표로 하며, 특히 돈을 벌 수 있는 주제의 콘텐츠는 막강한 힘을 가지고 있다.

- **시장 분석 및 인사이트 제공** 주식 시장, 금융 동향, 경제 지표 등에 대한 분석을 통해 시청자들에게 가치 있는 인사이트를 제공한다. 전문가의 분석이나 시장 데이터를 기반으로 한 예측과 추천을 포함할 수 있다.

- **교육적 접근** 경제의 기본 원리, 투자 전략, 재정 관리 방법 등을 교육하는 콘텐츠를 제작하

여, 경제 지식에 대한 시청자들의 이해도를 높인다.

- **실제 사례 및 인터뷰** 성공적인 투자자나 경제 전문가의 인터뷰, 실제 사례 연구를 포함하여 이론적 지식에 실제 경험을 더하는 방식으로 콘텐츠를 구성한다.

- **현재 이슈와 트렌드 반영** 글로벌 경제 이슈, 최신 금융 트렌드, 정책 변화 등 현재의 중요한 경제적 사안들을 다루어 시청자들에게 시의성 있는 정보를 제공한다.

- **시각적 자료 활용** 복잡한 경제 정보를 이해하기 쉽게 전달하기 위해 인포그래픽, 차트, 애니메이션 등 시각적 요소를 활용한다.

- **대화형 참여 콘텐츠** 시청자들이 질문을 할 수 있는 Q&A 세션, 토론, 실시간 스트리밍 등을 통해 시청자 참여를 유도한다.

- **유니크한 정보** 유니크한 정보의 제공은 채널을 경제 콘텐츠 제공의 차별화된 출처로 만들며, 시청자들에게 지속적인 가치를 제공한다. 이는 시청자의 관심도를 높이고, 채널의 성장과 수익성을 촉진하는 핵심 요소가 될 수 있다.

경제 관련 콘텐츠는 경제, 금융, 투자에 관심 있는 사람들에게 필수적인 정보를 제공하며, 시청자들에게 신뢰감을 주고, 교육적 가치를 제공함으로써 장기적인 구독자를 확보할 수 있다.

연예 및 스포츠 분야

연예 및 스포츠 관련 콘텐츠는 유튜브에서 꾸준히 인기를 끌고 있는 장르이다. 이러한 콘텐츠는 각각의 분야에 대한 깊이 있는 정보와 흥미로운 인사이트를 제공함으로써 특정 관심사를 가진 시청자들에게 매력적이다.

스포츠

- **종목별 다양성** 축구, 농구, 야구, 격투기 등 인기 있는 스포츠 및 특이한 종목에 대한 정보

를 제공하며, 각 종목의 특성과 최신 트렌드를 반영한다.

- **선수 인터뷰 및 인물 중심 스토리** 인기 선수들의 인터뷰나 그들의 경력과 성과에 대한 스토리텔링을 통해 팬들과의 감정적 관계를 강화한다.

- **경기 분석 및 전략** 전문적인 경기 분석과 전략적인 인사이트를 제공하여 스포츠 팬들에게 깊이 있는 정보를 제공한다. 예시: 오타니와 이정후의 계약과 연봉 수준

- **실시간 경기 리뷰 및 토론** 경기가 진행되는 동안 실시간 리뷰나 토론을 진행하여 팬들과 즉각적인 상호작용을 유도한다.

연예계

- **연예계 소식 및 업데이트** 최신 연예계 소식, 트렌드, 이슈에 대한 콘텐츠를 제공하여 시청자들의 관심을 유발 및 유지한다.

- **유명 인사 인터뷰** 유명 인사들과의 인터뷰를 통해 그들의 생각, 경험, 일상을 공유함으로써 팬들에게 가까이 다가갈 수 있다.

- **셀러브리티의 일상과 라이프스타일** 유명 인사들의 일상 생활, 라이프스타일을 소개하여 팬들에게 그들의 삶에 대한 통찰을 제공한다.

- **연예계 이벤트 및 레드 카펫** 시상식, 영화제, 패션쇼 등 연예계의 주요 이벤트를 커버하여 시청자들에게 독점적인 콘텐츠를 제공한다.

건강 관련

건강 관련 콘텐츠는 누구나 관심을 끄는 소재이지만 특히, 남녀 불문 40대 이상에게 관심을 끌 수 있다. 건강, 웰니스, 피트니스, 영양 등에 대한 조언과 정보를 제공하여 건강한 생활에 관심이 있는 사람들에게 매우 유용하다. 이러한 콘텐츠는 다음과 같은 다양한 방법으로 제작될 수 있다.

- **운동 및 피트니스 프로그램** 다양한 운동 루틴과 피트니스 프로그램을 소개하며, 초보자부터 오랫동안 운동을 지속하고 있는 사람까지 모두에게 맞춤형 운동 방법을 제공한다.

- **건강한 식습관 및 영양 조언** 건강한 식사 계획, 영양소의 중요성, 다양한 식품에 대한 정보를 제공한다. 이는 체중 관리, 건강 개선, 특정 건강 상태에 대한 식단 조언을 포함한다.

- **웰니스 및 마인드풀니스** 스트레스 관리, 명상, 요가 등 마음과 몸의 건강을 위한 웰니스 및 마인드풀니스 기술을 소개한다.

- **전문가 인터뷰 및 패널 토론** 건강 전문가, 영양사, 피트니스 코치 등의 인터뷰를 통해 전문적인 조언과 최신 건강 정보를 제공한다.

- **실시간 Q&A 세션 및 워크숍** 시청자들의 질문에 답변하고 건강 관련 주제에 대한 심층적인 토론을 진행한다.

- **성공 사례 및 변화 스토리** 건강한 생활 방식을 채택하여 긍정적인 변화를 경험한 사람들의 사례를 공유한다. 예시: 암과 당뇨를 극복한 사람 이야기

- **자가 진단 및 건강 관리 팁** 일상 생활에서 실천할 수 있는 자가 진단 방법과 건강 관리 팁을 제공한다.

외국인 (한국에 대한 이야기)

외국인에 대한 의식(관심)을 많이 하는 한국인의 특성을 파악한 외국인 콘텐츠는 그들의 다양한 문화와 국가의 생활 방식, 경험을 공유하며, 시청자들에게 글로벌적인 관점을 제공하는 콘텐츠이다. 이러한 콘텐츠는 문화 간의 이해를 증진시키고, 다양성에 대한 인식을 높이는 데 기여한다.

- **문화적 통찰과 경험 공유** 다른 국가의 일상 생활, 전통, 축제, 음식 등에 대한 심층적인 통찰과 개인적인 경험을 공유한다.

- **여행 및 탐험** 다양한 나라를 여행하면서 얻은 경험, 특별한 명소 탐방, 현지 문화 체험 등

을 담은 여행 콘텐츠를 제작한다.

- **언어 및 교육적 측면** 다양한 언어를 학습하는 방법, 언어 교환 경험, 문화적 차이에 대한 교육적 정보를 제공한다.

- **인터뷰 및 대화** 현지인, 즉 다른 외국인과의 인터뷰 및 대화를 통해 다양한 관점과 생각을 나누고, 문화적 교류를 촉진한다.

- **국제적 이슈 및 뉴스** 세계적인 이슈, 뉴스에 대한 분석과 토론을 통해 국제적인 사안에 대한 인식을 높인다.

- **생활 팁과 정보** 해외 생활에 필요한 팁, 이민이나 유학에 관련된 정보, 생활 적응 방법 등을 제공한다.

  그밖에 외국인과 한국인의 성 의식 차이에 대한 콘텐츠와 문화적, 사회적 배경에 따른 인식과 태도의 차이점을 탐구하는 등의 주제는 매우 흥미로운 소재이다.

여행 관련 (국내 및 해외에서의 특별한 경험)

여행 관련 콘텐츠는 유튜브에서 매우 인기 있는 장르로 시청자들에게 새로운 여행지 소개, 유용한 여행 팁 그리고 다양한 문화 탐방의 경험을 제공한다.

- **여행지 소개** 세계 각지의 인기 여행지, 숨겨진 명소, 현지의 특색 있는 장소들을 소개한다. 이는 시청자들에게 여행 계획을 세우는 데 유용한 정보를 제공한다.

- **문화 탐방** 각 지역의 독특한 문화, 전통, 음식 등을 탐방하며, 그 지역의 생활 방식과 역사에 대해 깊이 있게 탐구한다. 이는 시청자들에게 문화적 인사이트를 제공한다.

- **여행 팁 및 가이드** 실용적인 여행 팁, 예산 관리, 여행 준비와 관련된 조언을 한다. 이는 특히 초보 여행자들에게 도움이 된다.

- **브이로그 스타일 콘텐츠** 여행자의 일상적인 경험과 모험을 브이로그 형식으로 담아 시청자들이 여행자의 시점으로 여행을 경험할 수 있도록 한다.

- **현지인과의 상호작용** 현지인을 섭외하여 그들과의 인터뷰나 대화를 통해 그 지역의 생활과 문화에 대한 진솔한 이야기를 나눈다.

  여행 관련 콘텐츠는 시청자들에게 세계 여러 곳의 다양한 문화와 장소에 대한 지식을 넓혀주며, 여행에 대한 영감을 제공한다.

지식 채널 (범용적 지식)

지식 관련 콘텐츠는 다양한 분야에 대한 교육적 정보를 제공하며, 지식을 넓히고자 하는 시청자들에게 매력적인 콘텐츠 유형이다. 여기에는 학문적 지식, 일상 생활의 유용한 정보, 특정 분야에 대한 전문적인 지식을 포함할 수 있다.

- **주제별 강의 및 설명** 과학, 역사, 철학, 기술 등 다양한 주제에 대한 상세한 설명과 강의를 제공한다. 이를 통해 복잡한 개념을 쉽게 이해할 수 있도록 한다.

- **인터랙티브한 학습 콘텐츠** 시청자 참여를 유도하는 퀴즈, 질문과 답변 세션 등을 포함하여 보다 인터랙티브한 학습 경험을 제공한다.

- **실제 사례 연구 및 분석** 실제 사례 연구를 통해 이론직 지식을 실제 상황에 적용하는 방법을 보여준다. 이는 이론과 실제의 연결을 강화하는 데 도움이 된다.

- **전문가 인터뷰 및 대화** 해당 분야의 전문가나 학자들과의 인터뷰를 통해 깊이 있는 통찰력과 전문적인 지식을 제공한다.

- **실용적인 팁과 가이드** 일상 생활에서 유용하게 사용할 수 있는 실용적인 지식과 가이드를 제공한다. 예를 들어, 재정 관리, 건강 관리, 생활 기술 등을 다룰 수 있다.

- **다양한 형식의 콘텐츠** 애니메이션, 인포그래픽, 스토리텔링 등 다양한 형식을 사용하여 지식 전달을 보다 흥미롭게 만든다.

역사 지식 채널 (집약적 지식)

역사 관련 콘텐츠는 역사적 사건, 주요 인물 그리고 다양한 문화에 대한 깊이 있는 탐구와 해설을 제공하여 시청자들에게 과거를 통한 통찰력과 지식을 제공하는 유익한 콘텐츠 유형이다. 역사에 대한 이해를 증진시키고, 과거의 사건들이 현재에 미치는 영향을 탐구하는 목적이다.

- **시대별 역사 탐구** 특정 시대나 시기에 초점을 두고, 그 시대의 사회, 문화, 정치적 상황을 탐구한다.

- **역사적 인물 분석** 역사적으로 중요한 인물들의 삶, 업적, 그들이 역사에 끼친 영향에 대해 분석한다.

- **문화적 배경과 전통** 다양한 문화와 국가의 역사적 전통 및 관습을 탐구하며, 이를 통해 그 문화를 더 깊이 이해할 수 있도록 한다.

- **역사적 사건의 해설 및 분석** 중요한 역사적 사건에 대한 자세한 해설과 분석(재해석)을 제공하여, 그 사건이 현재에 미치는 영향과 의미를 탐구한다.

- **다양한 시각적 자료 활용** 역사적 사진, 지도, 애니메이션, 인포그래픽 등을 활용하여 역사적 내용을 더욱 생동감 있게 전달한다.

- **교육적 접근** 학교(교육기관) 교육 과정과 연계하여 학생들이 학습하는 데 도움이 되는 콘텐츠를 제작한다.

- **역사적 장소 탐방** 역사적인 장소를 방문하고, 그 장소의 역사와 중요성에 대해 설명한다.

- **최신 역사 트렌드** 최근에 인기를 끄는 영화나 드라마 속의 역사를 반영하여 흥미롭게 소개한다. 예를 들어, [서울의 봄]과 [고려 거란 전쟁] 속의 역사를 소개하면 시청자들에게 관심을 끌 수 있다.

동영상 사용 설명서

동영상 사용 설명서는 제품 리뷰, 사용 방법, 유용한 팁 등을 제공하여, 특정 제품이나 서비스에 관심 있는 시청자들에게 매우 유용한 정보를 제공한다. 이러한 콘텐츠는 사용자들이 제품을 더 효과적으로 사용할 수 있도록 도와주며, 구매 결정 과정에서도 도움을 줄 수 있다.

- **상세한 제품 리뷰** 제품의 특징, 장단점, 성능 등을 상세히 소개한다. 이를 통해 시청자들이 제품에 대한 포괄적인 이해를 얻을 수 있다.

- **실제 사용법 시연** 제품을 어떻게 사용하는지 실제로 시연하며, 사용 과정의 중요한 팁을 제공한다. 이는 시청자들이 제품을 보다 쉽고 효과적으로 사용하는 데 도움을 준다.

- **유용한 팁 및 트릭** 제품을 최대한 활용할 수 있는 유용한 팁, 숨겨진 기능, 트릭 등을 소개한다.

- **비교 리뷰** 유사한 제품들을 비교하여 각 제품의 특징과 차이점을 명확히 제시한다. 이는 구매 결정에 아주 중요한 정보를 제공한다.

- **고객 질문에 대한 답변** 시청자들의 질문이나 의견에 대응하여 추가적인 정보나 해명을 제공한다.

- **유지 및 관리 방법** 제품의 유지 보수, 청소, 관리 방법에 대한 정보를 제공하여 제품의 수명을 연장하고 성능을 유지하는 방법을 소개한다.

- **실용적인 팁과 가이드** 일상 생활에서 유용하게 사용할 수 있는 실용적인 지식과 가이드를 제공한다. 예를 들어, 재정 관리, 건강 관리, 생활 기술 등을 다룰 수 있다.

- **다양한 형식의 콘텐츠** 애니메이션, 인포그래픽, 스토리텔링 등 다양한 형식을 사용하여 지식 전달을 보다 흥미롭고 효과적으로 만든다.

🔊 AI를 활용한 유튜브 콘텐츠 제작

AI를 활용한 유튜브 콘텐츠 제작은 크리에이터들에게 많은 편의를 제공하며, 콘텐츠의 품질을 향상시키는 데 도움을 준다. 다음은 유튜브 크리에이터들을 위한 몇 가지 인기 있는 AI 도구들에 대한 소개이다.

유튜브(콘텐츠) 분석

성공적인 유튜브 채널을 위해 초기에 필요한 개요 및 컨셉 아이디어를 얻을 수 있으며, SEO 최적화, 키워드 리서치, 경쟁자 분석 등을 제공하여 비디오의 검색 엔진 순위를 향상시키는 데 도움을 받을 수 있다.

- **챗GPT** 유튜브 채널 관리 및 콘텐츠 개발에 도움이 된다. 콘텐츠 아이디어 생성, 스크립트 작성, SEO 최적화를 위한 키워드 제안, 타겟 오디언스 분석 및 마케팅 전략 개발에 대한 조언을 받을 수 있다.

- **TubeBuddy (https://www.tubebuddy.com)** 튜브버디는 비디오 최적화, 키워드 리서치, 태그 관리, 성능 분석 등을 제공하는 유튜브 크리에이터를 위한 도구이다. 또한, 채널 성장을 위한 인사이트와 데이터를 제공하여 콘텐츠 전략과 SEO를 향상시키는 데 도움을 준다.

- **블링 (https://vling.net)** 유튜브 채널 분석 플랫폼으로 유튜브 채널을 검색하여 구독자 수, 순위, 조회수, 수익 등에 대한 상세한 정보를 제공한다. 유튜브 크리에이터와 마케터가 경쟁 채널의 성과를 분석하고, 자신의 채널 전략을 개선하는 데 도움을 주는 유용한 리소스를 제공하여 자신의 콘텐츠 전략을 설정할 수 있다.

동영상 편집

AI 기술을 활용한 유튜브 동영상 편집 도구 및 플랫폼은 사용자에게 효율적이고 혁신적인 편집을 할 수 있게 해준다. 다음은 몇가지 주요 도구에 대한 소개이다.

- **픽토리 (https://pictory.ai)** AI를 활용한 텍스트 기반의 비디오를 자동 생성하는 온라인 도구로 블로그, 백서, 기사, 데모, 웨비나 등의 긴 형식 콘텐츠를 짧은 형식의 동영상 콘텐츠로 생성한다.

- **비디오스튜 (https://videostew.com)** 사용자가 쉽게 동영상을 자르고, 붙이고, 수정하고, 효과를 추가하고, 자막을 추가하고, 음악을 추가하고, 비디오를 공유할 수 있도록 해주는 AI 편집 도구이다.

- **프리미어 프로** AI 기반의 Adobe Sensei를 통해 자동 색보정, 오디오 편집, 그래픽 및 애니메이션 생성 등의 기능을 제공한다.

- **히트필름 (HitFilm)** 유튜브 편집에 적합한 비디오 편집 및 시각 효과 소프트웨어이다. 사용자 친화적인 인터페이스를 갖추고 있으며, 고급 편집 기능, 컴포지팅, 3D 모델링 및 모션 그래픽을 제공한다.

그밖에 다양한 AI 및 전통적인 편집 소프트웨어가 있으며, 일반적으로 전문 동영상 편집은 프리미어 프로, 파이널 컷 프로와 같은 프로그램을 사용한다. 참고로 본 도서를 구입한 독자들에게는 시중에 판매되고 있는 [**백만 구독 일억 뷰 유튜브, 틱톡, 쇼츠 편집을 위한 동영상 제작 특별반 프리미어 프로**] 도서 내용을 함축한 전자책 (PDF)을 부록으로 제공하고 있다. 다음의 과정을 통해 요청할 수 있다.

자막 제작

AI 소프트웨어는 유튜브 자막 제작을 효율적으로 도와주는 다양한 도구를 제공한다. 이러한 도구들은 음성 인식 기술을 활용하여 자동으로 동영상에 포함된 오디오를 텍스트로 변환하고, 이를 통해 자막을 생성할 수 있다.

- Nota (https://www.notta.ai) 노타는 유튜브 영상의 오디오를 텍스트로 변환하는 도구로 단순한 텍스트 변환을 넘어, 변환된 텍스트의 편집, 검색 및 공유 기능을 지원한다.

- Whisper AI (https://github.com/jhj0517/Whisper-WebUI) 위스퍼 AI는 고급 음성 인식 기술을 사용하는 영상 자막 생성 도구이다. 다양한 언어를 인식할 수 있으며, 복잡한 오디오 환경에서도 정확한 텍스트 변환을 제공한다.

- Speechki (https://speechki.org) 스피치키는 AI 기반 음성 합성 기술을 사용하여 텍스트를 고품질의 오디오 파일로 변환해 준다. 다양한 목소리와 언어 옵션 중에서 선택할 수 있으며, 신속하고 경제적인 방법으로 오디오북을 제작할 수 있다.

썸네일 제작

유튜브 썸네일은 시청자의 관심을 끌고 클릭을 유도하는 중요한 요소이다. 효과적인 썸네일은 명확하고 강렬한 이미지, 명확한 제목 또는 텍스트 그리고 브랜드나 콘텐츠의 특성을 반영하는 색상 및 디자인을 포함해야 한다. 다음은 간편하게 썸네일을 제작할 수 있는 AI 디자인 도구들에 대한 설명이다.

- Canva (캔바) 썸네일 생성, 그래픽 디자인, 이미지 및 비디오 편집 기능을 제공하여 시선을 끄는 썸네일과 채널 아트를 제작할 수 있다.

- Snappa (스내파) 드래그 앤 드롭 방식의 썸네일 제작 도구로 사용자 친화적인 인터페이스와 다양한 템플릿을 제공한다.

- VistaCreate (비스타 크리에이트) Crello라고도 하는 이 도구는 다양한 디자인 템플릿과 쉬운 편집 기능을 제공하는 그래픽 디자인 도구이다.

- 미리 캔버스 (Miricanvas) 사용자 친화적인 그래픽 디자인 도구이다. 특히, 소셜 미디어, 유튜브 썸네일, 배너, 포스터, 마케팅, 광고 등에 적합한 디자인을 쉽게 만들 수 있는 템플릿을 제공한다.

쇼츠 영상 제작

유튜브 숏폼(YouTube Shorts)은 유튜브 플랫폼에서 제공하는 짧은 형식의 동영상 서비스로 주60초 이내의 짧은 동영상을 만들고 공유하는 데 초점을 맞추고 있으며, 사용자들이 스마트폰을 통해 쉽게 동영상을 촬영, 편집, 업로드할 수 있도록 설계되었다. 최근 쇼츠가 수익 창출이 된다는 것이 알려지면서 관심이 높아졌으며, 짧은 시간 안에 큰 호응을 끌어 낼 수 있어 매력적인 콘텐츠를 통해 다양한 수익 창출 방법을 모색할 수 있다.

와.. 토트넘 매디슨의 프리킥 ㅎㄷㄷ
조회수 116만회

예쁘다는 함성에 김혜수 반응...♪#shorts
조회수 438만회

단 번에 1위찍고 갑자기 사라진 가수 TOP6
조회수 860만회

슬릭백 간지 원탑 #초몰 #slickback #슬릭백
조회수 93만회

르세라핌 멤버별 신곡 극락 파트.. 컨셉 ㅁㅊ네;;
조회수 159만회

1분 만에 완성하는 AI 쇼츠 편집 도구

쇼츠 영상을 제작해 주는 AI 도구를 사용하면 창의적인 장면을 신속하게 제작할 수 있다. 다음은 간단하게 사용할 수 있는 주요 쇼츠 영상 편집 AI 도구들이다.

- **아이코 (https://aico.tv)** AICO는 몇 번의 클릭으로 쇼츠 영상을 만들어 유튜브에 링크까지 해 주는 AI 편집 도구이다.

- **오퍼스 클립 (https://www.opus.pro)** Opus Clip은 단 한 번의 클릭으로 긴 동영상을 쇼츠 영상으로 변환해 주는 생성 AI 편집 도구이다.

- **비디오스튜 (https://videostew.com)** 사용자가 쉽게 동영상을 편집하고 비디오를 공유할 수 있도록 해주는 AI 편집 도구이다. 쇼츠 영상 제작도 매우 유용하다.

유튜브 콘텐츠를 통한 수익화

유튜브를 통한 수익 창출은 널리 알려진 방법이다. 유튜브 채널을 운영하고 콘텐츠를 제작함으로써 다양한 수익화 방법을 활용할 수 있다. 다음은 유튜브 채널 구독자수를 기준으로 한 수익 구조이다.

유튜브 애드센스(광고)를 통한 수익 및 혜택

루비 구독자 5,000만 명 이상	→	약 월 5억-50억 원 이상 유튜버(크리에이터) 어워즈 채널 상징 루비 플레이 버튼 수여 등
다이아 구독자 1,000-5천만 명 미만	→	약 월 5,000만 원-50억 원 이상 유튜버 어워즈 채널 상징 다이아 플레이 버튼 수여 등
골드 구독자 100-1,000만 명 미만	→	약 월 1,000만 원-10억 원 이상 유튜버 어워즈 채널 상징 골드 플레이 버튼 수여 등
실버 구독자 10-100만 명 미만	→	약 월 100만 원-1억 원 이상 유튜버 어워즈 채널 상징 실버 플레이 버튼 수여, 파트너 관리자 배정 등
브론즈 구독자 1-10만 명 미만	→	약 월 5만 원-100만 원 이상 제작 리소스 이용, Next Up 참가 등
오팔 구독자 1,000-1만 명 미만	→	약 월 10,000원-10만 원 이상 유튜버 캠프 참가, 유튜브 스페이스 방문 등
그레파이트 구독자 1-1,000명 미만	→	월 수익 없음 (광고 조건 불충족) 유튜버 아카데미 이용, 크리에이터 스튜디오 채널 관리 등

| [백만 구독, 일억 뷰 유튜브·틱톡·쇼츠 동영상 제작 특별반] 도서 자료 |

위의 내용을 보면 동일한 구독자 수를 가지고 있더라도 채널의 특징과 시청 시간, 광고 형태 등에 따라 애드센스 수익에 많은 차이가 있는 것을 알 수 있다. 구독자 수 10만이 되기 전까지는 별도의 수익 모델이 어떤 것들이 있는지 파악한 후 시작하길 권장한다.

044. 세상 모든 영상 콘텐츠에 필요한 음원 제작

AI 기술의 빠른 진화로 이제 음악 전공자가 아니더라도 음악에 관심이 있는 사람이면 누구나 음원을 만들어 사용 및 판매하여 저작권료를 받을 수 있다. 여기에서는 AI를 활용한 음원 제작 방법 및 수익화 전략에 대해 살펴보기로 한다.

▶ AI와 음원 (AI로 음원을 제작하는 기초적인 방법과 원칙)

AI 기술이 발전하면서 음원 제작에도 AI의 역할이 커지고 있다. 이러한 변화는 무한한 가능성과 더불어 직면하는 새로운 과제들을 이해하는 것이 중요하다. 여기에서는 생성형 AI의 기초부터 음원 제작에 이르는 과정에 대해 알아본다.

기술의 선택

음악(음원) 제작에 있어 AI의 활용은 무한한 가능성을 열어놓고 있다. 하지만 이러한 가능성을 제대로 활용하기 위해서는 먼저 어떤 AI 알고리즘과 플랫폼을 사용할 것인지 결정해야 한다. 이 선택은 결과물의 품질, 표현력 그리고 음악적 아이덴티티에 큰 영향을 미치게 된다.

AI 알고리즘

- **딥러닝(Deep Learning)** 복잡하고 다양한 음악적 패턴을 학습할 수 있지만, 큰 데이터셋과 많은 계산 능력이 필요하다.

- **마르코프 체인(Markov Chain)** 간단하고 빠르게 음악을 생성할 수 있으나, 단순한 패턴에 주로 제한된다.

- **유전자 알고리즘(Genetic Algorithm)** 여러 음악적 요소를 동시에 고려할 수 있으나, 최적화 과정이 복잡하고 시간이 오래 걸릴 수 있다.

- **TensorFlow** 텐서 플로우는 유연성이 높고, 딥러닝에 주로 사용된다.
- **PyTorch** 파이토치는 빠른 프로토타입이 가능하며, 연구 목적으로 많이 사용된다.
- **JUCE** 주스는 실시간 오디오 처리에 특화되어 있어 음악 생성에 유용하다.

높은 품질과 복잡성을 원한다면 딥러닝과 같은 고급 알고리즘, 시간과 자원 빠른 결과물을 원하거나 제한된 컴퓨팅 자원이 있다면 마르코프 체인이나 다른 간단한 알고리즘을 고려해 볼 만하다. AI 알고리즘과 플랫폼의 선택은 음원 제작에서 중요한 단계이다. 이를 통해 원하는 음악적 결과물과 표현력을 얻을 수 있으며, 자원과 시간을 효율적으로 사용할 수 있다. 여러 옵션을 고려하여 최적의 선택은 AI를 통한 음원 제작은 더욱 흥미롭고 생산적인 경험이 될 것이다.

▶ 음원 제작을 위한 AI 도구

음원 제작에 사용되는 AI 도구는 다양하며, 이러한 도구들은 음악(음원) 제작 과정을 자동화하고, 사용자가 직접 음악을 만드는 데 도움을 준다. 일반적으로 AI를 활용한 음원 저작권으로 수익을 창출할 수 있는 대상은 다음과 같다.

- AI 개발자 및 연구자
- 독립 아티스트
- 음악 프로듀서
- 작곡가
- 그밖에 음악 관련 비즈니스를 하고자 하는 사람

AI 작곡 및 BGM 제작 도구

AI 기술이 작곡 및 배경음악(BGM) 제작에 활용되는 것은 최근의 음악 산업에서 눈에 띄는 트렌드이다. 이러한 기술의 발전은 다양한 방식으로 음악 제작 과정을 혁신하고 있다. 다음은 가장 많이 사용되는 몇 가지 AI 음원 제작 도구들이다.

- MUSIA (https://musia.ai) 뮤지아는 네이버에서 개발한 텍스트 입력 기반 작곡 프로그램으로 사용자가 원하는 분위기나 장르에 맞는 음악을 쉽게 작곡할 수 있다.

- AIVA (https://www.aiva.ai) 아이바는 광고, 게임, 영화 등의 사운드 트랙을 구성하며, 미리 설정된 스타일을 선택하여 다양한 장르와 스타일의 음악을 생성할 수 있다.

- Soundful (https://soundful.com) 사운드 풀은 비디오, 스트림, 팟캐스트 등을 위한 버튼 클릭 한 번으로 로열티 프리 배경 음악을 생성한다.

- ecrett music (https://ecrettmusic.com) 에크렛 뮤직은 수백 시간 분량의 기존 노래를 학습하여 누구나 음악 클립을 생성할 수 있다. 간단한 인터페이스와 다양한 장면, 감정 및 장르 선택은 아마추어와 전문가 모두에게 적합하다.

- SOUNDRAW (https://soundraw.io) 사운드로우는 AI와 수동 도구들의 조합에 의해 새로운 음악을 간단하게 생성하며, 단일 음악을 즉흥 연주하고 튜닝까지 가능하다.

- Loudly (https://www.loudly.com) 로들리는 170,000개 이상의 선별된 오디오 루프를 통해 몇 초 만에 음악을 만들고, 소셜 미디어, 광고 미디어, 팟캐스트 등에 추가할 수 있다.

- SUNO (https://app.suno.ai) 스노는 원하는 음악 장르를 선택한 후 제작할 길이를 선택하여 간편하게 음악을 만들어 준다. 가사 및 코러스 기능도 제공된다.

- AI AudioLDM2 (https://audioldm.github.io) 사전 훈련된 CLAP 모델을 통한 텍스트 설명을 기반으로 사운드 효과, 사람 음성 등을 생성하는 AI 도구이다.

이러한 도구들은 다양한 음악 제작 요구를 충족시킬 수 있으며, 사용자의 창의성을 발휘할 수 있는 다양한 옵션을 제공한다. 해당 웹사이트를 방문하면 각 도구의 기능과 사용 방법에 대해 더 자세히 알아볼 수 있다.

▶ 음원 콘텐츠를 통한 수익화

AI 음원의 상업적 가능성은 끊임없이 확장되고 있다. 하지만 수익을 창출하는 것은 복잡한 과정이며, 다양한 모델과 전략이 필요하다. 여기에서는 스트리밍, 다운로드, 싱크 라이선스 등을 통해 AI 음원을 어떻게 효과적으로 수익화할 수 있는지에 대한 다양한 전략과 모델에 대해 살펴보기로 한다.

스트리밍 서비스

스트리밍 서비스는 현대 음악 산업에서 가장 큰 수익원 중 하나이다. AI 음원 역시 이러한 플랫폼을 통해 광범위한 이용자에게 도달하고 수익을 창출할 수 있다. 그러나 대중적인 플랫폼에서 경쟁력을 유지하고 지속적인 수익을 얻기 위해서는 명확한 전략과 수익 모델이 필요하다. 스트리밍에서의 수익 모델과 이를 위한 최적의 전략은 다음과 같다.

- **플랫폼 선택** 모든 스트리밍 플랫폼이 동일한 수익 모델을 제공하지 않는다. 따라서, 이용자의 성향, 장르, 위치 등을 고려한 플랫폼 선택이 매우 중요하다.

- **라이선싱과 계약** 대부분의 스트리밍 서비스는 음악을 플랫폼에 올릴 때 라이선싱 계약을 요구한다. 이 계약에 따라 얻을 수 있는 로열티와 수익이 달라질 수 있으므로 계약 내용을 꼼꼼하게 검토해야 한다.

- **프로모션과 마케팅** 음원이 스트리밍 플랫폼에 등록된 후에는 적절한 프로모션과 마케팅 전략이 필요하다. 플레이리스트 삽입, 소셜 미디어 활용, 협업 등을 통해 음원의 노출을 높일 수 있다.

- **멀티플랫폼 전략** 하나의 플랫폼에만 의존하는 것은 위험할 수 있다. 가능하다면 여러 스트리밍 서비스에 음원을 배포하여 다양한 수익원을 만드는 것이 유리하다.

다운로드 판매

스트리밍이 음악 산업의 큰 부분을 차지하고 있지만, 다운로드 판매 역시 여전히 중요한 수익원이다. 특히 AI 음원은 개성적이거나 특별한 용도로 사용될 가능성이 있어 다운로드 판매가 효과적인 수익화 방법이 될 수 있다.

- **가격 설정** 가격은 수익 창출의 가장 기본적인 요소이다. 경쟁력 있는 가격을 설정하기 위해서는 시장 분석, 제품의 가치, 타겟 고객의 구매력 등을 고려해야 한다.

- **플랫폼 선택** 다운로드 판매를 위한 온라인 플랫폼은 매우 다양하다. 각 플랫폼이 제공하는 서비스, 수수료, 사용자 트래픽 등을 분석하여 적합한 플랫폼을 선택해야 한다.

- **번들과 패키지** 단일 음원 뿐만 아니라 여러 음원을 묶어 패키지로 제공하는 것도 효과적인 전략일 수 있다. 예를 들어, 일련의 AI 음원을 하나의 앨범이나 플레이리스트로 판매할 수 있다.

- **프로모션 전략** 할인, 쿠폰, 한정판 릴리스 등 다양한 프로모션 전략을 통해 구매를 유도할 수 있다. 이러한 전략은 특히, 출시 초기나 특별한 이벤트 기간에 효과적이다.

- **고객 리뷰와 평점** 다운로드 플랫폼에서는 고객의 리뷰와 평점이 매우 중요하다. 높은 평점과 긍정적인 리뷰는 신뢰성을 높이고 추가 판매를 촉진한다.

음원 판매(스톡) 플랫폼

음원을 다운로드 방식으로 판매하여 수익화하려면 온라인 음원 판매 플랫폼을 통해 청중과 직접적으로 연결되어야 한다. 다음은 음원을 다운로드 판매할 수 있는 주요 플랫폼에 대한 소개이다.

- **멜론 (Melon)** 국내에서 가장 인기 있는 음원 플랫폼 중 하나로 다양한 장르의 음악을 판매하고 있다. 실시간 차트와 추천 기능 등으로 높은 노출을 얻을 수 있다.

- **벅스 (Bugs)** 광범위한 카탈로그와 고품질의 음원을 제공하는 플랫폼이다. 주로 국내 소비자를 대상으로 하며, 다양한 프로모션 기회를 제공한다.

- **지니 (Genie)** 이 플랫폼은 다양한 음악과 뮤직 비디오를 제공하며, 사용자 리뷰와 평가를 통해 작품의 가치를 높일 수 있다.

- **플로 (FLO)** 스트리밍과 다운로드를 모두 제공하는 새로운 플랫폼이다. AI 음원 같은 창의적인 콘텐츠에 더 오픈되어 있는 편이며, 편리한 사용자 인터페이스를 자랑한다.

- **소리바다 (Soribada)** 국내외 다양한 음악을 판매하고 있는 웹사이트로 소규모 작곡가나 독립 음악가에게도 다양한 기회를 제공한다.

- **밴드 캠프 (Bandcamp)** 독립 음악가와 작곡가를 위한 플랫폼으로 광범위한 사용자 기반을 가지고 있다. 가격 설정과 프로모션은 완전히 자유롭고, 대부분의 수익은 음악가에게 돌아간다.

- **아이튠즈 스토어 (iTunes Store)** 이 애플 플랫폼은 전 세계적으로 널리 사용되며, 대중성과 높은 트래픽을 자랑한다. 수수료율이 상대적으로 높을 수 있다.

- **아마존 뮤직 (Amazon Music)** 아마존 또한 음악 다운로드를 제공하는 플랫폼을 운영하고 있으며, 아마존의 거대한 고객 기반을 활용할 수 있다.

- **비트포트 (Beatport)** 전자 음악에 특화된 이 플랫폼은 DJ와 프로듀서에게 인기가 많다. AI 음원이 전자 음악 장르에 속한다면 이곳이 적합할 수 있다.

- **검로드 (Gumroad)** 다양한 디지털 상품을 판매할 수 있는 플랫폼으로 음원뿐만 아니라 관련 상품까지 함께 판매할 수 있다.

- **아트리스트 (Artlist.io)** 영상 제작자들에게 고품질의 음악을 제공하는 라이선싱 플랫폼으로 주로 영화 및 드라마 제작, 광고, 유튜브 콘텐츠 등에 사용할 수 있는 다양한 장르의 음

악을 제공한다.

- **셀바이 뮤직 (Sellfy Music)** 자신의 웹사이트를 통해 직접 음악, 비트, 샘플 팩 등을 판매할 수 있게 해주는 플랫폼으로 중간 유통업자 없이 직접 판매할 수 있어 판매 수익의 대부분을 유지할 수 있다.

자체 플랫폼 구축

자체 플랫폼을 구축하여 음원을 판매하는 것은 아티스트와 음악 제작자에게 많은 이점을 제공한다. 이러한 접근 방식을 통해 직접적인 수익 창출, 브랜딩 및 마케팅의 자율성 그리고 고객과의 직접적인 연결이 가능해 진다. 자체 플랫폼에서 음원을 판매하기 위한 몇 가지 주요 단계는 다음과 같다.

- **웹사이트 및 온라인 스토어 구축** 음원 제공 전문 웹사이트를 개발하거나 Shopify, Wix, Squarespace 같은 플랫폼을 활용한다. 이커머스(eCommerce) 기능을 통해 음원의 디지털 다운로드 또는 물리적 앨범 판매를 위한 시스템을 구축한다.

- **음원 업로드 및 관리** 음원 파일을 웹사이트에 업로드하고, 각 트랙에 대한 설명, 가격, 샘플 미리 듣기 등을 제공한다. MP3, WAV, FLAC 등 다양한 오디오 포맷을 제공하여 고객 선택의 폭을 넓힌다.

- **저작권 및 법적 문제 관리** 자신의 음악에 대한 저작권을 명확히 해 두어야 하며, 판매 관련 법규 준수 여부를 확인한다.

  자체 플랫폼에서 음원을 판매하는 것은 초기 설정에 시간과 노력이 필요하지만 장기적으로는 브랜드의 독립성과 수익성을 높일 수 있는 효과적인 방법일 수 있다.

▶ 저작권 이슈 (AI 음원의 저작권)

AI 기술이 음악 산업에 가져온 혁신적인 변화는 긍정적인 측면만을 가지고 있지는 않다. 특히, AI가 창작한 음원의 저작권은 복잡하고 미묘한 이슈를 수반하게 된다. 여기에서는 AI가 창작한 음원의 저작권은 어떻게 다루어져야 하는지에 대해 살펴보기로 한다.

AI의 창작자 vs 인간 창작자

인공지능(AI)이 창작한 음원이 새로운 문화 및 상업적 패러다임을 형성하는 가운데, 이러한 음원의 저작권은 누가 소유하는 것인지에 대한 논의가 더욱 복잡해지고 있다. AI의 창작자와 인간 창작자, 둘 중 누가 이러한 창작물의 저작권을 소유해야 하는지는 현재까지도 명확한 답을 찾지 못한 논점 중 하나이다.

- **현행 법률의 한계** 대부분의 국가에서 AI는 법적 주체가 아니기 때문에 AI가 창작한 음원의 저작권은 일반적으로 인간 창작자나 그를 대표하는 기업이 소유한다. 하지만 이러한 접근법은 AI의 참여도나 복잡성을 완전히 고려하지 못할 수 있다.

- **AI 창작자의 역할** AI가 자동으로 또는 최소한의 인간 개입으로 음악을 창작할 경우, AI 창작자는 어느 정도의 저작권을 가져야 하는지에 대한 논의가 있다.

- **공동 창작의 가능성** AI와 인간이 협력하여 음악(음원)을 만들 경우 공동 창작자로서 양자가 어떻게 저작권을 공유할 수 있을지에 대한 논의도 필요하다.

- **국제적 측면** AI가 창작한 음원의 저작권은 국가마다 다르게 적용될 수 있으므로 이에 대한 국제적 합의나 지침이 필요할 수 있다.

확장성. 그밖에 동영상 및 유튜브에서 할 수 있는 것

동영상 및 유튜브 관련 비즈니스는 생각보다 다양한 확장성을 가지고 있다. 다음의 몇몇 아이디어를 통해 각자 생각의 영역을 확장해 본다.

▶ 유튜브 영상 편집

많은 유튜브 콘텐츠 제작자들은 편집 기술 및 시간이 부족하기 때문에 전문가의 도움을 필요하다. AI를 활용한 영상 편집 기술을 통해 고품질의 유튜브 콘텐츠 편집 서비스를 할 수 있으며, 이를 통해 수익을 창출할 수 있다.

▶ 유튜브 배너 및 썸네일 제작

배너와 썸네일은 유튜브 채널의 브랜드를 강화하고, 시청자의 관심을 끄는 중요한 요소이다. 이러한 시각적 요소를 전문적으로 제작함으로써 유튜버들에게 가치를 제공하고, 수익을 얻을 수 있다.

▶ 유튜브 제작 강의 및 컨설팅

유튜브 콘텐츠 제작과 관련된 지식과 경험을 공유함으로써 타인의 성공을 돕고, 이를 통해 수익을 창출할 수 있다. 온라인 강의, 워크샵, 개인 컨설팅 등 다양한 형태로 서비스를 제공할 수 있다.

▶ 내레이션 제작: 광고 전문 성우

AI 기술을 활용한 고품질의 내레이션은 광고, 다큐멘터리, 오디오북 등 다양한 미디어 콘텐츠에 사용될 수 있기 때문에 AI 성우로서의 기술을 활용하여 수익을 창출할 수 있다.

▶ AI 기반 음악 튜토리얼 및 교육

AI를 활용한 혁신적인 음악 제작 기술은 이 분야의 교육 및 튜토리얼 제작으로 새로운 수익 창출의 기회를 제공한다.

▶ AI 가수

가상의 AI 가수를 제작하여 독특한 음악 콘텐츠를 제작하고, 이를 통해 새로운 음악 시장을 개척할 수 있다.

▶ 치료음악 제작

치유와 휴식을 위한 음악 제작은 매우 특별한 시장을 타겟으로 하며, 이를 통해 수익을 창출할 수 있다.

▶ 영상 콘텐츠 대본 및 자막 제작

대본 작성과 자막 제작은 영상 콘텐츠의 접근성과 이해도를 높이는 중요한 요소이다. AI 도구를 활용하여 다양한 언어로 자막을 제공함으로써 글로벌 시청자에게 도달할 수 있으며, 이를 통해 수익 창출을 할 수 있다.

PART 05

기획 & 광고
& 마케팅

045. 무(無)에서 유(有)를 창조하는 콘텐츠 기획

기획이란 특정 목표를 성취하기 위해 필요한 과정, 자원, 시간 등을 체계적으로 계획하고 조직하는 것이며, 기획자는 기획 과정을 주도 및 관리하는 전문가로 프로젝트의 목표 및 전략을 설정하고, 프로젝트나 활동에 대한 세부 계획을 수립하며, 필요한 자원을 조정하고 할당한다. 또한, 프로젝트 팀을 이끌고, 팀원들의 작업을 조율하는 동시에 실행 과정 중 발생하는 문제를 해결하고, 프로젝트 진행 상황을 평가하며 결과를 분석한다. 기획자는 사업, 이벤트, 광고 등 다양한 분야에서 활동하며, 그들의 역할은 해당 분야의 특성과 요구에 따라 다양하게 변화할 수 있어야 한다.

콘텐츠 기획의 개요

콘텐츠 기획은 디지털 미디어, 출판, 광고, 마케팅 등 다양한 분야에서 콘텐츠의 생성, 개발, 배포를 체계적으로 구상하고 실행하는 과정이다. 이 과정은 다음과 같은 몇몇 요소를 포함한다.

- **목표 및 고객 이해** 특정 목표를 정의하고, 타겟 오디언스의 특성과 요구를 이해한다.

- **콘텐츠 전략 개발** 오디언스에게 어떤 메시지를 전달할지, 어떤 형식과 채널을 사용할지 전략을 수립한다.

- **콘텐츠 생성 및 편집** 텍스트, 이미지, 비디오 등 다양한 형식의 콘텐츠를 생성하고 편집한다. 이 과정에서 생성형 AI를 통해 도움을 받을 수 있다.

- **스케줄링 및 관리** 콘텐츠 제작 및 배포 일정을 계획하고 관리한다.

- **성과 모니터링 및 평가** 콘텐츠의 성과를 모니터링하고 평가하여 향후 전략에 반영한다.

콘텐츠 기획자의 요건

콘텐츠 기획자는 다양한 경험과 지식을 통해 창의적인 아이디어와 전략적 사고를 할 수 있는 사람이어야 하며, 대상(고객)의 관심사와 행동 패턴을 잘 이해하고 이에 맞는 콘텐츠를 제작하는 능력이 중요하다. 이 분야는 빠르게 변화하고 있으며, AI와 같은 디지털 기술의 발전에 따라 새로운 형식과 플랫폼이 계속해서 등장하고 있기 때문에 이와 같은 최신 기술을 신속하게 습득하는 것이 필요하다.

- **창의성과 혁신적 사고** 새로운 아이디어를 창출하고, 기존의 틀에서 벗어난 창의적인 콘텐츠를 개발할 수 있는 능력이 필요하다.

- **시장과 고객 이해** 타겟(고객)의 특성, 선호도, 행동 패턴을 이해하고 이를 콘텐츠 기획에 반영할 수 있는 능력이 필요하다.

- **커뮤니케이션 및 프레젠테이션 능력** 아이디어와 계획을 명확하고 효과적으로 전달할 수 있는 커뮤니케이션 능력이 필요하다.

- **작문 및 편집 능력** 텍스트 기반 콘텐츠를 효과적으로 작성하고 편집하는 능력이 필요하다.

- **멀티미디어 제작 기술** 비디오, 오디오, 그래픽 등 다양한 멀티미디어 콘텐츠를 제작하는 기술이 필요하다.

- **프로젝트 관리 능력** 콘텐츠 제작 및 배포 과정을 효율적으로 관리할 수 있는 프로젝트 관리 능력이 필요하다.

- **분석적 사고** 콘텐츠의 성과를 분석하고 피드백을 반영하는 능력이 있어야 한다.

- **트렌드 인식 및 적응력** 트렌드를 파악하여 콘텐츠에 반영할 수 있는 능력이 필요하다.

- **기술적 지식** AI 기술, 디지털 플랫폼, 소셜 미디어, SEO, 데이터 분석 도구 등에 대한 기술적 지식 및 경험이 중요하다.

  이러한 요건들은 효과적으로 콘텐츠를 기획하고, 실행하며, 그 성과를 평가하는 데 필수적이다. 또한, AI 활용 능력은 콘텐츠 기획자에게 더욱 중요한 요건이 되고 있다.

콘텐츠 기획 분야

콘텐츠 기획은 다양한 분야로 연결되며, 각 분야는 특정한 목표, 고객 그리고 매체의 특성에 맞추어 콘텐츠를 제작하고 관리된다. 주요 콘텐츠 기획 분야는 다음과 같다.

- **디지털 마케팅** 웹사이트, 소셜 미디어, 이메일 마케팅 등을 통해 브랜드 인지도를 높이고, 제품이나 서비스를 홍보한다.

- **소셜 미디어 관리** 특정 브랜드나 조직의 소셜 미디어 채널을 관리하며, 이를 통해 관련 콘텐츠를 기획하고 게시한다.

- **블로그 및 기사 작성** 특정 주제에 대한 심층적인 정보를 제공하거나 의견을 표현하는 글을 작성한다.

- **비디오 및 멀티미디어 제작** 교육, 엔터테인먼트, 홍보 등의 목적으로 비디오 또는 기타 멀티미디어 콘텐츠를 기획하고 제작한다.

- **콘텐츠 큐레이션** 다양한 소스에서 콘텐츠를 수집하고, 이를 재구성하여 새로운 가치를 창출한다.

- **교육 및 트레이닝** 교육용 콘텐츠를 기획하고 제작하여 학습한 경험을 개선한다.

- **이벤트 및 캠페인 기획** 특정 이벤트나 캠페인을 위한 콘텐츠를 기획하고 실행한다.

- **출판** 일반 도서, 잡지, 보고서 등의 인쇄물 또는 디지털 출판물에 대한 콘텐츠를 기획한다.

- **광고 및 홍보** 특정 제품, 서비스 또는 브랜드를 대상으로 하는 광고 콘텐츠를 기획한다.

- **SEO (검색 엔진 최적화)** 유튜브 등의 웹 콘텐츠를 최적화하여 검색 엔진에서 더 높은 순위에 오르도록 기획한다.

이러한 분야들은 각각의 독특한 요구 사항과 목표를 가지고 있으며, 콘텐츠 기획자는 이러한 다양한 요소들을 고려하여 효과적인 콘텐츠 전략을 개발한다.

▶ 출판 분야의 콘텐츠 기획

다양한 콘텐츠 기획 중 여기에서는 환경에 구애받지 않고 독립적으로 활동할 수 있는 출판 분야의 콘텐츠 기획에 대해 알아본다. 출판 기획은 일반 도서, 잡지, 전자책, 온라인 기사 그리고 디지털 출판물에 대한 콘텐츠를 구상, 개발 및 관리하는 과정이다. 이 분야에서 콘텐츠 기획에 필요한 요소는 다음과 같다.

- **시장 조사 및 대상 독자 분석** 출판할 콘텐츠와 관련된 시장 트렌드를 조사하고, 대상 독자층의 요구와 관심사를 분석한다.

- **주제 선정 및 컨셉 개발** 책이나 기타 출판물의 주제를 선정하고, 전체적인 컨셉와 톤을 결정한다.

- **콘텐츠 계획 및 구조화** 책이나 기타 출판물의 구조를 계획하고, 각 장이나 섹션별 콘텐츠를 구체화한다.

- **저자 및 기고자 관리** 콘텐츠의 질을 보장하기 위해 적합한 저자나 기고자를 선정하고, 그들과 협업한다.

- **편집 및 교정** 콘텐츠의 질을 유지하기 위해 편집 및 교정 작업을 진행한다.

- **디자인 및 레이아웃** 콘텐츠의 시각적 요소를 기획하고, 적절한 디자인과 레이아웃을 결정한다.

- **출판 및 배포 계획** 출판물의 출판 날짜, 배포 채널 및 방법을 계획한다. 이 과정은 일반적으로 출판사와 협의한다.

- **마케팅 및 홍보** 출판물의 홍보를 위한 전략을 개발하고 실행한다. 이 과정은 일반적으로 출판사와 협의한다.

- **피드백 및 성과 분석** 출판물의 성공을 평가하고, 독자의 피드백을 분석하여 향후 콘텐츠 기획에 반영한다.

출판 기획의 업무 방식

독립 출판 기획 비즈니스(기획자)는 책의 기획 단계에서 시작하여 출판사에 완성된 콘텐츠를 제공하는 것을 말한다. 이 비즈니스 모델에는 다음과 같이 출판사에게 완성된 원고만 전달하거나 편집 디자인까지 끝낸 후 전달하는 두 가지 방식이 있다.

완성된 원고 제공

이 방식에서 독립 출판 기획자는 책의 아이디어를 구상하고, 적합한 작가를 찾아 계약한 후 원고를 작성하도록 한다. 완성된(윤문까지 끝난) 원고는 출판사에 전달되며, 출판사는 이후에 편집, 디자인, 마케팅, 배포 등의 과정을 담당한다.

- **아이디어 개발** 기획자는 독특하고 시장에 맞는 책 아이디어를 개발한다.

- **작가 선정 및 관리** 적합한 작가를 찾고, 그들과 협력하여 아이디어를 원고로 전환한다. 이 과정에는 작가와의 커뮤니케이션, 계약 협상, 진행 상황 모니터링 등이 포함된다.

- **원고 개발 및 지원** 작가가 아이디어에 충실한 원고를 작성할 수 있도록 지원한다. 이는 피드백 제공, 추가적인 리서치 지원, 콘텐츠 가이드라인 설정 등을 포함할 수 있다.

- **윤문 (교정·교열)** 원고의 편집 및 교정을 진행하여 내용의 정확성과 품질을 보장한다.

- **출판사와의 협력** 완성된 원고를 출판사에 제출하고, 출판사와의 협의를 통해 출판 과정을 진행한다. 이 단계에는 출판 계약 협상, 권리 및 관리, 로열티 협의 등이 포함된다.

- **프로젝트 관리** 원고의 진행 상황을 관리하고, 일정을 준수하며, 필요한 경우 조정을 한다.

완성된 디자인 파일 제공

이 방식은 독립 출판 기획자가 책의 아이디어 개발, 작가 선정 및 관리, 원고 개발 및 지원, 윤문, 프로젝트 관리와 함께 편집 및 디자인 그리고 때로는 초기 마케팅 전략까지 포함한 상태를 출판사에 제공한다.

- **디자인 및 레이아웃** 책의 디자인과 레이아웃을 결정하고, 그래픽, 사진, 일러스트레이션 (삽화) 등의 시각적 요소를 관리한다.

- **초기 마케팅 전략 개발** 타겟 독자층에 맞는 마케팅 전략을 개발하고, 때로는 책의 홍보 활동을 시작한다.

- **출판사와의 협력** 인쇄 전 단계의 완성된 디자인 파일을 출판사에 제공하고, 인쇄 및 배포 과정을 협의한다.

▶ 출판 기획을 통한 수익화

기획한 책이 베스트셀러가 되면 기획자에게도 상당히 많은 인세(로열티) 수익을 창출할 수 있다. 다음은 계약별 도서 정가가 2만 원이고, 판매 부수가 1만 부일 때, 독립 기획자(사)가 받을 수 있는 예상 수익이다.

완성된 원고 제공

- **최소 수익률 (20% 계약 시)** 40,000,000원
- **최대 수익률 (25% 계약 시)** 50,000,000원

디자인까지 완성된 원고 제공

- **최소 수익률 (25% 계약 시)** 50,000,000원
- **최대 수익률 (30% 계약 시)** 60,000,000원

무자본으로도 고수익 창출이 가능한 것이 독립 출판 기획이다. 책을 좋아하고, 출판 기획 아이디어가 넘쳐난다면 한 번쯤 도전해 볼 가치가 있는 비즈니스 모델이다.

046. 신간(신상품) 홍보를 위한 SNS 마케팅

2022년 기준, 등록된 국내 출판사 수는 16만 개를 넘어섰다. 그중 90% 이상이 1인 출판사이다. 실물형 종이책이든 전자책이든 신간이 출간되면 모든 출판사는 신간을 알리기 위한 마케팅 전략이 필요하다. 특히, 소규모의 1인 출판사는 스스로 마케팅을 하거나 아웃소싱을 하는 경우가 대부분이다. 만약 이 책을 읽은 독자 중 자신이 1인 출판을 하거나 소규모 출판사의 신간을 홍보하기 위한 마케팅 비즈니스를 하고자 한다면 지금부터의 내용을 참고하여 비즈니스 확장에 활용한다면 상당한 효과를 볼 것이다. 물론 여기에서도 생성형 AI의 활용은 매우 중요하다.

▶ SNS 마케팅의 중요성

신간 홍보를 위한 마케팅 전략에 대한 트렌드는 과거와 크게 달라졌다. 과거 종이 기반의 전통적인 광고에서 디지털 기반의 온라인 마케팅으로 바뀌면서 유튜브, 페이스북, 인스타그램 등의 SNS(소셜 네트워크 서비스)는 책 홍보의 핵심 플랫폼 중 하나로 부상하였다. 디지털 시대의 책 홍보 트렌드와 SNS의 영향력 그리고 그 활용성에 대한 개요는 다음과 같다.

AI 시대의 책 홍보 트렌드

과거에는 신문, TV, 라디오와 같은 매체를 통해 책을 홍보했다면 지금은 스마트폰과 인터넷을 통해 정보를 얻는 방식으로 바뀌었기 때문에 페이스북, 인스타그램, 트위터 그리고 유튜브 등의 채널에서 다양한 콘텐츠와 정보를 소비한다. 이러한 변화는 책 홍보 전략에도 큰 영향을 미치고 있다.

- **인플루언서와의 협업** 저자(작가)나 출판사가 직접 홍보하는 것이 아닌, 해당 분야의 인플루언서와의 협업을 통해 대상 독자층에게 책을 알리는 방식이 주를 이룬다.

- **리얼타임 피드백** SNS는 독자들의 피드백을 실시간으로 얻을 수 있는 장점이 있다. 좋아요, 댓글, 공유 등을 통해 책에 대한 반응을 즉시 파악하고, 전략을 수정할 수 있다.

SNS의 영향력과 활용성

SNS는 단순한 소셜 네트워킹 플랫폼에서 공룡 마케팅 플랫폼으로 발전하였다. 그 이유는 SNS의 높은 영향력과 다양한 활용성 때문이다.

- **대량의 사용자** 전 세계적으로 수십억 명이 넘는 사용자가 매일 SNS를 활용한다. 이를 통해 책 홍보의 대상이 되는 다양한 연령대와 각 지역의 사람들에게 전달할 수 있다.

- **개별화된 타겟팅** SNS 광고는 사용자의 취향, 관심사, 위치 등 다양한 정보를 기반으로 맞춤형 광고를 제공할 수 있다. 이를 통해 효율적으로 홍보 자원을 사용할 수 있다.

- **다양한 콘텐츠 형식** 동영상, 이미지, 스토리, 라이브 방송 등 다양한 콘텐츠 형식을 통해 독자와의 상호작용을 유도하고, 책에 대한 관심을 높일 수 있다.

▶ SNS 마케팅의 기본 원리

SNS 마케팅은 그저 콘텐츠를 올리고 기다리는 것만으로는 성공하기 어렵다. 효과적인 SNS 마케팅은 원리를 이해하고, 그 원리에 기반한 전략을 세워 실행하는 것에서 비롯되기 때문이다. SNS 마케팅의 핵심 원리와 그 원리를 바탕으로 책 홍보를 어떻게 진행해야 하는지 알아보자.

타겟 오디언스 파악

타겟 오디언스 출판에서의 오디언스는 독자이다 는 SNS 마케팅의 기본이자 시작점이다.

목표로 하는 독자층을 정확히 파악하는 것은 마케팅 전략의 성패를 결정짓는 첫걸음이다.

- **오디언스 분석** SNS 플랫폼 내에서 제공하는 통계 기능을 활용하여 현재 팔로워의 성별, 연령, 지역 등의 데이터를 분석한다.
- **독자 프로파일 작성** 타겟으로 지정한 독자의 특징, 취향, 관심사 등을 프로파일로 작성하여 마케팅 전략에 반영한다.

콘텐츠 전략의 중요성

콘텐츠는 SNS 마케팅의 핵심이다. 독자에게 어떤 메시지를 전달할 것인지, 어떻게 전달할 것인지를 결정하는 것은 콘텐츠 전략의 중심에 있다.

- **콘텐츠 종류 선정** 이미지, 동영상, 스토리, 텍스트 등 다양한 형태의 콘텐츠 중 어떤 것을 주로 활용할 것인지 결정한다.
- **일관된 메시지 전달** 홍보하려는 책의 주제와 내용을 기반으로 일관된 메시지를 전달하는 콘텐츠를 계획한다.
- **콘텐츠 캘린더 작성** 정기적이고 지속적인 콘텐츠 업로드를 위해 콘텐츠 캘린더를 작성하고 준수한다.

인터랙션과 참여 유도

SNS는 단방향적인 정보 전달보다는 상호작용이 중요한 플랫폼이다. 독자의 참여와 인터랙션을 유도함으로써 더 높은 관심과 홍보 효과를 얻을 수 있다.

- **댓글과 답글** 독자의 댓글에 적극적으로 답글을 달아 소통하며, 의견과 피드백을 반영한다.
- **퀴즈와 이벤트** 책과 관련된 다양한 이벤트를 통해 독자의 참여를 유도하여 책에 대한 관심을 높인다.

- **라이브 스트리밍** 실시간 라이브 스트리밍을 통해 독자와 직접 소통하며, 책에 대한 정보나 이벤트를 소개한다.

▶ 주요 SNS 플랫폼 별 홍보 전략

각 SNS 플랫폼은 그 특성, 사용자 구성, 콘텐츠 형식 등 다양한 차이점을 가지고 있다. 따라서 책 홍보를 위한 마케팅 전략도 플랫폼마다 다르게 접근해야 한다. 여기에서는 인스타그램, 트위터, 페이스북 등 주요 SNS 플랫폼별로 어떤 전략을 취해야 하는지 알아본다.

인스타그램

인스타그램은 시각 중심의 콘텐츠와 직관적인 UI(사용자 인터페이스)로 인해 많은 사용자들이 선호하는 SNS 플랫폼이다.

스토리와 피드의 활용

- **피드** 책의 커버, 중요한 구절, 이벤트 정보 등의 이미지나 동영상을 꾸준히 업로드하여 팔로워와의 지속적인 상호작용을 유도한다.

- **스토리** 실시간 이벤트, 작가 인터뷰, 독자 리뷰 등의 짧은 동영상 또는 이미지를 활용해 즉각적인 정보 전달 및 홍보 효과를 극대화한다.

해시태그와 지역 태깅

- **해시태그** 책 제목, 주제, 관련 키워드 등을 해시태그로 추가하여 검색률을 높인다.

  예: #인공지능, #AI, #미드저니, #창업, #n잡러, #연봉5억 등

- **지역 태깅** 서점 이벤트, 책 출간 기념회 등의 행사가 있을 경우 해당 위치를 태깅하여 지역적 관심도를 끌어올린다.

트위터

트위터는 실시간 정보의 공유와 소통에 강점을 가진 플랫폼이다. 국내에서는 인스타그램이나 페이스북보다 활동량이 적지만 그래도 책 홍보를 위해 빠져서는 안 되는 중요한 플랫폼이다.

실시간 트렌드 활용

- **트렌드 참여** 실시간 트렌드에 맞춰 책과 관련된 트윗을 작성하여 보다 많은 사용자에게 노출시킨다.
- **트렌드 생성** 책과 관련된 해시태그(인스타그램 참고) 이벤트를 만들어 사용자의 참여를 유도한다.

책 관련 트윗 캠페인

- **독자 리뷰 공유** 독자들의 리뷰를 RT(리트윗)하여 팔로워와의 소통을 강화한다.
- **퀴즈 및 이벤트** 트위터 내에서 간단한 퀴즈나 이벤트를 통해 책에 대한 관심과 홍보 효과를 극대화한다.

페이스북

페이스북은 그룹, 페이지, 광고 등 다양한 기능을 통해 다채널 홍보 전략을 세울 수 있는 플랫폼으로 인스타그램과 더불어 국내에서 가장 활발한 플랫폼이다.

책 관련 트윗 캠페인

- **페이지 생성** 책과 관련된 공식 페이지를 만들어 정보와 이벤트를 꾸준히 업데이트한다.
- **그룹 활용** 독자 커뮤니티 및 토론, 리뷰 공유, 이벤트 참여 등의 다양한 활동을 추진한다.

페이드 포스트와 광고

- **페이드 포스트** 중요한 게시물을 상단에 고정하여 지속적으로 노출되도록 시도한다.

- **광고** 타겟팅 기능을 활용하여 특정 연령, 성별, 관심사를 가진 사용자에게 광고를 노출시켜 홍보 효과를 극대화한다.

스레드

스레드는 페이스북의 메타에서 새롭게 공개한 SNS로 짧은 텍스트를 공유하는 트위터와 유사하다. 2023년 중반에 출시되었으며, 출시 동시에 SNS 시장을 흔들고 있다. 넷플릭스, HBO, CJ올리브영, 무신사 등 트렌드에 민감한 브랜드들은 이미 공식 스레드 계정을 만들어 팬들과 적극적으로 소통하고 있다. 하지만 아직 출판 분야에서의 마케팅은 소극적이다. 그 이유는 스레드의 이용자가 대부분 10~20대가 주류이기 때문이다. 앞으로 다양한 연령층이 형성된다면 스레드 또한 신간 마케팅을 하기 위한 SNS로 적극 활용해야 할 것이다.

▶ 효과적인 홍보 콘텐츠 만들기

SNS 마케팅의 핵심은 어떤 메시지를 전달하느냐도 중요하지만, 우선적으로 어떻게 그 메시지를 전달하느냐가 더 중요할 수 있다. 따라서, 효과적인 콘텐츠 제작은 홍보의 성공 여부를 좌우하게 된다. 홍보 콘텐츠를 만들 때 고려해야 할 핵심 요소들과 그 활용 방법에 대해 알아본다.

시각적 요소: 이미지, 비디오, GIF 등

시각적 요소는 사용자의 주의를 끌기 위한 가장 강력한 방법이다. 미드저니와 같은 이미지 및 동영상 제작 AI를 활용할 수 있다.

- **이미지** 책의 표지, 인용구, 그래픽 등을 활용하여 메시지를 전달한다. 이미지는 사용자가 콘텐츠를 빠르게 이해할 수 있게 도와준다.

- **동영상** 책의 내용 소개, 작가 인터뷰, 독자의 후기 등 다양한 형태의 비디오를 통해 이해와 감정적 관계를 맺을 수 있다.

- **GIF (쇼츠)** 짧고 강력한 메시지 전달이 필요할 때 활용한다. 움직이는 이미지는 정적 이미지보다 사용자의 시선을 더 잘 끌 수 있다.

텍스트 작성의 기술

글은 콘텐츠의 핵심 메시지를 전달하는 수단이다. 따라서, 효과적인 글 작성 기술은 필수이다. 챗GPT를 활용하여 독자들이 공감하고 쉽게 다가갈 수 있는 글을 작성할 수 있다.

- **명확성** 메시지는 짧고 간결하게 전달해야 한다. 긴 문장보다 짧은 문장을 선호한다.

  예: "이번 주의 신간! 저자의 경험과 지식을 담아, 독자에게 새로운 시각을 제공한다."

- **감정적 연결** 이야기의 시작, 중간, 끝을 통해 사용자와의 감정적 관계를 만든다.

- **호출 문구** 사용자의 행동을 유도하는 문구를 포함하여 활동 참여를 유도한다.

  예: "지금 구매하면 할인 혜택!", "한정 판매!" 등

인플루언서와의 협업

최근의 마케팅에서 인플루언서의 역할은 더욱 중요해지고 있다. 5만 명 이상의 구독자를 가진 유튜브 채널 및 인스타그램을 통한 협업은 기대 이상의 마케팅 효과를 얻을 수 있다.

- **적합한 인플루언서 선택** 책의 주제나 장르와 관련된 인플루언서(채널)를 선택한다. 그들의 팔로워는 이미 관심을 가진 대상층일 가능성이 높다.

- **콘텐츠 공유** 인플루언서와의 협업을 통해 제작된 콘텐츠를 공유한다. 인플루언서의 목소리를 빌려 책의 가치를 알리는 것이 효과적이다.

〉〉 SNS 마케팅의 순서

SNS 마케팅은 단순히 포스트를 업로드하는 것 이상의 전략적 접근이 필요하다. 효과적인 SNS 마케팅을 위해서는 명확한 프로세스를 따라야 한다. SNS 마케팅의 주요 단계와 각 단계에서 고려해야 할 사항들에 대해 알아본다.

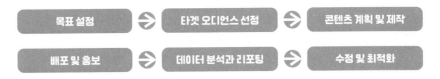

목표 설정

목표 설정은 SNS 마케팅 전략의 근간이며, 이를 통해 어디로 가고 있는지 그리고 어떤 결과를 원하는지를 명확히 할 수 있다.

- **정의** 성공적인 SNS 마케팅은 명확한 목표를 기반으로 한다. 이는 브랜드 인지도 향상, 웹사이트의 트래픽 증가, 새로운 고객 유치 등 다양할 수 있다.
- **사례** 신간 출시를 위한 SNS 캠페인의 목표는 해당 도서에 대한 인지도를 높일 수 있다.

타겟 오디언스 선정

타겟 오디언스 선정은 SNS 마케팅의 핵심 단계로 최적의 효과를 내기 위한 정확한 대상을 식별하는 과정이다. 누구를 위해 콘텐츠를 만드는지 알아야만 그들의 관심, 필요, 동기를 정확히 파악하고 맞춤화된 커뮤니케이션을 제공할 수 있다.

- **정의** SNS 콘텐츠는 그것을 보는 대상자, 즉 타겟 오디언스에게 맞춰져야 한다.

- **사례** 예를 들어, 20대 여성을 대상으로 한 패션 관련 도서일 경우 인스타그램과 핀터레스트를 주요 채널로 선택할 수 있다.

콘텐츠 기획 및 제작

콘텐츠 기획 및 제작 단계에서는 타겟 오디언스의 관심과 필요에 부응하는 콘텐츠를 어떻게 기획하고 제작할 것인지에 대한 전략과 방법을 연구한다. 효과적인 콘텐츠는 독자들에게 단순한 정보 전달의 수단이 아닌, 감정적 연결과 상호작용을 이끌어내는 도구가 될 수 있다.

- **정의** 타겟 오디언스의 관심을 끌 수 있는 콘텐츠를 계획하고 제작한다.
- **사례** DIY 관련 내용을 좋아하는 오디언스에게는 [스스로 만드는 방법] 컨셉의 영상을 제공할 수 있다.

배포 및 홍보

배포 및 홍보는 준비된 콘텐츠를 타겟 오디언스에게 효과적으로 전달하는 과정이다. 어느 SNS 플랫폼이 콘텐츠의 성격과 오디언스에 가장 적합한지 그리고 어떻게 그 콘텐츠를 홍보하여 더 많은 사람들이 볼 수 있게 할 것인지에 대한 전략을 세워야 한다. 결국 신간의 성공 여부는 예비 독자들의 눈에 많이 띄게 하는 것에 달려있다고 해도 과언이 아니다.

- **정의** 콘텐츠를 해당 SNS 채널에 업로드하고, 필요한 경우 광고나 홍보를 통해 더 넓은 대상이 볼 수 있도록 한다.
- **사례** 페이스북에서는 타겟팅 광고를 활용하여 특정 연령대, 지역, 관심사를 가진 사람들에게 콘텐츠를 보여줄 수 있다. 페이스북을 하다 보면 다음의 그림처럼 사용자에게 관심이 높은 상품(도서)이 노출되기 때문에 심리적으로 해당 제품을 클릭 및 구매 확률이 높아지게 된다.

| 페이스북에 노출된 상품(도서)들 |

데이터 분석과 리포팅

데이터 분석과 리포팅은 실행한 전략의 성공 여부를 검증하고, 그 결과를 바탕으로 미래의 방향성을 결정하는 핵심 단계이다. 무수한 데이터 속에서 우리가 원하는 정보를 추출하고, 그 의미를 해석하는 것은 마케팅의 성패를 가늠한다.

- **정의** 게시된 콘텐츠의 성능을 분석하여 어떤 콘텐츠가 잘 작동하는지, 어떤 채널이 효과적인지를 파악한다.
- **사례** 인스타그램의 분석 기능을 활용하여 포스트별 조회수, 참여도, 공유 횟수 등의 데이터를 분석할 수 있다.

수정 및 최적화

수정 및 최적화에서는 이미 실행된 마케팅 활동의 효과와 문제점을 파악하고, 그것을 기반으로 추후의 마케팅을 더 효과적으로 만들기 위한 방법을 연구한다. 이 과정은 SNS 마케팅의 지속적인 성장과 발전을 위한 핵심 요소이다.

- **정의** 분석 결과를 바탕으로 콘텐츠 전략을 수정하거나 최적화하여 더 나은 결과를 얻는다.
- **사례** 특정 해시태그가 좋은 반응을 얻지 못할 경우 다른 해시태그로 시도하거나 콘텐츠 형식을 변경한다.

▶ 실전 마케팅 (페이스북 광고 페이지를 활용 마케팅)

SNS 마케팅은 현재 많은 기업들이 활용하고 있는 마케팅 방법 중 하나이다. 그 중 페이스북 마케팅은 가장 대표적인 마케팅 수단이다. 여기에서는 페이스북을 통한 마케팅을 어떻게 할 수 있는지 그 방법과 효과적인 광고 전략에 대해 알아본다.

페이스북 마케팅이란?

페이스북 광고는 페이스북에서 제공하는 광고 서비스이다. 사용자들은 페이스북에서 제공하는 광고 관리자를 통해 광고를 등록하고, 원하는 대상층에게 지속적인 광고를 노출시킬 수 있어, 이를 통해 기업들은 더 많은 고객을 유치하고, 브랜드(상품) 인지도를 높일 수 있다.

페이스북 광고의 종류

페이스북 광고는 가장 일반적으로 이미지와 영상 광고와 단일 광고 단위 내에 페이지 영역에서 슬라이드 형태로 하나 이상의 이미지와 영상을 볼 수 있는 캐럴셀(슬라드) 광고 그리고 비즈니스, 단체, 공인, 기업 등 각 브랜드의 소식을 공유하고 소통하는 페이지 광고가 있다. 방법적인 측면으로 구분하자면 다음과 같다.

- **링크 클릭 광고** 기업의 웹사이트나 랜딩(도서일 경우 예스24나 교보에서 판매되는 도서) 페이지로 이동할 수 있는 링크를 포함한 광고이다. 이 광고를 클릭한 사용자들은 기업의

웹사이트나 랜딩 페이지로 이동하게 된다.

- **페이지 좋아요 광고** 기업의 페이스북 페이지를 좋아하는 광고이다. 이 광고를 클릭한 사용자들은 기업(또는 개인)의 페이스북 페이지를 좋아하게 되며, 이후에도 기업의 소식을 받아볼 수 있다. 이 광고 방식을 사용하기 위해서는 기업 또는 개인 페이스북에 광고를 위한 페이지를 생성해야 한다.

- **포스트 공유 광고** 기업(또는 개인)의 페이스북 페이지에 등록된 게시물을 공유하는 광고이다. 이 광고를 클릭한 사용자들은 해당 게시물을 공유하게 되며, 이를 통해 더 많은 사람들에게 기업(상품)의 정보를 전달할 수 있다.

효과적인 페이스북 광고 전략

페이스북 광고를 활용하기 위해서는 효과적인 광고 전략이 필요하다. 이를 위해 다음과 같은 방법들을 활용할 수 있다.

- **대상층 설정** 페이스북에는 대상층 설정 기능을 제공하여 이를 통해 광고를 노출시킬 대상층을 설정할 수 있어 광고 효과를 극대화할 수 있다. 마케팅의 성공 요인은 소비자에게 기업의 상품에 관심을 가질 수 있도록 지속적으로 노출시켜 각인시키는 것이다.

- **광고 문구 작성** 광고 문구는 광고 효과의 성패를 좌우한다. 따라서, 광고 문구를 작성할 때에는 대상층의 관심사와 성향을 고려하여 작성해야 한다.

- **이미지 선택** 광고 이미지는 광고의 인상을 크게 좌우한다. 따라서, 이미지를 선택할 때에는 대상층의 관심사와 성향을 고려하여 선택해야 한다.

페이스북 광고는 SNS 마케팅의 새로운 흐름 중 하나이며, 이를 활용하여 더 많은 고객을 유치하고, 브랜드 인지도를 높일 수 있다. 이제부터 앞서 살펴본 내용들을 참고한 실전 페이스북 마케팅 방법에 대해 알아보기로 한다.

페이스북 비즈니스 페이지 만들기

이제 본격적으로 페이스북 광고를 시작해 보자. 여기에서는 자신(기업)이 가지고 있는 페이스북의 페이지를 생성하여 페이지 홍보 및 페이지에 있는 상품을 홍보하는 방식을 활용해 보기로 한다. 구글 검색에서 ❶[페이스북 광고 페이지 만들기]라고 검색한 후 ❷[비즈니스 페이지 만들기]를 선택한다.

☑ 함께 검색된 항목 중에는 [페이스북 광고하는 법]에 대한 다양한 정보가 있으니 한 살펴 보길 권장한다.

페이스북 페이지가 열리면 [페이지 만들기] 버튼을 클릭한다. **페이지를 만들기 위해서는 페이스북에 로그인되어 있어야 하며, 원활한 작업을 위해 웹사이트 화면의 글자를 한글로 전환하여 사용한다.**

페이지 만들기가 열리면 자신(기업)이 사용할 ❶[페이지 이름], ❷[카테고리], ❸[소개]를 입력한 후 ❹[페이지 만들] 버튼을 누른다. **여기에서는 필자가 운영하는 [책바세], [도서], [책으로 바꾸는 세상_당신의 이야기가 작품이 됩니다.]라고 입력하였다.**

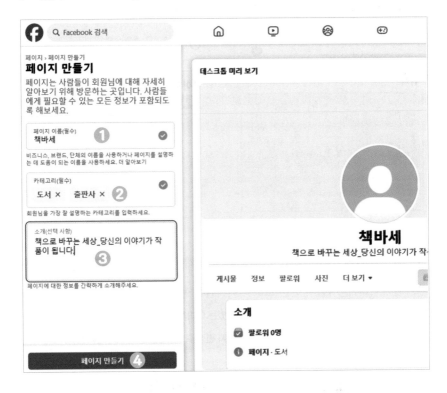

정보 입력 페이지에서 ❶[웹사이트 주소], ❷[연락처], ❸[이메일], ❹[주소], ❺[영업시간]을 정확하게 입력한 후 ❻[다음] 버튼을 누른다. **만약 웹사이트가 없다면 빈 상태로 넘어가면 되며, 한글 주소로 된 웹사이트라면 한글이 아닌 영문으로 된 주소를 입력해야 한다.**

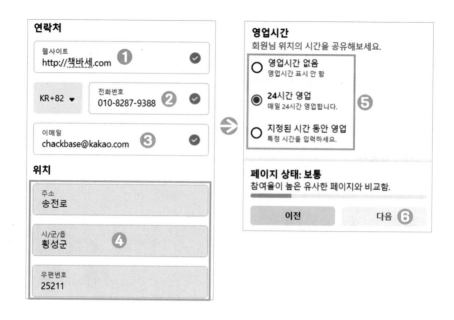

페이지 꾸미기에서 ❶[프로필 사진]과 ❷[커버 사진]을 클릭하여 준비된 이미지를 추가한다. 필자는 다음과 같은 로고 이미지를 사용하였다. **일반적으로 페이지의 프로필은 기업 로고, 커버는 기업 상품이나 슬로건 등이 있는 이미지를 사용한다. 만약 준비된 이미지가 없다면 캔바, 미리 캔버스, 포토샵, 픽슬러 등의 이미지 편집 프로그램을 통해 제작해야 한다.**

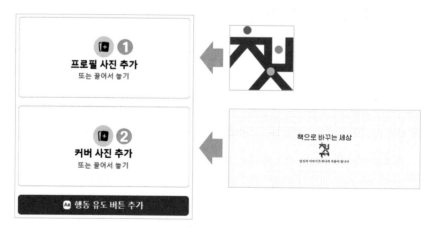

☑ 페이스북 커버의 기본 크기(비율)는 1600 x 640 px이다.

커버 이미지가 적용되면 적당한 위치를 조정한 후 ❶[다음] 버튼을 누른다. Whats
App에 사용될 ❷[전화번호(국가코드 포함)]를 입력한 후 ❸[코드 받기] 버튼을 누른
다. 입력한 번호로 코드 메시지가 오면 ❹[5자리 코드]를 입력한 후 ❺[확인] 버튼을
누른다. 그리고 ❻[다음] 버튼을 누른다.

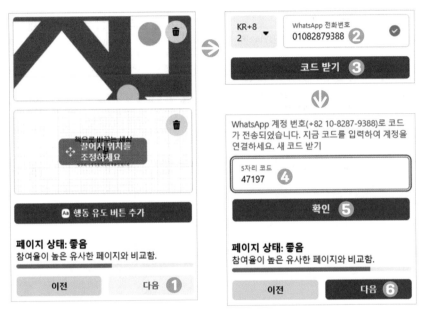

☑ WhatsApp은 로그인 없이 전화번호로만 등록하고, 데이터 통신을 통해 문자로는 추가 과
금 없이 무제한으로 메시지를 주고받을 수 있다. 와츠앱 사용자끼리 VoIP를 통한 무료 음
성 통화도 지원된다.

💡 팁 & 노트

행동 유도 버튼은 무엇인가?

페이스북의 [행동 유도 버튼]은 페이지 관리자가 자신의 페이스북 페이지에 추가할 수 있는 특
별한 버튼이다. 이 버튼은 페이지 방문자들이 특정한 행동을 취하도록 유도하는 목적으로 설
계되었다. 예를 들어, "더 알아보기", "지금 구매하기", "전화하기", "예약하기", "메시지 보내기"
등의 행동을 유도할 수 있다.

페이지 타겟 확보에서는 필요 시 [친구 초대]를 하여 해당 페이지에 친구를 초대할 수 있다. 여기에서는 사용하지 않고 ❶[다음] 버튼을 누른다. 계속해서 페이지 상태 확인에서는 ❷[페이지 알림]과 ❸[마케팅 및 홍보 이메일]을 모두 체크한 후 ❹[완료] 버튼을 누른다. **둘러보기 창이 열리면 일단 [나중에 하기]를 하여 창을 닫는다.**

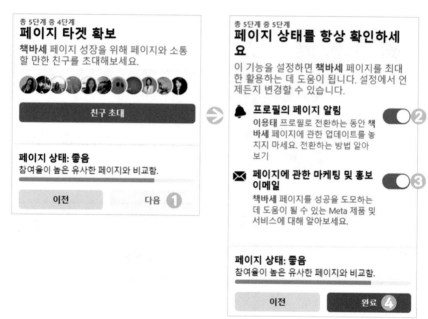

이것으로 페이스북 페이지가 생성되었다. 최종적으로 기본 공개 대상을 ❶[전체 공개]로 한 후 ❷[완료] 버튼을 누른다.

홍보 게시물 등록 후 홍보하기

비즈니스 페이지가 생성되었기 때문에 이제부터 게시물을 올려 마음껏 홍보할 수 있다. 살펴보기 위해 ❶❹[사진/동영상] 버튼을 누른다. 그리고 열린 창에서 ❷[사진/동영상] 버튼과 ❸[사진/동영상 추가] 버튼을 눌러 준비된 홍보 자료 파일을 가져온다. **필자는 책소개 [카드 뉴스] 이미지 파일들을 사용하였다.**

홍보 파일들이 적용되면 곧바로 홍보하기 위해 ❶[게시물 홍보하기]를 켜준 후 ❷[게시] 버튼을 누른다.

광고물 게시에 문제가 없다는 것에 [동의]한 후 [제출] 버튼을 눌러 이용 약관 동의
서를 제출한다.

결제 정보 설정 창들이 열리면 결제 수단부터 사업자 등록 번호까지 입력한 후 정보를 [저장]한다. 사업자가 없다면 그냥 넘어가도 된다.

버튼 방식을 선택하기 위해서는 ❶[버튼 레이블]을 선택한 후 원하는 버튼 방식을 선택하면 된다. 여기에서는 ❷[더 알아보기]를 선택해 본다. 더 알아보기 방식은 별도의 양식이 필요하기 때문에 ❸[양식 만들기] 버튼을 누른 후 그림처럼 필요한 정보를 ❹[입력]한 후 ❺[저장] 버튼을 누른다.

타겟 설정 창이 열리면 홍보하고자 하는 지역을 선택하기 위해 ❶[수정] 버튼을 누른 후 위치를 ❷[대한민국]으로 선택한다. **기본 지역 미국은 닫는다.**

상세 타겟팅에서는 해당 상품(도서)을 구입할 수 있는 확률이 높은 ❶[타겟 대상]을 입력(선택)한 후 ❷[타겟 저장] 버튼을 누른다.

마지막으로 마케팅 예산을 설정한다. 필자는 7일 기준 ❶[100,000]원으로 설정하였다. 예산 설정 후 ❷[제출] 버튼을 누르면 검토 과정을 거친 후 문제가 없을 경우 앞서 입력한 타겟 대상들에게 홍보물이 노출(전달)되기 시작한다.

계정 센터 계정 일일 추산 도달 903~2.6천명

₩ 100,000 ✎

₩2,000 ●──────────────①○── ₩500,000

노출 위치 ⓘ

추천
어드밴티지+ 노출 위치 ⓘ [토글 ON]
Facebook, Messenger, Instagram 및 Meta Audience Network에서 예산을 극대화하여 더 많은 사람에게 광고를 표시할 수 있습니다.

🪪 결제 수단
Visa • 9306 ⌄

광고 미리 보기

제출 버튼을 클릭하면 Meta의 이용 약관에 동의하는 것입니다 ● ⑦ 도움이 필요하신가요? 제출 ② ···

설정 후 닫기

광고를 만드는 중입니다

24시간 이내에 광고의 Facebook 광고 정책 준수 여부를 알려드리겠습니다. 광고 센터에서도 업데이트를 받을 수 있습니다.

상태	검토가 끝나면 [게재 중]으로 바뀜 ➡ 검토 중
목표	메시지 수신 늘리기
총 예산	₩100,000 KRW
광고가 7일 동안 게재됩니다.	
총액	₩100,000 KRW
결제 수단	Visa • 9306

[다양한 광고 선택 및 설정 가능] ➡ 광고 센터로 이동

마케팅 효과는 제작된 광고 이미지(디자인), 제목, 카피 그리고 타겟층에 따라 다르기 때문에 한 번에 효과를 보고자 하는 것보다 다양한 방법을 시도해 본 후 가장 적절한 방식을 활용하면 된다. 지금까지 신간 홍보를 위한 SNS(페이스북) 페이지 마케팅에 대해 알아보았다. 보다 다양한 광고 방식을 사용하기 위해서는 [광고 센터로 이동]하여 원하는 광고 선택을 할 수 있다.

| 광고 센터 홈에서 확인할 수 있는 정보들 |

1인 출판사일 경우 카드 뉴스와 상세 페이지를 제작하고 마케팅까지 직접 수행하기는 쉽지 않다. 그러므로 대부분 아웃소싱을 하게 되는데, 가능하다면 [디자인 파트]에서 다룬 내용들을 참고하여 직접 제작하는 것도 고려해 본다. 다음은 마케팅 비즈니스에서의 수익률이다. 카드 뉴스와 상세 페이지 제작과 SNS 마케팅 비용까지 소개하였기 때문에 신간 마케팅 비즈니스에 대한 비전을 알 수 있다. 물론 이것은 하나의 프로젝트를 얼마나 신속하게 끝낼 수 있는지와 클라이언트와의 계약 조건을 어떻게 하느냐에 따라 최종 수익이 결정된다. 그러므로 해당 비즈니스를 시작하기 전에 자신의 업무 능력을 잘 파악해야 할 것이다. 또한, 원활한 마케팅 작업을 위해 별도의 마케팅 공부를 해야 할 필요성이 있다.

➤ SNS 마케팅 대행을 통한 수익화

SNS 마케팅 대행을 통한 수익화는 기업이나 개인 고객에게 소셜 미디어 마케팅 서비스를 제공하고 이를 통해 수익을 창출하는 비즈니스 모델이다. 다양한 형태의 서비스를 제공할 수 있으며, 주요 수익 구조는 다음과 같다.

SNS 마케팅 비즈니스 예상 수익 (월 기준_크몽·숨고 참조)

SNS 분류	카드 뉴스	상세 페이지	합계
인스타그램	200,000원	100,000원	300,000원
페이스북	200,000원	100,000원	300,000원
트위터	200,000원	100,000원	300,000원
통합 패키지	500,000원	200,000원	700,000원

위 예상 수익률에서 인스타그램, 페이스북, 트위터를 통합한 패키지이며, 평균 프로젝트 하나 당 700,000원이다. 하나의 디자인 컨셉을 잡은 후 3개의 SNS 규격에 맞게 변형하여 사용면 제작 시간은 보통 6~8시간이 소요된다. 수정 작업까 생각하면 1~2시간 정도 더 포함해야 할 것이다. 또한, 마케팅을 위한 각 SNS 플랫폼의 이용료를 계산하여 최종 단가가 정해져야 한다. 아래 내용을 참고해 본다.

* **SNS 통합 패키지** 카드 뉴스와 상세 페이지 제작비 700,000원 + 페이스북 기준 일일 추산 도달 1만 명, 7일 기준 1,000,000원 + 세팅비 50,000원 = 1,750,000원 - 1,000,000원 = 750,000원

최종적으로 SNS 플랫폼 이용료를 뺀 금액은 750,000원이며, 하루 10시간 정도 작업했을 때의 금액이다. 지속적인 작업 데이터가 쌓이고, 더 체계적인 업무 환경을 구축한다면 이 보다 높은 수익을 창출할 수 있다.

047. 브랜드 인지도를 끌어 올리는 동영상 광고

광고는 제품, 서비스, 브랜드 또는 아이디어를 대중에게 알리고, 설득하여 구매로 이어지도록 하기 위해 메시지 전달을 하는 미디어 커뮤니케이션 수단이다. 이는 텔레비전, 라디오, 인터넷(유튜브, 틱톡 등), 소셜 미디어, 신문, 잡지, 야외 광고판 등 다양한 매체를 통해 진행될 수 있으며, 목표는 브랜드 인지도를 높이고, 제품이나 서비스에 대한 관심을 증가시키며, 궁극적으로는 판매 증대나 특정 행동을 유도하는 것이다. 광고는 창의적인 요소와 전략적 기획을 결합하여 대상(잠재적 고객)에게 강력하고 지속적인 인상을 남기는 역할을 한다.

영상(동영상) 광고는 시청각적 요소를 활용하여 제품, 서비스, 브랜드 또는 아이디어를 홍보하는 광고 형태이다. 이는 텔레비전, 인터넷, 모바일 플랫폼 등 다양한 채널을 통해 반영할 수 있다. 동영상 광고는 그 효과성과 창의성으로 인해 마케팅 전략에서 중요한 부분을 차지하고 있으며, 기업들은 이를 통해 브랜드 인지도를 높이고, 제품에 대한 관심을 증가시키며, 궁극적으로는 매출 증대를 할 수 있다.

| TV 및 유튜브에 등장하는 다양한 동영상 광고들 |

27년 전(1996년), 아주 특별한 인연으로 광고 프로덕션을 시작하였다. 광고 전공도 아니고 관련 지식이 전무했던 때였지만, 무식하면 용감하다고, 재미있을 것 같다는 생각 하나만으로 광고 프로덕션을 창업했던 것이다. 물론 혼자가 아니고, 1인 프로덕션을 하고 있던 선배와의 인연으로 공동 대표 권한으로 창업한 것이다. 6개월 정

도의 여정이었고, 그 과정에서 광고 제작 기술과 더불어 다양한 경험을 했던 것 같다. 돌이켜 보면 그때의 시간이 지금까지 이 분야에서 다양한 확장성을 가지고 살아 갈 수 있지 않았을까 생각한다.

▶ 영상 광고의 종류

영상 광고는 다양한 형태와 스타일을 갖추고 있으며, 그 종류는 플랫폼, 목적, 내용, 길이 등에 따라 다양하다. 주요 영상 광고 분야는 다음과 같다.

- **TV 광고** 전통적인 광고 형태로 특정 TV 프로그램이나 특정 시간대에 방영된다.

- **온라인 비디오 광고** 유튜브, 소셜 미디어, 웹사이트 등에서 볼 수 있는 광고로 디지털 플랫폼에 최적화되어 있다.

- **바이럴 광고** 소셜 미디어나 인터넷을 통해 자연스럽게 퍼지도록 제작된 광고로 유머러스하거나, 감동적이거나, 독특한 내용의 콘텐츠를 포함하여 사람들이 자발적으로 공유하도록 유도한다.

- **소셜 미디어 광고** 페이스북, 인스타그램 등 소셜 미디어 플랫폼에서 사용되는 광고이다.

- **모바일 광고** 스마트폰이나 태블릿을 통해 전달되는 광고로 모바일 앱 내부나 웹사이트에서 볼 수 있다.

- **인터랙티브 광고** 시청자의 참여를 유도하는 광고이다. 광고를 클릭하거나 응답함으로써 추가 정보를 제공받을 수 있다.

- **스폰서십 및 브랜디드 콘텐츠** 특정 브랜드가 스폰서가 되어 자신들의 브랜드를 콘텐츠로 제작한 광고로 제품이나 서비스가 자연스럽게 통합된 형태이다.

- **제품 배치(PPL:Product Placement)** 영화, 드라마, TV 프로그램, 뮤직 비디오 등에 특정 제품이나 브랜드를 배치하는 광고 방식이다.

- **프리롤, 미드롤, 포스트롤 광고** 비디오 콘텐츠 시작 전(프리롤), 중간(미드롤), 끝(포스트롤)에 나타나는 짧은 광고이다.

- **스토리 광고** 소셜 미디어의 스토리 기능을 활용한 짧은 형태의 광고로 일시적으로 보여지며 시청자의 빠른 관심을 끌기 위해 설계된다.

- **360도 비디오 광고** VR(가상현실) 기술을 활용한 360도 비디오 광고로 몰입감 있는 경험을 제공한다.

▶ 광고 심리학

광고 심리학은 광고가 소비자의 인식, 태도, 행동에 어떻게 영향을 미치는지에 대한 학문이다. 심리학의 원리를 활용하여 광고가 사람들의 의사 결정과 구매 행동에 어떤 영향을 미치는지를 분석할 수 있기 때문에 광고 제작자는 반드시 공부해야 하며, 광고 심리에 대한 개요는 다음과 같다.

- **주의력 유도** 광고는 시각적, 청각적 자극을 사용하여 소비자의 주의를 끌고 이를 유지하려고 한다. 예를 들어, 밝은 색상, 독특한 이미지, 친숙한 멜로디 등이 여기에 해당된다.

- **감정적 연결** 광고는 감정적 스토리텔링, 유머, 감동 등을 통해 감정적 반응을 유발한다. 소비자의 감정을 자극하는 광고는 더 오래 기억되고, 긍정적인 브랜드 인식을 형성하는 데 도움이 된다.

- **기억력 강화** 반복, 라임, 캐치프레이즈, 로고 등을 통해 광고 메시지가 소비자의 기억에 남도록 한다. 이는 브랜드 인지도를 높이고 장기적인 기억을 형성하는 데 중요하다.

- **행동 유도** 광고는 종종 콜-투-액션(Call to Action)을 포함하여 소비자가 특정 행동을 취하도록 유도한다. 예를 들어, 제품 구매, 웹사이트 방문, 전화 문의 등이 있다.

- **사회(과학)적 증거** 리뷰, 추천, 관련 전문가, 유명인들이 사용하는 것을 보여줌으로 소비자에게 제품이나 서비스가 널리 인정받고 있다는 사회(과학)적 증거를 제공한다.

- **기대치 설정** 광고는 제품이나 서비스에 대한 기대치를 설정하고, 때로는 소비자의 필요나 욕구를 끌어 낸다.

- **스테레오타입 및 문화적 코드** 광고는 특정 문화적 코드나 스테레오타입(고정관념)을 활용하여 대상 고객과의 공감대를 형성하려고 하기 때문에 이를 잘 반영해야 한다.

▶ 영상 광고 제작

영상 광고 제작은 전략적 계획, 창의적인 디자인, 기술적 실행을 포함한 복잡한 과정을 거치며, 광고의 목적과 메시지를 효과적으로 전달하기 위해 세심한 관리가 필요하다.

제작 과정

광고 제작 단계는 광고주의 목표와 예산, 타겟 청중의 특성에 따라 조정될 수 있다. 효과적인 영상 광고 제작은 창의성, 전략적 사고, 팀워크, 기술적 능력이 조화를 이루어야 성공할 수 있다. 주요 제작 과정은 다음과 같다.

- **전략 계획 및 목표 설정** 광고 목적 정의(브랜드 인지도 증가, 제품 판매 촉진 등), 타겟층 분석, 예산 결정, 메시지와 톤을 설정한다. AI 활용이 가능하다.

- **컨셉 개발 및 스토리보드 제작** 창의적인 아이디어와 컨셉 구상, 스토리보드 작성으로 시각적인 스토리텔링 개발, 스크립트 작성 및 대본을 준비한다. AI 활용이 가능하다.

- **제작 준비** 촬영 장소 섭외 및 세트 디자인, 배우 및 모델 캐스팅, 의상, 소품, 장비, 촬영 일정을 계획한다.

- **촬영** 촬영 감독, 카메라 운영, 조명 설정 등의 기술적 실행, 배우(모델)들의 연기 지도, 다양한 각도와 장면을 촬영한다.

- **포스트 프로덕션** 제작 과정 중 마지막 단계로 비디오 편집(컷 편집, 색보정, 특수 효과 추

가), 사운드 디자인(음악, 사운드 이펙트, 내레이션 녹음), 최종 상품의 검토 및 수정을 한다. 이 과정에서 효과적으로 AI 도구들을 활용할 수 있다.

- **배포 및 마케팅** 광고가 방영될 채널 결정(TV, 온라인, 소셜 미디어 등), 광고 캠페인 론칭, 효과 분석 및 평가를 한다.

- **피드백 및 조정** 광고의 반응 모니터링을 통해 필요한 경우 추가 수정 및 조정을 한다.

창의적인 광고 전문가가 되는 방법

광고 제작자로 살아남기 위해서는 무엇보다 창의적인 발상과 혁신적인 기술적 접근 방식이 필요하다. 광고 산업은 지속적으로 변화하고 경쟁이 치열하기 때문에 창의성을 유지하고 발전시키는 것이 중요하다.

- **광고 및 마케팅 교육** 관련 분야의 교육이나 인증 프로그램을 통해 기본적인 광고 원칙, 마케팅 전략, 커뮤니케이션 기술을 습득한다.

- **지속적인 학습과 실험** 새로운 트렌드, 기술, 매체에 대해 지속적으로 학습하고, 다양한 창의적 아이디어를 실험한다.

- **다양한 경험 쌓기** 다양한 프로젝트와 업무에 참여하여 경험을 넓히고, 다른 분야의 전문가와 협력하여 시야를 확장한다.

- **창의성을 자극하는 활동** 예술, 문화, 여행, 취미 등 다양한 활동을 통해 창의적 영감을 얻는다. 광고는 아는 만큼 보이고, 보이는 것이 곧 광고 소재가 된다.

- **비판적 사고 훈련** 광고의 목적과 대상을 깊이 이해하고, 다양한 관점에서 문제를 바라보는 비판적 사고 능력을 키운다.

- **스토리텔링 및 시각적 스킬 개발** 강력한 메시지 전달을 위한 스토리텔링 능력과 시각적 커뮤니케이션 기술을 개발한다.

- **포트폴리오 구축** 자신의 창의성과 기술을 보여줄 수 있는 강력한 포트폴리오를 구축한다.

▶ 영상 광고 제작을 통한 수익화

광고 프로덕션을 시작하여 몇 년 만에 사옥을 올린 지인과 대학(광운대 미디어 센터)에서 강의할 때 수강생으로 왔던 30대 후반의 학생(직장에 다니는 주부)이 자신의 방 한 칸을 작업실로 사용하면서 부업으로 시작한 광고 제작 일을 1~2년 만에 전문 프로덕션으로 성장시켜 대기업(삼성)에 다니던 남편을 직원으로 채용한 일, 또한 성우로 활동하면서 내레이션 녹음을 하다가 우연히 알게 된 영상 광고 제작(초기엔 편집)을 시작하여 지금은 전문 광고 프로덕션을 운영하여 일석이조로 수익을 창출하는 50대 후반의 여자 성우 등 필자에게는 이러한 다양한 인연들이 있다. 여기서 중요한 것은 광고 제작이 꽤 유망한 비즈니스 모델이라는 것이다. 다음은 공중파(VT)와 온라인 광고 두 형식에 대한 일반적인 영상 광고 제작 단가이다.

공중파(TV) 광고

- **제작 단가** 30초 기준 평균 TV 광고 제작 비는 수천만 원에서 수억 원에 이르며, 제작 비용은 광고 컨셉, 촬영 환경, 배우 섭외, 특수 효과, 후반 작업 등 여러 요소에 따라 달라진다.

- **수익성** TV 광고의 수익성은 높은 도달 범위와 브랜드 인지도 증가에 기인한다. 하지만 높은 초기 제작 비용을 고려할 때 광고의 마케팅 목표를 달성하는 것이 중요하다.

온라인(바이럴) 광고

- **제작 단가** 10초 기준 평균 수십만 원에서 수백만 원까지 다양하다. 제작 비용은 제작의 복잡성, 콘텐츠의 퀄리티, 사용되는 기술 등에 따라 달라진다.

- **수익성** 온라인 바이럴 광고의 경우, 낮은 제작 비용으로 상대적으로 높은 ROI(투자 대비 수익률)를 기대할 수 있다. 바이럴 효과를 통해 빠르게 확산되며, 특히 소셜 미디어와 같은 플랫폼에서 높은 관심을 끌 수 있다.

광고 제작사의 수익 구조와 시장 요구의 변화에 대응하기 위해 창의적인 콘텐츠 제작 능력은 필수적이며, 더불어 효과적인 비즈니스 및 마케팅 전략에 대한 준비도 중요하다. 이러한 준비 과정에서 AI 기술은 아주 중요한 역할을 한다. AI 기술은 새로운 아이디어를 제공하고, 시장 트렌드를 분석하는 데 도움을 줄 수 있으며, 광고 콘텐츠의 개발 및 최적화 과정을 가속화할 수 있다. 따라서, AI 기술을 적극적으로 활용함으로써 광고 제작사들은 더욱 혁신적이고 효과적인 방식으로 시장의 요구에 부응하고, 지속 가능한 성장을 이루어낼 수 있다.

광고 제작 파트너 매칭 플랫폼

초기 광고 제작 매칭은 많이 알려진 크몽과 숨고를 통해 경험을 쌓은 후 포트폴리오가 축적되면 전문 매칭 플랫폼인 두둠이나 마담 등의 플랫폼을 활용하여 더욱 성장할 수 있는 기회를 갖는다. 이 과정에서 자체 웹사이트를 구축하여 홍보와 포트폴리오 관리는 필수 요소이다. 다음은 주요 광고 파트너 매칭 플랫폼들이다.

- **크몽** 광고 및 디자인 관련 프리랜서 전문가들을 매칭해 주는 국내 대표 플랫폼이다.

- **숨고** 광고 제작뿐만 아니라 다양한 전문가와 매칭해 주는 플랫폼이다.

- **두둠 (https://www.dudum.io)** 영상 콘텐츠 제작에 특화된 플랫폼으로 고객사와 광고 제작사를 쉽게 매칭해 준다.

- **스텝픽 (https://stafpic.com)** 전담 컨설턴트가 광고 제작의 시작부터 끝까지 무료로 도와주는 서비스를 제공한다.

- **라우드 (https://www.loud.kr)** 디자인 및 영상 광고 제작에 특화된 파트너 매칭 플랫폼이다. 다양한 제작 파트너를 쉽게 찾고, 적합한 맞춤형 서비스를 받을 수 있다.

- **마담 (https://www.madahm.com)** 고객사와 종합 광고 대행사와의 매칭을 해주는 플랫폼으로 광고 제작이 필요할 때 원하는 대행사를 찾을 수 있다.

048. 브랜드 가치를 창조하는 브랜드 스토리텔러

광고의 성공적 전위는 스토리텔링에 의존하며, 이 스토리텔링은 브랜드 스토리텔러로부터 완성된다. 광고와 필연적 관계인 브랜드 스토리텔러(Brand Storyteller: 브랜드텔링)는 아직 대중들에게 익숙한 단어(직업)가 아니다. 브랜드 스토리텔러는 브랜드의 정체성, 가치 그리고 메시지를 잘 이해하고 이를 효과적인 스토리로 변환하여 많은 소비자를 끌어들이는 능력을 가진 광고 스토리 전문가이다. 다음의 이미지들은 브랜드 스토리텔링의 대표적인 예시이다.

| 예시: 커피 찌꺼기에서 커피 퇴비까지 |

| 예시: 여보~ 아버님 댁에도 진짬뽕 놔드려야 겠어요 |

브랜드 스토리텔러의 활동 분야는 여러 산업과 매체를 아우르는 광범위한 영역에 걸쳐 있다. 주요 활동 분야를 살펴보면 다음과 같다.

- **광고 및 마케팅** 브랜드의 메시지와 가치를 전달하는 강력한 스토리를 창조하여 프린트 광고, TV 광고, 온라인 광고 등 다양한 마케팅 채널을 통해 소비자에게 전달한다.

- **소셜 미디어 및 디지털 콘텐츠** 소셜 미디어 캠페인, 블로그 포스팅, 웹사이트 콘텐츠, 이메일 마케팅 등 디지털 매체를 활용한 스토리텔링에도 크게 기여한다.

- **영상 및 멀티미디어 제작** 영상 제작, 웹 시리즈, 멀티미디어 프레젠테이션 등에서 스토리텔링을 담당한다. 스토리를 시각적이고 상호적인 방식으로 전달하는 데 유용하다.

- **행사 및 이벤트 기획** 기업 이벤트, 론칭 행사, 프로모션 이벤트 등에서 브랜드의 이야기를 생생하게 전달하고, 고객과의 직접적인 교류를 촉진한다.

- **콘텐츠 마케팅** 블로그, 기사, 백서, 전자책 등 다양한 형태의 콘텐츠를 통해 브랜드 스토리를 전달한다.

- **콘텐츠 제작** 블로그, 소셜 미디어, 영상, 웹사이트 콘텐츠 등 다양한 매체를 통한 스토리텔링을 한다.

- **브랜딩 및 기업 커뮤니케이션** 기업의 내부 커뮤니케이션, 브랜딩 전략, 고객 경험 설계 등에 기여하며, 기업의 브랜드 정체성을 강화하고, 내외부 스테이크홀더와의 일관된 커뮤니케이션을 유지하는 데 중요한 역할을 한다.

- **브랜드 컨설팅** 기업이나 제품의 브랜드 정체성과 전략을 개발하고 강화하는 컨설팅 서비스를 제공한다.

- **교육 및 워크숍** 스토리텔링 기술과 전략에 대한 교육 및 워크숍 진행한다.

이러한 활동을 통해 브랜드 스토리텔러는 기업의 브랜드 가치와 메시지를 전달하고, 대상 고객과의 감정적 관계를 구축하는 데 기여한다.

▶ 브랜드 스토리텔러로 활동하기

브랜드 스토리텔러로 성공적으로 활동하기 위해서는 몇 가지 전략적 접근이 필요하다. 여기에서는 프리랜서 브랜드 스토리텔러로 활동하는 경우에 대한 활동 전략에 대해 알아본다.

브랜드 스토리텔러와 카피 라이터의 관계

브랜드 스토리텔러와 카피라이터는 광고 및 마케팅 분야에서 중요한 역할을 하지만 주요 업무와 초점에는 다음과 같은 몇 가지 주요 차이점이 있다.

역할의 초점

- **브랜드 스토리텔러** 브랜드의 핵심 가치, 정체성 그리고 메시지를 전달하는 포괄적인 이야기를 만드는 데 집중하며, 브랜드의 전체 이미지와 장기적인 목표를 구축하는 데 중점을 둔다.

- **카피라이터** 주로 광고나 미게팅 캠페인을 위한 덱스트를 작싱하는 데 집중하며, 제품이나 서비스의 특징을 강조하고, 즉각적인 행동을 유도하는 데 초점을 둔다.

스토리텔링과 직접적인 메시지

- **브랜드 스토리텔러** 감정적인 관계를 형성하고, 브랜드에 대한 이야기를 통해 고객과 깊은 인연을 형성한다. 스토리텔링은 간접적이며, 장기적인 고객 충성도를 구축하는 데 중점을 둔다.

- **카피라이터** 더 직접적인 접근 방식을 사용하여 제품이나 서비스의 혜택을 명확하게 전달하여 고객이 즉시 행동을 취할 수 있도록 유도하는 것에 목표를 둔다.

- **브랜드 스토리텔러** 브랜드 스토리텔러는 종종 영상, 웹사이트 콘텐츠, 블로그, 소셜 미디어 캠페인 등 다양한 매체를 통해 이야기를 전달한다.

- **카피라이터** 카피라이터는 광고 본문, 브로슈어, 이메일 마케팅, 제품 설명 등 보다 전통적인 광고 매체에서 활동할 가능성이 더 높다.

창의성과 직접적인 판매 전략

- **브랜드 스토리텔러** 창의성과 감정적인 요소가 강조되며, 브랜드의 전체적인 이야기를 통해 고객에게 영감을 주고, 브랜드와의 장기적인 관계를 형성한다.

- **카피라이터** 효과적인 판매 전략과 직접적인 메시지 전달에 중점을 두며, 제품이나 서비스의 구매를 즉각적으로 유도하는 것을 목표로 한다.

이렇게 서로 다른 기능을 하는 두 전문가가 협력함으로써 브랜드는 감성적인 연결과 실질적인 행동 유도라는 두 가지 목표를 모두 달성할 수 있다. 참고로 국내에서는 블랜드 스토리텔러와 카피라이터의 역할을 한 명의 전문가가 수행하는 경우가 일반적이다.

성공적인 브랜드 스토리텔러 활동 전략

브랜드 스토리텔러로 성공적인 활동을 하기 위해서는 몇 가지 전략적 접근이 필요하다. 다음의 전략들은 창의성을 극대화하고, 브랜드의 메시지를 효과적으로 전달하는 데 도움이 된다. 여기에서는 프리랜서로 활동하기 위한 개요이다.

- **네트워킹 및 클라이언트 확보** 프리랜서로서 가장 중요한 부분 중 하나는 네트워킹을 통해 클라이언트를 확보하는 것이다. 이는 업계 행사 참여, 소셜 미디어 활용, 전문 네트워킹 웹

사이트 및 크롬이나 숨고와 같은 프리랜서 플랫폼에서의 활동을 포함할 수 있다.

- **포트폴리오 구축** 강력한 포트폴리오는 잠재적 클라이언트에게 자신의 능력과 경험을 보여주는 중요한 수단이다. 특히, 프리랜서는 자신의 작업 샘플과 성공 사례를 포트폴리오에 포함시켜야 한다.

- **다양한 매체 및 플랫폼 활용** 블로그, 소셜 미디어, 영상 콘텐츠, 인포그래픽 등 다양한 매체와 플랫폼을 통해 브랜드 스토리를 전달한다. 이는 다양한 클라이언트의 요구에 부응하는 능력을 보여줄 수 있는 기회를 갖는 요소이다.

- **맞춤형 스토리텔링** 각 클라이언트의 특정 요구와 목표에 맞춰 맞춤형 스토리텔링 서비스를 제공한다. 이는 브랜드의 특성과 타겟층을 고려한 창의적인 스토리텔링 전략을 개발하는 것을 포함한다.

- **지속적인 학습 및 발전** 마케팅, 광고, 커뮤니케이션 분야에서의 지속적인 교육과 학습은 필수적이며, 업계의 최신 트렌드와 AI와 같은 기술을 익혀 끊임없이 발전하도록 한다.

▶ 브랜드 스토리텔러의 수익 구조

국내 브랜드 스토리텔러의 평균 연봉은 아직 정확한 기준이 없지만 예를 들어, Salary.com(글로벌 급여 분석 플랫폼)에 따르면 브랜드 스토리텔링 직원의 평균 연봉은 약 $77,312(한화: 1억 원)이며, 일부 고위직은 연간 $156,079(2억 원)까지 받는 것으로 나타났다. 다른 출처에서는 평균 연봉이 $54,047(7천만 원)로 보고되었으며, 일부 지역에서는 더 높은 연봉을 받을 수도 있다.

이러한 데이터는 브랜드 스토리텔러의 경험과 능력에 따라 달라지며, 프리랜서 브랜드 스토리텔러의 경우 수입은 프로젝트의 규모와 빈도에 따라 크게 차이가 날 수 있다. 광고 분야와 브랜드 가치에 대한 인식이 높아짐에 따라 국내에서도 브랜드 스토리텔러라는 직업의 중요성이 점차 높아지고 있으므로 고연봉 직업군으로써의 가치가 충분하다.

049. 트렌디한 카드 뉴스 및 상품 상세 페이지

챗GPT나 미드저니와 같은 생성형 AI의 능력을 제대로 보여줄 수 있는 작업 중에는 상품 안내와 홍보를 위한 카드 뉴스와 상세 페이지가 있다. 카드 뉴스는 주로 소셜 미디어나 웹사이트에서 시각적으로 정보를 전달하는 방식이다. 짧고 간결한 텍스트와 결합된 시각적 요소(사진, 그래픽, 아이콘 등)로 구성되어 있어 정보를 쉽고, 빠르게 전달할 수 있도록 하는 것이 특징이며, 한 화면에 담긴 작은 각각의 카드가 하나의 완결된 정보나 메시지를 담고 있다. 스크롤하거나 클릭하여 다음 내용으로 넘어갈 수 있는 방식이며, 특히 모바일 사용자에게 적합하다. 소셜 미디어상에서 정보를 공유하고 확산시키기에 효과적이기 때문에 일반적으로 도서 분야에 즐겨 사용된다.

| 상품 정보를 전달하는 카드 뉴스 예시 |

반면 상세 페이지는 온라인 쇼핑몰이나 웹사이트에서 상품이나 서비스에 대한 구체적인 정보를 세로의 긴 이미지 형태로 제공하는 페이지이다. 이 페이지는 상품의 특징, 사용 방법, 가격, 사용자 리뷰, 관련 이미지 및 동영상 등을 포함하여 소비자가 제품이나 서비스에 대해 충분한 정보를 얻을 수 있도록 설계되어 있다. 상세 페이지는 사용자가 구매 결정을 내리는 데 중요한 역할을 하며, 사용자 경험과 상품의 매력을 높이는 중요한 홍보 수단으로 사용된다.

| 다양한 상품 소개에 사용되는 상세 페이지의 예시 |

카드 뉴스와 상세 페이지 제작

카드 뉴스와 상세 페이지는 다양한 분야에서 사용되며, 사용 분야에 따라 디자인 컨셉이나 내용이 달라진다. 타겟층과 목표 설정을 시작으로 중요한 메시지를 결정하는 컨셉 기획과 디자인 과정에서는 생성형 AI를 효과적으로 활용할 수 있다.

카드 뉴스와 상세 페이지 사용 분야

- **소셜 미디어 마케팅** 카드 뉴스는 소셜 미디어에서 브랜드 메시지와 캠페인 정보를 효과적으로 전달하는 데 사용된다.

- **온라인 쇼핑몰 (서점)** 상세 페이지는 소비자에게 상품(도서) 정보를 제공하고, 구매 결정을 돕는데 중요한 역할을 한다.

- **기업 웹사이트** 기업이 제공하는 서비스나 제품에 대한 상세 정보를 전달하는 데 사용된다.

- **교육 및 정보 제공** 교육 자료나 뉴스 기사를 간결하고 시각적으로 전달하기 위해 카드 뉴스가 사용된다.

카드 뉴스와 상세 페이지 제작 과정

- **컨셉 기획** 타겟층과 목표를 정의하고, 메시지의 핵심 내용을 결정한다. 챗GPT와 같은 AI를 효과적으로 활용한다.

- **콘텐츠 작성** 간결하고 명확한 텍스트를 작성하며, 주요 정보를 강조한다. 챗GPT와 같은 AI를 효과적으로 활용한다.

- **디자인** 시각적 요소를 선택하고 레이아웃을 구성한다. 색상, 폰트, 이미지 등을 조화롭게 배치한다. 기본적으로 포토샵, 코렐드로우, 인디자인 등이 사용되며, 미드저니나 캔바, 미리 캔버스 등의 AI 도구를 효과적으로 활용한다.

- **피드백 및 수정** 초안을 검토하고 필요한 경우 수정한다.

- **최종 검토 및 배포** 완성된 디자인을 최종적으로 검토하고, 적절한 채널을 통해 배포(전달)한다.

카드 뉴스와 상세 페이지 제작 방식

카드 뉴스와 상세 페이지 제작은 작업을 의뢰한 기업과의 협약을 통해 직접적인 작업을 할 수 있으며, 초기에는 크몽이나 숨고와 같은 업무 파트너 매칭 플랫폼을 활용하여 단기간 내에 다양한 작업 노하우를 쌓을 수 있다.

상품 제조 기업과의 협약

이 방식은 디자인 의뢰를 한 기업과 직접 협업하여 제품의 상세 정보와 마케팅 전략을 기획하고, 이를 반영한 맞춤형 디자인을 한다. 기업의 요구 사항과 타겟 시장에 맞는 콘텐츠 전략을 수립하는 데 중점을 둔다.

업무 파트너 매칭 플랫폼 활용

업무 파트너 매칭 플랫폼을 활용한 카드 뉴스와 상세 페이지 작업에 대한 의뢰 방법은 효과적인 네트워킹 및 비즈니스 기회를 창출할 수 있다. 이러한 플랫폼을 통해 클라이언트와 전문가가 서로 연결되며, 작업 요구 사항에 맞는 프로젝트를 찾고 제안할 수 있다. 국내 대표적인 파트너 매칭 플랫폼은 다음과 같다.

- **크몽 (https://kmong.com)** 광고 및 디자인 관련 프리랜서 전문가들을 매칭해 주는 국내 대표 플랫폼이다.

- **숨고 (https://soomgo.com)** 광고 및 디자인 제작뿐만 아니라 다양한 전문가와 매칭해 주는 플랫폼이다.

- **라우드 (https://www.loud.kr)** 디자인 및 영상 광고 제작에 특화된 파트너 매칭 플랫폼이다. 다양한 제작 파트너를 쉽게 찾고, 필요에 맞는 맞춤형 서비스를 받을 수 있다.

- **이랜서 (https://www.elancer.co.kr)** 프로젝트 개발, 퍼블리싱, 디자인, 기획 등의 프로젝트를 기업과 제작사 간에 매칭을 해주는 플랫폼이다.

- **플로우 웍스 (https://flowworks.io)** 상세 페이지부터 UI/UX 디자인까지 다양한 분야의 디자이너를 시간대별로 고용할 수 있게 해주는 업무 파트너 매칭 플랫폼이다.

- **플로우 (https://flow.team)** 기획부터 디자인, 제조, 개발, 마케팅까지 모든 프로젝트를 한 공간에서 파트너 매칭을 해주는 플랫폼이다.

❯❯ 카드 뉴스와 상세 페이지를 통한 수익화

카드 뉴스와 상세 페이지 제작은 단순한 디자인 작업을 넘어 상품에 대한 분석을 통해 구매력을 높일 수 있는 전략적 기획, 촬영 그리고 효과적인 카피라이팅이 작업까지 필요한 포괄적인 작업으로 제품의 매력을 극대화하고, 타겟층에게 강력한 메시지를 전달할 수 있어야 한다.

카드 뉴스 제작 단가

카드 뉴스는 상세 페이지에 비해 비교적 간단한 작업으로 간주되며, 그에 따라 페이지 당 가격이 책정된다. 일반적인 제작 단가는 장당 5천 원에서 1만 원 정도이며, 구체적인 단가는 제작 난이도와 클라이언트의 요구 사항에 따라 달라질 수 있다.

상세 페이지 제작 단가

상세 페이지는 난이도가 높은 작업이며, 기본적으로 이미지의 크기에 따라 달라진다. 보통 가로 1000px 기준으로 세로 10,000px 이하인 경우 10만 원 정도가 책정되며, 세로가 10,000px을 초과하는 경우 최대 100만 원까지 책정된다. 구체적인 가격 책정은 페이지의 크기와 복잡성과 제작 난이도 그리고 클라이언트의 요구 사항에 따라 달라질 수 있다.

카드 뉴스와 상세 페이지는 카피라이팅과 디자인 요소가 중요하다. 이러한 작업에서 생성형 AI를 활용하면 작업 효율성을 크게 높일 수 있다. 예를 들어, 챗GPT와 같은 AI는 창의적인 카피라이팅을 지원하고, 미드저니와 같은 시각적 생성 AI는 매력적인 디자인 요소를 간단하게 생성할 수 있다. 그러므로 AI 도구들을 사용하면 시간과 비용을 절약하고, 전반적인 작업 과정을 간소화할 수 있는 최적의 작업 환경이 구축되는 것이다.

050. 시선을 사로잡는 럭셔리한 팜플릿 및 브로슈어

마지막 비즈니스 모델로 소개되는 팜플릿과 브로슈어 또한 카피라이팅과 디자인 요소가 중요하기 때문에 생성형 AI 도구를 효과적으로 활용할 수 있다. 팜플릿과 브로슈어의 주요 차이는 주로 용도와 디자인에 있다. 팜플릿은 일반적으로 작고 간단한 정보를 전달하는 데 사용되며, 종종 접거나 단순한 형태를 띠고 있다. 이에 비해 브로슈어는 일반적으로 더 많은 정보와 상세한 콘텐츠를 포함하며, 고품질 디자인 및 인쇄가 특징이다. 또한, 브로슈어는 종종 제품이나 서비스의 상세 설명, 이미지, 사용 사례 등을 포함하여 더 복잡한 구조(책자 형식)와 디자인이 요구되는 경우도 있다.

| 팜플릿(좌)과 브로슈어(우)의 형식 예시 |

팜플릿과 브로슈어 제작

카드 뉴스와 상세 페이지는 다양한 분야에 사용되며, 사용 분야에 따라 디자인 컨셉이나 내용이 달라진다. 타겟층과 목표 설정으로 시작하여 중요한 메시지를 결정하는 컨셉 기획과 디자인 과정에서는 생성형 AI를 효과적으로 활용할 수 있다.

팜플릿과 브로슈어 활용 분야

- **팜플릿** 주로 간단한 정보 전달에 사용된다. 이벤트 홍보, 간단한 지침, 교육 자료, 공공 캠페인 정보 제공 등에 이상적이다.

- **브로슈어** 팜플릿보다 상세한 정보와 이미지를 포함해 제품이나 서비스를 소개하는 데 주로 사용된다. 회사 프로필, 제품 카탈로그, 서비스 안내, 관광 정보 등에 적합하다.

팜플릿과 브로슈어 제작 과정

- **컨셉 및 디자인 계획** 목표 고객층과 메시지를 고려하여 콘셉트를 개발하고 디자인 레이아웃을 계획한다.

- **콘텐츠 작성** 필요한 정보와 카피를 작성하고, 메시지를 명확하게 전달한다.

- **디자인** 시각적 요소를 선택하고 레이아웃을 구성한다. 적절한 이미지, 그래픽, 색상을 사용하여 디자인을 구현한다. 기본적으로 포토샵, 코렐드로우, 인디자인 등이 사용되며, 미드저니나 캔바, 미리 캔버스 등의 AI 도구를 효과적으로 활용한다.

- **프로토타입 제작 및 검토** 초기 디자인을 검토하고 수정한다.

- **최종 디자인 확정 및 인쇄** 최종 디자인을 확정하고 인쇄를 진행한다.

팜플릿과 브로슈어 제작 방식

팜플릿과 브로슈어의 제작은 작업을 의뢰한 기업과의 직접적인 작업을 할 수 있으며, 초기에는 크몽이나 숨고와 같은 업무 파트너 매칭 플랫폼을 활용하여 다양한 프로젝트 경험을 쌓아 놓는 것이 중요하다. 국내의 업무 파트너 매칭 플랫폼은 다음과 같다.

- **크몽 (https://kmong.com)** 광고 및 디자인 관련 프리랜서 전문가들을 매칭해 주는 국내 대표 플랫폼이다.

- **숨고 (https://soomgo.com)** 광고 및 디자인 제작뿐만 아니라 다양한 전문가와 매칭해 주는 플랫폼이다.

- **라우드 (https://www.loud.kr)** 디자인 및 영상 광고 제작에 특화된 파트너 매칭 플랫폼이다. 다양한 제작 파트너를 쉽게 찾고, 필요에 맞는 맞춤형 서비스를 받을 수 있다.

- **이랜서 (https://www.elancer.co.kr)** 프로젝트 개발, 퍼블리싱, 디자인, 기획 등의 프로젝트를 기업과 제작사 간에 매칭을 해주는 플랫폼이다.

- **플로우 웍스 (https://flowworks.io)** 상세 페이지부터 UI/UX 디자인까지 다양한 분야의 디자이너를 시간대별로 고용할 수 있는 매칭 플랫폼이다.

- **플로우 (https://flow.team)** 기획부터 디자인, 제조, 개발, 마케팅까지 모든 프로젝트를 한 공간에서 파트너 매칭을 해주는 플랫폼이다.

- **아이클릭아트 (https://www.iclickart.co.kr)** 다양한 이미지, 동영상, 모션 그래픽, 폰트, 음원 등의 미디어 소스를 제공하는 플랫폼으로 기업 및 개인 사용자가 디자인 작업에 필요한 이미지를 쉽게 구매하고 다운로드 받을 수 있다.

🔰 팜플릿과 브로슈어 수익화

팜플릿과 브로슈어는 디자인 및 인쇄를 통해 수익화할 수 있다. 디자인 및 인쇄를 통한 수익화는 다양한 클라이언트에게 맞춤형 디자인 서비스 제공, 다양한 디자인 및 인쇄 옵션의 패키지 구성, 온라인 마케팅을 통한 홍보 및 주문 시스템 구축 그리고 우수한 품질과 신뢰성 강조를 포함한다. 이러한 전략을 통해 장기적인 고객 관계를 구축하게 되면 지속적인 수익 창출이 가능하다. 일반적으로 다음과 같은 접근이 필요하다.

- **서비스 제공** 기업, 교육기관, 지역 커뮤니티 등 다양한 고객에게 맞춤형 디자인 서비스를 제공한다.

- **패키지 옵션** 다양한 디자인 및 인쇄 옵션을 패키지로 구성하여 고객에게 선택의 폭을 넓히고 추가 가치를 제공한다.

- **온라인 마케팅** 자체 웹사이트 구축, 업무 파트너 매칭 플랫폼, 소셜 미디어 등을 통해 디자인 서비스를 홍보하고, 온라인 주문 및 결제 시스템을 구축한다.

팜플릿 제작 단가

팜플릿 제작은 평균적으로 A4 사이즈 기준(인쇄비 별도), 단면 제작 시 5만 원, 양면 제작 시 10만 원, 단면 2단 접지 시 10만 원, 단면 3단 접지 시 30만 원 정도로 책정되며, 팜플릿의 크기, 디자인의 복잡성, 페이지 수 그리고 제작에 사용되는 용지 등에 따라 달라질 수 있다.

브로우셔 제작 단가

브로우셔 제작은 평균적으로 페이지당(인쇄비 별도) 5만 원 정도로 책정되며, 페이지의 크기, 디자인의 복잡성, 페이지 수 그리고 제작에 사용되는 용지 등에 따라 달라질 수 있다. 브로우셔는 책자 느낌으로 제작되기 때문에 표지 디자인은 별도로 책정된다. 표지는 보통 10만 원에서 20만 원 정도로 책정되고 있다.

팜플릿과 브로슈어 제작에서의 AI 활용은 효율성 증가, 창의성 향상, 일관된 품질 유지 등의 장점을 제공하며, 디지털 마케팅 및 광고 분야에서 새로운 비즈니스 기회를 창출하고, 경쟁에서 우위를 확보하는 데 기여한다. AI 기술의 지속적인 발전은 제작 과정을 지속적으로 혁신하며, 신속하고 효율적인 서비스는 고객 만족도를 높여 장기적인 고객 관계를 구축하는 데 중요한 역할을 한다.

확장성. 그밖에 기획, 광고, 마케팅에서 할 수 있는 것

기획, 광고, 마케팅 분야에서도 확장성을 가지고 수익을 창출하는 방법은 다양하다. 다음에 소개되는 아이디어들은 창의적인 비즈니스 성장에 기여할 수 있다.

AI 광고 모델 생성

AI 가상 광고 모델을 생성하여 활용하는 것은 현대 마케팅 및 광고 산업에서 새롭고 혁신적인 접근법이다. 이러한 AI 가상 모델은 실제 인간 모델을 대체하거나 보완하는 역할을 하며, 다양한 광고 및 마케팅 분야에서 활용될 수 있다.

뉴스레터 제작

AI를 활용한 뉴스레터 제작은 효율성, 개인화 그리고 타겟팅 정확도를 획기적으로 개선할 수 있는 방법이다. 이러한 접근 방식은 독자들에게 더욱 관련성 높고 흥미로운 정보를 전달하는 데 도움이 된다.

AI 모델을 통해 SNS 운영 및 관리

AI로 제작된 가상 모델을 활용하여 SNS를 운영하는 것은 디지털 마케팅과 소셜 미디어 전략에 혁신적인 접근을 제공한다. 이러한 가상 모델은 실제 인간보다 더 멋지거나 예쁘며, 더 개성적이거나 유머러스하기 때문에 온라인 캐릭터로 활동하며, 다양한 방식으로 팔로워와 상호작용할 수 있다.